HOMÉOMORPHE

YANN BRUNEL

HOMÉOMORPHE

roman

nrf

GALLIMARD

[*Homéo*] – [*morphe*] : [*de même*] – [*forme*]

Un homme qui meurt paie toutes ses dettes.

SHAKESPEARE

En mathématiques, l'existence et l'unicité
sont des propriétés comme les autres ;
on ne peut se borner à les constater,
à les affirmer
ou à les supposer,

il faut les prouver.

PREMIÈRE PARTIE

Conjecture : toute variété compacte simplement connexe, à trois dimensions, sans bord, est homéomorphe à une hypersphère de dimension 3. (Poincaré)

Un nœud K de S^3 est trivial si et seulement si le groupe fondamental $\pi_1(S^3/K)$ est libre et cyclique. (Dehn)

Au bout du couloir, l'ombre s'avance. Lentement, mais sûrement. Elle ne néglige rien, ne dédaigne aucune victoire, aucune proie. Les fauteuils rongés par la gale. Les portes en miettes. Les brancards qui tiennent à peine debout. Les fils électriques qui tressent au plafond leurs figures maladroites. Les quelques ordonnances oubliées à terre, qui traînent dans la poussière. Tout cela, dès qu'elle le touche, elle s'en gave et elle n'en laisse rien. Et quand elle a fini, elle reprend sa marche. Elle s'avance dans le couloir et nul n'y peut rien ; et les quelques néons qui survivent çà et là ont beau bourdonner tout ce qu'ils peuvent, ils ne trompent personne – il n'y a pas d'issue de secours ;

il n'y a que l'ombre qui en toute chose vainc.

Et bientôt, elle noiera Dmitri comme le reste. Par moments, il se tourne vers elle, complètement hébété. Mais est-ce qu'il la voit seulement ? Avec toute la vodka, avec tout le verre pilé qu'il a dans les yeux, il y a peu de chances.

Même au passage des voitures en contrebas, quand des ombres immenses et soudaines courent le long des murs, il reste immobile. Pendant un instant, il y est pourtant. Au milieu de l'ombre. Là où tout finira. Et peut-être que c'est ce qu'il voudrait, d'ailleurs. N'être plus que de l'ombre,

lui aussi,

enfin.

En attendant, comme dans tous les hôpitaux du monde, une sorte de vent moite traîne le long du couloir. On le devine à l'œuvre dans les mouvements minuscules et dérisoires des agrégats de poussière près des murs, ou dans les infimes oscillations des affiches de santé publique. C'est une sorte de tremblé d'ensemble,

et tout est si confus dans son crâne, dans ses yeux en lambeaux, que par moments Dmitri a presque l'impression que ce tremblé prend forme humaine. Au gré des services, des appels, des urgences,

il jurerait que des gens passent près de lui.

Des docteurs, des internes, des infirmières – allez savoir : des gens. Il est incapable d'être plus précis dans cette lumière exsangue. Mais des gens, oui ; il dirait des gens.

Certains s'approchent du banc – s'arrêtent même, parfois, pour vérifier qu'il n'est pas mort. Ils se heurtent à cette odeur de feu, à ces relents de pisse qui traînent autour de lui. La plupart parviennent à surmonter tout ça – à l'hôpital, ils ont appris jusqu'où l'homme peut descendre – et, s'approchant encore, ils se rendent vite compte que Dmitri est bien vivant. Qu'il murmure, que ses lèvres remuent. Qu'il attend simplement quelqu'un, là, assis sur un banc. Aucun d'entre eux ne va plus loin, ne cherche à savoir ni ce qu'il fait là, ni ce qu'il dit. Il est vivant et ça leur suffit – d'autres cas plus urgents attendent. Dès qu'ils sont rassurés, ils se redressent et ils s'éloignent. Et le chuintement régulier de leurs pas disparaît peu à peu dans l'ombre. Et au bout d'un moment, ils ne sont plus rien ;

des traces à peine, infimes, écrites sur l'ombre, qui s'y perdent,

qui s'y noient.

Et à nouveau, Dmitri est seul.

Des heures passent. Des jours peut-être, qui sait ? Avec une lenteur infinie, cauchemardesque, le temps glisse sur les vêtements sales, sur les mains rougies de Dmitri – il agite ses cheveux en désordre, quand des portes s'ouvrent, quand elles se ferment, au loin. Et tout du long, Dmitri murmure. Un nœud *K* de S^3. Un nœud *K* de S^3 est trivial. À la manière dont il oscille, dont il reprend sans cesse les mêmes morceaux, les mêmes moignons de phrases, avec les mêmes intonations, avec les mêmes attaques, il donnerait presque l'impression de prier. Mais de prier par habitude, comme quelqu'un qui sait que ses prières ne portent pas, qu'elles se perdent dans le vent et dans l'ombre ;

comme quelqu'un qui sait que personne n'écoute.

Mais soudain, au milieu de la nuit, il se tait ; quelque part dans ces limbes d'alcool et de prières, il lui semble que la porte qu'il scrute depuis des heures vient de s'ouvrir. Il a même l'impression que des médecins, que des infirmiers en émergent ;

il jurerait les voir s'éloigner en discutant – tirer des clopes de leurs blouses ;

il jurerait entendre leurs pas épuisés sur le lino,

mais tout est si évanescent qu'il n'est sûr de rien.

Même cet interne, qui s'approche de son banc, qui s'assied et commence à lui parler, même lui, il n'est pas sûr qu'il soit vraiment là. Il essaie bien de se concentrer – il plisse les yeux, il se frotte les tempes. Mais l'épuisement et l'alcool se jouent de ses efforts et, il a beau donner tout ce qu'il a, il ne comprend rien à ce que le jeune homme lui explique. Il aimerait se pencher, le toucher pour vérifier qu'il est réel – ce serait déjà beaucoup. Mais tout est si fragile – le monde pourrait s'effondrer si jamais il le touchait.

Et d'ailleurs, la seconde d'après, l'interne s'est relevé. Il se penche vers Dmitri et essaie de capter son attention : il veut lui dire quelque chose d'important. Mais quoi ? Qu'est-ce qui importe ? Un nœud K de S^3 est trivial si et seulement si ? Dmitri n'en saura jamais rien et l'interne le lit dans ses yeux et il se tait. Et lentement leurs yeux se détournent,

leurs yeux tombent à terre,

et l'ombre passe, les ramasse, s'en gave et n'en laisse rien,

et le monde est homéomorphe à l'ombre qui passe. Un nœud K de S^3 est trivial si et seulement si le groupe fondamental $\pi_1(S^3/K)$ est libre et cyclique. Voilà peut-être la seule chose qui compte ; le reste est dérisoire. Et pourtant, une dernière fois, Dmitri essaie : malgré le verre pilé qui lui vrille les yeux, malgré l'alcool qui lui tord le ventre, il se redresse, il se concentre et demande au jeune interne si son père va s'en sortir. Mais celui-ci ne comprend rien à ce qu'il bafouille – et très vite, Dmitri le réalise ; il sent sa voix qui se brise quelque part entre eux et se tait à son tour.

— Essayez de vous reposer, Monsieur P., conclut l'interne. Un policier va rester ici pour surveiller votre père...

Et tous ces efforts vains et toute cette douleur inutile offerte en holocauste à l'ombre,

tout cela s'écrit dans l'air et s'y perd et n'y laisse aucune trace ;

l'oblique des regards, les bras, les mains, tout ce qui tremble jusqu'aux doigts

de fatigue.

Tout cela ne laisse aucune trace et se perd peu à peu

dans $\pi_1(S^3/K)$. Et le jeune interne finit lui aussi par s'éloigner, par disparaître au bout du couloir.

Dormir. Fermer les yeux. Dmitri aimerait tellement. Il fixe le lino à ses pieds. Il cherche quelque chose qu'il ne parvient même plus à nommer. *J'ai essayé. Toi, tu le sais, Ivan,* murmure-t-il, un pli amer à la bouche. Un instant, il cherche son frère du regard – jusqu'à ce qu'il s'aperçoive qu'il est seul dans ce couloir, jusqu'à ce qu'il se rappelle qu'Ivan est mort. *J'ai essayé,* reprend-il, l'air plus mauvais encore. *J'ai essayé, lâche que je suis.* Il a essayé, c'est vrai. Mais dès qu'il a fermé les yeux, il a revu ce qui s'était passé dans la salle de bains de son père, il a revu le désastre des shampoings, les cosmétiques épars et puis l'eau, le sang,

et puis la main qui dépassait de la douche – les perles rouges qui s'enroulaient autour, qui gouttaient sur le carrelage.

Tout ce qui l'a amené ici.

Et ces images ne le quittent plus, elles flottent dans le couloir épuisé dès qu'il ferme les yeux. Et quand son crâne en lambeaux, quand l'alcool l'auront laissé en paix, Dmitri finira peut-être par l'admettre : il ne peut s'en débarrasser. En définitive, il ne lui reste qu'une seule chose à faire. Attendre. Attendre, contre toute logique, non pas que la solution vienne – car il n'y a pas de solution – mais qu'à force de résister à ce couloir de cauchemar il parvienne à ne plus penser, à ne plus se souvenir de ce qui s'est passé dans cette maudite salle de bains. Qu'il parvienne en ce point où tout se perd dans l'ombre.

Alors elle l'avalera lui aussi. Il s'effondrera de fatigue et tout sera parfait – il rejoindra Ivan ;

il sera de l'ombre,

du vide.

$\mathbb{C}$ est un corps algébriquement clos.

Par moments, il lui semble d'ailleurs que son frère est là. Assis près de lui, sur ce banc, dans ce couloir d'hôpital. Comme une trace, un flou, comme une ombre dans l'air ;

par moments, l'ombre est homéomorphe au monde, et Ivan n'est pas seulement mort il y a vingt-cinq ans, tué en décembre 95 dans l'accident de voiture qui a aussi enlevé leur mère ; il est encore un peu là, après des années d'absence, assis sur le même banc que Dmitri. Éternel jeune homme de dix-sept ans, aux yeux de nuit, aux cheveux corbeau, ombre au fond de l'ombre qui se penche vers son frère et cherche à capter son regard.

Mais il n'y a rien à faire ; les yeux de Dmitri restent dans le vague. $\mathbb{C}$ est un corps algébriquement clos – Ivan se souvient comme un jour Dmitri avait murmuré cette phrase pendant des heures. Il venait d'avoir huit ans ; il avait emprunté son premier livre à la bibliothèque municipale – une introduction aux nombres complexes, c'était le titre. Il s'était enfermé dans leur chambre toute la journée pour le lire. Et le soir, pendant des heures, dans son lit, il avait murmuré cette phrase. ℂ est un corps algébriquement clos. ℂ est un corps algébriquement clos. Et mille ans plus tard, Ivan est là, près de Dmitri, et il murmure *ℂ est un corps algébriquement clos et je n'aurai rien de plus que ce que je vois :*

la nuit de tes yeux tremble,
l'automne de ton corps tremble,
mais l'intérieur de ton corps est algébriquement clos.

Ivan donnerait tout ce qu'il a pour rassurer son frère, pour lui dire qu'il est là, lui caresser les cheveux. Mais Ivan n'est qu'une trace dans l'air, qu'une ombre dans l'ombre, disparue il y a vingt-cinq ans dans une voiture fracassée. Et Dmitri reste assis sur son banc, hébété, les yeux dans le vague. Ombre mêlée de silence et de douleur, il s'endort peu à peu ; et quand il s'abandonne tout à fait,

sa main close s'entrouvre,
et laisse tomber un vieux pull vert.

Ivan aperçoit le pull à terre et se lève. Il s'approche lentement, il essaie de se souvenir de tout ce qui s'est passé cette nuit.

Il se revoit dans la salle de bains de leur père, il y a quelques heures, avec Dmitri. Tout le monde était parti : les pompiers, les ambulanciers et le médecin. Ils emmenaient leur père à l'hôpital, aux urgences, ici ; et son frère avait bafouillé qu'il ne voulait pas venir avec eux. Le dernier ambulancier à quitter la pièce avait éteint par inadvertance et tout était sombre. Les shampoings, les savons, les débris de toutes sortes traînaient dans l'obscurité comme autant de corps à terre. Il y avait de l'eau, il y avait du sang partout.

Dmitri restait assis par terre, contre un mur, les yeux dans le vague – algébriquement clos. Il devait encore sentir Père dans ses bras, Ivan en était sûr,

ce corps trempé, si vieux, qui lui glissait des mains tandis qu'il le sortait de la douche ;

ce corps si lourd qu'il écrasait la peau du monde ;

si lourd sur sa poitrine, si lourd que l'air n'y rentrait plus.

Ivan aurait tellement voulu le prendre dans ses bras, lui dire qu'il était là, avec lui. Mais tout à coup, son frère s'était redressé et s'était dirigé vers la douche. Près de la bonde, il avait ramassé ce vieux pull vert. Il l'avait retourné et l'avait détaillé, et quelque chose s'était allumé peu à peu dans son regard. Ivan s'était approché et, dans les yeux fous de son frère, il avait vu ;

il avait vu Décembre 95. La voiture en feu. La rue. L'accident qui avait eu raison de lui et de leur mère, et qui avait failli coûter la vie à Dmitri. Et au milieu de la rue, tout près de la carcasse de la voiture, il avait vu ce pull d'avant la fin du monde.

Et les questions s'étaient mises à fuser en lui, comme elles fusaient dans le crâne de Dmitri. *Qu'as-tu fait pour avoir ce pull, Père ? Étais-tu dans cette rue maudite, ce matin-là ? Et où ? Et si tu étais là, pourquoi n'as-tu rien fait ? Et pourquoi as-tu caché ce pull si longtemps ?*

Et alors qu'Ivan restait immobile, médusé, Dmitri avait fouillé dans sa poche et trouvé son économe ;

il avait passé son index le long de sa lame rouillée, une fois,

une fois seulement, puis il était parti pour l'hôpital.

Soit f *une application PL d'un disque dans une variété de dimension 3, qui peut avoir des points doubles dans l'intérieur, mais pas sur le bord. Alors, il existe un disque plongé non singulier qui coïncide avec f sur un voisinage du bord. (Papakyriakopoulos)*

La seconde d'après, Ivan se retrouvait en pleine ville, à suivre son frère comme il le pouvait, au milieu de la foule. Dans les rues, dans les escaliers, dans les couloirs du métro. *Regarde dans quel état tu l'as mis, Père. Regarde ce que tu en as fait.* Avec son air de clochard, avec ses yeux, les gens s'éloignaient sur son passage pour ne pas le toucher, mais la foule était tellement dense que parfois ils ne pouvaient pas l'éviter – *regarde leurs moues quand ils le frôlent, Père.* Dmitri, lui, se contentait d'avancer.

Ivan ne l'avait jamais vu dans cet état. Il se souvenait des efforts que son frère devait faire enfant pour traverser le moindre couloir, la plus insignifiante des cours de récréation. Il se souvenait comme la foule l'effrayait, comme les inconnus, dès qu'ils s'approchaient, le paralysaient littéralement. Dmitri n'avait jamais supporté les autres. *Et regarde-le, Père. Regarde dans quel état tu l'as mis.*

Pendant qu'ils attendaient le métro, Ivan s'était rappelé que son frère lui avait un jour parlé d'un mathématicien d'origine grecque, avec un nom imprononçable. Papakyriakopoulos. Un homme très réservé – même dans son laboratoire, il longeait les murs, il s'arrêtait et baissait les yeux quand il croisait ses collègues. Il travaillait sur le lemme de Dehn, une des obsessions de Dmitri – une de ces phrases que seules quelques personnes sur terre peuvent comprendre. Une de ces phrases qui l'avaient rendu fou. Ce jour-là, alors qu'ils rentraient ensemble du lycée, Dmitri lui avait expliqué que, dans ses calculs, Papakyriakopoulos avait eu des problèmes avec une surface trop fragile par rapport aux opérations qu'il lui faisait subir. Mais que, plutôt que de renoncer, plutôt que de changer d'opération ou de surface, il avait construit une tour de revêtements autour de la surface qui lui posait problème. Ivan avait laissé son frère parler et n'avait rien écouté. Mais dans le métro, la voix de Dmitri, cette petite voix si fine, si douce, si inhabituelle lui était revenue. Papakyriakopoulos avait protégé son objet. Protégé. Et tandis qu'il suivait Dmitri qui se précipitait à l'hôpital, Ivan murmurait. *Je ne sais si tu réalises, Père. Lui qui n'a jamais supporté qu'on l'approche, comment fait-il pour bousculer tous ces gens, pour courir au milieu d'eux ? Comment fait-il s'il ne s'est pas revêtu de quelque protection ?*

Et alors qu'ils sortaient du métro, une rafale de vent moite avait ravivé une autre image : quand leur mère les envoyait au terrain de hand pour qu'ils prennent l'air et qu'ils s'amusaient avec les autres enfants du quartier. Ivan passait des après-midi entières à courir, à jouer avec les garçons de sa bande. Pendant ce temps, Dmitri s'appuyait contre le grillage du terrain de hand, il sortait un des livres qu'il avait volés dans le bureau de leur père ou à la bibliothèque. Et il restait ainsi, dans son revêtement, dans sa singularité, aussi longtemps qu'Ivan souhaitait jouer. *Est-ce qu'il levait les yeux parfois, est-ce qu'il nous regardait jouer ? Et si oui, est-ce qu'il nous enviait ? Ce n'est même pas certain. Il avait sans doute trop à faire avec son revêtement. Parce que c'est ce qu'il faisait avec tes livres, Père, j'en suis sûr. C'est ce qu'il faisait, à murmurer en fermant les yeux comme on récite un poème : il construisait son revêtement. Je le revois assis contre ce grillage entièrement bouffé par la rouille. Je vais lui dire qu'on rentre, j'ai couru pendant deux heures, je suis en sueur. Les autres sont près de moi. Ossif. Yuri. Arvo. Piotr. Et Jaarvi, bien sûr. Nous nous campons face à lui. Tout le monde dit qu'il me ressemble énormément – que nous avons les mêmes yeux, les mêmes cheveux, les mêmes traits. Mais moi, je sais bien que c'est ruse de sa part, pour qu'on le laisse tranquille – qu'à part le revêtement de nos peaux, nous n'avons rien en commun. Et c'est ce que je vois au moment où je me penche vers lui : il n'y a que lui qui ferme les yeux ainsi, pour murmurer. Et si je m'approche encore, c'est pour entendre Alors, il existe un disque plongé non singulier qui coïncide avec f sur un voisinage du bord. Et à la fin de la phrase, ses lèvres se pincent comme pour souffrir,*

ses lèvres se pincent tellement c'est bon ;

et c'est une douleur exquise qu'il ne pourra jamais partager avec quiconque – personne n'est équipé pour, à mille kilomètres à la ronde. Moi compris. Dmitri a dix ans et il le sait déjà, et pour cela il ferme les yeux, et pour cela il pince les lèvres ;

et son esprit tout entier est à cette phrase, à ses mouvements lents et parfaits, à ses arabesques liquides dans son crâne.

À l'époque, comme tout le monde dans le Quartier, que ce soient les garçons de la bande, nos instituteurs ou nos voisins, je voyais en lui une sorte d'autiste qui n'avait que ses livres dans la vie. Un être fragile et inoffensif. Et peut-être que j'avais raison alors. Mais aujourd'hui, Dmitri n'est plus fragile. Il n'est plus fragile parce que pendant toutes ces heures – pendant ces centaines, pendant ces milliers d'heures que nous avons dispensées à courir, à sauter, à rire, pendant toutes ces heures que nous avons peut-être dispensées en vain – il se préparait. Il tissait son revêtement. Pour aujourd'hui. Pour cet instant précis, pour pouvoir plonger dans la foule, pour la fusiller du regard quand elle ralentit même d'une manière infime sa course.

Hier soir, Dmitri avait fendu la foule comme on traverse le vide – sur sa peau, un revêtement de milliers d'heures ;

dans sa main gauche, cet économe qui ne l'avait jamais quitté,

dans sa droite, ce pull qui était aussi une arme ;

et le temps devait s'enrouler autour de ce pull,

parce qu'une seconde après avoir quitté la salle de bains de leur père,

ils étaient arrivés à l'hôpital.

Une sphère de dimension 2 plongée linéairement par morceaux (PL) dans S^3 découpe la sphère S^3 en deux cellules PL. Une variété PL de dimension 3 dont chaque sphère PL borde une cellule est dite irréductible.

Mais le temps a dû se remettre à passer quand Dmitri s'est endormi à l'hôpital. Et à présent, une aube épuisée se glisse dans le couloir désert. Dmitri s'agite, d'abord faiblement – et soudain, il s'éveille. Il scrute quelques instants le couloir d'un regard noir, puis, encore éreinté par cette nuit interminable, il se lève et se traîne vers la porte 203. Ivan est resté sur le banc, il n'ose rien. Il regarde son frère qui travaille, il l'entend qui balbutie

C'est fou comme tu me manques, c'est fou comme

Ivan ne sait pas vraiment à qui son frère s'adresse – à leur père, à leur mère, ou à lui – et il ne le saura jamais. Ce qu'il sait en revanche, c'est que Dmitri tend sa main vers la poignée, c'est qu'il étouffe un gémissement de douleur, parvient à la saisir

et ouvre.

Il reste un moment sur le seuil, ne lâchant pas la poignée,

comme s'il s'y retenait. Incrédule, Ivan se lève et s'approche dans son dos. Ensemble, immobiles, ils scrutent l'obscurité de la chambre. Ils savent tous deux que si Dmitri se précipite, il va se faire balayer. Les mathématiques ne sont pas une question de vitesse, lui répétait Alexandrov. *À quarante ans, il a fini par comprendre que quelque chose sera toujours là, entre lui et toi, Père ; par-delà cette amour noire que vous vous portez, quelque chose qui réclamera toujours son dû et qui est avide de sang.* Et cette chose se jetterait sur lui s'il allait trop vite. Même ici, même maintenant, même avec son revêtement. Il a beau avoir des litres et des litres de vodka dans les veines, il le sait comme quelque chose qu'on ne peut pas oublier : une minute à peine qu'il est entré, et déjà ses muscles se tendent – ses poings, sa mâchoire en tremblent littéralement.

Nul ne sait combien de temps Dmitri serait resté ainsi, à hésiter sur le seuil, si des pas ne s'étaient fait entendre au fond du couloir. Ivan sait seulement que son frère n'est pas prêt, qu'il ressemble à un animal terrifié quand il s'esquive dans la chambre,

quand il repousse maladroitement la porte derrière lui.

Ivan reste dans le couloir, à côté de la porte entrouverte. Non pour monter la garde, non pour vérifier que l'interne qui passe les laissera tranquilles, mais parce que ce qui va avoir lieu derrière cette porte n'est pas pour lui.

De l'autre côté de la porte, Dmitri n'est plus qu'un cœur qui bat à tout rompre. Ses mains, ses bras s'agitent convulsivement ; son corps tout entier échappe à son contrôle et semble se découper, se scinder en cellules PL fermées – à voir tous ces appareils autour de son père, à entendre le respirateur, il se scinde,

et plus il approche de ce vieux corps flasque, de cette peau inexacte, de ces lèvres tendues de douleur,

plus il se scinde,

et son revêtement a dû éclater dès qu'il a fait ses premiers pas dans la chambre. Il lui faut des heures pour dérouler le pull vert qu'il tient dans sa main. *Te souviens-tu du 4 décembre 95, de la veille de l'accident, Père ? De ce moment-là, dans votre chambre ? Te souviens-tu seulement, ou n'était-ce rien pour toi ?* La main de Dmitri retrouve dans le pull cette lame qu'il avait tendue vers son père ce soir-là. Il vacille plus fort encore. Il s'accroche au contact rugueux du mauvais bois, il serre le manche de l'économe du plus fort qu'il peut. Il s'avance encore et, bientôt, il surplombe le vieil homme, il murmure.

Je n'en reviens pas que ce soit toi, là.

À portée de lame.

Et tandis qu'il se penche sur le lit, les mains du vieil homme s'agitent – il agrippe sa couverture, il gémit. Preuve que tout n'est pas fini, qu'il y a encore des choses qui se jouent en toi, des choses qui se jouent de toi, murmure Dmitri. Des choses sur lesquelles tu n'as pas tout pouvoir, malgré tes rides et tout l'attirail. Des choses irréductibles. Mère ? Ivan ? Peu importe ce que tu répondrais : à te voir t'agiter ainsi, à t'entendre gémir, tout ce que j'ai dans le ventre, tu l'arraches à pleines mains. Tu le jettes à terre, comme si ça n'était rien. De la petite monnaie. Du rouble. Tout ça, juste à murmurer, Père. Comme à la grande époque – quand tu pouvais nous tuer d'un raclement de gorge, sans même nous regarder.

Dmitri donnerait cher, il donnerait quelques-uns des théorèmes qui portent son nom pour tenir quelques instants encore ;

il s'accroche à tout ce qu'il a dans le ventre, à tout ce qu'il a dans les yeux, mais soudain il réalise : Et si jamais tu te réveilles ? Si jamais tu me vois là ?

Vite, trop vite, il se redresse, et tout tourne ;

il cherche de l'air partout, dans les coins de la chambre,
dans les sphères irréductibles, dans les plinthes couvertes de poussière,
il cherche de l'air partout et n'en trouve nulle part ;
et voulant s'éloigner, et voulant fuir à tout prix,
il ne fait que trébucher misérablement.

On montre ainsi que $\pi_2(S^3/K) = 0$ pour un nœud quelconque $K \subset S^3$. Plus généralement, $\pi_2(M^3)$ est trivial pour toute variété orientable de dimension 3 qui est irréductible au sens de Kneser.

Et puisque $\pi_2(S^3/K) = 0$, c'est exactement à ce moment-là que trois policiers entrent dans la pièce – deux inspecteurs et un stagiaire. Les deux inspecteurs, un monstre caucasien d'au moins deux mètres et un jeune homme élancé aux yeux bleus, viennent prendre la déposition du père de Dmitri, Vladimir P., et relayer le stagiaire qui devait garder sa chambre pendant la nuit. Dmitri ne sait rien de tout cela. Il ne sait pas non plus que les pompiers ont appelé le commissariat en accompagnant son père à l'hôpital, que celui-ci a été placé sous surveillance et que la police attend son réveil pour l'interroger. Il ne comprendra que plus tard, s'il y réfléchit, si cela présente à un moment un quelconque intérêt, qu'il n'a pu entrer dans la chambre 203 que par chance. Dans le rapport interne que la police dressera d'ici à quelques heures, il sera noté que le stagiaire Igor B., censé surveiller la chambre de Vladimir P. pendant toute la nuit, avait quitté son poste. Face à sa hiérarchie, il soutiendra que c'était quelques minutes, qu'il était allé fumer une clope – et que Dmitri a vraiment eu de la chance de pouvoir entrer dans la chambre dans cet intervalle. Et comme la vérité à son propos n'intéresse personne, aucun de ses supérieurs ne prendra la peine d'interroger les médecins de garde pour confirmer ou infirmer sa présence dans le couloir à d'autres moments : littéralement, tout le monde s'en moque. L'essentiel est qu'à l'instant où les policiers entrent dans la chambre et s'arrêtent sur le seuil

Dmitri est debout près du lit de son père, son économe à la main ; l'essentiel est que le stagiaire a bien senti que les inspecteurs n'ont pas cru à son histoire de clope quand ils l'ont croisé dans le parking, qu'il veut se rattraper ;

l'essentiel est qu'il s'avance vers Dmitri dès qu'il est entré, qu'il lui gueule dessus.

Mais Dmitri ne l'écoute même pas ; il reste immobile, les yeux fixés à terre. Il cherche de l'air dans $\pi_2(S^3/K)$. Et pour la première fois, Ivan a l'impression de voir son frère tel qu'il est en vérité. Dmitri est un nœud. Et face à ce nœud, l'autre, quel qu'il soit, n'a aucune chance de s'orienter. Il peut simplement s'approcher, s'approcher encore, jusqu'à presque le toucher. Et quand il sera à bonne distance, quand il sera trop tard, Dmitri va le prendre et le tordre. Parce que jamais il ne laissera personne toucher ce pull qu'il tient dans la main.

Un dernier mot, deux derniers pas ;

nous y voilà :

Dmitri entre en scène, murmure Ivan.

Et très vite, trop vite, le stagiaire s'énerve et se jette sur Dmitri pour le menotter. Et celui-ci, qui ne s'est jamais battu avant d'entrer dans cette chambre, résiste et s'agite tant qu'il peut. L'inspecteur caucasien accourt pour aider le stagiaire dépassé ;

et les hommes s'empoignent

et luttent

et hurlent comme des bêtes.

Ils se projettent contre les murs, contre le lit – et leurs yeux sont fous, et leurs dos sont bandés et le monde est fou et bandé. Au comble de la mêlée, l'économe glisse de la main de Dmitri et atterrit sous le lit. Mais qu'on ne s'y trompe pas : il ne s'y voit pas, il est invisible,

il n'est pas de la même dimension que les trois hommes qui se débattent dans cette pièce.

Le fait est général : l'objet n'est pas de notre dimension,

et Dmitri le sait, qui n'y prête aucune attention,

qui ne voit qu'une chose de ses yeux fous : son père, qui, dans le tumulte, vient d'ouvrir les yeux, son père qui le fixe, son père qui le fait rugir plus fort encore – et c'est seulement quand le jeune inspecteur aux yeux bleus plaque le canon de son arme contre la tempe de Dmitri, qu'il relève le cran de sûreté, que tout se fige, et c'est seulement quand il prononce Maintenant, tu te calmes ou je te calme,

que tout se tait.

On appelle variété graphée une variété qui peut être scindée le long de tores plongés et disjoints en morceaux, chacun de ceux-ci étant un fibré en cercle au-dessus d'une surface.

Autour de son frère, les flics s'agitent dans le commissariat. À leur routine, à leurs jeunes défoncés, à leurs putes, à leurs macs. Depuis une heure qu'ils l'ont amené ici, personne n'est venu le voir. Ils l'ont laissé dans la salle d'interrogatoire numéro 4, au fond d'un des couloirs qui rayonnent de la salle d'accueil. Ils croient sûrement la jouer fine avec lui, ils pensent le briser avec de la psychologie de supermarché, se dit Ivan. De temps à autre, certains d'entre eux passent devant la vitre sans tain et s'arrêtent pour l'observer. Ils s'imaginent que Dmitri ressasse ce qui s'est passé à l'hôpital, ou ce genre de choses. Ils croient le travailler comme on travaille la viande pour l'attendrir – au rouleau, sans ménagement. Ils espèrent peut-être que bientôt il sera tendre, qu'ils pourront lui faire dire tout ce qu'ils veulent.

Ivan ne peut pas les prévenir – il ne peut même pas se moquer d'eux, leur rire au nez, leur cracher dessus – mais il sait bien, lui, que tous autant qu'ils sont ils se trompent.

Dmitri se moque bien du commissariat et de tout le reste. Regardez comme il dodeline de la tête, déjà – il est épuisé, après la nuit qu'il vient de passer, n'importe qui pourrait comprendre ça. Et puis si son frère se concentre sur quelque chose, c'est surtout essayer de ne pas vomir, c'est surtout prier pour que la douleur cesse de lui vriller le crâne – voilà ces murmures indistincts,

ces bouts de théorèmes que personne n'entend,

ces prières que personne n'écoute sauf lui, Ivan.

Et parfois, ces prières doivent être exaucées, car l'alcool et la douleur et la colère le laissent soudain tranquille et cessent de le dévorer à pleines dents ; et soudain, le monde n'est plus ce maelström d'images de l'hôpital, cet entrelacs d'électrocardiogrammes projetés sur les murs, cette cohorte de médecins, d'infirmières qui s'agitent autour de son père,

le monde n'est plus cet enchevêtrement de tubes qui lui plongent dans la bouche, dans le nez, dans les bras ;

tout cela par miracle disparaît,

et au milieu d'une douleur inouïe, d'une douleur qui n'est pas de ce monde, Dmitri se souvient de ce qu'il a écrit en mars 96, de la fonctionnelle qui porte son nom. Puis c'est le flot qui revient. Et enfin, miracle,

les estimateurs canoniques de distance.

Ivan l'a déjà vu des dizaines, des centaines de fois dans cet état – les premières fois, ils étaient encore enfants. Cette sorte de transe ne dure que quelques secondes. Et heureusement, se dit Ivan. Parce que personne n'est fait pour résister à ce que Dmitri vit dans ces moments-là. Pour voir ce qu'il voit alors. Cette chose qui est venue à lui tant de fois il y a vingt-cinq ans, cette lumière noire qui est revenue le toucher aujourd'hui, quelque part entre l'hôpital et le commissariat, cette lumière noire, dans le fourgon de police, au milieu des blagues des flics des secousses de la circulation des regards bleus du jeune inspecteur des questions du

Caucasien au milieu des remous de l'alcool, cette lumière noire qui est apparue à nouveau, au milieu du commissariat. Et cette chose est folle et incroyable,

elle dépasse tout ce qu'il a pu connaître, elle dépasse même,

c'est fou,

elle dépasse même ce qui lui est arrivé en mars 96.

Et dans ces moments-là, si les policiers voyaient ses mains qui palpitent sous la table, ses pupilles dilatées, ils songeraient sans doute à quelque pervers, à quelque déséquilibré, qui mime ses ébats ou son crime, à la muette ; s'ils les observaient mieux, ils verraient peut-être comme ses mains se courbent, comme elles semblent caresser l'air – elles étirent, elles découpent, elles recousent. Oui, s'ils observaient mieux, ils verraient peut-être tout cela. Mais certainement pas ce que Dmitri caresse, certainement pas les tores, les fibrés qui le font suffoquer. Car personne n'est équipé pour voir ce qui arrive dans ces moments-là,

l'esprit de Dmitri qui plane en cercle au-dessus de la pièce.

Et aussi bizarre, aussi étrange qu'ils puissent le trouver, tous ces gens feraient bien de se poser une question, se dit Ivan. Une question concernant leur monde normal, concernant leurs vies normales. Ont-ils déjà tremblé de joie ? La réponse ne fait aucun doute pour Ivan. Jamais il n'a vu des yeux comme ceux de son frère en ce moment. Avec tout ce pétillement, avec toute cette lumière. Et cette lumière déborde alors, et elle projette sur son visage crasseux un air libre, un air abouti, comme il n'y en a nulle part dans le monde des adultes. Alors qu'il le regarde caresser le dessous de la table, Ivan se redit que son frère est un enfant. Un enfant qui joue avec le monde.

Mais Ivan sait que Dmitri a une manière bien à lui de jouer. Et il a en tête, lui, ce que tous ici semblent avoir oublié. Que tous les grands maîtres d'échecs jouent avec plusieurs coups d'avance. Qu'en quelque sorte ils jouent dans le futur ; ils travaillent un autre matériau que le nôtre, nous qui restons cantonnés dans le présent. Pour eux, le coup à venir est déjà réglé bien avant que l'adversaire ne touche sa pièce. Sur certaines phases de jeu, Dmitri lui expliquait que ce qui se passait sur un échiquier était presque automatique, qu'il aurait pu lire un livre ou faire autre chose en même temps. Et c'est peut-être ce qu'il est en train de faire : autre chose. Il a beau être toujours complètement ivre, il a beau être menotté, ça ne change rien, se dit Ivan. Des gens comme son frère rencontrent très rarement des adversaires à leur niveau. La seule possibilité qu'ils ont de se confronter à la difficulté, c'est de jouer en simultané contre dix, vingt, trente personnes, c'est de jouer en aveugle. Pour ce qu'Ivan en sait, contrairement à la majorité des joueurs de son niveau, son frère n'a jamais tenté ce genre d'expérience. Mais c'est peut-être exactement ce qu'il est en train de faire, se dit Ivan – jouer à l'aveugle, en simultané, contre tout un commissariat. Peut-être que tout ça n'est qu'une gigantesque partie d'échecs. Et ils ont beau être une cinquantaine, Dmitri a plusieurs coups d'avance sur eux.

Aucun flic, par exemple, n'a fait attention au pull qu'il tenait dans sa main à l'hôpital. Aucun n'a remarqué qu'il l'avait roulé en boule dans la poche droite de son manteau. Et si l'un d'entre eux l'avait fait, il aurait pensé qu'il s'agissait uniquement d'un détail – on n'apprend pas au pion à penser, se dit Ivan. Ils ne sont pas équipés pour.

Aucun flic non plus n'a compris ce qui s'est passé il y a une heure, quand Dmitri est entré dans le commissariat, escorté par les trois policiers qui l'ont interpellé. Un des camés qui attendaient menottés à leur radiateur s'est mis à s'agiter dès qu'il l'a vu. À se démener, à gueuler tout ce qu'il avait dans le ventre. Pendant un quart d'heure, il a appelé, il a crié Mais merde, vous êtes tous bouchés ou quoi ? Je veux mon coup de téléphone ! Eh oh, il y a quelqu'un par ici ? Mais personne n'a fait attention à lui. Au milieu de ceux qui s'engueulaient ou qui se battaient, de celles qui attendaient pour déposer leur plainte ou pour pouvoir repartir tapiner, ce drogué n'était qu'un pion parmi d'autres. Et qui fait attention aux pions ? Qui a pour eux autre chose que du mépris ? Personne dans tout le commissariat. Personne n'était capable de comprendre le sens du gambit qui était en train de se jouer. Pourquoi quelqu'un, officier ou non, du matin ou de la nuit, aurait-il pris garde à ces deux déchets – à ce junky avec sa crête rouge, à ce géant crasseux aux allures de SDF qu'on ramenait de l'hôpital ? Qu'ils se connaissent ou non, qu'est-ce que ça aurait pu faire, qu'est-ce que ça aurait pu inspirer à celui qui l'aurait deviné ? Rien. Tout au plus, il aurait été troublé par l'expression de véritable horreur qui s'était peinte sur les traits d'un jeune jusque-là inexpressif et léthargique. C'était pourtant cela – une horreur véritable. Comme face à un sacrilège. Celui qui aurait compris ça, à défaut de lier cette peur panique à Dmitri, aurait peut-être deviné que quelque chose d'anormal avait lieu. Car ce jeune drogué était un habitué des commissariats – il connaissait les règles, il savait se tenir en quelque sorte. Et rien ne pouvait expliquer qu'il s'agite ainsi dès qu'il avait aperçu Dmitri. Mais personne n'y avait fait attention. On avait fini par lui accorder son coup de fil quand on s'était rendu compte que c'était le seul moyen de le faire taire, quand même les coups que lui avaient administrés les Caucasiens de la demi-brigade, Sergueï et Hippolyte, s'étaient révélés inefficaces. Alors Sergueï avait conclu un marché avec le gosse – il se taisait et il avait droit à une minute. Pas plus, pas moins. Le jeune n'avait prononcé que quelques phrases dans le combiné hors d'âge. Le gambit. L'appel fini, il s'était tourné vers Sergueï, avec dans les yeux un mélange que le géant caucasien n'avait pas su déchiffrer. Un mélange de reconnaissance et d'une chose qui n'avait rien à faire là. De la pitié. De la pitié pour lui, Sergueï. Pour le commissariat tout entier.

Mais qui s'intéresse à la pitié d'un pion ? Qui y croit ?

Qui peut croire que depuis qu'il a vu Dmitri entrer dans le commissariat, ce jeune fait exactement ce qu'il a à faire ? Qu'il ne fait qu'épier, qu'écouter ceux qui passent près de lui sans le regarder, et qui racontent ce qui s'est passé à l'hôpital ? Le stagiaire, Igor B., qui s'est jeté sur Dmitri qui s'est défendu ; Sergueï, le Caucasien qui a essayé en vain de le maîtriser ; et le jeune inspecteur aux yeux bleus, Mikhaïl – celui dont on parle parfois au QG, celui avec lequel il faudra compter, d'après le Marquis –, qui a dû calmer tout le monde. Le jeune drogué a tout enregistré. Et il continue : il ne manque rien du stagiaire en train de pleurer comme un gosse dans le bureau de Sergueï. De Sergueï justement, qui lui gueule dessus à en faire vaciller les vitres. Qui lui explique à quel point il est une merde. Qui le menace, qui lui explique ce qu'il va prendre quand le capitaine Téliakov va arriver. Qui lui dit de dégager quand il ne peut plus le voir. Le jeune drogué n'en a pas perdu une miette, tant il sait qu'il aura son rapport à faire à celui qui s'annonce. Ainsi, chaque détail compte. Le moindre emplacement de pions. Le plus petit alignement.

Il a même remarqué Mikhaïl qui s'est installé dans un bureau tout près de lui pour chercher ce que l'ordinateur savait de Dmitri P. À travers la vitre du bureau, il a deviné ce que le jeune inspecteur lisait sur l'écran – les faits qui défilaient devant lui comme des tores plongés et disjoints en morceaux. Poste de mathématicien à l'institut Landau. À quinze ans, accident de voiture, le 5 décembre 95 – avec sa mère Natalia et son frère Ivan. La mère est morte sur le coup, un des garçons aussi, et l'autre a été très grièvement blessé. Le premier avis de décès de l'époque est au nom de Dmitri P. Pendant quatre mois, il est resté à l'hôpital, en service de réanimation ; et pendant quatre mois, on a cru que c'était lui qui était mort et non son frère Ivan. Les deux garçons se ressemblaient énormément et le survivant était dans le coma, explique le dossier. Il a fallu attendre mars 96 pour que l'on se rende compte de l'erreur. Au sortir de l'hôpital, s'est enfui du domicile parental – barre 1004, dans le Quartier. Aucune adresse connue depuis – depuis vingt-cinq ans, personne ne sait où cet homme vit, et pourtant il est lauréat de la médaille Fields, et c'est une légende vivante des mathématiques, murmure Mikhaïl.

Il reste un moment sur ces dernières lignes, et les mots planent en cercle à la surface de ses yeux. Il voudrait sans doute continuer à fouiller, mais le jeune drogué le voit soudain se redresser et éteindre l'ordinateur – dès qu'il aperçoit le capitaine Téliakov qui entre dans le commissariat. Le plus petit alignement. Et rien ni personne ne résiste à l'arrivée du capitaine – comme Mikhaïl, le jeune drogué est immédiatement fasciné par le vieux policier ; du moment où celui-ci pousse la porte du commissariat, il ne le lâche plus des yeux. Ces traits burinés par la fatigue, ces rides immenses, et pourtant cette impression de puissance qu'il dégage quand il passe à côté de lui – cette mâchoire si tendue, ces lèvres si fines, si dures, presque invisibles, ces mains si larges. Le jeune drogué se gave de tout cela et n'en laisse rien. Ni ses yeux gris, ni ses yeux de poussière qui balaient un instant tout le commissariat. Ni le morne salut qu'il adresse à Sergueï ni le Quoi de neuf cette nuit ? qu'il lance en accrochant sa veste. Ni Sergueï qui explique ce qui s'est passé à l'hôpital – comment Mikhaïl a sauvé la situation ; ni le capitaine qui sourit par-devers lui quand Sergueï prononce ce nom. Le moindre détail compte. Comme le capitaine s'assied lourdement dans son fauteuil et comme, sans regarder Sergueï, en embrassant le commissariat d'un regard gris, il lui demande comment va le stagiaire. Comme Sergueï lui répond qu'il va bien malheureusement, mais qu'il lui a expliqué ce qu'il pensait de lui – à l'heure qu'il est, il doit traîner quelque part dans les couloirs. La moue amusée du capitaine qui demande les noms, par acquit de conscience. Sergueï qui cherche sur son ordinateur, qui plisse les yeux. P., c'est ça. P.

Et pendant qu'il tape patiemment sur le clavier, Sergueï ne voit pas ce que le jeune drogué voit. Ce qui compte. L'alignement que tout le monde laisse passer. Le capitaine qui se raidit soudain, qui se redresse. Et cette tension qui remonte le long de son échine, qui prend possession de ses yeux, de ses mains. Sergueï ne la sent pas qui enfle malgré les efforts de Téliakov pour la maîtriser, il continue sans se douter de rien :

— Ah oui, une chose bizarre, quand le vieux P. s'est réveillé ce matin à l'hôpital à cause du raffut de son fils, on l'a interrogé. Il porte plainte contre son fils pour coups et blessures aggravés, avec intention de donner la mort ; j'ai essayé de faire parler le fils dans le fourgon, il était complètement ivre, mais il m'a dit qu'il vivait dans une cabine téléphonique.

Et si Sergueï les laisse passer, le jeune drogué ne manque pas les yeux du capitaine au moment où les mots le cinglent. Il ne manque pas sa main droite qui se crispe, qui reste immobile un instant – comme on tente toujours de résister à ce qui va nous balayer, les premières secondes. Et il n'est pas surpris, lui, quand soudain Téliakov attrape une boîte de stylos sur le bureau et la fracasse contre le mur. Putain ! Tabasser son vieux, tu parles d'une ordure ! Mais ils sont vraiment barges, dans ce quartier ! Et puis très vite, sa masse en mouvement qui traverse le bureau. Et Sergueï qui songe un instant à lui barrer le chemin, à le forcer à se calmer avant de sortir du bureau, mais qui croise son regard, qui comprend sans un mot qu'il lui faut s'écarter de la porte. Et le capitaine qui débouche dans le couloir, qui s'avance jusqu'à la salle d'interrogatoire numéro 4, qui l'ouvre qui se jette sur Dmitri qui le soulève comme s'il n'était rien, qui le bascule et le traîne dans son bureau,

et dans la grande salle du commissariat le silence, la stupéfaction, la peur de tous ceux qui sont là, policiers ou non ;

et dans ce silence, le chuintement des chaussures de Dmitri qui se débat vainement sur le sol comme un animal qu'on amène au sacrifice. Et Mikhaïl qui sort de son bureau à ce moment-là, qui court, qui pousse Sergueï sur le côté pour rentrer dans le bureau du capitaine : le jeune drogué ne perd rien de tout ça. Il reste concentré sur le gambit et il se tait. Il se tait parce que celui qui s'annonce est en chemin – il vient personnellement, on le lui a assuré. Il se tait et il bouffe le commissariat du regard. Et dans ses yeux, il voit les choses se scinder, il devine le futur,

les meubles en morceaux, les vitres réduites en morceaux,

les corps disjoints de tous ces gens qui n'ont pas entendu les mêmes mots que lui,

ces mots qui, depuis qu'ils ont jailli du combiné, tournent dans son crâne de drogué – T'inquiète, on arrive. T'inquiète, je lui dis et il voudra venir. Avec l'Immanus, oui. Ils n'en ont pas pour longtemps. Pense à te baisser si ça envoie. Oui, on s'en occupe.

Les choses se scinder.

Les meubles en morceaux. Les corps comme des tores, recourbés, qui planent au-dessus du sol.

Celui qui s'annonce.

Une surface plongée PL à deux côtés F dans une variété fermée M^3 est appelée incompressible si le groupe fondamental $\pi_1(F)$ est infini et s'injecte dans $\pi_1(M^3)$.

Le capitaine le pousse dans son bureau. Il a beau approcher l'âge de la retraite, cet homme doit avoir une force prodigieuse, se dit Ivan. Parce que Dmitri, tout géant qu'il soit, titube et part s'étaler contre la vitre qui les sépare de la salle commune. Le choc est violent et sourd : la vitre se fend et Dmitri retombe à terre, l'épaule droite déboîtée et le visage en sang. À le voir ainsi à terre, misérable et ensanglanté, Ivan se demande si son frère ne vient pas de perdre le contrôle de l'échiquier. Jamais il n'aurait soupçonné leur père de déplacer de telles pièces, si vite. Si tôt.

Et pourtant, lentement, Dmitri se redresse. Légèrement hébété, il regarde les deux policiers. Mikhaïl d'abord, qui vient d'arriver et qui retient son supérieur. Puis il passe au capitaine. Et dans son regard, un mépris qui n'est pas de ce monde. Jamais Ivan n'aurait cru son frère capable de se relever après une telle chute, comme si rien de fondamental n'avait été effleuré, pas même la plus petite fibre sur la peau du monde. *Oui, toutes ces années, je me suis trompé sur son compte. Dmitri est tout sauf fragile. Comment peut-il se rasseoir comme ça, aux yeux de tous, aux yeux du commissariat médusé, comme si ce qui vient d'arriver n'avait fait que glisser sur lui, que parcourir les fibres de son bord, sans même les agiter ?*

Et Ivan n'est pas seul stupéfait : le commissariat tout entier fait silence face à Dmitri,

suffoqué par cette sensation inconnue d'avoir vu un monstre apparaître,

par cette sensation folle

d'avoir vu jouer le roi.

Car tous ceux qui sont présents savent confusément, malgré l'alcool, la drogue, malgré la fatigue et la morosité distribuées dans leurs veines, que la vie est une partie qui les dépasse, et de très loin. Que dans cette partie, ils ne sont que des pions, du rien. Ils ont beau ignorer les règles de ce qui se joue dans le bureau du capitaine, ils sentent sur leur échine que, parfois, sans prévenir, on les prend, on les bouge, on les sacrifie pour des raisons inconnues. Il leur est arrivé, parfois, de côtoyer, qui un cavalier, qui un fou. Et si la lumière est bonne, si le dieu des instants s'y prête, ils sont en droit d'espérer apercevoir une tour, et ils pourront dire plus tard,

une fois, j'ai respiré la marque de son passage sur l'air, j'ai pu sentir l'odeur de son bois.

Mais ils savent bien que jamais au grand jamais un pion ne verra la reine. Ils le savent forcément, se dit Ivan. Si c'est le cas, c'est pour mourir – puisque c'est leur horizon à tous, regardez-les : ces yeux globuleux, ces bouches pantelantes, cette peur à n'en plus finir. Et tous, autant qu'ils sont, ils viennent, sans y avoir été préparés le moins du monde, de voir jouer le roi.

Car certains coups n'appartiennent qu'au roi et sont sa marque – le roque n'est que pour lui, qui dit à qui l'on s'attaque.

Et tous ceux qui sont présents le savent et ils tremblent. Regardez-les : ces flics interdits face à la vitre fendue, ces macs qui se sont tus, qui se recroquevillent. Regardez-le, ce jeune drogué menotté au radiateur sur la gauche de la salle d'accueil – regardez dans ses mains, dans ses yeux, dans son souffle qui se fait court, le coup qui s'annonce. Dmitri est-il seulement conscient de ce qu'il vient d'accomplir, de montrer ? se demande Ivan. En a-t-il la moindre idée ? Pressent-il aussi ce qui va arriver ? Ivan aurait tendance à penser que non. Qu'il s'en moque. Qu'il est encore complètement ivre. Que son esprit est une vitre explosée dans la brume. Que son crâne est fracturé de partout. Il aurait tendance à penser que la lumière du couloir est trop forte pour qu'il les voie tous, autour de lui. Que c'est à cause d'elle que ses yeux sont si durs. Mais Ivan peut se tromper et il le sait – il n'oublie pas que si son père et son frère en sont là, ce n'est certainement pas pour rien.

Le silence s'installe dans le bureau du capitaine. Dmitri fixe la table devant lui. Un spasme lui tord le ventre et lui fait plisser les yeux. Ils sont là, étalés sur le sol, fissurés ou brisés en *N* morceaux. Ses tores. Ses fibrés. Il voudrait se pencher, les ramasser. Les reprendre à lui. De l'autre côté du bureau, le capitaine semble examiner une dernière fois l'échiquier. Même s'il n'a pas le niveau de Dmitri, il est une chose qu'il sait à coup sûr, se dit Ivan : que les échecs ne sont pas une question de points ou de pièces. Que certaines positions valent pouvoir. Qu'elles distribuent la lumière et l'ombre tout autant que les grosses pièces sur l'échiquier. *Voilà pourquoi il ne dit rien,* comprend soudain Ivan, *il cherche son angle d'attaque.* Une seconde encore, le capitaine se tait ; il se rappelle ce que Sergueï vient de lui dire, il cherche ses premiers mots. Il les travaille, pour leur donner tout ce qu'il a de grave, tout ce qu'il a de dur – pour que les mots trouent l'air jusqu'à Dmitri quand il les posera sur la case noire du bureau qui les sépare. Et quand il juge le moment venu, il assène – droit dans les yeux, sur le roi :

— Je résume : vous vivez dans une cabine téléphonique depuis vingt-cinq ans. Et hier soir, vous vous décidez à rendre visite à votre père, Vladimir P. Vous le trouvez en sang dans sa salle de bains et vous appelez les pompiers.

Dmitri ne répond rien, il ne le regarde même pas. Aucune pièce ne bouge sur l'échiquier. Alors le capitaine Téliakov reprend :

— Et ce matin, votre père porte plainte contre vous, pour coups et blessures aggravés, avec intention de donner la mort…

Dmitri reste immobile, comme s'il n'avait pas entendu. Il voudrait… Il voudrait récupérer tout ce qui traîne par terre, d'abord. Ses tores. Ses surfaces *PL*. Il voudrait partir, ensuite. Quitter ce bureau. Il voudrait être incompressible, il voudrait que son groupe fondamental $\pi_1(F)$ soit infini, qu'il s'injecte dans $\pi_1(M^3)$. Il voudrait que son frère soit là.

Mais si Ivan est quelque part, il reste immobile, caché dans un coin de la pièce ; il fixe le dos de Dmitri. Il n'ose pas s'approcher, il risquerait de croiser son regard. Il sait qu'entre Dmitri et leur père il y a toujours eu quelque chose de monstrueux. L'image soudaine d'un bocal, sur une étagère, l'image d'une visite à la galerie d'anatomie comparée, l'image d'une forme diffuse dans le formol,

l'image soudaine d'un monstre en Y flotte dans le bureau du capitaine Téliakov. En tératologie, disait la pancarte sous la forme jaunâtre, on désigne par monstre en Y ceux qui n'ont qu'un corps et deux têtes – ceux qui ont cru pouvoir se scinder. Ceux qui ont cru pouvoir chercher la lumière chacun de leur côté et qui n'ont fait que s'arracher les chairs, se déchirer les os – ceux qui sont condamnés l'un à l'autre. La plupart ne sont pas viables et finissent dans les bocaux de formol, comme celui qu'Ivan voit flotter devant lui.

Mais pas eux, se dit-il. Pas Dmitri et Père. Pas ce monstre. Celui-là n'est pas pour le formol, ni pour l'étude, ni pour rien. Ce monstre-là est pour eux seuls – que Père ait porté ce monstre sur la place publique, qu'il l'ait fait sortir de l'ombre dont il sait bien qu'il n'aurait jamais dû la quitter, que Père ait fait cela est soit un signe dans le ciel, soit une erreur monumentale. Mais cela ne change rien : quelle que soit l'arme qu'il a retournée contre ce corps monstrueux qu'il partage avec Dmitri, quelle que soit sa détermination à en finir avec lui, Ivan est sûr qu'il échouera. Le monstre va regagner l'ombre – l'ombre qui est sienne.

Et d'ailleurs, à ce moment-là, le jeune drogué entend des pas dans le couloir d'entrée, d'ailleurs il se raidit, cesse de murmurer, de réciter ces trois ou quatre phrases qu'il répète en boucle depuis une demi-heure,

et dans ses yeux toutes choses se scindent

les meubles en morceaux

les corps comme des tores recourbés, planant au-dessus du sol,

le fondamental,

dans ses yeux, le monstre en Y.

Nous y voilà. Dmitri et le capitaine ont tous deux ouvert leurs positions, après avoir vérifié l'alignement de leurs pièces. Tous ceux qui savent à quoi s'en tenir, les Mikhaïl, les Sergueï, les Hippolyte, les Caucasiens, tous ceux-là les regardent et prévoient par-devers eux et craignent autant qu'ils la désirent une autre explosion.

Le jeune drogué se penche vers le sol. Toutes les pièces sont en place.

La partie peut commencer.

Toute variété topologique de dimension 3 a une unique structure PL et essentiellement une unique structure différentiable.

Il est des ouvertures qui annoncent le sang – et ce n'est pas tant la manière de défoncer la porte ou de l'ouvrir calmement qui compte

que les regards de propriétaires,

que les armes lourdes,

que le calme parfait avec lequel ils entrent.

Tout le monde en ville connaît ces hommes. Celui qui est élégant, qui ne se presse pas – le Marquis. Celui qui est couvert de cicatrices, qui a des étincelles plein les yeux – l'Immanus. Et dès que les pions les aperçoivent, accompagnés de l'armoire bosniaque qui leur sert de chauffeur, ils ne pensent plus qu'à une chose, les pions. Se jeter à terre, ramper contre les murs – aucun d'eux ne peut résister à cette entrée si fracassante, au rythme parfait, ternaire, des pas frappés sur le lino. Sitôt qu'ils entendent la porte battre contre le mur, les cavaliers se tournent, se retournent, piaffent, consultent leurs arrières et ne voient que la foule qui crie, que la foule qui se débat ;

les fous se redressent, durcissent leurs yeux de fous, les fous pensent résister.

Mais les hommes qui viennent d'entrer fendent tout cela, et ils n'y jettent même pas un regard. Ils vont droit au but, sans manœuvre tournante, sans artifice. Ils savent ce qu'ils sont venus chercher.

Le jeune drogué se lève de son banc. L'homme aux cheveux mi-longs que tous appellent Marquis n'a pas besoin de faire même un geste pour que l'Immanus se dirige vers lui. En quelques secondes, c'est fait : une balle dans la chaîne de la menotte et le jeune drogué est libre. Et plus personne ne bouge dans la salle d'accueil.

— Tu as bien fait, Pavel, lance le Marquis dans le silence irréel qu'il vient d'imposer au monde.

— C'était le moins…

— Est-ce que tu sais où il est ?

— Dans le bureau du capitaine Téliakov. Juste en face, derrière la vitre.

Et sans un regard pour son pion, le Marquis reprend sa marche jusqu'à l'entrée du couloir ; et sur son passage, tout se courbe et se fait moite et transpire la peur. Quelqu'un se dresse pourtant à l'entrée du couloir. C'est Igor, le jeune stagiaire de l'hôpital, qui veut rattraper son erreur de ce matin, qui croit peut-être à son heure de gloire. Tant il arrive qu'un pion soit si ignorant qu'il en ignore même sa condition de pion. Tant il arrive qu'un pion se prenne pour un cavalier quand il n'est même pas un fou.

— Mais qu'est-ce que c'est que ce foutoir ? Tirer dans un commissariat ! Mais pour qui vous vous prenez, toi et tes potes ? Je sais pas qui tu es, mais t'as une idée de combien on est ici ? T'as une idée de ça ?

Face à lui, le Marquis sourit d'un sourire qui est presque bon, et là est son pouvoir. Là est la marge de son grand jeu. Il se tourne vers Pavel et Pavel lui confirme :

— C'est lui qui s'est jeté sur Dmitri.

Les yeux du Marquis se rembrunissent, non de ce qu'il avait deviné, mais de ce que, par-dessus les épaules du pion qui lui fait face, il vient d'apercevoir du nombre – le capitaine Téliakov, Sergueï et ce nouveau qu'il ne connaît que de réputation, Mikhaïl.

— Sergueï l'a déjà engueulé, mais..., murmure Pavel qui finit par se taire.

Le capitaine écarte le jeune stagiaire du couloir, d'un geste négligent et sans ménagement pour sa condition de pion. Il adresse un signe rapide de la tête à l'Immanus et s'avance jusqu'à faire face à l'homme aux cheveux mi-longs qui occupe le centre de l'échiquier.

— Marquis.

L'homme apprécie. C'est dans son sourire, dans ses mains. Quelque chose de léger apparaît ici. Mikhaïl le sent – le Marquis, qu'il croise pour la première fois, aime s'amuser.

— Capitaine Téliakov. Vous avez quelque chose qui ne vous appartient pas, je crois.

— Ah, et qui t'appartient sans doute ? sourit le capitaine.

— Pas vraiment, non. Qu'est-ce que je ferais d'un gars pareil ?

Et sans laisser au capitaine le temps de répondre, il ajoute, péremptoire :

— Par contre, ce qui est sûr, c'est que vous, vous n'en ferez rien. Va me le chercher, Sergueï.

Tous ces hommes se connaissent. Et Sergueï qui n'a jamais obéi qu'au capitaine se tourne et s'enfonce dans le couloir. Pendant ce temps, le Marquis fixe Mikhaïl et Mikhaïl lui rend son regard.

— Alors c'est toi, Mikhaïl, hein ? demande-t-il en souriant. On m'a parlé de toi... Ça avance avec les Vors ? Faudrait qu'on en discute un de ces jours. Passe.

— Je ferai ça, répond Mikhaïl sans se démonter.

Sergueï revient avant que les deux hommes n'aient le temps d'ajouter quoi que ce soit. Il pousse précautionneusement Dmitri. Il a beau avoir du métier, c'est un matériau radioactif qu'il pousse, il le sait à présent ;

voilà la distance, la dureté, la concentration de ses yeux.

Mais tout ce que fait Sergueï pour se protéger est inutile. Le rayon n'épargne personne. Ni les durs, ni les faibles. Ni les jeunes idiots, ni les vieux prudents. Le rayon est aveugle et plénipotentiaire. Il s'avance dans le couloir. Il ne sourit même pas. Il a une structure unique parfaitement différentiable de celle du commun des mortels.

— On y va ? demande le Marquis à Dmitri.

— Pas tout de suite, lui répond Dmitri qui essaie de se concentrer. Je veux parler à mon père, capitaine.

Le capitaine encaisse. Personne à sa connaissance n'a jamais rien refusé au Marquis, depuis qu'il travaille sur son territoire.

— J'irai…, reprend Dmitri, j'irai le chercher à l'hôpital. J'attends votre appel, pour savoir quand il sera prêt. Il va avoir besoin qu'on s'occupe de lui. Vous trouverez une infirmière qui vienne chez lui. En attendant, tenez…

Dmitri sort de la poche de son manteau le pull élimé, qu'il tend au capitaine. Celui-ci est tellement stupéfait que quand il le récupère, il n'y prend même pas garde. Et pourtant ce pull lui montrera, quand il aura le temps de se pencher dessus, ce pull lui montrera à qui il a affaire – il lui montrera que le Marquis n'était que le début de l'attaque. Que ce qui vient de commencer est bien pire que tout ce qu'il pouvait craindre.

— Trouvez à qui appartient ce pull, termine Dmitri.

Il n'ajoute rien. Il ne va certainement pas prendre le temps de lui mâcher le travail. Le roi délègue et là est son pouvoir. Les pièces s'agitent autour de lui et pour lui, tandis qu'il se retourne et s'éloigne. Et tous autour de lui se taisent tant ils viennent d'assister à un prodige : le Marquis a demandé son avis, sa bénédiction à quelqu'un ; et ce monstre en Y, cette chose qui doit avoir au moins deux têtes plantées dans un corps de géant, et ce monstre a osé les lui refuser. Et pour cela et

pour le ton tranquille dont il a usé avec le capitaine,

tous sont sûrs qu'ils viennent de voir jouer le roi.

Et à présent, le roi s'éloigne en titubant. Entouré de ses hommes, il fend la foule stupéfaite, interdite, qui vient d'apprendre la vérité : contrairement à ce que tout le monde croit dans cette ville, le roi n'est pas celui qui se fait appeler Marquis. Le roi est un géant sale à moitié ivre. Le roi a de la terre et du sang dans la barbe. Et son regard ne s'arrête sur rien. Il se prend dans l'ombre et ne la quitte pas. Il emporte tout avec lui, il est le roi. Il retourne à sa place, et le temps est dans sa main qui tremble,

dans sa barbe sale,

le temps est dans le sang qui sèche à sa tempe.

Le temps est à lui,

et nul ne sait ce qu'il va en faire, tandis qu'il retourne à sa place, sur son trône. Nul ne le sait parce que le roi en a décidé ainsi.

Une fibration d'une variété de dimension 3 est une action du cercle qui est libre partout sauf sur un nombre fini de fibres courtes. (Seifert)

Un spasme lui soulève le ventre et Dmitri vomit une nouvelle fois. Il s'essuie d'un revers de manche, il grimace. Il n'a aucune idée de la manière dont il s'est débarrassé du Marquis et de l'Immanus, tout à l'heure, devant le commissariat – à moins que ce ne soit à l'instant, juste avant que les portes du métro ne se referment. Il a dû leur dire qu'il rentrait en métro, qu'il avait besoin d'être seul. Et à présent, il titube dans la rame et finit par s'effondrer sur un siège.

Et le temps reprend sa course syncopée sans la moindre logique, au gré des arrêts du métro ; et pendant des heures, Dmitri reste ainsi, hébété, le regard perdu dans la vitre sale à sa droite. *Dans les reflets, dans les immondices sans âge, dans la poussière, Ton bras qui s'agite faiblement, Père. Ta poitrine qui se soulève au rythme du respirateur. Et l'entrelacs des électrocardiogrammes projeté sur les murs. Et tous ces tubes qui te plongent dans la bouche, dans le nez, dans les bras – tous ces appareils, toute cette machinerie qui s'escrime à te maintenir en vie.*

Pendant un temps qui n'est pas de ce monde, Dmitri regarde les médecins, les infirmières qui s'acharnent autour de son père dans la vitre souillée du métro. Il ne peut en détacher ses yeux. Quoi qu'il fasse, où qu'il regarde. L'alcool même n'y peut rien.

Et il a beau se relever, sortir de la rame, se débattre et agiter les bras et chasser les démons comme le font les fous, il a beau enfiler les escaliers, les couloirs, parcourir les souterrains déserts, monter dans d'autres rames, tout faire pour s'éloigner de cette maudite chambre 203, ces images de cauchemar le suivent. Et ça n'est qu'après une journée entière d'errance qu'elles le laissent tranquille, quand il atteint enfin, par hasard, le bon terminus. N'y croyant qu'à moitié, il se frotte le visage et se dirige, toujours chancelant, vers la porte de la rame.

Mais au moment où la porte s'ouvre, un des énoncés de Seifert lui revient – celui qu'il aimait tant, l'énoncé aux fibres courtes. Et son esprit se perd à nouveau, et son esprit suit une action du cercle,

et Dmitri scrute ses mains rougies, incrédule. Il se demande s'il pleut – avec tous ces nuages noirs qui pèsent partout sur l'horizon, il pourrait très bien pleuvoir,

et dans les couloirs du métro même,

et les larmes noires qui ruissellent sur nos joues ne sont peut-être que de la pluie.

Il pourrait très bien pleuvoir,

tant tout est flou, tant tout est liquide,

tant il titube, tant il erre dans les couloirs comme un fantôme.

Jamais il n'aurait cru que la douleur reviendrait si vite. Toutes ces bouteilles qu'il a vidées n'auront servi à rien. Combien de bouteilles ? Des milliers, c'est sûr. Des dizaines de milliers, peut-être. Qui sait ? Qui tient ce genre de comptes ? *Des dizaines de milliers de litres de vodka et il aura suffi de quelques heures avec toi, Père,*

et la douleur et la rage sont revenues,

nues et rouges et brûlantes, comme juste avant l'accident – ou peut-être pire encore, comme en mars 96 ;

parce qu'il y a pire que l'accident, Père, pire que la mort d'Ivan et de Mère, il y a ce que tu m'as fait après, en mars 96,

ce que tu m'as fait il y a vingt-cinq ans,

et que des milliers de litres de vodka n'ont su faire disparaître.

Dmitri s'arrête un instant au sortir du métro – il lève ses yeux de pluie vers le ciel jaune, il sent vaguement les gouttes sur son visage, qui ruissellent sur lui comme des centaines de fibres courtes. Et si cet instant dure quelques secondes à peine, qu'on ne s'y trompe pas : pour la première fois depuis vingt-cinq ans,

Dmitri est là.

C'est lui sous une pluie de fibres courtes,

c'est lui et non un spectre.

Et puis la douleur revient, et puis elle lui brise l'échine et le plie en deux – et il vomit plusieurs fois. Et ce n'est plus qu'une ombre à nouveau, quand il se redresse ;

tant nos victoires sont aussi courtes que des fibres de dimension 3.

La tête basse, il se met en marche et enfile comme il peut les quelques rues qui le séparent du Quartier. Autour de lui, rien n'a changé. Toujours ces immeubles couverts de graffitis. Ces fenêtres défoncées, barricadées et redéfoncées. Ces murs qui se décomposent, qui se fissurent. Toujours ces lampadaires tordus qui assurent leur ministère en dépit de tout. Rien n'a changé. Ce quartier est extraordinairement résistant à la violence, Père. Il est à ta mesure, lui. Et ce qui nous résiste porte les traces de notre passage. Et ce qui nous résiste permet de lire la direction que nous avons suivie, de gré ou de force. Les trottoirs défoncés. Les terrains vagues aux surfaces inexactes. Les sacs-poubelle battus par le vent. Et tout ça n'est pas inscrit sur le monde seulement. C'est inscrit, l'âpre ligne de la chute, l'étendue de nos pertes, c'est inscrit en nous, en retour. Les efforts vains, face à l'irréversible. Le mal qui ronge. En nous. Des traces de tout ça dans nos yeux liquides.

Après une demi-heure de cette marche à l'aveugle, le stade finit par apparaître sur sa gauche. Il semble s'enfoncer dans la boue, entraîné par une force qui n'est pas de ce monde. Cela fait des années que plus aucun match ne se joue là, mais un des quatre projecteurs fonctionne encore. *Enfin, fonctionne, c'est beaucoup dire : il agonise en lumière.* Et dans son agonie, il donne aux environs du stade une sorte de jaune glauque et sale, un jaune particulier qui est sa fibration de Seifert, son revêtement – un jaune qui est la marque du pouvoir qui s'exerce ici. On peut lui donner bien des noms. Les Pinks. Les Vors, qui s'étendent peu à peu sur le Quartier. Le Marquis et l'Immanus, qui résistent. Les Grisov, au-delà du bloc 1300. On peut même l'appeler comme les autorités le font, au loin. Mafia. Ça ne change rien. L'important, c'est que tout ce qui est jaune est à elle. Et pour cela et pour cela uniquement, le projecteur fonctionne. Pour donner à ces terrains vagues, à ces ruelles misérables leur fibration. Partout aux abords du stade, on échange, on marchande, on livre. Une faune rapace resquille tout ce qu'elle peut. Des armes. De l'alcool. De la drogue. Des femmes. De tout. Ils sont seuls, ils sont par groupes de deux ou trois, pas plus, quand c'est une grosse livraison. Des ombres, des spectres au loin. Inaccessibles. Qui savent exactement ce qu'ils font là. Qui se sentent chez eux sur terre. Dmitri les observe, qui s'agitent malgré la pluie. Il se demande ce qu'ils font qui les occupe tant.

Et ce soir comme tous les soirs, aucune réponse ne vient. Simplement, par moments, cette sensation que son frère est là, avec lui, sous la pluie. Peut-être, se dit-il, que si lui est un peu mort dans cette voiture en décembre 95, la réciproque est vraie ; peut-être qu'Ivan a survécu d'une certaine manière. Peut-être qu'une partie de lui a pu sortir de la carcasse en flammes. Comment savoir ? En tout cas, parfois, il jurerait qu'Ivan est là. Juste là, à sa gauche. Il voudrait lui dire de dégager, de lui foutre la paix. Mais il n'ose pas. Gueuler comme ça dans la rue, à cette heure, il vaut mieux éviter, même lui le comprend. Alors peut-être qu'Ivan est là, juste là, à sa gauche. Peut-être qu'ils sont deux, maussades et trempés, à longer la barre 875. C'est là qu'habitaient tous ceux qui travaillaient dans le stade, en des temps préhistoriques – c'est encore presque lisible, sur le fronton, si on lit les ruines. Ils passent devant l'ancienne loge, ou ce qu'il en reste. Puis ce sont les toilettes, complètement défoncées, ouvertes sur la rue – avec un trou dans le mur, de la taille d'un homme, béant comme une plaie. À l'intérieur, des douches communes saccagées. Partout sur le trottoir, on distingue le débarras, le fatras sans nom de nos vies qui s'entasse – des misères de bancs, d'armoires, des misères de chaises, que des gens ont sortis et qu'ils ont fini par abandonner, comme ça, au milieu de la rue. Nul ne sait pourquoi. Dieu même n'en a aucune idée.

L'âpre ligne de la chute, dans nos yeux de pluie,

elle nous barre de part en part, comme une faille immense, trop grande pour nous.

Et la pluie a beau s'intensifier peu à peu, pour rien au monde nous n'avancerons plus vite. Et le temps semble se scinder à nouveau, et ralentir, ralentir jusqu'à n'être plus qu'une pluie diffuse. Et toutes ces gouttes noires, sans nombre, à force de ruisseler sur nous, elles s'enfoncent dans nos peaux, elles s'y perdent. Et bientôt, nous ne sommes plus que de la pluie. Nos cœurs de pluie. Nos cœurs qui n'entendent plus rien que la pluie. *Et ta voix par-dessus tout,*

Père, comme autant de gouttes. Toujours posée. Avec cette tessiture, ce grain parfaits. Tandis qu'il longe le bâtiment aux proportions irréelles, spectre défait sous une pluie de silence, Dmitri l'entend à nouveau. Son père parle du théorème du col. Il l'énonce au monde. Par-delà les barres, à travers les rues. Il le lie au second principe. Dmitri se demande de quand date ce souvenir. Mais il n'en sait rien : tout est confus et noyé dans la pluie. Et de ses yeux de pluie, il regarde les douches saccagées et il entend son père parler de ce que nul ne peut retarder ou arrêter. Avec ses phrases si particulières. Si courtes.

Et très vite, trop vite, je retrouve cette chose noire entre nous ;

qu'un seul de tes mots passe dans la rue et je serre les dents les poings qu'un seul de tes

Sans même s'en rendre compte, serrant les poings, serrant les yeux le plus fort qu'il peut, Dmitri dépasse l'ancienne station de métro – qui n'est plus qu'un champ de ruines depuis des décennies, qu'un abri pour ces squatteurs qui sont au bout de toutes les fibrations du monde. Il n'a pas un regard pour les cabines téléphoniques pleines de sacs de couchage qui se dressent autour de la bouche de métro – c'est pourtant là qu'il vit depuis mars 96.

Ivan n'a aucune idée de ce que son frère a en tête. Et scrutant ses yeux de pluie et n'y trouvant rien, il se dit que Dmitri non plus ne sait pas où il va. Il lui semble le voir murmurer comme un dément, mais la pluie couvre ce qu'il dit ;

peut-être qu'en nous il n'y a plus rien aujourd'hui,

seulement de la pluie sur nos peaux, sur nos visages, seulement de la pluie dans nos yeux,

et ta voix même, Père,

et ta voix même glisse sur moi pour la première fois,

elle n'accroche plus rien ;

je serre les poings et elle n'accroche plus rien,

elle tombe à terre

et que je peux la laisser derrière moi,

enfin.

Pendant quelques rues encore, Dmitri reste algébriquement clos. Mais quand il s'arrête devant le hall de la barre 1004, Ivan comprend. Il se tourne vers son frère et lui demande – et sa voix d'ombre est pleine de reproches : Pourquoi est-ce que tu reviens ici, Dmitri ? Chez Père ? Est-ce que tu le sais, au moins ? Mais son frère ne répond rien ; il se remet simplement en marche, l'air plus sombre encore.

Face à lui, la porte de la 1004 n'a pas changé. Ce qui en reste tout du moins. Un des deux gonds pend, à moitié arraché, et ne tardera pas à céder. L'autre montant est complètement défoncé. À l'intérieur, l'armoire des boîtes aux lettres repose à terre, au milieu d'une gigantesque flaque d'eau noirâtre. Elle tient en équilibre contre le mur troué de toutes parts. L'ampoule a disparu – quelqu'un sans doute en a eu assez de cette farce de lumière et l'a arrachée.

Et désormais les noms des hommes se perdent dans la nuit.

En courtes fibres, ils s'y noient.

Et rien ne s'extrait plus de l'obscurité que de vagues marches, que la porte ballante de l'ascenseur. Rien n'a changé malgré hier, Père. Le monde est extraordinairement résistant à la violence. Bien plus que nous.

Quand il arrive devant l'appartement, Dmitri trouve la porte ouverte. Cela n'a rien à voir avec des bandes de pillards qui sévissent dans le Quartier. Tout le monde sait bien qu'il n'y a rien à voler ici – il faudrait être un sacré salaud, connaissant celui qui y vit. Non, c'est simplement lui qui a oublié de refermer en partant à l'hôpital, hier soir. Sur le seuil de la porte, il baisse les yeux. Une fibre courte tombe le long de sa joue et se perd dans sa barbe. Il soupire profondément, bénit le dieu des ombres qu'Ivan ne soit pas là pour le voir pleurer ; puis, lentement, en s'essuyant le visage, il entre.

Il referme la porte d'entrée derrière lui, traverse le vestibule et pénètre dans le salon comme un voleur, sans allumer la lumière. En contrebas, on entend l'autoroute – les voitures qui lancent leurs courtes fibres, ce bourdonnement diffus qui sert de trame au monde. Autour de lui, les meubles hors d'âge détachent leurs courbes de l'obscurité dans le jaune sale qui inonde tout le quartier. Les meubles sont de courtes fibres qui tendent à l'ombre. Et nous aussi, par continuité.

Et tout ceci, ce combat perdu d'avance qui l'attend,

tout ceci l'épuise soudain, et la fatigue de cette nuit, de cette journée, la fatigue de toutes ces années depuis la fin du monde, depuis le 5 décembre 95, la fatigue immense fond sur lui et il n'a d'autre choix que de s'appuyer contre un mur. Et lentement, il se laisse glisser à terre, complètement défait. Cette chose noire qui sommeillait dans son ventre toutes ces années, cette chose noire dont il a cru se débarrasser, elle est là à nouveau elle lui déchire le ventre elle le plie elle lui coupe le souffle et

l'air est un poids immense sur sa poitrine, qui lui brise les os, qui lui scinde les yeux ;

et, à bout de forces, Dmitri s'effondre le long du mur. Ses yeux restent ouverts, mais ils ne voient plus rien ;

et tout est parfait à présent,

le temps peut s'arrêter,

car la voici, l'ombre – la case noire.

DEUXIÈME PARTIE

Théorème : Toute variété de dimension 3 compacte et orientable autre que la sphère S^3 *se décompose de manière unique en somme connexe de variétés indécomposables. (Milnor)*

Une variété ou une surface est close si elle est compacte sans bord.

L'aube se dessine peu à peu à travers la porte-fenêtre du salon. Dmitri gît à même le sol, recroquevillé. Contre lui, Ivan s'éveille. Il tressaille légèrement en se redressant. Il observe un moment son frère qui dort profondément, telle une variété compacte et sans bord. Avec l'aube, avec le point du jour qui le cueille, le salon a perdu cette part de mystère qu'il avait dans l'obscurité. Il n'y a plus là que quelques meubles de mauvais bois, avec des airs de fautifs. Les deux commodes, contre le mur, qui essaient de s'esquiver, de se faire toutes petites. La table, au centre, qui ne peut pas, qui n'essaie même pas. Et quelques chaises, çà et là, les bras ballants, résignées. Et derrière toutes ces pendules arrêtées, toutes ces tapisseries, derrière tous ces bibelots qui prennent la poussière dans les étagères en déliquescence, cette tristesse qui n'est pas passée et ne passera jamais. À peine réveillé, Ivan la sent. Cette tristesse compacte sans bord partout en lui.

Pour la faire passer, il se lève et fait quelques pas mal assurés. En silence, il passe la porte-fenêtre et se retrouve sur l'embryon de terrasse. Combien de temps qu'il n'était pas venu ici ? Qu'il n'avait pas revu cette rambarde rouillée jusqu'à la moelle, ces chaises hors d'âge, ces jardinières dans lesquelles la vie tente en vain, malgré l'évidente disproportion des forces en présence, de survivre au temps rapace ? Depuis l'accident – la réponse est toujours la même, quelle que soit la question.

De loin en loin, on entend des tirs à l'ouest, à la frontière avec la ville ; et un peu partout, les hurlements habituels des poivrots, des rompus de la vie. Dans les rues en contrebas, on distingue quelques voitures qui brûlent près des barres voisines. L'aube est calme, en quelque sorte. Ivan se demande une nouvelle fois où tout a dérapé – comment Dmitri en est venu à le haïr ainsi. Ce qu'il lui reproche. Il sait qu'à cette question il n'aura pas de réponse. Il voudrait fumer. Une cigarette alors, murmure-t-il, puisqu'on ne peut pas avoir de réponse. Juste une. Juste une. Sentir son contact, entre l'index et le majeur. Sa fumée délicate. Il mime le geste,

ses doigts,

ses lèvres,

il mime, jusqu'à n'en plus pouvoir, jusqu'à devoir se frotter le visage pour faire passer cette douleur sans nom, ce manque sur ses lèvres. L'air mauvais, il se détourne et s'appuie à la rambarde.

De là où il est, il peut voir le terrain de hand. Les cages rongées de rouille. Dans le soleil qui se lève, il lui semble même voir Jaarvi, il y a peut-être trente ans. Il s'appuie contre les cages, il fait cette moue qu'Ivan adore plus que tout,

il pince ses lèvres.

Comme c'était bon de le voir pincer ses lèvres ainsi.

Mais quand Ivan plisse les yeux, il voit bien alors que ce

n'est pas Jaarvi – que ce n'est pas sa manière d'avancer, de s'arrêter ; il voit bien que ce n'est pas lui,

il aimerait juste y croire encore un peu, mais quelque chose au fond de lui sait que c'est simplement quelqu'un qui lui ressemble. Il se demande qui. Il se dit que dans l'état où est Dmitri, il va dormir toute la journée. Il peut bien le laisser seul ; il peut bien aller voir en bas, sur le terrain de hand.

Une fois descendu, il reconnaît Mikhaïl qui fume tranquillement, appuyé contre un poteau rouillé jusqu'à la moelle – qui téléphone visiblement.

— Je suis dans le Quartier. Je dois voir des gars, ment Mikhaïl. Peut-être un Vors.

Il tire sur sa cigarette. Il attend de voir si le capitaine Téliakov va marcher. Celui-ci ne dit rien pendant un long moment. Il n'y a entre eux que cet infime crachotement des portables,

voilà la texture de ce qui nous lie,

la frontière qui nous sépare ;

ce bruit qui n'en est même pas un, ce bruit en deçà des bruits audibles,

et qui est là pourtant.

— Fais gaffe à toi. L'Immanus aime pas trop qu'on traîne vers là-bas. Et puis les Vors sont peut-être échauffés avec l'histoire d'hier. Il vaut mieux pas trop les chatouiller pendant un moment.

— J'ai pas le choix, je dois avancer : le Tsar prépare quelque chose. Ah ! Attendez, s'interrompt Mikhaïl, mon Daghest arrive, je raccroche.

Si le capitaine le voyait faire. Raccrocher. Tirer sur sa clope en regardant le terrain de hand désert. S'il le voyait, il se dirait à nouveau que Mikhaïl lui plaît vraiment. Qu'il est vraiment ce dont il a besoin. Il a sans doute deviné que Mikhaïl lui ment, mais il sait que ce jeune homme au regard de glace a une manière bien à lui de prendre les choses. Et ce n'est pas pour rien qu'il lui a proposé d'infiltrer les Vors il y a six mois, quelques jours à peine après l'avoir rencontré – c'est parce qu'il n'a jamais travaillé avec quelqu'un comme Mikhaïl. Ce n'est pas seulement qu'il soit plus intelligent et plus efficace que les autres ; c'est autre chose. Téliakov ne sait pas ce que c'est exactement, mais c'est cette chose qui fait que Mikhaïl progresse. Qu'il marque des points. Qu'il s'approche des lignes, qu'il s'approche des pièces que personne n'a jamais approchées. Et peu importe s'il ne doit voir personne aujourd'hui, s'il est seul sur le terrain de hand. Mikhaïl est une variété à part d'humains, un être clos, compact et sans bord. Un de ces individus étranges qui semblent savoir exactement ce qu'ils font. Et pour commencer, il va se faire oublier. Bientôt, personne ne le verra plus avancer, ni ne pensera à lui. Et soudain, il prendra tout le monde de vitesse : quand toute cette histoire arrivera à son terme, à sa frontière, ce sera lui qui mènera le jeu – le capitaine en est sûr. C'est pour ça qu'il l'a choisi. Mais ce qu'il ne sait pas, c'est à quel point Mikhaïl va aller loin, à quel point il va dépasser ses attentes ;

à quel point il va tout réduire en pièces.

En attendant, Mikhaïl fume tranquillement sur le terrain de hand. Il regarde les pièces de son puzzle s'agencer peu à peu. Il pense à Vladimir P., quand il dépose sa plainte, hier, à l'hôpital. À ses lèvres, à ses mains, à ses yeux qui tremblent. Il pressent là, dans cette palpitation, dans cette hésitation infime que lui seul perçoit, il pressent là quelque chose d'immense, de terrible. Dans sa manière de se gratter les bras, dans ses yeux fuyants. Ce vieux n'attend rien de nous, se dit-il. Il sait parfaitement qu'il a coincé tout le monde – lui, son fils, et nous, avec cette histoire de plainte. Il ne compte pas sur nous pour s'en sortir, se dit Mikhaïl. Il compte… Et soudain, les yeux de Mikhaïl se plissent sur ce qu'il entrevoit et il murmure quelque chose, mais même Ivan – qui est là pourtant, à quelques mètres de lui – mais même Ivan n'entend pas ce qu'il dit.

Après être resté un moment pensif, Mikhaïl jette sa clope au loin et sort une enveloppe de sa poche. Le dossier P. En tout et pour tout, quelques pages froissées et une dizaine de photos. Il parcourt l'état civil qu'il a découvert au commissariat hier, et très vite il passe à la suite. Sans prévenir, ce sont d'abord les photos de l'accident. La tôle, les structures métalliques tordues, broyées par le choc. Les vitres en morceaux, autour de la voiture,

comme une aura diffuse dans la lumière des flashs.

Le pare-brise déformé par les corps ensuite, figé pour l'éternité dans son jaillissement propre, strié autour de l'empreinte d'une tête, d'un tronc ;

les veines cinabre qui ruissellent, innombrables, au milieu de ce vitrail de douleur ;

la communion poisseuse d'un millier d'éclats de lumière.

Les traces de sang encore, sur les sièges, noires déjà celles-ci, qui imprégneront les tissus jusqu'à ce qu'il ne reste plus rien, ni épave de voiture, ni sang, ni tissu. La portière du conducteur, dont l'enquête conclura qu'elle a été détruite de l'intérieur – à cette heure, on ignore encore, fait remarquer le dossier, qui conduisait, qui a réussi, malgré la violence du choc dans le pare-brise, malgré les blessures attestées par les traces sur le volant et le siège, qui a réussi au milieu du carnage à forcer sur la portière bloquée suffisamment pour la déformer ainsi, pour s'extraire et disparaître à jamais. Mikhaïl ne tremble pas – l'eau bleue de ses yeux tressaille parfois, mais c'est tout. Même Ivan qui est à sa droite, qui l'observe, même Ivan ne pourrait dire si ses yeux traînent dans le vague ou si, au contraire, ils sont focalisés sur les photos, ou encore s'ils n'oscillent pas entre le vague et la netteté, s'ils ne s'enfoncent pas dans cette oscillation jusqu'à s'y perdre ;

pendant un temps qui n'est pas de ce monde, Mikhaïl erre, les yeux perdus, le long d'une frontière de brumes ;

il ne dit rien, il ne bouge pas,

il longe un monstre,

il sent son corps immense,

caché dans les brumes, tout proche,

par-delà la variété close et sans bord du monde.

Ce sont les premières gouttes de pluie qui le ramènent sur le terrain de hand. Il passe une main distraite sur son visage, mais il ne cherche pas à s'abriter. Ses yeux de glace restent concentrés. Car viennent ensuite les photos d'Ivan et de Dmitri à l'époque. Il est pratiquement impossible de les distinguer. Ils doivent avoir entre quinze et seize ans. Dmitri fait peut-être légèrement plus jeune que son frère, mais c'est infime. Et puis, il y a déjà cette eau noire dans ses yeux, déjà cette inclinaison de la tête, vers le bas, cette dureté terrible. Mikhaïl relève les yeux, une seconde, sur le terrain de hand. Il revoit Dmitri, face au capitaine, hier, dans la salle d'interrogatoire. Il revoit la crasse, le sang, les vêtements immondes. Et dans le bleu glacé de ses yeux, les deux images – l'adolescent de quinze ans et le géant de quarante ans – se superposent et se troublent ; et ce qui a changé avec le temps se fait flou et pour finir disparaît de l'image ; et bientôt, il ne reste que ce qui compte, que ce qui reste : cette dureté du front, du nez. Ces yeux noirs qui le fixent.

Après les photos, il trouve quelques pages consacrées à Dmitri. D'après toutes les sources que Sergueï a trouvées à son sujet, c'est un mathématicien brillant. Mais ce dernier mot n'éveille rien dans l'esprit de Mikhaïl. Dans ce domaine, il est comme tous les autres, il n'a aucune idée de ce que veut dire brillant, de ce qu'est la lumière. Il lit que Dmitri est chercheur à l'institut Landau, au département d'algèbre. Cela suffirait à faire de lui un mystère. Cela suffirait, tellement le monde dans sa course s'est éloigné de sa mère mathématique. Cela suffirait à expliquer l'abîme qui les séparait, hier, dans le bureau du capitaine : le moindre mathématicien est un monde inaccessible. Un monde qui plane au-dessus du monde, en cercles.

Au gré des lignes qui résument les travaux de Dmitri, Mikhaïl se représente confusément une foule anonyme qui publie dans l'ombre des centaines et des centaines d'articles, qui participe à l'élaboration industrieuse d'une science qui n'intéresse plus personne – qui n'engendre plus que l'ombre autour d'elle. Qui s'éloigne du monde à mesure qu'elle s'enfonce dans la complexité. Au gré des titres et des articles, les images d'une foule qui manie des mots qu'elle a tordus jusqu'à les rendre méconnaissables, jusqu'à les garder pour elle uniquement. Variété. Orientable. Groupe fondamental. Des gens qui ont créé leur propre langage à partir du nôtre. Des exceptions. Et, perdu au milieu de cette foule exceptionnelle, Dmitri est une exception. Il n'a jamais écrit que cinq articles. Deux au cours d'un stage qu'il a fait à l'institut Landau, alors qu'il n'avait que quinze ans. Et trois, un an plus tard, fin 96. Et avec ces trois derniers articles, Dmitri P. a révolutionné les mathématiques. C'est ce que disent toutes les publications trouvées à ce sujet sur internet. Une révolution. Bien sûr, personne ou presque ne s'en est rendu compte – personne n'était équipé pour s'en rendre compte. La conjecture de géométrisation, pensez, se dit Mikhaïl. Mais pour les rares personnes capables de comprendre cette conjecture, pour l'équipe qui a relu ses trois articles – composée des vingt plus grands noms de la topologie algébrique en dimension 4 –, c'était une révolution.

Mikhaïl parcourt ensuite le compte rendu de l'équipe qui a été chargée d'évaluer les travaux de Dmitri, sans accrocher sur les termes techniques. Quelques phrases seulement font sens. Il a fallu plus de deux ans à cette équipe pour comprendre ce qu'il a fait à l'époque – et encore, à l'heure actuelle, ils n'ont pas tout compris. Dans le compte rendu de leurs travaux, ils signalent avoir tous été « suffoqués par l'extraordinaire inventivité, par l'élégance, par la beauté des raisonnements mis en place ». Dmitri P. a résolu un problème sur lequel les mathématiciens de la planète s'acharnaient depuis plus de cent ans. Et vu les trois semaines qui séparent les trois publications, tout porte à croire qu'il a travaillé quelques mois à peine sur ce sujet.

Vient ensuite une page de magazine mathématique. Une interview d'un des membres du groupe de relecture, un certain Chan. Mikhaïl passe là encore les détails techniques. Seul le dernier paragraphe retient réellement son attention. Question du journaliste : Que représente cette démonstration pour les mathématiques ?

— Comment dire... Voilà : les gens qui ne connaissent rien aux mathématiques pensent que c'est une histoire de nombres, de chiffres. On leur dit mathématicien, ils pensent dénombrement, Pi, Rainman, ce genre de bêtises... Ils se trompent complètement. Les mathématiques ne sont une histoire de nombres qu'à un niveau terriblement trivial. À un niveau supérieur, pourrait-on dire, les gens qui croient s'y connaître en mathématiques pensent qu'elles sont une affaire de lettres, d'inconnues, d'équations. Mais eux aussi se trompent. Ensuite, viennent ceux qui s'y connaissent vraiment. Ceux-là savent qu'à des détails techniques près les mathématiques sont pour l'essentiel une étude des structures, des ensembles. Ils savent que les vraies percées sont du domaine de l'algèbre. Eh bien, dans ses articles, Dmitri P. essaye de quitter ce niveau, de passer à quelque chose d'encore plus abstrait. Nous avons essayé, nous essayons encore de comprendre ce qu'il a fait. Mais nous n'avons pas compris les deux tiers de ce qu'il a écrit seul, en trois semaines. Et si ça se trouve, il y est parvenu : peut-être Dmitri P. est-il un niveau supérieur à lui tout seul. Et personne ne peut vous dire précisément où il est par rapport à nous. Il y a peut-être autant de distance entre lui et notre groupe qu'entre le premier homme qui a conquis l'Everest et Neil Armstrong…

— À ce point ?

— Oui.

— Et donc, personne ne saura jamais ?

— Jamais, je n'en sais rien. Pour ma part, j'ai travaillé des années sur ces trois articles et je n'ai pas tout compris… Et maintenant, je crois qu'il me faut… qu'il nous faut simplement accepter ce que Dmitri P. a fait pour ce que c'est.

— À savoir ?

— De la poésie.

— Comment ça, de la poésie ?

— Lisez ses articles. Ses phrases, ses équations s'organisent selon un rythme qui leur est propre. Lisez-les, je vous dis, même si vous n'y connaissez rien. Vous verrez : vous n'avez rien lu de tel.

La dernière page est la copie d'un mail d'excuse du directeur de l'institut Landau au directeur du MIT. Mikhaïl ignore comment ses collègues ont accès à ce genre de documents, mais ce mail le renseigne bien plus sur Dmitri que tout ce qui précède. Le directeur de l'institut y explique à son homologue que Dmitri doit décliner son invitation à la série de conférences prévues par le MIT en son honneur. Dans le dernier paragraphe, il tente de lui faire comprendre à demi-mot que même si le groupe d'analyse de Chan a perçu dans les papiers de Dmitri des applications en relativité, en chromodynamique quantique, en physique statistique, ces babioles n'intéressent pas Dmitri.

Et la dernière ligne du dernier paragraphe met à tous les

mathématiciens la même phénoménale trempe. Dmitri a refusé tous ses prix. Tous. Il n'a pas donné la moindre conférence, alors que des centaines de groupes d'analyse avaient mendié des miettes de son travail ou de son temps. Pas une seule. C'est ici que l'esprit de Mikhaïl se remplit d'étincelles. Trois articles d'à peine dix pages. Des récompenses de plusieurs millions de dollars. Le prix du millénaire. Le prix de l'institut Clay. La médaille Fields.

Et il a tout refusé, pour continuer à vivre comme un ermite, dans son appartement miteux au sommet de cette barre délabrée, là, en face de ce terrain de hand rongé par la gale, au milieu d'un des quartiers les plus durs du monde – voire pire, d'après ce que lui a dit Sergueï : peut-être qu'il ne vivait même pas chez son père, qu'il vivait vraiment dans une cabine téléphonique,

pendant vingt-cinq ans.

Mikhaïl lève les yeux et se sort une nouvelle cigarette ;

on pourrait croire qu'il se donne un peu d'aube, qu'il fait une pause, mais qu'on ne s'y trompe pas ;

ses yeux sont à la poésie ; ses yeux sont coincés dans une cabine téléphonique, remplis d'étincelles.

Si ça se trouve, ce gars est tellement fort qu'il voulait qu'on l'arrête, murmure-t-il. Revenir à l'hôpital, se laisser enfermer, se laisser tabasser dans la salle d'interrogatoire, nous ordonner de reprendre l'enquête, tout, jusqu'au moindre détail, tout faisait peut-être partie d'un plan. Un homme aussi intelligent, un homme comme il n'y en a pas cinq sur la planète peut prévoir ce genre de choses. Et d'ailleurs, qu'est-ce que le Marquis et l'Immanus venaient faire là ? Et comme il leur avait parlé !

Ivan observe Mikhaïl qui reste là, à fixer leur barre, qui sourit d'un sourire étrange. Il se demande ce qu'il a compris dans le dossier ; ce qu'il a pu deviner déjà. Pour l'accident. Pour le pull. Il s'approche de lui et essaie de sentir la fumée qui sort de la bouche de Mikhaïl. Il sait bien que toutes ses questions ne l'intéressent pas tant que ça, que ce n'est pas pour cette raison qu'il reste si près de lui ; qu'il le fixe aussi durement.

C'est fou comme il ressemble à Jaarvi. Les mêmes yeux. Les mêmes cheveux ras. Les mêmes poils blonds sur les épaules, je parie.

Et quand il tire sur sa cigarette, c'est tellement dur qu'il lui faut détourner le regard, qu'il lui faut regarder Jaarvi plus de trente ans en arrière pour encaisser ;

il se souvient ; c'était sur ce terrain ; c'était

Une variété hyperbolique close possède un revêtement fini qui fibre au-dessus du cercle.

— On peut la tuer facile – il suffit de la mettre dans l'eau tiède et de chauffer lentement.

Jaarvi ne répondait rien, mais Ivan lisait dans ses yeux qu'il ne le croyait pas.

Alors il ajouta :

— Elle restera dans l'eau, elle se rendra même pas compte qu'elle est en train de crever.

— Conneries, lâcha Jaarvi, péremptoire.

Le reste du groupe se taisait, attendant pour trancher qui des deux avait raison. Le silence passait sur le terrain de hand, et le silence était une brise chaude et poisseuse et Ivan dévisageait Jaarvi et lui seul. Les autres ne comptaient pas. S'il parvenait à le convaincre, les autres suivraient.

— C'est le Marquis qui m'a expliqué ça, reprit Ivan, sans quitter Jaarvi du regard.

Il venait d'abattre sa dernière carte ; si Jaarvi l'envoyait promener, ce serait fini – il les perdrait tous. Heureusement, une moue contrariée passa sur le visage de Jaarvi, signe qu'il était désarçonné.

— Quoi, tu me crois pas, c'est ça ? lança Ivan pour en finir.

Les autres continuaient à se taire et les observaient qui s'affrontaient du regard. À dix ans, ces sept-là savaient déjà tout ce qu'il y a à savoir sur la domination et le pouvoir. Et le pouvoir était dans les yeux qui refusaient de se quitter, il était dans les mains qui se crispaient et dans le vent chaud qui balayait le Quartier.

— Y a qu'une seule manière de savoir, esquiva Jaarvi, c'est de vérifier.

Un sourire furtif passa dans les yeux d'Ivan. Peu importait le résultat, au final. La seule chose qui comptait, c'était que les autres allaient suivre. Qu'ils allaient essayer, ensemble. Il pourrait toujours leur sortir qu'ils s'y étaient mal pris si jamais la grenouille s'échappait ; n'importe quoi, ils accepteraient de toute manière. Il n'était pas question de remettre en cause quelque chose que le Marquis avait affirmé. Ivan serra la grenouille dans sa main, pour lui faire sentir qui commandait. Il sentait ses os jouer sous sa peau froide. Une dernière fois, il fixa Jaarvi. Son visage couvert de poussière, ses cheveux ras, ses yeux verts parfaits.

— On n'a qu'à aller chez Piotr. Sa mère et sa sœur sont pas là. On pourra utiliser les casseroles tranquille.

Le groupe le suivit, avec Jaarvi légèrement en retrait, qui ruminait et cherchait un moyen de reprendre le contrôle. Mais Ivan tenait le groupe comme il tenait la grenouille. Il ne le laisserait pas échapper comme ça.

Ils passèrent devant Dmitri, qui lisait sur le bord du terrain, assis contre le grillage rouillé. De sa main gauche, le frère d'Ivan caressait quelques brins d'herbe qui avaient poussé dans les fissures du béton – lentement, délicatement. À huit ans, il ressemblait à s'y méprendre à Ivan. Le même visage fin comme une lame. Les mêmes yeux noirs surmontés des mêmes sourcils épais et des mêmes cheveux corbeau. Ils se ressemblaient autant que s'ils avaient été jumeaux. Mais comme les autres enfants de la bande et du quartier, Jaarvi savait bien que cette ressemblance n'était qu'apparente – que c'était en quelque sorte un camouflage de Dmitri pour qu'on le laisse en paix. Pour le reste, pour ce qui comptait vraiment, personne dans le Quartier ne ressemblait de près ou de loin à Dmitri, et surtout pas Ivan. Certains jours, Jaarvi se disait même qu'il n'y avait personne sur terre qui lui ressemble. Que Dmitri était seul comme s'il était une espèce à lui tout seul. Il le dévisagea tout en continuant à suivre les autres. Si l'on prêtait attention aux détails, ce n'était pas un monde complètement clos ; ses lèvres bougeaient lentement. Son esprit était hors de portée du monde, il fibrait au-dessus du cercle ; mais il y avait quand même un signe visible de ce qui se passait dans son crâne : ses lèvres bougeaient lentement. Jaarvi avait remarqué qu'il ne pouvait s'en empêcher : Dmitri lisait ces foutus bouquins de la même manière que la prof de russe quand elle leur avait donné du boulot en classe et qu'elle se sortait un de ses petits reliés de poésie, croyant que les élèves ne faisaient plus attention à elle. Avec la même concentration, la même lenteur et le même mouvement enfantin des lèvres. Le même abandon, aurait dit Jaarvi, si ça lui était venu à l'esprit que quelqu'un puisse abandonner quoi que ce soit dans le Quartier.

— Eh, Ivan ! Qu'est-ce qu'on fait de ton frère ? lança-t-il en souriant.

Les autres s'arrêtèrent et les dévisagèrent à tour de rôle, attendant la réponse d'Ivan.

— On le laisse ici, je reviendrai le chercher tout à l'heure, répondit Ivan en serrant davantage la grenouille, pour lui faire payer cette dernière tentative.

Tout le monde savait qu'il ne fallait pas chatouiller Ivan avec son frère. Que lui aussi le trouvait bizarre. Quand ils en parlaient ensemble, c'était lui qui l'insultait le plus durement. Mais tout le monde comprenait bien que c'était en quelque sorte pour fixer le périmètre, l'admissible.

Et quand Ivan se retourna et reprit sa marche, Jaarvi et les autres savaient exactement ce qu'ils lisaient dans le roulement des muscles fins qui jouaient dans son dos, dans les contractions de ses avant-bras : cette amour noire et complexe qui unissait les deux frères P. était autant une blessure qu'une force. Et appuyer sur la plaie sans y avoir été invité était toujours risqué. Jaarvi le paierait à un moment ou à un autre, même s'il dépassait Ivan de dix bons centimètres, les cinq garçons qui les séparaient le savaient bien. Ivan pouvait devenir littéralement fou quand il s'agissait de son frère. Combien de gars avait-il frappé à l'école, parce qu'ils s'étaient moqués de son frère, qu'ils l'avaient bousculé, ou qu'ils avaient joué à lui voler un de ses bouquins ? Combien ? Des dizaines. C'était sûr. Des centaines, peut-être ? Qui tenait ce genre de comptes ? Et pour quoi ? Et pour qui ?

Personne peut-être.

En tout cas, les occasions ne manquaient pas, et Ivan se souvient de tous ces soirs passés à attendre les agresseurs à la sortie de l'école, sur le chemin qui les menait aux bus de ramassage. À attendre, appuyé contre le mur de l'école, avec un brin d'herbe dans la bouche, en fixant le sol. Dmitri était assis à côté de lui, il lisait ses livres – Ivan ne sait même pas s'il se rendait compte de ce qu'il faisait là. En tout cas, il ne relevait pas les yeux quand Ivan donnait l'impulsion nécessaire pour se redresser. Il ne relevait pas les yeux quand Ivan crachait son brin d'herbe et qu'il lançait son Eh toi, avant de balancer sa droite.

Est-ce que Dmitri s'en souvient ? Est-ce qu'il s'en souvient quand il me dit de dégager, de lui foutre la paix ? Et les lèvres d'Ivan se pincent et blanchissent. Il oublie complètement le terrain de hand, la grenouille, les gars – il oublie même Jaarvi. Et seule compte cette amour au goût amer,

qui pour la quarante millième fois

vrille ses yeux, ses entrailles, vrille son cœur,

et il n'y a qu'elle,

qu'elle dans tout l'univers,

qu'elle sur tous les terrains de hand du monde,

qu'elle,

et pour s'en sortir, et pour lui échapper,

il faut bien cette oscillation, soudain, des épaules de Mikhaïl qui se met en marche,

il faut bien le fixer, le détailler ce policier qui ressemble tellement à Jaarvi que c'en est

que c'en est

il faut bien

le suivre.

Sur la droite du terrain, au niveau de l'église Saint-Vincent, un feu est en train de prendre de l'ampleur – un peu de fumée s'élève déjà entre les bâtiments, au loin. Mikhaïl regarde sa montre et, sans se presser, se dirige vers l'église.

Ivan le suit et, tandis qu'ils s'approchent, il s'aperçoit que c'est dans l'église elle-même que le feu s'est déclaré. La porte est ouverte. Mikhaïl y passe la tête et regarde un moment le feu progresser dans la nef. Il a tout son temps. Personne ne viendra l'arrêter. Et le feu le sait sûrement, et pour cela il est lent, et pour cela il fait les choses calmement – banc par banc, tableau par tableau. Il remonte le long des murs, il rampe comme ces reptiles translucides qui règnent sur les friches de l'Est ; dans moins d'une heure, il viendra lécher les premières poutres du toit, se dit Ivan.

Dans des temps préhistoriques, les gens avaient dû y aller,

dans ces églises. Mais sur les quatre que comptait le Quartier, une seule est encore plus ou moins en état ; les autres ne sont plus que des ruines, des squats, des lieux de passes ou de deals. Et tandis qu'il admire la lenteur du feu, Ivan se souvient de la première fois qu'il est entré ici.

Pour une raison obscure, la faune rapace qui envahissait les églises pendant la nuit disparaissait toujours avec l'aube. Peut-être que les squatteurs allaient se recharger auprès des fournisseurs. Qu'ils avaient peur du jour ou du retour d'un prêtre ou d'autre chose. Allez savoir. On ne peut jamais savoir ce qui s'effiloche dans la tête des autres. Jamais. Et les drogués et les rompus et les dealers ne font pas exception. Et il y a plus de trente ans, cette après-midi de juillet,

Ivan et sa bande entraient pour la première fois dans Saint-Vincent et Saint-Vincent était vide.

Tout était parfait, ce jour-là. Il n'y avait même pas besoin de se le dire, il suffisait de pousser contre la porte de tout son poids et de l'entendre craquer. Et très vite, les autres vinrent l'aider, instinctivement, sans qu'Ivan leur dise rien. Ils se placèrent autour de lui, à sa droite et à sa gauche. Seul Jaarvi restait en retrait – il repensait au corps de la grenouille qui flottait dans la casserole, à ses pattes écartées, à ses yeux vides.

— Quelle conne, siffla-t-il, avant de rejoindre les autres.

Et quand il se plaqua contre la porte, son visage tout près de celui d'Ivan, leurs regards se croisèrent et se durcirent et la porte craqua à nouveau. Ils donnèrent tous en même temps un coup de reins et la porte finit par céder. Du mauvais contreplaqué. Humide et plein de champignons noirs. Il en aurait fallu plus que ça pour les arrêter.

Ils avancèrent en silence dans la nef, levant la tête. La lumière épuisée de l'après-midi traversait quelques vitraux encore intacts, faisant jouer sur les murs des taches informes, rouges et bleu pâle. Un vent chaud courait dans le transept chargé de poussière. Des graffitis partout, obscènes, sur l'autel, sur les murs. Des noms, des numéros de téléphone. Juste avant l'autel, les dealers avaient commencé à faire un feu avec les premiers rangs de bancs. Sûrement l'hiver dernier, se dit Ivan. Quand il a fait si froid. Il avançait gravement vers l'autel, suivi des autres qui n'osaient même pas rire malgré les dessins, malgré J'encule ta mère, malgré Je te nique le crâne, malgré Bouffe tes morts, qui n'osaient pas rire tant qu'Ivan n'avait pas ri. Il se retourna vers eux en souriant.

— Comment c'est trop parfait ! Vous imaginez, comme nouveau QG ! Zlat et les autres risquent pas de venir nous faire chier ici !

Il dévisageait les garçons de la bande à tour de rôle. Ils souriaient tous. Même Jaarvi lui renvoya son sourire. Ivan sentit quelque chose se durcir dans son ventre quand ses yeux verts se posèrent sur lui. Continuer. Continuer.

— Bon, on va d'abord rassembler les bancs de l'arrière contre la porte, pour barricader. Piotr, Yuri et Ossif, allez voir dans quel état est le presbytère, regardez si on peut poser un cadenas sur la porte. Si oui, on barrera la porte principale et y a que nous qui pourrons rentrer ici.

Ils avaient mis une semaine à en faire ce qu'ils voulaient. Les dealers devaient avoir quitté les lieux au début de l'été et personne ne vint les perturber, à part quelques chats errants. Mais il fallait bien ça pour tester leur défense, pour savoir qui était le plus fort pour punir les intrus. Encore une fois, Ivan leur montra qui était le maître. Il atteignit trois des quatre chats qui osèrent entrer dans l'église. Chaque fois à la tête. L'un des trois ne se releva pas. Il resta étendu près de la porte d'entrée, sous le grand orgue. La tête rejetée en arrière, la langue pendante. À se vider de son sang par l'arrière du crâne. Jaarvi décida d'aller le clouer sur la porte d'entrée, à l'extérieur. Pour marquer leur territoire.

Quand il revint, il avait du sang plein les mains et autour de la bouche – il n'avait pas fait attention quand il avait voulu essuyer les gouttes de sueur qui lui coulaient sur le visage. Ivan aurait donné beaucoup pour l'essuyer. Pour se tenir face à lui, le regarder droit dans les yeux. Et l'essuyer. Il dut se contenter de lui balancer une fringue miteuse qui traînait dans un confessionnal.

— Essuie-toi, tu t'en es mis partout ! T'as voulu le bouffer ou quoi ?

Les autres s'esclaffèrent et même Jaarvi sourit en attrapant la fringue au vol. Encore une journée parfaite,

encore une journée parfaite quand tu souris

quand tu souris le maximum de ce que peut faire de ce que peut

engendrer le monde quand tu souris.

Cette après-midi-là, ils eurent même le temps d'abattre la chaire de la nef, de la traîner contre un des murs, à quelques mètres d'un confessionnal. Le lendemain, entre les colonnes et ces deux débris, ils tendirent une toile militaire que Jaarvi et Ivan étaient allés voler dans les friches. La salle secrète de leur quartier général prenait forme. Et au fond de la salle secrète, le confessionnal, le saint des saints. Là où ils pouvaient cacher le butin de la bande. Il ne restait plus qu'à la meubler. Ils allèrent sillonner les friches, avec leurs vélos. Comme les Roms, ils attachaient à la roue arrière un caddie qu'ils allaient voler au combinat d'alimentation. Ça roulait moins bien et souvent ils s'enlisaient dans les terrains vagues imbibés d'eau, mais c'était la seule solution qu'ils avaient trouvée pour rapporter certains trésors. Des portières de voiture. Des pare-chocs. Des sièges de poids lourd. Des armoires remplies de dossiers médicaux d'un autre monde. Des détecteurs, des appareils de mesure, sensibles à des choses obscures et invisibles, dont les aiguilles s'agitaient parfois, quand ils approchaient des aimants, des allumettes, déclenchant des rires, des Ouah, les faisant se reculer puis se rapprocher pour mieux voir, les faisant se pousser, s'engueuler pour mieux voir, les faisant se toucher parfois. Des semaines entières passèrent ainsi, parfaites, lumineuses.

L'existence d'une seule surface essentielle entraîne l'existence d'une hiérarchie du groupe fondamental.

Oui, cet été aurait vraiment pu être parfait s'ils n'avaient pas retrouvé Dmitri en sang sur le terrain de hand, un soir d'août, avant de rentrer chez eux.

Il gisait, inconscient, au milieu de pages déchirées et pleines de sang. Par moments, les rafales rabattaient certaines feuilles sur son visage souillé. Sa lèvre inférieure était fendue et un filet de sang s'écoulait au sol. Sa chemise était déchirée et elle aussi couverte de sang. Tout accusait la bande de Zlat. Ivan se pencha vers son frère et lui caressa les cheveux.

— Dmitri. Dmitri, l'appela-t-il avec cette douceur qui surprenait chaque fois les autres garçons. Dmitri, réveille-toi.

Dmitri marmonna et grimaça. Il finit par ouvrir un œil, puis les deux. Il observa en silence les sept garçons qui le surplombaient, se demandant si c'était ceux qui venaient de le massacrer et s'ils allaient recommencer après l'avoir délicatement réveillé. Il avait lu à la bibliothèque que certaines tribus indiennes passaient des jours entiers à torturer leurs prisonniers ainsi, en alternant la violence la plus crue et la douceur la plus inattendue. Ils les soignaient, les nourrissaient et discutaient même avec eux à certains moments. L'heure d'après, ils leur enfonçaient des braises dans les yeux. Il finit par reconnaître Ivan et essaya de lui sourire, mais sa lèvre blessée le lança et il plissa les yeux.

— Eh ben, ils t'ont pas loupé ! murmura Piotr.

Des éclats de rage jouaient dans les yeux d'Ivan tandis qu'il caressait les cheveux de son frère, les doigts écartés, presque amoureusement. Dmitri essaya de bouger, de se tourner et de se redresser, mais la douleur était encore trop forte. Ses jambes, ses bras, son ventre étaient en feu.

— Ne bouge pas. On a le temps, le rassura Ivan.

Jaarvi s'accroupit près d'Ivan et posa sa main sur son épaule, en regardant Dmitri.

— On va les choper et on leur fera payer, murmura-t-il en s'adressant autant à Dmitri qu'à Ivan, en resserrant légèrement ses doigts sur l'épaule de ce dernier.

Ivan se dégagea de sa main et se pencha sur son frère.

— Aide-moi à le redresser, il faut qu'on l'amène chez nous, lança-t-il d'une voix sombre.

Ce qui était en train de se jouer entre Jaarvi et lui, si complexe, si dur, si douloureux, ce qui était en train de naître et de rugir en eux, quand ils se croisaient dans l'église alors qu'ils étaient seuls, qu'ils s'observaient en silence, médusés l'un par l'autre – ces épaules tendues, ces yeux de verre, ces mains de plomb –, ce qui était en train de se jouer et qui les enfonçait plus bas que terre le soir quand ils se quittaient le matin quand ils se rejoignaient ce qui était en train d'éclore, Ivan allait devoir le piétiner, le soumettre. Tous ces possibles durs et tendres et parfaits, il fallait les sacrifier pour Dmitri. Parce que s'occuper des gars de Zlat, parce que les laisser pour pratiquement morts dans les friches et leur faire passer l'idée de s'attaquer à Dmitri ne suffisait pas. Tous le savaient dans la bande. D'autres groupes traînaient dans le quartier, tout aussi dangereux, tout aussi mauvais que celui de Zlat. Il faisait tout simplement trop chaud cet été-là : tous les gosses du quartier, eux compris, étaient fous. Les bagarres éclataient tous les jours, à tous les coins de rue. La seule manière de protéger Dmitri, c'était de le prendre avec eux, sinon dans la bande, du moins dans la planque. Mais s'ils faisaient ça, Ivan ne serait plus jamais le même, Ivan ne serait plus jamais tranquille : il s'inquiéterait sans cesse pour son frère.

Quand ils eurent pansé ses plaies et qu'ils l'eurent installé dans son lit pour qu'il se repose, ils retournèrent à la planque et traînèrent un moment dans la tente. Ils n'osaient pas se regarder ; ils lustraient des guidons, des battes de base-ball, des rétroviseurs en silence. Ivan fixait le sol et se taisait, et quand il se mettrait à parler, ses mots allaient soulever le sol. Et Jaarvi et les autres le connaissaient par cœur. Ils savaient ce qu'il allait dire et ils n'allaient pas lui faciliter la tâche. Et pour cela, eux aussi se taisaient. Et dans ce silence si dur, dans ce silence si pur,

des hommes naissaient et prenaient leur envol ;
et la vie était grande et la vie était immense en eux,
et elle leur donnait tout ce qu'elle avait à donner.

— Il faut qu'on le prenne avec nous. C'est la seule chose à faire.

Il murmura ces deux phrases comme une fatalité. Et tous qui s'étaient tus, et tous qui l'avaient attendu et respecté, et tous qui l'avaient aimé pour ce silence qui avait précédé ses deux phrases, tous se récrièrent ensemble. Pas question ! Tu rêves ! S'il vient, c'est fini ! On peut pas traîner un poids mort, Ivan. Même si c'est ton frère ! Les autres nous tomberont dessus et si on doit s'occuper de lui, on va prendre cher. Ils vont se servir de lui contre nous. Pense aux gars de Zlat. Ils reviendront forcément. Personne n'écoutait personne et pourtant tous entendaient ce qui se disait. Parce que les phrases passaient par leurs bras, par leurs yeux, parce que les mots étaient des éclairs, des fulgurances, parce que les mots crispaient leurs mâchoires ; il leur suffisait de se regarder pour s'entendre : ils se voyaient penser les uns les autres, tellement ils se connaissaient. Que Jaarvi fût celui qui s'y opposa le plus durement n'étonna pas du tout Ivan. D'une certaine manière, il n'en attendait pas moins. Ces instants où ils se faisaient face, où ils s'insultaient, où ils se toisaient étaient peut-être ce qu'ils partageraient de plus fort. Au milieu des Non ! au milieu des rétroviseurs, des battes jetées qui explosaient partout, leurs yeux de lave, leurs mains crispées. C'était un autre dialogue. Souterrain. Invisible pour les autres. Ne nous fais pas ça. Ne nous fais pas ça. Jaarvi le suppliait.

Mais Ivan ne céda pas. Dmitri viendrait ici, avec lui, tous les matins. Mais il ne les suivrait pas – il ne ralentirait personne, comme ça. Il serait une sorte de guetteur qui resterait dans l'église toute la journée. Ils mettraient au point un système de cloche pour qu'il puisse les prévenir si quelqu'un essayait de pénétrer dans leur sanctuaire alors qu'ils étaient en mission. Et quand ils lui demandèrent ce que Dmitri ferait là, toute la journée, à les attendre, Ivan sut qu'il avait gagné.

— Il lira ses livres, comme d'habitude. Ça change rien qu'il fasse ça ici ou sur le terrain de hand. Et puis ça évitera que les autres connards lui tombent dessus trop facilement.

Les autres semblaient convaincus. L'idée d'un guetteur leur plaisait et ils étaient tous contents d'échapper à ce rôle. Seul Jaarvi restait silencieux. Incrédule, il fixait Ivan qui venait de le trahir. Pourtant, Ivan n'avait fait que lui rappeler l'ordre des choses. La hiérarchie fondamentale. Rien, rien ne se mettrait jamais entre les frères P. Rien n'était au-dessus de Dmitri. Ni lui, Jaarvi. Ni lui, Ivan. Et tandis que les autres retournaient à leurs battes, à leurs coffres,

une eau noire leurs yeux, une eau noire leurs mains,

et dans cette eau noire, ils se noyaient.

Et même si les choses se passèrent le mieux du monde, et même si Dmitri remplit à merveille son rôle d'absent et les laissa tranquilles, quelque chose, une fracture infime, une fêlure, courait désormais dans l'air qui séparait Ivan et Jaarvi. Et de cette fêlure, une douleur sourde pulsait. Qui leur cuisait les yeux. Les bras. Mais Jaarvi et Ivan étaient bons et jamais cette douleur ne se gangréna, ni ne devint amertume. La fêlure resta simplement entre eux, comme une brèche, comme une plaie que chaque regard venait saler, que chaque silence venait triturer en vain. Pour les deux garçons, les mois suivants furent un calvaire. Personne d'autre n'en sut jamais rien, mais peu à peu ils apprirent à se blinder, à passer à autre chose, ils apprirent à accepter de vivre avec cette blessure qui se rouvrait sans cesse ; qui se rouvrait chaque fois que je reviens à tes yeux, Jaarvi, quand je m'endors ;

mais qu'y a-t-il d'autre à faire sur terre que te voir enterrer la braise de nos yeux sous la cendre des jours,

que te voir t'en sortir et parfois rire et faire mieux et te haïr et t'aimer

encore plus ;

et n'en plus pouvoir et

vouloir tout arrêter et penser à plus tard et devenir fou de désir,

et penser à toi, des heures, la nuit,

et espérer qu'il y ait une fin aux jours et m'endormir en tenant dans ma main ton épaule, une mèche de tes cheveux, en jouant avec tes doigts

et me réveiller les mains les yeux crispés jusqu'à la douleur et ne rien enserrer qu'y a-t-il d'autre sur terre que toi ?

Dès qu'il fut rétabli, Dmitri suivit donc Ivan à l'église, tous les matins. Il emportait son cartable, avec, à l'intérieur, quelques livres et de quoi manger à midi. La plupart du temps, la bande restait dans l'église le matin. Ivan et les autres faisaient le bilan de la veille. Ils se donnaient des missions et des objectifs pour la journée. Ils mettaient au point leurs plans. Ils dessinaient à même le sol, dans la poussière. Le Quartier était une sorte de champ de bataille, rempli de richesses et de dangers. Des territoires interdits, des monstres mythologiques, des armées – le paradis sur terre. Tout ce qu'un enfant pouvait désirer se trouvait là. Aventure. Trésors. Risques. Victoires. Défaites. La très grande vie était là. Et ils la dévoraient à pleines dents, ensemble. Aucun d'entre eux, et Ivan pas plus que les autres, ne pouvait comprendre pourquoi Dmitri préférait s'enfermer avec ses livres que de battre le monde à leur suite. La bande avait bien essayé de questionner Ivan à son sujet. Les autres savaient tous que le père P. était bizarre. Un mathématicien ; du genre qui n'aurait jamais dû vivre dans le Quartier. Ivan était le premier à le savoir, à cracher sur son père, et si durement que les gars de la bande ne pouvaient pas le soupçonner de jouer un double jeu. Mais cela ne suffisait pas pour en faire un des leurs. S'il n'y avait pas eu, quelques années après leur arrivée, la protection miraculeuse du Marquis, jamais tous ces gosses ne seraient devenus ses amis. Ils lui seraient plutôt tombés dessus. Ils l'auraient tabassé jusqu'à le laisser en sang pour lui faire comprendre ce qu'ils pensaient des gens qui s'intéressent aux livres. Mais grâce au Marquis, grâce à leur histoire commune, aux légendes qui s'enroulaient, qui se tressaient autour, il était tranquille. Et les autres supportaient son mathématicien de père. Mais ils savaient bien qu'il y avait chez les P. quelque chose d'irrécupérable. Quelque chose de maladif et qui pouvait à chaque instant les précipiter dans l'humiliation et la désolation. Et quand Décembre 95 arriverait et leur tomberait dessus, les gosses du Quartier ne seraient pas surpris. Ils demanderaient seulement lequel des deux frères était mort dans l'accident. Et ils ne seraient pas surpris de la première réponse – Dmitri. Pour tous ceux qui le connaissaient, Dmitri était un être trop fragile pour être viable – un imbécile léger, maladroit et peureux, qu'une seule chose parvenait à rassurer : les livres de mathématiques. Et qu'on ne s'y trompe pas : pour les enfants du Quartier, cette histoire de livres de mathématiques ne faisait pas de lui quelqu'un d'exceptionnel, au contraire. S'intéresser aux mathématiques était surtout une forme de faiblesse – c'était compter des cure-dents, apprendre les décimales de π jusqu'à la vingt millième, connaître les catégorisations de polygones réguliers dans $\mathbb{R}^4$, c'était ne rien comprendre à ce qui importe réellement. Mais à l'époque, si on leur avait demandé pourquoi Dmitri était condamné, ils n'auraient même pas parlé de mathématiques ; ils auraient répondu qu'il suffisait de le regarder pour se rendre compte : Dmitri était malingre, maladroit, totalement inadapté aux terres chiennes du Quartier. Il était peureux aussi – il suffisait de voir comme il tressaillait dès que quelqu'un le frôlait en cours d'éducation physique. Mais surtout, il était lent. Et dans le Quartier, la lenteur était une faiblesse impardonnable. Létale. Et lent, Dmitri l'était dans ses gestes, dans sa diction, mais surtout dans sa pensée. Pour les garçons de la bande, les choses étaient claires : c'était pour cette raison qu'il parlait si bizarrement. Pour ça qu'il n'articulait jamais ou presque. Il avait du mal à former ses phrases, comme si les mots résistaient dans sa tête, comme s'ils préféraient rester dans le brouillard qu'il avait sous le crâne plutôt que de sortir. Même son père le mathématicien avait compris qu'il ne pourrait jamais rien en tirer – c'était aux yeux de tous la preuve indiscutable qu'il n'avait aucun intérêt. Non, il n'y avait en définitive aucune raison qu'il se sorte vivant de cette carcasse de voiture qui avait tué sa mère.

Mais en mars 96, quand la police avait déclaré que c'était en fait Ivan qui était mort, les jeunes du Quartier n'avaient pas été surpris non plus. Parce qu'Ivan avait beau donner tout ce qu'il pouvait pour être l'un des leurs, comme son frère, il était marqué. Pour s'en convaincre, il suffisait de se rappeler que son père le retenait certains samedis après-midi pour le faire travailler. Aucun autre enfant à des kilomètres à la ronde ne subissait une telle humiliation – des mathématiques... Et les dimanches qui suivaient ces samedis gâchés, Ivan avait beau leur raconter en souriant, comme toujours, avec l'air d'en jouer – son père concentré, son père appliqué et qui voulait tellement qu'il comprenne ce qu'il expliquait –, il ne parvenait jamais vraiment à les convaincre. Car au fond, ils le soupçonnaient d'aimer rester ainsi des après-midi entières avec son père – pratique totalement inconnue dans le Quartier, où tous les autres gosses sans exception étaient laissés à l'abandon de l'âge où ils avaient appris à marcher jusqu'à leur mort. Et Ivan avait beau donner tout ce qu'il avait, il voyait bien les moues sceptiques qu'ils affichaient à certains moments de ses récits.

Et Ivan sent sur son visage ce sourire amer qui traînait sur ses lèvres alors – il regarde Jaarvi qui est mort lui aussi à présent et il sent ce sourire amer sur ses lèvres. Toutes ces choses qu'il voudrait lui dire. Toutes ces fois où il s'était retenu. Et Jaarvi ? Avait-il dû se retenir, lui ? Le croyait-il quand il essayait de lui faire comprendre qu'il n'était ni comme son père, ni comme Dmitri ? Comment savoir si les autres nous comprennent ? Comment savoir ce genre de choses ? Peut-être que ce n'était pas possible. Peut-être qu'on pouvait donner tout ce qu'on avait pour, mais que cela ne suffirait jamais. Peut-être qu'il n'y avait aucun espoir.

Et trente ans plus tard, il n'a rien de plus. Seulement Mikhaïl qui se perd dans le bloc des 800, qui traîne dans les terrains vagues et finit par s'asseoir sur une buse fracturée. Ivan le suit à distance et vient s'asseoir près de lui. Ensemble, ils regardent des groupes de jeunes passer au loin. À un moment, l'Immanus surgit d'un immeuble à leur droite, sans voir Mikhaïl. Et la rue tout entière se tait alors – les rumeurs diffuses des alentours s'éteignent dans l'instant ; et le seul bruit sur Terre est celui des pas de l'Immanus ;

et ce bruit établit une hiérarchie très claire dans le monde.

Mikhaïl reste immobile. Il observe l'Immanus qui s'éloigne, qui ne l'a pas vu. Il sourit.

Ivan se demande ce qu'il fait. Pourquoi il a fait le tour de l'église Saint-Vincent avant de revenir ici. Ce qu'il cherche. Il n'y comprend rien. Il a entendu, comme tout le monde, tout le bien que le Marquis, que le capitaine Téliakov pensent de lui. Et pourtant, Mikhaïl n'a l'air de rien – seulement de quelqu'un qui ressemble à Jaarvi. Pendant peut-être une heure, il fume, assis sur la buse. Il n'a pas l'air d'attendre quoi que ce soit de précis. Parfois, il lève les yeux. Il regarde l'appartement des P., au loin. Peut-être qu'il voit la terrasse, se dit Ivan. Peut-être qu'il surveille l'appartement de Père. Peut-être même que, de là où il est, il voit la cuisine. Peut-être même – soyons fous, se dit Ivan – qu'il voit ce jour-là ;

ce jour où son père s'est trompé de fils.

Le théorème de Martinet découle de la possibilité de décomposer une 3-variété fermée en livre ouvert.

C'était un samedi. Toujours un putain de samedi. Est-ce que ça a déjà servi à quelque chose, un samedi ? Ivan frappe le béton froid de la buse de toutes ses forces. Et si la surface de la buse n'a pas bougé d'un iota, et si aucun son ne s'est fait entendre, le poing droit d'Ivan est fendu sur tout le côté de la paume. Un sang noir s'en écoule à grosses gouttes ; mais il ne marque plus le monde, il ne tache pas la buse,

il se perd dans l'air, en larmes inutiles.

Putain de samedis.

Dmitri avait cinq ans. Lui six. Ils étaient assis à la table de la cuisine – à l'époque, petits comme ils étaient, c'était encore possible. Leurs jambes battaient sous la table. Ils étaient en train de dessiner, pendant que Mère faisait la vaisselle. Père n'était pas là au début, se souvient Ivan. Et dans le livre ouvert de ses yeux,

l'atmosphère chaude de la fin septembre qui les enveloppait comme un cocon. Les poussières minuscules qui voletaient dans l'air. Le bruit régulier de l'eau qui coulait dans l'évier, les mouvements lents de Mère, dans leur dos. Le feutre rouge, son préféré, et le dessin de dinosaure qui prenait peu à peu tournure. Tout était parfait, Ivan s'en souvient très bien.

Mais c'était avant que Père n'entre dans la cuisine. À cette époque, Ivan et Dmitri avaient déjà parfaitement assimilé que leur père n'était pas comme les autres. D'abord, il travaillait en dehors du Quartier. Et si ça n'était pas suffisant comme preuve, il possédait une valise – il l'emportait tous les matins pour son travail. Un jour qu'ils faisaient trop de bruit en se poursuivant dans le salon, Mère leur avait dit que Père travaillait avec sa tête. Et qu'il ne fallait pas le déranger quand il réfléchissait. Qu'il fallait être silencieux quand il rentrait à l'appartement. Et les mots étaient restés. Père travaille avec sa tête. Père a besoin de silence. Cela ne voulait rien dire pour des enfants de cet âge, mais cela ne s'en imposait pas moins à eux. C'était la couleur du ciel ; c'était la mort qui les attendait ; c'était le silence qui devait régner quand Père rentrait à l'appartement. Et tout semblait se cristalliser autour de ce silence, autour de cette tête qu'il fallait laisser tranquille,

et ce silence était une part du mystère qui les avait toujours séparés de leurs parents et qui les séparerait jusqu'à la fin des temps ;

entre vous et nous,

depuis toujours et pour toujours,

entre vous et nous,

cet espace infranchissable, ce fibré en dimension 3 ayant pour base E^2.

Ivan était en train de finir de colorier son dinosaure ; leur père était entré dans l'appartement et, instantanément, les deux garçons l'avaient sentie. Cette tension qu'il imposait. Ils s'étaient raidis en même temps, et d'instinct ils avaient cherché le regard de leur mère. Mais elle avait simplement continué à essuyer la vaisselle. Alors, les regards d'Ivan et de Dmitri n'avaient eu d'autre choix, dans l'attente interminable, que de se replier l'un sur l'autre. Que de chercher l'un en l'autre ce qui allait advenir. Leur père avait fini par entrer dans la cuisine, et il avait dû faire un signe à leur mère – un signe qu'aucun des garçons n'avait perçu, un signe qui resterait, comme tant d'autres choses, du domaine de l'incompréhensible, du mystère, qui resterait comme tant d'autres choses du domaine et de la nature de l'obscurité – et leur mère s'était éclipsée vers le salon, en leur jetant à tous les deux un dernier regard froissé de crainte. Les deux garçons ne l'avaient pas regardée sortir – ils savaient, ils sentaient déjà en quelque sorte que leur mère ne pouvait rien pour eux, qu'elle ne pouvait pas les protéger contre leur père. Qu'il leur faudrait s'en sortir seuls. Qu'ils ne pouvaient compter que l'un sur l'autre. Et pour cette raison, ils ne s'étaient pas quittés des yeux, même quand leur père s'était assis à la table, même quand il avait posé ses feuilles et ses stylos devant lui. Ivan ne savait pas par où il avait commencé. Des dizaines de fois, il avait cherché à se souvenir – il savait que c'était important. Que dans les prémices, que dans les premiers mots, dans les premiers regards, il y a des choses qui ne reviennent jamais, mais qui n'en président pas moins à ce qui suit. Il savait qu'il y avait certainement dans ces quelques instants qu'il avait oubliés de quoi comprendre son père – ou, tout du moins, d'avoir une idée de ce qu'il avait voulu faire. Sous la surface essentielle, une hiérarchie, un groupe fondamental, quelque chose. Mais rien ne lui revenait. Il avait beau chercher dans ce livre ouvert devant lui. Il revoyait parfaitement la patte arrière, un peu tordue, de son tyrannosaure – le rouge qui dépassait, en bas. Mais pas les premières phrases. Pas le début de l'attaque. Il se souvenait simplement qu'à un moment lui et Dmitri s'étaient retrouvés à réfléchir. Que leur père leur avait lancé une sorte de défi. Que sur la feuille il y avait déjà quelques signes. Des chiffres. Des additions. À force d'y réfléchir, Ivan s'était convaincu que cette après-midi cruciale, que cette après-midi qui dans sa funeste conclusion avait décidé de tant de choses, que cette après-midi qui les avait tous menés à la ruine et à la désolation, ne devait pas être la première du genre. Que leur père leur avait déjà parlé de mathématiques. Mais, quoi qu'il en soit, ce samedi, ce samedi en particulier, ce samedi maudit entre tous, il avait voulu franchir une étape. Il leur demandait de calculer la somme des premiers entiers jusqu'à 100. Même lui devait savoir que ce n'était pas possible sans une certaine marche d'approche. Et donc, il devait y avoir eu d'autres samedis après-midi, déjà, de gâchés. À triturer des additions, des multiplications, au lieu d'aller courir en bas, au lieu de dessiner des dinosaures. Les entiers de 1 à 100.

Il leur avait simplement dit qu'il y avait une astuce, qu'il ne fallait pas essayer de faire l'addition. Et ensuite, il les avait laissés réfléchir. Il s'était éloigné de la table, et avait peut-être feint de regarder en bas, par la fenêtre – ou d'aller sur la terrasse, pour regarder le Quartier de cette chaise, là-haut ? À quoi pensait-il alors ? Est-ce qu'il avait déjà en lui cette rage qui avait fini par tout saccager ? Est-ce qu'il l'avait déjà, dans ses veines, dans ses mains ; est-ce que c'était elle, cette dureté dans ses yeux ? Ivan n'en a aucune idée. Son père avait très bien pu se servir une vodka. En pleine après-midi. C'était tout à fait possible ; parce que descendre, comme perdre, est une question de méthode. Mais la vérité, c'est qu'il n'en sait rien. C'est que ce qui compte nous échappe la plupart du temps. La vérité, c'est qu'Ivan, du haut de ses six ans, n'avait même pas essayé de savoir ce que son père trafiquait pour faire semblant de les laisser tranquilles.

Il s'était concentré sur le problème, sur la somme de 1 à 100.

Les nombres s'entassaient devant ses yeux : 1 + 2 + 3 + … + 98 + 99 + 100.

Et aujourd'hui encore, sur cette buse si solide, Ivan se rappelle la joie soudaine, le picotement dans son ventre – et rien, ni son père, ni les après-midi avec la bande, ni même tout ce gâchis qui a suivi, ne pourra la lui enlever ; cette joie quand il avait commencé à comprendre. Quand il avait entrevu pour la première fois qu'il y avait une histoire de symétrie. Bien sûr, il n'avait pas le mot à l'époque ; il avait simplement murmuré *Mais c'est tout le temps pareil.* Il ne se rappelle plus comment il avait trouvé la bonne piste. Par jeu, peut-être. Et c'était peut-être ça le pire : se dire que c'était un jeu qui avait provoqué tout ça, que c'était un jeu qui avait mal tourné. Quand il avait commencé, au lieu d'additionner les premiers nombres, à additionner le premier et le dernier. 1 + 100. 101. Et qu'il avait recommencé avec le deuxième et l'avant-dernier. 2 + 99. 101. Les premiers frémissements. Et les choses s'étaient emballées, très vite. Quand son père avait jeté un œil par-dessus son épaule. 3 + 98. 101 encore. C'était fou. Il se rappelait le regard de son père. Ses yeux si durs, ses yeux si froids s'étaient mis à briller. Et l'instant critique, celui où il avait esquissé un sourire. Quand son père s'était trompé, quand il avait cru que c'était fini. Il avait pris son stylo et avait embrayé. Tout de suite.

— Voilà, je vois que tu as compris. Si tu sommes les bons termes. À chaque fois, ça fait 101. Et tu peux créer comme ça combien de couples qui valent 101 ?

Et là, Ivan devait reconnaître qu'il avait sa part de responsabilité. Il avait réfléchi trop vite.

— Ben, la moitié. 50.

— C'est exactement ça, avait répondu son père, dont les yeux avaient repris leur teinte dure.

Et tout s'était enchaîné trop vite et personne n'avait rien vu venir.

— Et du coup, la somme, ça fait simplement 50 fois 101, avait conclu son père. 5 050. Et tu sais, il est possible de généraliser ce résultat.

— Comment ça ? avait demandé Dmitri, qui pour la première fois intervenait dans la conversation.

Son père l'avait regardé un instant, interdit, puis ses yeux avaient dévié vers sa feuille, remplie de schémas étranges. Une moue légèrement dégoûtée était passée furtivement sur ses lèvres et il s'était retourné vers Ivan, comme si c'était son aîné qui venait de poser la question. Alors qu'Ivan s'était simplement bien amusé et que maintenant il voulait passer à la suite. Il se moquait de la généralisation. Jouer avec les nombres était amusant, mais ça avait ses limites. Leur père avait repris son explication, mais Ivan n'écoutait plus qu'à moitié ce qu'il disait. Il avait beau essayer de capter son attention, l'enfant se tournait dès qu'il le pouvait vers la fenêtre.

— Eh bien, imagine que tu veuilles maintenant faire la somme, non plus jusqu'à 100, mais jusqu'à un nombre quelconque, que tu appelles *N*. Eh bien, le raisonnement est exactement le même. Tu sommes le premier et le dernier.

Si Ivan se souvient si bien de ce moment, ce n'est pas par fierté d'avoir trouvé l'astuce de Gauss – il sait bien que des milliers d'enfants la trouvent tous les ans. Ce n'est pas non plus à cause de ce que disait son père – la généralisation n'avait aucun intérêt pour lui. Mais parce qu'il avait croisé le regard de son frère. C'était ça qui était important dans ce samedi, c'était ça que sa rapidité, que son astuce avaient masqué et qui aurait dû les alerter, son père et lui. Les yeux de Dmitri.

C'était la première fois qu'il voyait une telle lueur dans le regard de son frère. C'était, oui, avec les années, il en est sûr maintenant : c'était de la haine. Dmitri ne croyait pas leur père. Il sentait qu'il leur mentait, qu'il y avait un problème. Comment était-ce possible ? se demande Ivan. Il n'avait que cinq ans. Comment était-ce possible ? Ivan n'en sait rien. Ce qu'il sait en revanche, c'est que Dmitri n'avait aucun moyen de formuler ce qu'il venait de comprendre, qu'il n'avait rien pour dire cette haine, ce mépris qui flambaient dans ses yeux.

Et pour la millième fois, Ivan essaie de se dire que cette haine entre Dmitri et leur père ne reposait sur rien de précis ;

qu'elle ne venait de nulle part et n'allait nulle part ; que ce n'était pas une histoire de lenteur ou de complication stérile, d'impatience ou de brutalité ;

que c'était bien plus simple :

vous vous détestiez comme la lumière déteste l'ombre,

comme l'ombre déteste la lumière ;

comme dans ce livre, qui traînait dans le couloir de l'internat Landau : c'est l'ange que Dieu aurait dû aimer qui chute sans fin,

c'est celui qui devait amener la lumière qui s'enfonce dans les ténèbres,

qui ne veut plus jamais voir le jour,

et nul ne sait pourquoi

et Dieu lui-même ne pourra jamais le comprendre.

Et tout à coup, leur père s'était levé de sa chaise et avait quitté la pièce sans rien ajouter, sans terminer son explication. Il avait peut-être compris qu'Ivan se moquait bien de la généralisation et ne l'écoutait pas ; ou alors c'était autre chose, ou alors c'était le spectacle de Dmitri et de ses dessins confus. Quoi que ce fût, excédé, il avait quitté la cuisine. Ivan ne l'avait pas suivi du regard ; il avait fixé Dmitri sans rien comprendre,

il avait vu que son frère donnait tout ce qu'il avait pour ne pas pleurer et pleurait quand même.

Alors, Ivan qui avait manqué l'essentiel, Ivan qui ne voulait pas être là,

Ivan avait fait la seule chose qu'il pouvait faire, qui était aussi la seule chose que Dmitri attendait. Il s'était levé, il s'était approché de son frère et l'avait pris dans ses bras ;

et des années après, il le sent encore,

et les fibres qui ruissellent sur leurs joues ;

et il serre Dmitri contre lui un peu plus fort à chaque fibre.

À présent, la nuit approche, les premières lumières brillent çà et là, dans les barres alentour. À un moment, sans qu'Ivan s'en rende compte, Mikhaïl s'est levé. Et il s'est éloigné sans un bruit. Ivan ne s'est aperçu de rien – perdu qu'il était dans ses souvenirs. Et il n'est même pas contrarié ; il sourit presque, sous les larmes. Le jour est passé tout entier dans ce samedi maudit, et pourtant, il sourit.

Lentement, il descend de la buse. Qu'est-ce que Mikhaïl venait faire ici ? se demande-t-il. Qu'est-ce qu'il a fait de sa journée ? Surveiller quelqu'un ? Prendre la température ? Ou rien de précis. Fumer. Traîner dans le Quartier. Rien de plus, comme s'il pouvait se le permettre.

Il faudra décidément le surveiller, se dit Ivan en se frottant le visage.

Il remonte lentement à l'appartement, les mains dans les poches, comme il a toujours aimé faire. Et il a toujours les mains dans les poches quand il entre dans la cuisine – quand il détaille, le regard amer, la table, les chaises qui l'ont trahi ce samedi qui a tout changé.

Assis à table, Dmitri boit en silence – impossible de savoir quand il s'est réveillé, impossible de décomposer sa journée en livre ouvert. Et d'ailleurs, cela importe peu. Seul compte qu'il se sert une énième vodka et se tourne vers Ivan au moment où il entre dans la cuisine – et Ivan jurerait, oui Ivan jurerait qu'il le voit entrer, que c'est lui qu'il fixe. Et il y a peut-être une fine lame de dureté, infime, dans les yeux noirs de Dmitri qui soutient son regard en silence, de l'autre côté de la cuisine.

Et dans ces yeux qui se cherchent sans jamais se trouver, et dans ces mains qui ne serrent plus rien de vivant, dans cette vodka qui nous brûle la gorge,

des heures, des années passent.

Quelque part au sol, dans les pieds du roi, le temps traîne comme une loque. Par moments, le roi ferme les yeux. Il voudrait dormir. Les paupières rougies par une fatigue qui n'est pas de ce monde, il soupire,

misérable.

Tout est si dur,

si lent.

Tout est si dense.

Le moindre geste réclame des efforts inouïs. Le monde est si lourd à porter. Et tous ces instants qui collent à nos peaux. Tous ces regards, tous ces gestes. Et l'étendue de nos pertes. Et l'amplitude de la chute. Et toutes ces souffrances vaines, un jour, il n'en restera rien. Rien. Des grains noirs dans une tasse de café froid,

et encore,

la vodka de nos larmes ne tache rien.

Au bout de la nuit, à force de verres, Dmitri finit par s'effondrer de sommeil et s'endort à même la table. Au moins, tu as fini par trouver une solution à ce problème, soupire Ivan. Dans le livre gris de ses yeux, il revoit Dmitri enfant ; pendant des années, s'endormir avait été une torture pour son frère. Les deux garçons couchaient dans la même chambre et Ivan l'entendait d'abord qui essayait de s'allonger sur le dos, de se détendre. Ensuite, Dmitri commençait à se tourner et à se retourner, sa respiration se faisait hachée, puis venaient les gémissements – et au hasard des lumières qui s'allumaient parfois dans les barres d'en face, chez les voisins, Ivan l'apercevait qui s'agitait en vain. Et après avoir forcé ainsi pendant des heures, Dmitri finissait par s'évanouir plus qu'il ne s'endormait.

Quand il était sûr que son frère dormait, Ivan se levait parfois et allait l'observer. Il était en sueur. Ses poings serrés sur la couette. Ses lèvres pincées. Ses sourcils froncés. Un livre fermé, mon frère. Ce n'était qu'après un long moment que Dmitri finissait par se détendre, qu'il lâchait la couverture, que son visage se calmait un peu. Certaines nuits, Ivan se relevait uniquement pour le voir ainsi. Pour s'assurer que c'était possible. Qu'il y avait encore un espoir.

À fixer Dmitri endormi à même la table, au milieu des cadavres de bouteilles, il voudrait dire au jeune adolescent qui se penche sur son frère, qui replace sa couverture,

de ne pas se faire trop d'illusions.

La géométrie Sol est un fibré en plans ayant pour base la droite $\mathbb{R}$.

Parce que tout va déraper. Ivan le sait, lui. Pire : en y réfléchissant, l'accident ne sera même pas un dérapage. Ce ne sera que l'aboutissement d'une trajectoire de chute, que la fin d'une longue série d'échecs. Rien ne sera jamais facile pour son frère. Pour tout, Dmitri devra forcer. Pour s'endormir, pour manger, pour respirer – quand il fera ses crises d'angoisse. Même pour l'école, même en mathématiques, il devra donner tout ce qu'il a pour des bêtises.

Jusqu'à neuf ans, combien de fois Ivan l'avait-il surpris à son bureau, en train de faire des soustractions et des multiplications ? Combien d'opérations ? Des centaines, des milliers sûrement, le connaissant. Alors qu'il était capable de voir des choses que la plupart de ses professeurs ne verraient jamais… Mais qu'est-ce qui bloquait en lui ? Quel était le problème ? Quelles étaient ces choses que lui seul voyait dans ces quelques signes, dans ces 6 × 7, dans ces 6 – 7 ? Personne n'avait jamais compris. Pas même leur père.

Une millième fois, Ivan se demande comment leur père a pu passer à côté de Dmitri. Mais il sait bien qu'il n'aura jamais la réponse à cette question. Peut-être parce qu'il n'y a pas une réponse, mais autant de réponses que de points stabilisateurs de la géométrie Sol. Peut-être, se dit-il, peut-être que ce n'était pas uniquement une histoire de lenteur ou de blocage. Peut-être que Dmitri lui tendait un miroir trop ressemblant. Peut-être qu'on déteste, peut-être qu'on méprise plus que tout ce qui tente de nous imiter sans y parvenir. Ou peut-être que Père n'a jamais voulu de nous et qu'il me supportait uniquement parce que… Parce que quoi ? Pourquoi est-ce qu'il ne le supportait pas ? Qui peut dire ça – ce que l'on déteste dans nos propres enfants ? Personne. En nous, le Sol est un fibré en plans ayant pour base la droite $\mathbb{R}$; en nous, le stabilisateur n'existe pas – et Ivan n'aura jamais sa réponse.

À la surface essentielle de ses yeux, quelques images passent avant de se perdre dans la nuit. Il se souvient d'une de ces interminables réunions parents-professeurs. Dmitri devait avoir six ans, lui sept. Tandis que sa mère discute avec l'institutrice, Ivan examine les cahiers de son frère. Dans le cahier de russe, de bonnes notes, des encouragements. Les choses se mettent en place peu à peu, lit-il. Dans le cahier de mathématiques, par contre, au premier coup d'œil, on voit que tout est différent. En géométrie, les dessins sont sales, les traits sont tordus, mal finis. En calcul, la plupart des feuilles sont incomplètes. Certaines sont littéralement couvertes de ratures. Dmitri est trop lent, lit Ivan. La plupart des exercices sont des suites numériques. Dmitri fait visiblement des dizaines d'essais infructueux pour chacune d'entre elles. Là encore, Ivan ne comprend pas ce qui bloque. Il observe son frère qui regarde par la fenêtre, qui se désintéresse totalement de la discussion. Dmitri sait sans doute que l'institutrice est en train de le critiquer. Il ne cherche pas à expliquer, ni à se défendre. Ivan le revoit, de la terrasse. Il se demande s'il a déjà renoncé à leur parler ou si c'est encore seulement de la timidité. Quoi que ce soit, Dmitri reste silencieux. Il regarde le Quartier, les trois barres qu'il peut examiner depuis la salle de classe. Et l'institutrice sourit soudain à Ivan et lui demande le cahier qu'il tient entre ses mains.

— Tiens, tu me donnes ça ? Merci. Regardez, madame P., je vais vous montrer.

Ivan suit son doigt qui passe sur les figures raturées, sur les lignes courbes. L'institutrice tourne les pages et égrène les défaillances. Elle prononce Lenteur. Imprécision. Blocage. Elle termine par une feuille de suites numériques.

— Vous voyez, conclut-elle. Je ne sais pas pourquoi il se bloque ainsi. Pratiquement tous les élèves de la classe y arrivent. Et lui, c'est toujours difficile. Et le plus dur, je pense, c'est qu'il n'apprend pas quand on corrige ce genre d'exercices. C'est bizarre : il ne semble pas convaincu par la correction, et la fois d'après ce n'est pas mieux. Hein, Dmitri – elle saisit son bras pour capter son attention et Dmitri sursaute. Il faut que tu écoutes quand on corrige les exercices en classe. Pour pouvoir arriver à les refaire.

— Pour quoi faire ? répond Dmitri, qui ne semble pas comprendre.

— Comment ça, pour quoi faire ? reprend l'institutrice interloquée. Mais pour arriver à faire des exercices, pour progresser, Dmitri.

Et elle a beau le regarder avec toute la compassion inutile dont elle capable, jamais elle ne comprendra que son problème ne peut être résolu, parce que ce n'est pas un problème.

— Quand tu ne comprends pas, il faut me demander, il faut poser des questions. Tu vois, par exemple, cette ligne : tu ne l'as pas faite. Mais quand nous avons corrigé en classe, tu as compris, oui ou non ?

Dmitri hésite. À travers les années, Ivan voit ses petites

mains qui se crispent. Tout en lui voudrait donner le change, dire oui et passer à la suite, tout en lui voudrait en finir avec cette torture. Qu'il puisse rentrer à l'appartement avec nous. Qu'il puisse retrouver ses livres.

Mais soudain son ventre doit se crisper à la pensée que sa mère va forcément tout raconter à son père. Ou alors, c'est autre chose. Quoi que ce soit, Ivan n'a aucune idée de ce qui a décidé son frère à parler ce jour-là. Aujourd'hui comme hier, Dmitri est un mystère. L'eau noire de ses yeux est un mystère et personne dans cette salle de classe, et personne dans cette ville, et personne dans ce monde ne peut le comprendre. Mais dans la nuit jaune, Ivan voit aussi que Dmitri n'a aucune idée, à cette époque, du fait que le problème se pose en ces termes. Il doit sincèrement penser que c'est lui, le problème. Il n'y a aucune arrogance, aucune suffisance en lui, il n'y a que de la peur, que de l'angoisse dans ses mains, quand il se décide à ouvrir la bouche. Il regarde une dernière fois l'institutrice et c'est en plantant son regard dans celui d'Ivan qu'il parvient à prononcer :

— Non. J'ai pas compris pourquoi.

— Ah ! Tu vois, sourit l'institutrice avec condescendance. Tu vois, c'est exactement ça : il faut que tu poses tes questions quand tu ne comprends pas. Regarde, pour celle-là, c'est simple. On te dit : 1, 2, 3... après 3, c'est 4, non ?

— Pourquoi ?

— Comment ça, pourquoi ?

— Pourquoi je dois mettre celui qui est après 3 ?

— Mais enfin, Dmitri – elle cherche l'assentiment et la compréhension de Mère, Ivan la voit, il la voit et il la déteste – mais enfin, après 3, il y a bien 4, n'est-ce pas ?

— Oui.

— Alors. On doit mettre 4 après 3. Tu comprends maintenant ?

— Non.

— Comment ça ?

— Pourquoi on doit mettre celui qui est après 3 ?

— Mais enfin, Dmitri, c'est l'exercice : tu dois compléter la suite numérique. Tu dois mettre celui qui est après 3.

Dmitri s'enferme dans le silence. Il se dit sans doute qu'il n'aurait jamais dû poser la question. Il imagine comme sa mère va raconter tout ça à son père. Les larmes montent. À nouveau, l'institutrice fait preuve de compréhension. Elle se penche vers lui, elle se retient de le toucher, et elle lui demande, avec le plus de douceur dont elle est capable :

— Voyons, Dmitri, qu'est-ce que tu ne comprends pas ? Qu'est-ce que tu voudrais mettre d'autre ?

Dmitri ne répond pas. Il se sent ridicule.

— Dmitri, réponds à l'institutrice, lui ordonne Mère.

L'institutrice fait un signe aux autres parents qui attendent – un sourire gêné barre son visage. Au bout d'un certain temps, Dmitri finit par annoncer :

— Je ne sais pas. 5, ça marche. 6 aussi. 7.

Et effectivement, Ivan voit qu'il a essayé 5, 6, 7. Avant de les barrer, avant de les raturer. Et d'arrêter de chercher en vain.

— Comment ça, 5, ça marche, Dmitri ? Est-ce qu'on dit : 1, 2, 3, 5 ?

— Ben, on peut dire ça.

— Mais quand on compte ? Dmitri ? Est-ce qu'on dit : 1, 2, 3, 5 ?

— Pas quand on compte. Mais il n'y avait pas marqué qu'on comptait.

— Oui, mais même, Dmitri, on ne peut pas dire : 1, 2, 3, 5.

— Pourquoi ?

— Parce que ça ne veut rien dire. Parce que ça n'est pas une suite numérique.

— Mais si, réplique Dmitri, au bord des larmes. Mais si, ça veut dire. 1, 2, 3, 5, 7, c'est les nombres premiers.

— Comment ça, Dmitri ?

Et là, si elle s'était penchée, si elle avait vraiment essayé de le comprendre, elle aurait pu faire quelque chose. Elle aurait pu peut-être,

non en faire quelqu'un de normal,

mais au moins l'apaiser.

— Comment ça, Dmitri ? Premiers ?

— 1, 2, 3, 5, 7, 11. Les nombres premiers. C'est ça que j'ai cru, moi. 1, 2, 3, c'était le début.

— Dmitri, mais de quoi est-ce que tu parles ? 1, 2, 3, tu vois bien qu'on te demande de compter. Tu vois bien que c'est ce qu'il y a de plus simple. Voyons, c'est évident.

— Le plus simple ? avait demandé Dmitri. Mais qu'est-ce que c'est, le plus simple ? Où c'est marqué ?

Et il se recroqueville sur sa chaise en crachant ces derniers mots. Ivan ne se rappelle plus si son frère est arrivé ou non à contenir ses larmes. Il se rappelle simplement que pour détendre l'atmosphère, parce qu'elle sent que quelque chose lui échappe, après un silence pesant, l'institutrice sourit. Elle passe sa main dans les cheveux de Dmitri, qui tressaille imperceptiblement.

— Ah là, là, ne vous inquiétez pas, madame P. Les choses vont se tasser. Nous allons travailler d'arrache-pied et je vous promets qu'il va y arriver. Je suis sûre qu'il peut faire de bonnes choses…

Elle cherche quelque chose de positif à ajouter pour conclure, et elle finit par trouver :

— D'ailleurs, il vous a peut-être parlé de l'atelier d'échecs. Il a battu tous ses petits camarades, et même les grands de CM2. C'est M. Kapov, l'instituteur des CM2, qui anime l'atelier. Il a gagné le dernier tournoi d'échecs du soviet du quartier, donc j'imagine qu'il sait de quoi il parle : moi, je n'y comprends rien, mais il m'a dit que Dmitri était très doué.

Peut-être que nous en ferons un champion d'échecs, qui sait ?

Elle ne dit pas ce qu'Ivan sait et qu'il se jure de raconter à sa mère. Que lors de la dernière séance de l'atelier, les élèves avaient insisté pour que Dmitri joue une partie contre M. Kapov. Ivan était là. Il ne se rappelle plus comment les choses avaient réellement commencé, ni pourquoi les grands s'étaient soudain mis cette idée en tête. Humiliés par un enfant du cours élémentaire, peut-être qu'ils cherchaient sans vouloir l'avouer quelqu'un qui pourrait à coup sûr le battre, quelqu'un qui pourrait laver l'affront qu'ils avaient subi. Toujours est-il que M. Kapov avait fini par accepter. Mais, peut-être sous l'effet d'une inspiration subite, il avait ajouté une règle pour, disait-il, que la partie ne dure pas trop longtemps et que l'atelier ne déborde pas de l'horaire imparti. Au lieu de trois minutes de réflexion, les deux joueurs n'avaient droit qu'à une minute. Pour les autres enfants, cette règle n'en était pas une – qui réfléchit trois minutes sur un coup à cet âge ? Mais Ivan avait bien vu que Dmitri était contrarié. Sur son visage étaient passées les lueurs d'une colère sombre. Ses sourcils s'étaient froncés, ses mains s'étaient crispées – parce qu'il savait bien, lui, qu'il avait besoin de trois minutes pour voir l'échiquier. Et ce n'était qu'une heure plus tard, quand il avait fini par gagner, que Dmitri s'était détendu. Aucun des enfants présents n'avait compris la partie ni même prévu son dénouement. Contrairement aux parties habituelles, il n'y avait que peu d'échanges ou de prises de pièces. C'était une guerre de positions et ils n'avaient pas les armes théoriques pour l'apprécier. Ils avaient simplement pu constater qu'au fur et à mesure que l'heure avançait et qu'il ne gagnait toujours pas M. Kapov était devenu de plus en plus nerveux. Il avait repris plusieurs fois les élèves qui s'agitaient autour de l'échiquier, leur criant qu'il était impossible de se concentrer dans ces conditions et qu'ils seraient renvoyés de l'atelier s'ils ne cessaient pas. Et tous les enfants avaient fini par comprendre, par se calmer, et ils s'étaient tous rapprochés de l'échiquier, jusqu'à ce que la salle devienne irrespirable. La dernière demi-heure s'était déroulée dans un silence de plomb. Jusqu'à sa conclusion, jusqu'à ce moment terrible où Dmitri, qui n'avait rien dit depuis le début de la séance, avance son fou en D5 et murmure sa sentence, Échec et mat. M. Kapov, Ivan s'en souvient, s'était épongé le front et était resté une minute immobile, fixant l'échiquier comme un dément. Autour d'eux, les enfants restaient figés, n'osant ni rompre le silence assourdissant, ni croire à ce que venait de dire Dmitri, ni demander à leur maître une explication à ce prodige.

Ivan se rappelle s'être juré de le raconter à sa mère, quand ils seraient sortis de cette salle de classe, quand ils se seraient éloignés de cette institutrice qui ne comprenait rien à rien. Mais il ne se souvient pas de ce qui s'était passé ensuite – si sa mère avait pris Dmitri dans ses bras, si elle l'avait rassuré ou non. Surtout, il ne se souvient pas si finalement il lui avait raconté l'épisode de l'atelier d'échecs. Et là-dessus, comme sur le reste, se lamenter ne sert à rien ;

il nous faut simplement apprendre et apprendre que
nous ne sommes maîtres de rien,
que même ce qui compte le plus,
que même l'essentiel nous échappe
et nous échappera toujours ;
voilà ce qu'on peut lire dans la nuit jaune.

Debout sur la terrasse, les yeux perdus dans la nuit jaune, Ivan égrène les quiproquos sans nombre, les fibrés de non-dits qui jalonnent l'enfance de Dmitri. Ces séances pénibles où ils devaient subir la condescendance, la défiance, voire l'hostilité des différents adultes qui avaient eu affaire à lui pendant son cycle élémentaire. Et leur mère qui ne comprenait pas, qui ne parvenait pas à trouver la bonne distance pour regarder son fils. Leur mère qui le défendait, mais sans y croire, qui le défendait comme une mère défend son fils, sans autre arme que son corps dont elle faisait un rempart.

Certes, quelquefois, leur père avait tenté de débloquer Dmitri, de l'aider comme il pouvait. Il avait essayé, par exemple, de leur faire visiter son laboratoire, à lui et son frère. Mais comme par un fait exprès, c'était ce jour-là que leur route avait croisé celle du Marquis et de l'Immanus – la visite n'avait pas eu lieu et l'idée avait été abandonnée, elle s'était perdue dans une géométrie Sol. Et les rares fois où il voulait l'aider à faire ses devoirs, il finissait toujours par s'énerver : Dmitri était vraiment très lent. Trop lent. Personne, personne n'aurait pu soupçonner qu'il comprenait quelque chose en mathématiques à l'école primaire. Même des exercices évidents lui posaient problème. Et cela avait le don de rendre leur père fou de colère. Ivan le revoit en train de crier sur Dmitri pour une raison qui s'est perdue en route, quelque part dans la matrice de ses souvenirs. Leur père qui crie. Il peut le convoquer et le convoquer pour les siècles des siècles. Lui faire reprendre encore ce stylo, le lui faire observer comme s'il voulait le désintégrer du regard. Le jeter de dépit sur la table de la cuisine. Et crier. Et crier. Mais qu'est-ce qui ne tourne pas rond chez toi ? Mais c'est pas possible ! Et Dmitri qui ne répondait rien. Qui aurait bien aimé sans doute, mais qui ne trouvait pas de mots pour lui dire la grande douleur, pour lui dire la grande douleur de sentir trop de choses sans pouvoir les dire. Et leur père de renoncer. De le renvoyer dans sa chambre. Et de s'enfoncer avec les autres, toujours plus, dans cette croyance que, certes, Dmitri s'intéressait aux mathématiques, mais qu'il ne les comprenait pas vraiment. Et de se persuader que Dmitri ne pouvait qu'apprendre par cœur tout ce qui lui tombait sous la main. Et de hausser les épaules quand il le voyait avec un livre. Et de maugréer en s'éloignant. Ah çà, oui, comme des poésies ! Il peut lui réciter n'importe quel poème qu'il a appris depuis le début de sa scolarité, il a une mémoire prodigieuse ! Père voulait bien le concéder, une mémoire à faire peur : il pouvait réciter des chapitres entiers de ces livres qu'il empruntait à la bibliothèque municipale. Cela ne voulait pas dire qu'il comprenait quoi que ce soit, s'emportait-il. Mais pourquoi était-il si énervé, si tendu ? se demande Ivan.

Et cette tension dans la nuit, d'où vient-elle ?

Où va-t-elle ? Quelle est sa proie ?

De quoi se nourrit-elle ?

De tout, murmure Ivan pour lui-même. De tout, voilà de quoi elle se nourrissait. De tout. Du moindre regard. De la plus petite seconde de relâchement. De tout. Partout. Tout le temps. C'était elle la trame du jour, c'était elle le fil des nuits jusqu'à l'accident. Cette colère constante, terrible, sans relâche et sans objet et sans fondement précis. Adolescent, Ivan avait cru à de la haine, à de la détestation. Il avait longtemps pensé que ses parents étaient fous de vivre ensemble avec une telle haine en eux. Mais dans le fond, dans le jaune de la nuit, Ivan voit qu'il ne s'agissait pas de haine. Qu'il n'y avait pas de détestation. Simplement une colère consubstantielle à leurs êtres. Simplement une colère comme un litre de sang dans leurs veines, mélangée au reste et charriée avec lui, jour après jour ; et qui n'avait jamais pu s'écouler d'eux, même après l'accident. N'était-ce pas elle que Dmitri tentait de fuir, quand il allait tous les deux jours emprunter un nouveau livre à la bibliothèque ? N'était-ce pas elle quand il s'asseyait contre le grillage mangé de rouille du square Leonid K ? N'était-ce pas elle, et des formules magiques pour la combattre, ces lemmes qu'il récitait en fermant les yeux ? Combien d'heures à combattre contre elle ? Combien d'heures alors qu'ils écumaient le Quartier, lui et Jaarvi et les autres ? Combien d'heures alors qu'ils se battaient avec les autres bandes pour le contrôle d'une rue, d'une épave de bagnole ? Combien d'heures plutôt qu'une bataille d'eau incroyable, une après-midi entière, autour d'une des rares bornes à incendie encore en service ? Combien d'heures plutôt qu'une première cigarette, plutôt que le regard concentré de Jaarvi, qui vérifie que tu n'es pas une de ces petites frappes qui toussent ? Combien d'heures plutôt que de gonfler ses poumons et de tout donner pour ne pas tousser ? Plutôt que d'être le roi de parvenir à ne pas tousser ? Combien d'heures plutôt que de les regarder tous, la bande, droit dans les yeux, calmement, et de rejeter la fumée par la bouche et l'aspirer par le nez, pour leur montrer qui on est. Combien d'heures, Dmitri ? Ivan voudrait pouvoir lancer une clope, un mégot, une bouteille ou bien n'importe quoi en travers de la rue. Ivan voudrait pouvoir cracher sur la nuit. Parce qu'il connaît la réponse. Quelle que soit la question. Trop. Trop d'heures.

Si M est simplement connexe, elle est la somme connexe d'un nombre fini de variétés simplement connexes irréductibles.

Une ombre glisse dans les rues en contrebas. Ivan la suit du regard qui se cache, qui se perd. Un moment, il a l'impression que c'est Mikhaïl. Qu'il est revenu. Peut-être qu'il n'a pas quitté le Quartier, qu'il rôde toujours. Ivan a presque envie de descendre pour vérifier. Il se penche sur la rambarde et sourit. Qui que ce soit, il est doué ; pendant un moment, il vérifie ses arrières, il reste caché dans le renfoncement d'un immeuble – et personne ne peut le voir et rien ne dépasse ni ne bouge.

Et ce n'est que quand un Vor arrive près de lui qu'il sort de l'ombre. Il serre la main du Vor, le salue tout bas et lui emboîte le pas. De là où il est, Ivan jurerait que c'est Mikhaïl ;

il le jurerait sur ces insectes qui se mettent à voleter dans son ventre.

Et quand il n'en peut plus, il descend dans la rue et suit les deux hommes qui s'éloignent en silence, qui ne sont que des ombres. Et entre deux immeubles, une des deux ombres se retourne vers lui, comme si elle l'avait senti. Un moment, elle scrute l'obscurité irréductible – et pourtant, Ivan jurerait que celui qui lui fait face le voit. Il s'avance et quand il est à quelques mètres, il reconnaît Mikhaïl. Il sourit et il jurerait que Mikhaïl le voit sourire, que pour cette raison il esquisse un sourire.

— Bon, tu fous quoi, là ? lance le Vor qui s'est retourné et qui s'impatiente.

— Rien, rien, répond Mikhaïl, j'avais entendu quelque chose.

Ivan les laisse un instant s'éloigner, puis il reprend sa marche et les suit à distance.

Juste avant le quartier des Vors, dans une rue, ils dépassent un cadavre de voiture retournée sur le toit – à moitié calcinée, les vitres explosées. Ivan laisse les deux hommes avancer et s'arrête un moment au niveau de la carcasse. Lentement, il s'approche. Il touche la tôle noircie, les arceaux de sécurité qui ont rejoint cette ombre qui les a appelés des années et des années durant

les arceaux noirs dans le noir, il ne peut s'empêcher de les prendre à pleines mains. Il se souvient de cette voiture. Comme il l'a aimée.

Ce jour-là, lui et sa bande avaient volé deux bâtons de dynamite à la carrière et cherchaient un endroit pour les faire sauter. Ils avaient fini par opter pour le parking couvert à côté de l'ancien stade. Ils sautillaient d'impatience et mouraient d'envie de voir les dégâts. Ivan seul était morose et traînait derrière la bande, sans rien dire ; il avait confié la marche et les choix tactiques à Ossif. Jaarvi n'était pas là. Depuis trois jours, aucun d'entre eux ne l'avait vu. Tous savaient ce que ça signifiait pour Ivan. Qu'il n'y serait pas vraiment.

Et quand Ivan avait aperçu Jaarvi dans une ruelle perpendiculaire, alors que les autres étaient passés sans le voir, il leur avait discrètement faussé compagnie. Personne ne l'avait vu se faufiler derrière les voitures, et disparaître sans les prévenir, mais ils ne s'en étaient pas offusqués plus que ça. Ils connaissaient les règles du jeu. Ils n'avaient même pas cherché à le retrouver. Ils étaient allés faire sauter la dynamite et profiter de cet espace de liberté supplémentaire comme il se devait.

Ivan avait rejoint Jaarvi, et avant même d'arriver à sa hauteur il avait ralenti. Il avait senti à sa manière de marcher le plomb sur ses épaules. Sa tête rentrée. Son corps voûté. Même s'il ne les voyait pas, il devinait ses yeux durs, ses lèvres pincées. Il l'avait rattrapé et avait marché à ses côtés pendant un long moment, sans rien dire. Jaarvi avait fini par le remarquer, mais il était resté muet. Ils avaient continué à marcher ainsi, en silence, au gré des rues désertes. Ils shootaient dans une canette vide de temps à autre. Ils s'arrêtèrent d'un commun accord près d'une cabine de téléphone, pour lui jeter quelques pierres. Mais, rapidement, Jaarvi en eut assez et, toujours sans rien dire, ils reprirent leur marche. Au bout de quelques rues encore, Ivan tenta son premier :

— Y a quoi ?

Jaarvi ne répondit rien et secoua la tête. Ivan encaissa en silence, scrutant le visage tendu de son ami. Mais il n'y lisait rien. C'était la première fois qu'Ivan le voyait fermé à ce point. Quelques rues plus tard, il retenta :

— Jaarvi, dis-moi.

— Rien. Y a rien, je te dis.

— Dis-moi.

— Rien.

Ils tracèrent quelques rues encore, puis Jaarvi repoussa une planche en bordure d'un chantier abandonné. Ils pénétrèrent sur un terrain vague comme il y en avait des centaines dans le Quartier, royaume d'herbes hautes, de carcasses d'engins de construction, royaume de matériaux abandonnés aux vents – du bois, des poutres de béton, des câbles, ou n'importe quoi. Au milieu de ces cimetières, on trouvait souvent des tas de ciment, de terre ou de pierres. Jaarvi se dirigea vers l'un d'eux et l'escalada adroitement. Ivan le suivit et, quelques instants après, ils arrivèrent dans cette rue, plus haut. À l'époque, le cadavre de voiture était en haut de la pente, l'arrière coincé dans le bas-côté. Jaarvi et lui s'étaient installés dans la voiture, sur les places avant. De là, ils surplombaient légèrement le Quartier. Ils pouvaient voir quelques barres ; au loin, le stade, l'autoroute, ses bretelles, ses piliers, et plus loin encore les grandes friches, les terres chiennes. Ivan se disait que l'histoire devait être grave pour qu'elle affecte autant Jaarvi ; et il avait beau être préparé, quand il risqua un regard vers lui, le choc fut rude. Il n'avait jamais vu Jaarvi pleurer. C'était simple. Jamais. Ça n'existait pas dans le Quartier, les larmes. Ça ne pouvait pas exister. Jaarvi regardait droit devant lui et pleurait. Les larmes coulaient le long de ses joues, inondant son visage parfait dans la lumière rasante ; et il ne faisait rien pour les retenir. Il savait sans doute qu'il montrait là à Ivan quelque chose qui avait un poids. Quelque chose qui comptait. Quelque chose comme les gens en partageaient rarement. Ivan essayait de ne pas le dévisager, de se perdre dans la contemplation du Quartier, de la lumière, des quelques rafales qui jouaient dans les hautes herbes autour d'eux.

— Lev a fait une overdose, commença Jaarvi d'une voix étonnamment grave. Ils l'ont emmené à l'hôpital.

Ivan ne le regardait toujours pas. Il donnait tout ce qu'il avait pour ne pas le regarder. Lev était le grand frère de Jaarvi. Il venait d'avoir dix-huit ans. C'était lui qui s'était occupé de toute sa famille quand leur père était mort lors d'une fusillade avec les flics. Ivan savait qu'il se droguait, mais Jaarvi lui avait dit que tant que ça n'était pas de la croco, ça allait, ça n'était pas dangereux.

— Y a eu un problème avec le médicament qu'ils lui ont donné, il a fait un AVC ou je sais pas quoi. Quelque chose dans son cerveau s'est bloqué. Je sais pas quoi. Mais ça a duré trop longtemps : il a une partie de son cerveau qui est cramée.

— Il est à quel hôpital ?

— Ils l'ont fait sortir aujourd'hui : ils ont plus assez de places. De toute manière, ils peuvent plus rien faire pour lui. Son état peut encore s'améliorer, ils disent. Mais ils en savent rien. Si ça se trouve, il va rester comme ça.

Ils étaient restés silencieux un long moment ; dans l'esprit d'Ivan, ça avait duré peut-être une heure. C'était absurde, c'était trop long, une heure ; mais il semblerait qu'en matière d'hommes la vérité soit ce dont témoigne, ce dont décide un groupe de témoins ou de jurés, rien de plus. Ici, nous n'avons qu'Ivan à disposition ; alors, mettons que ce soit une heure. Mettons cette heure passée sans rien dire, à regarder le jour décliner sans le retenir,

mettons ce temps qui les liera plus que tout ce qu'ils avaient vécu auparavant ;

mettons ce temps et peu importe combien nous devons y mettre,

tant sa vérité n'était pas dans sa durée mais dans ce qui ne se mesure pas,

mais dans sa profondeur,

mettons ce temps et tout ce qu'il leur faudra et tout ce qui fera que jusqu'à leurs morts violentes, ils béniront chacun à leur manière, et violemment, et sans jamais l'avouer,

cette carcasse de voiture

pour avoir abrité cette heure en dehors du monde,

cette heure qui n'était que pour eux.

Et ce ne sera pas par hasard qu'ils y reviendront ;

ce sera quand ils n'en pourront plus, ce sera quand il le faudra,

quand il ne restera plus aucun espoir, quand il n'y aura plus sur terre que cette carcasse ;

parce que déjà, à cet âge, ils sentaient le déséquilibre des forces,

parce que déjà, ils savaient combien les lieux nous aident dans notre ministère,

dans notre faiblesse ;

parce qu'ils n'avaient pas encore oublié que la moindre aide compte, que nous devons faire feu de tout bois.

— Et... il peut marcher ? Parler ? Il est... ? était parvenu à demander Ivan.

Jaarvi lui avait répondu que son frère pouvait presque marcher normalement, avec les béquilles qu'il avait volées à l'hôpital. Et quand il regardait par la fenêtre, ce n'était pas avec un regard de vache. Il était là. Mais dans ses yeux, Jaarvi avait trouvé une lueur qu'il n'y avait jamais vue : Lev avait peur.

— Le plus étrange, il m'a dit, c'est cette impression de... d'être séparé de son propre corps... Il dit que c'est comme... c'est comme s'il ne pouvait plus lui faire confiance. Comme une distance, c'est ça. Une sorte d'espace très fin sous sa peau. Entre lui et son corps.

Ivan s'était demandé ce que ça pouvait faire de n'être jamais sûr de rien, que ce soit bouger ses doigts ou se lever – ou même, certains soirs, quand l'angoisse était plus forte, de ne même plus arriver à respirer normalement. Il revoyait son frère, qui retroussait les lèvres en pleine nuit, qui montrait les dents, qui empoignait la couverture. Et aujourd'hui encore, il se rappelle les yeux égarés de Dmitri, ce tremblement de sa main gauche, parfois. Si ça se trouve, se dit-il, Dmitri n'a jamais rien vu, jamais rien ressenti d'autre que ça : devoir se battre, s'accrocher pour vivre une vie normale.

Si $\pi_1(M)$ *possède un sous-groupe normal infini cyclique, mais n'est pas virtuellement résoluble, la structure géométrique sur M est soit* $H^2 \times \mathbb{R}$, *soit le revêtement universel de* $SL_2(\mathbb{R})$.

Mais une vie normale, un sous-groupe fini d'années normales, c'était tout simplement impossible. Parce que Dmitri était différent. Comme tous les enfants de l'école, il avait passé les tests nationaux de fin d'études élémentaires. Quatre heures d'examen de russe. Quatre heures d'examen de mathématiques. Et à la suite des résultats, il avait été convoqué avec leur père par le directeur de l'école. Ivan se rappelle ce jour-là comme si c'était hier.

Il revoit, dans le bureau du directeur, le portrait du camarade suprême qui le fixait de son regard pénétrant. Les décorations accrochées au mur. Les lambris qu'il avait toujours détestés et qu'il détesterait toujours. Le directeur avait annoncé à son père que Dmitri avait fait la fierté de son soviet : il avait obtenu la meilleure note de l'Union. Fait exceptionnel, il avait même obtenu la note maximale. Ivan se souvient parfaitement du sourire qui avait flotté un instant sur les lèvres de son père – de ce mépris fou, de cette rage presque.

— Enfin, j'imagine, camarade, qu'il y a beaucoup d'enfants qui parviennent à obtenir la note maximale. J'imagine que si l'on se concentre un petit peu...

Et là, il s'était tourné quelques secondes vers Ivan, en laissant traîner la fin de sa phrase dans l'air empesé du bureau.

— Détrompez-vous, monsieur P., avait répondu le directeur. Il ne s'agit pas d'un test de confirmation, mais d'un test de détection. Partout dans l'Union, nous suivons un vaste projet de formation des élites scientifiques. Je crois savoir que vous êtes mathématicien – il se trouve que je suis moi-même mathématicien de formation – donc vous pourrez comprendre ceci : les questions sont de difficulté exponentielle. Si la majorité des élèves parviennent à résoudre la moitié d'entre elles, il est très rare qu'un élève aborde les dix dernières questions du test. Et de mémoire, cela n'était jamais arrivé qu'un élève les traite correctement. C'est ce que Dmitri a fait.

— Il faudrait que je voie les questions, avait tranché son père, légèrement décontenancé.

Le directeur lui avait tendu le dossier avec une moue d'incompréhension. Vladimir P. l'avait saisi et avait commencé à tourner les pages lentement. Il examinait les questions et marmonnait de temps à autre. À la question 83, on demandait la somme des entiers de 1 à 100. Il avait souri durement – il est tellement certain d'avoir raison à cet instant, Ivan le sent, même à des années de distance, il le sent. Mais au fur et à mesure qu'il avançait dans les questions, le sourire de son père s'était figé. Les dernières questions étaient d'un niveau comparable à ce qu'il enseignait en première année d'études supérieures, quand il était chargé de TD à l'université libre de Pétersbourg. Il ne comprenait pas comment c'était possible : ces questions ne nécessitaient pas de connaître le fonctionnement des équations algébriques, elles nécessitaient de l'avoir compris. Dmitri, malgré sa mémoire prodigieuse, ne pouvait pas les avoir traitées convenablement sans les comprendre.

— Est-il possible de voir le dossier des réponses ? Il n'y a ici que les questions. S'agit-il de QCM ?

— Non, il n'est pas possible de voir le dossier des réponses. Il est toujours à Moscou pour analyse. Et non, il ne s'agit pas de QCM. Les QCM pourraient être biaisés par des réponses aléatoires, y compris sur les questions les plus complexes. Des élèves moyens auraient une chance non nulle de répondre à ces dernières questions. Ce n'est pas acceptable pour le comité central.

— Dans ce cas, je le demanderai ultérieurement, pour pouvoir me faire une idée.

— Libre à vous, monsieur, avait répliqué le directeur en souriant d'un air conciliant, mais les membres du comité scientifique central, eux, se sont fait une idée. Ils souhaitent que Dmitri intègre le collège Landau sans tarder, et qu'il suive une formation parallèle, les mercredis et les samedis après-midi.

— Cela ne va pas être possible, Kiev est trop éloigné. Je travaille à l'institut Landau, qui jouxte le collège. Aller en ville me prend environ deux heures tous les matins. Si je dois emmener l'aîné à son collège de l'autre côté du quartier, pour être à l'heure pour Dmitri, il nous faudrait partir à cinq heures du matin. Nous ne pouvons scolariser nos deux garçons dans deux établissements différents.

Aujourd'hui encore, Ivan se demande pourquoi son père a prononcé cette dernière phrase. À quoi pensait-il alors ? Et Mère ? Est-ce qu'elle ne pouvait l'emmener ? Est-ce qu'il se préoccupait de leur bien-être ? Du fait que Dmitri avait besoin d'Ivan pour veiller sur lui ? Du fait qu'il serait perdu sans lui ? Est-ce qu'ils en parlaient, parfois, avec Mère ? Ou alors, est-ce qu'il avait simplement cherché un argument pour contrer les plans du directeur, pour pouvoir garder la main ? Est-ce qu'il pensait ce qu'il disait ? Aujourd'hui encore, Ivan est incapable de trancher ; parce que le directeur avait répondu trop vite, parce qu'il avait fallu se tourner soudain, se tourner et faire face à la catastrophe qui venait de surgir par sa bouche,

qui allait saccager sa vie,

qui finirait par avoir sa peau en décembre 95.

Car c'était là, il n'y avait pas à tortiller, c'était là,

dans ces quelques mots,

dans cette tension qui planait au-dessus du bureau du directeur,

son acte de condamnation.

— C'est la raison pour laquelle votre fils Ivan a lui aussi été convoqué aujourd'hui, avait repris le directeur. Les membres du comité avaient prévu ce problème et ils acceptent qu'Ivan intègre lui aussi le collège Landau. Il risque d'y souffrir un peu, mais s'il s'accroche, ils sont convaincus qu'il pourra y suivre une scolarité honorable. Et cela permettra à Dmitri de recevoir une formation adaptée à ses possibilités. Vos deux garçons seront internes.

Le cataclysme. Les mains qui tremblent. Les yeux qui s'embuent, qui se détournent. Qui n'osent rien dire. Et toutes ces choses qui montent en lui. L'acte de condamnation. Et au milieu de l'horreur, au milieu du carnage dans mon cœur, Dmitri. Au moment même où Père aurait pu commencer à s'intéresser à lui, celui-ci s'échappait. Ivan se rappelle le regard que Père avait jeté à Dmitri. De toute cette colère. De toute cette haine. Dmitri ne l'avait même pas relevé. Il s'était contenté, comme pendant tout l'entretien, de fixer ses chaussures, l'air buté, les sourcils froncés. Ivan se demande s'il a écouté ce qui s'est dit dans ce bureau – ou s'il était déjà au courant, ou si, comme aux échecs, il avait déjà plusieurs coups d'avance et savait déjà ce qui allait être décidé. Si ça se trouve, se dit Ivan, il n'a même pas entendu ces quelques phrases qui ont tout détruit. Si ça se trouve, il réfléchissait, il analysait la courbure de ses lacets – des années plus tard, Dmitri lui avait déjà parlé d'une prétendue théorie des nœuds. Peut-être qu'il ne faisait rien de tout cela, il s'en moquait ; ça lui glissait dessus. Peut-être qu'il regardait simplement ses chaussures. Aujourd'hui comme hier, Ivan ne parvient pas à trancher. Il avait relevé les yeux et son regard avait croisé celui de son père et quelque chose s'était tordu dans son ventre, quelque chose qui n'était pas virtuellement résoluble,

et mille ans plus tard, le ventre tordu, Ivan s'appuie contre la carcasse.

La nuit lui rend ses gémissements,

lui rend ses larmes aussi. Elle n'en veut pas.

La main crispée sur la carcasse calcinée de toutes ces années, Ivan murmure Salaud salaud salaud.

Personne ne sait à quel point cela avait été dur de quitter Jaarvi. Pendant quelques jours, il n'avait rien pu dire à personne, tellement il était pétrifié, tellement il avait mal, tellement il ne savait pas quoi faire. Finalement, il avait réuni toute sa bande le dernier dimanche avant la rentrée. Toute la journée, il avait donné ce qu'il pouvait. Dans les batailles, dans les guets-apens, il aurait voulu leur dire à quel point il les aimait, à quel point il ne serait plus rien sans eux. À chacun d'entre eux et à tous, il aurait voulu le dire. Et à la fin de la journée, sur le seuil de l'église, au moment de se quitter, quand les autres avaient laissé tomber leur traditionnel « bon, ben, comme on dit, à demain, si vous le voulez bien ! », il n'avait toujours rien dit ; il avait simplement répliqué :

— Il n'y aura pas de demain, les gars.

— Comment ça, qu'est-ce que tu racontes ? avait tiqué Jaarvi.

Ivan l'avait regardé droit dans les yeux et l'avait aimé encore plus d'avoir tiqué, d'avoir réagi aussi vite, aussi fort.

— C'est l'école. Ils nous envoient à Kiev. La faute à Dmitri. Il a passé des tests et des mecs de la capitale veulent qu'ils suivent une scolarité spéciale.

— Des tests ? Qu'est-ce que c'est que cette histoire de tests ?

— Les mêmes tests que nous l'année dernière, Jaarvi. Simplement que lui est arrivé au bout.

— Et alors ? Qu'est-ce que ça fait d'être arrivé au bout ?

— Ils disent qu'il est surdoué. Ils veulent qu'il aille étudier à Kiev et que je le suive.

— Kiev ? C'est pas vrai ! Putain...

— On sera internes. Mon père m'a dit qu'on rentrerait pour les vacances.

Et Jaarvi s'était soudain retourné, giflé par la logique, par la froideur d'Ivan. Et il était sorti de l'église en courant. Les autres avaient hésité pendant un moment, puis étaient venus lui serrer la main.

— T'inquiète... c'est pas contre toi.

Et Ivan était resté seul. Il n'arrivait pas à rentrer chez lui. Il errait dans l'église. Des milliers d'heures en holocauste. À frapper, à détruire, à blesser tout ce qu'on peut – à se blesser soi, si possible

des milliers d'heures

à se recroqueviller lentement contre la grande chaire qui leur servait de QG, à bouffer son poing pour ne pas pleurer, à le mordre du plus fort qu'il pouvait, à le mordre jusqu'au sang pour ne pas maudire Dmitri, qui lui avait tout volé, à vouloir hurler à la nuit M'en fous de vos histoires à la con, va te faire foutre avec ton père à la con, barrez-vous à Kiev ou là où ça vous chante et on sera tranquilles putain.

Et tandis qu'au loin Saint-Vincent achève de disparaître sous un épais nuage noir, Ivan entend tout ce qu'il avait hurlé à la nuit, ce soir-là. Et ses poings et ses yeux ont beau se crisper, ont beau se charger des mêmes larmes, des mêmes haines qu'alors,

insensiblement mais irrémédiablement, sa voix se perd dans la nuit.

Et quand il n'entend plus rien, il ne lui reste plus qu'à chercher Mikhaïl du regard,

et Mikhaïl est toujours là, au bout de la rue,

quelques secondes à peine se sont écoulées depuis qu'il a reconnu cette vieille carcasse,

tant l'esprit des hommes est homéomorphe au monde lui-même,

tant chaque instant est un sous-groupe normal infini cyclique – qui nous contient tout entier.

Si $\pi_1(M)$ *ne possède pas de sous-groupe normal infini cyclique et n'est pas virtuellement résoluble, la structure géométrique sur M est hyperbolique. Le stabilisateur des points de la variété est* $O_3(\mathbb{R})$. *Sous l'action du flot de Ricci, cette variété se dilate.*

Mikhaïl et son guide entrent dans un parking souterrain. À mesure qu'ils descendent la voie d'accès, leurs ombres se mêlent aux autres ombres, immenses, tentaculaires, des piliers de la structure. Et bientôt, elles se perdent dans l'ombre maîtresse, celle qui noie tout, celle qui vient,

et bientôt, il ne reste plus que le son étouffé de leurs pas sur le sol de poussière,

que leurs cigarettes pour les distinguer.

Mais le guide doit voir en infrarouge, car il ne se perd pas, car il n'hésite pas une seconde. Mikhaïl n'a qu'à le suivre. Ils se dirigent vers la porte blindée d'un local technique. Arrivé près de la porte, le guide jette au loin son mégot et, dans la lumière exténuée d'une veilleuse de secours, il sonde une dernière fois Mikhaïl et se fait avoir une dernière fois par ses yeux, par son sourire, par sa jeunesse. Il frappe à la porte et, quelques instants plus tard, quelqu'un vient ouvrir. Daghestanais, vu les trapèzes et les sourcils, se dit Mikhaïl.

— On vient voir Boleslav.

— Le Tsar est pas là ce soir, aboie le Daghest. Sur la frontière. Pour son frère. Tiens, c'est pour toi.

Le Daghest lui tend un papier que le guide lit et range dans une poche. Il ne cherche même pas à râler. Il sait qu'il n'est qu'un pion. Que s'il fait la moindre remarque, il le paiera. Ses supérieurs lui ont dit la valeur de Mikhaïl. Ce flic est important, il nous le faut. Un jour, c'est lui qui gérera le Quartier. Tu l'observes, tu regardes si on peut en faire quelque chose. Et quand il est prêt, tu nous l'amènes. Voilà ce que son Pravnyy lui avait ordonné quelques semaines auparavant. Et il avait même laissé entendre que Boleslav lui-même était au courant de ce recrutement. Et le guide avait bien senti alors que le Pravnyy s'intéressait davantage à Mikhaïl qu'à lui. Il n'était qu'un pion et il devait l'accepter et ne jamais l'oublier. Et pour cette raison, il encaisse en silence. Et quand il relève les yeux vers Mikhaïl, celui-ci lui adresse un sourire qui le verrouille complètement – désormais, ils auront partagé une humiliation, croira-t-il ; ils seront liés. Mais il se trompe. Il n'est plus rien pour Mikhaïl. Le jeune policier est déjà passé à la suite. Et un infime détail, une erreur à laquelle le guide ne prend pas garde en est la preuve : c'est Mikhaïl qui repart le premier, qui lance la marche de retour. Désormais, il le tient.

— Faut que j'aille à Saint-Joseph, lance le guide sur le chemin du retour, quand il a fini de ruminer son humiliation.

— Saint-Joseph, la grande église, au sud ? Qu'est-ce qui se passe ?

— Deux gars à nous se sont fait tirer dessus tout à l'heure.

— Par qui ?

— Personne sait. Comme Saint-Joseph est à la frontière

du Marquis, des Grisov et de chez nous, je dois aller voir si quelqu'un a vu quelque chose...

— Je t'aurais bien accompagné, mais j'ai encore des trucs à voir, ce soir.

— Pas de problème.

Mikhaïl n'ajoute rien. Les deux hommes se séparent en silence, dès qu'ils sont sortis du parking. Mikhaïl retourne lentement à sa voiture.

Mais au lieu de quitter le Quartier, il allume sa veilleuse et sort une pile de dossiers de la boîte à gants. Ivan s'est installé sur la banquette arrière et lit par-dessus son épaule. Par moments, quand il se rapproche trop, quand son souffle vient se perdre dans les cheveux de Mikhaïl, sur ses épaules, il a l'impression que celui-ci se raidit; qu'il arrête de lire un instant, le souffle, les yeux suspendus. Comme s'il avait senti quelque chose. Comme si c'était possible. Et ensuite, il esquisse un sourire, il secoue la tête, se penche à nouveau sur le dossier des frères P. et reprend sa lecture. Et Ivan est presque bien alors.

L'arrivée au collège Landau ne lui avait laissé aucun souvenir. Ça, le dossier ne le dira pas. Comme il avait erré dans les couloirs du collège pendant des semaines, complètement anesthésié – sonné d'avoir quitté le Quartier et sa bande. Il ne pensait à rien; tout était vide et sans intérêt, tout lui glissait dessus; il se laissait traîner de cours en cours, sans résister, effroyablement seul. Certaines heures, l'angoisse le prenait; et dans son ventre, dans ses mains, dans son lit, Jaarvi et les autres lui manquaient atrocement. Et cette douleur soudaine de ton absence, c'est à cette époque que je l'ai découverte,

et quarante mille ans plus tard c'est encore mon corps qu'elle dévore.

Mais la plupart du temps, c'était une mélancolie sourde et tamisée qui régnait en lui – une sorte de voile flottait entre le monde et lui. Élèves, professeurs, surveillants, tous ces gens qu'il croisait dans les couloirs lui semblaient étrangement lointains, comme s'ils avaient perdu leur âme – et sans âme, ils erraient, à jamais solitaires, comme des ombres. Ivan aurait voulu les détester, par principe – tous ces fils de et toutes ces filles de – mais il n'y arrivait même pas : ils ne lui inspiraient rien, pas même du mépris. Pire, peu à peu, il se découvrait leur semblable :

sans âme,
à jamais solitaire,
à jamais une ombre,
errant dans un théâtre d'ombres.

Jamais il n'aurait cru que l'appartement de ses parents puisse lui manquer autant. Et maintenant que Dmitri ne courait plus de danger, qu'il était dans son élément, il n'avait plus besoin de lui. Ivan ne comptait plus pour personne. Insensiblement, une solitude cotonneuse avait étendu son règne sur lui ; et peu à peu, elle l'avait plié en deux ; elle s'était infiltrée, elle s'était écoulée dans ses veines. Elle l'avait fait trembler au réveil ; elle l'avait fait vomir dans les toilettes entre les cours ; elle l'avait recroquevillé à gémir pendant des heures dans son lit. Mais si adolescence est pour douleur, elle est aussi pour combats. Et quelque chose en Ivan ne voulait pas se laisser faire, quelque chose en lui voulait s'en sortir – l'instinct, le blizzard, la rage, appelez ça comme vous voulez, cela ne changera rien, l'adolescent n'est qu'un brouillon sale, qu'une tablette de cire, l'adolescent n'est rien qui se dise

appelez ça comme vous voulez, cela ne changera rien ; mais sachez que c'était là, que

quelque chose en Ivan voulait s'en sortir.

Et après quelques semaines passées dans cet enfer tiède, cyclique et infini, cette chose s'était mise à l'appeler soudain. C'était une voix, c'étaient des centaines de voix, protéiformes, appliquées et déterminées ; c'étaient des regards, c'étaient des corps qui se tendaient, c'étaient des phrases qui le piquaient au vif certains jours ; c'était l'envie, soudain, le besoin physique, irrésistible, viscéral, d'échapper à ce trou noir dans son ventre, à cette malédiction dans sa gorge ; et peu à peu, et maladroitement, et comme il pouvait, Ivan était entré dans ce monde qui s'ouvrait devant lui.

Il s'était d'abord mis à discuter avec certains camarades à la sortie des cours, puis il s'était rapproché des groupes qui lui semblaient les plus abordables. Bien sûr, il y avait de nouveaux styles, de nouveaux codes. Mais sitôt que l'on avait passé ces préliminaires, il n'y avait rien de fondamentalement difficile à maîtriser, et il avait su s'adapter rapidement. Évaluer d'un regard la profondeur de l'eau dans laquelle on venait de le jeter. Repérer les bords, les autres nageurs. Identifier les dangers et les esquiver. Donner le change n'avait rien eu de compliqué. Mais peut-être qu'au fond de lui il avait toujours su qu'il ne faisait que tromper cette chose qui était en lui depuis toujours et qui finirait par lui réclamer son dû. Et quand Décembre 95 arriverait, quand il surgirait soudain dans la rue Illitch, Ivan ne serait pas plus surpris que cela. Parce que jamais il n'avait eu l'impression de vraiment faire partie des groupes entre lesquels il naviguait ; parce que jamais il ne s'était senti à sa place ; parce qu'il y avait toujours une douleur quelque part dans son corps ; parce qu'adolescence est pour douleur.

Le sourire amer qui barre ses lèvres tandis qu'il caresse l'épaule de Mikhaïl date de cette époque. Ivan se rappelle l'une de ses premières après-midi d'infiltré, comme il les appelait. Un de ses camarades de troisième volait de l'alcool au mari de la logeuse – une sorte de vodka qu'il fabriquait lui-même et remisait dans un bidon de fioul domestique pour, disait-il, lui donner du goût.

Le groupe qu'Ivan venait d'intégrer avait l'habitude de passer ses samedis après-midi à s'empoisonner avec. Ce jour-là, ils étaient montés sur le toit de l'internat pour pouvoir boire tranquillement, à l'abri des regards. Et Ivan les avait suivis. Ils lui avaient passé le bidon ; et quand ils l'avaient vu avaler sans tousser, ils l'avaient définitivement accepté parmi eux, sans un mot. Et Ivan avait pu s'approcher d'eux, s'asseoir sur la gouttière, lui aussi. De là-haut, il pouvait voir presque tout Kiev. L'automne tirait ses couleurs chaudes sur les bâtiments, sur les arbres, sur les pelouses fatiguées par l'été. Les rues étaient lavées par les pluies de la veille. L'architecture communiste se déployait avec toute la force et la vigueur que la guerre froide avait inculquées aux bâtisseurs. C'étaient des centres culturels de la taille d'un stade de foot, c'étaient des cinémas aux allures de monstres marins, c'étaient des restaurants plantés sur des tours épaisses comme un pâté de maison. Des tonnes et des tonnes de béton, de métal, des monstres qui peinaient à s'arracher du sol, de la terre. Ivan sentait pour la première fois à quel point son quartier vivait en marge non pas d'un monde statique et donné une fois pour toutes, mais d'un être vivant, dynamique, toujours changeant, d'un être qui croissait et progressait dans toutes les directions – quand le Quartier ne faisait que végéter. Et ce dernier lui apparut non pas comme une terre de liberté, comme il l'avait toujours cru, comme tous ses habitants voulaient s'en convaincre, mais comme une sorte de parasite. Et lui s'était échappé ; et lui sentait quelque chose de nouveau en lui, un flot, un élan ;

et sous l'action de ce flot, son esprit se dilatait.

Ses camarades ne s'intéressaient pas à lui. Ils parlaient de filles, des postes de leurs parents, des problèmes avec les colocataires que le Parti leur avait imposés. Ils parlaient de l'Ouest, de la régularité des lignes de bus, de l'hiver qui arrivait avec son cortège de problèmes techniques, ses histoires d'approvisionnement en bois, de temps de trajet multipliés par deux, de pénalités de retard.

Ivan les écoutait en silence, il s'imprégnait de cette vie triviale qui se dénudait sans façon devant lui. Sans le vouloir, sans y penser même, il épiait ces mouvements presque féminins que l'indolence donne aux adolescents et que rien ne peut rendre dans leur évanescente complexité. Malgré le mépris qu'il éprouvait pour eux, ils le fascinaient. Même s'il ne l'avouerait jamais, Ivan enviait la facilité avec laquelle ils envisageaient la vie, la fluidité de leurs gestes, du mouvement de leurs yeux. Et tout cela, mépris et envie mêlés, tout cela faisait rage en lui, à la muette, tant l'adolescence est complexe et ne sait où elle va, et il aurait continué ainsi toute l'après-midi, silencieux dans son coin, si à un moment, en lui tendant le bidon d'alcool, l'un de ses camarades ne lui avait demandé où il habitait. Ivan lui donna la direction, mais sans préciser qu'il venait du Quartier. Même aujourd'hui, il est incapable de dire pourquoi il a fait ça. Il s'était simplement senti forcé – sensible peut-être aux conversations, aux bribes entendues dans le tramway, dans le métro, qu'il avait oubliées, mais que son cerveau avait retenues, sensible peut-être à tout ce jaune sur la ville, et voulant inconsciemment s'en rapprocher. Quoi qu'il en soit, immédiatement, il s'était attiré l'attention du groupe. Les questions avaient fusé. Quelle ligne ? Quel bloc ? Il répondait le plus précisément possible, toujours à son petit mensonge, sentant une honte confuse grandir en lui. Il pressentait qu'il allait finir par se piéger et, à l'une de ses réponses, il avait ajouté le « Mais pourquoi ? » le plus innocent qu'il avait pu trouver.

— À cause du Quartier ; t'habites à côté, mais tu te rends pas compte. Après, c'est normal, hein…

À ce moment, il n'avait eu qu'à prendre une mine perplexe, à les relancer de temps à autre, et ses camarades avaient fait le reste tout seuls. Pour eux, avoir une adresse dans le Quartier signifiait être inscrit sur la liste noire de la vie. Chacun y allait de sa petite anecdote, de sa statistique – le Quartier alimentait beaucoup de légendes dans tout le pays. Et la plupart de ces jeunes gens étaient très renseignés. Ivan souriait par-devers lui en les écoutant. Mais ce sourire intérieur s'était figé quand le fils du sous-secrétaire en chef du soviet, Oleg, une âme de vieille fille longue et sèche dans un corps de petit roquet de treize ans, s'était mis à parler. Les lunettes posées de travers sur le bout de son nez, les yeux plissés, qui essayaient de se concentrer malgré l'alcool, il avait d'abord déclaré que c'était le Parti lui-même qui en avait décidé ainsi. Quand les autres l'avaient relancé, il avait continué.

C'était juste après la Seconde Guerre mondiale. Le Parti avait parqué là tous ceux dont il ne voulait pas, tous ceux qu'il voulait écarter du monde, sans les envoyer aux travaux forcés. C'était une idée d'un des cadres du comité central, ça – que plus fort que la peur de la déportation, de la Sibérie, il y avait l'espoir. C'était son père qui le lui avait dit. L'époque ne manquait ni d'apprentis sorciers, ni de sociologues ayant les oreilles du Parti, et brûlant d'essayer sur des populations réelles leurs théories des groupes. L'expérience qui avait été menée dans le Quartier avait pour principe de soumettre ses habitants au contact permanent d'une barrière invisible qui les séparerait du reste du monde. En apparence, ils pouvaient sortir de leur prison, ils pouvaient essayer de vivre. Mais il suffisait de suivre une de leurs journées pour comprendre à quelle ignoble parodie de vie ils avaient droit. Quoi que ce soit, nourriture, travail, papiers, salaires – le moindre aspect de leur vie était un calvaire et ils devaient accepter de passer des heures, des jours, des mois dans des files d'attente, renvoyés de bureau en bureau. Le but était de *tout* compliquer. Des consignes non écrites, des horaires absurdes, des habitudes de fonctionnaires confinant à la haine – tout un purgatoire administratif avait été mis en place. Les bus avaient été détournés ; les horaires étaient modifiés fréquemment et sans préavis. Et l'argent public allait, sur ordre même du comité central de région, remplir les poches des responsables de quartier – avec comme mission d'entretenir cet état de végétation administrative, de dégénérescence organisée de l'État. Le père d'Oleg avait travaillé dans certains des organismes responsables ; il avait vu passer des papiers. On dit même, ajoutait Oleg en baissant la voix, on dit même que le cerveau qui avait mis ce système au point avait été salué par le camarade suprême, à l'époque ; mais personne ne sait si c'est vrai ou faux.

Ce que l'on savait en revanche, c'était que s'il y avait expérience, elle avait complètement échappé aux huiles qui l'avaient initiée. Les choses avaient commencé à partir en vrille dans les années soixante-dix – signe que le modèle n'avait pas tenu une génération. Et c'était le principe même de leur piège qui avait trahi. Quelque chose de terriblement simple : les enfants de ces condamnés de la vie étaient parvenus à l'âge adulte. Cette nouvelle génération avait grandi avec des parents maugréant sans cesse contre le système et qui avaient passé une vie à se heurter à lui. Avec des parents qui avaient dû faire la queue pendant des journées entières, de trois heures du matin à cinq heures du soir, pour une autorisation de ramassage scolaire, pour une attribution de chambre. Avec des parents qui avaient vu le fonctionnaire chargé de leur dossier leur refermer la porte du bureau au nez, à cinq heures pile, sans un mot. À force, le germe de l'espoir, dont tout était parti, ce germe avait été tué chez ces enfants. Une fois que le ressort de cette prison sans barreaux avait été détraqué, tout s'était enchaîné très rapidement. Les responsables, que l'on payait grassement pour ne pas s'occuper du Quartier, n'avaient rien vu venir, et pour cause. En cinq ou six ans à peine, des bandes de jeunes loups s'étaient formées et avaient commencé leur règne sur le Quartier. Divers trafics s'étaient organisés et avaient pris de l'ampleur, étayés par le formidable niveau de corruption atteint par l'Union dans ses dernières décennies. Drogues. Alcools. Voitures. Nourriture. Filles. Organes. Tout ce qu'on pouvait imaginer. La plupart des organisations criminelles russes et ukrainiennes y avaient installé des points de chute, voire leurs quartiers. Vors, Pink Panthers, PCC, Nationalistes. Et *le Quartier,* comme on l'appelait désormais, avait rejoint la liste de cette dizaine de territoires sur terre qui échappent à tout contrôle, pour lesquels les autorités n'ont aucune solution. Ciudad Juarez. San Pedro Sula. Durban. Mogadiscio. Tout le nord de la Colombie. Un pan de l'Afrique du Sud. Un pan entier de la Roumanie. Chez nous, avait conclu Oleg, c'est le Quartier.

À l'occasion d'un changement à la présidence du soviet, le commissariat de police avait rendu public un rapport interne faisant état de la déliquescence de tout ce que l'administration désignait comme tissu social : dispensaire, bibliothèque, cinéma... Toutes ces institutions avaient fermé les unes après les autres et les jeunes du Quartier s'étaient tournés vers d'autres occupations. La violence était omniprésente. Les clans régnaient en maîtres, et la police n'avait pas les effectifs suffisants pour leur répondre. Plus personne d'extérieur n'osait entrer. Oleg avait vu les rares photos que le Parti possédait. Des alignements de drapeaux déchirés, couverts de poussière, battus par le vent, qui s'agitaient sur certains bâtiments publics. Des devantures défoncées à la barre à mine. Du mobilier administratif, des bureaux, des chaises jetés en tas en travers de la rue, laissés là à pourrir jusqu'à la fin des temps. Un autre garçon avait renchéri :

— On m'a dit qu'une fois le soviet de quartier avait demandé au soviet régional l'envoi de troupes. Mais la police s'était fait laminer – une dizaine de policiers avaient été tués et le reste pris en otage.

L'armée aurait dû intervenir, mais la guerre froide demandait beaucoup d'interventions dans le reste du monde, du visible. La gestion d'une obscure crise dans un quartier perdu en banlieue de Kiev n'était pas vraiment une priorité. Finalement, les policiers survivants avaient été libérés en échange d'un engagement de ne plus intervenir dans le Quartier. Personne ne savait combien de temps cet accord allait durer. Quelques semaines, le temps d'apaiser les tensions. Des mois peut-être, pensaient les plus pessimistes.

Tout le monde s'était trompé, avait clamé Oleg. Ça avait duré des décennies. En vérité, cet accord tient toujours au jour d'aujourd'hui, mon père m'a dit, avait-il triomphé sous les yeux de ses camarades.

Entre deux gorgées de fioul, deux autres garçons avaient tempéré ces propos, laissant entendre qu'il ne s'agissait là que de rumeurs – mais Oleg leur avait répliqué qu'ils étaient fils de partisans subalternes et convaincus – la pire espèce. D'ailleurs, ils pouvaient bien tempérer ce qu'ils voulaient, Ivan savait qu'Oleg disait vrai.

Si $\pi_1(M)$ *est virtuellement abélien, mais non virtuellement cyclique, le stabilisateur des points de la variété est* $O_3(\mathbb{R})$. *Sous l'action du flot de Ricci, ces variétés restent invariantes globalement.*

Parfois, Ivan croisait Dmitri dans les couloirs. Un regard lui suffisait pour deviner que, depuis son arrivée, son frère n'avait pas changé – il était une variété restée invariante globalement. Il rasait les murs sans faire attention au reste du monde, parfois sans même le reconnaître. Mais malgré cette timidité maladive, il s'était rapidement fait une réputation dans les classes scientifiques. Il avait suffi d'un contrôle de mathématiques. Anatoli T., le professeur de sa classe, qui avait été élève de Lipschitz, avait la réputation d'être le plus dur de tout le collège. Jamais un de ses élèves n'avait obtenu plus de 15/20. Et quand il annonça que Dmitri avait eu 20 à son premier contrôle, cela lança une machine qui ne s'arrêterait jamais vraiment. Les élèves de sa classe se mirent à analyser le moindre trouble de M. T. devant les arguments du cadet des frères P. comme un événement. Les rares occasions où Dmitri prenait la parole étaient montées comme des pièces. Chaque fois qu'interpellé par le professeur désespéré par sa classe il achevait la démonstration sur laquelle tout le monde peinait, ses camarades en parlaient pendant une semaine. La classe se suspendait alors et le professeur T. trouvait là une attention parfaite à laquelle il n'aurait jamais droit – il découvrait le silence terrible des enfants devant ce qui compte vraiment. Quel que fût leur niveau en mathématiques, tous avaient l'intuition d'être les témoins de quelque chose d'unique. Ils se retournaient sur leur chaise, se penchaient pour pouvoir profiter au mieux de cette voix si fine, si fluide, de cette voix féminine de Dmitri, pour entendre couler de sa bouche les arguments, pour pouvoir dire ses yeux baissés comme de honte, pour signaler qu'il ne s'arrêtait pas vraiment pour réfléchir, mais pour autre chose, comme s'il avait voulu leur faire entendre à tous, ses camarades de classe qui pourtant ne lui étaient rien, le sens secret des mathématiques, l'importance du rythme, le poème des pauses et des enchaînements, comme s'il avait voulu qu'eux aussi soient subjugués par tant de beauté – comme il l'était à coup sûr, il suffisait de voir la palpitation de ses narines, il suffisait de voir l'encre noire de ses yeux sidérés,

luisante,

qui tremblait.

Certains avaient bien essayé d'aborder Dmitri après ces interventions, de plaisanter avec lui, ou simplement de le féliciter. Il les avait fixés avec un regard d'incompréhension totale qui les avait fait taire et les avait renvoyés dans le brouhaha superficiel dans lequel ils étaient voués à s'ébattre toute leur vie.

Et malgré cela, et peut-être aussi à cause de cela, de cette incapacité totale à communiquer avec eux, la plupart des élèves de sa classe étaient persuadés qu'il était promis à un grand avenir. D'autres prétendaient qu'on faisait beaucoup de bruit pour rien, qu'il ne s'agissait après tout que d'un élève de sixième. En fait, aucun d'entre eux n'était équipé pour avoir une idée claire de la situation.

Quoi qu'il en soit, toute cette agitation vaine avait cessé aussi brutalement qu'elle était née. C'était un jour de juin. L'année scolaire touchait à sa fin. Dmitri venait de terminer une démonstration au tableau et revenait à sa place. Tout le monde faisait silence, stupéfié par ce qui était écrit au tableau. Un des élèves besogneux du premier rang avait levé la main. Il ne comprenait pas ce que Dmitri venait de proposer pour conclure sa démonstration. M. T. était resté assis à son bureau et fixait le tableau, l'air vaguement ennuyé – c'était comme s'il n'avait pas entendu la question. Et quand l'élève avait voulu reprendre, il l'avait fait taire d'un geste négligent.

— Disons..., avait-il fini par trancher, disons que si la structure de la preuve est recevable, l'argument utilisé par votre jeune camarade, eh bien, vous n'en entendrez parler qu'après le baccalauréat.

Après cette remarque, les élèves avaient définitivement intégré que Dmitri ne vivait pas sur la même planète qu'eux. Et selon une de ces dynamiques dont les classes ont le secret, tout le monde s'était soudain désintéressé de lui. Ivan ne sait même pas si son frère avait fait la différence. Il aurait tendance à penser que non. Que tout cela n'était que du bruit pour lui – et que, soudain, le monde s'était fait un peu plus silencieux, c'était tout.

Seul son professeur s'intéressait encore réellement à lui – Dmitri était devenu pour les professeurs de mathématiques du collège une sorte de monstre de foire, et chaque contrôle était l'occasion, sur une question ou deux, de tester ses limites réelles. Mais ce petit jeu entre collègues, qui se demandaient jusqu'où ils pourraient aller, qui poussaient M. T. dans ses retranchements, le suppliant de placer en fin de contrôle des questions du niveau du baccalauréat, ce petit jeu n'amusait qu'eux. Et le fait qu'aucun de ces professeurs ne parvienne jamais à mettre Dmitri en défaut, le fait qu'ils n'osent tout simplement pas aller suffisamment loin n'avait aucune importance. Ce qui comptait en revanche, c'était que Dmitri s'était vu proposer de suivre les séances hebdomadaires dans la classe de préparation aux Olympiades internationales de mathématiques, avec les dix meilleurs élèves de terminale de la région.

Il n'avait pas l'âge requis pour pouvoir concourir pour l'Union – et donc, la question de sa sélection ne se posait même pas. Et c'était justement pour cette raison que ces séances lui plaisaient tant. Parce qu'on ne le pressait pas. Parce qu'il était là simplement pour apprendre. Pour le plaisir. Parce qu'il pouvait poser ses questions à des gens qui les comprenaient. S'il était un peu lent en calcul, s'il avait ses limites en statistiques et en dénombrement, personne ne lui en tenait rigueur. Mieux, on lui donnait des livres à lire, des problèmes à résoudre, à lier les uns aux autres. Et les professeurs qui intervenaient dans la préparation étaient rapidement parvenus à dépasser cette sensation de s'adresser à un monstre ou à une curiosité, et ils avaient pu voir ce qu'était en vérité Dmitri : un esprit inventif, curieux et affamé, un être apeuré, mais qui vivait avec, chevillée au corps, une volonté forcenée d'avancer. Et d'une certaine manière, se dit Ivan, ces gens que je n'ai jamais vus, ces gens dont je ne connais ni le nom ni le visage connaissent mon frère bien mieux que moi. Ses yeux restent fixés sur la nuque de Mikhaïl ; et

pour faire passer ces larmes qui ne passent pas,

il se penche sur la banquette, s'approche de cette nuque qui ressemble tant à celle de Jaarvi,

il s'approche, et il voudrait la sentir

la sentir et l'embrasser

il voudrait

il voudrait lui dire que les choses sont toujours pires que ce qu'en disent les mots. Qu'aucun rapport ne pourra lui faire comprendre à quel point ils étaient seuls, Dmitri et lui. Que c'était tout sauf un détail, et qu'il ferait bien de s'en rendre compte. Parce qu'en définitive c'était ça, le ressort qui avait tout déclenché et qui avait tout gâché ; cette solitude folle, cette solitude monstrueuse qui les poursuivait partout dans le collège, qui ne les lâchait jamais, même pendant les vacances. Bien sûr, il y avait eu, d'année en année, quelques moments où ils pouvaient l'oublier – quelques soirées, quelques week-ends à l'internat qui s'étaient bien passés, avec des groupes disparates et sans importance. Mais au fond, il était resté fondamentalement seul. Et pour Dmitri, c'était peut-être encore pire.

Et Ivan ne sait encore pratiquement rien de Mikhaïl, mais il y a déjà une chose dont il est sûr : c'est que, s'il continue comme ça, lui aussi il restera seul. Quelques heures passées à le suivre suffisent pour voir comme les choses se passent entre lui et les autres, comme tout est dur dans ses interactions, quelques heures suffisent à confirmer ce qui lui a sauté aux yeux dès les premiers instants : que Mikhaïl est de la même race qu'eux – qu'il est maudit. Et il ne peut rien contre cela. Il peut se battre autant qu'il veut, il peut donner tout ce qu'il a, cela ne changera rien. Les encablures qui nous séparent ne sont pas de nature à être franchies. Contre cette malédiction, la solution, le miracle, s'ils existent, si jamais ils viennent, ne peuvent venir que de l'extérieur. C'était ce qui était arrivé à Dmitri peu après la rentrée de quatrième. Quand, malgré le cocon, malgré le revêtement qu'il tressait autour de lui, l'impensable avait eu lieu : quelqu'un s'était intéressé à lui. Et aujourd'hui encore, et sur cette banquette élimée encore, Ivan n'en revient pas.

Dmitri lisait contre le mur du gymnase, pendant l'horaire d'éducation physique. Leur mère avait demandé une dispense, et le collège, soucieux de garder ce phénomène qui ferait plus tard sa renommée, avait accepté – même si personne ne croyait réellement à cette histoire de palpitations et de fragilité cardiaque. Le professeur de sport, une brute de Caucasien qui avait fait partie de l'équipe nationale de volley-ball, y voyait surtout un souffre-douleur de moins et il ne se privait pas pour le faire payer aux autres. Dmitri était donc obligé de passer ses heures d'éducation physique à entendre ses camarades se faire maltraiter en son nom.

— Allez, vous me ferez cinquante pompes de plus pour M. P. ! Ça guérira peut-être ses palpitations !

Et il lançait un regard mauvais en direction de Dmitri. Mais celui-ci ne l'écoutait pas et n'avait même aucune idée de ce qu'il était en train d'imposer à sa classe. Il lisait. Les livres qu'on lui fournissait à la préparation étaient enfin à son niveau – mieux, ils s'appelaient les uns les autres. Celui-ci finissait ce que celui-là n'avait fait qu'esquisser. Lequel fondait ce qu'un autre requerrait pour avancer dans une nouvelle direction. Et ça n'arrêtait pas. Un monde incroyable se tissait peu à peu, de lignes de calculs en équations, de lemmes en corollaires, devant ses yeux ébahis ; ce jour-là, ce jour qui avait tout changé, c'étaient les complexes qui entraient dans les hypercomplexes, c'étaient

— Tu lis quoi ?

Dmitri n'avait rien répondu, mais avait froncé imperceptiblement les sourcils. Il était habitué à être interrompu. Il ne s'était même pas donné la peine de chercher à savoir qui l'avait interpellé et avait simplement repris l'énoncé du lemme à son début. Soit un espace

— Alors, tu lis quoi ?

Cette fois, il était certain qu'on s'adressait à lui. Il avait refermé le livre et l'avait protégé entre ses deux mains, contre son ventre. Lentement, il avait relevé le visage. Avait regardé brièvement sur sa droite. Il n'était pas sûr, mais il lui semblait que c'était une jeune fille. Si c'en était une, elle avait les cheveux aussi courts qu'un garçon. À part ça, elle était brune. Élancée. Le visage couvert de taches de rousseur. Et dans ses épaules dénudées, Dmitri avait aperçu quelque chose de féminin. De terriblement féminin.

— Marie, putain, tu viens ? avait lancé une camarade, le prof te cherche.

La fille aux cheveux courts s'était relevée et s'était rapidement éloignée. Ivan, qui faisait ses pompes à quelques dizaines de mètres d'eux, avait suivi cet étrange manège sans pouvoir intervenir.

La semaine suivante, elle était revenue à la même heure. Visiblement, elle était en cinquième. Marie. Elle venait d'arriver dans l'établissement et ne connaissait pas Dmitri, même de réputation. Dès qu'il l'avait vue s'approcher de son frère, Ivan s'était demandé ce qu'elle faisait. Ce qu'elle cherchait. Si elle voulait se moquer de lui. S'amuser à l'allumer. Le faire parler et en tirer des anecdotes idiotes. Ce pouvait être n'importe quoi. L'adolescence est un monde inventif et cruel. Ivan était bien placé pour savoir que personne ne faisait de cadeau à personne, et que, dans cet établissement où tous les élèves étaient déjà revenus de tout, le moindre divertissement, la moindre pépite de nouveauté était exploitée, était sucée jusqu'à la moelle.

Il avait suivi la fille dans les couloirs, l'avait observée à la sortie des cours et s'était rapidement convaincu qu'elle était aussi perdue que Dmitri. Elle non plus ne semblait pas à sa place. Elle n'avait pas d'amie ; elle passait son temps à errer, seule, dans les couloirs. Et Ivan avait fini par accepter l'idée qu'en abordant Dmitri elle cherchait peut-être simplement quelqu'un comme elle. Après tout, on ne sait jamais vraiment ce qui nous attire les uns vers les autres. Notre mesure est le détail, le rien. Jaarvi le troublait rien qu'avec les poils blonds de ses épaules.

En tout cas, la deuxième fois qu'elle avait approché son frère, elle s'était simplement assise à sa droite, à quelques mètres de lui, comme si elle avait senti qu'il y avait autour de Dmitri des barrières à ne pas franchir. Elle n'avait rien dit, elle était restée immobile, à le regarder, qui s'était arrêté de lire, qui parvenait à pcinc à fairc scmblant. Qui n'osait pas se tourner vers elle. Au bout d'un moment, une autre camarade l'avait appelée. Marie. Elle s'était levée et s'était éloignée sans rien dire. Elle avait recommencé la semaine d'après et la suivante encore. Et la cinquième fois, elle s'était décidée. Après quelques minutes de silence, elle lui avait lancé – Ivan entend encore sa voix étrangement chaude :

— Lis pour moi.

Dmitri n'avait pas relevé les yeux. Les élèves autour d'eux parlaient trop fort pour qu'il entende clairement sa demande. Mais les hommes sont ainsi tressés que les grandes décisions, les changements radicaux sont souvent basés sur des impressions floues, sur des regards mal perçus, sur des erreurs. Nos fondations sont faibles et traîtres. Et c'est très bien ainsi, ajoute Ivan en faisant semblant de caresser du bout du doigt un grain de beauté sur la nuque de Mikhaïl.

— S'il te plaît, avait-elle ajouté. À voix haute.

Dmitri l'avait alors regardée furtivement pour voir si elle ne se moquait pas de lui. Et ce qu'il avait vu, quoi que ce fût, quelque rapide, quelque flou que ce fût, avait suffi. Il avait dégluti, fermé les yeux un moment et, dès qu'il les avait rouverts, il avait lancé sa petite voix :

— ... de façon plus générale, de nombreux auteurs sont d'avis que la mission des blancs dans l'ouverture est d'exploiter l'avantage du trait initial dans l'ouverture en le transformant en avantage, tandis que les noirs cherchent à égaliser. Il existe cependant beaucoup d'ouvertures où les noirs obtiennent une chance de jouer agressivement pour un avantage dès le début. La plupart des ouvertures évitent soigneusement la création de faiblesses telles qu'un pion isolé, des pions doublés, un pion arriéré, des îlots de pions, etc. Certaines ouvertures compromettent le succès en finale pour obtenir une attaque rapide sur le camp adverse. Quelques ouvertures déséquilibrées pour les noirs font usage de ce principe, comme la défense hollandaise ou la défense sicilienne, tandis que d'autres, telles la défense Alekhine et la défense Benoni, incitent l'adversaire à avancer et à créer des faiblesses de pions. Certaines ouvertures acceptent les faiblesses de pions en échange de compensations sous forme de jeu dynamique. En mobilisant ses pièces, le joueur tente de s'assurer qu'elles contribuent harmonieusement au contrôle des cases-clés.

Tandis que Dmitri lisait, sa main gauche s'était mise à bouger. Elle décrivait sur sa veste, sur sa jambe, elle décrivait dans l'herbe une série d'entrelacs timides et inutiles, comme s'il cherchait quelque chose qui n'existait pas. Voilà où était Dmitri. Ivan le revoit – ses gestes fragiles, ses yeux liquides. Dmitri avait toujours vécu dans l'ombre et il avait peur d'en sortir. Il donnait tout ce qu'il avait pour simplement lire, ainsi, à haute voix. Et Ivan, qui l'observait en coin, savait qu'il n'allait pas tenir longtemps. À un moment, il s'était approché d'eux et avait lancé :

— Ça va Dmitri ? T'as besoin de rien ?

Dmitri avait esquissé un geste infime dans la direction de la fille – la courbure féline de ses épaules s'était ramassée une seconde vers elle.

— Non, non, avait-il marmonné.

Ivan avait jeté sur la fille un regard à la dérobée avant de quitter le gymnase. Et la fille n'était pas dupe : son apparition subite était un avertissement limpide. Ivan venait de lui dire : déconne avec mon frère et je te démonte. Elle l'avait parfaitement compris. La ressemblance entre les deux frères n'était qu'une façade, et cela aussi, elle l'avait parfaitement compris. Et tandis qu'elle suivait le départ d'Ivan, profitant de cet instant de répit, Dmitri avait rassemblé tout son courage – il s'était tourné vers elle. Personne n'aurait pu comprendre ce que son regard étrange cachait, et pourtant c'était extrêmement simple : Dmitri l'avait regardée pour vérifier qu'elle existait réellement.

Et non seulement elle existait, mais elle était revenue. Leur histoire avait duré plus d'un trimestre. Ils se retrouvaient quelques fois par semaine, aux récréations, pendant les heures de sport – étant tous deux dispensés. Ils ne se disaient rien. La fille s'asseyait à côté de lui et lui demandait de lire. Et c'était tout. Elle acceptait avec la même patience les livres de mathématiques et les traités d'échecs. Parfois, elle lui faisait répéter certains passages, certains lemmes dont la rythmique lui plaisait.

Ivan avait questionné Dmitri au sujet de cette fille aux cheveux courts – comme il ne pouvait être là chaque fois que son frère la voyait, cela l'inquiétait. Mais Dmitri ne lui avait rien appris de nouveau. Du détail. Ses cheveux. Ses taches de rousseur. Voilà tout ce qu'il savait. Cela avait convaincu Ivan de l'incapacité de son frère à nouer des relations viables avec ses contemporains : après cinq semaines, Dmitri ne se souvenait même pas du prénom de cette fille. Littéralement, il ne savait rien d'elle. Tout au plus pouvait-il certifier qu'elle était d'accord avec lui sur l'importance de la concision, notamment en mathématiques. Plus un lemme était court, plus il y avait de chances qu'elle le lui fasse répéter. Et cela, il l'appréciait à sa juste valeur ; cette fille était tout simplement la première personne qu'il croisait à sentir *ça* – cette chose étrange, fluide, cette chose terrible qui le prenait aux tripes sur certains passages. Mieux, elle semblait savoir d'instinct où étaient les limites de Dmitri. Elle ne s'approchait jamais trop près. Et à la fin de certains chapitres, quand il se taisait et qu'il n'entamait pas forcément le suivant, quand il voulait rassembler tous les éléments, les organiser dans sa tête, quand il se taisait pendant peut-être cinq minutes, elle se taisait aussi. Elle le regardait fermer les yeux ; et leurs lèvres s'agitaient et leurs lèvres s'arrêtaient en rythme. Elle savait d'instinct à quel point c'était important pour lui. Et dans ces moments-là, quand elle le laissait être exactement ce qu'il était, Dmitri semblait tranquille comme il ne l'avait jamais été.

À l'époque, Ivan avait jaugé toute cette histoire trop vite. Il s'était dit que, selon toute logique, cette fille serait pour Dmitri ce que Jaarvi avait été pour lui : un horizon inatteignable, une des farces cruelles de la vie. Mais au-delà de ce qui cherche à nous maintenir en vie, d'autres choses terribles, d'autres chaos s'agitent en nous ;

qui ne cherchent ni vérité ni jouissance,
qui ne cherchent rien que l'on puisse nommer,
qui ne cherchent rien de ce qui existe.

Et l'essentiel de ce qui était en train d'arriver à son frère échappait à Ivan. Très vite, dès la première fois où ils s'étaient vus, ces deux êtres fragiles et à l'écart du monde avaient été fascinés l'un par l'autre. Sans pouvoir l'expliquer à quiconque, sans pouvoir même se l'expliquer, ils avaient voulu se revoir. Ils avaient peut-être senti quelque chose, dans la fragilité, dans le tremblement de l'autre, ils avaient peut-être reconnu quelque chose qui leur appartenait à eux. Quelque chose qui leur disait, qui leur assurait que l'autre était bon pour eux, que l'autre était ce qui leur manquait, ce qu'ils croyaient ne trouver nulle part et ne cherchaient même plus. C'était confus, c'était profond, c'était douloureux – c'étaient des détails innombrables, c'étaient des doigts qui courent entre les brins d'herbe, des épaules dénudées, c'était du rien et tout cela mêlé et indémêlable,

c'était quelque chose qui serait toujours plus beau que ce que pourraient en dire les mots.

Quoi que ce fût, ils se gardaient bien de faire le moindre geste, de laisser filtrer le moindre signe de leurs émois en présence des autres. Parce que les autres ne pouvaient pas comprendre. Parce que les autres étaient trop durs ou trop rapides. Parce que les autres en définitive n'étaient pas équipés pour cela. Alors, il fallait le leur cacher, il fallait protéger ce qui était en train de naître.

Et heureusement, il y avait, pendant certaines récréations où le monde s'agitait inutilement autour d'eux, où le chaos de la cour était terrible et parfait, il y avait aux moments où il fallait se relever, où il fallait s'asseoir, il y avait ces instants bénis où leurs mains, où leurs yeux se cherchaient, où ils se trouvaient. Un doigt caressait un autre doigt, pendant une seconde. Ça ne durait rien,

ça s'inscrivait à peine dans la trame du monde tellement ce n'était rien,

mais le monde tout entier était là

et leurs yeux brillaient, et leurs mâchoires et leurs mains se durcissaient alors,

et leurs corps tremblaient tellement c'était bon. Ça n'allait jamais plus loin. Mais de toute façon, l'un comme l'autre n'auraient pu supporter plus – en langage mathématique, Dmitri aurait dit que c'était nécessaire et suffisant. Marie lui était nécessaire et suffisante. Et si elle ne connaissait rien aux mathématiques et si elle n'était pas équipée pour, cela n'avait aucune importance. Elle était allée le chercher là où il demeurait, dans l'ombre, dans la nuit. Et la nuit est le brouillon du jour, et lentement, le jour s'était levé pour eux ;

soutenu par leurs doigts qui se cherchent pour les siècles et les siècles, par leurs doigts qui se trouvent,

par leurs doigts qui se mêlent, le jour se lève,
sur la voiture de service de Mikhaïl
sur le Quartier
sur la terrasse du douzième étage de la barre 1004
le jour se lève
et l'ombre se déchire
et l'ombre
des lambeaux
seulement.

TROISIÈME PARTIE

Définition : on appelle D l'application développante, ρ l'holonomie, et son image $H = \rho(\Gamma)$ est par définition le groupe d'holonomie de la structure géométrique.

Le stabilisateur des points de la variété est $O_3(\mathbb{R})$, et le groupe G est le groupe de Lie $O_{1,3}(\mathbb{R})^+$, de dimension 6, ayant 2 composantes connexes. L'exemple de plus petit volume connu est la variété de Weeks.

Quand Dmitri ouvre les yeux, il est assis à la table du salon. Il n'a aucune idée de ce qu'il fait là. Pas plus qu'il ne sait combien de jours se sont écoulés, se sont dilués dans la vodka depuis son passage au commissariat. Un ? Deux ? Plus ? Comment savoir ? Le monde est trop instable, et nulle part on ne trouve de groupe de Lie $O_{1,3}(\mathbb{R})^+$ qui puisse nous venir en aide. Alors Dmitri tressaille légèrement, l'air égaré – et ses yeux rougis cherchent un instant Ivan.

Mais son frère n'est nulle part. Il n'y a là que ces bibelots innombrables, que ces meubles de mauvais bois qui ont tout vu ; que cette table, que ces chaises hors d'âge, que ces commodes couvertes de poussière ; que cette chose sans nom qui n'est pas passée et ne passera jamais. À peine réveillé, il la sent. Elle est dans les portes qui claquent, dans les gonds qu'on arrache presque, à force. Elle est dans l'air, dans cette électricité qui mettra des siècles à se dissiper.

Et quand il se redresse, qu'il s'appuie maladroitement à la table, il la sent plus encore. *Vous n'étiez pas du genre à crier. C'étaient des insultes dans un murmure, dans un regard ; c'étaient des mains qui se crispent pour une guerre muette, jamais vraiment déclarée, mais constante, mais de chaque instant, de chaque souffle et de chaque regard. Et des années après, il reste qu'on se blesse à l'air entre vous.*

Toujours vous vous battez en moi, avec Mère.

Là. Maintenant. Aujourd'hui. Dans le moindre couloir. Dans la plus quelconque embrasure de porte. Partout, depuis le début du monde jusqu'à la fin des temps. Tout est sous votre règne et le restera tant que je serai là. Voilà de quoi est fait le jour qui se lève. De tous ces mots que vous avez murmurés au passage de l'autre. De vos yeux luisants de haine. Le monde tout entier pourrait se stabiliser, le monde entier pourrait s'enrouler autour de vos mains qui s'agrippent. Et pourtant, quand je lève les yeux vers vos visages figés dans le marbre, j'ai beau vous détester du plus fort que je peux,

j'ai beau donner tout ce que j'ai à cette haine qui ruisselle sur ma peau,

cette autre chose que je ne veux pas nommer est là aussi,

au milieu,

qui coule dans mes veines ;

c'est fou ce que vous me manquez,

à peine relevé, je le sens.

Le pas hésitant, Dmitri se traîne dans la cuisine. Son crâne le tyrannise et lui interdit la vodka. À l'instinct, il retrouve toutes ces choses qui étaient la trame du monde, dans des temps connexes. Les tasses. Le sucre. Le chauffe-eau que son père n'a toujours pas changé et qui menace une fois de plus d'exploser quand il lui réclame un peu d'eau chaude. Et puis la vaisselle sale dans l'évier, et puis les étagères vides. Rien n'a changé.

Même Ivan est là. Il se glisse derrière lui, contre le mur. Il sait bien qu'il n'y a pas de place dans cette cuisine pour deux. Il sait bien que Dmitri ne veut plus de lui, mais il est quand même revenu. Il ne bouge pas ; il se contente de regarder son frère fouiller dans des étagères en maugréant. Il voit son sourire amer quand, dans la commode que leur mère détestait tant, au milieu d'un carnage de conserves, Dmitri finit par trouver la boîte qu'il cherche. Tu vois, Père, tout n'est pas fini, murmure Ivan, il peut se préparer un de ces cafés trop forts avec lesquels tu t'empoisonnes depuis que le monde est monde. Il peut te prolonger par continuité, que tu le veuilles ou non.

Tremblant encore sous l'effet de l'alcool, Dmitri s'assied et attend que les grains noirs se dissolvent dans sa tasse de plus petit volume. Il y jette négligemment quelques sucres ; sans y penser, les yeux encore embrouillés, il trempe ses lèvres dans le café refroidi.

Décidément, je ne m'y ferai jamais. Je tousse comme une petite frappe. Comme une corde trop fine. Tout est si dur. Si lent. Si dense. Le moindre geste réclame des efforts inouïs. Le monde est si lourd à porter. Et tous ces instants qui collent à nos peaux. Tous ces regards, tous ces gestes. Toute cette douleur stérile dans nos veines.

Peut-être, peut-être que s'il finit son café, tout cela sera écrasé, tout cela sera broyé sous le grand poids du monde. Et il n'en restera rien. Et même l'étendue de nos pertes. Et même l'amplitude de la chute. Rien. Que des grains noirs au fond d'une tasse de café froid. Dmitri ne bouge pas. Il est concentré. Il donnera tout ce qu'il faudra pour finir sa tasse. Il y passera une demi-heure si nécessaire. Voilà le tremblement infime de sa lèvre après chaque gorgée, voilà le sombre éclat de ses yeux dilatés. Il retrousse ses lèvres, par moments, tellement c'est dur, tellement

Quand c'est fait, il lave sa tasse, l'essuie et la range. Il s'appuie contre l'évier et ses yeux traînent sur cette cuisine qui a tout vu. On pourrait certainement y lire votre histoire, à condition de déchiffrer l'alphabet que vous avez mis au point, Mère et toi. Toutes ces tasses que vous n'avez pas brisées. Toutes ces étagères que vous n'avez pas défoncées. Tout ce que vous auriez dû dire et que vous avez laissé dans vos veines, que vous avez laissé dans vos yeux. Ta chaise, Père, qui est toujours là. Qui ne tient plus que par miracle. Avec ses entailles de partout. Avec ses traces de coups, ses impacts. Avec ses brûlures. Votre alphabet.

L'évier craque soudain, quand il s'appuie trop fort dessus. À moins que ce ne soit Ivan qui s'est approché, qui cherche à nouveau à capter son regard, qui voudrait lui demander ce qu'il sait à propos du pull. Mais il n'y a rien à faire. $\mathbb{C}$ est un corps algébriquement clos. Des mains crispées. Des détails, des bribes. C'est tout ce qu'il aura. Dmitri ne lui donnera rien. Est-ce qu'il y pense, d'ailleurs ? Est-ce qu'il pense encore à ce qui s'est passé au commissariat ou même à l'hôpital, avec Père ? Qui peut le savoir ? Est-ce qu'on connaît réellement les gens que l'on côtoie ? Même nos proches ? Est-ce qu'on sait réellement ce dont ils seraient capables si on les poussait un peu ? La seule chose que peut dire Ivan, c'est que Dmitri en bave. Tellement qu'il a du mal à respirer. Ça, ça n'a pas changé ; et il faut croire que ça ne changera jamais. Ivan les sent presque, ces poings sur la poitrine de son frère, si lourds, si durs. Il revoit Dmitri enfant – cette tension dans ses yeux, comme s'il ne savait pas si la prochaine bouffée d'air était la dernière ou non, cette manière de retrousser les lèvres parfois, de découvrir les dents. Elle est là à nouveau, intacte, terrible, dans ce corps immense avec lequel Dmitri se débat.

C'est elle dans l'eau noire de ses yeux,
c'est elle, mêlée à la peur.

Et à le voir ainsi, si loin de toute forme de calme ou de stabilité, si loin de $O_3(\mathbb{R})$ et de $O_{1,3}(\mathbb{R})^+$, Ivan se redit pour la millième fois que son frère n'est peut-être tout simplement pas viable. Il est presque soulagé de le voir ouvrir le frigo,

de le voir fixer les bouteilles de vodka qui s'alignent,

et, malgré son crâne qui le martyrise,

de le voir tendre la main pour en saisir une.

Soit α une racine n-ième primitive de l'unité, et soit $D \subset C$ le disque unité ouvert. Considérons le produit $D \times \mathbb{R}$ et identifions chaque (z,t) avec $(\alpha z, t + 1/n)$: la variété quotient obtenue est difféomorphe au produit $D \times \mathbb{R}/\mathbb{Z}$; mais la fibre centrale de l'action $(z,t)^s = (z, t+s)$ est plus courte que les fibres voisines, qui s'enroulent n fois autour d'elle.

Revenu dans le salon, Dmitri observe d'un œil noir l'aube qui filtre à travers la vitre sale de la porte-fenêtre. Après avoir avalé une gorgée de vodka à la bouteille, il ouvre la porte-fenêtre et se traîne sur la terrasse. Il s'assied lourdement sur un transat couvert de poussière. Et le désordre est dans ses cheveux, dans ses yeux rougis, dans sa barbe hirsute. Et le désordre est dans sa veste fripée et dans son pantalon taché.

Ce matin encore, on entend des tirs en direction de l'ouest. Et toujours les hurlements des poivrots, des rompus de la vie. Et dans la boue des terrains vagues, au milieu du labyrinthe des barres, l'aube dégoutte, épuisée. À travers la rambarde, Dmitri l'observe qui se traîne dans la poussière, dans les sacs plastiques éventrés, dans les meutes de chiens bleus qui se battent déjà. Trafiquée, souillée comme chaque matin – ce sont les premières passes dans les bois qui s'appuient contre le stade, ce sont les derniers shoots dans les squares abandonnés au vent. Le Quartier ne ressemble plus à rien tellement il a pris de coups. Tout le monde y a mis du sien. Ça n'est pas juste une question de mafia, de politique, ou de jeunesse dévoyée, ce n'est pas juste une question d'incendie : une débâcle de cette ampleur est un travail d'équipe. Regardez-moi ces rues – Dieu même a dû y mettre du sien. Combien de coups sur la fibre centrale de l'aube ? Combien ? Et qui tient le compte ?

Tandis que Dmitri termine sa troisième cigarette, un vent fade se lève. Paresseusement, il lance entre les barres ses premières arabesques et commence ce travail de sape qui est le sien depuis toujours et qui ne s'arrêtera qu'à la fin des temps. À toute chose, il arrache sa poussière et toute chose, il la recouvre de poussière. Les tours. Les lampadaires rouillés jusqu'à la moelle. Les trottoirs rongés, les armatures qui dépassent du béton effrité. Les tags sur les abris de bus défoncés. Tout cela, il le recouvre de poussière. Tu es poussière, crie-t-il, tu es poussière. Poussière. Poussière.

Dmitri serait presque content qu'Ivan soit là. Qu'il ait lui aussi résisté à tout ce qui s'est passé ces derniers jours. Il l'imagine qui se penche sur la balustrade, comme il le faisait il y a plus de vingt-cinq ans. Sur son visage, cette douceur dure de l'adolescence ; et puis ce menton presque insolent de beauté – quand celui de Dmitri s'est recouvert d'une sorte de carton-plâtre mâché, d'une barbe qui ne ressemble à rien. Au hasard des bourrasques, la chemise d'Ivan dévoilerait sa peau parfaite, lisse et tendue, comme se dévoile celle de Dmitri, couverte de cicatrices de toutes tailles et de toutes formes. Si Ivan n'a pas changé depuis Décembre 95, ses cicatrices à lui ont vieilli – elles sont devenues sa peau. Il a fallu s'organiser autour. S'enrouler contre.

Et dans ses mains, dans ses yeux qui tremblent, Dmitri

voudrait qu'Ivan soit là. Et cette prière mêlée de rage, de blessures, mêlée de la lumière timide de l'aube, cette prière est peut-être exaucée :

peut-être qu'Ivan est là un moment,

qu'ils sont deux à regarder l'aube ;

car malgré tous les coups qu'elle a pris, l'aube est toujours là,

elle résiste à tout.

Et Dieu lui-même est dans cette aube. Et les deux frères la fixent, la bouffent des yeux, s'en gavent et n'en laissent rien ; et ils ne disent rien tellement ce qu'ils voient est beau.

Comme souvent, la pluie menace, à l'est. De lourds nuages laissent traîner sur l'horizon leurs racines noires. Des gazes sombres s'enroulent sur les tours au loin. Le Quartier semble presque la réclamer, cette pluie – et si ce monde est si incroyablement résistant à la violence qu'il engendre, c'est peut-être grâce à la pluie, murmure Ivan.

Par moments, Dmitri voudrait presque se lever et venir se lover contre son frère, comme il y a si longtemps. Ivan le prendrait dans ses bras – lui caresserait les cheveux, il lui murmurerait qu'il est là.

Par moments,

par moments, Dmitri jurerait sentir les doigts d'Ivan passer dans ses cheveux, comme si rien ne s'était passé,

il se laisse faire,

il tire lentement sur sa cigarette,

il attrape la bouteille de vodka.

Une variété riemannienne plate est localement isométrique à l'espace euclidien.

Une semaine plus tard, Ivan n'en peut plus. Dmitri ne fait que boire ; il mange à peine et reste des heures immobile, les yeux dans le vague, à murmurer des bouts de théorèmes, jusqu'à s'effondrer de sommeil. Sur la terrasse. Dans la cuisine. Dans le salon. Quand il ne supporte plus de le voir dans cet état, Ivan sort, prend le métro et se dirige vers le commissariat central.

Il n'a revu ni Mikhaïl ni le capitaine Téliakov depuis la semaine dernière. Et quand il aperçoit Mikhaïl qui sort du parking du commissariat, il est presque soulagé. Mais sa joie est de courte durée. Le jeune policier a l'air malade ; il s'appuie lourdement contre la porte du parking. Ce n'est peut-être rien, se dit Ivan, ce n'est peut-être qu'une impression ; d'ailleurs, tandis qu'il se dirige vers Mikhaïl, celui-ci se reprend et s'avance à travers le commissariat. Et son pas est presque bon et son pas est localement isométrique à l'espace euclidien quand il débouche dans le couloir qui mène au bureau de son supérieur.

— Qu'est-ce que tu fais là, toi ? l'accueille le capitaine.

Tout de suite, Ivan sent cette joie sur le visage de Téliakov. Et Mikhaïl la sent lui aussi, et il se dit qu'elle va compliquer ce qui va suivre – parce que Mikhaïl apprécie sincèrement son supérieur et qu'il voit là, une fois de plus, que la réciproque est vraie. Mais s'il est venu aujourd'hui au commissariat, s'il est entré dans ce bureau, c'est pour une bonne raison. Et cette raison ne va pas plaire au capitaine. En attendant, Mikhaïl sourit à son tour et s'appuie sur la chaise que lui désigne le capitaine. Malgré sa fragilité apparente, ce gamin est peut-être le seul de tout le commissariat à savoir où il va, se dit ce dernier. Et ce faisant, il se rembrunit imperceptiblement – il vient de se rappeler qu'il doit se méfier du jeune homme qui lui fait face, qu'il doit lutter contre cette joie trompeuse de le revoir.

— Et alors, les Vors ? Où ça en est ? relance-t-il, pour rompre le silence qui menace de s'installer.

— Ça avance. Peut-être qu'un jour je serai suffisamment allé à la salle de muscu et chez le tatoueur pour qu'ils m'acceptent, répond Mikhaïl en souriant – ce qui fait sourire un instant le capitaine. Non, j'en sais rien, reprend-il. Mais j'ai l'impression que ça avance. Ils laissent des ouvertures.

— Tu ne fais pas beaucoup de rapports…

— Les Vors sont connectés. Ils ne sont pas comme les autres groupes, cons comme des bûches. Ils ont des gars partout. Pas forcément jusqu'ici, mais il nous faut faire gaffe : ils sont sur leurs gardes.

— Tu as une idée de ce que le Tsar prépare ? S'il s'attaque au Marquis, ça sera le carnage…

— Je pense pas ; les hommes disent que Boleslav n'a pas envie d'une guerre.

— Quoi alors ?

— J'en sais rien. Donnez-moi encore quelques semaines et je vous pondrai quelque chose. Mais pas tout de suite.

— Quelques semaines ? Mais tu as vu la tête de la frontière ? Avec ce que j'ai vu cette semaine… Qui te dit qu'elle tiendra quelques semaines ?

— Si ça bouge, de toute façon, les Vors seront les premiers avertis, et je pourrai toujours me casser. Moscou a besoin de ses pantins pour pouvoir démentir. Et ça passera forcément par eux.

— Et toi, tu tiendras ?

— Moi, vous en faites pas pour moi, plaisante Mikhaïl, la morphine fait des miracles…

Ce qui est entre eux alors, à l'instant où leurs yeux se croisent, n'est que pour eux seuls. Ce mélange de peur. De respect. Cette tension permanente. Cette impression d'être sur le fil dès qu'ils se font face. Ce silence qui menace, toujours. De les engloutir. De les démettre. Tout cela mêlé et bien plus encore. Ce qui est entre eux, si fragile. Ce qui est entre eux, qui ne résistera pas, c'est certain, à la phrase qui suit. Parce que cette phrase annonce la suite ; parce qu'elle dit où veut aller Mikhaïl.

— Bon, alors, et vous ? reprend le jeune homme. Où ça en est, le fils P. ?

Si Mikhaïl ne regarde pas son supérieur, il ne s'intéresse pas non plus à l'agencement du bureau, aux stylos, aux dossiers qui s'entassent, ni ne se perd dans la poussière qui gagne les plinthes et les faux plafonds ou dans la monotonie qui tapisse les murs. Ses yeux sont dans le vague, là où personne ne peut les lire. Parce qu'il sait à qui il a affaire, parce qu'il sait qu'il est sur un fil. Variété riemannienne plate, localement isométrique à l'espace euclidien, cette seconde d'hésitation avant que le capitaine ne réponde, cette seconde s'étire indéfiniment – car l'esprit des hommes est localement homéomorphe à l'infini. Et pendant cette seconde d'infini replié, une nouvelle fois, Mikhaïl doute. Il y a peu de chances que son jeu soit suffisant – même s'il en sait plus que le capitaine, il a dû faire vite et, sur de nombreux points, n'a fait que parer au plus pressé. Au final, il n'a qu'une soirée d'avance sur son supérieur – et cette soirée, il la doit à Sergueï, il ne l'oublie pas. Comme il n'oublie pas qu'il est possible que Sergueï craque d'un moment à l'autre...

Sergueï et lui avaient appris à se connaître sur une affaire compliquée, dans la partie ravagée du Quartier, après les barres 1300, quelques mois auparavant – une véritable journée en enfer, dont la demi-brigade s'était tirée de justesse. Depuis, ils avaient eu peu d'occasions de se voir. Ce n'était pas encore qu'ils s'appréciaient, il était encore trop tôt pour ce genre de finasseries, mais il était certain, à la fixité de leurs yeux, à la manière dont ils occupaient l'espace quand ils se croisaient, il était certain qu'ils se respectaient. Sergueï savait que le nouveau, comme il l'appelait encore par-devers lui, était tout sauf un idiot. Il avait compris que sa finesse, que sa fragilité n'étaient qu'un leurre, qu'un outil de travail. Que ses yeux bleus aussi. Ce jour-là, dans le Quartier, au milieu du carnage, Sergueï les avait vus se transformer, ses yeux, il les avait vus devenir ce qu'ils étaient réellement, des yeux aussi durs que ceux du capitaine – des yeux comme très peu d'hommes en avaient.

Après cette fameuse journée, le capitaine avait ordonné à Mikhaïl d'infiltrer les Vors du Quartier. Il était nouveau. Jeune. Inconnu des différentes bandes qui sillonnaient le Quartier. Il n'avait aucune attache connue, aucun point faible, donc. Et surtout, le capitaine lui faisait confiance. Pour Sergueï, cela signifiait beaucoup et cela avait sans doute joué dans sa décision.

Aujourd'hui, cela faisait presque six mois que Mikhaïl menait une double vie. Il revenait rarement au commissariat, aussi Sergueï et lui s'étaient-ils pratiquement perdus de vue. Pour que Sergueï fasse appel à lui, il fallait vraiment qu'il n'ait pas d'autre choix, Mikhaïl en était conscient.

Bien sûr, Sergueï sentait qu'ils marchaient sur des œufs dans l'affaire P. Le capitaine lui-même avait ordonné de ne rien faire : on ne bouge pas tant que ça n'a pas bougé en face. Il y avait de quoi appeler à la prudence : le Quartier, les Vors, le Marquis qui était intervenu lui-même – il allait falloir manœuvrer serré ou ce serait le massacre. Mais Sergueï pratiquait son supérieur depuis plus de vingt ans : comme tout ex-KGB qui se respectait, la peur ne faisait pas partie de ses habitudes. Entrer dans le Quartier et aller défier le Marquis ne le dérangeait pas. Ce n'était pas ça, le problème.

Bien sûr, depuis une semaine, le capitaine Téliakov ne faisait que passer en coup de vent au commissariat – à chaque fois, il parait au plus urgent, il lançait les équipes, les rondes, et ensuite il repartait. Sergueï, comme tous ses hommes de confiance, savait que ces absences avaient à voir avec les tractations autour de la frontière. Des droits de passage, des échanges de prisonniers de guerre qui devaient être négociés loin des regards des observateurs de l'ONU. Et ces négociations requéraient un ancien du KGB – Moscou avait été formel. Ils ne faisaient confiance qu'aux leurs – toute cette obsession du contrôle, tous ces secrets étaient la trame même, la chair même du KGB. Rien de tout cela n'avait changé depuis des décennies – il n'y avait vraiment que les Occidentaux pour croire le contraire. Et le capitaine Téliakov était un de leurs meilleurs éléments à l'époque, et ils lui avaient demandé de les aider – et on ne refuse rien au KGB. Mais ces négociations n'étaient pas le problème, Sergueï en était sûr ; elles ne faisaient que le masquer, le problème.

C'était apparu la semaine dernière ; quand le Marquis et l'Immanus avaient récupéré Dmitri P. dans le commissariat, pour être précis. Une ombre semblait s'être abattue sur son supérieur et, Téliakov avait beau essayer de donner le change, Sergueï la voyait chaque fois qu'il le croisait. C'était dans ses yeux, c'était dans ses gestes – quelque chose qui n'avait rien à y faire, qui n'y était pas avant cette affaire P. Si Sergueï avait cherché à mettre des mots dessus, il serait peut-être tombé sur fêlure, sur fragilité. Et il y avait une chose que Sergueï avait apprise, à suivre le capitaine pendant vingt ans, une chose dans les décharges où ils retrouvaient tous ces corps lacérés, dans les boîtes SM, dans les souterrains où ils voyaient se prolonger à l'infini la liste des crimes contre l'humanité, une chose en vingt ans à ses côtés et dans son ombre de géant, c'était que le capitaine avait les yeux les plus durs du monde. C'était qu'il n'y avait aucune place dans ses yeux ni pour une quelconque fêlure, ni pour la moindre trace de fragilité.

Après quelques nuits blanches, après des heures à tourner le problème dans tous les sens, à voir son supérieur s'enfoncer dans le silence, Sergueï avait décidé d'en parler à Mikhaïl. Lui, le taiseux, il s'était forcé à appeler ce nouveau dont il se méfiait tant – son corps de géant replié sur le combiné minuscule. Pire, il avait écouté Mikhaïl, il avait accepté son marché, et il l'avait retrouvé la veille au soir dans le parking du commissariat. Et Mikhaïl avait été si convaincant qu'avant cela Sergueï avait trouvé la force de demander à Hippolyte la clé du bureau du capitaine. Ensuite, il avait attendu que tout le monde quitte le commissariat pour aller fouiller dans le placard à dossiers du capitaine. Il avait rapidement trouvé ce que Mikhaïl lui avait demandé. Il n'avait pas osé y jeter un regard – voler ces dossiers relevait déjà dans son système de valeurs de la haute trahison –, il s'était dirigé vers le parking ses mains de géant tremblant, ses yeux exorbités devant l'énormité de son crime, et dans le même temps plus convaincu, plus déterminé à chaque pas. Murmurant Il faut avancer. Il faut avancer. Avancer, même si cela signifie foncer tête baissée dans l'ombre.

Quand il avait débouché dans le parking, Mikhaïl était appuyé contre une voiture de service. Son ombre se fondait dans l'ombre du parking et s'en nourrissait. Sergueï n'en percevait que le contour sale, bis. Cela le mettait mal à l'aise et il n'avait eu d'autre ressource que de plaisanter.

— Tu t'es toujours pas rasé le crâne ?

Mikhaïl avait hoché la tête et ne lui avait pas rendu son sourire. Il sentait la peur qui transpirait dans la voix du géant caucasien, la respiration du remords. Il n'avait aucune intention de jouer avec : il avait donné à Sergueï exactement ce qu'il voulait – cette dureté, ces yeux de glace, ce sérieux –, il lui avait donné exactement ce qu'il voulait sans le savoir pour le faire rentrer dans la voiture.

— Tu as trouvé, alors ?

— Oui, lui avait répondu Sergueï, soudain plus sombre.

Et Mikhaïl s'était glissé dans la voiture, avait allumé la veilleuse et saisi les dossiers que Sergueï lui tendait. Tandis qu'il parcourait les pages, Sergueï faisait le guet. Tous deux savaient à quoi s'en tenir. Faire le guet, c'était l'horizon de Sergueï en termes de trahison. Mikhaïl mesurait cet horizon et il ne voulait pas jouer avec non plus. Il lui fallait faire vite. Sergueï tapotait du doigt sur le volant. Sous la surface, sous la maîtrise, Mikhaïl voyait ce doigt sur le volant et ne s'y trompait pas : c'était un compte à rebours. Il avait parcouru le plus rapidement possible les quatre feuillets, acquiesçant régulièrement, car cela faisait partie intégrante du théâtre qui se jouait là, car cela rassurait Sergueï. Dès qu'il avait pu, il avait refermé le dossier, enroulé la ficelle rouge qui le ceignait et l'avait tendu au Caucasien sans rien ajouter. Et ses yeux ne disaient rien de ce qu'ils avaient lu, de ce qu'ils n'avaient pas lu. Sergueï avait là exactement ce qu'il voulait. Ce gosse a vraiment du métier, s'était-il dit. Et sans rien dire, il avait ouvert la portière et s'était éloigné rapidement de la voiture, jusqu'à se perdre dans la lumière blafarde des néons.

Mikhaïl l'avait regardé s'éloigner, et quand il avait refermé la porte du parking, tout ce sérieux, toute cette maîtrise dont il venait de faire montre l'avaient soudain abandonné ;

le souffle court, le geste saccadé et malade, il avait sorti de sa veste une petite trousse noire et l'avait ouverte ;

et ses yeux s'étaient emplis soudain d'une sorte de fièvre,

et son âme s'était mise à trembler tandis qu'il l'ouvrait. Et la seringue qui luisait dans l'ombre ; et les lueurs mouvantes qui jouaient à sa surface au gré de ses tremblements. Et, de l'autre côté de la trousse, les fioles alignées, avec à l'intérieur ce liquide visqueux qui oscillait, superbe, hiératique, et cette lumière noire qui rayonnait partout dans la voiture, partout dans le parking, partout sur terre. Les lèvres pincées, les narines palpitantes, il avait maintenu une fiole entre ses jambes, pendant qu'il soutirait son dû à la seringue. Il n'y avait pas trente secondes que Sergueï avait disparu que son bras, que ses yeux, que son ventre le démangeaient atrocement ; des gouttes de sueur perlaient à son front. Mais sitôt qu'il eut posé contre son avant-bras la seringue et puis l'aiguille, avant même qu'il se soit percé, il s'était détendu. Un petit à-coup et c'était fait – par un trou si infime qu'il en était presque invisible, une humeur noire s'était écoulée en lui, un fluide de grincements de dents et de palpitations, un fluide de larmes acides et d'ongles rongés – et, à mesure que ces fluides de nuit s'écoulaient en lui, ses yeux s'étaient clos et son souffle s'était apaisé. Et la nuit voyait tout cela et elle grinçait des dents tellement c'était bon. Et dans les veines de Mikhaïl, mêlé à la morphine, coupé à la morphine, quelque chose de la nuit s'avançait, et bientôt les tremblements de Mikhaïl se confondirent avec les tremblements de la nuit, et bientôt lui aussi grinça des dents comme la nuit grinçait des dents tellement

c'était bon

tellement c'était bon de sentir dans ses veines s'avancer l'acide froid, le sang de la nuit ;

et enfin,

goutte à goutte, s'enfoncer dans la banquette décrépite de la voiture ;

un temps qui n'est pas de ce monde, oublier,

un temps qui n'est pas de ce monde, se perdre,

laisser son esprit se faire liquide et se mêler au liquide de la nuit ;

et au rythme de son sang

au milieu des pages du dossier du capitaine qui semblaient voler dans l'habitacle,

sentir son esprit se faire cristal et se mêler au cristal de la nuit

son esprit ;

un temps qui n'est pas de ce monde, laisser le cristal liquide de la nuit couler dans nos veines.

Mais le cristal liquide de la nuit avait son prix ; il fallait accepter de se réveiller en sursaut dans l'obscurité glauque du parking. Frissonner à l'idée que des collègues auraient pu le surprendre, défoncé dans une voiture de service. Ranger sa seringue, penser aux doses qui lui restaient – compter qu'il avait déjà fini celles du lendemain et du surlendemain. Et se demander ce qu'il pourrait sortir comme excuse à la pharmacienne pour qu'elle le recharge – peut-être que lui montrer son badge suffirait. Se demander une seconde ce qu'il ferait si elle refusait. Se demander s'il irait jusqu'à la menacer, s'il sortirait son flingue. Se demander jusqu'où tout cela pourrait le mener et ne pas savoir. Rêver. Rêver de braquages, de combines. Rêver de liquide. Rêver une seconde encore d'une vie de cristal liquide. Rêver et puis revenir au présent, au parking et frissonner de ce que l'on ne sait jamais ce que l'on regarde exactement, si c'est simplement l'obscurité sale d'un parking ou le futur tout entier.

À nouveau, Mikhaïl avait senti qu'il s'engageait dans une histoire qui n'était pas pour lui. Il n'était pas de taille face à Dmitri P. ou face au capitaine Téliakov – il l'avait vu avec l'histoire des Grisov, il y avait six mois.

Il n'était pas de taille quand il avait rangé sa sacoche noire après une dernière hésitation, pas de taille quand il était sorti de la voiture, quand il avait monté les escaliers en se traînant aux murs. Et tandis qu'il traversait le commissariat en tremblant,

dans ses yeux

les spectres noirs des rêves liquides qui avaient écumé ses veines cette nuit,

et il sentait sa mâchoire qui se serrait, qui lui échappait, elle aussi ;

et tout était confus et embrouillé ;

mais à l'instant où il s'apprêtait à ouvrir le bureau de son supérieur, un miracle avait eu lieu dans ses yeux : le pull, le sang, la femme, le frère – tout ce qu'il avait vu cette semaine, tout ce qu'il avait lu dans la voiture hier soir, tout était là soudain, en ordre – c'était un miracle dans ses yeux

et pour cela, il avait souri en saisissant la poignée.

Mais il ne sourit plus à présent. Il doute. Variété riemannienne plate, localement isométrique à l'espace euclidien, le bureau se précipite sur lui, menaçant, et lui renvoie sa dernière phrase ; et comme se dédoublant sous l'effet des drogues qui courent encore dans ses veines, Mikhaïl s'entend plaisanter, il s'entend danser sur un fil juste avant de lancer son attaque :

— Moi, vous en faites pas pour moi, la morphine fait des miracles… Bon, alors, et vous ? Où ça en est, le fils P. ?

— Pas grand-chose, je crois, répond le capitaine en balayant le bureau d'un regard sombre.

Et l'esprit des hommes est homéomorphe au monde lui-même, et Mikhaïl n'a pas besoin de le regarder pour sentir que le capitaine se tend, pour se dire qu'il a du jeu, que c'est possible. Alors, il avance encore, à découvert :

— Et ce pull qu'il vous a filé, vous avez quelque chose ? On m'a dit qu'il était plein de sang. Il y a une piste ?

— Pas pour l'instant. Le labo planche.

— Et vous ? Vous avez une idée ?

— Pas la moindre, dit le capitaine en détournant le regard.

Mikhaïl en profite pour respirer lui aussi. Le capitaine résiste, compact sur son fauteuil. Parfaitement à sa place, tenant sa ligne. Mikhaïl va devoir attendre encore pour trouver son angle d'attaque. Il s'approche de la baie vitrée. Il apprend à dominer la ville, à la voir du haut de la montagne. Qu'est-ce qu'il y lit ? Certainement pas les mêmes choses que le capitaine, qui ne regarde plus la ville depuis longtemps. Certainement des choses qui ne sont que pour lui. Des rues qui charrient des rivières de morphine. Des barres comme des seringues. Des états de stocks de pharmacies.

Ni l'un ni l'autre n'ont les épaules pour se lancer dans ce qui va suivre. Ils vont s'y briser. Peut-être est-ce cela que Mikhaïl voit dans la vitre sale. Dans la ligne de chute du bureau, dans les structures inféconds à l'arrière du commissariat, qui sont comme le reste, balayées par le vent, souillées par les sacs-poubelle. Peut-être qu'il se dit que son seul espoir vient de cet homme derrière lui, affaissé sur son bureau, dans le reflet de la vitre. Mais si c'est le cas, il se trompe. Le capitaine sait depuis une semaine que lui non plus n'est pas de taille pour ce qui va suivre. Il n'a pas besoin de regarder par la vitre pour s'en convaincre. Il le sait et cette certitude pèse des tonnes sur ses yeux. C'est elle, ces rides qui ravinent son visage, ce flottement dans ses yeux de poussière, ce pincement à ses lèvres,

c'est elle.

À un moment, il se tourne vers Mikhaïl avec l'espoir vain que ce jeune homme qu'il apprécie tant trouvera une solution. Mais il aperçoit la main droite du jeune homme qui tremble, impossible à réprimer. La morphine fait des miracles, pense-t-il en souriant amèrement.

La vérité, se dit-il, c'est que ni l'un ni l'autre nous n'avons réellement envie de nous jeter dans la bataille. Que ni l'un ni l'autre nous ne sommes armés pour résister à Dmitri P.

L'immensité des déserts qui restent à traverser. L'étendue des pertes. La disproportion des forces en présence. Tout cela dans le temps qui se ramasse. Tout cela dans leurs yeux.

L'instant est gris, calme, résigné.

La mélancolie est une variété riemannienne plate, localement isométrique à l'espace euclidien ;

des instants comme celui-ci, elle est le monde lui-même.

Et c'est alors que le téléphone sonne, qu'il les cueille, qu'il les arrache tous deux à leurs espoirs de passer à côté. Une seconde, leurs yeux tristes se cherchent. Mais ils ne font que se croiser, leurs tristesses ne se mêlent pas, elles ne se disent rien, elles restent pures. Le capitaine décroche le combiné en détournant son regard, en le laissant se perdre dans les papiers peints exsangues.

— Oui.

— …

— Lui-même.

— …

— D'accord. Je passe dans la matinée.

Il repose le combiné et reste un instant silencieux, appuyé sur son bureau. Il savait que ce coup de téléphone viendrait.

Il savait qu'il ne pourrait pas l'éviter. Que c'était inéluctable. Que c'était l'expression, le signe de la puissance de Dmitri P. Et Mikhaïl n'a pas besoin de lui demander ce qui s'est dit. Il le lit dans cette fêlure qui se développe dans son regard. Dans ce souffle coupé. Dans le gris fatigué de ses cheveux. Dans cette incapacité à bouger, à relever les yeux. Il sait qu'il doit prendre la main. Maintenant. Qu'il ne doit pas laisser passer cette chance d'être à la manœuvre. Quitte à le payer après, quitte à en baver. Vite, avant que le capitaine ne revienne sur terre, qu'il revienne de la frontière, vite, avant qu'il ne sente la peur qui s'écoule de ses bras, de ses mains.

Sans vraiment y réfléchir, il sort de sa veste un petit morceau de papier, le déplie et saisit le combiné. Il compose un numéro et attend qu'on décroche de l'autre côté de la ligne, les yeux fermés. On dirait presque qu'il prie, se dit le capitaine. Mais a-t-il le temps de demander quoi que ce soit ? Mais que pourrait-il demander d'ailleurs ? Certainement rien de précis. Certainement du flou, de l'incertain.

— Allô ?

— …

— Oui, bonjour monsieur P… bureau du capitaine Téliakov à l'appareil… oui… votre père est prêt à sortir… oui… voilà…

— …

— Je sais, je l'ai lu dans votre dossier. Du coup, le plus simple, ça serait que nous nous retrouvions là-bas, disons… dans deux heures, le temps que… voilà… Nous vous raccompagnerons tous les deux avec la voiture de service… voilà.

— …

— C'est cela. À tout à l'heure, alors.

Ça y est, c'est fait : il vient de montrer qu'il avait du jeu. Il n'est pas censé suivre cette affaire et encore moins connaître ce numéro de téléphone. Car personne ne peut avoir un numéro dans le Quartier – tout cela est tenu par la mafia, avec des accords au plus haut niveau. Récupérer ce numéro signifie que Mikhaïl y a forcément passé du temps. Pour certains, ce n'est qu'un détail, une broutille, ce n'est que du rouble, mais Mikhaïl sait que le capitaine ne laissera jamais passer ça. Simplement, toute manœuvre tournante a un début : Mikhaïl le sait et il l'accepte. Quand les pièces se mettent en branle, quand leurs pas commencent à s'ajuster, à s'emboîter les uns dans les autres ; quand elles annoncent l'emballement à venir, la tempête et la destruction. Toute manœuvre tournante a un début qui l'annonce et la contient tout entière. Deux cases pour le fou, dans le regard du cavalier, glissement du pion. Ce jeune est décidément différent, pense le capitaine Téliakov. Il se demande d'où partiront ses prochains coups, quelles lignes il osera franchir. Il espère pouvoir tenir suffisamment longtemps pour voir cela. La voix du maître d'échecs lui revient, par-delà les années – ce que l'on ne peut éviter, il faut l'embrasser, Téliakov. Lui qui a toujours préféré jouer les blancs, une excitation noire fait soudain jour dans ses mains ; un sourire naît sur ses lèvres et dans ses yeux ; un sourire presque malsain, tel que Mikhaïl ne lui en avait encore jamais vu.

— Bon, on y va ? lance le capitaine, comme annonçant la charge.

Lentement, l'un derrière l'autre, le jeune d'abord, qui ouvre la marche tournante, le vieux ensuite qui le suit ou bien le guide – comment savoir ? – par d'imperceptibles nuances de voix, par certains gestes qui n'appartiennent qu'à lui, ils quittent le commissariat ; ils franchissent les premières lignes et se dirigent tout droit vers Dmitri P. ;

une application développante est lancée sur le monde – et plus rien ne pourra l'arrêter désormais.

Existe-t-il seulement un nombre fini de groupes discrets d'isométries de l'espace dont le domaine fondamental est compact ?

Père a les yeux dans le vague ; son visage immobile touche presque la vitre. Peut-être qu'il voit les deux policiers sortir de leur voiture de service, mais j'en doute. En tout cas, il ne bouge pas. Ils ont dû l'appeler et lui expliquer. Lui dire ce qui allait se passer. Je ne sais pas s'ils lui ont trouvé une explication qui tienne la route. Oui, monsieur P., c'est ça... c'est votre fils qui va s'occuper de vous. Non, monsieur P., dans ce cas, nous ne pouvons pas mettre en place de procédure d'éloignement. Non, je comprends, monsieur P., mais c'est la seule personne de votre famille et même si... non, monsieur P., même si vous ne voulez pas le voir, nous ne pouvons pas... non, monsieur P. Je ne sais ni s'il a essayé de résister, d'ergoter, ni si, à bout d'arguments, il a fini par céder tout en leur faisant sentir à quel point il les méprisait d'être ainsi dépassés, de ne pas pouvoir s'opposer à son fils, au Marquis ou à l'Immanus.

Tout ce que je sais, c'est que ses yeux, que ses lèvres sont restés pincés depuis qu'ils lui ont annoncé la nouvelle. Mais difficile d'en savoir plus, tant il reste silencieux, tant on ne voit pratiquement rien – il a gardé cette habitude de ne pas allumer la lumière. Dans l'obscurité lavasse de la chambre, Père ne bouge pas. Son visage de carton-plâtre reste complètement inexpressif – même quand il voit les deux policiers sortir de leur voiture de service et traverser le parking. Simplement, il se racle la gorge. Est-ce de dépit ou pour chasser quelque humeur obscure qui l'empêche de respirer ? Existe-t-il seulement un nombre fini de groupes discrets d'isométries de l'espace dont le domaine fondamental est compact ? Lui seul le sait. Père est un mystère. Il pourrait être terrifié de ce qui vient à lui, de Dmitri qui s'approche, il pourrait être terrifié que je n'en saurais rien.

Je regarde tous ces fils électriques, toutes ces sondes, tous ces tubes à perfusion autour de lui, qui le suivent. À un moment – la fatigue, j'imagine – il me semble qu'ils se mettent à bouger, à se mouvoir lentement, comme des tentacules, autour de lui. Lui reste immobile sur sa chaise, mais eux commencent à danser au sol et dans les airs ; voilà sa volonté, voilà sa colère, pour ceux qui sont aveugles.

Combien de fois ai-je eu cette impression étrange que Père n'était pas humain ? Que Dmitri non plus. Qu'ils feignent simplement de l'être. Et quelque chose dans le bleu de ses yeux, dans le regard qu'il a posé sur les deux policiers écrasés en bas, dans le parking, quelque chose ravive cette impression : ce bleu,

ce bleu n'est pas humain.

Peut-être que les médecins, les infirmiers, peut-être que les policiers se trompent à croire qu'ils ont quarante ans, qu'ils ont soixante-douze ans. Peut-être qu'ils sont beaucoup plus âgés, qu'ils ne sont même pas humains – des créatures immortelles, n'ayant au fond d'elles que haine, que détestation l'une pour l'autre depuis que le monde est monde, des ennemis de toujours à toujours, des monstres qui récupèrent des corps pour faire ce qu'ils ont à faire, parce que ce qu'ils ont à régler réclame bien davantage qu'une simple vie humaine. Et pendant des millénaires, ils ont pu vivre, ils ont pu mourir, mais c'était seulement en apparence, c'était seulement pour donner le change. Ce serait leur millième vie : Vladimir et Dmitri P. Ils ne seraient pas vraiment père et fils – pas au fond d'eux, je veux dire – mais quelque chose d'autre, mais quelque chose de terrible et d'obscur. Et pendant toutes ces années, et pendant pratiquement toute une vie, cette boule de haine, ce noyau de détestation qui est leur nature profonde, leur être intime, cette boule était restée trop compacte, était restée trop profondément enfouie en eux, pour qu'on la distingue d'une simple animosité, d'une vulgaire haine filiale. Mais ce qui s'est passé lundi dernier dans la salle de bains aurait fait voler en éclats leurs camouflages, leurs revêtements.

Peut-être que c'est cela dans le bleu des yeux de Père, cette couche de dur qui trempe son iris. Le spectre d'une haine qui n'est pas de ce temps.

Les deux policiers ont disparu de notre champ de vision. Je ne les suis pas, je reste près de Père. J'en suis réduit à imaginer le capitaine Téliakov qui s'arrête un moment, entre le cinquième et le sixième étage, pour souffler. Il pose une main sur la rampe peinte de rouge. Dans l'éclairage blafard de la cage d'escalier, il respire avec difficulté.

Et tandis qu'il reprend peu à peu son souffle, une autre possibilité me vient à l'esprit. L'inverse. Exactement l'inverse. Peut-être que ce que Père et Dmitri ont à régler réclamerait des millénaires de lutte, mais qu'ils n'ont rien d'autre à offrir ou à sacrifier que ces corps faméliques, que ces bras trop maigres, que ces cheveux gras. Peut-être qu'ils n'ont aucune chance et qu'ils le savent depuis que Dmitri a six ans, et que c'est cela précisément qui les fait trembler, qui leur coupe le souffle.

Peut-être. Mais comment savoir ? Ni l'un ni l'autre ne me dira jamais la vérité.

Et au moment où le capitaine repart, où je l'imagine serrant la rampe à la tordre, je retrouve ceci que j'ai toujours connu, qui a hanté mon enfance, qui m'a hanté jusqu'à ce que je suive Mère dans cette voiture qui aura eu notre peau au fond de la rue Illitch : ce qui est entre Dmitri et Père m'est totalement interdit. Je ne saurai jamais à quoi m'en tenir. Face à ce mystère, une explication et son contraire sont aussi recevables l'une que l'autre. Pire : comme en mécanique quantique, si absurde que cela puisse paraître, peut-être faut-il mêler les deux, les confondre jusqu'à ne plus pouvoir les discerner, les tordre ensemble jusqu'à s'y perdre pour avoir une chance de s'approcher de la vérité.

Et dans ce cas, qu'est-ce que la vérité ? À quoi sert-elle ?

Le capitaine pousse la porte de la cage d'escalier et s'engage dans le couloir, suivi de près par Mikhaïl. Il s'arrête au moment où il aperçoit Dmitri, qui se tient près de la porte, les yeux mi-clos – qui oscille imperceptiblement, d'avant en arrière, en murmurant. De là où ils sont, les deux policiers n'entendent rien de ce qu'il dit. Mais à quoi cela servirait-il ? Que pourraient-ils faire de ce qui compte ? Se sont-ils déjà demandé s'il existe seulement un nombre fini de groupes discrets d'isométries de l'espace dont le domaine fondamental est compact ? La réponse ne fait aucun doute. Alors, ils font la seule chose qu'ils peuvent faire : le capitaine reste au bout du couloir, à la frontière de l'obscurité, sur le seuil de la porte coupe-feu. Il tend le bras pour faire reculer Mikhaïl, en silence.

Les voilà à nouveau dans l'ombre ;

et quand elle est suffisamment pure autour d'eux, le capitaine sort un briquet de sa poche et le laisse tomber à terre, arrachant un bruit feutré au lino épuisé. Et les deux policiers restent dans l'ombre et ils la prient et leurs yeux luisent de cette prière naïve. Quelques secondes parfaites, suspendues, quelques secondes s'écoulent et ces secondes sont pour l'ombre. Et elle s'en gave et n'en laisse rien.

Et quand enfin ils s'avancent dans le couloir, traînant des pieds et feignant de discuter, ils constatent que Dmitri s'est rassis, qu'il se tient la tête entre les mains.

Je les vois approcher de son banc. Ils pensent sans doute avoir fait preuve de finesse, de tact – ils ne voulaient pas le gêner. Ils n'ont rien compris : comme s'il allait oublier qu'ils devaient arriver. Comme s'il ne les attendait pas. Qui a fait preuve de tact ? Qui s'est mis au niveau de l'autre ? S'ils s'étaient posé ce genre de questions, ils auraient peut-être eu une chance d'entrevoir la vérité : mon frère se moque de ce qu'ils peuvent voir, croire, ou comprendre. Il se moque d'eux. Ils ne sont rien pour lui, un peu de bis mouvant dans le couloir, un alignement de pions qui tomberont le moment venu, quand il le voudra. Pourquoi croient-ils qu'il se tient la tête ? Parce qu'il aurait peur d'eux ? Ne soyez pas ridicule.

Le capitaine Téliakov s'assied à sa droite. Dmitri ne sait pas ce que fait l'autre, le jeune. Sans doute qu'il reste debout, légèrement à l'écart. Au final, il s'en moque. Il voit, en marge de son champ de vision, les mains du vieux policier qui se crispent ; il va parler.

— Écoute-moi, Dmitri. Je ne pense pas que ce soit une bonne idée.

— Comment ça ?

Le capitaine ne répond rien. Il baisse la tête, rentre ses épaules. Tout ce qu'il pourrait dire est inutile. Une phrase, une voix qui se brise après deux mots lui ont suffi pour comprendre : Dmitri sait très bien que ce n'est pas une bonne idée. Voilà ce qu'il lit dans ses yeux de pluie. C'est comme un fauve dans son crâne qui ne pourrait s'échapper. Qui se cogne aux barrières, qui montre les crocs. Père avec moi. M'occuper de Père. Père pour moi. Une semaine que Dmitri ne fait que boire et dormir pour ne pas y penser. Il ignore toujours pourquoi il a soudain exigé ça, au commissariat ; mais qu'on ne s'y trompe pas : il sait aussi très clairement qu'il doit en être ainsi. Comme une évidence. Une évidence terrible. Noire. Et il l'a senti quand le bureau du capitaine l'a appelé tout à l'heure, pour lui dire que son père était réveillé, pour lui dire qu'il pouvait venir le chercher. Il sait très bien que ce n'est pas une bonne idée, mais il ne peut pas faire autrement.

Il se redresse et quelque chose doit se durcir en lui quand il prononce :

— Ne vous en faites pas, tout va bien se passer, capitaine.

— Je ne m'en fais pas.

— Alors tout est pour le mieux.

— Je ne m'en fais pas – le capitaine marque une légère pause et se penche vers Dmitri, de telle sorte que la fin de sa phrase n'est qu'un murmure – mais écoute-moi bien… Marquis ou pas, s'il lui arrive quoi que ce soit, je te démonte.

Dans ses yeux, une assurance dure, posée. Il n'a pas prononcé ces mots à la légère, Dmitri le voit. Quelque chose de nouveau vient de faire son apparition sur l'échiquier ; quelque chose qui se situe bien plus loin que tout ce qu'il a mis en place pour être tranquille. Derrière ses lignes. Quelque chose d'inattendu.

— Je ne sais pas ce que tu comptes en faire, mais tu es prévenu… Et Mikhaïl ici présent va s'occuper de lui trouver une infirmière et une aide-soignante. Entre les soins, j'imagine qu'il faudra lui tenir compagnie, mais ça, c'est toi qui vois.

Il tend à Dmitri quelques papiers à remplir, pour la décharge et pour l'hospitalisation à domicile. Par-dessus la feuille, Mikhaïl les observe tous les deux. Il n'a rien perdu de leur échange.

Dans la voiture, sur le chemin de l'hôpital, le capitaine lui a parlé un peu des échecs, sa passion d'enfance. Et peut-être, se dit Mikhaïl, peut-être que le capitaine a l'impression que c'est de cela qu'il s'agit ; une partie d'échecs, avec une ouverture où il faut prendre l'autre de vitesse et conserver cet avantage initial des blancs, avec ces mouvements infimes qui trahissent cette tension dans les corps, avec cette brusquerie des joueurs lorsqu'ils appuient sur l'horloge, sur le côté de l'échiquier. Peut-être.

Mais alors il se trompe, se dit Mikhaïl. Il en est sûr quand Dmitri se lève soudain, quand il demande Bon on peut s'y mettre, quand il donne tout ce qu'il a pour que son bras, pour que sa main ne tremblent pas

il se trompe parce que cette histoire est bien autre chose, même si elle ressemble parfois à un échiquier quand tout le monde s'agite autour de Dmitri, autour de Vladimir P., quand eux deux ne font rien ou presque, quand ils sont comme des rois, impuissants, engoncés, immobiles, comme des rois qui ressentent toute perte comme une annonce, comme un écho, de celle plus grande à venir, de celle qui vient,

quand Dmitri donne tout ce qu'il a pour que son bras, pour que sa main ne tremblent pas

et cette seconde dure des heures et cette seconde pèse des tonnes et son bras, et sa main des tonnes des heures tout ce qu'il a quand il se lève et que les deux policiers le suivent

il se trompe, cette histoire est bien autre chose.

Une variété riemannienne plate et compacte est caractérisée par son groupe fondamental, finiment engendré, sans torsion et ayant un sous-groupe abélien d'indice fini.

Les deux policiers entrent derrière Dmitri – scrutant ses gestes, sa nuque, scrutant ses mains. Mais ce faisant, ils ne se préparent pas à ce qui va suivre ; mais ce faisant, ils laissent une ligne de faiblesse dans l'alignement des corps : ils n'ont pas le temps de franchir le seuil que ça les fauche ;

Vladimir P. se retourne et les toise tous les trois ;

et dès que leurs regards se rencontrent, par-delà le bruit régulier du respirateur, par-delà les bip-bip de toute la machinerie déployée dans la chambre,

entre Dmitri et Vladimir,

l'air se tend, l'air se tord,

des milliers de craquelures se font entendre, se propagent comme

dans du verre,

des milliers de fractales blanches se mettent à courir dans la chambre, dans toutes les directions,

autour de la ligne qui les sépare ;

une seconde qu'ils sont entrés et Mikhaïl jurerait que l'air se met à craquer par endroits ;

une seconde et c'est un vitrail sous ses yeux interdits – un vitrail de silence, de haine.

Combien de temps cela dure-t-il ? Il n'en sait rien. Il sait seulement qu'à un moment il parvient à refermer la porte derrière lui ; il sait seulement qu'alors,

aussi soudainement qu'il est apparu,

cet enfer de transparence s'évanouit pour laisser place à la chambre 203. Il pense à la morphine bien sûr – il a déjà vu ce genre de choses, à la fin de certaines soirées. Il se tourne vers le capitaine pour voir si lui aussi il l'a vu, il l'a entendu. Mais il n'aura pas sa réponse : Téliakov ne lâche pas Dmitri des yeux.

Celui-ci s'approche de son père, et son père accuse le coup quand il comprend que personne ne va l'en empêcher ; ses épaules, sa bouche, ses yeux s'affaissent dans le même mouvement misérable. Pourquoi ne s'est-il pas préparé davantage ? se demande Ivan. À quoi pensait-il tout à l'heure, quand il observait les policiers qui traversaient le parking ? Regardez-le trembler. Regardez ses yeux. C'est sa faute. Il savait que Dmitri arrivait. Il aurait dû prévoir. Se durcir autant qu'il le pouvait. Mais il est peut-être déjà trop tard pour lui. Il a l'air tellement faible. Qu'est-ce qui leur prend, à l'hôpital, de le laisser sortir ? Regardez ces mains, comme elles tremblent. Comme il est avachi. Regardez cette bave qui perle au coin de ses lèvres. Est-ce que ce sont les logiques comptables qui s'imposent ou simplement un coup de téléphone du Marquis au directeur du service ? Qui accuser ? Comment savoir ce genre de choses ? Peut-être que c'est le dixième coup de la partie, peut-être que Dmitri s'est arrangé depuis le début, depuis l'ouverture, pour justement l'avoir comme ça. En son pouvoir. Faible et dépendant. Est-ce cela, sa victoire ? Sa revanche ? Des années de douleur pour cette minute de haine pure, de triomphe muet ? Dmitri, est-ce que c'est ça ? Dmitri, regarde-moi. Dis-moi que ce n'est pas ça.

Mais peut-être qu'encore une fois je me trompe. Peut-être que Père a parfaitement compris à qui il s'attaquait en portant plainte. Peut-être sait-il ce qu'il fait. Il joue sa comédie de la faiblesse, il compte justement là-dessus pour troubler la vue de Dmitri – il cherchc simplement à le perdre, à l'attirer dans ses lignes, pour l'y enfermer, pour l'y faire subir ce qu'il a fait subir à Mère. Peut-être sait-il comment le manœuvrer, peut-être a-t-il toujours su, en bon père, que Dmitri nous avait trompés pendant toutes ces années, qu'il n'avait fait qu'attendre ce moment, cette minute horrible, pour pouvoir planter ce regard-là dans le sien. Peut-être avait-il vu cet instant venir depuis des années, peut-être avait-il prévu cette dureté, cette sécheresse.

Monstre à deux têtes, à deux corps – Dmitri surplombe Père ;

personne n'ose bouger. Et heureusement, alors qu'un silence irréel s'installe dans la chambre, un interne ouvre la porte. Il salue rapidement tout le monde et dépose une grande enveloppe kraft sur la table de chevet.

— Le dossier de sortie de monsieur P., avec tous les examens. C'est votre exemplaire personnel, pour le suivi, ne l'oubliez pas.

Il sort aussi vite qu'il est entré, variété riemannienne plate et compacte, finiment engendrée, sans torsion et ayant un sous-groupe abélien d'indice fini. Il ne laisse aucune trace dans la chambre, et le silence retombe brutalement. Mikhaïl et le capitaine n'osent toujours pas se regarder – ils ont compris qu'ils n'étaient que des pions dans cette chambre, qu'ils n'avaient rien à dire.

— Je… nous vous attendons dans le parking, bredouille

Mikhaïl en se détournant du spectacle obscène du père qui l'implore des yeux.

— C'est cela, répond Dmitri. Attendez-nous dans le parking.

Avec une lenteur infinie, proprement insupportable, ils traversent le parking. Dmitri soutient Père qui a passé sa main autour de ses épaules, qui le serre de toutes ses forces. Cela fait dix minutes qu'ils ont quitté la chambre et ils sont à bout. Père tremble tellement il n'en peut plus. Vous verriez ses yeux. Vous verriez ses lèvres, et la bave. Aucun d'entre eux n'ose rompre le silence et, puisqu'ils ne coordonnent ni leurs gestes ni leurs efforts, Dmitri force beaucoup plus que de raison. Mais l'un comme l'autre, ils donneront tout ce qu'ils ont pour ne pas se parler, Ivan en est persuadé. Et régulièrement, quand ils n'en peuvent tout simplement plus, ils s'arrêtent pour souffler ; et Père écume, les yeux dans le vague, et il ne voit sans doute ni parking,

ni herbes folles,

ni les structures inutiles et infécondes des talus, ni même le ciel pâle ;

sur tout ça, ses yeux traînent, mauvais, et ne s'arrêtent pas. Parce que rien ne peut nous aider. Parce qu'ils ont beau faire régulièrement des pauses, cela ne change rien à l'essentiel : nous sommes seuls et personne ne peut rien pour nous.

Ivan aimerait pouvoir croire autre chose. Il aimerait se dire que, chacun de son côté, par-devers tous ces gémissements, tous ces efforts, ils acceptent ces quelques pas, cette danse timide et maladroite pour ce qu'elle est, du pain bénit. Il aimerait qu'ils comprennent que c'est peut-être tout ce qu'ils auront. Dmitri tentant fébrilement et maladroitement d'imposer la direction. Son père chancelant à chaque pas, s'appuyant lourdement sur lui, soufflant, écumant presque, les yeux exorbités par la douleur. Il aimerait, mais il n'y croit pas.

Sur la fin, Dmitri porte pratiquement son père. Quand ils arrivent près de la voiture, il le plaque contre le coffre, le temps d'ouvrir. Tout plutôt que de parler. Dmitri ouvre la porte et ne dit rien. De sa main droite, il rentre la tête de son père dans ses épaules, il le penche pour le faire rentrer dans la voiture. À l'intérieur, les deux policiers restent muets, suffoqués par la violence de leurs gestes, de leurs silences. Et peu importe ce qui préside à leurs immobilités respectives : seule compte la certitude que tenter quoi que ce soit, que dire quoi que ce soit serait une erreur. C'est elle, l'amertume avec laquelle ils se grattent, ils se frottent le visage. C'est elle, leurs yeux qui s'esquivent. Plus encore que la semaine dernière dans le commissariat, ils sentent combien Dmitri pèse sur eux – combien il tient leur misérable voiture de service dans sa main. Quand il a fini, il ferme la portière et s'apprête à faire le tour de la voiture. Il s'apprête et ses yeux balaient le parking grisâtre et ses yeux tombent sur Ivan, presque par hasard. Et pendant une seconde, Ivan peut voir ses yeux, réellement. Ses yeux trempés, comme il y a mille ans. Et pendant une seconde homéomorphe au monde, Ivan se rappelle.

Comme tous les soirs d'école, nous sommes à la piscine communautaire. Ce soir-là, le camarade maître-nageur fait passer un test à tous les enfants du cycle élémentaire. Le principe est simple : il faut sauver un mannequin, le remorquer sur la longueur de la piscine. Pour ce test, le maître-nageur dispose de deux mannequins, un adulte et un enfant. Nous avons dix ans : nous tentons de sauver l'enfant. La plupart n'y parviennent pas encore, emportés qu'ils sont par le poids du mannequin rempli d'eau. Nos gestes pataudss nous condamnent, et le mannequin aussi, avec nous. Nous avons beau donner tout ce que nous avons dans le ventre, cela ne suffit pas. Dmitri, comme on peut s'y attendre, ne nage pas particulièrement bien ; par contre, il n'a pas peur de l'eau, il ne craint pas l'apnée. Il ne panique pas. Au contraire : à huit ans, il peut rester sous l'eau bien plus longtemps que nous et que la plupart des adultes. Il est le dernier à passer. Il oscille, il trouve une méthode bien à lui, qui noie sans doute périodiquement le mannequin, mais il parvient malgré tout à l'entraîner de l'autre côté de la piscine. Pendant que les autres enfants rentrent aux vestiaires, il va voir le maître-nageur et, chose inédite, il lui parle. Il lui demande s'il pourrait essayer avec le mannequin adulte. Le maître-nageur sourit un moment et lui explique qu'il ne peut y parvenir. Que ce modèle est beaucoup plus lourd. Que même les adultes qui passent ce test ont du mal à s'en sortir. En rangeant ses ceintures et ses bouées, il réfléchit et lance :

— Remarque, ça serait une bonne idée, de vous le faire faire. Pour que vous voyiez que vous ne pouvez pas y parvenir. Pour vous apprendre à lâcher l'affaire… à ne pas être emportés vous aussi par le fond.

Il dit ça sans y penser ; sans doute veut-il se débarrasser le plus vite possible de Dmitri. Ensuite, il prend ses bouées et se dirige vers les vestiaires. Et je le suis, pour rejoindre mes camarades sous la douche. Et à force de discuter et de plaisanter, je suis pratiquement habillé quand je me rends compte que Dmitri n'est pas là. Je n'ai pas besoin de me tourner, de fouiller dans les cabines, je sais où il est. Je cours au bassin. Dmitri bataille au fond de l'eau. Il tient le mannequin à bras-le-corps. Ses cheveux ondulent comme des serpents autour de sa tête. Il donne tout ce qu'il a pour ne pas le lâcher. Personne ne sait depuis combien de temps il est sous l'eau. Ses jambes s'agitent de plus en plus lentement. Et il a beau être parfaitement calme, être parfaitement maître de sa respiration, il sait, il sait qu'à un moment ou à un autre il va devoir lâcher. À travers le trouble de la surface, à travers l'eau que nul ne sait respirer, je vois Dmitri. Je vois ses yeux. Ils sont incroyablement fixes. De là où je suis, du bord du bassin, j'ai l'impression stupide qu'il pleure. Il sait qu'il va devoir lâcher. Je ne plonge pas pour l'aider. Pour des siècles et des siècles, nous devons partager ceci que je l'ai vu finalement lâcher ce maudit mannequin, après peut-être encore une minute d'apnée. Que je l'ai vu remonter à la surface, comme s'il se laissait porter. Que je l'ai vu abandonner. Pendant un long moment, accroché au bord, il a replongé la tête sous l'eau, il a regardé au fond du bassin. À l'époque, je me suis dit qu'il voulait simplement me cacher qu'il pleurait ; aujourd'hui, je comprends que non. S'il a fixé le mannequin échoué au fond du bassin aussi longtemps, sans pouvoir détacher ses yeux, c'est autant pour pouvoir endurer son regard de reproche que pour lui faire une promesse. Et cette promesse était un monstre. Un monstre en lambda. Un monstre qui disait que peu importait ce qui les séparait, qu'ils se retrouveraient forcément, le moment venu. Et les voilà soudain réunis, dans le parking. J'observe Dmitri qui s'appuie à la voiture de service. Souffle. S'essuie le front d'un revers de manche. Je pense à sa promesse, à ce qu'il a murmuré, à ce qu'il a juré à l'eau, ce soir-là. De ne jamais plus lâcher. De tenir coûte que coûte. De se laisser entraîner par le fond s'il le fallait, mais de ne plus jamais lâcher. Et c'est exactement ce qu'il vient de faire dans la diagonale du parking. Quel qu'ait été le poids fabuleux de Père, quels qu'aient été ses yeux, Dmitri a serré les dents, il a donné tout ce qu'il avait et il a tenu bon. Il vient de traverser le grand bassin. Ses cheveux pendent sur son visage défait, comme s'il sortait de l'eau. Et un fugitif sourire barre son visage tandis qu'il contourne le coffre.

Quand ils sont tous installés dans la voiture de service, le capitaine démarre sans s'être retourné. Bientôt, Vladimir se laisse aller et ferme les yeux. Il tente de se remettre de la marche coulée que Dmitri lui a imposée. Il s'appuie contre la portière, et laisse les cahots de la route, les suspensions hors d'âge de la Trabant le secouer dans tous les sens. Au hasard des ralentisseurs, des nids-de-poule, sa tête heurte la portière. Mais il ne dit rien. Il ne laisse pas échapper le moindre son, le plus petit gémissement. Coups et blessures avec intention de donner la mort. Comme chaque fois qu'il laisse son esprit traîner depuis une semaine, ces mots finissent par claquer. Coups et blessures. Avec intention. De l'autre côté de la banquette, Dmitri ne lui adresse pas un regard. Dans l'eau noire de ses yeux se mêlent grand bassin et détestation, Marquis et capitaine, dans l'eau noire de ses yeux, des centaines de cahiers de brouillon flottent au-dessus d'un mannequin noyé, dans l'eau noire de ses yeux disparaît

un sourire fugitif adressé à un parking vide.

Le sous-groupe fondamental abélien de Biebermach N est normal, et le groupe quotient F = G/N agit fidèlement sur N par conjugaison.

La Trabant pénètre lentement dans le Quartier. Elle dépasse les premiers Abribus dévastés, les premières voitures incendiées en travers de la route. De loin en loin, ils croisent quelques convois – deux ou trois quatre-quatre aux vitres teintées, qui se suivent à quelques mètres d'intervalle, qui ne freinent à aucun croisement, qui ne ralentissent même pas. Vors. Pinks. Hommes du Marquis. Les véritables maîtres. Personne n'a rien dit depuis qu'ils ont quitté le parking de l'hôpital. Dans certaines rues, Mikhaïl suit du regard un mur recouvert de tags, il détaille un trottoir défoncé. Toute cette affaire n'est qu'une mise en scène, se dit-il. Quelqu'un qui a le Marquis dans la poche peut faire exactement ce qu'il veut. Se débarrasser d'un vieux chercheur à la retraite, d'un habitant du Quartier qui plus est, ne doit lui poser aucun problème. Qu'est-ce qu'il peut attendre d'autre ? De nous ? Nous ne sommes que des pions. Qu'est-ce qu'on pourrait bien faire pour lui ? Traîner son père dans la boue, le salir, rogner sa retraite, l'humilier légalement. Autant dire rien. De toute manière, il est pratiquement mort. Non, c'est autre chose. Tu oublies le pull, Mikhaïl. Sans doute que toute cette histoire est liée au pull. Et le sang, sur le pull. Complètement noir. Il a des années, c'est sûr. Ce pull a certainement à voir avec l'accident de décembre 95. *C'est peut-être ça*, se dit-il soudain. *Une mise en scène pour obtenir la réouverture de l'enquête concernant la mort de la mère et du frère.* Et le bleu de ses yeux se durcit, se refroidit au contact de ces mots ; et à mesure qu'ils avancent dans le Quartier, à mesure que les mots tournent et retournent dans son crâne, il ne voit plus l'alignement des barres, les fenêtres en lambeaux, les trottoirs, les murs défoncés, il ne voit plus rien – l'hiver s'installe dans son âme et elle devient froide et dure – elle devient bleue.

À sa gauche, malaxant le volant en silence, le capitaine Téliakov ne dit rien depuis qu'ils ont quitté l'hôpital. En apparence, tout semble normal comme un sous-groupe abélien de Biebermach. Et pourtant, ses lèvres se tordent parfois, et quelque chose dans ses joues se met à trembler alors. Et si Mikhaïl ne peut pas voir ses mâchoires qui se serrent, qui grincent presque, il sent la colère dans ses bras, le long de sa nuque – quand tout son corps se tend, aux feux rouges, aux intersections, aux passages des convois de Vors.

C'est un silence irréel, un silence presque parfait qui règne. Et seuls les grincements des sièges et les toussotements du moteur les raccrochent au monde, et leur prouvent que tout ceci n'est pas un cauchemar. Et peut-être que c'est exactement ça, peut-être que sans cette odeur de poussière, de crasse de la Trabant, ils ne seraient pas de ce monde. Et d'ailleurs, par moments, ils ne sont plus sur la place de la Révolution, ils s'abîment au fond d'un bassin de piscine municipale. Ils coulent lentement et aucun d'eux ne fait le moindre geste. Ils se concentrent sur leur souffle.

Ils respirent cette eau glacée qui les lie, qui leur sert de sang, qui leur sert d'oxygène. Ils se concentrent sur leurs yeux. Pour ne pas faire le moindre geste, le moindre bruit. Rien qui puisse être interprété de quelque manière que ce soit, comme une marque de faiblesse, comme un aveu, comme une manière d'appeler à l'aide. Regardez leurs yeux et contemplez la haine. Pure. Noire. Sèche. Âpre. Dans leurs mains, dans chaque ligne de tension de leurs muscles, dans chaque veine qui dépasse de leurs tempes, qui bat,

la haine.

La voiture s'arrête enfin devant la barre 1004. Les policiers pourraient attendre pendant des heures qu'ils n'auraient pas un mot. Dmitri finit par ouvrir sa portière, se lever et sortir. Il ne dit rien et il ne dira rien. Et quand il s'approche de la portière de son père, ses mains ne tremblent plus. Il ne dira rien. Il ouvre la portière en regardant ailleurs et c'est ailleurs qu'il voit. Au fond du bassin. Là où l'eau de haine est pure. Encore quelques instants et ils seront à nouveau seuls. Dmitri le sent et c'est l'odeur de l'eau. C'est cela qu'il respire. Son père seul pour lui. Et ses narines sont folles et n'en reviennent pas de cette odeur de l'eau. Et pendant un instant, Ivan le voit, son frère ne tient pas la portière ouverte, il s'appuie dessus pour supporter cette odeur folle. Nul doute qu'il n'entend même pas les gémissements de son père qui force pour se hisser. Les hanches qui craquent. Il n'entend même pas le souffle qui peine, qui se reprend. Il n'entend rien du monde extérieur. À cet instant, il n'entend qu'une seule phrase et cette phrase est folle dans son crâne. Père seul pour moi. Voilà pourquoi il sursaute quand son père soudain s'agrippe à lui, pour ne pas retomber sur la banquette arrière,

voilà pourquoi il sursaute et ne se maîtrise pas :

il se tourne vers son père et leurs yeux se croisent alors

et leurs yeux se détruisent
et ça ne suffit pas même ;
leurs corps ne sont pas de taille leurs corps ne sont pas faits pour encaisser de telles lueurs de haine et je vous jure qu'ils tremblent ;
qu'ils flageolent et s'appuient à ce qui se présente. À la voiture, à la porte, à l'autre même.

C'est Dmitri qui se reprend le plus vite. Il repousse son père contre l'arrière de la voiture, se penche à l'intérieur, et il trouve, nul ne sait où, il trouve sa voix quelque part sur terre, dans un sous-groupe fondamental abélien de Biebermach, et malgré toute l'eau du grand bassin municipal, malgré sa main qui maintient encore son père, il parvient à annoncer :

— Je crois que c'est bon maintenant, vous pouvez y aller.

Ivan n'en revient pas qu'il soit aussi fort. Encore quelques minutes, encore quelques mètres et il aura amené leur père où il le souhaite – il l'aura pour lui tout seul.

— D'accord, alors on vous laisse, répond le capitaine sans se retourner. On va essayer de demander à l'infirmière de venir dès cette après-midi. Vers cinq heures, ce serait bon ?

— Cinq heures, c'est parfait, répond Dmitri, le visage fermé, déjà tout entier à ce qui va arriver, déjà tout à cet intervalle fou qu'on lui laisse avant cinq heures de l'après-midi.

Il agrippe Vladimir et, sans lui demander son avis, il le tire à lui. Et ensemble, ils s'éloignent de la voiture, ils gravissent une à une les marches d'approche de la barre. Arrivés devant la porte, ils s'arrêtent un instant. Impossible de savoir si Vladimir a réellement besoin de souffler, ou s'il teste Dmitri – pour savoir à quel point son joug est resserré, à quel point il va l'écraser. De petits nuages blancs s'échappent de sa bouche défaite, en rythme saccadé – c'est tout. Quoi qu'il en soit, Vladimir se retourne. Et le regard qu'il lance à la voiture est terrible. Terrible parce qu'il ne s'adresse pas aux deux policiers qui n'ont pas osé démarrer et s'enfuir. Vladimir sait bien que désormais ils ne peuvent plus rien pour lui, qu'il est entre les mains de Dmitri. C'est cela cette dureté, cette manière de balayer et le capitaine et son jeune adjoint. La certitude de la fin.

Dmitri imprime à son tour une secousse à son père, pour lui signifier, comme le bourreau le fait au condamné abattu sur ses derniers mètres, qu'il faut y aller. Que c'est l'heure. Les deux policiers restent silencieux un moment, ils ne respirent plus ; ils apprennent qu'il n'y a pas d'air quand on s'approche de Dmitri. Ils apprennent qu'il faut accepter de respirer l'eau du grand bassin quand on entre dans son territoire. Et ils ne reprennent leur souffle qu'une fois que la porte du hall s'est refermée sur le père et le fils P., une fois qu'ils ont disparu dans l'ombre maîtresse.

Alors, le capitaine se frotte le visage, il se malaxe la lèvre inférieure avec les dents. En émettant un faible raclement de gorge, il saisit la clé du contact et la tourne. C'est une sorte de mouvement réflexe, ordonné par un instinct de survie confus et brutal.

— Ouais, sale histoire, hein, finit-il par trancher avant de lancer la voiture dans la rue. Tu t'occupes de l'infirmière, tu m'as dit ?

Mikhaïl marmonne. Il pense encore à ce qu'il a vu lorsque Vladimir P. s'est retourné vers eux. À ce moment-là, il n'a même pas cherché à soutenir le regard du père. Il s'est concentré sur la seule chose qui importait vraiment. Sur les yeux, sur les mains de Dmitri. Sur la manière dont il soutenait son père. Sur cette délicatesse du placement des doigts. Sur cette humidité tremblante de ses yeux.

Mikhaïl pressent quelque chose d'énorme et il ne dit rien à personne,

il laisse battre ses yeux.

Le groupe fini F plonge naturellement dans le groupe $GL(n)$ des automorphismes de $\mathbb{N}$.

Personne n'est venu. Ni infirmière, ni aide-soignante. Pas le moindre coup de téléphone pour les prévenir. Rien.

L'après-midi a duré des milliers d'années ; Dmitri est resté assis dans la cuisine, emmitouflé dans une couverture, à trembler comme un dément, les yeux dans le vague. Cela fait un jour maintenant qu'il n'a rien bu et il l'a payé – tous ces litres de vodka ne s'effacent pas d'un revers de main : il a fallu les claquer des dents, des genoux, il a fallu les gémir et les vomir dans l'évier, au milieu des monceaux de vaisselle sale, des tasses cassées,

il a fallu les suer dans un état second et pourtant ne rien lâcher et pourtant attendre que quelqu'un s'annonce. Le moindre bruit dans la chambre de son père le faisait tressaillir, se dresser, interdit, le cou tendu – à murmurer Pas maintenant pas maintenant. Le moindre bruit lui plongeait dans le cœur comme le groupe fini *F* plonge naturellement dans le groupe $GL(n)$ des automorphismes de $\mathbb{N}$. Et il mettait un temps infini à se rasseoir. Tremblant, murmurant ses prières inutiles dans sa barbe,

dans le groupe $GL(n)$ des automorphismes de $\mathbb{N}$.

Et c'est seulement vers vingt et une heures, quand Vladimir s'affaisse contre le montant de la porte des toilettes, qu'il sait ce qu'il doit faire. Il se lève, il enfile le couloir, il s'approche de son père – pauvre animal blessé, se hissant misérablement au mur, les yeux baissés, geignant. Le vieil homme est épuisé ; il ne dit rien, il n'a même plus l'air terrifié, il ne tremble même pas quand Dmitri passe son bras sous son aisselle, quand il le redresse. Il se laisse traîner en silence jusqu'à sa chambre.

Et c'est là seulement qu'il se réveille, quand Dmitri veut lui enlever ses chaussures, son pantalon ; il produit un son guttural, horrible, quand la main de Dmitri effleure sa jambe – comme s'il recevait un coup. Dmitri retire instantanément sa main, quelque chose dans son ventre se tord : la simple image de sa main approchant ce mollet glabre est une torture, une aiguille, un trou dans le réel. C'est peut-être la première fois qu'il touche son père et rien ne l'avait préparé à ça. Comment les gens font-ils pour se toucher comme si de rien n'était, pour survivre à de tels contacts ? Voilà les vrais problèmes, et pas la manière dont le groupe fini F plonge dans le groupe des automorphismes de $\mathbb{N}$: existe-t-il des gens pour qui tout cela ne serait rien, de la petite monnaie, du rouble ? Et si oui, qu'ont-ils de plus que nous, ces gens ? Qu'ont-ils de moins ? Qu'ont-ils pour être si tranquilles, si naturels ? Peut-être qu'il y a en nous trop de morts, trop de fantômes, Père, trop de chairs viciées, de nerfs à vif, Père ; et j'en ai mal partout tellement tu es là

et où que tu sois, j'entends ton souffle, je sens ton corps sur moi.

Ils restent un moment interdits dans l'obscurité, à se chercher des yeux sans se trouver. Au bout d'un temps qui ne peut pas se mesurer en dehors de $GL(n)$, Dmitri parvient à bouger ; il recouvre son père des couvertures sèches et râpeuses qu'il trouve dans un coin de la chambre. Il s'éloigne, ferme la porte, fait quelques pas en arrière. Et il va s'affaisser contre le mur.

Il tremble de tous ses membres ;

autour de nous, indistincte et sinistre,

une mer immense de mots fêlés, une mélopée de ruines

autour de nous, l'ombre.

Et l'ombre et le manque d'alcool s'enroulent lentement le long de la fatigue, le long de la détresse de Dmitri. Ivan donnerait beaucoup pour pouvoir s'asseoir près de lui, pour le prendre dans ses bras. Il sent à quel point son frère morfle, et il n'y a pas de mot pour ça, seulement des fonctions qui deviennent folles, qui divergent, seulement des fonctions, qui savent, elles, à quoi ressemble la douleur que l'on ressent quand on vous ampute, quand on vous scie. Et il lui faut des années pour s'endormir ;

et des années plus tard, au milieu de la nuit, alors que Dmitri s'est enfin endormi, Ivan entend son père qui s'étrangle. Il tousse, essaie en vain de reprendre son souffle ; et dans la confusion des cauchemars, il murmure, non ! non ! lâche-moi !

et dans la confusion, il se débat dans son lit,

et tout est sombre et mouvant

et tout est souillé des impressions malsaines de la nuit ;

et la nuit est jaune qui l'étrangle, qui joue avec son cou,

qui finit par relâcher son étreinte après un temps qui n'est pas de ce monde,

qui le laisse se rendormir, enfin.

Quand il voit que son père est hors de danger, Ivan sort sur la terrasse, pour être seul. Il donnerait beaucoup pour une cigarette, mais il n'a rien à donner. Nous ne sommes maîtres de rien ; nos royaumes sont minuscules et l'essentiel nous échappe. Le groupe fondamental qui agit sur nous est libre, nous n'avons aucun pouvoir sur lui. Et qu'on ne s'y trompe pas : rien de toutes ces soumissions, de toutes ces humiliations ne nous rapprochera les uns des autres : elles ne toucheront jamais que nous, se dit Ivan. Le monde entier s'en moque. Depuis une semaine, le Quartier n'a pas changé d'un iota ; il se moque complètement de ce qui arrive à Dmitri.

Appuyé contre la rambarde, il se recroqueville autour de cette blessure quelque part dans son ventre, qui ne peut pas guérir. Il a tellement mal qu'il grince des dents, qu'il plisse les yeux. Et quand il finit par les rouvrir, on voit qu'il a pleuré, que ses yeux luisent. Au loin, entre la 650 et la 700, peu après une heure du matin, une voiture prend feu ;

et dans les yeux d'Ivan, quelques lueurs jaunes dansent.

À cette heure, il n'y a guère que Mikhaïl qui travaille encore. Ivan l'aperçoit dans sa voiture de service, au coin de la rue. Il jette de temps à autre un regard vers l'appartement, vers la terrasse – vers moi, peut-être, espère Ivan. Le jeune policier est allé récupérer des archives à l'institut Landau. Des appels, des documents de travail. C'est le seul à avoir compris que cette histoire a commencé bien avant le 5 décembre 95, se dit Ivan. Que pour savoir ce que ce maudit pull faisait dans l'appartement de leur père, que pour comprendre pourquoi Natalia P. a forcé ses enfants à rentrer dans cette voiture qui l'a tuée, il faut reprendre toute cette histoire non pas à la semaine dernière, non pas en 95, mais en 76. Et voilà ce que fait Mikhaïl. Il reprend tout. Depuis le début. Il va dans les détails. Parce que le diable est dans les détails.

En mars 76, Natalia K. obtenait un poste de secrétaire à l'institut Lev Landau, au nord de la ville. Quelques mois plus tard, en août, son administration, comme toutes celles du district, avait reçu un appel à l'aide du Soviet central. Une épidémie de fièvre typhoïde avait touché la région de

Tchernigov. Les dispensaires de campagne, les hôpitaux avaient été pris d'assaut par des centaines de maraîchers malades. La situation sanitaire avait été maîtrisée de justesse, mais la période des récoltes arrivait à grands pas. Tous les fruits et les légumes de la région, les pêches, les abricots et les tomates, allaient être perdus. L'Union était comme un corps, continuait le responsable de district ; et il parlait ensuite de l'honneur du travailleur, des héros ordinaires, de choses dont on ne peut plus croire que quelqu'un les ait crues un jour. Le dernier paragraphe expliquait aux destinataires qu'ils pouvaient décider de passer leurs vacances ou une partie de leurs vacances à remplacer les agriculteurs récoltants et leur promettait un supplément de traitement de misère et la reconnaissance du Parti. Ivan avait trouvé l'appel en question dans un carton de l'institut ; le ton était froid et impersonnel, pas même enthousiaste. Le responsable qui écrivait ce genre d'appel savait que des volontaires se présenteraient en masse, motivés, endurants et enthousiastes. Les gens qui n'ont pas connu le communisme ne peuvent comprendre notre état d'esprit de l'époque, expliquait sa mère. Un peuple tout entier qui croit en lui, ça n'existe plus. Bien sûr, même s'il s'adressait à tout le personnel disponible, ce papier était surtout dirigé vers les ouvriers, vers les manutentionnaires de la région. Pour une raison que sa mère n'avait pas pu lui préciser, peu d'entre eux avaient répondu positivement à cet appel. On peut extrapoler sur les causes, y voir les premières fissures de l'État, les relier à d'autres failles, à d'autres plans, aux premières manifestations en Europe de l'Est, Ivan gardait que son père s'était, comme quelques chercheurs de l'institut, porté volontaire. Combien de fois Ivan a-t-il essayé de l'imaginer ? Jeune, à l'aube de sa vie. Peut-être qu'il se cherchait, aussi fou que cela puisse paraître – et quand il murmure ces derniers mots, sa bouche se déforme dans une moue de dégoût. Un instant, comme si c'était possible, il le hait encore plus.

En silence, il s'installe sur la banquette arrière de la Trabant, près de Mikhaïl ; il n'a pas besoin de lire ce que le jeune policier étudie. Il l'a lu des milliers de fois pour y croire, pour se convaincre que c'est réellement arrivé.

Que Natalia K. et Vladimir P. avaient été affectés dans la même région, à la cueillette des abricots. Ils étaient logés dans des dortoirs voisins, à quelques kilomètres des champs. Dans deux entrepôts, l'armée avait disposé en rang des dizaines de lits de camp, elle avait dévié la plomberie d'une des cuves de rinçage et installé deux douches et trois sanitaires de fortune. Ils étaient trente-deux hommes et vingt-trois femmes. Tous les matins, un détachement de l'armée leur servait un café âcre, de petits pains militaires et du beurre fondu. Une fois ce petit déjeuner royal avalé, ils partaient en rang pour les champs. Est-ce qu'ils chantaient dans l'aube naissante, est-ce que les femmes esquissaient des pas de deux, parfois ? Cela dépend de l'humeur d'Ivan. Et ce soir, à voir Mikhaïl égrener les lignes de rapports dans la nuit jaune, à voir ce sourire qui traîne sur ses lèvres, Ivan se dit que oui.

Arrivés à destination, ils passaient dix heures dans les arbres, avec une pause d'une demi-heure en milieu de journée. Là encore, l'armée leur fournissait des rations de combat lyophilisées et de l'eau. Le soir, même punition. Et ils rentraient enfin, rompus de fatigue, à l'entrepôt. Après une semaine de ce régime drastique, un groupe d'ouvriers avait fait valoir le sentiment communiste et avait réclamé à l'armée quelques bouteilles de vodka, chaque soir, pour pouvoir animer la soirée autour du feu, près de l'entrepôt. Ils avaient été entendus. Leurs meilleurs moments. Ivan les imagine, fondus de fatigue, sales, poussiéreux et hâlés ; leurs yeux qui luisent, qui crépitent à cause du feu. Il aimerait voir leurs mains qui s'approchent, la danse timide de leurs bras épuisés dans la nuit. Il imagine son père qui parle de mathématiques à sa future épouse, qui dessine sur la terre avec ses mains tremblantes. Il l'imagine qui baisse la voix quand il décrit certaines courbes. Et ils finissent par s'effleurer et leurs yeux qui se cherchent parviennent à se trouver. Le reste, la suite lui échappe, et c'est tant mieux. Combien de fois Ivan s'était-il imaginé ce moment ? C'était peut-être ça, son erreur : avoir cru qu'à un moment ses parents s'étaient aimés. Le genre d'erreur qu'il ne faut pas faire et qui vous conduit à votre perte, qui vous conduit dans une voiture dont vous ne ressortirez jamais.

Des quelques photos qui ont été tirées de ce mois, Ivan en a récupéré deux. Un jour d'été où l'orage couvait comme une fièvre au-dessus du Quartier, il était tombé sur une boîte à chaussures remplie de vieilleries dans la chambre de ses parents. Dans la boîte, il avait pris ces deux photos, quelques lettres, mais aussi des documents officiels, qui à leur manière avaient permis de tracer cette ligne qui conduit au carnage. Et Mikhaïl a trouvé les mêmes documents, visiblement, par d'autres voies. Il a vraiment de la ressource, se dit Ivan. Pardessus son épaule et n'osant s'appuyer contre lui, il regarde ces photos qui l'ont longtemps obsédé.

Sur la première, on voit le groupe des hommes, posant fièrement devant l'entrepôt. Certains sont assis, visiblement épuisés par la journée – on voit aux ombres qui lèchent les talus, on voit au ciel qui s'éteint, que le soir est en train de tomber –, les autres bombent le torse, une dernière fois, à l'appel enthousiaste de Natalia K. Au moment où sa future femme déclenche l'obturateur, Vladimir est assis sur la droite et la fixe intensément – mais c'est peut-être simplement les années qui sont passées sur le tirage, se dit Ivan qui donnerait beaucoup pour savoir à quoi il pense. Il voudrait quelque chose de lisible. Un regard brûlant. De la souffrance. Il voudrait que son père supplie Natalia, source de sa souffrance, de le délivrer. Mais il a beau essayer, il ne voit rien de tout ça. Juste deux points noirs qui commencent à baver, à mesure que la photo jaunit et se fait manger par les âges. Alors, il ne sait rien. Il ne sait même pas, en définitive, si, au moment où l'obturateur lui permet d'entamer son dialogue muet avec l'éternité, Vladimir a déjà parlé à sa future femme. S'il le veut de toutes ses forces, mais sans oser encore. Peut-être est-ce cela, la manière dont ses mains sont posées sur ses jambes, légèrement crispées. Ou ses épaules rentrées, cette sorte d'humilité du corps, comme pour la regarder d'en dessous. Peut-être.

Sur la deuxième photo, on les voit perchés sur un abricotier avec une autre femme. Ils ont des paniers accrochés dans le dos ; Natalia est en haut de l'arbre, Vladimir sur une des premières branches. L'autre femme s'appuie sur le tronc. La photo est complètement surexposée, si bien que l'on distingue à peine leurs visages. On voit quand même qu'ils sont couverts de sueur, qu'ils sourient ; mais rien de leurs yeux. Là encore, Ivan ne sait pas où se situe cette photo dans leur histoire. Il ignore si elle a été prise avant leur premier baiser, après leur première nuit. Il aimerait voir, quelque part dans l'espace qui sépare leurs deux corps, il aimerait voir, au milieu des branches, quelque chose de plus que tout cet indistinct, que tout ce flou. Mais il n'y a que le mauvais grain de la pellicule, il n'y a que le développement médiocre du combinat photographie et vidéo, à deux rues de l'institut de mathématiques. Il n'a que la date du développement, inscrite par une main pressée à l'arrière de la photo. 23 août 1976. Sa mère a fait développer le film aussitôt rentrée. C'est la seule chose qu'Ivan possède pour se rassurer. La seule.

Les jours où il va bien, il parvient à imaginer qu'après la photo ils se sont regardés – et que dans ce regard il y avait un peu de ce sérieux, de ce solennel des gens dans ces années-là. À l'époque, être photographié ensemble avait sûrement une signification, se dit-il. Peut-être pas se lancer ensemble dans le néant, dans l'oubli, comme on prend un radeau, comme on défie la mer folle des années qui restent à parcourir d'ici à la fin du monde, peut-être pas ; un sens obscur, et confus et fragile peut-être, mais un sens tout de même. Quant à savoir si cela a scellé quelque chose, s'ils se sont souri d'être unis par les liens des sels d'argent, ou si leur histoire commençait seulement, ou si leurs regards n'ont fait que se détourner, que retourner à leurs branches, légèrement gênés, mais un peu plus ouverts l'un à l'autre, ouverts par la magie silencieuse de l'obturateur qui les a saisis ensemble, qui les a détachés du néant, des années à venir jusqu'à la fin du monde, quant à savoir ce qu'ils ont fait la seconde d'après, Ivan ne peut que l'imaginer. Car entre eux, il ne voit rien de tangible ; seulement des branches, seulement le tronc qui se fend en deux. Il ne sait pas non plus comment se sont passées les premières semaines. S'ils se sont revus tout de suite, si son père l'attendait à la sortie du bureau, le soir, s'ils allaient au cinéma ou au musée comme les autres couples. Il imagine que oui, mais il sait bien que la réponse importe peu – il sait comment les choses vont finir. Et une fois de plus, il se pose *la question* : qu'est-ce qui a mal tourné ?

Qu'est-ce qui a eu raison de leur jeunesse, de leur envie ; qu'est-ce qui a poussé sa mère à rentrer dans cette maudite voiture qui a eu leur peau ?

Qu'est-ce qui a mal tourné ? Quoi que ce fût, c'était presque imperceptible. C'était infiniment lent. Ça avait pris mille ans – ça avait pris une vie – mais rien n'avait pu arrêter cette infernale tectonique des plaques ; et chaque jour, à partir du moment où il avait décelé le mouvement d'ensemble, il l'avait sentie s'éloigner un peu plus. Mère s'éloignait de nous. C'était là. Dans l'écoulement du temps. Dans la course du soleil à travers la cuisine épuisée. Dans cette poussière qui se déposait sur ses yeux, dans cette fatigue sur ses bras. Mais qu'est-ce que c'était, au fond ? Qu'est-ce qui l'avait rendue si grise, si aigrie ? Père ? Le Quartier ? Nous ? Ivan imagine des milliers d'insectes noirs, de jours fades, qui l'avaient grignotée, qui l'avaient vidée, qui l'avaient travaillée jusqu'à l'épuisement. Et pourtant, elle n'était pas comme Père, lance-t-il dans le silence de la Trabant. Elle était vivante, elle ! Vivante, tu m'entends ! Mais Mikhaïl ne l'entend pas hurler. Et Ivan ne sait plus si cela le rassure ou si cela rend les choses encore pires. Il ne sait plus. La seule chose qu'il sache, c'est que ce n'était pas inscrit en elle, toute cette fadeur, tout ce gris – c'est qu'un jour elle avait été jeune et vivante.

Il a gardé en secret quelques photos d'elle en maillot de bain, près du lac de Sed, souriant à l'appareil malgré le soleil qui lui brûle les yeux. Combien de fois a-t-il fixé ces photos pour leur faire cracher leur secret : comment une fille si pleine de vie, d'envies, une fille si dynamique avait pu s'intéresser à quelqu'un comme Père ? Ça n'était ni pour son physique, ni pour sa paye de misère. Pourquoi alors ? Comment avait-elle pu se tromper à ce point ? Peut-être que son père, à un moment, avait représenté quelque chose comme un parti acceptable. Peut-être. Docteur de l'institut Landau. Il incarnait, avec son poste de chercheur au prestigieux institut, une sorte d'idéal de sécurité, un statut. Ce n'est pas parce qu'Ivan n'avait jamais compris ce genre de vues que sa mère y était forcément réfractaire. Madame le Professeur Vladimir P. C'était possible. Mais l'inverse était possible : qu'elle ne l'ait jamais aimé, qu'elle se soit simplement servie de lui pour pouvoir quitter définitivement le Quartier. Bien sûr, il n'avait jamais osé le lui demander. Jamais, même au plus fort de Décembre 95.

Mikhaïl range l'arrêté d'affectation dans un épais dossier, sur le siège du passager. Il bâille, passe une main éreintée sur son visage rompu de fatigue. Lentement, il bascule la tête en arrière et s'appuie sur son siège ; il fixe le plafond de la Trabant et

quelque part sur terre,

le temps s'enroule autour d'un vieux pull et

les yeux de Mikhaïl se ferment peu à peu ;

il essaie bien de résister, de plisser les yeux, de se reprendre, mais il ne fait que retarder l'inéluctable : ce moment parfait, ce moment à mettre au crédit de l'humanité, où il se relâche enfin, où il se laisse aller, où sa tête roule et se love contre son épaule.

Ivan sourit quand sa respiration s'est apaisée. Lentement, lui aussi se laisse aller sur la banquette. Par la fenêtre, il sent le souffle froid de la nuit sur son visage. Est-ce que ce n'était pas être un peu mort déjà, d'avoir tant de doutes à leur encontre ? De ne pas avoir cru, jamais, à leur histoire ? Est-ce que j'étais mort avant Décembre 95 ?

La première fois que la question s'était posée dans son esprit d'enfant, il avait été terrifié de se dire que ses parents étaient peut-être restés ensemble à cause de lui. Que c'était lui, l'accident qui avait provoqué tout ce gâchis. Heureusement, il n'avait pas été conçu pendant l'été 76 – un simple calcul écartait cette hypothèse. Mais une autre hypothèse surgissait, immédiatement après, comme un spectre : que Natalia soit tombée enceinte, qu'ils se soient mariés et qu'elle ait perdu l'enfant. Qu'il ne soit, comme dans toute cette histoire, que le deuxième. C'était possible ; les fausses couches étaient courantes à l'époque. Mais, aujourd'hui comme hier, il n'y avait aucun moyen de savoir à quoi s'en tenir ;

et il pourrait passer des jours et des nuits à essayer de se souvenir, à reconstruire toute cette histoire jusqu'à la fin des temps, jusqu'à ce que tout soit sombre,

ça ne changerait rien.

Chaque jour, son père et sa mère synthétisaient ce grand mystère de leur couple, à se lancer les couverts dessus, à fracasser les portes pour ne plus se voir, chaque jour ils le synthétisaient et ils le détruisaient et ils le synthétisaient à nouveau – comme le jour est le brouillon de la nuit qui est le brouillon du jour. Et toutes ces choses si mystérieuses qu'Ivan sentait entre eux, toutes ces choses confuses pour lesquelles il n'avait pas de mots, situées par-delà les mots, par-delà les corps, qui laissaient ces traces amères dans leurs yeux, dans leurs mains,

toutes ces choses qui les avaient usés jusqu'à la moelle,

comme un vieux pull sale pour lequel on se bat.

Des mois et des mois. Des années à se poser les mêmes questions. Qu'est-ce qui a tout gâché ? Qu'est-ce qui s'est passé ? Qui les a fait perdre tous les deux au change ? Des années à les épier, à les espionner, pour trouver un regard, un geste, un contre-exemple comme on en utilise en mathématiques. À attendre qu'ils fassent quelque chose qui expliquerait enfin pourquoi ils souffraient tous tellement ensemble ;

et ce geste

et cette réponse n'étaient jamais venus.

Et on ne pouvait jamais vraiment s'habituer à la souffrance, parce qu'elle changeait à chaque instant, parce qu'elle revenait tous les jours : unique, protéiforme, plénipotentiaire ; et avec elle, le long des jours, des semaines, des années, la question mutait. Certains jours, ce n'était pas tant ce qu'ils se trouvaient l'un à l'autre ou ce qu'ils s'étaient trouvé l'un à l'autre à un moment donné, mais pourquoi ils s'étaient entêtés à vivre dans le Quartier. Certains jours, Ivan se disait que c'était peut-être ça, le problème. Qu'ailleurs ils auraient pu être heureux, mais qu'ils n'auraient jamais dû vivre dans ce quartier. Jamais. Il suffit de voir la voiture finir de brûler au bout de la rue. L'inadaptation fondamentale de sa famille aux conditions ambiantes relevait d'une sorte de condamnation, de malédiction, prononcée par on ne savait qui, à une date que tout le monde avait oubliée, mais qui continuait à agir, à les enfoncer tous sous terre. Et cette idée de condamnation avait au moins une vertu pour Ivan : s'ils étaient maudits, ils l'étaient ensemble. Ce quelque chose de terrible qu'ils avaient à subir s'exerçait sur eux tous et contre eux tous. Et au fond du fond, ils étaient liés – par-delà la haine par-delà le mépris par-delà leurs yeux quand ils s'invectivaient quand ils se maudissaient, et s'en nourrissant certainement de cette haine de ce mépris de ces mains crispées, ils étaient liés. Ils étaient un.

Mais, même ça, c'était faux.

C'était très précis dans son esprit, le jour où cette illusion avait volé en éclats. C'était une après-midi de printemps comme les autres, quelques mois avant que Dmitri ne passe ces maudits tests qui avaient tout gâché. Il ne sait plus pourquoi, mais ce jour-là il avait envie d'être seul. Ça lui arrivait de temps en temps – une sorte de mélancolie le touchait alors qu'il descendait les escaliers pour rejoindre sa bande. Chaque fois qu'elle s'insinuait en lui, quand il arrivait sur la place, il ne voulait voir personne. La plupart du temps, il passait alors des heures dans les friches, derrière les cuves de l'ancienne usine pétrochimique, à fouetter les hautes herbes, à casser les dernières fenêtres qui survivaient là, ou simplement à marcher vers l'est, vers la frontière qui se cachait toujours plus loin, jusqu'à ce que la nuit tombe.

Cette après-midi-là, il était allé traîner en ville, chose qu'il ne faisait jamais. Mais nous ne sommes maîtres de rien, mais nos royaumes sont de roubles ; et ses jambes et ses bras et ses yeux devaient savoir quelque chose qu'il ignorait et ils l'avaient trahi tous ensemble, ils l'avaient manipulé et floué comme un bleu, parce que, sans savoir comment, après des heures d'errance dans le métro, dans les bus, après des heures de marche au hasard, il s'était retrouvé dans les environs de l'institut Landau. À l'époque, ce n'était qu'un nom pour lui ; il savait seulement que ses parents y travaillaient. Il n'en connaissait pas l'adresse et, même s'il l'avait connue, il n'aurait pas cherché à y aller : non seulement il n'avait rien à y faire, mais surtout il n'avait pas envie de voir ses parents. Il s'était simplement laissé porter par les rues, par cette sensation étrange que lui donnaient les gens qui s'amusent. Cette vie si lisse, si maîtrisée qui s'étalait partout.

Mais tout à coup, il avait débouché devant le bâtiment austère dans lequel s'enfermaient ses parents tous les jours. Il ne l'avait pas reconnu et ce n'était qu'après avoir lu les gravures dorées sur le fronton qu'il avait réalisé. Un tremblement l'avait saisi, irrépressible et profond ; il avait détourné le regard comme on se détourne d'une charogne.

Mais dans l'homme quelque chose de noir appelle à la ruine et veut la voir ;

et ce noir de nos pupilles en est la marque –

dans l'homme quelque chose de noir.

Il avait relevé les yeux du trottoir et il avait aperçu sa mère. Elle sortait par une porte de service du bâtiment administratif et elle ne l'avait pas vu. Elle cherchait quelque chose dans son sac et Ivan en avait profité pour se cacher derrière un des arbres que la rue alignait par mauvaise conscience. Quand il avait osé jeter un regard, sa mère avait fini d'allumer une cigarette et elle tirait dessus avec un air étrange, qu'il ne lui avait jamais vu. Sa mère n'était pas censée fumer. Mais ce n'était pas ça qui le troublait ; c'était cet air sur le visage de sa mère – cette sorte de liberté mauvaise, de désespoir terrible.

C'était comme s'il la voyait pour la première fois.

Il savait bien qu'on ne connaît jamais véritablement les gens que l'on côtoie, que des frontières de verre, mouvantes et souples, nous en séparent à jamais, mais à ce moment-là il prit conscience de ce qui allait le poursuivre jusqu'à sa mort : qu'ils souffrent tous comme nous, mais que cette souffrance ne nous rapproche en aucune manière. Il avait suivi sa mère alors qu'elle faisait le tour du bâtiment, hébété, fasciné par le mouvement de sa main le long de son corps, par cette incandescence qui bougeait près d'elle, à son côté, qui était le signe d'une liberté, d'une altérité terrible et radicale, et qui avait toujours été là, et qu'il n'avait pourtant jamais reconnue, et qui s'affirmait de manière définitive et péremptoire, chaque fois que sa mère tirait sur sa cigarette.

Il avait fini par se laisser distancer et le soir, quand il était rentré chez lui, personne ne l'avait trouvé particulièrement silencieux. De toute façon, c'était une époque très dure entre ses parents, et il n'était pas rare que pas un mot de plus que nécessaire ne soit prononcé pendant les repas.

Il était retourné à l'institut Landau dès le lendemain et les jours suivants, pour s'assurer qu'il n'avait pas rêvé d'abord, et pour retrouver surtout cette sensation étrange de sa mère libre, pour la regoûter si froide, si dure dans son ventre ; pour sentir cette chose qui s'écoulait dans son sang, dans sa bouche, cette chose qu'il ne parvenait pas à nommer quand il la voyait tirer sur sa cigarette, cette chose qui avait le goût salé des larmes.

À la fin de la semaine, le charme avait été rompu par le week-end. Et il n'était plus retourné là-bas. Il avait erré seul dans le Quartier pendant quelques jours encore, jusqu'à ce qu'il tombe sur Jaarvi. Sans rien se dire, d'un commun accord, ils étaient venus se poser ensemble dans *leur* carcasse. Jaarvi à la place du condamné et lui couché sur la banquette arrière. Ainsi, ils pouvaient se taire, ainsi, ils pouvaient parler sans être obligés de se regarder. Ivan détaillait le faux plafond qui s'émiettait au-dessus de lui et Jaarvi le pare-brise en morceaux – il adorait quand il se mettait à pleuvoir et qu'ils étaient encore dans la voiture, il l'avait avoué une fois, à demi-mot. Alors, ils *avaient* le temps. Alors, les yeux mi-clos, les yeux fermés, le souffle court, ils parvenaient parfois à dire ce qui compte. À parler de leurs parents. De Lev. De Dmitri. Dans ces moments, ils longeaient l'essentiel et l'essentiel le leur rendait : ils n'auraient échangé ces moments-là contre rien au monde. Et en même temps, c'était horriblement dur ; ils sentaient tous deux, avec cette acuité terrible des enfants, qu'ils étaient à la frontière. Qu'un pas trop long, qu'une main trop proche d'une autre pouvaient tout faire chavirer et tout gâcher. C'étaient des silences qui duraient jusqu'à ce qu'on n'en puisse plus. C'étaient des ventres, des bras qui se tordaient. Des regards qui ne se cherchaient jamais, qui s'évitaient comme la peste, comme le choléra,

mais aussi, par moments,

des phrases qui s'enchaînaient comme des miracles,

tellement ils étaient proches dans leur manière de ressentir les choses,

tellement ils étaient *faits* pour se comprendre.

Et Ivan était parvenu, après des minutes de silence, à cracher le morceau ; quand je l'ai vue avec sa clope, c'était

comme la nuit, tu sais, quand tu fais des kilomètres de long, quand tu peux pas bouger un bras tellement il est lourd. Ben, c'était ça, je pouvais pas la rattraper, je pouvais pas… elle était trop loin de toute façon.

Jaarvi s'était tu et il avait une nouvelle fois surpris Ivan ; il lui avait montré une fois encore à quel point il était différent, à quel point il était au-dessus des autres. Il avait souri et avait sorti de sa poche un paquet de clopes.

— Quoi ? Toi aussi ?

— Faut croire que t'es aveugle, Ivan. Ça fait des semaines, des mois peut-être...

— Mais pourquoi tu l'as pas...

Jaarvi l'avait regardé durement. Il avait parfaitement compris à quoi pensait Ivan.

— Qu'est-ce qu'on s'en fout, des autres ? avait-il lancé avec un sourire amer.

Et Ivan se rappelle encore cette dureté qui n'appartenait qu'à Jaarvi,

et cette manière de *poser* ses yeux sur lui ;

c'était plus douloureux, plus profond que tout ce qu'on pouvait trouver dans le Quartier – c'était quelque chose qu'Ivan ne parvenait pas à nommer, qui suivait Jaarvi partout, qui ne le lâchait jamais et qui finirait, il s'en doutait déjà à cette époque, qui finirait par avoir raison de lui. Même quand ils étaient seuls, même quand ils se rapprochaient, Jaarvi ne se relâchait jamais. Il avait allumé sa clope et l'avait tendue à Ivan, par-dessus son siège. Ivan l'avait saisie délicatement ; et, tandis qu'il la soupesait, pendant une seconde homéomorphe à l'histoire du monde, il avait détaillé la courbe de l'incandescence, l'humidité légère sur les lèvres de Jaarvi,

et puis soudain, le monde s'était résumé à cette fumée âcre qui cherchait son chemin en lui, qui avait voulu lui soulever le cœur,

aux yeux de Jaarvi, à ses cheveux ras, si blonds, si parfaits, à ses mains ; à quelques mots chiens fous dans ses yeux

Ne tousse pas Ne tousse pas Ne tousse pas

mais il s'était dominé et il était même parvenu à retirer sur la clope, comme si de rien n'était ; et il avait pu se concentrer sur ce qui comptait,

sur les doigts de Jaarvi qui effleuraient les siens tandis qu'il lui rendait la clope,

tandis qu'elle tremblait entre leurs yeux stupéfaits.

Et ils y étaient, dans ce lieu étrange, dans ce lieu terrible, dans le secret.

Jamais Ivan n'aurait cru possible d'être aussi proche de quelqu'un. Jaarvi était le seul à pouvoir comprendre ce qu'il traversait ; cette douleur sourde des jours, cette violence de l'effondrement,

cette gravité quand il traversait le salon vide ;

ce son de l'horloge, ce crissement des tapis qui le rendaient fou par moments ; cette solitude qui le déchirait littéralement, dont il ne comprenait dont il ne connaissait pas l'origine et qu'il voyait s'étendre, inéluctable, sur leurs vies.

Après un long silence, Ivan avait fini par ajouter qu'il ne savait même pas si son père était au courant que sa mère fumait. Il s'était tu ensuite parce qu'il ne pouvait pas aller plus loin, parce que c'était trop dur.

Si son père n'était pas au courant, cela signifiait qu'ils n'étaient plus un, cela signifiait que toute leur histoire n'était qu'une façade. Qu'il n'y avait pas de condamnation commune, pas de malédiction ; simplement des victimes collatérales, simplement de la lâcheté, de la veulerie. Pire, il y avait tromperie.

Si son père était au courant, c'était en quelque sorte légèrement mieux. Ils étaient toujours un, mais de nouvelles zones d'ombres venaient d'apparaître – et des failles, partout, s'étendaient sur nos peaux, sur nos yeux ;

voilà ce qu'il voudrait murmurer à Mikhaïl endormi :

et des failles partout s'étendaient sur nos peaux, sur nos yeux,

et les jours s'enchaînaient, tous identiques, tous couvant cette crise, cette fièvre qui ne se déclarait jamais. Des après-midi entières, à traîner dans les terrains vagues, à arpenter les barres désertes dans lesquelles l'herbe s'était mise à repousser, des après-midi entières, l'esprit d'Ivan se tordait. Qu'est-ce qu'il en pensait, Père ? La question le torturait, tant l'enfance est un monde étrange qui peut mettre cigarette et adultère sur le même plan, dans le même automorphisme. Est-ce que ça lui était égal ? Et si oui, qu'est-ce que ça voulait dire ? Comment ça pouvait lui être égal ? C'était sa femme. Dans les escaliers défoncés jusqu'à la moelle, dans les coups de barre à mine qu'il donnait sur le sol pour faire fuir les rats, chaque fois qu'il s'asseyait sur le toit de la 600 comme sur le toit du monde, c'était sa femme,

hurlait cette voix en lui.

Quand ils l'avaient vu fumer seul là-haut, sur le toit de la 600, une après-midi que Jaarvi n'était pas là non plus, les gars de la bande n'avaient rien compris. Une seule chose les avait marqués : ça semblait presque travaillé tellement c'était beau – on aurait dit qu'Ivan passait des heures devant son miroir pour que ce soit aussi parfait. Et en même temps, il y avait dans chacun de ses gestes une sorte de liberté sauvage qui ne pouvait s'acquérir par aucun travail ni aucun effort, qui devait être possédée de toute éternité ; c'était dans sa manière d'agiter son briquet, d'arrondir sa main. C'était dans sa façon de jeter son mégot au loin, dans l'obscurité. Il y avait dans tout ça quelque chose de terrible. De grand. Voilà ce que c'était, ils le sentaient : c'était une sorte de rituel. Bien sûr, aucun des garçons de la bande, sauf peut-être Jaarvi, ne comprit jamais à quel dieu s'adressait ce rituel. Aucun d'entre eux n'avait jamais vu Natalia fumer. Sinon, ils auraient peut-être reconnu ses gestes – chaque jour reproduits, chaque jour une messe pour toi Mère, pour que nous soyons un encore

chaque jour une messe pour que tu ne nous laisses pas seuls ;

une messe d'une seconde, d'un jour, d'un mois, je ne sais ;

une messe de ce qu'il faut pour que tu restes.

Et tout absorbé à ces messes, pendant des jours et des

jours, pendant des semaines, Ivan avait abandonné ses amis. Il avait tenté de suivre sa mère au désert ; pendant quarante jours peut-être, il avait dit la messe de la fumée pour qu'elle reste ; il s'était fait prêtre, seigneur et roi des terrains vagues, il s'était fait moine, reclus dans l'obscurité des loges de gardien défoncées pendant quarante jours peut-être, il avait cherché sa mère.

Et ça n'avait pas été vain. Il avait fini par donner quelques coups qui avaient porté, qui avaient fêlé, par endroits, cette paroi de verre qu'il avait toujours sentie entre ses parents et lui. Il avait pu s'approcher un peu d'eux. Mais il n'avait pas les armes à l'époque et il n'était pas prêt à encaisser ce qu'il avait découvert. Et la souffrance sourde qu'il avait toujours ressentie n'avait pas disparu alors, au contraire : elle avait pris de l'ampleur, elle avait déployé des ailes noires dans ses yeux dans son ventre dans sa gorge. Ivan observe Mikhaïl qui bouge dans son sommeil. Il voudrait s'approcher de lui ; sentir l'odeur de sa peau ; passer sa main sur la ligne qui se dessine entre ses épaules, parfois. Il se rappelle le jour où il a entendu parler de Kolia pour la première fois. Quand il avait enfin obtenu une réponse ; une pour des dizaines, pour des centaines de questions. Mais une réponse quand même.

C'était l'été qui avait suivi – Ivan en est sûr, mais impossible d'être plus précis. Ce devait être fin août – à cette époque où les jours sont si lourds, où l'orage couve toute l'après-midi avant de saccager le Quartier en début de soirée.

Il faisait horriblement chaud – Ivan sent encore le papier peint moite au bout de ses doigts. Comme d'habitude, les parents travaillaient et les avaient laissés seuls, Dmitri et lui. Son frère était dans sa chambre ; il épluchait un des bouquins de la bibliothèque : le monde n'existait pas pour lui. Ce jour-là, dès que ses parents avaient quitté l'appartement, Ivan s'était mis à fouiller dans leurs affaires. Systématiquement. Méthodiquement, tiroir par tiroir. Armoire par armoire. Il avait commencé par son père, bien sûr. Son bureau, son range-documents. Au bout de quelques heures, il avait fait le tour du bureau. Il avait feuilleté quelques-uns des livres posés là, mais il n'avait rien compris. Pas la moindre ligne. À part ça, il n'avait trouvé que quelques diplômes, que des papiers administratifs sans intérêt. Pour le range-documents, il avait dû faire sauter la serrure comme Jaarvi le lui avait appris. Mais il n'avait trouvé que des articles, classés par ordre chronologique. Tous concernaient son sujet de recherche, à l'intersection de la topologie algébrique et de la physique statistique. Autant dire rien d'intéressant. Il avait été tenté, à un moment, d'appeler Dmitri ; juste pour voir sa réaction. Pour savoir laquelle des deux l'emporterait, de l'horreur, de l'effroi devant le sacrilège qu'il venait de commettre, ou de l'envie, de l'irrésistible envie de lire. Peut-être aussi qu'il souhaitait, sans se l'avouer, que son frère parvienne à lire quelque chose, dans tout ça, qu'il trouve leur père caché là-dedans, au milieu de ces feuillets couverts de formules. Mais il n'avait pas osé et avait tout rangé, consciencieusement.

Il s'était ensuite dirigé vers la chambre de ses parents. Dans l'armoire de sa mère, sous une pile de sous-vêtements vieillis par les ans, il avait trouvé ce qu'il cherchait. Une boîte à chaussures. Remplie de photos, de documents administratifs divers. Il avait pris tout son temps pour regarder chaque document, du premier arrêté de nomination aux derniers comptes rendus de conférences, comme si c'était la clé du mystère,

la lame secrète qui lui lacérait le flanc depuis son enfance.

Il avait scruté dans chaque photo cette lame, ce germe, cette infection. Dans les photos de sa mère, d'abord. Elle est jeune. À l'école. Dans la rue. Avec ses camarades, en sortie. Sur l'une d'entre elles, elle est surprise dans un moment de rêverie. Elle ne regarde pas le photographe, mais dans le vague, sur la droite. Ivan a toujours aimé cette photo – il ne sait pas exactement pourquoi. Et en même temps, il sent chaque fois qu'il l'observe une peur diffuse qui l'étreint. Et cette sensation, ce mélange étrange n'est que pour lui ; elle est comme toutes ces choses qu'il ne pourra partager avec personne, pour lesquelles il n'y a ni mot ni image. Elle est comme toutes ces choses en lui quand il fixait Jaarvi il y a mille ans,

comme quand il passe son index dans la nuque de Mikhaïl.

Et soudain, sans prévenir, la réponse. C'est cette autre photo. Sur la plage, sa mère doit avoir dix ans. Elle pose à côté d'un jeune garçon qui doit avoir le même âge. La première fois qu'il la voit, Ivan n'y attache aucune importance. Il passe rapidement à la suivante, se disant que le garçon est une rencontre faite sur la plage. Puis ce sont des photos prises pendant son adolescence – et, de nouveau, périodiquement, ce même garçon apparaît. Avec ces yeux gris, avec ces yeux comme remplis de poussière. Et puis cette ondulation étrange de ses cheveux. Et puis ces lèvres si fines, inexistantes presque. Mais à l'époque, c'était surtout les visages crispés qui retenaient son attention – déjà, il pressentait que quelque chose n'allait pas, que quelque chose semblait brisé dans le cadre sépia. Des photos du mariage ensuite.

Ivan en avait volé quelques-unes ce jour-là. Il les gardait toujours sur lui ; comme celle-ci. Ses deux parents se détournent de l'œil inquisiteur du photographe. Aucun des deux ne sourit réellement. Ils s'écartent chacun de son côté. C'est peut-être pour ça qu'il l'a gardée ; pour se convaincre que, dès le début, cette histoire était vouée à l'échec.

Sur une autre photo du mariage, le garçon mystère est là, à côté de sa mère en robe de mariée. La photo est floue et on distingue mal les traits du jeune homme, mais l'essentiel y est. Il est si maigre et ses traits sont si tendus. Il essaie de sourire ; mais on sent tout de suite que quelque chose cloche. À ses mains. À son dos voûté. À la manière dont il regarde le photographe par en dessous. Ivan voit au premier coup d'œil qu'il n'y croit pas, à toute cette joie, à toute cette mascarade de mariage. Même dans le flou, il le voit.

D'autres photos de la famille dans l'appartement. Et parfois, dans le cadre flou du quotidien, ce garçon aux yeux de poussière, aux lèvres si fines – comme si elles étaient constamment pincées. À ce moment-là, Ivan penche encore pour un ami – pour le meilleur ami, pour le témoin de mariage. Ou peut-être qu'il sait déjà à quoi s'en tenir. Que c'est inscrit en lui, avant lui. Peut-être que quelque chose en lui a deviné qu'avant la fin de la boîte à chaussures il saura. Peut-être qu'il sait et qu'il aime ce mensonge plutôt que la vérité qui va éclater d'un instant à l'autre, peut-être qu'il sait mais qu'il est trop faible pour se l'avouer. Toujours est-il que quand il lit le procès-verbal d'hospitalisation, le doute n'est plus permis. Et tout se reconnecte. Kolia K. Les pièces médicales attachées au dossier achèvent de dissiper le mystère. Sa mère a eu un frère. Un frère dont personne n'a jamais parlé. Kolia. Ivan n'en revient pas. Il reprend les photos qu'il a déjà passées, pour saisir des traits de ressemblance, pour se convaincre. Mais soit le grain est trop grossier, soit les sujets bougent ; il y a trop de flou pour trancher quoi que ce soit, et il ne trouve rien de sûr. De solide. Et pendant un moment encore, il n'y croit pas. Et il lui faut tomber sur cette photo pour s'avouer vaincu. Cette photo qui a été prise là, dans cette chambre dans laquelle il se trouve. Cette photo sur laquelle, à côté du jeune homme flou, sa mère allaite un bébé. Lui. Kolia l'avait porté dans ses bras. Il avait vécu avec eux.

Ivan n'a aucun souvenir de lui. Aucun. Il reste assis par

terre, avec toutes ces photos autour de lui. Ses doigts traînent sur les photos,

le bout de ses doigts.

Il essaie. De toutes ses forces. D'y retourner. De l'entendre, de le toucher, de le voir près de lui, de tourner la tête sur la photo. Mais rien. Pas la moindre odeur, pas le plus petit rire étouffé, pas un seul regard de complicité ; rien. Ivan ne se rappelle plus combien de temps il était resté ainsi dans la chambre de ses parents. Il n'en revenait pas de l'avoir oublié. Se dire qu'il était trop jeune à l'époque n'y changeait rien : il ressentait une tristesse, une mélancolie qui dépassait de très loin l'argument. Il voyait là une marque de ce qui allait nous arriver, à tous et à coup sûr. Quels que soient nos efforts. Quelles que soient nos vies. Qui que nous soyons. Même ceux qui ont eu leur quart d'heure de célébrité. Ça prendra une, ça prendra deux ou trois ou cent générations, mais un jour il ne restera plus rien. Plus rien de nous. Et même ceux qui semblent résister – en définitive, on ne fait que les agiter comme des pantins, on leur donne notre souffle, on les habite de nos peines, de nos envies. Mais ils finiront tous, les monarques, les archiprêtres, les guerriers, les savants, ils finiront tous par disparaître. Tout cela lui apparut comme une révélation. L'étendue de ce que nous allons perdre est commensurable à nos vies. Le transitoire de toute existence le bouleversait encore : il avait douze ans.

À présent, la rue est plongée dans l'obscurité. Au loin les voitures passent, mais le bruit qu'elles produisent n'est qu'un brouillon, qu'un essai. Ivan ne l'entend pas vraiment. Ce n'est pas tant ça qui le réveille que le bruit de la portière de la voiture. Quand il ouvre les yeux, il voit Mikhaïl qui s'installe à nouveau à la place du conducteur ; il tient quelque chose dans ses mains. Une boîte. Il était sorti pendant que je dormais, se dit Ivan. Peut-être pour aller chercher cette boîte. Et tandis qu'il se redresse et qu'il s'approche de Mikhaïl, Ivan s'étrangle : le jeune homme est en train de regarder ces photos qui ont tout changé pour lui : il vient d'ouvrir *la boîte*. Ivan n'en revient pas. Comment l'a-t-il récupérée ? Est-ce qu'il vient de passer dans l'appartement de Père pour la voler pendant que tout le monde dormait ? Comment a-t-il osé ?

Les yeux fous, Ivan s'appuie sur la banquette arrière ; et la banquette ne s'incurve pas – rien, pas même la plus petite déformation. Mais cela n'a plus aucune importance, ce qui compte c'est

ces photos.

Il n'en revient pas.

Ces photos.

Il se souvient : il n'avait pas pleuré ce jour-là, en les découvrant. Ce n'est pas le genre de choses pour lesquelles on pleure. Les larmes restent dans nos yeux de pluie alors ; elles se mêlent à notre sang avec tout ce que l'on doit accepter, que ça nous plaise, que ça nous dégoûte ou non – nous n'écrivons pas les règles du jeu et ceux qui croient le faire sont simplement ceux qui se trompent le plus. Et son cœur s'était peu à peu calmé, à mesure que l'après-midi déclinait par la fenêtre ; il avait l'impression de grandir, de grandir à l'intérieur de lui-même. En cela aussi, il était jeune, il n'avait que douze ans. Il espère que Mikhaïl lit tout cela dans ces quelques photos. Pour une raison qu'il ne parvient pas à clarifier, il a confiance en lui. Et pas seulement pour cette ligne d'épaule, pour cette tension dans la nuque qu'il semble avoir volées à Jaarvi et

qui l'appellent tant.

À l'époque, quand il avait entendu la porte d'entrée s'ouvrir, il avait rangé la boîte à chaussures à la va-vite et était sorti de la chambre de ses parents. Il avait passé la journée entière, sans manger, sans s'en rendre compte, dans cette chambre. Il n'avait réalisé que bien plus tard que Dmitri avait fait la même chose ; que lui aussi, dans une certaine mesure, avait passé la journée à chercher. À sa manière, dans d'autres livres, en examinant d'autres photos et d'autres schémas, mais avec la même détermination, mais soumis à la même urgence. La seule différence entre eux, et Ivan ne l'avait compris que trop tard, c'est que toutes les journées de son frère ressemblaient à celle-ci. C'est que Dmitri ne faisait que ça de sa vie.

C'était lui d'ailleurs qui lui avait expliqué qui était Kolia. Ivan avait lâché quelques phrases vagues pour faire l'important. Et Dmitri avait répondu. Qui était Kolia. Ce qu'il avait fait à leur famille.

Comment Dmitri a-t-il pu apprendre tout ça ? Ivan n'en a aucune idée. D'après ce qu'il avait compris, peu après la naissance de Natalia, le Parti avait demandé à ses parents de s'occuper de Kolia. Il avait deux ans. Les parents de ce garçon appartenaient tous deux à des familles d'ennemis politiques, déportées dans des goulags en Sibérie. Le petit Kolia n'avait aucune famille. Le Parti, dans sa grande mansuétude, et voulant certainement éviter d'élever et de nourrir un futur ennemi dans un des nombreux orphelinats de la région, avait demandé au père de Natalia de prendre en charge son éducation. Les parents de Natalia avaient bien sûr accepté cette demande.

Très vite, Kolia était devenu leur fils et le frère aîné de Natalia. Mais autant celle-ci était une petite fille joviale et lumineuse – incandescente, aimait à penser Ivan –, autant Kolia s'était révélé un enfant silencieux et étrangement calme. De ces enfants trop sérieux, aux yeux de poussière, aux mains crispées dans le dos, dont on ne sait jamais ce qu'ils pensent en posant sur les photos. Son adolescence dans le Quartier s'était mal passée. Bagarres, vols, trafics en tous genres – jusque-là, rien que de très banal. Mais tout système en transition de phase est sujet à des fluctuations importantes et inattendues et peut prendre subitement les directions les plus étranges. Dmitri lui avait lu ce passage, un jour, dans un livre de physique statistique. Un soir, quand il était rentré chez lui, Kolia s'était enfermé dans la salle d'eau. Et au sortir de la douche, il avait pris, machinalement, sans presque y réfléchir, un rouleau de gaze. Face au miroir encore embué, ses yeux de poussière plus éteints encore que d'habitude, ses lèvres pincées plus invisibles encore que d'habitude, il s'était entouré la poitrine ; un tour, je serre ; deux tours, je serre plus ; trois tours, je respire encore. Et ainsi de suite. Ensuite, il avait simplement passé son pyjama et était allé se coucher en silence. Qu'est-ce qui lui était arrivé ce jour-là en rentrant du lycée ? S'était-il fait tabasser ? Harceler ? Pire ? Natalia n'en avait aucune idée. Elle ne savait même pas d'ailleurs que les choses avaient commencé ainsi. Les encablures qui nous séparent ne sont pas de nature à être franchies. Et même si elle avait vu Kolia s'enrouler ainsi, elle n'en aurait rien pensé de particulier. Quoi qu'il en soit, le lendemain, il avait commencé à se faire vomir. Et les choses s'étaient enchaînées tranquillement. Sans faire de bruit. L'absence de nourriture le plongeait certains jours dans un état second – où tout était vaporeux, où l'appartement semblait simplement gonflé sous une surface légère et soyeuse. Le bruit du monde était comme assourdi. Sa lumière affadie. Tout semblait étrangement calme. D'autres jours, son esprit était suffisamment fort pour résister au tourbillon de ce corps qui voulait l'entraîner par le fond ; il parvenait à manger normalement. À peu près à la même époque, il apprit son adoption. Personne n'en sut jamais rien, mais cela creusa la fêlure qui venait de s'ouvrir en lui. Lentement, goutte à goutte, l'acide des jours agissait et mangeait son esprit à travers cette faille. Et les vomissements prenaient peu à peu de l'amplitude. Jusqu'à la bile.

Jusqu'au sang. Jusqu'à l'évanouissement. Natalia l'avait trouvé une première fois, sans connaissance, dans la salle de bains. Affolée, elle lui avait passé de l'eau sur le visage, elle l'avait tapoté pour le réveiller. Quand elle y était parvenue, elle avait voulu appeler leurs parents, à l'usine, pour les prévenir. Mais Kolia avait mis ses dernières forces à insister pour qu'elle n'en fasse rien. Et Natalia, malgré la peur, malgré l'incompréhension, avait obéi à son aîné. Elle n'avait pas compris ce qui était en jeu – pour elle, Kolia s'était simplement évanoui. Mais bientôt, elle avait à nouveau retrouvé son frère inconscient avec le même filet de bave sur sa joue, la même odeur de bile dans les toilettes. Petit à petit, elle voyait ses bras qui fondaient, ses formes qui disparaissaient, ses traits qui se tiraient. Et c'était là, dans ces quelques fois où elle avait accepté, où elle avait promis de ne pas en parler aux parents, à une époque où les choses semblaient encore sous contrôle, c'était là qu'elle avait signé cet acte invisible qui avait condamné son frère. C'était là qu'avait commencé ce qui s'était achevé en Décembre 95.

Parce que Kolia avait progressivement, au fil des mois, perdu le contrôle. Et le jeu de dissimulation qui s'était mis en place avec sa sœur, au lycée, pour les visites médicales, pour le reste du monde, le jeu avait participé à la chute. Et quand les parents, alertés pour la troisième fois par le lycée que leur fils s'était évanoui en cours d'éducation physique, avaient fini par comprendre – dans la voiture, ses bras si maigres, si faibles, qui ballottaient à chaque dos-d'âne ; dans le salon, sur le divan, sa tête qui partait en arrière, ses yeux qui fuyaient, qui tombaient – quand ils avaient fini par comprendre, il était déjà trop tard. Leurs emplois du temps surchargés de travailleurs de l'ombre leur avaient masqué la vérité pendant des semaines cruciales. Et à ce moment-là, les choses n'étaient plus de leur ressort. Elles avaient déjà atteint un stade clinique. Il avait fallu hospitaliser Kolia. Et même s'il était ressorti, Natalia avait su, dès qu'elle l'avait vu sur le parking de l'hôpital Leonid P., que son frère allait mal finir. Elle l'avait su et elle avait su aussi que c'était sa faute et qu'elle ne pourrait jamais l'avouer à personne.

Kolia avait été hospitalisé une nouvelle fois, quelques mois plus tard, avec cette fois-ci, en plus, des traces de cutter sur ses épaules, sur ses avant-bras. L'aîné est un mystère pour ses frères et sœurs. Il les englobe, il joue avec eux, il les comprend et les console. Mais eux ne sauront jamais jusqu'où va l'aîné. Natalia n'avait jamais osé parler sérieusement à son frère. Elle s'était mise à en avoir peur, elle l'évitait inconsciemment. Elle sortait du salon quand il y entrait ; elle rasait les murs dans le couloir. Et petit à petit, à mesure que Kolia s'enfonçait, Natalia s'était éloignée de son frère, de sa famille. C'était une sorte de mouvement réflexe.

Elle avait d'abord travaillé au combinat alimentation et décoration, comme magasinière. En quelques mois, elle avait mis suffisamment d'argent de côté pour pouvoir s'offrir un antique Leica. Elle avait commencé à traîner dans les terrains vagues. Certains n'avaient aucun intérêt, mais d'autres étaient littéralement fascinants. Et quand elle poussait un grillage, elle ne savait jamais si elle allait ressortir quelques minutes ou bien un mois après. Certains jours, elle fixait pendant des heures la moindre mare de boue, à la recherche d'un angle. Le lendemain, elle se perdait dans l'équilibre fragile des pylônes rouillés jusqu'à la moelle. Puis, c'étaient des tas de planches qu'elle caressait sans se méfier des échardes, presque amoureusement. C'était le grain, le flou des herbes dans le vent. Le jeu des ombres, leur manière de baver, de s'échapper quand elles sortaient du champ de netteté. Et la rouille, si riche, si complexe qu'elle aurait pu user des centaines de pellicules à simplement saisir tous ses motifs. Des journées entières à faire le net, à tout plonger dans le flou, d'une rotation infime du poignet – ces couleurs qui se séparaient dans ses yeux émerveillés, qui rendaient leur secret dans le silence, dans le souffle du vent. L'indépassable solitude, qui n'était ni une affaire de mots, ni un problème de structures ; elle la sentait dans ses mains, dans ses bras qui tremblaient parfois, à la vue de certaines perspectives, d'alignements qui se brisaient dès que l'on faisait un pas de côté. Elle restait dans ses yeux, dans ses mains, inscrite, précipitée en elle, quand la nuit tombait, quand il fallait rentrer, quand il fallait attendre devant la porte des toilettes, à entendre Kolia vomir, quand il fallait croiser son regard à sa sortie.

Des semaines, des mois passèrent ainsi, sans qu'elle y prenne garde,

des mois dans la transparence, dans la fluidité des daguerréotypes,

des mois d'une sorte de silence trouble,

des mois durant lesquels Natalia vécut presque.

Mais un soir, elle trouva l'appartement de ses parents vide, la porte ouverte, les lumières allumées. Elle chercha dans toutes les pièces, elle appela, elle hurla malgré l'heure tardive. Personne ne répondit. Il n'y avait pas un mot d'explication, pas un message, rien. Elle sortit sur la terrasse minuscule où Ivan l'observe depuis la voiture de Mikhaïl, presque cinquante ans après. Il voit ses yeux qui tremblent, sa bouche qui se crispe. Il voit des choses qu'il aurait préféré ne pas voir – parce qu'il n'existe pas de bonne distance pour regarder les gens que l'on aime. Il voudrait ne jamais l'avoir regardée à ce moment. Il voudrait que ce ne soit que pour elle. Que pour la nuit, ces larmes, ces gémissements d'animal blessé. Cette façon horrible, avec laquelle, peu à peu, elle s'était calmée.

Pendant des heures, il la voit déambuler dans le salon et la chambre de Kolia – la porte qui ballait, les gonds défoncés, au mur, le papier peint déchiré ou tagué ou défoncé au marteau. Elle n'avait plus aucune raison de rester là. Après trois jours sans la moindre nouvelle, elle finit par apprendre que ses parents étaient restés à l'hôpital avec Kolia, à attendre qu'il sorte du coma après avoir avalé sans discrimination tous les médicaments qu'il avait trouvés dans la salle de bains. Ces jours solitaires achevèrent de l'affermir dans sa conviction. Elle rassembla toutes ses affaires et quitta l'appartement sans laisser le moindre mot, elle aussi. Elle s'éloigna de quelques blocs, et alla s'installer dans un des innombrables appartements vides du Quartier. Il lui fallut quelques semaines pour le remettre en état, pour trouver quelqu'un qui lui installe des dérivations pirates pour avoir de l'eau, de l'électricité – les barons étaient peu à peu devenus des fournisseurs de services, ils faisaient payer les premiers abonnements que le monde communiste ait connus. Ses parents l'avaient trahie et elle ne voulait plus jamais les voir, ni entendre parler d'eux.

Et pendant un temps, elle fut exaucée. Comme elle passait tout son temps libre au combinat en ville, elle vécut plusieurs mois sans les voir. Mais un soir, en rentrant dans le Quartier, elle les vit qui marchaient dans la rue. Son père et sa mère entouraient son frère, le soutenaient du mieux qu'ils pouvaient. Et chaque pas, chaque mouvement de leur nuque de leurs bras tendus dans l'effort était un coup de couteau. Ils baissaient la tête avec une humilité obscène. Natalia était incapable de bouger, de traverser la rue défoncée pour aller les saluer, pour leur proposer de l'aide. Ils passèrent devant elle, créatures d'imprécations et de tristesse, spectres de douleur errant dans un décor de poussière – pourquoi lui auraient-ils accordé la moindre attention, totalement concentrés, totalement obnubilés qu'ils étaient sur leur malheur ? À un moment, sa mère passa une main fébrile dans ses cheveux que le vent moite dérangeait, elle leva la tête sans y penser. Et la vit. Elle ne s'arrêta pas. Elle ne sourit ni ne dit rien. Ses yeux se firent plus durs, plus noirs un instant ; puis elle détourna le regard et murmura sans doute une parole d'encouragement à son aîné, car leur marche misérable accéléra insensiblement, car ils apparurent un instant plus déterminés, plus sûrs d'arriver au bout de ce calvaire de rue. Natalia les regarda s'éloigner et disparaître derrière une barre ; elle essaya de tendre un bras, de s'appuyer à une voiture garée à proximité – son bras manqua sa cible, trop floue, trop incertaine ; elle faillit tomber à terre et heurta la voiture. Elle se laissa ensuite glisser le long de la portière, jusqu'à terre, jusqu'au caniveau. Et là, seulement, dans l'ombre, les larmes d'ombre jaillirent. Elle pleura sans bruit, un long moment, la bouche ouverte. C'était un grand cri muet qui ne voulait pas, qui ne pouvait pas sortir. C'était son corps tout entier secoué de tremblements.

Elle comprit qu'il lui fallait s'éloigner plus encore, voire s'enfuir du Quartier. Elle pensa un moment rejoindre une tante de l'autre côté de la frontière, en Biélorussie. Mais elle avait besoin d'argent pour le voyage. En attendant, elle trouva un appartement vide en bordure du Quartier, là où ses parents ne passeraient jamais, là où elle était sûre de ne plus les croiser. Et par miracle, sa candidature pour un poste de secrétaire à l'institut Landau fut retenue en mars 76, peu avant cet été où elle avait rencontré Vladimir P. Un instant, elle avait peut-être cru pouvoir s'en sortir,

comme moi, murmure Ivan.

Mais personne ne l'entend. Mais sa voix ne fait plus vibrer l'air. De toute manière, dans la voiture de service, Mikhaïl s'est rendormi du sommeil fragile des insomniaques. Ivan aimerait éteindre la veilleuse, au plafond. Cela éviterait d'attirer l'attention ; ce n'est jamais une bonne chose dans ces rues. Par acquit de conscience, il essaie plusieurs fois de presser le bouton. En vain.

Un sourire amer aux lèvres, il sort de la voiture. Lentement, les mains dans les poches, il s'éloigne. Il se retourne quelquefois pour vérifier que personne n'approche de la Trabant. Il n'y pourrait rien de toute façon. C'est chaque fois la même phrase, le même coup de couteau. Il n'y pourrait rien de toute façon.

Quand il rentre à l'appartement, Dmitri dort encore, à même la table de la cuisine.

Ivan se laisse glisser à ses pieds, jusqu'à s'échouer par terre. Il ferme les yeux il voudrait dormir

il est tellement épuisé,

il ferme les yeux et

par moments, il lui semble rêver

et lors de l'hiver qui a suivi « l'été aux abricots », leurs parents s'étaient mariés. Comment Père a-t-il trouvé la force de lui faire sa demande ? Voilà un vrai mystère. Peut-être qu'il l'a suggérée, le visage concentré, en ayant l'air de réfléchir à autre chose – en dérivant une équation sur les structures en selle de cheval. Ou alors c'est Mère qui a abordé le sujet et il a simplement acquiescé, en intégrant l'équation de courbure dans un cas particulier. De ce moment précis, de cette minute, de cette seconde où tout s'est réellement décidé, Ivan ne sait rien. Quoi qu'il en soit, le point de la demande et de l'acceptation réglé, quelque chose avait dû se détendre en Natalia. Quand elle avait senti qu'elle allait pouvoir s'éloigner pour toujours du Quartier. Apaisée, elle avait pu téléphoner chez ses parents, prendre des nouvelles de Kolia, les inviter tous au mariage. Ivan n'en sait pas plus ; seulement qu'ils sont là sur la photo du mariage ; Kolia à côté de sa cadette, qui tente vainement de sourire et de faire comme si tout allait pour le mieux. Et les parents, presque hors cadre, qui regardent leurs pieds, semblent s'ennuyer et se demandent sans doute quand on les laissera retourner à leur calvaire.

Après cela, pendant deux ans, Natalia a pu vivre loin du Quartier, dans un appartement du centre-ville – un des attributs du poste de Vladimir. Ivan voit son visage encore jeune, avant qu'il soit peu à peu recouvert de poussière, de larmes et de rides. Comment cette peau si douce a-t-elle pu devenir cette sorte de papier rêche qu'il a touché une dernière fois, dans cette maudite voiture, le 5 décembre 95 ? Peu importe : il aimerait au moins pouvoir se dire que, dans l'intervalle, sa mère a été heureuse. Et ce n'est peut-être pas trop demander au hasard. Après tout, elle avait fini par tomber enceinte. Ivan ne sait pas si durant cette période elle avait beaucoup vu ses parents ou Kolia. Peut-être, comme ils le demandaient tous trois en silence sur la photo, peut-être les a-t-elle laissés tranquilles. Ivan aime imaginer que sa mère a eu deux pleines années à elle. Il ne sait pas si elle a jamais réellement touché le bonheur, ou si elle a dû, comme tant d'autres, se contenter d'une routine qui s'installe trop vite, des enfants qui pleurent la nuit, d'un mari qui rentre sans lui adresser la parole. Il ne sait pas et n'a jamais pu le lui demander.

Il sait seulement que cet état avait pris fin bien plus tôt qu'elle ne le prévoyait, quand Kolia avait manqué tuer leurs parents en mettant le feu à leur appartement. Et après l'incendie, tout s'était enchaîné très vite. Trop vite. Natalia n'avait rien vu venir. On lui avait fait comprendre à demi-mot que l'hôpital de la ville tombait en ruine ; les patients devaient être transférés dans les services de jour des différentes cliniques de la ville, pendant les travaux de rénovation. Et ils n'avaient tout simplement pas trouvé de place pour Kolia. Le médecin de l'hôpital avait eu beau enrober la chose et parler de liste prioritaire et invoquer même une guérison partielle, il n'avait trompé personne. Après trois jours d'observation, il avait convoqué Natalia et lui avait proprement ordonné de s'occuper de son frère. Elle avait réagi, elle l'avait traité de tous les noms : elle n'avait pas de place chez elle, elle était enceinte – elle n'avait pas le temps de s'occuper d'un anorexique pyromane. Quand, malgré toutes ses protestations, l'administrateur lui avait demandé de sortir de son bureau – la menaçant d'appeler le Politburo si elle ne se calmait pas –, elle avait été complètement perdue. Ses parents avaient été grièvement blessés dans l'incendie. Et chez sa mère, quelque chose s'était brisé à la vue des flammes envahissant l'appartement, à la vue du sourire fou de son fils adoptif – ivre au milieu du salon, à moitié nu. Elle avait compris ce jour que toute sa bonne volonté n'y suffirait pas – elle avait su qu'elle n'était pas de taille à lutter contre lui et contre son envie d'en finir. Son mari avait été brûlé au deuxième degré sur une partie du torse ; il avait perdu connaissance en essayant de défoncer la baie vitrée que Kolia avait bloquée. Il était resté paralysé et ne s'était jamais vraiment remis de cette nuit-là.

Ivan voit sa mère qui rentre de l'hôpital, qui titube dans la rue, il y a quarante mille ans. Et cette marche, et cette manière de trébucher est homéomorphe au monde, et

il voudrait la soutenir, passer ses mains sous ses bras, lui sourire, que sais-je, il voudrait lui dire que ça va aller.

Il la voit qui s'arrête en pleine rue, qui tient son ventre rebondi. Elle s'appuie sur les voitures. Elle cherche quelque chose du regard et ne trouve rien. Peut-être qu'elle cherche comment en parler à Vladimir. Comment lui exposer la situation. Il faut que je retourne là-bas. Il faut que je m'occupe de mon frère, de ma mère. Les phrases tournent dans sa tête. Il faut que. Ivan sait seulement que c'est aussi ce soir-là que les choses ont basculé dans le chaos, la tête la première. Comment était-elle arrivée à le convaincre ? Ivan n'en a aucune idée – et tous ces flous dans nos histoires ne sont pas destinés à être dissipés. Aller s'installer dans le

Quartier, quitter son appartement, ses habitudes, ses connaissances, sa vie douillette du centre-ville. Son père savait-il où il allait ? Lui avait-elle expliqué à quel point le Quartier était dangereux ? Ou s'était-elle servie de cette assurance idiote que lui donnait son savoir mathématique, de cette certitude de pouvoir toujours se réfugier dans ses espaces non orientables ? Lui avait-elle avoué qu'elle avait tout fait pour quitter cet endroit, avant de lui expliquer pourquoi ils devaient y retourner ? À moins que ces deux ans lui aient suffi à oublier ? Mais était-il possible d'oublier ? À moins qu'il ne s'agisse d'un de ces enchaînements, d'une des superpositions fortuites de facteurs, de raisons bancales, qui malgré leurs médiocrités finissent par avoir raison de nos résistances ;

à moins qu'il ne s'agisse de toutes ces choses minuscules qui nous grignotent et

contre lesquelles nous ne pouvons rien.

Toujours est-il que Kolia était venu s'installer chez eux, dans l'appartement qu'ils avaient trouvé au douzième étage de la barre 1004. Il avait tenu quelques semaines d'après les recherches d'Ivan. Il dormait chez eux, dans la chambre voisine de celle de ses parents.

À partir de ce jour-là, Natalia n'avait plus eu une seconde à elle. Ivan était né et quand elle ne s'occupait pas de lui, elle devait veiller sur son frère, aller faire les courses pour sa mère, ou aller visiter son père à l'hôpital. Et plus tard, ce serait Vladimir et tous ses examens médicaux, ce serait Dmitri qu'il faudrait sans arrêt amener d'un bout à l'autre de la région.

Quant à son père, pour ce qu'Ivan en sait, le Quartier n'est pas tendre avec lui – jusqu'à l'apparition du Marquis. Une ou deux fois par semaine, il trouve quelqu'un sur son chemin. La plupart du temps les choses se passent mal et il se fait tabasser par des bandes de jeunes qui cherchent à se faire la main, ou des Vors en plein trafic qui ne veulent pas de témoin, ou bien n'importe quoi, selon ce que la vie a décidé d'inventer ce jour-là. Il a trente ans. Lui qui ne s'est jamais battu de sa vie goûte son sang pour la première fois, en se relevant du trottoir qui ceint la barre 1004, un soir de mai. Il passe deux doigts dans sa bouche, les ressort rougis, les examine un instant et les lèche peureusement. Peut-être qu'il se sent vivant. Ivan le regarde. Il en doute – c'était vraisemblablement une simple curiosité scientifique. Par contre, le fait est que son père s'est relevé à chaque fois ; il a rajusté son complet ; a essuyé le sang sur son visage avec son mouchoir, s'est passé une main dans les cheveux. Il a retrouvé et redressé ses lunettes. Et il est rentré. Il n'en a jamais parlé à personne. Combien de fois a-t-il vécu cette scène ? Ivan se demande qui tient ce genre de compte. Et pour qui ? Il revoit son père rentrer sans faire de bruit, qui les entend dans la cuisine, en train de manger avec leur mère. Il se glissait dans la salle de bains, il se lavait, se changeait. Et ensuite, seulement, il les rejoignait. Des dizaines et des dizaines de fois. Des centaines peut-être, jusqu'à la fracassante entrée en scène du Marquis. Est-ce que c'était ça, ce gris, ces fêlures de tes yeux, Père ? En vérité, il n'en sait rien. Nous passons à des encablures les uns des autres. Et l'essentiel, l'essentiel des gens qui nous sont proches nous est inaccessible.

La seule chose dont il soit sûr, c'est qu'à partir du moment où Kolia est venu vivre chez eux son père est peu à peu sorti de leur vie de famille. Il rentrait de plus en plus tard, il ne mangeait plus avec eux, sauf le week-end. Certains jours, aucun d'entre eux n'entendait le son de sa voix. Peut-être qu'il s'effaçait juste devant Kolia, se dit Ivan. Comme si nous avions pu constituer une famille, Kolia, Mère et moi – comme si c'était lui la pièce rapportée, lui l'intrus que l'on tolérait. Peut-être que ses recherches lui demandaient plus de temps, mais Ivan pencherait davantage pour une forme d'ennui qui le recouvrait peu à peu. Il devenait irritable, il était difficile de lui parler. À mesure qu'il s'enfermait dans son silence, il retrouvait cette impatience adolescente, cette forme d'égoïsme si particulière des fils uniques.

Et comme si tout cela n'était pas assez lourd pour Natalia, les soins qu'elle prodiguait à Kolia s'étaient très vite révélés inutiles : l'automne de leur emménagement avait été trop pluvieux, trop gris pour ses yeux gris, et les choses s'étaient rapidement embourbées. Kolia avait dévissé juste après la naissance d'Ivan – le jour où Natalia était rentrée de la maternité avec le nourrisson. Il s'était mis d'abord à saigner abondamment. De ces hémorragies récurrentes des grands anorexiques. Ivan n'avait trouvé que deux photos de cette période sur lesquelles il figure. Sur la première, qui doit dater du jour où elle est sortie de la maternité, Natalia est en train d'allaiter son nouveau-né. Kolia la fixe avec un regard étrange et maladif. Elle est floue comme toutes les autres, bien sûr. Et malgré ce flou ou peut-être à cause de ce flou, les cheveux de Kolia l'impressionnent chaque fois qu'il la regarde. Dans cette sorte d'ondulation, toute la faiblesse, toute la maladie du jeune homme. Et puis il y a ces cernes sous ces yeux de poussière, ces joues creusées, il y a ce teint jaune. Il se demande si Mikhaïl le remarque, ce jaune, s'il l'attribue à la qualité, à l'âge de la photo et non pas à la maladie qui gagne. Il n'en sait rien. Ce qu'il sait, c'est que Mikhaïl passe à la suite, c'est que sur la deuxième photo Kolia est assis à la terrasse de la cuisine. Il fume, ne regarde pas l'objectif, son regard est porté vers le bas. On imagine qu'il scrute la rue, le quartier proche, la 1002. Il semble étrangement calme. Il fait penser à ces vieux qui savent que l'heure est venue. Ça se sent dans ses bras, dans ses épaules osseuses ; c'est une sorte de relâchement que rien d'autre ne peut produire et que le flou lui-même ne peut masquer. Il tire sur sa cigarette, un peu de fumée traîne sur son visage.

Les choses sont allées très vite ensuite, entre les hémorragies, les crises de vomissements et les blessures qu'il s'infligeait quand il s'évanouissait – une fois, il s'était brisé la mâchoire et le bras gauche. En quelques jours à peine, son état s'est dégradé et, quand Natalia l'a fait hospitaliser, elle pensait vraiment qu'il était trop tard. De multiples infections internes s'étaient développées, qui auraient dû avoir raison de lui.

Mais Kolia avait tenu. Mieux que ça, à l'hôpital, en salle de repos, il avait été pris en charge par un nouveau psychiatre, le professeur Lémiatov. Celui-ci avait banni le lithium et avait testé sur Kolia un nouveau mélange de phénelzine et de moclobémide. Selon lui, Kolia souffrait d'un déficit moléculaire dans l'hypothalamus. Et ce dérèglement pouvait être compensé par ce nouveau traitement.

Et il avait raison : l'homme est si peu de chose que ces quelques cachets avaient tout changé – toutes les tempêtes dans nos crânes pèsent quelques milligrammes de moclobémide, voilà ce qu'apprend Natalia à écouter Lémiatov. Kolia va pouvoir vivre normalement. Reprendre du poids, du muscle ; peut-être même sortir de l'hôpital.

Petit à petit, Natalia reprend espoir. Elle voit Kolia se redresser et se muscler. Il est sur la bonne pente. Il va mieux, c'est très clair. C'est un miracle et les hommes ne pèsent pas plus que quelques milligrammes de moclobémide, mais il va mieux. Que demander de plus ? Natalia voit même Kolia sourire parfois, lors de certaines visites. Pendant quelques semaines, elle y croit.

Mais tout s'effondre soudain. Un jour de visite à l'hôpital, elle apprend que son frère a disparu. Elle exige des explications, elle crie ; elle demande à parler à Lémiatov. Dans son bureau, elle apprend que son frère a été déporté. Une inspection surprise. Trois malades, deux médecins et un infirmier pris en flagrant délit : le KGB a parlé d'une cellule terroriste démantelée et a ordonné à tout le monde de se taire. Lémiatov lui fait comprendre qu'elle n'en apprendra pas plus. Que si elle s'obstine, elle rejoindra son frère, où qu'il soit. Qu'elle n'a rien à gagner à poser d'autres questions. Et à nouveau, quelque chose se brise dans les yeux de Natalia. Elle saura seulement que Kolia est toujours vivant, qu'il va mieux. Elle n'a pas le droit de savoir ce qu'il est devenu. C'est tout.

Dans le bus qui la ramène chez elle, son regard se perd dans le reflet dans la vitre,

et ne revient jamais vraiment ;

dans ses yeux, son frère

dans ses yeux, toutes ces choses qui mesurent l'étendue de nos pertes,

qui tracent la ligne de la chute ;

Natalia se dit qu'elle ne reverra plus jamais Kolia.

Pourquoi, à ce moment-là, n'ont-ils pas quitté le Quartier ? se demande Ivan. Bien sûr, sa mère doit rester aux alentours de la 1002, puisqu'elle ne veut pas s'éloigner de sa propre mère. Bien sûr, il faut aller lui faire les courses tous les jeudis, lui rendre visite tous les samedis. Mais pourquoi pas en retournant vivre dans le centre-ville ? Peut-être Vladimir tardait-il à finir sa thèse, peut-être découvrait-on déjà ses limites – peut-être que son directeur de laboratoire avait deviné dès cette époque qu'il ne fallait plus rien attendre de lui ? Ou les premières remarques fusaient-elles, les allusions à son logement de fonction se rassemblaient-elles déjà dans le ciel et était-il déjà question d'un nouveau thésard, d'un nouvel axe de recherche plus prometteur ? Ou Natalia venait-elle à nouveau de tomber enceinte et n'avait-elle pas la force de se lancer dans le purgatoire de la procédure de demande de relogement ? Ivan n'en sait rien.

Il n'a pas les dates exactes. Il sait simplement qu'ils ne rentrent pas en ville.

Il imagine son père, les yeux dans le vague, dans le bus qui le ramène dans le Quartier, le soir – avec ce sérieux timide des enfants un peu ronds. Il est silencieux, bien sûr – mais avec qui Père parlerait-il ? Et si l'on y regarde de plus près, on s'aperçoit que ses yeux trahissent une mélancolie qui le vieillit terriblement. Ils sont fixes. Ils ne voient plus rien – ce qui est marque des vieillards, de ceux qui ont tout vu : il ne voit plus rien. Ivan ne sait pas combien de temps il reste dans cet état. Plusieurs années à en croire sa mère. La stupéfaction de l'échec. Face à lui, l'étendue de tout ce qui a été gâché. Et il a beau se creuser la tête pour savoir où est passé ce génie dont parlait son directeur de DEA, chercher son inspiration dans le mouvement de l'herbe sale des terrains vagues alentour, il ne trouve rien. Et des années passent ainsi ; je vous jure, des années. À essayer encore et encore. À rester des heures à son bureau dans la salle de travail de l'institut face au tableau noir, à rester des heures sur cette chaise longue jaunie par les ans sur la terrasse. À ne rien trouver. Et ainsi, sans que personne s'en aperçoive, son père s'est éteint lentement ; à un moment donné, et la date importe peu en fin de compte, il a perdu cette force suspecte qui consiste à croire en soi. Dans le vent, dans le goût de son propre sang, dans la 1002 qui faisait face au salon, il l'a perdue. C'était un purgatoire d'échecs sans cesse renouvelés, tous identiques et tous différents pourtant, un purgatoire d'échecs qui n'ont jamais intéressé que lui et qui ont eu raison de lui. Et, perdu dans ce dédale, il s'est transformé peu à peu en un être gris, qui se terrait dans son bureau sitôt rentré chez lui, en un être entouré de silence, qu'il ne fallait déranger sous aucun prétexte. Ivan le revoit à table, immobile, fixant le pot de moutarde, la fourchette levée – et ses lèvres qui semblent murmurer quelque chose. Sa mère s'aperçoit qu'il observe son père, elle voit ses yeux qui tremblent ; elle pose sa main sur son bras et lui dit de finir son assiette. Il le revoit dans le couloir – alors qu'ils se croisent en allant ou en sortant des toilettes. Cette gêne presque obscène entre eux, cette manière de se coller au mur,

de se raidir pour surtout ne pas se frôler.

Qu'est-ce que ça fait de chercher pendant trente ans et de ne rien trouver ? Qu'est-ce que ça fait d'échouer pendant toute sa vie ? Ivan revoit sa mère lui crier dessus, dans la cuisine. Décembre 95. Il revoit les yeux de son père se briser, ses mains tomber à terre, chercher la table pour s'appuyer,

il le revoit s'affaisser à force de ne rien trouver.

Il imagine son père, seul dans son bureau. Qui gémit. Qui gémit toute la journée. Qui se dit c'est la fin. Qui le murmure pendant des semaines. Pendant des mois. Qui le murmure pendant des années. Des décennies. À gémir. À attendre que le dernier coup vienne. À ne plus trouver aucune solution à aucun problème. Il voudrait le tenir dans ses bras, le serrer,

ou, au moins, lui effleurer l'épaule,

lui faire sentir que

il donnerait beaucoup pour une dernière clope – pour la sentir s'écouler lentement en lui,

le brûler ;

il se demande où Mikhaïl range les siennes.

Dans l'obscurité jaune, Ivan s'approche du bureau de son père. Sur une feuille, il lit : si deux variétés de Haken fermées, orientables et irréductibles, ont le même groupe fondamental, alors elles sont homéomorphes. Il n'a aucune idée de ce que cela signifie. Il essaie de répéter la phrase quelques fois. Lentement. Il bute sur le dernier mot, à chaque fois. Homéo. Homéomor. Homéomorphes. Qu'est-ce que ça peut bien vouloir dire ? Homéomorphes. Il regarde son père qui dort, à même le bureau.

Toute variété M_n est le quotient T_n/F où T_n est un tore plat, où F est un groupe fini d'isométrie qui agit librement sur T_n et où le groupe fondamental $p_1(T_n)$ s'identifie au sous-groupe abélien maximal $Np_1(T_n)$.

Toute variété est le quotient d'un tore, et chaque jour il nous faut reprendre nos guerres. Pour Mikhaïl, il faut donner le change aux Vors. Traîner dans la zone pour leur faire plaisir. Aller prélever la taxe avec deux, trois petites frappes. Mettre la pression à ceux qui refusent. Aller à la salle de sport. Visiter ceux qui sont en prison. Prendre des contacts dans le quartier ouest.

Mais ces insomnies qui finiront par avoir sa peau servent au moins à quelque chose, se dit Ivan : personne ne dort aussi peu que Mikhaïl. Et chaque jour il a plus d'heures que les autres pour faire ce qu'il a à faire. Et lentement mais sûrement, il avance.

Avant-hier, avec le registre des ambulanciers, il a récupéré le lieu exact de l'accident, rue Illitch. Le déroulé qu'il n'avait pas pu trouver dans le rapport de police – qui s'était perdu avec le temps. Il a pu aller sur les lieux. Dans la zone des 900. La pire de cette partie du Quartier. Il a pu voir ce qu'aucun rapport n'aurait pu lui dire. Chercher l'impact de la voiture sur les murs. Les marques. Bien sûr, avec le temps, il n'y a plus rien, ou presque. Deux, trois griffures sur le mur d'un ancien garage. Un bout de trottoir défoncé, quelques mètres avant. Mais difficile d'y lire une trajectoire, de reconstituer quoi que ce soit. D'ailleurs, ce n'est pas ce qu'il cherchait. La vérité n'intéresse pas Mikhaïl. C'est autre chose – quelque chose qui s'en approche, qui entretient des rapports complexes avec la vérité, mais qui en même temps s'en moque complètement.

Voilà pourquoi ses yeux restaient dans le vague. Il a passé une heure entière à respirer l'air poisseux de cette rue, à faire et à refaire des dizaines de fois la scène. Avec des dizaines de fins, des dizaines de débuts possibles et différents. Une heure à ne pas avancer d'un pas dans la direction de la vérité. Une heure gâchée, auraient dit beaucoup. Et pourtant, au bout de cette heure, le pas de Mikhaïl était un peu plus sûr. Parce que ce n'était pas ce qui s'était passé ce jour-là qui l'intéressait. C'était le poids de l'air. La lumière qu'avaient dû affronter tous ceux qui étaient morts dans cette carcasse ; tous ceux qui s'en étaient sortis. Le peu de ciel sur leurs têtes. Voilà ce qu'il cherchait.

Et secouer ses scénarios, les mélanger à l'eau du jour, pour voir ce qui restait chaque fois,

pour récupérer ce qui décantait dans toutes les versions du monde ;

ce qui comptait réellement et pas simplement la vérité ;

et même s'il n'avait pas le moindre mot à mettre là-dessus à la fin de la journée, c'était là désormais dans son regard bleu, dans ses mains, dans le creux de son coude.

Et cette chose sans nom était là encore, hier, quand il est passé à la casse, pour voir la carcasse. Des années après, il n'y avait rien à apprendre. Les deux armoires à glace qui bossent là l'ont pris pour un idiot. Ils ont râlé tout ce qu'ils ont pu, l'un pour fouiller dans les dossiers de l'époque et retrouver le numéro d'admission, l'autre pour aller dénicher ledit numéro au milieu des autres carcasses. Ils y ont mis toute la mauvaise volonté du monde, mais ils ne sont pas parvenus à leur fin. Il a pu voir la Lada. Et effectivement, il n'y avait rien à voir ou presque. Les fauteuils étaient mangés par la gale. Ça ne voulait rien dire s'ils étaient troués. Ça n'était pas forcément des balles qui avaient fait ça, monsieur. Pareil pour la torsion des portes, on vous dit. Pareil pour les ceintures de sécurité arrachées. Vous comprenez pas. Ça ne voulait rien dire. Il y avait autant de scénarios que de mondes possibles. Que ce soit pour les ceintures de sécurité – le butoir était presque brisé, il fallait une force herculéenne pour faire ça – ou pour la portière. Ou même pour les vitres. Il était impossible de conclure après toutes ces années, de toute manière, elles étaient en lambeaux. Non, tout ça ne voulait rien dire et ils se tuaient à le lui dire, mais le jeune policier avait vraiment l'air de ne pas les entendre. Ils n'avaient rien à lui cacher pourtant, ils voulaient simplement qu'il comprenne. Mais il n'avait rien compris : comme dans la rue Illitch, il était d'abord resté un temps incroyable face à la voiture, sans bouger. Puis, il l'avait examinée sous toutes les coutures. Il s'était assis à toutes les places. Il s'était lové à l'arrière, contre l'armature, là où Dmitri avait survécu. Il s'était dressé de la place du passager, pour s'encastrer dans le pare-brise, comme Natalia. Vingt-cinq ans après l'accident, le pare-brise portait toujours la marque de l'impact. Il avait tenu le volant, comme le conducteur mystérieux de la voiture. Les deux gars de la casse n'en revenaient pas. Ils avaient essayé à plusieurs reprises de capter son attention ; mais le jeune homme ne les écoutait pas, il ne les entendait même pas.

Et aujourd'hui, vers dix heures, il passe au dispensaire.

Dans les registres qu'il consulte sous l'œil réprobateur du directeur, il apprend que le 4 décembre Natalia P. est venue au dispensaire, accompagnée de son fils Dmitri. Mais ils sont repartis ensemble sans avoir été vus par un médecin. Dans le tableau d'admission, il apprend qu'ils venaient pour Natalia P. Il imagine Dmitri qui la soutient. Qui l'a soutenue jusqu'au dispensaire, pour qu'elle se fasse examiner par un médecin. Il imagine qu'elle a d'abord accepté et elle est arrivée jusque-là ; mais au milieu des gens, au milieu de la salle d'attente, elle a fini par renoncer. Il se demande de quelle blessure elle souffre. Elle peut quand même marcher. Mikhaïl laisse tourner deux trois entrées, deux trois attentes et deux trois renoncements devant les feuilles jaunies. Mais cela ne donne rien. Peut-être, peut-être qu'ils n'ont pas pu attendre. Peut-être que la blessure était grave. Peut-être qu'ils sont allés à l'hôpital, se dit-il. Et il les suit. Il les suit qui sortent du dispensaire, qui marchent lentement, côte à côte, dans la rue. Il les suit. Il les suit dans les tremblements, dans les secousses du bus millénaire. Il les suit jusqu'à cet hôpital qui aura tout vu, qui aura vu le naufrage complet de la famille P. Et après avoir convaincu l'infirmière de l'accueil, il passe dans la salle des archives informatiques – les premières de la région, souligne-t-elle fièrement en allumant l'ordinateur pour lui. Ensuite, elle s'éloigne, en lui redisant que s'il a besoin d'elle, elle est à sa disposition. Mikhaïl rentre la date. 4 décembre. Dans la liste des admissions de ce jour, il scrute, descend au doigt le long de l'écran. Et à un moment, il sourit. P. Il clique sur le nom. La fiche s'ouvre péniblement. Le matériel est d'époque et personne n'a osé le changer dans le service des archives – de peur de perdre ces précieuses archives qui n'intéressent plus personne sauf lui. La fiche s'ouvre péniblement, mais quand les cases ont fini de se remplir, le sourire de Mikhaïl se fige. Ce n'est pas Natalia P. qui a été admise ce soir-là. C'est Vladimir. À

22 h 37. Visiblement des coups de couteau, note l'interne qui s'est chargé de lui. Le patient est blessé au ventre, au bras droit. Il est en état de choc, même si ses blessures ne sont pas très graves. Il quitte les urgences à 3 h 14 et rentre visiblement chez lui. Le lendemain, sa femme et ses fils quittent l'appartement familial. La femme et un des fils meurent dans un accident, à quelques rues à peine de l'appartement. Mikhaïl reste un long moment immobile face à l'écran. Dmitri, murmure-t-il. Et seul Ivan l'entend. Mais il sait bien que Mikhaïl ne questionnera jamais son frère à propos de ce qu'il vient de découvrir. Rien. Pas la moindre allusion.

L'humanité ne doit pas être questionnée sur certains points ;

et ce jeune homme le sait.

Dans le cas des variétés de dimension 3 orientables, il y a seulement six variétés de ce type. Le groupe $\Phi \in SL(3)$ *est soit cyclique d'ordre 1, 2, 3, 4 ou 6, soit isomorphe à* $\mathbb{Z}/2 \oplus \mathbb{Z}/2$.

Dmitri sent l'aube qui passe ses bras par la fenêtre, qui lui caresse le visage. Il n'ouvre pas les yeux ; il veut rester avec Ivan. Encore un peu,

tes yeux. Encore un peu tes mains. Et ce sourire de mélancolie qui n'appartient qu'à toi. Un peu, encore ; s'il vous plaît. C'est fou comme tu me manques. Qui disait que nous nous débattons dans des tores ? Que des forces immenses les tordent, ces tores, et nous avec ? Qui savait à quel point tu allais me manquer ?

Quand il finit par ouvrir les yeux, la première chose que voit Dmitri, ce sont des traînées rouges, çà et là, sur les draps et sur l'oreiller. Il se souvient qu'enfant il saignait souvent du nez, la nuit. Sa mère prétendait que cela venait de son père, que ça lui arrivait à lui aussi. Et quand elle le faisait, par-devers lui, Dmitri souriait – peut-être que Père lui aussi se débattait dans des sous-groupes d'ordre impair, dans des structures en selle de cheval, se disait-il. Et peut-être que son père est là, à nouveau, entre ses doigts ; dans la torsion, dans l'étirement de l'aube. Qui sait ? Peut-être qu'il a rêvé d'Ivan lui aussi ? Dmitri étale le sang entre ses doigts. Dans ses yeux éteints, les mêmes images passent et repassent, qui le hantent depuis toujours,

spectres épuisés,

que nul alcool ne sera parvenu à dissoudre,

dans ses yeux éteints,

Décembre 95, dont l'autre nom est Uayeb.

Dernier mois du calendrier maya, Uayeb est un moment dangereux, associé au malheur. Il ne comporte que cinq jours et son nom signifie « sans âme ». Décembre 95 lui aussi n'a compté que cinq jours. Et ces cinq jours eux aussi étaient sans âme. Et le cinquième jour au matin, tout s'est arrêté. Et Dmitri étale le sang entre ses doigts et les observe, comme si ce jour maudit était là, quelque part entre son pouce et son index.

La veille, en revenant du dispensaire, sa mère l'a convaincu de la suivre, de quitter avec elle ce maudit Quartier. Ils attendraient le retour d'Ivan, à l'aube, et ils partiraient tous les trois. Et entre son pouce et son index,

l'aube du 5 décembre s'étire ;

et chacun de leur côté, Ivan et Dmitri jettent dans leur sac quelques affaires, quelques livres. Quand leurs sacs sont pleins, ils sortent ensemble de l'appartement, en silence, sans même fermer la porte. Dans l'ascenseur, Ivan fixe d'un air absent la paroi maculée de graffitis – Dmitri s'en souvient, cette manière de fixer la paroi. Son frère ne lui pose aucune question – il sait qu'il n'a pas les épaules pour recevoir de réponse. Mais quand les portes de l'ascenseur s'ouvrent, Ivan tente vaguement de sourire. C'est maladroit ; ça tremble, au niveau des yeux, des lèvres. Et ça fait plus de mal que de bien. Dmitri voit bien que son frère a peur ; mais dans ce cas, pourquoi sourire ? Encore une fois, il lui est impossible d'en savoir plus, de demander à Ivan, de trancher quoi que ce soit. Qu'est-ce que Mère lui a dit pour le convaincre de les suivre et d'abandonner Père ? Est-ce qu'elle lui a raconté ce qui s'est passé la veille ? Est-ce qu'elle lui a dit qu'ils partaient pour toujours ? Est-ce qu'elle lui a menti ? Il n'y a aucun moyen de le savoir ; la réponse, si elle existe, est tapie dans un groupe $\Phi \in SL(3)$, et il aura beau y revenir une, deux, trois, quatre ou six fois, il aura beau tourner autour de façon cyclique pendant le reste de sa vie, Dmitri ne saura rien de plus.

Mille ans plus tard, il entend encore la porte de l'ascenseur qui s'ouvre dans un crissement aigu. Il passe son bras dans le dos d'Ivan pour le faire avancer. Après avoir traversé le hall et passé les portes qui tenaient encore debout à l'époque, ils débouchent dans la rue. Lentement, ils s'éloignent de la barre, sortent de son ombre de titan, et pénètrent dans l'aube naissante. Un instant, alors qu'ils descendent les marches de la place de la Révolution, ils se regardent, et Dmitri parvient à répondre au sourire d'Ivan.

Et Dmitri donnerait beaucoup, il donnerait quelques théorèmes même, pour n'avoir pas simplement souri ;

pour lui parler, pour lui expliquer ce qui s'est passé hier. Pour être sûr qu'il sait pourquoi il va mourir. Pour qu'il sache qu'il doit détester Père, lui aussi. Mais dans son souvenir, très vite, trop vite, une voiture arrive. Dmitri ne voit pas le conducteur. Simplement, quand Ivan ouvre la porte avant de s'y engouffrer, un dos et, vaguement, une implantation de cheveux – des mains posées sur le volant. Des riens. Des détails. Des miettes. C'est tout ce que nous avons pour nous débattre, pour nous orienter dans le tore des années. Dès qu'ils sont installés sur la banquette arrière, la voiture démarre. Ivan se tourne vers Dmitri, il cherche son regard. Mais Dmitri se borne à fixer la vitre : quelque chose en lui sait ce qui va arriver. Quelque chose en lui s'y prépare et se tend. Il ne peut même pas regarder Ivan en face. Il sait trop bien qu'ils ne sortiront jamais de ce quartier. Ils seront tous morts dans quelques minutes à peine. Nous nous débattons dans un tore et ce tore est d'ombre. Et ses parois nous ramènent constamment au même point, à la même section – à ce groupe fondamental, à cette poignée de choses qui nous blesseront toute notre vie, qui ne changeront jamais, que nous ne pourrons jamais ni combattre, ni fuir car nous nous débattons dans un tore.

Bien sûr, nous pouvons disséquer ; disséquer à l'envi, puisque nous n'avons que ça. Scinder. Quotienter. Décomposer. Chercher, traquer le moindre détail, et chasser ce qui compte, ce qui blesse. Mais rien ne nous permettra de sortir de ce tore,

car il n'existe tout simplement pas de sortie,

et même si elle existait, je la détruirais je la fracasserais,

je changerais toutes les surfaces du monde en sphères pour m'enfermer dedans, pour pouvoir rester avec toi, Ivan, pour

avoir une chance, un jour, de savoir à quoi tu pensais ce matin-là, en me souriant.

À présent, le sang est figé, il colle légèrement son pouce, son index et son majeur. Tous les trois ensemble. Qui était cet homme dans la voiture, avec Mère ? Combien de temps qu'il n'avait pas murmuré ces mots ? Combien de litres d'alcool a-t-il bu pour ne plus les murmurer ? Des centaines. Des milliers, c'est sûr. Qui était cet homme qui a tout gâché ? C'est lui qui a tué Mère et Ivan. Et ce pull, ce pull que Père gardait,

c'est son pull.

Mais à présent tout est figé – collé par le sang poisseux des années. Et retrouver cet homme ne servira à rien, se dit Dmitri. D'ailleurs, il ne sait rien de lui. Il ne sait même pas s'il est toujours vivant. Tout au plus, il l'a vu une minute, du moment où sa voiture a démarré, jusqu'à ce qu'elle se déporte soudain, jusqu'au mur. Une minute. Et tout ce qui en reste, c'est sa nuque robuste, ses mains sur le volant, tendues et concentrées. Et puis ce pull.

Mais comment Père a-t-il récupéré ce pull ?

Dmitri se lève. Il espère que son père n'est pas encore réveillé. Pour pouvoir se préparer un café seul, pour pouvoir le boire tranquillement. Il prie pour ça. Il prie le bureau sale, le lino décrépit ; il prie les papiers peints qui se décollent dans le couloir. Il prie la faiblesse de son père – qui a un mal fou à bouger, à respirer. Qui se traîne littéralement quand il doit quitter son lit.

Mais il faut croire que sa prière n'a pas porté ; son père est là, assis dans la cuisine minuscule. Il ne tourne pas la tête quand Dmitri apparaît sur le pas de la porte. Il continue de maltraiter le bord de la table à l'économe – méthodiquement, il en détache de petits bouts, les uns après les autres. Près de sa tasse de café, Dmitri compte les lambeaux de quelques millimètres de long. 1, 2, 3, 4, 6 lambeaux en tout. Comme des corps minuscules, tordus de douleur. Comme des poupées vaudous qui tremblent quand la main gauche de son père, immense, les rassemble, les range. Et sous les coups de l'économe, ce n'est pas simplement la table, c'est la cuisine, c'est le monde tout entier qui craque.

Est-ce que tu entends nos os craquer en ta présence ?

Jusqu'à quand tes yeux seigneurs resteront-ils au travail de l'économe, fixés sur ces six corps minuscules qui sont aussi mon corps ?

Jusqu'à quand feindras-tu de m'épargner ?

Finissons-en : balaie tout ça – relève tes yeux et le monde sera de cendres, Père.

Quand il ose enfin entrer dans la cuisine, Dmitri ne peut réprimer un sourire. Sous le nez de son père, autour de sa bouche, séchant dans sa barbe hirsute, des traînées noirâtres de sang. Voilà ce qui compte et rien d'autre, se dit-il. Il a suffi d'une nuit pour que, comme à l'époque, nous saignions du nez. Dmitri caresse sa barbe, y cherche des traces poisseuses qu'il aurait oubliées dans la salle de bains. Des traces que son père pourrait voir. Il espère. Il passe derrière le vieil homme et va à l'évier se servir de l'eau dans une tasse sale. C'est le seul bruit du monde.

C'est le seul bruit du monde, quand il ouvre la boîte de café hors d'âge, quand il la secoue au-dessus de la tasse. C'est le seul bruit du monde, sa cuillère qui s'agite, qui tremble tout ce qu'elle peut dans la tasse.

Et quand il n'en peut plus de ce bruit, il porte la tasse à ses lèvres et l'eau est atrocement tiède et sent le vieux café et l'eau de Javel et tous ces produits qui ne portent pas de nom, mais peu importe,

peu importent tes épaules saillantes, ta nuque poilue, ta calvitie naissante,

tout ça, je l'avale goulûment, je m'en gave et je n'en laisse rien.

Dmitri entend le son répugnant de ses gorgées. C'est le seul bruit du monde et cet instant qui n'en finit pas contient le monde dans son entièreté, et cet instant lui est homéomorphe.

Quand il a fini sa tasse, il s'aperçoit que son père a arrêté d'attaquer la table, il voit sa main qui tremble. Peut-être qu'il morfle lui aussi. Peut-être que nous partageons ça, enfin. Mais il lui suffit de penser à l'âge de son père, à tous ces vieux qui ne se contrôlent plus vraiment, qui tremblent sans discontinuer, pour se convaincre que ce tremblement ne signifie rien, pour être véritablement écœuré par l'intrication du problème, par la confusion fondamentale des données. Une vague de fureur s'abat sur lui – jamais, jamais il ne saura à quoi s'en tenir ! Jamais ! Il jette au hasard la tasse d'acide qu'il s'est servie et elle atterrit au milieu de la vaisselle et elle doit s'y briser et il sort précipitamment

mais dans le couloir, il se cogne au guéridon ; il a le temps de faire encore quelques pas avant de s'effondrer dans le salon. Il se roule par terre, haletant, donnant tout ce qu'il a pour ne pas laisser échapper le plus petit gémissement malgré la douleur qui irradie son bras. Heureusement, il sait que son père ne viendra pas. Il n'en a pas la force, ne serait-ce que ça. Il lui faudrait un vrai quart d'heure pour arriver dans le salon. Alors il reste un moment à terre, à retrouver son souffle, se calmer, à observer le papier peint usé du mur ;

et soudain, quelque chose se *déchire* en lui,

et soudain, il voit :

c'est là, comme à l'hôpital,

c'est revenu ;

dans l'air vicié, dans la moquette hors d'âge, dans l'humidité des papiers peints, dans la moisissure près des plinthes,

c'est partout :

quelque chose d'énorme, *de central*,

est en train d'apparaître, de se dégager de l'ombre ;

quelque chose qui dépasse tout ce qu'il a écrit en mars 96 – et même les voisinages canoniques ;

quelque chose qui *concerne* tout, qui suinte de tout, qui s'écoule le long de tous les murs ; et qui, s'écoulant, charrie ses trois articles, les entraîne comme de la petite monnaie, sans égard ni effort,

et qui, s'écoulant de toutes parts, inonde peu à peu le salon ;

et après un temps qui n'est pas de ce monde,

c'est une eau turbide où lemmes et théorèmes se mêlent comme des épaves de voiture,

c'est une inondation d'hypothèses qui se déploie lentement, immense sur l'horizon – fantastique,

inhumaine.

Les espaces lenticulaires avec un groupe fondamental fini cyclique sont classifiés à homéomorphisme PL grâce à un invariant appelé torsion.

Dmitri a dû rester des heures dans le salon. La journée entière, puisqu'il fait nuit à présent.

Inutile de dire qu'il n'a rien vu passer. Il était perdu, il était dépassé, il se raccrochait à des miettes, à des débris de meubles, à des pieds de table qui flottaient – il a simplement écrit. Écrit le plus vite que ses mains le permettaient. Écrit tout ce qu'il pouvait dans aussi peu de temps. Comme un scribe en transe, comme un fou, un possédé. Et possédé, il l'était peut-être en vérité, tant pendant toutes ces heures il aurait juré que quelque chose lui dictait ce qu'il écrivait. C'était fou. C'était immense. C'était incroyablement beau. Des idées de test sur certaines variétés. Des lemmes. Des corollaires. Des esquisses de structures, pour la preuve générale. À un moment dans l'après-midi, il a essayé de réinjecter dans ce nouvel ensemble la fonctionnelle qui porte son nom depuis 96, celle qui lui a valu la célébrité, qui lui a valu tous ses prix. Il voulait voir. Confronter. Il a vu. Plus précisément, il a assisté à la désintégration de sa fonctionnelle. Il l'a observée se vaporiser à mesure que la structure prenait de l'ampleur. Se dissoudre, se perdre dans quelque chose qui la dépassait de très loin.

Au moment où il arrête d'écrire, ce n'est plus qu'une vaguelette, une onde faible, un murmure perdu au milieu du carnage. Alors Dmitri se lève, interdit, épuisé. Ivan n'en revient pas qu'il ait aussi bien résisté à l'absence d'alcool. Bien sûr, il a passé son après-midi recroquevillé dans une couverture, assis à son bureau, à écrire dans un état second ; bien sûr, il s'est levé dix fois, il a couru jusqu'au toilettes pour vomir, il est revenu les yeux dans le vague, le corps en torsion, à gémir, à suer tout ce qu'il avait sous la peau. Mais Ivan est certain que Dmitri ne s'est rendu compte de rien – qu'il est persuadé d'avoir passé une après-midi à écrire et c'est tout. Après l'avoir jeté au fond du trou, après l'avoir tordu et enfermé dans des espaces lenticulaires, toute cette folie va peut-être le sauver, se dit Ivan. Et voilà Dmitri dans le couloir, sur le seuil de la cuisine.

Son père est toujours là. Comme si rien n'était arrivé, comme s'ils revenaient toujours au même point, enfermés dans un espace lenticulaire. Dmitri n'a aucune idée de ce que son père a fait entre-temps. Il aurait tendance à croire qu'il n'a pas bougé, qu'il est resté exactement là où il l'avait laissé, qu'il l'a attendu. Après tout, il lui est pratiquement impossible de se déplacer seul. Mais cela voudrait dire qu'il n'a pas mangé, ni n'est passé aux toilettes, qu'il n'a rien bu de la journée, ce qui semble tout aussi impossible. S'il avait à choisir, Dmitri répondrait que son père est capable des mêmes miracles que les objets quantiques : sa journée était peut-être un mélange de ces deux impossibles. Il a très bien pu forcer, donner tout ce qu'il avait pour pouvoir se lever et faire ce qu'il avait à faire. Mais en silence, mais sans jamais faire appel à lui. Malgré l'arthrite, malgré la douleur folle dans ses hanches, dans ses bras, malgré le souffle qui manque, qui fuit. Il est possible qu'il se soit enfoncé le poing dans la bouche juste pour ne pas hurler de douleur, qu'il se soit effondré, qu'il ait rampé, mais sans jamais, à aucun moment, l'appeler à l'aide. Et qu'après tous ces efforts, qu'après toutes ces larmes qu'il a laissées couler en silence sans jamais renifler, qu'après tout cela il soit simplement retourné à sa table, dans la cuisine. Pour continuer à la maltraiter comme il le faisait ce matin. En vérité tout est possible. Surtout le pire. Voilà ce que lit Dmitri. Dans la nuit qui coule des yeux de son père, de ses mains, en gouttes noires. Tout est possible.

Il doit se trouver des gens qui supportent de voir leurs parents en sous-vêtements sales. Qui parviennent à encaisser que leurs proches soient devenus des loques honteuses, qui s'y font et sont même, qui sait, capables d'en parler. Je ne sais pas comment ils font. Il me suffit de fixer tes mollets quelques secondes pour frémir. Comme ils tremblent, comme ils s'agitent contre ta robe de chambre élimée. Je me demande combien de temps tu accepteras encore que le monde rie de toi, qu'il te moque ouvertement. Et quelque chose dans mes yeux doit dire tout ça, ce dégoût, cette honte terrible que tout cela m'inspire pour toi, quelque chose doit le suer, doit le hurler, car dès que tu me vois, tu passes ta main droite sur le bord de la table, comme pour balayer les miettes. Je n'ai aucune idée de ce à quoi peut répondre un tel geste – il me vient l'idée, horreur à la mesure de nerfs de géant, que c'est pour te donner contenance. Que tu es tellement bas que tu en es là. À te battre pour te donner contenance – toi qui massacrais le monde d'un regard, toi qui fendais l'air sans pousser plus qu'un murmure. Je m'appuie au montant de la porte – de tout mon poids contre le monde. Je ne bougerai pas, je ne ferai rien. Je ne céderai pas. Je ne te demanderai pas pourquoi tu as fait ça. Pourquoi as-tu porté plainte ? Qu'est-ce qui t'a pris ? Je ne céderai pas et tu dois l'avoir compris, et cela aussi, tu dois le lire dans mes yeux.

Et tout à coup, tu t'agites. Tu tentes de te lever. Je ne peux réprimer un mouvement pour te venir en aide – tu trembles tellement. En une seconde, tu me cloues sur place. Tu m'intimes de ne pas bouger, de rester là où je suis et de te laisser tranquille. Ça ne dure qu'un instant, mais c'est très clair, c'est limpide et noir. C'est une eau noire que tes yeux. Et autour, si tu trembles tout ce que ton corps peut trembler pour tenir debout, et autour, si tu gémis tout ce que tu peux gémir, tes yeux, eux, ne tremblent pas, tes yeux ne gémissent pas. Ils sourdent d'une eau noire qui n'est qu'une phrase et c'est cette phrase qui te tient debout, Reste à ta place, raclure.

Ensuite, tu te lances, mais trop vite. Les mathématiques ne sont pas une question de vitesse. Et travailler trop vite, c'est souvent prendre la mauvaise décision. Tu n'es pas prêt à faire des gestes si brusques, tu n'es pas suffisamment remis. Tu fais bien quatre pas sur la colère, tu fais quatre pas comme d'autres ont marché sur l'eau – et c'est un miracle, tellement tu es faible, tellement les cannes qui te servent de jambes sont fines et branlantes. Mais soudain tu te cognes à un pied de table, tu trébuches. Je te vois t'effondrer. Faire des gestes, faire des yeux désespérés pour ne pas t'écraser contre le lino défraîchi, mais t'écraser quand même – dans un bruit mou et répugnant. Au passage, tu as envoyé voler ce qui traînait sur la table, un bol et quelques couverts. Mais peu importent les bols et les couverts ; très vite, leur rôle s'arrête ; très vite, ils redeviennent invisibles : très vite, il n'y a plus que toi qui comptes.

Je ne bouge pas. Je ne suis pas là. À ma place, il n'y a qu'un trou, qu'un espace lenticulaire ; à ma place, il n'y a rien.

Tu t'agrippes à un des pieds de la table, tu tentes de te redresser à toute force – les veines saillantes sur tes bras de blague. Mais tu as beau donner tout ce que tu as dans le ventre, cela ne suffit pas. Tu finis par t'allonger, tu te retournes sur le dos. Tu gémis comme un enfant. Et tes yeux se prennent dans mes yeux et ne les lâchent plus. Je ne peux plus respirer, je ne peux plus rien faire, je ne suis plus rien, tu murmures, tu gémis

et soudain, tout ce sabir de haine fait sens, et soudain tu m'appelles

— Mais jamais tu te bouges, saloperie ? Qu'est-ce que tu attends pour m'aider ?

— Je viens, Père, je viens.

Je m'agenouille près de toi. Je te prends le plus délicatement possible, par les épaules. Je sais que tu vas râler, que tu vas te dégager et te débattre. Je sens cette tension qui court le long de tes bras quand je les touche, quand je les parcours pour trouver une prise correcte. Un éclair noir entre nos corps, quand ils se touchent. Il fait luire nos yeux, il nous relève au milieu du carnage. Nous ne sommes pas sortis de la cuisine que déjà tu te sens mieux.

— Putain, mais lâche-moi. C'est bon ! C'est bon, je te dis. Je peux me démerder tout seul. Pour qui tu me prends ?

Je te laisse. Je m'arrête. Et mes bras ballent lourdement, le long de ce corps grossier que tu m'as fait. Je regarde ton dos, ton échine tremblante, la courbure débile que l'âge t'a donnée. Je te regarde t'éloigner dans l'ombre du couloir, et pour finir t'y perdre. Je ne bouge pas. Au milieu de la cuisine, la nuque défaite, je me noie dans le grand bassin. Et malgré toute cette eau autour de moi, la voix de Mikhaïl Tal, le grand maître, me parvient, à quarante mille ans d'intervalle. Avec son air compassé, Tal m'explique que je suis allé trop vite, que je n'ai pas compris le sens de sa défense. Que quand il avait compris que ma manœuvre tournante ne pourrait pas être stoppée par les bords, il m'avait ouvert son centre, il m'avait permis de m'approcher, il s'était mis en danger. Je m'en souviens comme si c'était hier. Ce fourmillement dans mes doigts, quand je touchais mes pièces. Je m'étais laissé griser de m'approcher autant du grand maître, de ses pièces les plus importantes. Je m'étais fendu pour les prendre, comme si le maître me les livrait. Mais le maître n'avait fait que les agiter devant moi. Il n'avait fait que s'abaisser pour mieux pouvoir m'attirer contre lui. Je me souviens de sa dernière phrase. Une défense ne vaut que pour ça, jeune homme. Pensez à Alekhine. À Nadjorf. Peu importe ce que l'on doit sacrifier, seule la victoire compte. Est-ce cela, ta défense, Père ? Est-ce que tu l'as fait exprès ? Est-ce que tu joues avec moi ? Tout s'embrouille. Il y a trop d'eau dans nos yeux pour que nous y voyions clair. Et les choses empirent encore quand soudain je t'entends chuter de nouveau, dans le couloir.

Ensuite c'est un silence terrible, bourdonnant, qui passe sur le monde ; le cri d'un million de mouches folles dans le couloir ; qui se battent, qui s'écrasent partout sur les murs, sur le papier peint hors d'âge ; c'est un coup que nous recevons visiblement tous les deux, puisque au même moment nous nous plions sous la douleur. Et l'air entre nous doit souffrir lui aussi, car il se trouble soudain ; je ne vois plus rien. Le monde est une plaie. Une plaie entre nous. Et à la fin de cette plaie, au bout de cette douleur qui est le bout du monde, tu te mets à gémir, pire, tu m'appelles.

— Dmitri. Dmitri... t'arrives ? T'attends quoi, là ?

Je fais quelques pas dans la cuisine et, malgré l'eau noire du grand bassin, je te vois. À terre, dans le couloir. Et tout à coup, quelque chose de terrible traverse le monde : je saisis l'économe sur la table. Et calmement, je m'avance, je m'accroupis près de toi.

— Mais donne ta main, tu fous quoi, là ?

— Je te regarde.

Tout est calme. Et ce calme est d'une noirceur incroyable. Il est mat ;

et il n'y a plus sur terre qu'une ombre qui recouvre tout,

une ombre qui en toute chose vainc –

et voici sa victoire.

— Je te regarde et je te vois, Père.

Tout est calme tout est mat quand je m'approche de ton visage rougi, de tes veines folles, de ta bave tout est atrocement calme je pose l'économe par terre près de ta tête ; je veux que tu le voies je veux que tu te rappelles ce jour ce jour qui n'appartient qu'à nous trois du 4 décembre 95, Père, je veux que tu le voies. Qui nous délivrera de ce cauchemar ? Personne. Le monde ne peut rien pour nous. Il n'est pas de taille à côté des monstres qui nous déchirent les veines. Tout est noir. Tout est mat. Et soudain,

horreur à la mesure de nerfs de géant, la sonnette retentit.

QUATRIÈME PARTIE

Programme : Dans son article fondateur de 1982, Hamilton introduit le flot de Ricci et présente un « plan d'attaque » utilisant ce flot pour homogénéiser la courbure d'une variété.

Un nœud est le plongement d'un cercle dans $\mathbb{R}^3$ considéré à des déformations continues près. Une différence essentielle entre les nœuds usuels et les nœuds mathématiques est que ces derniers sont fermés – sans extrémités permettant de les nouer ou de les dénouer.

Quand Dmitri ouvre la porte, nul ne sait s'il voit la jeune femme qui se tient devant lui. Ivan même n'en a aucune idée : il ne sait même pas comment son frère tient debout. Dmitri n'y voit rien – il espère simplement parvenir à respirer dans quelques heures.

— Bonjour… Je suis l'infirmière… pour votre père, je suppose.

Dmitri ne cherche pas son regard, il n'en est pas capable. Il baisse simplement les yeux vers le lino défraîchi et il répond d'une voix étrangement calme.

— Oui, oui. Nous vous attendions justement. Mon père est dans la cuisine.

Il se tourne vers le fond du couloir, vers Père dans l'ombre des possibles, et il annonce :

— Père, votre infirmière est là.

Puis, s'adressant à l'infirmière :

— Venez, c'est par là, au bout du couloir, et il s'efface devant elle.

Dmitri la suit dans le couloir obscur et le monde est fou et Père n'est nulle part ; et c'est seulement arrivé dans la cuisine qu'il le trouve

miraculeusement assis à table. Le visage rougi par l'effort et la précipitation et la douleur, il respire bruyamment, il éructe, il bout. Heureusement, l'infirmière ne semble pas comprendre cet essoufflement, ces yeux fous sur elle, sur son fils. Elle tente de sourire, de faire bonne figure – elle a l'air terrifiée, même si personne ne s'en rend compte.

— Bonjour monsieur P., je suis votre infirmière. Je viens pour votre traitement.

— Ah oui, grommelle Père, alors qu'il ne fait aucun doute qu'il ne sait pas à quel traitement elle fait allusion.

— Vous voulez que je vous pique ici ou dans votre chambre ?

Et la douleur laisse place à l'effroi dans les yeux fous de Vladimir. L'effroi terrible du jeu qui s'est engagé.

— Je… oui… faisons ça ici, se reprend-il.

L'infirmière s'assied près de lui, pose sa sacoche sur la table et l'ouvre. Elle fouille quelques instants à l'intérieur, laissant à Vladimir et Dmitri le temps de se fixer par-dessus ses épaules tremblantes. Mais ce qui se brise entre leurs yeux ne pèse pas sur elle. Elle scrute l'intérieur de sa sacoche comme si les deux hommes n'existaient pas et finit par trouver sa seringue et le petit flacon d'injection. Elle reste concentrée sur sa seringue, sur son flacon.

Et pourtant, elle doit le sentir, se dit Dmitri. Même en restant concentrée sur son flacon, elle n'a pas pu ne pas entendre ses jambes sous la table, le couinement de ses chaussures sur le lino, elle n'a pas pu ne pas voir ses deux bras rougeâtres et piqués. Vladimir tremble tout entier. Il *déteste* les piqûres – il s'évanouissait chaque fois, dans une autre vie, quand il avait à se faire vacciner. Les bras croisés, Dmitri observe cette femme démonter les défenses adverses. De quelle hauteur voit-il tout cela ? se demande Ivan. Le voit-il réellement ? Ou n'est-ce qu'un jeu pour lui ? Quelque passe-temps qui n'engage à rien ou presque – les pièces que l'on pousse, que l'on décale, que l'on tire. Lui-même n'en a aucune idée. Tout tourne trop vite et il n'y comprend plus rien. Vladimir geint au moment où l'infirmière le pique, il tressaille, mais il tient bon. Dmitri ne sait pas s'il s'est agrippé à la table, s'il s'est tendu. Il sait simplement qu'il se tient à ses yeux – que son père ne l'a pas quitté du regard depuis qu'elle a trempé son aiguille dans le flacon. Il se tient à ses yeux et il s'y tient encore quand elle a fini.

L'infirmière range rapidement son matériel – comment fait-elle pour ne pas se rendre compte ? se demande Ivan. À moins qu'au contraire, depuis le début, elle n'ait compris, elle n'ait eu l'intuition que quelque chose de terrible se jouait là. À moins qu'elle n'ait senti, dès même avant d'entrer, l'odeur de salle de torture, l'odeur des cris, des pleurs, l'odeur des membres humiliés, à moins qu'elle ait senti qu'elle entrait dans un monde si dur qu'elle n'y pouvait rien. Une terre qu'il valait mieux quitter le plus vite possible. Et soudain, Ivan pressent quelque chose de terrible dans tous ces gestes heurtés, dans toute cette précipitation. Cette infirmière les connaît, Dmitri et Père. Dmitri ne s'est rendu compte de rien, il est encore tout au sang qui bat à ses tempes, il est encore à se remettre de ce qui vient d'arriver dans le couloir, mais elle les connaît. Et elle est terrifiée ; et il n'y a bien que Dmitri pour ne pas le voir.

Elle les connaît et, pour cette raison, elle veut fuir le plus vite possible. Et c'est ce qu'elle fait d'ailleurs. Elle manque à ses devoirs de politesse, d'enjouement, à ses devoirs d'infirmière. Elle salue à peine Vladimir et s'esquive vers le couloir.

Mais Dmitri se retourne sur son passage et la suit et soudain

il accélère, il se rapproche d'elle et

le temps s'arrête quand il sent sa nuque.

Il respire son odeur, il est le roi. Et le roi vient de retrouver sa reine. Celle qui va le défendre. Il ne l'a pas reconnue tout à l'heure, mais soudain, quand elle est passée devant lui, il a su. Si ça se trouve, se dit Ivan, si ça se trouve, il a déjà compté le nombre de taches de rousseur sur ses joues, autour de son nez. Et il s'est approché de sa nuque dansante, pour confirmer sa terrible intuition par l'éclat aveuglant de son odeur. Et le monde n'existe plus à cet instant : il se réduit à un point, juste à la base des cheveux de la jeune femme – à un grain de beauté qui monte, qui descend au gré de ses pas. Et elle a beau ouvrir elle-même la porte, la passer et la refermer en ayant simplement marmonné, à un moment indistinct dans sa course – je reviens demain, à la même heure –, elle a beau manquer à tous ses devoirs, il est une chose qu'elle ne manque pas ;

c'est de reprendre son règne en Dmitri.

Ivan regarde son frère qui s'appuie contre le mur. Imperceptiblement, avec une infinie lenteur, il se laisse tomber à terre. Il se mord la main droite pour ne pas hurler. Et tout le reste de son corps se laisse aller et il tremble – mais il ne lâche pas sa main, il la tient entre ses dents,

c'est elle, c'est sûr. Il n'en revient pas. Quarante mille ans après. Elle a changé ; elle n'a plus ces cheveux courts qui le troublaient tant. Mais son nez. Mais ses taches de rousseur. Mais ses yeux,

mais nos yeux, Marie.

Et soudain, dans l'obscurité du couloir, les pupilles de Dmitri se dilatent et deviennent immenses tellement ce qu'il y a à voir est immense : qu'est-ce qu'elle fait ici ? Qui l'a envoyée ? Pourquoi ? Est-ce qu'elle l'a reconnu ? Si oui, pourquoi ne lui a-t-elle pas parlé ? Est-ce qu'elle se rappelle seulement ? L'esprit de Dmitri se tord : peut-être que pour elle tout ce qui s'est passé entre nous il y a si longtemps, ce n'était rien. Peut-être que ça ne l'a pas hantée pendant des années, elle. Peut-être qu'elle a complètement oublié. Quelques passages de livres. Des doigts qui s'effleurent. Quatre baisers volés au monde. Autant dire rien. Autant dire du vent, du rouble. Mais dans ce cas, qu'est-ce qu'elle fait ici ?

Un nœud à double pont est uniquement déterminé par son revêtement double ramifié associé. Et ce revêtement est un espace lenticulaire.

Ivan s'était bien dit que l'alcool ne le lâcherait pas comme ça. Que toute cette vodka qui coule dans ses veines ne s'effacerait pas d'un revers de main. Dès que Marie est sortie, Dmitri a trouvé une bouteille dans le bureau de son père et il l'a vidée méthodiquement. Ensuite, il s'est précipité vers la cuisine, et dans un monde devenu flou et doublement ramifié et dans un monde calvaire et dans un monde douleur ardente, il a dû ouvrir le frigo sans même s'en rendre compte et saisir une autre bouteille et retourner se terrer dans son bureau. Et Ivan l'a vu vider la bouteille, le regard mauvais, l'air déterminé d'un revêtement double ramifié ; il l'a vu trembler, trembler comme un dément – claquer des dents, des genoux, recroquevillé dans une couverture. Il l'a entendu gémir. Vomir. Suer tout ce qu'il avait dans le corps. Se vider littéralement. Et à présent, il doit être cinq heures du matin.

Couché sur un espace lenticulaire en forme de canapé, Dmitri se tourne et se retourne ; au milieu des brumes, il repasse ce qui est arrivé dans la cuisine. Le moindre détail est important. Le plus petit geste, le plus fugace regard. Tout compte. Mais compte pour quoi ? Qu'est-ce que tu veux, Père ? Te venger de tout ce qui t'est arrivé sur moi ? Ou est-ce que c'est personnel ? Enfin ? Hein ? Dis-moi ! Qu'est-ce que tu fais ? Comme Sveshnikov, avec son mouvement du pion en E5, avec sa faiblesse de la colonne D ? Tu te rappelles ? C'était voulu. C'était un piège. C'est ça, tu veux me piéger ? Cette idée ne le lâche pas. Elle va le rendre fou. Imaginer que son père l'a simplement provoqué pour qu'il s'approche. Imaginer qu'il le guette. C'est un poids sur son cœur, diffus, imprécis. Une ombre dans sa cage thoracique. Et dans cette ombre, l'ombre de son père s'avance lentement. Et les yeux égarés, Dmitri scrute la porte du salon, et à tout instant il s'attend à voir son père apparaître, spectral et terrifiant ;

prêt à se jeter sur lui dès qu'il fermera les yeux.

Alors, pour se tenir éveillé, Dmitri murmure. Que faisons-nous ici, Père ? Qu'y a-t-il sous le revêtement de nos actes ? Dire que pendant des années j'ai rêvé de te tenir comme tout à l'heure, à pleines mains, en mon pouvoir. Que j'aurais donné beaucoup, j'aurais donné quelques théorèmes pour te sentir trembler alors que je m'apprêtais à te fracasser le crâne contre le carrelage du couloir. Peut-être qu'en fin de compte tu as eu raison, Père, de porter plainte pour coups et blessures. Parce que ce que je t'ai fait en rêve pendant des années dans ma cabine téléphonique avait pour but d'entraîner ta mort. Peut-être que tu l'as compris et que tu t'en es servi pour m'attirer à toi. Peut-être. Comment savoir ? Tout est si complexe, si ramifié. Qu'y a-t-il dans cet espace inconnu derrière tes yeux ? Si ça se trouve, tu voulais que je te voie ainsi dans la cuisine. Tu voulais que je m'approche. Tu voulais peut-être même que je t'empoigne, que je te violente. Les gens qui ne connaissent rien aux échecs ne peuvent pas comprendre ce genre de stratégie. Mais si ça se trouve, tu découvrais ton aile droite pour mieux lancer ta manœuvre tournante, celle qui a pour dessein,

et les yeux de Dmitri s'élargissent soudain,

celle qui a pour dessein,

horreur,

de retourner ma reine contre moi.

Et toute cette histoire et ta prétendue faiblesse même, ce n'est que la surface des choses, son revêtement fibré. Et tel que je te connais, ce revêtement est double et ramifié : tu sais exactement ce que tu fais – ce que tu nous fais. C'est toi qui as engagé cette partie, je ne l'oublie pas. Et j'ai beau parer tes coups, encadrer ton ouverture avec les moyens dont je dispose, j'ai beau prévoir déjà tes prochains coups concernant Marie, ce qui compte m'échappe : pourquoi tu fais tout ça.

Et je ne peux que résister, résister le plus longtemps possible en espérant que tu céderas, que tu cracheras ta vérité avant que je ne craque. Mais rien ne dit que ça sera le cas,

tant nos pièces nous obéissent mal ou

sont coincées dans l'ombre d'une salle de bains

tant nous sommes seuls, isolés chacun dans un coin de l'échiquier, sans point fort près de nous, sans échappatoire, sans rotation possible ;

mais peut-être,

peut-être que dans ces conditions

tu as tes chances contre moi.

Si M_n est une variété riemannienne fermée de courbure strictement négative, alors tout sous-groupe abélien non trivial de $\pi_1(M_n)$ est libre et cyclique.

Au milieu de la nuit qui n'est peut-être qu'un sous-groupe abélien non trivial, Dmitri se lève. Cela fait des heures qu'il tourne les mêmes idées dans tous les sens, sans parvenir à trouver le sommeil. Lentement, il s'avance dans l'obscurité à courbure strictement négative du couloir. Avant même d'arriver à la cuisine, il entend la respiration heurtée de son père – ces efforts qu'il doit faire pour inspirer. Bien sûr, il n'allume pas la lumière ; dans l'obscurité anthracite, il regarde son père dormir à même la table, la tête entre ses mains.

Sans faire de bruit, il va chercher une couverture dans sa chambre. Quand il revient, il en recouvre les épaules et le dos de son père. Il ne craint pas tant de le réveiller, de déranger son sommeil, que de le frôler, que de toucher son visage, sa main. Et quand il se redresse, on pourrait presque croire qu'il pleure. Mais il ne faut pas s'arrêter là. Il ne faut pas. Il lui faut se reprendre s'il veut aller plus loin, il le sait.

Lentement, il s'approche de son père ; il se laisse prendre dans son souffle, il essaie de s'en approprier la structure, le rythme, d'y voir clair. Car on avoue forcément quelque chose quand on dort, le Marquis le lui a répété plusieurs fois. Il s'approche, il essaie. Qu'avoues-tu, Père ? Que tu n'en peux plus, simplement, que tu es vieux, que tu t'es trop battu ? Qu'il te faut t'arrêter là, sur cette table ? Ou y a-t-il d'autres choses dans tes poings serrés, sur tes lèvres entrouvertes ? Avoues-tu pour Mère ? Que c'est toi qui l'a jetée dans cette voiture, contre ce mur ? Et Ivan aussi, dans le même accès de rage ? Il y a tout simplement trop de choses qu'il voudrait lui demander. Étais-tu là ce jour-là ? Si oui, pourquoi ne t'ai-je pas vu ? Et que s'est-il passé ? Comment as-tu récupéré ce pull ? Et pourquoi l'as-tu gardé ?

Dmitri a dû s'approcher trop près et Vladimir a peut-être senti sa présence, son souffle, ses yeux contre lui : il s'agite, tourne et retourne la tête, comme gêné par quelque cauchemar. Il émet une sorte de grognement sinistre. Dmitri se redresse et le détaille avec un sourire amer. Suis-je ton cauchemar, Père, suis-je ton cauchemar comme tu es le mien ? Il se détourne et ouvre le frigo en priant pour qu'il ne couine pas. À l'intérieur, il ne reste plus que cinq bouteilles de vodka. 5 décembre, Père. Dis-moi que ça ne veut rien dire. Dis-moi que c'est le hasard qui décide de ce genre de choses. Dis-moi et toi je te croirai.

Dmitri se sert un verre de vodka, et le lève au-dessus du visage du vieil homme. Ses yeux se plissent de douleur, ses yeux

pleurent deux larmes d'épuisement. Mais il lui faut se reprendre s'il veut aller plus loin ; il le sait. Alors, la moue écœurée, il approche le verre de ses lèvres, et l'avale. Je te bois, Père. Ça me brûle la gorge, mais ça ne suffit pas à me plier. Et quand tu es passé, je sens à peine ton goût. Il me faut claquer la langue, il faut frotter contre le palais, il me faut déglutir pour sentir, par-delà la brûlure, le goût de ton alcool. Et ça n'est ni râpeux ni terreux ; simplement du mauvais alcool, de la vodka de contrebande – j'imagine que tu trouves ce jus immonde dans quelque tour du fond du Quartier. Comment as-tu pu en arriver là, Père ? Et quand ? Est-ce que ça t'a pris récemment, quand tu as senti la vieillesse avancer sur toi, sans prendre la peine de te ménager ? Est-ce que tu t'y es mis dès mars 96 ? Ou, pire, avant ? Est-ce que Mère t'a vu boire ? Est-ce pour cela que tu te terrais dans ton bureau ? Et pourquoi ? Pourquoi s'enfiler ce poison ? Pour Mère, que tu sentais s'éloigner peu à peu ? Pour ton poste à l'institut, qui lui aussi te filait entre les doigts – et qu'en définitive, on ne t'a laissé qu'en raison de ton deuil ? Quand as-tu perdu le contrôle ? Est-ce cela que tu avoues dans ton sommeil, dans tes lèvres boudeuses ? Qu'il n'y avait plus rien pour toi sur terre ? Que c'est pour ça que tu ne me voyais pas ? Était-ce de l'alcool, Père, sur tes tempes, dans tes yeux ? Impossible de savoir. Tous ces modèles, toutes ces hypothèses, tout ça restera de la matière du vent ; tout ça demeurera fluctuant et mouvant et incertain ;

la seule chose que je vois avec certitude,

c'est ton ombre,

ton ombre partout dans mon crâne.

Mais Dmitri est de ceux qui regardent l'ombre droit dans les yeux. Et il le sait : il lui faut se reprendre s'il veut aller plus loin. C'est ce que hurlent ses bras, c'est la tension qu'il sent sourdre dans ses veines, dans sa mâchoire, dans ses poings, soudain. Il lui faut se reprendre s'il veut aller plus loin. S'il veut aller au bout. Et tout est très clair dans sa tête, dans ses yeux, quand il enlève la couverture. Il la serre dans son poing, et s'éloigne sans bruit ; il disparaît dans l'ombre du couloir ;

il se noie dans cette ombre de haine.

Un nœud à « deux ponts » peut être positionné dans $\mathbb{R}^3$ *de telle sorte que la fonction hauteur a seulement deux maxima et deux minima.*

Que faudrait-il pour la faire disparaître ? Pour la minimiser ? Qui sait ce genre de choses ? Qui décide ce genre de choses ? Dmitri n'en sait rien. Mais avant même d'ouvrir les yeux, avant même de se redresser, la première chose qu'il sent, c'est elle – cette colère sourde dans ses veines. Depuis toujours, son sang la charrie. Son cœur la pompe. Ses muscles la reçoivent et s'en abreuvent. Te frapper. Te jeter contre les murs. Te cracher dessus, te racler la gueule contre le carrelage. Je pourrais me faire saigner les poings à te fracasser le visage que ça ne serait pas plus fort, que ça ne serait pas plus dur. À peine éveillé, je la sens qui ruisselle en moi, le long de mes veines, le long de mes yeux, comme une eau noire.

Mais d'où vient-elle au fond ?

Où va-t-elle ?

Quelle est sa proie ?

De quoi se nourrit-elle ?

Et suis-je seul, dévoré par cet acide, par cette faim ? Suis-je seul, ou te fouille-t-elle les entrailles à toi aussi, Père ?

Dmitri se redresse péniblement sur son lit, et regarde par la fenêtre le jour blafard qui se lève. Les nuits ne laveront jamais rien. Aucune d'entre elles ne balaiera ces haines qui s'écoulent sous nos peaux. Au contraire, elles ne feront jamais que nous ramener à l'essentiel, à ce que nous faisons ici, en vérité. À la souffrance. Errant sur la table de chevet, ses yeux tombent sur l'économe. Dmitri lui jette un regard noir.

Soudain, un cri retentit dans la cuisine. Un cri qui soulève l'appartement sans même y réfléchir, un cri d'une incroyable puissance et en même temps d'une incroyable légèreté. Dmitri se dépêche de s'habiller et pendant qu'il s'agite, qu'il s'acharne en vain contre ses chaussettes, il l'entend à nouveau. Il enfile sa chemise aussi vite qu'il peut. Il parcourt le couloir pieds nus, en attachant les derniers boutons de sa chemise. Et en entrant dans la cuisine, il les voit. Pendant une fraction de seconde, il pourrait jurer qu'il les voit. Sa mère et son frère. Mais il cligne des yeux et, quand il les rouvre, ni son frère ni sa mère ne sont là. Son père est assis à sa chaise, renversé sur le dossier. Et près de lui, qui lui tourne le dos, Marie. Elle rit, elle parle – mais Dmitri est tellement suffoqué par le sourire de son père qu'il ne comprend rien à ce qu'elle dit. Il l'entend simplement parler. C'est comme une rivière, comme une cascade qui se déverse sur la cuisine. Mais tout s'arrête très vite, brutalement même, dès que Marie se retourne vers Dmitri. Elle a une sorte de tremblement quand elle l'aperçoit – ses bras tombent littéralement le long de son corps, elle baisse les yeux comme une enfant. C'est fou comme elle est belle. Ces taches de rousseur sur ses joues, sur ses bras. Ces boucles rousses qui dépassent de son fichu. N'osant rien dire, Dmitri s'avance dans la pièce, passe près d'elle pour aller ouvrir le placard. Il doit parvenir à marmonner un pardon ou quelque chose qui s'en approche.

— Bonjour, monsieur P., lui lance Marie quand il ouvre le placard.

Dmitri devine combien elle a dû se forcer pour sortir cette simple phrase – et tandis qu'elle croise ses mains sur son uniforme blanc, il devine qu'elle baisse les yeux, qu'elle tremble.

— Hum... oui, bonjour, parvient-il à répondre, en saisissant une tasse.

Se retourner. S'accrocher. S'accrocher à la bouteille de lait, s'accrocher de toutes ses forces pour ne pas tomber et résister à ses yeux, à son sourire timide. Encaisser cette joie discrète qui traîne, merveilleuse, sur son visage, qui s'enroule autour de ses yeux, des plis de sa bouche, qui se retient quelques instants aux taches de rousseur, et pour finir qui s'évapore sans laisser d'autres traces qu'une lumière étrange tout autour d'elle. La cuisine est illuminée quand elle baisse les yeux.

— Bon... comme je le disais à votre père... je reviendrai demain à la même heure. Quelqu'un d'autre viendra pour les soins... de toilette, cette après-midi. Enfin, normalement.

— Parfait, conclut Dmitri.

Et il doit esquisser quelque chose qui ressemble à un sourire, parce qu'elle sourit elle aussi, parce qu'elle replace une mèche de cheveux derrière son oreille.

— Bien... à demain, donc.

Elle se tourne vers Vladimir, s'approche de son oreille – Dmitri a un instant l'impression qu'elle va lui faire la bise, il se raidit et serre la tasse dans sa main et le monde atteint un de ses deux maxima – mais elle ne fait que lui parler :

— Monsieur... Ce soir, quelqu'un d'autre viendra vous

faire la toilette, et moi je serai là demain soir, à sept heures. C'est compris, monsieur ?

Son père hoche la tête. Il a compris. Elle quitte la cuisine et s'enfonce dans le couloir. Dmitri la suit.

— Je vous raccompagne.

Elle se retourne et de nouveau ses yeux, cette sorte de timidité liquide, cette manière de les baisser, de les relever – tout cela, sans s'arrêter de marcher, en ouvrant la porte. Il voudrait. Il voudrait lui dire. Lui parler. Il voudrait. Mais tout est confus, et s'il lui parle, ni lui ni elle ne savent exactement de quoi – il prononce à la va-vite quelques mots qu'elle n'entend pas tout à fait, qui ne parviennent pas à son cerveau tellement tout est confus.

— Bien, à demain alors, parvient-elle à décrocher, mais sans le regarder.

Et Dmitri ferme la porte. L'air absent, il revient à la cuisine, le verre à la main. Incapable de reconnecter ensemble tout ce qui vient d'arriver. Incapable de le relier à la veille. À la semaine dernière. Au reste, à mars 96, à tout ce qu'il pressent, à tout ce qu'il espère et qui est énorme et qui est fou. Et quand il débarque dans la cuisine, la peur lui troue soudain le ventre, quand il réalise que son père n'a jamais eu de meilleur moment pour l'attaquer. Il a ouvert tout un pan de l'échiquier. À la raccompagner. À lui sourire. Il a ouvert tout un pan et maintenant il va se faire balayer, il en est sûr. Et il s'avance quand même. Car l'homme ne cherche pas seulement à vivre. Il lui faut trouver sa vérité, et cela malgré la douleur, malgré la honte, malgré la violence. Et la vérité se trouve dans tes yeux, Père, et dans tes yeux uniquement,

c'est là qu'il faut regarder

et peu importe si l'on n'y survit pas.

Dmitri entre dans la cuisine et il ne cherche même pas à éviter son regard. Et un nouveau miracle a lieu. Son père ne le toise pas. Il ne sourit pas d'un sourire moqueur. Il ne dit rien. Il respire comme devant une décision difficile. Il hésite, lui, le massacreur de géants. Lui, le fléau des Carpates.

— Elle s'appelle Marie, murmure-t-il simplement après un long moment. Marie.

Et ensuite, donnant tout ce qu'il a et tout ce qu'il peut, il se lève, il passe près de Dmitri et disparaît. Et Dmitri reste immobile pendant des heures, pendant des jours, pendant des mois et des années peut-être – il reste immobile pendant un temps qui n'est pas de ce monde. Il l'a fait pour moi. Pour moi. Pire, il l'a peut-être fait pour nous. Depuis combien de temps n'as-tu pas fait quelque chose pour nous, Père ? As-tu déjà fait quelque chose pour nous ? Dmitri laisse les mots tourbillonner sous son crâne, toujours incapable de bouger. Et Ivan est là, près de lui, quand il s'assied pour ne pas s'effondrer. Il voudrait le rassurer, lui dire de ne plus avoir peur. Il voudrait, il voudrait tellement de choses. Il voudrait lui prendre les mains, d'abord. Mais il a beau essayer et essayer et essayer, leurs mains ne font que se superposer, que se passer à travers ;

elles oscillent, sans jamais se toucher ;

et dans leurs mouvements vains, combien de minima, combien de maxima ?

et tandis qu'elles oscillent, à l'autre bout du monde, Marie enfile les couloirs et trouve les escaliers de service malgré l'obscurité. Elle descend quelques marches, en se tenant à la rambarde. Et soudain, sans prévenir, ses jambes la lâchent – elle s'effondre en sanglots.

Et elle pleure toujours quand elle réalise que quelqu'un est là, avec elle, dans l'escalier. C'est le pas tranquille d'un homme qui monte dans l'obscurité. Quand Marie s'en rend compte, il est trop tard. Trop tard pour se lever, pour s'enfuir, ou même trop tard pour feindre quoi que ce soit. L'homme s'arrête à son niveau. L'obscurité est totale. Marie se tourne vers lui, mais ne distingue rien, sinon une ombre plus noire que l'obscurité, sinon une présence immense, effrayante et terrible.

— C'est toi, l'infirmière ? demande l'ombre avec une voix presque douce.

Marie reconnaît la voix de l'Immanus – plus que sa voix, c'est cette manière qui n'appartient qu'à lui d'être doux quand on ne s'y attend jamais ; ce calme, cet aplomb avec lequel il traite la vie tout entière.

— Hum, répond-elle au milieu des sanglots qui se calment. Dmitri… Dmitri ne m'a même pas rec… Il ne m'a même pas…

Elle n'arrive pas à finir ; tout est trop dur.

— Sûr que ça va être dur. Mais c'est ce que tu as attendu toutes ces années. C'est pour ça que tu t'es occupée de lui tout ce temps. Pour ça. Alors tu vas le faire.

Et quand il reprend sa marche, il pose sa main sur l'épaule de Marie ; comme s'il savait exactement où elle était, comme si l'obscurité était son domaine, comme s'il voyait le noir ; il pose sa main et serre un instant, sans rien ajouter. Et tandis qu'elle l'entend s'éloigner calmement et ouvrir la porte d'accès à l'escalier, Marie reste immobile, suffoquée. Elle espère que l'Immanus voit plus que le noir,

qu'il voit le futur.

Mais si elle ne se relève pas tout de suite, c'est parce qu'elle sait qu'elle a très peu de chances d'être exaucée. L'Immanus a dit ça comme ça, se dit-elle. Il n'a aucune idée de ce qui vient d'arriver. Avant que Dmitri n'entre dans la cuisine. Elle rangeait son matériel, elle jetait ses seringues, ses compresses à la poubelle.

— Voilà, vous avez survécu, avait-elle lancé à Vladimir. Vous voyez, vous n'êtes pas si fragile que ça, monsieur P.

— Oh ça oui, je vais y arriver. C'est… c'est pas pour moi que je m'inquiète…

Et quand elle avait lâché le couvercle de la poubelle,

qu'elle s'était retournée vers Vladimir, elle avait vu sa lèvre, ses mains trembler, elle avait vu ses yeux trembler.

— Je... je nous ai bloqués avec... avec cette histoire de... On est coincés. Il n'y a que Dmitri... que Dmitri qui puisse nous sortir...

Et Vladimir s'était tu alors, écrasé soudain sous le poids fabuleux des mots qui lui tournaient dans la tête, écrasé sous le poids de ce que Dmitri allait devoir accomplir. Et ni lui ni Marie ne pouvaient décemment y croire, et ni lui ni Marie ne pouvaient avoir le moindre espoir,

et là étaient leurs yeux.

— Ah, je reprendrais bien une petite piqûre, moi, pour me détendre, avait soudain murmuré Vladimir.

Marie avait éclaté de rire. Et son rire avait à son tour soulevé Vladimir. Le vieil homme s'était tourné vers elle et il avait souri, et lui aussi il avait éclaté de rire. Puis, Dmitri était arrivé. Ils avaient dû le réveiller en riant. Ils avaient essayé de se raccrocher aux rires qui traînaient encore dans l'air. Quelques phrases, et Dmitri l'avait reconduite. Avant qu'il ne ferme la porte, elle l'avait longuement fixé – cette timidité liquide, cette manière de baisser les yeux, de les relever, c'était fou comme elle l'aimait.

— Bien, à demain alors, était-elle parvenue à décrocher.

À demain alors. Quelle idiote ! Marie se prend la tête dans les mains et tire sur ses cheveux. Et la douleur ne change rien, la douleur ne s'inscrit pas en nous, elle n'est pas de notre dimension. Elle ne l'empêche pas, en aucune manière, de voir. Parce que malgré l'obscurité, elle voit. Elle voit à quel point ils sont coincés tous les deux. À quel point Dmitri est désarmé pour le combat qu'il a à mener. Il a passé des années à rogner, à défaire ses armes, à les fondre dans l'alcool. Il ne peut plus rien pour son père et il le sait sûrement. Il n'espère plus qu'une chose, que son père se relève, qu'il parvienne, par miracle, à lui parler, à les sortir de là. Parce que lui seul pourrait lui dire les mots que Dmitri a attendus toute une vie. Mais Marie voit bien dans l'obscurité de l'escalier à quel point Vladimir est faible. À quel point il est peureux. Elle voit son corps si petit, si maigre, elle voit ses yeux ; son seul espoir, c'est son fils. Il l'a appelé n'importe comment, il l'a appelé comme il a pu ; pour qu'il soit avec lui, à la fin. Mais il a tout gâché, une nouvelle fois ;

et Marie renifle et s'essuie le visage d'un revers de manche

et dans l'obscurité des larmes, les yeux si froids de Dmitri la fixent,

la percent

et pour la millième fois, Marie se demande s'il ne l'a vraiment pas reconnue ;

ou si, lui non plus, il n'ose pas.

Elle se rappelle le temps qu'il lui avait fallu, à l'époque, pour lui parler.

À cette époque, elle était complètement perdue. Entre sa grand-mère à moitié folle et son père qui n'était jamais là, elle n'était jamais vraiment allée à l'école. Elle avait passé pratiquement toute sa vie dans des sanatoriums, dans des centres de santé, à subir les pensums de ces parasites de précepteurs. Et à la mort de sa grand-mère, quand son père avait décidé de la faire entrer au collège Landau – le nom de sa mère, Sliouov, ouvrait encore un certain nombre de portes –, elle avait essayé de faire bonne figure. Mais toutes ces drogues qu'on lui avait administrées pendant des années avaient mis des mois à se dissiper. BZD, kétamine et autres lithium ne voulaient pas la lâcher. Les premières semaines, elle errait sans but dans l'appartement de son père, dans la rue, dans les couloirs du collège ; elle flottait littéralement. Il y avait, en continu, entre elle et le monde, cette sorte de voile devant ses yeux, léger et transparent – et c'était dans cet état second qu'elle avait rencontré Dmitri.

Dès leur première rencontre, par-delà les brumes dans lesquelles son esprit et son corps se débattaient, elle avait senti à quel point ce garçon et elle étaient proches, à quel point lui non plus n'était pas à sa place. Dès qu'elle l'avait aperçu assis contre le gymnase, elle avait pensé à ces gens qu'elle avait rencontrés dans certaines gares, en Europe ; qui avaient toujours l'air en transit, dans un pays qui n'était pas le leur, qui attendaient un train qui les emmènerait ils ne savaient même pas où. Et qui, pour faire passer le temps, pour ne pas regarder la gare sale et inquiétante, pour ne pas sentir les rafales de vent qui couraient, pour fuir tout ça et bien d'autres choses encore, lisaient. Et Dmitri était pareil : il n'avait rien à faire dans ce monde. Ce n'était pas une question de lieu ou d'époque. C'était une inadaptation fondamentale. La première fois, elle s'était approchée et s'était simplement assise à côté de lui, pendant un cours de sport. Il lisait un livre de mathématiques – elle se souvient encore du titre : *Quaternions et algèbres géométriques.* Même s'il n'évoquait rien, ce titre avait un mérite : il confirmait, sans aucune discussion possible, que Dmitri ne vivait pas sur terre.

Et pourtant, après quelques tentatives de sa part, ils avaient fini par parler. Enfin, Dmitri lui avait lu des passages de ses livres. La plupart du temps, elle n'y comprenait rien. Mais ça ne faisait rien. Elle aimait le rythme de sa voix. L'attention qu'il portait au détail. Sa manière d'articuler. Ses lèvres quand il arrivait à la fin d'un théorème. Comme elles se refermaient. Comme elles se rouvraient ensuite, pour reprendre son souffle. Et ses doigts qui tremblaient, et cette fragilité qui émanait de ses gestes, de ses yeux. Et d'autres choses encore, plus confuses, plus obscures. Elle l'aimait et tous ces troubles, tous ces germes, toutes ces pousses dans nos corps, toutes ces choses réclamaient leur dû alors ;

et elles le réclament aujourd'hui encore, dans l'obscurité de nos corps. Et, si mal engagée que paraisse cette partie, tout n'est pas perdu, se dit-elle. Elle se rappelle que même si Dmitri lui avait semblé inaccessible au premier abord, cette cicatrice oblique qui barrait sa lèvre supérieure, cette cicatrice qui la faisait tant rêver,

elle avait pu l'embrasser,

quatre fois ;

et quatre fois, elle passe un doigt sur ses lèvres et

après un temps qui n'est pas de ce monde, quand elle se relève et reprend sa marche,

elle esquisse un sourire illisible dans l'obscurité des escaliers, mais un sourire quand même,

et son pas est un peu plus sûr,

et quelque chose en elle sait trouver son chemin dans l'obscurité

et rien ne dit qu'il a tout oublié.

On peut coller un disque D dans H^3 le long de Λ_H invariant par H, de sorte que D/H est la surface S et D/G produit une immersion de S dans M.

Le lendemain, quelque chose a changé. Dmitri n'a pas bu de la journée. Ivan a l'impression que même la vodka ne peut plus rien contre son frère. Bien sûr, il tremble encore de temps en temps ; ses yeux se prennent parfois dans le vague ; bien sûr, il transpire encore tous ces litres d'alcool qui drainent son corps. Mais pour ce qui compte, il a passé le plus dur. Par moments, il pourrait presque se croire adolescent tant son esprit est libre – il a parfois des heures pleines où tout est clair. Où il peut voir sa preuve tout entière, qui se dessine. Son programme.

Et ces heures qu'il possède, il les utilise, il s'en gave et n'en laisse rien. Complètement immergé dans ses feuilles de calculs, Dmitri affine ses hypothèses, il les réduit à leur plus simple expression. Il a toujours aimé ce moment ; quand il s'agit d'élaguer. Quand chaque mot doit être à sa place et non plus perdu dans le bouillonnement de l'inspiration. Quand il prend possession de la preuve, quand enfin elle se met à lui appartenir, quand elle se fait sienne. Qu'elle se colle à sa manière de penser, de raconter, quand elle épouse sa complexion, et pas celle d'un autre mathématicien qui aurait pu en avoir l'idée.

Pendant des heures, l'esprit de Dmitri plane au-dessus du bureau,

immergé dans un monde au-delà du monde.

Tandis qu'il déshabille sa preuve, il retrouve ce mélange d'excitation et de calme qu'il a connu une fois déjà, quand il a écrit ses trois articles, à l'hôpital, en mars 96. Cette sensation d'appartenance indescriptible. Il caresse la peau de sa preuve, il l'effeuille pour en atteindre le cœur. Chaque mot qu'il écrit, chaque murmure qu'il laisse percer entre ses lèvres est pour elle – il lui appartient lui aussi, il est tout entier à elle. Au gré des heures, les équations s'enchaînent, se réinjectent les unes dans les autres ; les termes s'annulent dès qu'il les touche, dès qu'il les effleure avec son crayon ; ce qu'il attend, ce qu'il espère approche. Parfois, il n'ose y croire ; qu'une deuxième fois il lui soit donné d'aller si loin. Et il faut que Marie sonne trois fois à la porte pour le ramener sur terre.

Dmitri va lui ouvrir, mais il s'écarte très vite, il se cache à moitié derrière la porte ; il n'ose rien, simplement marmonner que son père est dans sa chambre, simplement la bouffer des yeux tandis qu'elle passe en silence et se dirige vers la chambre.

— Monsieur P. ! Vous avez l'air d'aller bien mieux aujourd'hui !

Vladimir tente de donner le change, de sourire comme il peut. Marie passe de l'autre côté de son lit et ouvre sa sacoche et, tout en continuant à parler, elle sort tranquillement son matériel.

Un instant, elle lève les yeux vers Dmitri appuyé sur le montant de la porte – elle lui sourit et Dmitri doit lui rendre son sourire pour ne pas tomber à la renverse. Il retourne à son bureau, le cœur douleur, le sang tournis ;

et s'il ne respire pas, c'est parce qu'il n'y a plus que l'eau du grand bassin dans sa bouche. Elle m'a souri. Il essaie de se calmer comme il peut. Elle m'a souri. S'appuie contre le dossier du fauteuil. Elle m'a souri. Serre les poings. Elle m'a souri. S'accroche au fauteuil pour ne pas tomber.

Et peu à peu, il se calme, sa vue tombe sur son bureau en désordre. Lui seul peut comprendre la centaine de feuilles qui le recouvrent pêle-mêle, lui seul sait lire l'ordre, la direction. Mais, tout cela, il le donnerait volontiers pour trouver la force, pour trouver le souffle d'aller dans le couloir voir si elle est toujours là. Mais il n'a personne à qui le donner. C'est en lui et en lui seulement qu'il doit les trouver.

Et mille ans plus tard, par quatre fois, il longe les murs en tremblant, la peur au ventre, la peur aux yeux. Quatre fois, il prie pour que le lino ne chuinte pas. Quatre fois, il s'arrête juste avant la porte, sans oser jeter un coup d'œil ou se montrer. Il les entend discuter et même rire, parfois. Il entend Marie passer à la cuisine, laver des verres et les servir. Pire, il entend son père parler. Parler comme il n'avait pas parlé depuis des siècles. Des quelques mots que Dmitri parvient à saisir, son père parle de son métier, de sa jeunesse – sans surprise, il tait ses échecs et les années entières qu'il a passées à ne rien trouver. Dmitri se demande s'il est en train de mentir ou si au contraire il est parfaitement sincère. Il lui est impossible de trancher. *On peut coller un disque D dans H^3 le long de Λ_H invariant par H.* Voilà l'invariant : il lui est impossible de trancher. Que retient un homme de sa vie ? Ce qu'il veut ? Ce qui vaut ? Ce qu'il faudrait en retenir ou ce que les autres en pensent ? Caché dans le couloir, Dmitri écoute son père lui parler de son entrée au laboratoire, des espoirs qu'avait soulevés sa thèse. Quand Marie le relance,

Dmitri sent bien que son intérêt n'est pas feint : il retrouve cette attraction terrible que son père a toujours exercée sur lui et qu'il pensait être le seul à subir. Et retrouvant cette attraction, il se demande ce que cela signifie. D'être attiré vers les mêmes masses sombres. Et à cette question non plus, il n'a pas de réponse.

Il est tellement immergé avec S dans M qu'il est presque surpris quand il entend son père s'excuser d'avoir retenu Marie aussi longtemps. Des heures ont dû passer sans qu'il s'en rende compte. Heureusement, Marie répond que la vague de chaleur sur la ville semble s'être apaisée, et qu'elle a désormais plus de temps à lui consacrer. Alors la conversation reprend et c'est presque naturellement, c'est presque normalement qu'elle roule sur les échecs, que Vladimir demande à Marie d'aller chercher l'échiquier sur son bureau.

Et après quelques milliers d'années d'hésitations, Dmitri se traîne dans la chambre et les trouve souriants, penchés sur l'échiquier, en train de décortiquer une combinaison de défense, une fourchette... Son père sourit. Mieux : son sourire tient à la vue de Dmitri, qui les observe dans la lumière tombante des fins d'après-midi. De longs traits diaphanes, presque horizontaux, barrent la chambre de part en part, qui déposent leurs faiblesses, mais aussi, mais surtout une tranquillité terrible sur les meubles, sur la commode, sur le lit. Tout semble figé, suspendu à ces rayons. Dmitri a l'impression de voir la chambre pour la première fois – c'est une sorte de lumière douce qui joue dans les rideaux, qui se fait prisonnière dans les moindres détails, dans les verres, sur les branches des lunettes, sur l'alliance de son père. Et au milieu de ce flot sans cesse changeant, Marie. Et alors que Dmitri repart vers son bureau – il n'y a rien fait de bon depuis des milliers d'années, il ne cherche même pas à se tromper sur la valeur de ses vérifications, mais il sait aussi qu'il n'a aucune raison d'imposer durablement sa présence à son père – et alors qu'il repart vers son purgatoire, Marie s'adresse à lui.

— Et vous, monsieur P… Dmitri, vous jouez ?

— Comment ça, aux échecs ? demande-t-il en se retournant et en tâchant d'éviter le regard de Père.

— Oui, aux échecs.

— Oui, oui, cela m'est arrivé, il y a longtemps.

Marie explose de rire, et son rire, et l'embardée de son visage, et l'ouverture de sa bouche sont autant de coups de couteau pour Dmitri, qui reste interdit, sur le seuil de la chambre. Toujours riante, Marie adresse à son père un regard complice – et celui-ci lui sourit : il lui sourit véritablement.

— Comment ça ? J'ai dit quelque chose de drôle ? finit par murmurer Dmitri.

— Oui, oui, réplique Marie, qui parvient peu à peu à se calmer. Votre père m'a dit que vous aviez gagné un concours national à l'âge de douze ans. Il m'a dit qu'il avait même des coupures de journaux de l'époque, que des journalistes vous avaient consacré des articles ; mais il avait parié que vous répondriez quelque chose du genre. Je ne l'avais pas cru. Mais vous venez de lui donner raison : oui, oui, ça m'est arrivé, il y a longtemps, répète-t-elle, en imitant sa voix contrite.

Il y a une tendresse terrible, une légèreté miraculeuse dans son imitation – mais il n'est pas certain que Dmitri les perçoive, se dit Ivan.

— Je me demandais, reprend Marie, si vous vouliez bien jouer avec nous. J'ai toujours été curieuse de voir jouer quelqu'un qui est réellement… je veux dire réellement fort.

Dmitri la considère un moment avec une sorte de méfiance dans les yeux – ses mains s'accrochent machinalement aux côtés de son pantalon.

— Si vous voulez, conclut-il, en s'approchant de la table posée près du lit.

— En fait, ce que je voudrais, c'est que vous m'expliquiez ce que vous faites. Pourquoi vous le faites, ce que vous espérez, ce que vous craignez, ce que vous préparez, reprend-elle en souriant.

Dmitri ne la regarde pas, il cherche de l'air dans le grand bassin – il marmonne en rassemblant les pièces sur l'échiquier. Il les examine et en caresse certaines – les cavaliers noirs.

— Du coup, vous voulez que je joue contre vous ou contre mon père ?

— Votre père, ce sera plus simple pour me concentrer, pour essayer de vous suivre.

Dmitri lève furtivement les yeux sur son père et croise son regard. Il n'y a rien dans leurs yeux. Ni défi, ni joie. Il n'y a que l'attente, il n'y a que la peur face à l'inconnu qui se dessine, qui se rapproche, qui se jette sur eux avec des taches de rousseur parsemées sur le visage. Son père engage la partie et, pendant les dix premiers coups, personne ne dit rien. Marie n'ose pas les interrompre et fixe l'échiquier, essayant de percer le mystère de leur concentration.

— Mon père a dû vous l'expliquer, commence Dmitri, la première phase d'une partie d'échecs est appelée ouverture. Elle s'arrête lorsque les forces des deux adversaires sont mobilisées et que les rois sont en sécurité. Il existe des milliers d'ouvertures différentes, qui sont désignées soit par le nom soit par la nationalité de leur inventeur – la Caro-Kann, l'espagnole, le début Réti, la variante Najdorf… Ici, vous voyez la manière dont les pions blancs s'organisent pour faire pression sur le centre : c'est une espagnole. Il y a une dizaine de coups théoriques dans cette ouverture, qui devrait s'achever dans quatre coups, pour les blancs.

— Mais comment est-ce que vous pouvez savoir ce qui va arriver dans quatre coups ?

— Eh bien, Dmitri lui désigne un des deux fous blancs. Vous voyez cette pièce, elle menace depuis deux coups mon cavalier. Elle appelle l'échange. C'est le meilleur moment pour procéder à cet échange : le fou va prendre le cavalier et mon fou va venger mon cavalier. Ensuite…

— Attendez, attendez, pourquoi est-cc qu'il ferait ça ?

— Regardez, ici, vous voyez cette ligne… c'est une ligne de force. Mon père sait qu'il ne peut pas passer par là. En sacrifiant son fou, il prend un de mes cavaliers et il sait à quel point j'y tiens, et en plus, il s'ouvre ce côté de l'échiquier, ce qui va lui permettre de s'engouffrer dans cette direction, puisqu'il a fini son roque : les hostilités vont pouvoir commencer…

Voyant que Marie n'en revient pas, il reprend :

— Les joueurs d'échecs passent leur vie à étudier les ouvertures. Certaines ouvertures sont étudiées sur vingt coups, parfois plus. C'est fondamental pour déceler les failles, les pierres d'achoppement dans le jeu de l'adversaire. Et puis la suite de la partie dépend énormément de l'ouverture.

— Mais c'est horrible ! Il n'y a aucune liberté, aucune inventivité, alors, s'exclame Marie d'un air plus amusé que dépité.

— Pas au début, en tout cas. Mais ne vous inquiétez pas : une ouverture n'est qu'un arbre de possibilités, avec un tronc et des branches principales. Cela ne dure pas : inévitablement, l'un d'entre nous va finir par sortir de cette théorie. Vous allez voir, dans six coups, mon père va jouer un coup qui n'est répertorié dans aucun livre d'ouvertures…

— Mais à quoi cela sert-il de connaître toutes ces ouvertures ? l'interrompt Marie.

— Il faut comprendre que les pièces dont vous disposez

comptent moins que les positions que vous occupez. Parce qu'un pion bien placé peut fixer un échiquier tout entier autour de lui. Et donc, la rapidité est cruciale en début de jeu.

— Et pourquoi vous ne bougez pas ces pièces-là, ni l'un ni l'autre ?

— La dame et les tours sont trop lourdes : elles ne sont pas centralisées dans un premier temps, elles le seront quand suffisamment de pièces légères auront été éliminées : leur tour viendra. Et puis on peut très bien mettre en place un contrôle à distance du centre, avec ces pièces. Mais ce n'est pas le cas ici. Ici, nous sommes dans une partie ouverte : le développement est limpide et les intentions des blancs claires : arriver à une confrontation rapide, conclut-il en souriant.

Marie se tait et, pendant quelques coups, Dmitri aussi. Il réfléchit parfois quelques secondes après que son père a posé sa pièce, mais la plupart du temps il saisit sa pièce dans la foulée.

— Là, par exemple, j'ai la possibilité de contre-attaquer si les blancs font une pause au coup d'après. Rappelez-vous : rester timoré est dangereux. Si je place ce fou ici, je m'oriente vers une défense Caro-Kann, qui est une défense très solide.

— Ta préférée, tu veux dire, marmonne son père en souriant.

Ils enchaînent ensuite les coups assez rapidement, Dmitri suspendant parfois son geste pour expliquer tel ou tel développement.

— Ce qui est un peu inquiétant, c'est que vous parlez presque uniquement des intentions de votre père, comme si vous saviez exactement ce qu'il va faire ! Et vous, pourquoi avez-vous joué ce coup ?

— Celui-là ? Celui-là, je ne sais pas vraiment, j'imagine

que j'ai pensé à cette percée sur la droite. Ou à ce développement possible, ici. En réalité, c'était pratiquement la seule chose à faire pour limiter la casse.

— Comment ça, limiter la casse ?

— Parce que j'ai perdu la partie, annonce Dmitri en souriant. Regardez ce qui suit.

Et effectivement, en une dizaine de coups, dont Dmitri lui explique chaque fois à quel point ils sont forcés, son père finit par le mettre en échec et mat avec sa tour.

Pendant un moment, Marie reste incrédule. Mais l'essentiel n'est pas là, Dmitri le sait. L'essentiel est dans les yeux de son père, qui le cherchent, qui le trouvent. Ils sourient d'y être parvenus. Ils sourient comme ils ne se sont jamais souri sans doute.

— Monsieur Molnar, jolie défense, lance timidement son père en tendant sa main tremblante à Dmitri.

— Monsieur Sarga, jolie victoire, lui répond Dmitri en lui saisissant la main – il la trouve sèche, rêche comme du mauvais papier, mais il sourit, il sourit tout ce qu'il peut.

— Mais... Dmitri... je croyais que vous étiez imbattable, l'interrompt Marie, et qu'est-ce que c'est que cette histoire de Sarga ou je ne sais quoi ?

— En fait... commence Dmitri.

— En fait, reprend Vladimir, ni lui ni moi n'avons réellement joué. La partie que vous avez vue a été jouée en 1930, par correspondance, entre MM. Sarga et Molnar, finit-il en souriant.

— C'est l'exemple même d'une partie réussie. Lisible. Claire. Avec des traits d'élégance à des moments où l'on attend de la trivialité. C'est une partie culte, s'excuse presque Dmitri.

— Voilà pourquoi vous ne saviez pas exactement justifier votre coup, avant, avec le pion ! Et vous avez décidé, comme ça, sans rien prévoir, sans rien vous dire, de rejouer cette partie ?

— Il faut dire que cette partie… il faut dire que cette partie est la première que mon père m'ait enseignée. C'est le genre de choses…

Il ne finit pas sa phrase. Il se contente de sourire. Marie le dévisage et ne peut s'empêcher de penser à la manière dont ces deux hommes viennent de la tromper. Elle essaie de se remémorer leur visage, leurs yeux, le tremblement de leurs mains. Elle essaie de retrouver le moindre indice qui pourrait lui expliquer comment ils se sont mis d'accord. Mais rien ne vient. Elle réalise que ce qui est entre Vladimir et Dmitri, pour l'essentiel, restera entre eux. Que personne d'autre n'y aura accès. Elle voudrait pénétrer dans ce monde de non-dits, dans ces gestes avortés qui se sont joués sous ses yeux. Elle voudrait mais elle sent bien que c'est impossible.

— Vous voulez bien rejouer ? quémande-t-elle. Une fois, juste une fois, pour que je voie ce que c'est réellement. S'il vous plaît…

Dmitri voudrait se défiler – son père voit ses mains qui se crispent, ses yeux qui ne savent pas où se poser, et qui, soudain, se plantent avec une dureté inattendue dans ses yeux.

— Si mon père n'est pas trop fatigué, esquive-t-il.

— Ça vous va, monsieur P… ? Vous voulez bien ?

Vladimir n'a pas lâché Dmitri des yeux. Lui aussi tremble. Lui aussi veut que les choses s'arrêtent là. Parce que tous deux savent bien que cette comédie qu'ils viennent de jouer ne tiendra plus très longtemps. D'autres choses plus dures sont restées cachées sous cette partie, et ils sentent, comme si c'était leur propre corps, la tension qui parcourt l'autre, qui l'inonde parfois, jusqu'à le submerger. Ils sentent leurs pieds qui trépignent ensemble sous la table, en rythme ternaire.

— Bien sûr, gémit Vladimir.

Est-ce qu'elle sent toute cette tension autour d'elle, est-ce qu'elle l'ignore volontairement ou est-ce qu'elle en joue, en piquant de-ci de-là, sur le corps de Vladimir, sur le corps de Dmitri ses pointes de joie, ses banderilles dans leurs échines, dans leurs yeux ? Qu'est-ce qu'elle est venue faire ici ? se demande Ivan, qui observe la scène, médusé, n'osant s'approcher de l'échiquier. Pourquoi reste-t-elle aussi longtemps chez Père ? Les questions le submergent tout à coup, alors que Dmitri aligne les pièces sur l'échiquier. Se pourrait-il qu'elle aussi ne fasse que cacher son jeu ? Le moindre de ses gestes lui semble tout à coup suspect ; ses joies lui ont l'air feintes, fausses. Ses mains même tremblent par moments, comme si elle savait exactement dans quel bourbier elle s'est enfoncée. Et les mêmes doutes et les mêmes questions et les mêmes peurs tournent dans les yeux de Dmitri alors que son père engage sa partie sur une Richter-Veressov. Dmitri développe sa défense lentement, l'air sombre. Les choses s'enlisent et Marie doit sentir qu'elle est en train de les perdre. Elle vient se placer à la droite de Dmitri et lui chuchote dans l'oreille :

— Expliquez-moi ce que vous faites.

Dmitri s'est raidi quand il l'a sentie approcher. Combien d'années sans ton souffle dans mon oreille ? Il examine son père qui est concentré sur sa ligne de pions, il évalue les risques qu'il entende – mais le vieil homme est déjà extrêmement tendu et doit faire des efforts de concentration prodigieux pour ne pas fauter, tant la défense de Dmitri lui semble hermétique. La moindre avancée est un pas en terrain miné et à chaque coup il s'attend à voir déferler une des attaques tournantes qui faisaient la force de Dmitri. Son père est complètement absorbé par cette partie ; il ne le voit peut-être même plus.

— J'essaie de ne pas gagner, sans qu'il s'en aperçoive,

murmure-t-il en se penchant à son tour vers Marie. Mais c'est très complexe.

Au passage, il sent ses cheveux et, sous son pull, la chaleur qui émane de son corps. Marie se tourne vers lui et fronce les sourcils.

— Pourquoi ? murmure Marie.

— Parce qu'il fait des erreurs à tous les coups. Regardez ce pion, dans trois coups, en bougeant ce cavalier, puis cette tour, puis le pion sur la droite, dans trois coups seulement, je pourrai le prendre, et ensuite toute sa ligne sera à moi. Je vois ses erreurs avant qu'il ne les fasse. À chaque coup, il s'enfonce. Et en même temps…

— Et en même temps, si vous le laissez gagner trop facilement, il s'en apercevra, il n'est pas idiot.

— Oui. C'est là tout le problème.

Elle le laisse ensuite jouer, ruminer ses sombres pensées tandis qu'il pousse paresseusement quelques pièces. Et quand elle aperçoit un changement infime sur son visage, quand il lui semble que quelque chose s'y détend, elle revient vers lui.

— Alors… vous avez trouvé ?

C'est plus une affirmation qu'une question. Dmitri se demande un moment si elle est vraiment aussi débutante qu'elle le prétend. Il n'a rien pour répondre, sinon son sourire franc, sinon ses taches de rousseur. C'est un acte de foi. Infime. Invisible. Sans conséquence apparente. Mais un acte de foi.

— Oui, vous allez voir, lui sourit-il, et il lance une de ses manœuvres tournantes, par la droite, en débitant la ligne oblique de son père.

L'attaque se développe vite, presque de manière mécanique. Les pièces du fond se meuvent de manière infime, parfois, pour soutenir telle ou telle position, pour obliger telle ou telle avancée. Les fourchettes se multiplient et son père puise dans ses réserves et voit sa défense partir en lambeaux. Il est contraint de sacrifier quelques pièces que Dmitri ne daigne même pas éliminer dans son avancée. Marie les observe l'un et l'autre – elle ne saurait dire lequel est le plus tendu, lequel a le sourire le plus amer. Elle essaie de relire ce qu'elle a manqué tout à l'heure, mais c'est une autre facette qui se dévoile. Un autre mystère. Dmitri poursuit son avancée en étayant toujours par l'arrière, comme à son habitude. Et puis soudain, il se fend, sa tour plonge à travers l'échiquier – laissant derrière lui l'impression infime qu'il s'est légèrement précipité ; là où Ivan gardait, de leur adolescence, le souvenir de préparations terriblement lentes pour ses attaques. Peut-être, peut-être qu'il s'est enflammé à cause de Marie. Peut-être qu'il est moins patient qu'avant. Peut-être est-ce cela, vieillir de quarante mille ans ? Peut-être qu'il est tout simplement perturbé. Ce n'est qu'une impression pourtant, parce que l'échec est là, parce que les options de son père se comptent sur les doigts d'une main et qu'elles n'augurent rien de bon. Le vieil homme les examine rapidement, les unes après les autres. Et ses mains se crispent à lire qu'il est piégé. Et son regard tombe soudain sur une des pièces que Dmitri a laissé traîner près de son bord gauche. Un fou. Il était enfermé, promis à un échange sans intérêt, mais la tour, et le pion qui a permis sa fente, a soudain libéré son oblique. Le vieil homme le voit. Tressaille. Ne sait s'il doit y croire. Il voudrait regarder Dmitri dans les yeux pour savoir, mais il sait bien que c'est impossible. Combien y a-t-il de chances pour que Dmitri l'ait fait exprès ? Aucune ou presque. Parce que son attaque s'est déroulée sur plus de vingt coups. Parce qu'il a pu oublier certains automatismes. Parce que cette fille près de lui l'a certainement perturbé. Il ne l'a pas fait exprès. Vladimir veut y croire. Il tend la main vers un des rares pions survivants au centre, semble se raviser et ne résiste pas au plaisir d'aller caresser son fou, de le saisir et de l'emmener contre son roi. Tout est bloqué. Dans trois coups, quand son pion aura achevé sa course, tout sera fini.

— Pat, annonce-t-il d'une voix malicieuse.

Dmitri reste la bouche ouverte, incrédule. Il se frotte les yeux comme s'il n'y croyait pas. Ce retour du fou le laisse stupéfait. Il relève les yeux vers Vladimir et endure son épreuve. Tout se joue là, dans le désarroi, dans la tension. Que son père continue à croire qu'il n'avait pas tout prévu depuis vingt coups. Que son père pense qu'il a oublié la quatrième de Karpov-Kasparov à Londres. Que son père sourie. Et heureusement, quand il va craquer, Marie qui lui vient en aide.

— Pat, comment ça, pat ?

Vladimir examine un moment l'échiquier, comme s'il n'y croyait toujours pas. Il finit par sourire et explique.

— Pat, cela signifie partie nulle. Quand un des deux joueurs est bloqué, ne peut plus rien faire et en même temps qu'il n'est pas en échec, on déclare égalité. C'est un cas assez rare aux échecs, mais cela arrive.

Dmitri hésite quant à la marche à suivre. Il ne sait pas ce que son père pense réellement de la situation. S'il a marché ou non. Au fur et à mesure que Marie pose ses questions et que le vieil homme laisse percer sa satisfaction dans ses réponses, il se détend, il lâche ses genoux. Il observe Marie. Tout a l'air si simple, si évident pour elle. Pour un peu, il se laisserait entraîner, il suivrait son regard et finirait par croiser celui de son père. Juste avant que cela n'arrive, il détourne les yeux, feignant de se perdre une fois encore dans l'échiquier. Il vérifie une fois encore. Non. Au niveau de son père, il n'y avait aucun autre coup à jouer. Au niveau de son père, c'était un détail infime qui lui a permis de sauver une partie mal engagée, épuisante, mais pas spécialement perdue. Au niveau de son père, tout ce qu'il vient de faire est logique – et c'est seulement s'il s'était rappelé la lenteur de Dmitri qu'il aurait compris que son attaque était très légèrement précipitée. Dmitri fait ensuite ce qu'il y a de mieux à faire. Il range les pièces une à une. Il laisse Marie et son père discuter et profite de leur présence, de leurs voix. Il sourit aussi. Non d'être parvenu à ses fins d'une manière pratiquement invisible – non de la manière, mais du résultat. Lui qui expliquait pendant des heures à Ivan que l'essentiel était dans l'élégance du développement, dans la ligne brisée des pions, dans la posture des cavaliers. Lui qui récitait c × b5 h4 Dg6 h5 Dg5 Df3 Cg8 F × f4 Df6 Cc3 Fc5 Cd5 D × b2 Fd6 F × g1 e5 D × a1 Re2 Ca6 C × g7 Rd8 Df6 C × f6 Fe7 et mat. Il range les derniers pions – et sous le masque de désarroi serein qu'il arbore, dans ses yeux neutres, des eaux plus sombres apparaissent par moments. Peut-être certaines phrases ont-elles commencé à tourner quand son père s'est laissé aller à une forfanterie de vieux. Peut-être regrette-t-il sa mise en scène, ses efforts vains et invisibles. Peut-être, mais soudain, Marie pose sa main sur son bras et le fixe. Son père s'est tu depuis un moment et somnole.

— Vous avez bien fait, lui murmure-t-elle. Je n'ai pas tout compris, mais vous avez bien fait : il était très content. C'est la première fois que je le vois si bien.

— Oui, répond simplement Dmitri.

Ni Marie ni personne ne peut savoir à quoi il vient d'acquiescer. Elle n'ose pas le demander, et se contente de le fixer longuement, sans rien ajouter. Une fois de plus, elle s'en va sans presque rien dire, simplement accompagnée en silence, dans le couloir sombre. Une fois de plus, ils se dévisagent sur le seuil de la porte et quelque chose traîne entre eux, qui prend son temps. Qui les laisse souriants, de chaque côté de la porte, dans l'obscurité complice. Que pense Vladimir de ce qui vient d'arriver ? À tête reposée, il en viendra peut-être encore à douter du miracle. À faire le lien avec Dmitri qui le porte jusqu'à son lit, qui lui enlève ses chaussons, sa robe de chambre. Avec Dmitri qui le roule dans la couette. Ou acceptera-t-il la possibilité d'avoir gagné, comme il s'est fait à l'idée que sa femme l'avait quitté, qu'elle partait chez un autre homme ? Ou bien encore, s'il lui reste une lueur de lucidité, il finira par comprendre que Dmitri n'a fait qu'une seule chose de toute la soirée : s'occuper de lui. Peu importe, se dit Dmitri. Nous verrons bien.

Tandis que son père somnole, il sort sur la terrasse. Comme à son habitude, il s'assied contre la porte-fenêtre et sort une cigarette. Une des cigarettes de Mère. Son dernier paquet. Celui sur lequel il y a encore, qui se perdent dans l'obscurité du crépuscule, des traces de sang noir. Dmitri le garde depuis vingt-cinq ans.

Il sort une de ses cigarettes et l'allume.

Il donne tout ce qu'il a pour ne pas tousser. Apprécier, c'est trop demander, mais supporter, c'est déjà beaucoup.

Du tabac qui a tout vécu, de la poussière presque : voilà ce qu'il inhale en fermant les yeux. Voilà pourquoi les larmes coulent dans sa barbe et s'y mêlent et y disparaissent. À ses pieds, le Quartier s'enfonce dans une nuit agitée : deux voitures brûlent déjà entre la 800 et la 832, sans doute lancées à l'essence – peut-être un barbecue, même si d'ici nous n'entendrons jamais les cris. Et Dmitri passe toute la soirée ainsi, les yeux brillants et fixes, à fumer. Et il finit par s'endormir là, affalé contre la chaise longue de son père. Il a grillé la moitié des cigarettes de sa mère. Il fallait bien ça pour cette soirée – qu'il s'agisse d'une victoire ou d'une défaite, nul n'en sait rien ; et peut-être sont-ce les deux mêlées, les deux mêlées et indémêlables en Dmitri. Seul indice, près de lui, un livre d'échecs qu'il est allé chercher dans le salon. Des centaines de parties commentées. Dans sa main qui pend, quelques pages qu'il a déchirées. Si l'on s'approche, si l'on se penche pour les lire à la lueur jaunâtre du monde, on saura peut-être pourquoi. Le plus lentement possible, il faut d'abord lui enlever les feuilles des mains. La première page ne nous apprend rien : *de façon plus générale, de nombreux auteurs sont d'avis que la mission des blancs dans l'ouverture est d'exploiter l'avantage du trait initial dans l'ouverture en le transformant en avantage, tandis que les noirs cherchent à égaliser. Il existe cependant beaucoup d'ouvertures où les noirs obtiennent une chance de jouer agressivement pour un avantage dès le début. La plupart des ouvertures évitent soigneusement la création de faiblesses telles qu'un pion isolé, des pions doublés, un pion arriéré, des îlots de pions, etc. Certaines ouvertures compromettent le succès en finale pour obtenir une attaque rapide sur le camp adverse. Quelques ouvertures déséquilibrées pour les noirs font usage de ce principe, comme la défense hollandaise ou la défense sicilienne, tandis que d'autres, telles la défense Alekhine et la défense Benoni, incitent l'adversaire à avancer et à créer des faiblesses de pions. Certaines ouvertures acceptent les faiblesses de pions en échange de compensations sous forme de jeu dynamique. En mobilisant ses pièces, le joueur tente de s'assurer qu'elles contribuent harmonieusement au contrôle des cases clés. En outre, d'autres plans stratégiques utilisés dans le milieu de partie peuvent aussi être efficaces dans l'ouverture. Citons la préparation de percée de pions pour créer du contre-jeu, la création de faiblesses dans la structure de pions adverse, la prise de contrôle de cases clés, les échanges favorables de pièces légères (garder la paire de fous par exemple), l'obtention d'un avantage d'espace au centre ou sur les ailes.* La suite est du même acabit. De la théorie, des grandes pensées, des philosophies de grands joueurs. Et entre deux grands noms et leurs principes immortels, une analyse de fin de partie. Elle porte le titre : *Un exemple de gâchis inattendu.* Malgré l'obscurité qui menace, on peut encore, si l'on est attentif, si l'on a bonne mémoire, se rendre compte que sur la feuille déchirée la configuration des pièces est la même qu'au trente-quatrième coup de la partie qui vient d'avoir lieu dans la chambre de son père. Ce dernier ne doit se douter de rien : ce livre est la première chose que Dmitri est allé chercher après avoir raccompagné Marie. Avant même les cigarettes de sa mère. Avant même de ramener son père dans son lit. Et, à présent, les feuilles déchirées tiennent dans sa main endormie.

Au hasard des rafales, elles pourraient s'échapper et rentrer dans le salon et, qui sait, revenir dans la chambre de son père, comme un hasard horrible. Elles pourraient tout gâcher demain matin. Elles pourraient. Mais Ivan n'a pas peur. Il sait que ce soir il guidera le vent d'ouest. Bientôt, il partira vers le stade, il se perdra dans ses colonnes épuisées, il se perdra dans la décharge au bout du monde. Au milieu de centaines de milliers de sacs plastique, de millions de flyers de magasins de bricolage, de sites de rencontres, de voyants extralucides, il se perdra. Il soulèvera toute cette masse immense et oubliée du monde, il y mettra ces quelques feuilles, il enterrera cet exemple de gâchis inattendu pour toujours, dans une nuit tellement profonde qu'elle résiste au jour. Déjà, il emporte les premières pages avec lui, au moment où, l'ayant sans doute entendu proclamer ses intentions, Dmitri entrouvre les doigts. Les feuilles dégringolent quelques étages, puis se laissent prendre par un souffle profond qui les envoie dans la nuit, en direction du stade. Et sous sa barbe,

Dmitri sourit au vent.

L'idée consiste à opérer une chirurgie métrique pour éliminer les parties de la variété qui sont susceptibles de devenir des singularités.

Le lendemain, Marie est là plus tôt, vers deux heures de l'après-midi. Sa permanence au dispensaire du Quartier a été changée, explique-t-elle. Elle peut rester plusieurs heures – enfin, si elle ne dérange pas, bien sûr. Vladimir balaie ses inquiétudes et lui demande si elle veut faire une partie d'échecs contre lui. Marie cherche Dmitri du regard et accepte.

Les heures passent ainsi, calmes en surface, comme couvertes d'une pellicule de soie, mais couvant toutes une tension souterraine que Marie décèle par moments, au milieu des sourires, des regards – sur certaines questions, des tièdes inattendus, des yeux qui se détournent, des mains qui se crispent,

les singularités qui menacent.

Marie interroge souvent Vladimir sur les mathématiques – ce monde obscur et plein de mystères. Vladimir lui répond de bonne grâce ; il émaille ses récits d'anecdotes, de bons mots – il joue son rôle à plein. Cela faisait vingt-cinq ans qu'il n'avait pas parlé. Plus même, se dit parfois Dmitri. Combien de temps, Père ? Combien de siècles sans ta voix ? Et pour elle, une inconnue, une fille qui ne t'est rien, des heures entières à lui expliquer, à dessiner sur des cahiers de brouillon. Vladmir agite même parfois les bras, ce que Dmitri ne l'a jamais vu faire avant. Il a presque l'air bien et, surtout, cet air résiste aux visites de Dmitri dans la chambre. Parfois, celui-ci se penche sur le cahier et fronce les sourcils. Tu lui as parlé d'Alexandrov ? De Milnor ? Dis-lui, c'est joli, lance-t-il avant de repartir à son bureau. Vladimir ne se fait pas prier.

— Et Dmitri, l'interroge Marie alors que le soir approche, sur quoi travaille-t-il, lui ?

Vladimir prend une inspiration subite et serre son stylo. Il savait que ce moment finirait par arriver. À force de s'aventurer dans cette direction. Il réfléchit un instant au fait que c'est peut-être exactement ce que voulait Dmitri. Il revoit l'enchaînement des heures, les suggestions de Dmitri : Alexandrov, Milnor, Hamilton. Tout cela allait dans une direction bien précise : lui. Car Dmitri est l'achèvement de la ligne. La fin. Mais Vladimir n'est pas idiot. Il y a plus, il en est sûr. Plus qu'une manière détournée de Dmitri de les attirer vers lui. Parce que tout cela a commencé il y a des milliers d'années. Vladimir revoit son fils adolescent, passionné par tous les livres qu'il laissait traîner. Ou Dmitri récitant les grands noms, les dates des avancées dans la preuve de la conjecture. Si ça se trouve, comprend Vladimir, son fils veut peut-être simplement partager avec eux ce qu'il a de plus précieux. Il a même mentionné Hamilton. Vladimir tapote le stylo sur la feuille, il semble réfléchir à la meilleure approche et Marie sait qu'il a ses absences – elle ne le presse pas.

— Vous savez, à partir de là, les concepts deviennent très compliqués, même à expliquer avec les mains, se lance-t-il.

Dmitri saurait peut-être… Mais moi, je comprends à peine de quoi il est question. D'ailleurs, demandez-le-lui.

À ce moment, Dmitri entre dans la pièce. Vladimir ignore s'il était derrière la porte depuis longtemps, s'il les espionnait.

— Quoi ? demande-t-il. Me demander quoi ?

— Sur quoi vous travaillez.

Dmitri sourit un instant de son sourire timide, il s'appuie au montant de la porte et prie pour que l'immeuble tienne.

— Je travaille… je m'intéresse à la topologie de certains espaces de dimension 3. C'est…

À de nombreuses occasions, Vladimir a vu ses collègues mathématiciens, et même les plus grands, même les plus sociables – les Américains, Hamilton en tête –, face à ce problème. Traduire en langage courant, en dessins simples ce qui les occupait depuis des années. Le petit groupe ne souffre d'aucune exception : ils se livraient tous à l'exercice de mauvaise grâce. Ils restaient soit condescendants, soit trop denses pour être réellement compris. Ils lui faisaient penser à un artiste peintre qui refuserait de faire visiter la chapelle Sixtine à un groupe de touristes en short et chemise hawaïenne. De plus, la conjecture est complètement impossible à traduire en langage profane. Les rares esquisses que les groupes de travail comme ceux de Milnor avaient produites étaient pratiquement incompréhensibles, même pour lui. Cela sans parler de l'incapacité de Dmitri à s'exprimer clairement, cela sans parler de la certitude qu'il ne sera jamais compris. Pour toutes ces raisons, Vladimir est curieux de voir ce que son fils va répondre : il le fixe au moins aussi avidement que Marie.

— Eh bien… eh bien, hésite Dmitri.

Il se tait un instant, puis il s'avance vers le lit de son père, il saisit une bouteille de vodka près de la table de chevet, la bouche et la tend à Marie.

— Eh bien, prenez cette bouteille. Il y a environ cent ans, un des plus grands esprits que la terre ait portés, Henri Poincaré, se demande si on peut transformer sa surface, sans la briser, en une sphère.

— C'est quand même une drôle de question, l'interrompt Marie, consciente des efforts qu'il est en train de produire, consciente de ses mains, de ses yeux qui tremblent, mais ne résistant pas au plaisir de le taquiner.

— Pas tant que ça, pas tant que ça... par exemple, une application simple permet de traiter des problèmes de divergence dans une généralisation de la relativité générale à dimension 5. Et ce n'est qu'un exemple.

Marie se redresse soudain et l'examine. Dmitri vient de lui parler. De lui parler réellement. Elle l'a en face d'elle, le vrai Dmitri, celui qui a gagné et refusé tous les prix mathématiques existants. Celui qui est accusé de coups et violences avec intention de donner la mort. Celui qu'elle attend depuis des années. Le voilà. En face d'elle pour la première fois depuis des siècles. Il ne se cache plus. Mais il ne remarque pas son trouble, il se concentre sur la bouteille et reprend :

— Dans le cas de la bouteille fermée, tout le monde se dit que oui, qu'il suffit de l'arrondir progressivement et que oui. Il suffit de faire ça jusqu'à rogner la moindre aspérité, le moindre angle qui dépasse. Mais pour la bouteille ouverte ? Mais pour – il prend une des feuilles de son père et la roule – mais pour un cylindre ? Est-ce qu'on peut arrondir un cylindre ?

— Je parie que non, lance Marie avec un sourire de défi. Je parie que non.

— Et si je le tords comme ça, mime Dmitri. Si je le tords ?

— Ça ne suffit pas, je parie qu'il reste des trous, en haut et en bas, là, montre-t-elle du doigt.

— Effectivement, c'est ce que tout le monde croyait.

Qu'on bloquait forcément, à cause des trous... C'est ce que tout le monde croyait mais, en fait, c'est faux. En fait, il est possible... il est possible de couper le cylindre sans le briser, il est possible de le recoller, de pratiquer une sorte – il hésite un moment devant l'importance du mot – une sorte de chirurgie... de chirurgie, c'est ça. Et il est possible, ensuite, de recoller les morceaux au-dessus des trous. De les faire disparaître et de reprendre l'arrondissement.

Marie le regarde un moment, légèrement ivre. Des années qu'elle attendait ça. Elle ne peut pas le lui dire, bien sûr. C'est à lui de la reconnaître. Elle ne peut pas le lui dire, mais c'est tellement bon de l'entendre à nouveau. Elle voudrait. Elle voudrait le prendre dans ses mains, ce visage, comme il y a presque trente ans, le prendre et l'approcher d'elle et le prendre et l'embrasser. Quatre fois, elle voudrait. Mais elle ne peut pas. Elle doit faire taire ses yeux, elle doit faire taire son corps, elle ne peut pas.

— C'est plutôt une bonne nouvelle, j'imagine, lance-t-elle en détournant les yeux.

— Ça dépend de quel point de vue.

— Pourquoi ? relance-t-elle en fixant le dessus de lit – en craignant, en espérant s'être trahie enfin. En craignant en espérant qu'il se rappelle enfin.

— Si l'on veut prouver qu'on peut toujours se ramener à une sphère, j'imagine que c'est une bonne nouvelle. Mais...

— Mais ?

Dmitri ne comprend rien. Peut-être qu'il ne veut rien comprendre, peut-être qu'au fond c'est la seule chose qui l'intéresse, cette bouteille, se dit-elle, désabusée.

— Mais la bouteille en soi n'a aucun intérêt : transformer des bouteilles en sphères n'a aucun intérêt. Cette bouteille n'est qu'une image. Comme je vous disais tout à l'heure, en relativité, par exemple, la bouteille est une image de la structure de l'univers.

— Et ?

— Et le fait est que l'on vient de prouver qu'irréversiblement la bouteille se changera en sphère. Qu'un jour rien ne dépassera. Pas le moindre angle. Pas la plus petite aspérité.

Et dans la voix de son fils, Vladimir ne trouve aucune amertume ; simplement, une lame plus dure apparaît sous l'eau des mots. Cette lame était là tout du long – la dureté intime, l'abrupt de Dmitri. Et la voilà qui se montre enfin. Marie la sent certainement, elle aussi ; elle se recule sur sa chaise, avec dans les yeux comme une angoisse, rendue légère et floue par l'alcool.

— Comment une telle idée a pu vous venir ? Je veux dire de vous intéresser à... la topologie de certains espaces de dimension 3 ?

— Ah. Eh bien, je suppose qu'on peut dire que je suis tombé dedans étant petit. Vous pouvez imaginer. . .

— ... avec un père comme le vôtre, complète Marie, j'imagine assez bien, effectivement. Parce que sans ça, pour qu'un enfant s'intéresse à ça ! Je ne dis pas que... mais quand même, vous deviez être un drôle d'enfant, non ?

Et sa voix est terriblement tendre quand elle prononce cette dernière phrase – c'est comme si Vladimir n'existait pas tellement elle est douce. Comment peut-elle faire disparaître Père aussi facilement ? Comment peut-elle

et Marie ne s'arrête pas là, elle plisse les yeux et le fixe et marmonne, comme pour elle-même :

— Ça oui, j'ai du mal à vous imaginer enfant ou adolescent... sans barbe, par exemple.

Elle finit de ranger ses papiers et referme sa sacoche, en plaisantant encore, mais Dmitri sent bien que son corps se tend peu à peu – il la fixe. Quelque chose est en train de se produire. Elle a peur. Peur de ce qui va arriver, de ce qu'elle attend depuis des années l'Immanus a raison et en même temps il ne comprend rien l'Immanus,

il ne peut pas comprendre cette peur, cette boule dans son ventre dans sa gorge quand Dmitri passe près d'elle pour la raccompagner, cette boule. Dans l'esprit apeuré de Marie, tout s'agite, tout se brouille, comme tout doit être brouillé et agité dans l'esprit de Dmitri, et dans le couloir sombre, dans la marche pesante de Dmitri et dans ses yeux muets et sur le pas de la porte, la peur seule règne, la peur, la grande peur de détruire, de perdre la seule chose, les seules miettes qu'ils aient tous les deux ;

et cette peur est plus forte que

tout, plus forte qu'eux, même,

et cette peur les fracasse, les jette sur ce qu'ils tentent d'éviter tous deux depuis une semaine, depuis qu'ils sont au courant

les jette sur les rochers qui sont le seul obstacle

le seul danger elle les jette et

Marie effrayée finit par lâcher :

— J'ai reçu ce matin le dossier de votre père, au dispensaire. Il a fait des examens il y a deux mois, avant son hospitalisation et la… Il s'était évanoui dans la rue. Ces examens montrent qu'il a une tumeur au foie, ajoute-t-elle. C'est pour ça qu'il est de plus en plus…

Et leurs yeux amers se partagent la nuit du couloir, le jaune exsangue qui leur parvient de la cuisine,

et ils n'en laissent

rien ; tout est pour

leurs yeux,

tout est pour cet espace, ce courant entre leurs corps épuisés.

Quand Dmitri referme la porte, quand il se laisse aller contre, je m'approche de lui. Sa respiration est calme. Je finirais presque par croire que je n'aurai rien de plus que ce tremblement infime, que cette légère électricité de ses doigts, mais je m'approche encore, je m'approche suffisamment pour obtenir la révélation. Dmitri est propre. Il est peut-être même parfumé. Inutile de préciser que c'est la première fois que ça arrive ; que j'ai dû manquer ces instants décisifs, des singularités, où Dmitri s'est regardé dans la glace écaillée de la salle de bains – où il a enfin vu ses vêtements en loques, ses cheveux hirsutes.

Et tandis que je reste appuyé contre la porte, légèrement sonné, Dmitri repart dans le couloir, comme quelqu'un qui aurait toujours au moins un coup d'avance. Malgré l'obscurité, je devine qu'il est presque habillé convenablement, qu'il porte une veste pour la première fois depuis Décembre 95. Qu'il a ciré ses chaussures. Autant de détails qui m'aident à le suivre jusque dans la salle de bains, à y voir plus clair quand il se fixe un long moment dans la glace. Et puis, à me remettre, à me remettre et à ne pas tomber à la renverse, quand d'un geste négligé et presque détaché il attrape le rasoir de Père, quand il le dirige

vers sa barbe. Jamais je n'aurais cru ça possible. Mais cela me montre bien, encore une fois, combien toutes les hypothèses que je formule ne sont basées sur rien, combien je ne connais pas mon frère. Je réalise qu'il n'a peut-être jamais voulu de barbe, qu'il s'est peut-être simplement laissé dériver après mars 96, et que dans ce mouvement de dérive cette barbe est apparue et qu'il n'a rien fait contre,

qu'il n'avait pas de défense pour endiguer ce qui l'attaquait alors.

Quand il a fini, l'évier est plein de poils. Dmitri s'examine avec stupéfaction ; il tâte le lisse de ses joues comme s'il n'en revenait pas. Et moi non plus, je n'en reviens pas : il vient de se dégager d'une centaine de peaux qui le recouvraient depuis des milliers d'années. Et à présent, il est comme nu. Et j'ai l'impression de le voir pour la première fois. Pire, j'ai l'impression que lui aussi se voit pour la première fois. Ses yeux ont l'air si vivants, si jeunes. Sur son visage, sur ses lèvres, sur ses joues, flotte une joie terrible, une lumière inattendue,

imprévisible,

et cet instant est parfait

mais soudain la sonnerie retentit. Dmitri met un moment à comprendre qu'il doit aller ouvrir : Père doit être en train de se reposer dans la chambre. On sonne à nouveau. Dmitri se redresse et va ouvrir et son visage doit se décomposer ou quelque chose d'approchant. Ce n'est pas Marie qui lui fait face. C'est un jeune homme, le crâne presque rasé, l'air dur, affûté. Par endroits, on distingue des trous, des vestiges de boucles d'oreilles, de piercings qui ne se sont pas encore refermés.

— Bonjour, je viens pour les soins de M… P., lance le jeune homme en lisant le papier qu'il tient dans sa main.

Dmitri ne répond rien et le jeune homme n'a pas la patience d'attendre qu'il comprenne la situation.

— Euh, c'est ici ? Je peux entrer ? M'y mettre ? Oui ? C'est bon ?

— Oui, oui, bredouille Dmitri en s'effaçant pour le laisser entrer. Il est dans sa chambre, au fond…

Le jeune homme ne le laisse pas terminer, il enfile le couloir, sans prêter garde au meuble d'angle – il se cogne dedans et maugrée un Putain. Arrivé dans la chambre, il s'arrête un instant : ses yeux dissèquent avec une rapidité, avec une acuité terrifiante Vladimir qui se redresse, qui peine à se réveiller. L'aide-soignant se tourne vers Dmitri, qui l'a suivi. Il sait comment s'y prendre avec les gens. Il va tellement vite – tout est tellement simple.

— Où est la salle de bains ? Parce qu'il va falloir l'emmener, c'est là-bas que ça se passe.

Par-dessus son épaule, Dmitri voit son père qui se tend à

ces mots. Il donnerait beaucoup pour avoir ses yeux – pour pouvoir s'y plonger dedans, il donnerait beaucoup pour ausculter cette peur qui reste dans le flou, dans le trouble, mais il ne peut faire autre chose que se focaliser sur ce jeune homme qui lui fait face – tant son regard insistant le happe, l'exige. Jamais il n'a croisé quelqu'un d'aussi sûr de soi. Personne, même le Marquis, même l'Immanus. Et tandis qu'il essaie de repousser l'image de son père dans ses bras, de son père nu, tandis qu'il tente de comprendre le sens de sa question, il lui apparaît comme une certitude que cette assurance n'est pas un produit de vie, n'est pas due à son expérience – si étendue qu'il la croie. C'est une marque de bêtise que cette dureté dans son regard, que cette moue de sa lèvre inférieure. Dmitri en est certain.

— Euh, là-bas, derrière... c'est la troisième porte à droite.

Dmitri se tourne à nouveau vers son père – il voit ses yeux qui s'éteignent plus encore. Il ne peut en supporter plus.

— Bon... je vous laisse. Je suis dans le bureau, première porte, si vous avez besoin de quoi que ce soit.

Il disparaît dans le couloir avant que l'aide-soignant n'ait le temps de répondre. Dans le bureau, il essaie de s'asseoir, de se remettre à ses calculs. Mais dès qu'il entend l'aide-soignant parler à son père, il laisse tomber son crayon. Il attend la suite, la prochaine seconde, le prochain cri.

— Allez... Allez... on s'y met... Allez, voilà, c'est ça. Voilà, accrochez-vous à moi... allez, il faut faire un effort, là. Allez, allez, on s'y met.

Il entend son père qui râle, qui geint, il entend son père qui proteste avec ces bruits qui n'appartiennent qu'à lui. Ce raclement de gorge, ce Ah si pur, qu'il lançait parfois, la nuit, il y a une éternité. Est-ce qu'il m'appelle ? Est-ce que je rêve ? Non, je les entends qui se rapprochent ; je les vois qui passent devant la porte du bureau. Son père ne le regarde pas. Il est concentré, il donne tout ce qu'il a pour suivre le rythme que le jeune aide-soignant lui impose sans ménagement. Il éructe dans l'effort, bruyant et rouge. Il retient son souffle et, le pas d'après, il le relâche. Et ainsi, l'un contre l'autre, l'un malgré l'autre, ils finissent par atteindre la salle de bains.

— Posez-vous là, contre le mur, j'ouvre. Je prépare ce qu'il me faut.

Très vite, il revient, prend Vladimir par les aisselles, le force à entrer dans la salle de bains et referme derrière lui. Et Dmitri ferme les yeux et, qu'il le veuille ou non, il les voit à travers le mur. Lui qui avance vers son père, qui le prend, qui soulève son maillot de corps, qui lui arrache presque ses vêtements. Lui qui s'agenouille devant son père, qui lui retire ses chaussons, ses chaussettes, qui lui demande de déboutonner son pantalon et qui tire dessus la seconde d'après. Et l'instant où leurs yeux se croisent et l'instant où il ne baisse pas les yeux quand il lui demande d'enlever son slip et l'instant où il s'enfonce dans ses yeux en lui demandant ça, en mettant juste ce qu'il faut de dur, en fin de phrase, pour que son père comprenne qu'il s'agit là d'un ordre. Et quand il pose ses mains sur la peau nue de son père, quand il le soulève et le colle contre lui, quand il le bascule dans la douche, quand il l'appuie contre le carrelage. Dmitri l'entend à travers le mur Tenez-moi ça, Tenez-moi ça, il voit les yeux apeurés de son père, cette incrédulité terrifiante que l'aide-soignant ne voit même pas, qu'il piétine sans même s'en rendre compte Tenez-moi ça, je vais chercher les gants et le produit voilà, voilà, maintenant, levez les bras, il l'entend ce dur en bout de phrase, il l'entend Écartez les jambes voilà, il l'entend, Voilà, c'est fini, je vais chercher une couche et une serviette, ne bougez pas. Cela n'a pas pris deux minutes. À tout détruire. À tout mettre à terre et à piétiner, et à broyer, et à hacher menu ce qu'ils croyaient savoir. Cela s'est fait sans élever même la voix, en prononçant tout au plus une dizaine de phrases, d'un ton neutre, en relevant légèrement les fins de phrases. La tessiture de l'horreur est incroyablement commune.

— Eh oh ? Eh oh ? Vous êtes toujours là, monsieur P. ? Monsieur P. ?

Dmitri entend l'aide-soignant qui crie à travers le mur ; c'est à lui qu'il s'adresse.

— Oui, oui, j'arrive, balbutie-t-il.

Dmitri contourne le bureau, s'apprête à sortir. Soudain, il s'arrête. Passe un revers de main sur son visage, sur ses joues, sous son nez. Je ne lui donnerai rien. Il arrive dans le couloir après avoir durci ses yeux tout ce qu'il peut – il sent ses poings trembler de rage. Il passe la tête dans l'ouverture de la porte – l'aide-soignant porte une sorte de blouse d'hôpital en plastique, des surchaussures.

— Donc, voilà... c'est fait. C'est bon pour deux jours... Euh, quoi d'autre... oui, il faut vous assurer qu'il aille aux toilettes toutes les deux heures, sinon, il est incontinent... ça ne sera pas joli d'ici après-demain.

Lui défoncer la tête contre le montant de la porte. Lui enfoncer ce ton froid et impersonnel, ce simulacre de professionnalisme dans la colonne vertébrale.

— Sinon... il n'avait pas préparé de vêtements. Donc, il est encore en couche. Je vous laisse le rhabiller, il faut que j'y aille, je suis pressé, j'en ai encore quatre autres ce soir.

Dmitri ne sait pas très bien ce que le jeune homme attend de lui en lui disant ça. Il voit simplement qu'il sourit. Peut-être qu'il n'a pas très bien compris à qui il s'adressait – que j'étais le fils de l'homme à qui il vient de faire un lavement. Il sourit, ou quelque chose d'approchant – il doit attendre que Dmitri lui réponde d'une façon ou d'une autre. Mais rien ne vient, et d'ailleurs le sourire du jeune homme ne tient pas longtemps non plus. Il fait rapidement place à cette dureté folle qu'il avait en entrant ici et qui doit être son état normal.

— Donc, je repasse après-demain, à peu près à la même heure, lance-t-il sans les regarder, en enlevant sa blouse et ses surchaussures.

Il lance un vague Au revoir, sans relever les yeux, se retourne, ouvre la porte et disparaît dans le couloir de l'immeuble. Il n'a pas refermé la porte – il doit s'arrêter quelques instants, il sort son portable qui sonne.

— Ouais, ouais, salut ma couille. Ça va ou quoi ? Ouais, ouais... j'ai bientôt fini ma tournée, c'est ça, fous-toi de moi ! Bon, on se retrouve quand ? Parce que j'ai des trucs pour toi... mais ouais !

Il doit s'éloigner car peu à peu, insensiblement, car tranquillement, sa voix s'éteint – on l'entend maugréer contre l'ascenseur en panne, ouvrir la porte des escaliers de secours et disparaître définitivement. Dmitri reste un moment face à la porte de l'appartement entrouverte. Il a laissé Père en couche.

Lentement, Dmitri referme la porte et se dirige vers la salle de bains. Mais juste avant d'entrer, il se ravise – quelque chose en lui s'est mis à trembler à l'idée de ce qu'il pourrait voir s'il entrait dans cette pièce. Il va chercher des vêtements – tous élimés, tous vieillis et usés jusqu'à la moelle.

De retour à la salle de bains, en entrouvrant la porte, il baisse les yeux. Il fait quelques pas en fixant le mauvais carrelage et tend à son père ses habits en marmonnant un vague Tiens. Le vieil homme les prend en se raclant la gorge. Aucun des deux n'ose lever les yeux. Ils y sont. Au fond du trou. Dans l'ombre de la case noire. Là où ils voulaient être. Dmitri fixe les jambes glabres de son père avec une moue écœurée. Il ne peut réprimer un tremblement. Et quand il n'en peut plus, il s'éloigne. Sur le seuil, il entend son père renifler, il l'entend se reprendre. Il pleure comme un enfant. Tout ce que j'ai craint, tout ce que j'ai redouté tout au long de ma vie, et peut-être la seule chose que j'aie jamais respectée – tout cela bafoué en quelques minutes par un inconnu. Par quelqu'un qui n'a même pas eu à forcer, qui ne l'a même pas souhaité et ne s'est rendu compte de rien. Tout cela sans arme ni violence.

Vladimir met peut-être une demi-heure à enfiler ses vêtements. Il se contorsionne dans tous les sens, il force, il donne tout ce qu'il a pour un peu de souplesse, pour un angle de chaussette. Il geint de temps à autre. Il doit revoir le jeune aide-soignant. Ses yeux. Ses mains entre ses jambes – brutales, sûres d'elles. Réalistes dans leurs manières. Après cela, il se traîne dans sa chambre et n'en bouge plus. Et si Dmitri n'ose pas aller le voir, Ivan reste avec lui jusqu'à ce qu'il s'endorme. De l'autre côté du couloir, enfermé dans sa chambre, Dmitri ne fait rien. Il attend – sans savoir exactement quoi. Quand son père a fini par s'endormir, Ivan vient le voir. Il a déjà vu cet air, cette indécision-là traîner sur son visage, ce flottement fatigué dans ses yeux. Il ne sait plus où, il ne sait plus quand. Mais il en est sûr.

En dimension 3, une courbe fermée simple lisse dont la courbure totale est assez petite ne peut être qu'un nœud trivial.

Dmitri avait douze ans. Il avait gagné deux sélections des clubs d'échecs de la ville et il avait le droit, avec onze adultes de la région, d'affronter en parallèle Mikhaïl Tal – qui venait d'obtenir le titre de grand maître international et faisait une tournée dans tout le pays. Ivan se souvient du gymnase qui avait été réservé pour l'occasion. Il revoit encore la foule concentrée – les lunettes à bord épais, les imperméables qui séchaient après la pluie sur les dossiers, les hommes qui prenaient des notes sur leurs carnets. Leur père n'était pas venu, c'était leur mère qui les avait déposés, Dmitri et lui, devant le gymnase. Membre de la famille, Ivan avait eu le droit de s'asseoir au premier rang, juste en face de la table de Dmitri. Ce tournoi avait confirmé ce qu'il savait depuis toujours : que le combat que son frère mènerait immanquablement contre le monde, il allait le perdre. Il allait le perdre, parce qu'il avait beau être au-dessus du monde, il n'était pas armé pour vaincre. Il ne pouvait que rester là, au-dessus du monde. Et le contempler. Au bout d'une heure, neuf des joueurs avaient déjà perdu. Au bout de deux heures, il ne restait plus que Dmitri. Tal s'était assis face à lui après avoir achevé le sexagénaire à lunettes qui lui résistait jusque-là. Il avait regardé l'échiquier comme s'il le voyait pour la première fois. Il avait fixé Dmitri pour comprendre ce qu'il cherchait. Ivan, lui, l'avait compris au bout de deux heures – le maître n'avait mis que quelques secondes et il avait souri. Il n'y avait pratiquement aucune pièce sur les côtés de leur échiquier. Dmitri avait simplement bloqué toutes les attaques du maître. Il n'y avait là rien d'extraordinaire – c'est ce que font toujours les amateurs quand ils affrontent des joueurs de classe internationale : ils tentent à toute force, ils tentent désespérément de repousser l'inéluctable défaite. À la différence que Dmitri y était parvenu pendant deux heures. Et parmi les pièces, il avait pris un des cavaliers de son adversaire. Et quand on savait – et Dmitri le savait parfaitement – le prix que Tal accordait à ses cavaliers, on ne pouvait y voir qu'une seule chose : c'était un avertissement que Dmitri avait posé. Ensuite, il avait simulé quelques attaques latérales et frontales – que Tal avait mollement parées, concentré qu'il était sur des parties plus adultes, certain que ce jeune garçon finirait par se fendre de quelque chose de précis, et se fendre, ce serait inévitablement s'exposer et là, il pourrait facilement le piéger et le finir. Tal venait de se rendre compte que Dmitri ne l'avait jamais vraiment attaqué, que lui aussi s'était contenté de le titiller mollement.

S'il avait souri en s'asseyant, c'est qu'il avait compris que Dmitri l'avait simplement attendu pendant tout ce temps. Il le voulait pour lui tout seul. Voilà ce qu'il y avait dans la courbe fermée de ses yeux.

Et à partir de ce moment-là, une nouvelle partie s'était engagée. Il avait fallu deux nouvelles heures à Tal pour triompher de Dmitri, qui s'était battu comme un chien, jusqu'au bout, qui avait livré jusque ses dernières forces. À la fin, il ne restait que six pièces sur l'échiquier. Tal s'était levé, il avait serré la main de Dmitri qui retenait péniblement ses larmes. Le grand maître avait placé son bras derrière son dos et avait salué la foule qui scandait son nom. Il levait les yeux vers tous ceux qui n'avaient rien compris et il leur souriait. Dans les vestiaires, après la cérémonie de clôture, le maître avait demandé à parler à Dmitri ; Ivan avait accompagné son frère au milieu de toute la foule des admirateurs qui étaient venus mendier un autographe – sur une photographie en noir et blanc, le visage formidablement sévère de Tal. Le maître était assis dans sa loge improvisée, il avalait sa troisième vodka quand les deux frères étaient entrés. Il avait toisé Dmitri un long moment, en silence.

— Je n'ai pas compris ce que tu as fait. Tu aurais pu gagner. Fou en D5 au seizième coup. Ça n'a pu t'échapper. Sur le moment, je me suis dit que tu étais trop jeune, que j'avais eu de la chance. Mais après ce que tu as fait pendant les deux dernières heures, j'en suis sûr : c'est volontairement que tu n'es pas allé en D5. Pourquoi ?

Dmitri n'avait pas relevé les yeux.

— Ça n'avait pas d'intérêt, a-t-il commencé. De vous battre comme ça. Vous étiez concentré sur le numéro 7, sur l'homme aux lunettes. Ça n'avait pas d'intérêt.

— Écoute-moi bien, petit : il n'y a pas de bonne et de mauvaise manière de gagner. La seule chose qui compte, la seule chose que les gens retiendront en définitive, c'est qui gagne. Tu dois avoir l'instinct du tueur. Tu peux faire de grandes choses – mais... mais seulement si tu vas à l'échiquier le couteau entre les dents. Celui qui gagne, voilà ce qu'on retient. Pas celui qui est le plus fort. Retiens cela.

À voir Dmitri incapable de maîtriser le tremblement de ses mains, à entendre son père gémir dans sa chambre, caché sous son oreiller, Ivan se redit ce qu'il aurait voulu répondre à Tal ce jour-là : que ce qui importe n'est pas de savoir qui gagne. Que ce qui compte n'est pas tant de savoir comment tout cela va se terminer, mais d'être là. D'assister au combat. De le vivre.

Au milieu de la nuit, Dmitri semble s'éveiller soudain ; il se traîne dans la salle de bains, l'air hagard. Il saisit la combinaison de l'aide-soignant, ses surchaussures, il les jette à la poubelle. Il roule en boule les vêtements souillés de son père. D'un pas mécanique, il retourne dans la cuisine et lance une machine avec ce qu'il trouve de lessive. Il reste un moment devant le tambour, les yeux ballants, les bras épuisés. Jamais ils ne tiendront. Il doit le sentir. Mais comme face à Tal, pendant la quatrième heure, Dmitri ne lâchera rien, voilà ce que comprend Ivan. Il ne renoncera jamais, il jettera toutes ses pièces dans la bataille. Il ira jusqu'au bout et, s'il doit échouer, il aura tout donné.

Après la première chirurgie, la variété a un nombre fini de composantes connexes.

La voiture suit le jeune homme à distance, le moteur tournant au repos, pratiquement sans un bruit. Sergueï louvoie entre les trous de la chaussée défoncée, les sacs-poubelle et les caddies qui jonchent la rue. Il ne comprend pas très bien ce que le capitaine Téliakov cherche. Son supérieur n'a rien fait dans cette affaire depuis le début : les négociations autour de la frontière, le sommet international pour lequel il a été recruté l'ont complètement accaparé. Des choses importantes pour la région, voire pour le pays, sont en train d'être décidées, leur a expliqué le diplomate qui est venu le recruter. Et la seule chose qu'il a eu le temps de faire avant de se plonger dans le sommet, c'est de demander à Sergueï de surveiller Mikhaïl. Et maintenant que le sommet est terminé, il revient aux affaires courantes.

Ce matin, Sergueï lui avait fait son rapport sur l'avancée de l'enquête : il avait suivi Mikhaïl dans tous les coins possibles et imaginables du Quartier – des terrains vagues, des rues désertes, des églises… Mais il n'avait rien compris aux agissements du jeune homme, avait-il conclu, et ce faisant, il avait arraché un sourire au capitaine. Bien, avait terminé ce dernier en tapotant son bureau avec un dossier.

— Au fait, et il a trouvé une infirmière, pour s'occuper du père P. ?

— Oui, avait répondu Sergueï en cherchant dans son dossier. Oui, une infirmière du Quartier.

— Du Quartier ? Eh ben, ça devait pas courir les rues pourtant, ce gamin m'étonnera toujours…, avait-il laissé traîner, rêveur.

— Ça oui, il est pas commun. C'est une certaine… Sliouov. Marie Sliouov. Qui travaille au dispensaire des 600.

Et tandis que Mikhaïl s'arrête, regarde de part et d'autre avant de traverser, Sergueï se souvient comme le capitaine s'était tendu soudain, quand il lui avait dit ça. Pourquoi ? Les négociations ? La vague de bagnoles brûlées dans les quartiers est ? Il ne sait pas plus maintenant qu'alors. Seulement que son supérieur avait fini par le relancer.

— Il t'a dit pourquoi il a pris cette fille ?

— Non, avait-il répondu. Enfin, si. Il a quelque chose. Mais…

— Mais, quoi ?

— Ben, c'est toujours pareil avec lui. Il a dit que c'était la porte d'entrée parfaite. Il l'a trouvée sur les listings du dispensaire. Il a fait ses recherches. Elle travaille dans le Quartier avec les clochards, elle fait des maraudes, elle s'occupe des SDF qui squattent l'ancienne station de métro et les cabines téléphoniques autour. Elle est la seule personne à avoir parlé à Dmitri pendant des années. Et en plus, il a trouvé un dossier ancien, un truc comme quoi elle a connu Ivan, le deuxième fils P., celui qui est mort. Il a dit : c'est la porte d'entrée idéale, quelqu'un comme ça.

— Et ? Pourquoi ça te plaît pas ? Tu crois qu'il cache autre chose ?

— Non, au contraire. Je trouve qu'il complique trop, qu'il finasse pour rien. Après, je suis allé les voir les dossiers du dispensaire, et de toute manière c'était pratiquement la seule de disponible. Mais…

— Mais t'es pas convaincu ?

— Non. Je crois qu'elle va plus nous emmerder qu'autre chose.

— Peut-être.

Sergueï se rappelle comment le capitaine s'était tu alors – comment ses yeux étaient restés dans le vague. Et brusquement, son supérieur avait voulu aller dans le Quartier pour filer Mikhaïl. Et une heure plus tard, ils sont là, rue Illitch, engoncés dans la Trabant. Ils observent Mikhaïl qui se tourne et se retourne. Ils le voient s'agenouiller près du trottoir. Ils le voient se relever lentement et avancer jusqu'à toucher le mur de l'ancienne fonderie. Ils le voient le frotter de la main. L'observer longuement, chercher quelque chose, une marque, une trace, ils ne savent pas quoi. Et oui, le caresser.

— En fait, il est quand même un peu barge, murmure Sergueï.

Le capitaine sourit et Sergueï aimerait pouvoir en rester là. Vraiment. Se dire que Mikhaïl est simplement barge. Qu'il ne prépare rien. Mais il se rappelle les dossiers que Mikhaïl lui a fait dérober. Il se dit qu'il a peut-être armé Mikhaïl contre la demi-brigade. Contre le capitaine. Et ses yeux sont de plus en plus sombres, de plus en plus durs.

— Tu dis que ça fait plusieurs fois qu'il vient ici ?

— Oui. Je l'ai vu faire ça quelques fois déjà.

— Mais qu'est-ce qu'il y a ici ? À part les 900 ?

— Rien… Il est allé une fois dans la seule pharmacie du coin. J'ai cuisiné le pharmacien après. Le jeune voulait des renseignements sur un médicament ; le moclobémide... c'est ça : le moclobémide...

— Et quoi d'autre ? reprend le capitaine sans relever.

— Ah oui... Il visite pas mal d'églises. Il est passé quelques fois au cimetière de Saint-Joseph, aussi... J'ai l'impression...

Téliakov et Sergueï observent Mikhaïl qui s'éloigne. Rien de ce que fait le jeune policier, pas le moindre de ses gestes ne leur parle. Il utilise son temps d'une façon incompréhensible pour les deux hommes ; rien dans leur intelligence ne semble connexe. Et l'incompréhension croît encore lorsque, après avoir parcouru quelques rues, Mikhaïl entre dans une église en déliquescence.

— Putain, c'est pas vrai. Encore une église !

Sergueï sort de la voiture, s'approche de l'église et lit les annonces qui s'agitent mollement dans le vent. Quand il revient dans la voiture, il est encore plus perplexe.

— C'est l'heure des confessions, ça dit.

— Bon, tu continues à le suivre. Je rentre, j'ai à faire, conclut Téliakov d'un air sombre.

On pratique une nouvelle chirurgie et on recommence, espérant poursuivre ce processus pour tout temps.

Le lendemain, Marie ne vient pas. Dmitri n'ose pas appeler le dispensaire pour avoir des nouvelles. Vladimir et lui restent toute l'après-midi à l'attendre. Des heures et des heures, comme des processus de torture, toujours recommencés. Et le surlendemain, ils traversent le même purgatoire interminable. En début de soirée, après des milliers d'années de souffrances inutiles et vaines, quand tout semble avoir atteint l'extrémité de tous les processus, l'aide-soignant sonne et entre, et Dmitri constate avec horreur que son père semble déjà se faire à son humiliation. Il tressaille moins quand le jeune homme l'empoigne – il retient sa respiration, durcit ses yeux. Il sait à quoi s'attendre et cela se sent dans la tension qui l'habite. Il se remet plus vite aussi. Mais il n'ose toujours pas discuter avec l'aide-soignant. Il sent peut-être à quel point c'est inutile, à quel terrible point le jeune homme ne le voit pas. Et peut-être est-ce mieux ainsi, pense Dmitri. Peut-être qu'il vaut mieux que les autres ne nous voient jamais vraiment, peut-être qu'il vaut mieux que nous restions seuls. Mais il n'aura pas la réponse à cette question non plus. Et quand le jeune homme est parti, Dmitri entend son père se rhabiller ; il force, il gémit pour remettre la moindre chaussette droite. Pendant mille ans, il hésite, il fait mine de se lever, il finit par se rasseoir ; pendant mille ans, il n'ose pas aller l'aider.

Quand il n'en peut plus, Dmitri sort de l'appartement, se glisse le long des couloirs sombres, descend les escaliers ; il n'essaie même pas d'allumer les lumières. Il sort de la barre et s'arrête sur les marches qui descendent sur la place. Ivan s'assied près de lui et, avec lui, il embrasse la place d'un regard terrible. Tous deux savent que le surlendemain le jeune aide-soignant reviendra. Avec la même vélocité rapace, avec le même calme supérieur de qui sait s'y prendre. À nouveau, leur père devra pencher la tête sur le côté, fermer les yeux tandis que l'homme le frottera sans ménagement. Et peut-être qu'il ne pleurera même plus

et peut-être que c'est ça le pire,

le plus âcre des vents qui soient jamais passés sur cette place.

Ivan le voit bien : Dmitri est au fond du bassin. Il retient sa respiration. Ses cheveux flottent autour d'un visage défait qui ne lui ressemble plus tellement il morfle, tellement il est déformé par la douleur. Il est au fond du bassin, dans la nuit, hors du monde.

— Monsieur P. ? Dmi... Dmitri ? Tout va bien ? J'ai cru que vous alliez tomber.

Dmitri ouvre les yeux. Il voit Marie face à lui, en bas des marches.

— Non, non, ne vous inquiétez pas, tout va bien, lui répond-il avec un sourire inattendu.

— Tout va bien ? répète-t-elle.

Dmitri détourne le visage. Tout va bien ? Qu'est-ce que la rue peut répondre à ça ? Il se tait un moment encore puis, comme on s'avance dans les ronces, il ajoute :

— C'est juste… tellement…

Marie fronce les sourcils et détourne elle aussi les yeux vers la place dévastée.

— Votre père ?

— Non… L'aide-soignant. Il est venu deux fois. Il est très dur avec mon père. Il lui en demande beaucoup, il l'épuise. D'ailleurs, ça ne sert à rien que vous montiez, il doit être en train de dormir.

— En fait, il faut que je lui fasse son injection. Ça ne va pas prendre beaucoup de temps, mais il le faut.

— Ah… Dans ce cas, allons-y.

Il se lève et se dirige vers le hall – et Marie se lève elle aussi et marche à ses côtés. Tandis qu'ils attendent l'ascenseur, Dmitri détaille la tapisserie hors d'âge sur les murs du hall, essaie de distinguer la crasse de l'obscurité. Mais il ne trompe personne – il ne fait que retarder ce moment où il reprend enfin, la voix entrecoupée de sanglots

— Il est… il ne respecte…

et il ne peut pas finir

et le monde des hommes est une douleur immense et minuscule,

une larme qu'on essaie de cacher en se détournant,

et on compte

une rime en or pour mille enfers.

— J'ai des amies à l'école d'aides-soignantes de la ville, répond Marie. J'ai entendu dire que certains élèves étaient très durs avec les personnes âgées. Elles me racontaient des choses, des plaisanteries qu'ils faisaient… c'était…

Elle n'a pas le temps de finir : la porte de l'ascenseur s'ouvre devant eux. Le Marquis et l'Immanus leur font face. Il est très rare qu'ils se déplacent ainsi, sans leurs hommes. On voit bien qu'ils sont tous deux armés – les crosses dépassent de leur ceinture, de leur holster. Mais tout de même. Le Marquis sourit à Dmitri, il lui ouvre les bras.

— Comment va ? lance-t-il. Je viens de rendre visite à ton père. Il dormait, je ne suis pas resté. Tout se passe bien ?

— Oui, ment Dmitri. Tout va bien, mais il est fatigué.

— C'est qui, elle ? reprend le Marquis en désignant Marie d'un geste sec du menton.

— C'est l'infirmière, répond Dmitri. L'infirmière de Père.

Et ses yeux disent et ses yeux ordonnent de ne pas pousser plus loin leur interrogatoire. Les deux hommes n'insistent pas.

— Ah, c'est vous, la fameuse ! Et les flics, personne n'est venu te soûler, Dmitri ? Tu me dis, hein, s'il y a le moindre truc ? Bon, il faut que j'y aille… Je repasse dans la semaine. L'Immanus repassera demain.

— Ne t'inquiète pas. Repasse quand tu veux, termine Dmitri en baissant la voix.

Dès que la porte de l'ascenseur se referme sur eux, Marie se tourne vers lui.

— Vous connaissez le Marquis ? Je veux dire, personnellement ?

— Oui. Lui et mon père se connaissent depuis des années, répond Dmitri, alors que les étages défilent péniblement. Il est très attaché à mon père.

Une fois qu'ils sont arrivés dans l'appartement, Marie va faire son injection à Vladimir et Dmitri l'attend dans la cuisine. Il s'assoit sur une chaise branlante. Tout est si dur ;

les meubles hors d'âge, le carrelage exsangue ;

les fenêtres jaunies par les années sans nombre qui leur sont passées dessus sans égard ;

dans l'évier, le robinet qui goutte sa symphonie de l'abandon, de l'échec,

sa symphonie de la fin ;

tout est si dur et c'est cela dans son souffle et dans ses

yeux. Et c'est ainsi que Marie le trouve ; le souffle court, les yeux éteints.

— Ça y est, c'est fait. Il dort à présent, il s'est à peine réveillé.

— Ah ? Parfait. Il en a besoin.

Marie s'assoit près de lui, sans qu'il l'y ait invitée. Elle sort des papiers de sa mallette. Un stylo. Dans ses gestes, le mélange de la fatigue de fin de journée et d'un professionnalisme forcé. Dans ses gestes, tout cela fondu, tout cela gris et jaune.

— Il faut aussi que nous voyions pour la prise en charge. Vous devez signer tous ces papiers et les renvoyer d'ici la fin de la semaine au médecin-conseil de sa caisse de sécurité sociale. Pour acceptation. Il faut le faire.

Elle sourit en disant ça – et son sourire aussi est fondu de fatigue, il tire. Elle est épuisée et Ivan le voit. Mais Dmitri le voit-il, lui ? Ivan n'en est même pas sûr.

— Vous voulez boire quelque chose ? demande soudain son frère.

Ivan ne sait pas où il est allé chercher la force de prononcer cette phrase. Dans la fatigue, peut-être. Marie le fixe un instant, interdite.

— Oui, oui, je veux bien, finit-elle par lancer. Les journées... Oui, je veux bien.

Dmitri se lève, va laver deux verres dans l'évier, les pose sur la table devant Marie, pendant qu'elle se masse le front du bout des doigts, les yeux fermés.

— Vodka de contrebande ou vodka de contrebande ? propose-t-il en ouvrant le frigo.

— Je penchais pour vodka de contrebande, sourit Marie, mais puisque vous n'avez que ça, je prendrai une vodka de contrebande.

Leurs phrases ne portent pas. Elles s'épuisent dans l'air,

elles tombent dans la poussière, de fatigue. Ivan ne saurait dire lequel des deux lui semble le plus à plaindre.

— Du coup, je prends la même chose, répond-il en posant la bouteille sur les papiers d'assurance.

Il la sert et ils trinquent, avec toujours cette fatigue, ce harassement dans leurs gestes. Marie pose ses coudes sur la table, entourant son verre des deux mains, comme pour s'y réchauffer. Elle semble perdue dans ses pensées, à l'écoute de quelque chose d'obscur, d'un son par-delà les sons assourdis de la nuit.

— Pour votre père, murmure-t-elle enfin, par rapport à l'aide-soignant, je pourrais peut-être...

Elle se tait, baisse les yeux, tenant toujours ses mains abîmées autour du verre sale. Elle attend sans doute que Dmitri ajoute quelque chose.

— Je... tout ça, finit par lâcher Dmitri. Ne vous inquiétez pas...

Il n'ajoute rien. Il n'en a plus la force. Marie finit son verre par petites lampées, en laissant le liquide froid glisser sur sa langue jusqu'à la brûler – elle garde les yeux dans le vague. Dmitri fait de même de son côté. Ils se taisent. Peut-être, peut-être qu'ils sont bien, comme ça, se dit Ivan. Peut-être que quelque chose se creuse entre eux, là, en silence, dans un espace à courbure strictement négative, dans un espace fermé qui n'est que pour eux. Peut-être.

Toujours est-il que l'ampoule au plafond rend soudain l'âme, après avoir émis un dernier grincement infime, presque animal. La cuisine se retrouve plongée dans l'obscurité. Ni Marie ni Dmitri ne bougent. Ils n'en ont ni la force ni l'envie. Ils attendent et, peu à peu, leurs yeux s'habituent. Et le jaune infâme des lampadaires du Quartier sert enfin à quelque chose, trouve enfin sa justification, atteint sa destinée, ce pour quoi en vérité il a existé pendant des décennies, ce pour quoi il existera encore un peu, ce qui fait qu'on tolère sa présence en haut lieu – il leur sert à se voir. Il a escaladé les étages, rampé par la fenêtre, il s'est écoulé le long des commodes, du frigo, a glissé sur tout cela et n'en a rien gardé : il ne se concentre que sur l'essentiel. Leurs yeux luisants qui se cherchent, qui se trouvent par moments. Dmitri a bien fait un geste quand l'ampoule s'est éteinte – il a voulu se lever. Mais Marie a posé la main sur son bras, elle l'a fixé. Elle a dû murmurer quelque chose – un non, laissez comme ça, on est bien. Elle a dû dire quelque chose. Mais si doucement que Dmitri n'a rien entendu de précis, qu'il a à peine vu ses lèvres bouger dans l'obscurité. Et pourtant, il se rassoit et il la regarde.

Et plus tard, ils ne disent rien tandis qu'il la raccompagne. Il y a à présent entre eux une complicité qui n'a pas besoin de mots, une sorte de tore, de pont qui les relie dans l'obscurité

il y a entre eux cette chose pour laquelle l'humanité n'a pas encore trouvé de mot

qui n'est que dans les gestes,

dans les yeux.

Dans le couloir, ils s'effleurent à quelques reprises, en évitant les meubles, en ouvrant la porte. Ils se regardent aussi, malgré l'obscurité. Ni l'un ni l'autre ne songent à allumer. Ils n'en ont pas besoin. Puisqu'ils se voient.

— Je vais pas y arriver, Marie, finit par murmurer Dmitri sur le pas de la porte.

— Si, tu vas y arriver. Je suis là. Tu vas y arriver, Dmitri, lui répond Marie en lui prenant un instant la main.

Et le monde tout entier tourne autour de cette main, de ces yeux,

et le monde tout entier est fait pour ça,

pour exactement ça

Marie le sait

Dmitri le sait

exactement ça.
Quand elle s'approche de lui,
quand elle caresse sa joue,
quand elle l'embrasse doucement sur la joue, tout près des lèvres,
quatre fois
exactement pour ça le monde.

Une surface fibrée au-dessus d'un cercle est hyperbolique si et seulement si sa monodromie à isotopie près est pseudo-Anosov et si la caractéristique d'Euler de sa fibre est négative.

Marie dévale les escaliers, malgré les larmes, malgré l'obscurité qui mêlent tout. Plus forte que le vertige, plus forte que la peur, la détermination se mue peu à peu en une colère froide qui la tire vers le bas. Elle sort du bâtiment et dévale les quelques marches qui la séparent de la place. Elle s'engouffre ensuite dans un dédale de rues sombres,

et ce qui pulse dans ses veines n'est vite plus qu'une colère noire ;

et sur cette colère elle avance,

elle avance sans faire attention.

Et quand un groupe de jeunes loups lui barre soudain le passage en souriant comme des anges, elle est tellement énervée qu'elle n'a même pas peur. Elle s'arrête et lance :

— Dégage !

— Ben pourquoi tu t'énerves ? On s'est même pas dit bonjour !

L'un des jeunes s'approche – un gringalet blond, tatoué

de partout, qui n'a pas vingt ans. Il la détaille comme un morceau de viande ; il sourit. Soudain, Marie sent quelqu'un derrière elle. Avant qu'elle n'ait eu le temps de réagir, elle entend :

— Désolé, les gars. Celle-là est pour moi.

— Ah bon ? rétorque le tatoué qui sourit toujours. Et d'où, elle est pour toi ? Pourquoi est-ce qu'on voudrait partager, hein ?

Il s'approche jusqu'à venir se coller contre Mikhaïl. Mais il est tellement concentré sur son entrée qu'il ne fait pas attention, qu'il se fait avoir – comme tous ceux qui ont affaire à Mikhaïl. Calmement, celui-ci lui saisit le menton, lui braque son arme contre le ventre et murmure :

— Vous dégagez vite, toi et tes potes. Ou je vous crève tous, juste pour voir si ça soulage mon mal de crâne...

Et les yeux de Mikhaïl véritablement sont rouges,
striés de mauvaises veines qui rayonnent de son iris,
hurlant leurs douleurs leurs prières muettes
dans des mondes où personne n'entend rien ;

et c'est cela, exactement cela qu'y voit le jeune tatoué : une douleur comme un monstre enfermé dans d'autres mondes, une douleur qui ne demande qu'à s'emparer de leurs corps, qu'à les démembrer, qu'à se repaître d'eux. Et si la main de Mikhaïl tremble, le tatoué a bien compris que ce n'est pas la peur ; qu'il résiste, qu'il résiste comme il peut aux monstres qui s'agitent au fond de ses yeux de glace.

— OK, les gars, je crois qu'il en a encore plus envie que nous, celui-là. On se casse.

Les autres s'éclipsent peureusement. Et Mikhaïl ne laisse pas à Marie le temps de réfléchir. Il la pousse vers une voiture garée non loin.

— Venez, lui dit-il. Je vous raccompagne.

Marie ne dit rien. Elle contourne la Trabant et s'installe à la place du passager. Mikhaïl s'assied près d'elle, mais il n'allume ni le moteur ni la veilleuse. Une lumière isolée dans la rue attirerait forcément l'attention sur eux.

Qu'est-ce qu'il fait ici ? se demande Marie. Depuis quand la suit-il ? Comme s'il lisait dans son esprit, Mikhaïl commence :

— Ne vous inquiétez pas, c'est juste le capitaine Téliakov qui m'a demandé de veiller sur vous.

Marie ne répond rien.

— Qu'est-ce qui se passe ? finit-il par demander. Il y a un problème ?

— Un problème ? répond Marie avec une voix qui ne lui appartient pas, qui la vieillit terriblement. Oui, il y a un problème. Il faut que je parle le plus rapidement possible… il faut que je parle le plus rapidement possible au capitaine Téliakov.

— Ah, ça ne va pas être possible tout de suite.

— Il le faut. Tout de suite. Conduisez-moi chez lui.

— Je voudrais bien, mais je ne sais pas où il habite, lui ment Mikhaïl.

Marie se tait un moment, les yeux dans le vague. Mikhaïl l'observe à la dérobée. Dans le meilleur des cas, se dit-il, elle va noyer le poisson. S'il la pousse, elle va mentir, inventer. Elle doit protéger ce qui l'a amenée ici. Le noyau noir. C'est ce qu'elle est en train de faire – là, ses yeux concentrés, là, sa bouche pincée – protéger le noyau noir. Et Mikhaïl a beau avoir trop chaud, trop froid, et Mikhaïl a beau trembler et sentir les monstres qui lui dévorent l'intérieur du crâne, il le sait. Il feint d'épier la rue, comme s'il pressentait l'arrivée d'une bande de jeunes, de quelques voitures armées jusqu'à la gueule, comme s'il pressentait l'arrivée d'un danger, mais il sait bien que ce qui compte est juste là, assis à sa droite, qui reprend sa respiration, qui fait craquer les articulations de ses mains. Qui hésite et a peur de dévoiler son jeu.

— Écoutez, finit par lancer Marie. Amenez-moi au dispensaire.

— Comme vous voudrez, conclut Mikhaïl en lançant le moteur.

Il parcourt quelques rues en sous-régime, si bien que la Trabant n'émet qu'un ronflement très grave, pratiquement imperceptible.

— Arrêtez-vous là, derrière ce camion, ordonne Marie, en lui désignant la place d'un geste sec du menton. Je finirai à pied.

Mikhaïl s'exécute et coupe le moteur, toujours en silence. Il baisse la tête, attend que Marie se mette à parler en fixant l'anneau plastique du volant qui se délite entre ses mains. Il a l'air étrangement triste.

— Ça ne va pas marcher, commence Marie, qui se tait ensuite un long moment, les yeux dans le vague… Ça ne va pas marcher, ce que vous voulez faire. Ça va juste leur faire encore plus mal, reprend-elle en laissant échapper une larme sur sa joue droite.

Mikhaïl ne dit rien. Il ne doit pas dévoiler son jeu et il le sait. Elle a peut-être dit ça au hasard, comme si elle espérait, contre toute logique, que tout ceci ait finalement un sens, que quelqu'un tire les ficelles dans l'ombre ; comme si elle le suppliait de lui avouer que toutes ces danses tragiques ne sont qu'un jeu, qu'un emmêlement de fils. Et Mikhaïl approche, il le sent. Il approche du moment où il pourra avoir ce qu'il veut. Alors, il lui faut se taire – il serait trop bête de tout gâcher maintenant. Alors, il baisse la tête et il la laisse sortir et murmure un vague

bonne nuit.

Et tandis qu'elle s'éloigne, Mikhaïl l'observe. Il est possible qu'elle ait compris, se dit-il, stupéfait. Que son intuition lui ait donné tout ce qu'elle ne doit pas, tout ce qu'elle ne peut pas savoir. Il est possible qu'elle ait entrevu l'attaque tournante que Mikhaïl déploie à la muette sur les bords de l'échiquier. Mais ça ne sert à rien de le lui confirmer. Les pions n'ont aucune idée de ce à quoi ils participent et ils n'en remplissent pas moins leur office. Et pour les reines, il en va de même.

Quand elle s'est éloignée, Mikhaïl regarde sa montre. Il a d'autres coups à jouer avant demain. Des coups importants, vitaux s'il s'y prend bien.

Il démarre la Trabant et s'éloigne lentement.

À quelques rues de là, le cimetière de l'église Saint-Joseph luit sous un morceau de lune. Mikhaïl ne s'arrête pas face à la grille d'entrée ; il contourne le mur d'enceinte en laissant le moteur en sous-régime. Il finit par stopper, sans un bruit, près de l'angle sud du cimetière – à côté d'un gigantesque terrain vague. Pendant un temps dont la caractéristique d'Euler est négative, il ne bouge pas. Il laisse le moteur refroidir et observe la rue déserte. Personne ne doit le suivre. Personne ne doit savoir.

Quand il est sûr de lui, il sort sans bruit de la voiture et se dirige vers le mur d'enceinte. Dans un coin du terrain vague, il trouve une longue planche, qu'il pose contre le mur. Sans attendre, comme un chat, il escalade la planche – et une seconde après être sorti de sa voiture, il atterrit dans le cimetière. Et son premier geste est de se plaquer dans l'ombre du mur, de s'y fondre. Il doit se méfier. Des jeunes. Des couples. Des shootés. Ce pourrait être n'importe quoi.

Mais ce soir, le cimetière est désert.

Rasant le mur, Mikhaïl se dirige vers la partie est. Il sait où il va. L'ombre, l'obscurité ne comptent pas. Il sait où il va. Et son pas ne ralentit que quand il est arrivé, que quand il s'agenouille près de la tombe.

Et sous la lune tranquille, son visage se détend quand il voit les noms. Natalia P. Ivan P. La terre qu'il avait répandue sur les plaques en début de semaine a été nettoyée. Il a ce qu'il voulait. Il sait que celui qu'il traque est revenu. Qu'il est passé ici.

N'aie pas peur, murmure-t-il en répandant à nouveau un peu de terre sur les deux plaques. N'aie pas peur,

Kolia.

En sortant du cimetière, il se dirige vers le terrain vague et longe quelques minutes un mur de planches disjointes et vermoulues. Après s'être allumé une clope, il écarte une planche et s'engage dans un méplat d'herbes folles. Au loin, dans la nuit, on distingue des bâtiments en ruine, comme des spectres immenses et silencieux. Hors du monde, Mikhaïl traverse cette étrange mélancolie d'herbes grasses, salies de poussière, qui s'accrochent vainement au paysage dévasté. À certains moments, en tirant sur sa cigarette, il lui arrive de ralentir et d'observer les ruines qui l'entourent, comme cet ancien entrepôt à sa droite. C'est un rien, un flottement dans son pas, un instant où son bras se suspend – car ce qui compte nous parle sans mot, dans le souffle, dans le secret de nos cœurs et

dans le détail de ces monstres de métal, couverts de rouille, qui penchent légèrement sur le côté, quelque chose murmure,

quelque chose lui parle.

Ce sont des machines désossées rouillées jusqu'à la moelle. Ce sont des séries de fenêtres brisées qui hurlent leur douleur à la nuit sourde. Ou encore, à la faveur d'un rayon de lune, quand il aperçoit par endroits les poutres maîtresses tordues ; quand il comprend qu'on a renforcé les plus atteintes par des étais, mais que la structure dans son ensemble est condamnée, qu'elle n'en a plus pour très longtemps. C'est un sourire fugitif qui se dessine et court timidement sur sa bouche et nul ne sait pourquoi

– et lui-même ne sait pas exactement à quoi s'adresse

cette joie, de quoi elle se nourrit. Il sent simplement combien il est bien là, combien il aime ce quartier.

Et même le sol, partout autour de lui,

et même le sol mangé par la pluie

avec ces réseaux de crevasses spongieuses et répugnantes, épaisses d'un doigt,

même le sol lui parle ;

et par moments, quand son crâne le laisse tranquille,

il est presque bien.

L'équation du flot de Ricci se réduit à $\frac{dr^2}{dt} = -2(n-1)$ *avec comme solution* $r^2(t) = r_0{}^2 - 2(n-1)t$. *Ainsi, la sphère s'effondre en un point en temps fini.*

De l'autre côté du terrain vague, il entre en terres Vors. Vu son état, vu son cerveau en lambeaux, ce n'est pas une bonne idée ; mais il n'a plus beaucoup de temps et il le sait : il lui faut avancer ses pièces. Devant la porte du QG, le Daghestanais est toujours là – toujours aussi impressionnant. Mikhaïl lui sourit et le suit dans le couloir vers la deuxième porte blindée, gardée par deux monstres caucasiens. Les deux gorilles les laissent passer sans esquisser le moindre geste. Ils n'ont pas tiqué quand Mikhaïl s'est présenté. Le Daghestanais leur a sans doute fait un de ces gestes invisibles qui sont la marque de la connaissance réelle, de la confiance absolue, presque animale, qui lie ces hommes.

Mikhaïl descend ensuite, en titubant légèrement, un escalier obscur, éclairé par un vieux néon clignotant, couvert de graffitis, dont on ne distingue même plus la couleur d'origine. En bas de l'escalier, il pénètre dans une salle d'une cinquantaine de mètres de côté – une sorte d'ancien entrepôt souterrain éclairé par une série de gros projecteurs. Au plafond, des fils électriques, des tubes courent dans tous les sens. Des tables de billard et de cartes sont dispersées dans la salle, chacune entourée d'un groupe d'hommes. Dans le fond, quelques canapés hors d'âge font face à un bar qui court le long du mur. Quelques hommes commandent leur bière à deux barmen à l'air farouche. Mikhaïl se pose dans un des canapés hors d'âge et tâche d'écouter ce que disent les hommes. Mais il ne parvient à rien ; les mots volent, confus et indistincts, qui disparaissent sans qu'il puisse les retenir. Son bras ses dents grincent trop. Le moindre geste qu'il fait il grince le moindre geste. Il sent qu'il ne tiendra pas longtemps. Heureusement, très vite, une fille s'approche. Brune. Les cheveux courts. Jeune. Tatouée de partout. Sur les bras. Dans le cou et, d'après ce qu'il peut en voir, sur le sein gauche. Elle se penche et lui demande ce qu'il veut. On lui a dit de s'occuper de lui et elle veut bien, sourit-elle timidement. Un verre d'eau, répond Mikhaïl en souriant. Il aime ses yeux. Un verre d'eau, ça serait vraiment parfait. Elle sourit et se redresse et s'éloigne en lançant Je vais voir si je trouve ça. Mikhaïl regarde son petit short osciller au rythme parfait, au rythme ternaire de ses pas. Il voudrait se perdre là-dedans, il voudrait que tout soit simple mais son cou grince tandis qu'il la suit, mais son esprit se met à grincer tandis qu'il l'imagine sous lui haletante son short tandis qu'il l'imagine sur lui son esprit grince et grince. Tout est en train de lui échapper – il a trop attendu.

Et quand il n'en peut plus il se lève grince des dents grince des yeux il avise sur sa droite la porte des toilettes qui grince quand il la défonce d'un coup d'épaule qui grince quand elle bat. La lumière est presque morte il est au bout du bout du monde sous des tonnes et des tonnes de béton là où il n'y a presque plus de lumière là où la lumière grince là où la dernière ampoule avant la nuit du monde grince au-dessus de lui

et face à lui ces trois lavabos ces quatre cabines, tout cela attend le moindre mouvement pour se mettre à grincer tout cela le guette.

Il arrive tant bien que mal dans la dernière cabine et tente de fermer la porte mais la porte grince une fois de trop et il s'effondre dans un grincement terrible et tant bien que mal

vite fouiller ses poches vite en sortir la sacoche vite l'ouvrir grincer saisir la seringue l'avant-dernier flacon prier grincer pour qu'il ne tombe pas prier et grincer voir qu'il ne tombe pas grincer vite arriver à percer le bouchon enfoncer dans le liquide visqueux grincer l'aiguille grincer amorcer la pompe grincer relever la seringue en perdre un peu grincer regarder le monde ces chiottes immondes à travers le liquide visqueux grincer relever sa manche gauche grincer y parvenir et sentir soudain le froid sentir comme il fait hérisser comme il fait grincer ses poils blonds et grincer quand l'aiguille s'enfonce grincer quand il pompe quand il sent à l'intérieur cette liqueur de la nuit qui s'empare de lui qui envahit ses veines grincer et sentir que tout devient liquide enfin que tout se dissout peu à peu la porte l'ampoule les lavabos le sein gauche le short la porte blindée les deux Caucasiens l'Immanus et Marie S. et les deux P. qui se dissolvent tous aussi dans la nuit

et la nuit elle-même se fait liquide et l'esprit de Mikhaïl s'écoule

et une seconde et une vie après qu'il a relâché la pompe qu'il a laissé tomber la seringue à terre, l'esprit de Mikhaïl flotte au-dessus de la pièce, il tourne en cercles autour de l'ampoule mourante il voit tout et le flot de Ricci se réduit à $\frac{dr^2}{dt} = -2(n-1)$ avec comme solution $r^2(t) = r_0{}^2 - 2(n-1)t$ et toute sphère s'effondre en un point en temps fini. Et dans ce temps fini, l'esprit de Mikhaïl flotte, il longe le plafond dans la lumière mourante et

en vérité, il nage, et tout est parfait,

tout est parfait sauf ces deux mouches qui sillonnent le plafond, près de l'ampoule, qui hurlent quand l'esprit de Mikhaïl passe trop près d'elles, minuscules corbeaux qui le menacent qui l'insultent quand lui voudrait simplement flotter.

Mais d'ailleurs, très vite, il se désintéresse d'elles et observe les deux hommes de main qui viennent d'entrer qui discutent qui regardent par-dessus leurs épaules il les voit s'engueuler se bousculer et l'un murmure à l'autre Putain Sven, tu dois me dire. Et Mikhaïl voit Sven qui le voit qui fait un geste du menton pour le désigner lui affalé sur les chiottes de la dernière cabine, il voit l'autre se retourner et s'approcher et lui saisir le bras sans ménagement et se retourner et balancer T'inquiète, il est high ? Croco ? demande Sven, Non, je crois pas, morphine, il voit Sven qui fait une moue dégoûtée et détaille le chiotte immonde autour de lui mais qui ne pense pas à regarder au plafond là où son esprit flotte et tourne en cercles et Sven qui finit par dire

— Tout ce que je sais, c'est que ça va se faire la semaine prochaine.

— Mais où putain ? Et quand ? T'as vu chez le Marquis c'est pire qu'ici, un putain de bunker, t'as vu les gueules d'Anton et de Makar à l'entrée ?

— Le Tsar attend qu'ils rendent visite à ce type, là, P. Quand ils y vont, je dois les appeler et ils les fument.

et dans le noir de ses yeux toute sphère s'effondre en un point en temps fini et Mikhaïl flotte au-dessus de la pièce et il les laisse pisser dans les cabines à côté de lui sans faire le moindre geste comment le pourrait-il d'ailleurs il n'est pas là il n'est pas là affalé contre le mur, il flotte près de l'ampoule, il a cessé de nager de se retourner, il a cessé de bouger, il attend simplement de pouvoir redescendre sans faire de bruit de pouvoir redescendre sans que quoi que ce soit grince et quand il se laisse couler à terre rien ne grince il les laisse sortir et la porte se ferme et lentement Mikhaïl revient à lui. Il ne sait pas combien de temps il est resté ainsi, à nager dans la nuit ; il y a toujours cette incertitude, ce temps de noir dans la redescente, même après des mois de pratique. On ne sait jamais où l'on va atterrir. Dans des chiottes immondes, sous des tonnes de béton, au fin fond d'un hangar rempli de tueurs et de trafiquants on ne sait jamais. Toujours est-il qu'il cligne des yeux, que le monde se stabilise peu à peu, qu'il récupère la seringue tombée à terre.

Lentement, il se redresse. Il range la seringue dans sa sacoche sans même l'essuyer, et la sacoche dans sa poche intérieure. Il s'appuie contre la paroi pourrie des cabines, il s'avance vers le lavabo. Il se regarde dans la glace souillée il se regarde et il sourit. Tout était si clair. Si clair qu'il n'en revient pas. Il ouvre le robinet et une eau poisseuse et tiède lui coule dans les mains. Une eau recyclée et recyclée des milliers de fois, une eau de millième main. Peu importe : il s'asperge avec, il se passe les mains sur le visage, sur sa nuque. Que voit-il exactement ? Certainement pas les marques de fatigue, de folie, certainement pas toutes ces striures rouges qui rayonnent autour de son iris bleu, certainement pas ces cernes profonds, amers et brunâtres. Personne ne sait ce que voit l'homme quand il se regarde. Personne. Tout est si confus, si fou, tout est si grand que celui qui prétend le contraire a dû se crever les yeux pour ne pas le voir.

Personne ne sait ce que voit l'homme quand il se regarde. Mais quoi que ce soit, ce que Mikhaïl voit ne l'empêche pas de sourire une dernière fois, avant de s'éloigner, avant de pousser la porte, avant d'entrer en jeu

et alors,

il ne voit pas la fille qui l'attend à son canapé, avec un verre d'eau, il ne voit pas son short, et sur son sein gauche c'est une fleur sans doute, un bourgeon, il ne voit pas le reste, simplement un Sovetnik, qui vient vers lui qui sourit, il ne voit rien d'autre que ce qu'il doit faire.

— Mais t'étais où, mon gars ? On t'a cherché partout !

— Aux chiottes…

— Je vois ; ton problème de bras, répond-il en grimaçant.

Et sans laisser Mikhaïl réagir, il ajoute :

— Bon, le Tsar veut te voir…

Le fibré tangent unitaire d'une surface de genre deux ou plus admet la structure géométrique donnée par $SL(2, \mathbb{R})$.

Dmitri a travaillé pendant cinq jours sans s'arrêter. Ou peut-être que c'était cinq nuits – il ne sait plus, il ne vit pas sur la même planète que nous, et peut-être que ses journées ne sont pas du même genre que les nôtres, peut-être qu'elles ne durent pas vingt-quatre heures. Toujours est-il que quand l'aube le prend dans le salon, il est épuisé. Au-dessus de son cahier de calcul, ses gestes sont lents et monodromes. Il y est presque. Il le sait. Il le sent. Ce qui lui manque à présent, il sait où le trouver. Il l'a vu une fois. Parmi les très rares articles qu'il a lus depuis mars 96, dans les journaux dont il se servait comme de torchons, un entrefilet qui parlait d'un Français de l'École normale supérieure. De variété riemannienne en dimension 3 et de tenseurs de Ricci. Dmitri se rappelle encore la tête du Français, ses cheveux longs, ses habits étranges, sa broche en forme d'araignée sur la photographie souillée qu'il avait face à lui. Il se rappelle cette impression étrange d'avoir trouvé quelqu'un, peut-être, à qui parler. Cette impression qu'il avait fallu noyer sous des litres de vodka. Il se rappelle le goût du Français, dans sa gorge, si dur à faire passer. Voilà ce qu'il doit faire : aller voir où en est le Français. Parce que le Français lui permettra peut-être d'étayer la preuve suffisamment vite. C'est décidé : dès qu'il le pourra, il ira voir.

Dans la lumière hésitante de l'aube, Mikhaïl le regarde quitter la barre et marcher vers le métro, les yeux dans le vague, comme si le Quartier, comme si le monde autour de lui n'existaient pas. Voilà ce qui compte, se dit-il, et pas les misérables projets du Tsar. Voilà ce qui compte : garder les yeux dans le vague, comme si le Quartier, comme si l'aube, comme si le monde n'existaient pas. Et rester concentré sur son but. Et ne voir que lui et ne penser qu'à lui. Même quand tout est tangent.

Dès que Dmitri a disparu de la rue, Mikhaïl sort de sa Trabant et avance vers la barre. Il espère avoir quelques heures de tranquillité pour faire ce qu'il a à faire. Il espère quelques heures et, pourtant, il se presse. Tellement il veut avancer. Tellement il veut savoir. Car le temps dont nous disposons importe peu. Car l'envie seule compte. L'envie qui le dévore. L'envie qui le porte dans les escaliers, l'envie qui fait qu'à peine quelques instants, qu'à peine quelques secondes après être entré dans la barre 1004 il s'introduit sans bruit dans l'appartement. Il est déjà venu – il a dû échapper à notre surveillance –, sinon comment expliquer qu'il s'oriente aussi bien dans l'obscurité, qu'il sache exactement où il va ? Il se dirige vers la chambre et vérifie que Vladimir dort. Il s'assied un moment sur le couvre-lit beige, hors d'âge, et regarde le vieil homme dormir. Mais il sait peut-être que les mathématiques ne sont pas une question de vitesse. Peut-être est-ce pour cela qu'il prend son temps, à présent. Il examine la chambre. Le papier peint nu. Les rideaux en lambeaux. Le plafond et ses éternelles traces de dégâts des eaux. De là où il est, il voit quelques bouteilles sous la table de chevet. Il prend son temps ; il ne sort pas tout de suite les albums photos de Natalia P. qui dépassent du lit de Vladimir.

S'il fallait commencer par quelque chose, se dit-il, ça serait peut-être ça : il les avait gardés. Pire, peut-être qu'il plongeait là-dedans toutes les nuits, tous les soirs ; peut-être qu'il passait des heures tous les soirs à les fixer, à les étudier pour savoir où tout avait commencé, peut-être qu'à force de ne rien trouver là non plus il se blessait tous les soirs, il se scindait sur ces fibrés unitaires. Ou alors peut-être qu'au contraire il ne les a jamais ouverts, il s'est contenté de les garder là, sous lui, à portée de main et sous son contrôle. Et eux se sont laissé plier peu à peu, et eux l'ont soutenu toutes ces années, dans la chute. Mikhaïl n'en sait rien et Ivan non plus. Il vient d'arriver. Il s'assied sur le même lit, près de lui, mais il est incapable d'en déformer le matelas, d'entendre les couvertures, mais il est incapable d'en sentir l'odeur rance.

C'est Mikhaïl qui saisit le premier album, qui décide du rythme, des pages que l'on passe, de celles que l'on retient, c'est lui qui décide de délaisser ou de parcourir dans son intégralité ce panorama complet du désastre, son intérieur, son noyau.

Sur le premier album, uniquement des photos de Vladimir, tantôt sérieux, tantôt presque souriant. On a du mal à croire qu'il s'agit de cet être gris qu'Ivan et Dmitri ont connu. Ce n'est pas une histoire de sourire, ou d'attitude, ce n'est même pas une histoire de regard. Mais il est clair que sur toutes ces photos Vladimir est concentré, concentré comme l'entendent les chimistes. Il est là, il ne donne pas le change à Natalia comme Dmitri et Ivan ont vu tant de chercheurs donner le change à leur entourage – certains de ses collègues, Ivan s'en souvient, lui faisaient l'effet d'avoir deux paires d'yeux, une qui regardait vaguement à l'extérieur, pour voir si tout se passait bien, et une autre qui ne fixait que l'intérieur et ce qui comptait réellement pour eux. Devant ces photos qu'il croyait connaître par cœur, Ivan réalise que son père a peut-être sincèrement aimé sa mère dans les premières années de leur mariage. D'ailleurs, certaines photographies ont été arrachées – toutes celles où sa mère apparaît, Ivan le sait. Elles sont en vrac dans un sac, cachées dans la table de nuit de son père. Il le sait parce que son père les a longuement regardées, hier.

Sur certaines d'entre elles, sa mère rejoint parfois son père dans le cadre – Ivan l'imagine, ingénue, s'adresser à un passant dans la rue et lui demander de les prendre devant une poubelle, dans un abri de bus. Ils intervertissaient parfois, mais c'était rare : sur une poignée de clichés, sa mère pose devant son père. Il est alors très facile de savoir que c'est son père qui a pris la photo, car toutes ces photos sont les mêmes. Sous-exposées la plupart du temps, comme si son père voyait une autre lumière dans le monde, une lumière à laquelle la pellicule ne pouvait pas être sensible. Et le cadre aussi est toujours le même – qu'il soit une porte cochère, une bouche de métro, une entrée de bibliothèque : c'est un écrin pour sa mère. Et hier soir déjà, en regardant pardessus l'épaule de son père, Ivan avait senti toute la tendresse, toute la fascination que son père éprouvait pour sa mère. Et cette douleur sourde, le noyau noir de toutes ces années gâchées, il voudrait que tout cela soit pour lui et pour lui seul : malgré toute l'envie qu'il a de voir Mikhaïl avancer, cela lui tord le ventre de le voir poser ses doigts fins sur le papier sépia.

Le deuxième album retrace leur voyage de noces à Paris. Vladimir avait reçu l'autorisation du comité – en faisant passer ce voyage pour une série de conférences sur la conjecture de géométrisation de Thurston, son sujet de thèse. L'excuse était bancale et la situation tangente, mais à l'époque Vladimir était un jeune homme prometteur qu'il fallait choyer – son directeur de thèse et le directeur de l'institut lui-même l'avaient soutenu et avaient chanté ses louanges auprès du comité scientifique du cercle régional et la demande avait été acceptée. À charge pour Vladimir de participer au rayonnement de l'Union en France, lui avait-on ajouté au bas de la lettre d'acceptation officielle. Il avait donné trois conférences durant les deux semaines du voyage. Sa femme l'avait photographié dans la salle Dussane de l'École normale supérieure. Dans le grand amphithéâtre de l'École polytechnique. La photographie de la troisième conférence, au Collège de France, s'était perdue. Entre deux conférences, elle avait essayé de capter ce qui ne se capte pas et qui n'appartient et n'appartiendra jamais qu'à Paris – l'ambiance dans les cafés, le crépuscule du jazz. Saint-Germain, la nuit. À l'aube. La Seine.

Ensuite viennent les années de jeunes parents : Mikhaïl trouve des photos des garçons et il passe de longs moments à scruter les regards, les bras qui se croisent, les mâchoires qui se crispent. Déjà à cette époque, c'était fou comme ils se ressemblaient. Et les photos défilent. Est-ce qu'il y a là, dans celle-ci, dans celle-là, les prémices de la plainte, de Mars 96, de Décembre 95 ? Nul n'en sait rien. Et dans une certaine mesure, c'est tant mieux. Et Mikhaïl le sait et il reste ainsi, les yeux dans le vague. Il se demande peut-être ce qu'il fait là. Quand il revient parmi nous, il prend un nouvel album, au hasard. Mais Dmitri vous expliquerait qu'il n'y a pas de hasard, qu'il n'y a qu'une impossibilité de connaître, de comprendre. Il vous dirait que les inégalités de Bell n'épuisent pas la discussion – Ivan se souvient du jour où il lui avait dit ça, de la manière dont il avait soutenu son regard : c'était en octobre 95. Et à ce moment-là, Dmitri savait déjà ce qui allait arriver. Il savait que le hasard n'est rien d'autre qu'un mensonge ou qu'une illusion. Il savait que Mikhaïl allait prendre cet album et l'ouvrir à cette page et se pencher sur cette photo. Il le savait. Il le regardait déjà, quand il regardait l'objectif, quand il me serrait contre lui. Il avait beau regarder l'objectif de Mère de l'air le plus innocent du monde, il y a quelque chose dans la photo qui dit ce qu'il est en train de faire. Dans la tension de sa ligne d'épaules. Dans ses lèvres pincées. Dmitri nous dit au revoir alors que nous n'avons même jamais discuté de partir. Parce qu'il sait que je ne partirai pas, que je refuserai. Parce qu'il sait que je ne quitterai jamais Père. Mikhaïl se penche sur la photo. Il approche sa main et sa main se met à trembler, et il l'approche malgré tout, et du bout de l'index, avec une délicatesse, avec une lenteur qui ne sont pas de ce monde, il caresse cette photo.

Et quand il se penche sur la photo, Ivan aperçoit son visage. Le contour de ses joues. C'est moi qu'il regarde, se dit-il soudain. Et Mikhaïl murmure ce nom horrible par qui le malheur vient. Ivan. Ivan, répète-t-il. Parce que si Dmitri et Mère ne m'avaient pas attendu jusqu'au 5, ils

mais soudain, il entend du bruit dans le couloir, il se redresse, jette rapidement les albums sous le lit et se glisse dans la cuisine. Dmitri est là. Mikhaïl n'en revient pas : il a passé la matinée entière dans la chambre : il est presque midi.

— Ah, bonjour, monsieur P. Je passais voir si tout allait bien. Comme la porte était ouverte, je me suis permis d'entrer, je m'inquiétais.

— Vous avez bien fait. Mais tout va bien, comme vous pouvez le constater, réplique Dmitri. J'allais chercher des médicaments en ville, pour mon père, ajoute-t-il en montrant le sac qu'il tient à sa main. Et de votre côté… comment avance l'enquête ?

— Oh, vous devez savoir ce que c'est, répond Mikhaïl en souriant. J'imagine que c'est comme les mathématiques, c'est très long et très ingrat, jusqu'à ce qu'on trouve l'illumination, que tout s'emboîte enfin…

Dmitri l'observe un long moment en silence.

— Bien, je ne vous retiens pas, alors, je vous laisse continuer, prononce-t-il en s'effaçant de la porte.

Tout de suite après avoir refermé la porte, il se dirige vers la chambre de Vladimir ; à côté de son lit, il trouve ce qu'il cherche. Un album photos encore ouvert. Il s'assied sur le lit et se penche sur l'album photos, sur la photo que sa mère a faite d'Ivan et de lui. Ils posent devant l'isba qu'ils avaient louée il y a mille ans pour les vacances d'automne, près du Dniepr. Dmitri cherche quelque chose de précis dans la photo, mais n'y trouve rien. Simplement la manière dont Ivan lui avait serré les épaules en fixant l'objectif devant l'isba, simplement le sourire contraint qui se fige sur son visage.

Parce que dans son souvenir, c'était Ivan qui avait commencé à serrer ; c'était lui qui avait un message à lui transmettre – lui qui

je coule

dans son souvenir, il était terrifié ;

il avait vaguement l'intuition qu'Ivan allait mal,

qu'il se débattait,

mais il n'avait aucune idée de l'emprise que la morphine avait étendue sur lui ;

les parents non plus d'ailleurs ;

personne ;

nous sommes seuls en vérité et

Ivan le serrait contre lui et il voulait lui dire quelque chose, l'appeler au secours ;

et lui n'avait rien vu, rien compris. Et les hommes sont pour l'essentiel constitués de vide, de ténèbres. Et il ne reste rien ou presque de cette après-midi, de ce soleil qui leur faisait plisser les yeux, de cette pression qu'Ivan exerce sur l'épaule de Dmitri. Tout cela, et leurs sourires timides mêmes et leurs corps frêles, tout cela est perdu dans les limbes, prisonnier à jamais de tores fibrés, tout cela s'échouera jusqu'à la fin des temps dans un lac noir et sans fond. L'homme est un espace de brumes et de ténèbres. Ses yeux le prouvent à quiconque veut le voir. Dmitri fixe la photo et essaie de sentir à nouveau le soleil, d'entendre la voix de sa mère qui leur demande, à Ivan et à lui, de sourire. Mais rien ne vient, et peut-être que rien ne viendra jamais, finit-il avec un sourire amer.

Ivan voudrait tellement pouvoir lui dire. Ne t'inquiète pas pour moi. Mais méfie-toi de ce policier, Dmitri. Méfie-toi. Il te cache quelque chose. Il te cache quelque chose de grave. Je le sais, je le sais parce que moi aussi je t'ai caché quelque chose de grave. Mais Ivan ne dit rien, il se contente d'être l'ombre qui entoure le sourire de Dmitri, le silence mat dans lequel brillent ses yeux. Ivan ne dit rien parce qu'il ne saurait pas par où commencer, et puis surtout parce qu'il doit suivre Mikhaïl, parce qu'il sent que le jeune policier avance. Qu'il va finir par comprendre ce qui est arrivé. Par lui dire pourquoi il est mort.

Si X et Y sont deux espaces localement compacts, une application continue f : X → Y se prolonge en une application continue entre les compactifiés d'Alexandrov si et seulement si elle est propre.

Le pas calme et localement compact, Mikhaïl entre dans l'institut Landau. Et Ivan est derrière lui quand il demande les comptes rendus d'entrée. Les listes d'émargement aux conférences. Les brouillons des laboratoires. Avec lui, il bénit cette bureaucratie que tout le monde a abhorrée pendant des décennies. Avec lui, il lui murmure des hymnes en fouillant dans les cartons innombrables.

En mars 95, Ivan a dix-sept ans et Dmitri en a quinze. Ils sont en terminale scientifique, parce que leur mère s'est toujours opposée à ce que Dmitri saute plus de deux classes. Le plus jeune des deux frères va en cours comme les autres garçons de son âge, il rentre dans les mêmes salles délabrées, il s'assied sur les mêmes chaises branlantes, il travaille sur les mêmes tables vermoulues. Si pour les autres matières c'est un élève normal quoique très réservé, la comparaison s'arrête quand elle concerne les mathématiques. Dans ce domaine, plus personne dans la région ne peut lui apprendre quelque chose et l'écart avec ses camarades, et l'écart avec ses professeurs même, l'écart se creuse de plus en plus vite.

Depuis quelques mois, l'esprit de Dmitri s'est mis à tourner à plein régime. Quelque chose s'est libéré en lui depuis qu'il est entré au lycée et sa pensée se fait chaque jour plus aiguë, plus terrible. La préparation aux Olympiades internationales de mathématiques participe de cette course en avant. Aux tests de sélection, il a atteint le score maximal, en répondant à des questions que la plupart des professeurs de son lycée, voire de sa région, sont incapables de comprendre. Mais ce n'est que la partie visible de l'iceberg. La transformation réelle, celle qui est en train de le modifier de fond en comble, celle qui va faire de lui ce qu'il est, la transformation réelle n'est pas mesurable sur concours. Ivan se rappelle que, sur les cinq heures d'une épreuve internationale qui aura lieu durant l'été 95 en Inde, Dmitri dormira pendant deux heures. Et les trois heures suivantes lui suffiront à battre tout le monde. À finir toutes les questions de l'épreuve. À atteindre le 52 sur 52 que seulement quatre personnes ont atteint avant lui dans l'histoire. En attendant, aucun des chercheurs qui encadrent la préparation spécifique de l'équipe russe n'a jamais vu un tel prodige. Ils essaient de se rassurer en pensant à tout ce temps que Dmitri consacre aux mathématiques, le nez dans des livres de DEA et dans des comptes rendus de thèses d'État. Ils essaient, mais en vérité ils n'y parviennent pas. Le seul qui peut quelque chose à cette époque, c'est Alexandrov, du département algèbre et géométrie de l'institut Landau. Dmitri a effectué l'été précédent un stage d'un mois, sous sa direction. Alexandrov a très vite remarqué le potentiel du jeune homme. Et Alexandrov étant Alexandrov, il a joué. Il lui a fait passer le test « Grothendieck », l'étalon des mathématiques modernes.

En 1948, Grothendieck entre en DEA à Montpellier. Il est recommandé à Laurent Schwartz et Jean Dieudonné, les deux grands mathématiciens français de l'époque. Ils confient au jeune étudiant une liste de quatorze problèmes qu'ils considèrent comme un vaste programme de travail pour les années à venir, et lui demandent d'en choisir un. Quelques semaines plus tard, Alexandre Grothendieck revient voir ses maîtres: il a tout résolu. En quelques jours, le temps pris par Schwartz et Dieudonné pour vérifier ses preuves, Grothendieck entre dans la légende. Presque un demi-siècle plus tard, pendant l'été 94, alors qu'il n'a que quatorze ans, Dmitri résout les treize premiers problèmes de Schwartz. En à peine un mois. Bien sûr, il ne s'agissait que de la structure générale de la preuve, mais Alexandrov n'avait jamais vu une telle maîtrise, un tel recul. Arriver à prévoir une démonstration qui allait prendre des centaines de pages, arriver même à la concevoir dans son ensemble, seule une poignée de mathématiciens y parvenaient à sa connaissance et tous étaient médaillés Fields. Fin août, alors que le stage de Dmitri touchait à sa fin, Alexandrov lui avait demandé de pouvoir rester dans sa pièce de travail pendant qu'il réfléchirait au quatorzième et dernier problème de Grothendieck. Dmitri avait accepté et avait vu son maître s'asseoir en face de lui, à son bureau, et le fixer en silence, tandis qu'il lisait l'énoncé du problème. Pendant une heure, Dmitri n'avait rien fait. Rien dit. Il n'avait pas pris de crayon, pas esquissé le moindre signe. Rien. Il s'était contenté de garder les yeux fixés sur la feuille, posée devant lui sur le bureau. Et Alexandrov n'avait rien dit et n'avait pas non plus bougé. La deuxième heure, ils n'avaient pas bougé non plus. Alexandrov avait simplement eu peur de rater le début, le bouillonnement primitif qu'il était venu chercher, quand il était sorti pour aller aux toilettes au bout de deux heures et quart. Mais quand il était revenu, Dmitri était toujours en train de fixer la feuille, avec les yeux légèrement dans le vague. C'était vers une heure de l'après-midi, après trois heures et demie d'attente, qu'il avait finalement vu Dmitri prendre son crayon et se mettre à écrire. À aucun moment Alexandrov n'avait douté que cela arriverait. Mais ce qu'il vit le stupéfia tout de même. Dmitri n'esquissa rien, ne fit pas de brouillon. Il posa simplement sa démonstration – d'une structure inédite à l'époque – sur une, puis deux, puis trois, et enfin sur dix feuilles. Sans la moindre rature, sans la moindre hésitation. Bien sûr, il ne s'agissait pas de la preuve tout entière. Dmitri détaillait simplement la stratégie globale. Les grandes idées. Les liens importants. Ce sur quoi il faudrait se concentrer. Là où il faudrait appuyer. Sur l'avant-dernière étape de sa preuve, Dmitri avait mis en place un corollaire qui éclairait d'une lumière tout à fait neuve la géométrie de Schwarz, d'une lumière qu'on eût dite de Grothendieck lui-même. Sauf que ce n'était pas Grothendieck qui avait généralisé l'une de ses idées, c'était un jeune homme timide qui attendait patiemment qu'Alexandrov parle. Et celui-ci avait mesuré toute la valeur de l'humilité, de la fragilité qu'il pressentait de l'autre côté du bureau. Et il avait prononcé, sans le savoir, la phrase que Dmitri attendait, la phrase qui l'avait libéré de dix ans de souffrance.

— C'est… c'est tout à fait étonnant, Dmitri. Je… C'est la preuve… c'est la preuve comme le disait mon cher maître, que les mathématiques ne sont pas, et ne seront jamais, une question de vitesse.

Mais s'il pouvait le libérer de dix ans de souffrance, s'il pouvait prononcer des phrases qui pèseraient plus sur Dmitri que toutes celles qu'il avait entendues, Alexandrov n'avait aucune idée de la suite des événements : Dmitri n'avait même pas son baccalauréat.

— Et qu'est-ce qu'on va faire de toi, alors ?

— Je ne sais pas, bredouilla Dmitri... Donnez-moi d'autres problèmes, avait-il ajouté en levant des yeux presque durs sur son nouveau maître.

Alexandrov avait souri un instant et s'était tourné vers l'étagère sur laquelle étaient rangés ses ouvrages fétiches. Dehn. Poincaré. Ses yeux glissaient sur ces merveilles inconnues. Il avait saisi un petit livre rouge, usé jusqu'à la corde. Réflexions sur les structures en selle de cheval. Et la fin de l'été leur avait suffi à avancer plus qu'Alexandrov n'aurait cru le faire en plusieurs années. Ils avaient même publié un article, dans lequel ils introduisaient un outil majeur de cette branche mathématique : la projection d'Alexandrov. Mais septembre arrivait et le maître devait se résigner à laisser Dmitri retourner en cours. Dmitri avait beau être déjà supérieur à la plupart de ses thésards, il devait quand même passer son baccalauréat.

De son côté, Dmitri devait se résigner à quitter la seule personne avec laquelle il avait pu discuter huit semaines sans s'arrêter. Même si les contacts étaient épuisants pour Dmitri, même si la moindre phrase d'explication, le moindre schéma lui étaient pénibles, jamais il ne s'était senti autant à sa place. Mais il devait retourner en cours.

La seule chose qu'Alexandrov pouvait faire pour lui, il l'avait faite, c'était de lui fournir une liste de lectures – articles, comptes rendus de séminaires... Liste que Dmitri avait commencé à dévorer le jour de la rentrée. Liste qu'il avait finie en novembre 94, si bien qu'Alexandrov l'avait orienté sur des problèmes qui occupaient son propre département de recherche. Et ce que lit Mikhaïl dans tous ces échanges, dans toutes ces lettres, ces comptes rendus, c'est qu'en mars 95 l'esprit de Dmitri tourne à plein régime. Et tournant à plein régime, il passe à côté de l'essentiel, se dit Ivan. Tandis que Mikhaïl retrace cette progression folle qui s'achèvera en mars 96, qui parviendra à tromper la mort, tandis qu'il soulève le moindre papier comme on cherche une pépite dans la gangue, dans la boue, Ivan reste les yeux rivés sur une photo qui dépasse d'un carton. On y voit Dmitri, au milieu de chercheurs de l'institut Landau. On dirait presque qu'il sourit, vu de là. Ivan se demande ce qu'il ressentait à l'époque ; s'il était simplement content d'avoir trouvé à qui parler, ou s'il savait qu'il passait à côté de l'essentiel.

En mars 95, Ivan ne voit pratiquement plus son frère. Tout juste le croise-t-il de temps à autre, dans les couloirs du lycée. Il observe les mathématiques qui dévorent lentement un autre membre de sa famille, sans rien pouvoir faire pour l'empêcher. Et s'il ne sait pas comment les choses vont évoluer, il sait au moins qu'elles finiront mal.

À cette époque, il sait surtout que son père est à bout – c'est une ombre qui pèse sur le jour, c'est une tension perpétuelle dans l'air. Les années se sont accumulées depuis la fin de sa thèse, depuis la petite enfance de ses deux fils, depuis son déménagement, les années se sont accumulées et désormais on ne peut plus lui trouver d'excuse. Même lui, surtout lui, s'en rend compte : il piétine. Il a beau reprendre tous les jours le problème à bras-le-corps, il a beau arriver le premier au laboratoire et sortir le dernier tous les soirs, il a beau s'user sur son bureau, il n'arrive à rien. Bien sûr, il ne s'agit pas du blocage total auquel peut penser le néophyte. Les séminaires, les thésards, les rencontres et autres conférences sont autant de sources d'inspiration, autant de directions qu'il donne à sa recherche. Et il produit ainsi, sagement, en suivant les idées qu'il capte régulièrement à diverses occasions, il produit de petits articles, des avancées mineures, techniques, qui sont indéniables certes, mais qui ne trompent personne. La vérité est qu'il a déçu les attentes qu'on avait, qu'il avait placées en lui. Au retour de son voyage de noces, il a mis plusieurs mois à s'en rendre compte – perdu qu'il était dans des détails techniques, dans la vie du laboratoire. Mais il avait fini par ouvrir les yeux : il n'y arrivait plus. Non qu'il bloquât techniquement. Mais les équations ne lui parlaient plus, elles ne lui donnaient plus, après avoir été vaincues, leur substantifique moelle ; plus de direction à suivre, plus d'après, plus d'encore. Elles étaient froides, sèches, milliers de pattes d'insectes qui s'agitaient sous ses yeux – elles le fuyaient. Les thésards qu'il encadrait commençaient à se détourner de lui. Ils allaient discuter avec d'autres directeurs de recherche quand ils voulaient un autre axe de recherche, quand ils tentaient de rebondir après l'établissement d'un lemme. Ces choses-là se font en silence, sans la moindre concertation – comme tout ce qui compte. Pire, elles se font sans que personne y pense à mal. En quelques années, c'était devenu un état de fait : on ne s'adressait plus à lui. Et on ne lutte pas contre les états de fait. Vladimir l'a appris à ses dépens. La situation avait lentement dégénéré, sans que personne y prenne garde. Vladimir s'était peu à peu isolé dans son laboratoire. Il n'avait raconté ce qu'il était en train de traverser à personne, pas même à Natalia – comme s'il avait trop honte pour lui en parler. Comme s'il avait voulu continuer à lui en imposer. Comme s'il avait cherché, à toute force, à ne pas s'avouer limité. Peut-être voulait-il éviter de la décevoir autant qu'il s'était déçu. Voilà à quoi il avait passé ces années : à donner le change, à retarder l'échéance. Il espérait peut-être que la lumière qui avait baigné ses premières années de recherche reviendrait et le bénirait à nouveau. Mais la vérité était froide et sans perspective : Vladimir était un élève doué, capable de comprendre tout ce qu'on pouvait lui expliquer, capable de l'expliquer à son tour. Mais c'était tout. Il ne pouvait rien sortir par lui-même, il ne pouvait pas inventer. Et dériver pendant des heures à son bureau pour échapper à ce moment où il devrait rentrer chez lui ne faisait que l'enfoncer plus encore. Et peu à peu, l'échec s'était ancré dans son esprit et y avait pris racine. Il avait tissé en lui son réseau, telle une tumeur. L'esprit de Vladimir, hier adolescent brillant, s'était agrégé en un noyau dur, parfois cassant et souvent méprisant à l'endroit des autres. Et à présent, cette dureté se retournait contre lui. Un mois. Deux. Un an avec les mêmes mots dans la tête. Tu ne réussis rien. Tu ne sers à rien. Tu ne vas nulle part. Un an. Deux ans. Trois ans. À prier pour que les autres, les autres quels qu'ils soient, ne le voient pas eux aussi, malgré l'évidence. À remercier le ciel, à remercier les pannes de réseau électrique ou tout événement fortuit de ce genre qui bloquait leurs travaux et retardait leurs conférences. Mais lui savait bien que sa présence à l'institut était vaine. Et par extension, par continuité, que le reste l'était aussi. C'était un motif fractal, qui se dessinait, qui s'infiltrait partout – du lever du jour, des enfants, au trajet au laboratoire, à l'attente interminable de la matinée, de l'après-midi, au retour : tout était vain. Et peut-être que, dans son cœur, c'est ainsi qu'avait débuté Décembre 95. Peut-être était-ce cette cruauté étrange d'un adolescent gâté qui était à la manœuvre et qui expliquait cette douleur constante, ce poids sur sa cage thoracique. Et peut-être était-ce tout cela mêlé, tout cela mêlé dans son esprit fatigué et rendu confus par les années, peut-être était-ce tout cela qu'il voyait et plus nous, se dit Ivan. Devant la glace, dans le bus, dans son bureau dans son lit partout partout partout

ses échecs se renvoyaient son esprit et le tordaient, et Vladimir ne cherchait même plus à combattre la douleur. Elle était dans la lumière du soleil, dans l'odeur des couloirs de métro, elle était dans la gravité qui s'impose à toute chose. Et

le jour était vain et

la nuit était vaine ;

et chaque jour, il s'éloignait un peu plus de sa femme et de ses enfants.

Ivan se demande si Mikhaïl peut voir tout ça dans ces photos – si, à force, toute cette douleur a fini par s'imprimer quelque part dans tous ces cartons. Si ce qui compte réellement laisse des traces. Des documents exploitables. Des preuves. Oui ? Non ? Il ne sait pas quelle réponse est préférable. Il ne sait pas.

Il sait en revanche que, comme sa mère, son père avait un monde à lui, un monde qu'il cachait soigneusement. Un monde de souffrance muette. De souffrance vaine et incommunicable. Et Ivan aurait très bien pu mourir sans même connaître ce monde. Et il se dit que s'il ne fouille pas suffisamment précisément, Mikhaïl pourrait très bien passer à côté et ne rien comprendre à ce qui s'est joué à l'époque ; et, pire, passer à côté de ce qui se joue maintenant.

Lui avait appris son existence en fouillant dans le saint des saints, la sacoche de son père. Pendant des années, il s'était dit qu'il ne saurait jamais ce qui faisait souffrir son père, ce qui le mettait dans cet état. Jamais. Le moindre regard noir, le moindre geste d'impatience, le plus infime soupir étaient un mystère : on ne débusque pas l'homme. On ne peut pas, parce qu'il n'existe pas d'outil pour. Nous sommes seuls. Nous ne pouvons rien les uns pour les autres. Nous sommes condamnés de toutes parts. Et parfois, ces condamnations sans nombre, cette solitude monstre lui trouaient littéralement le ventre. Il n'y avait pas assez de morphine sur terre et Ivan restait dans son lit toute la journée, il se recroquevillait sous les couvertures et attendait que la douleur passe. Il aurait presque envié Ossif alors, tellement ça faisait mal. Le père d'Ossif était un ivrogne notoire qui avait battu ses quatre fils tout le temps qu'ils étaient restés chez lui. Les rares fois où il en parlait, Ossif répétait à Ivan ce que lui avait gueulé son père – t'es qu'une raclure, un parasite, tu finiras comme tes frères. Lui au moins savait à quoi s'en tenir. Lui au moins savait ce qu'on lui reprochait. Certes, la vérité avait un coût et le père d'Ossif le battait comme plâtre pour lui asséner sa vérité ; mais parfois, *il faisait tellement mal* qu'Ivan aurait bien échangé quelques coups de pied, quelques coups de poing contre une ou deux insultes de son père. Parfois *il faisait tellement mal* qu'un monde violent et bruyant et furieux semblait préférable à l'enfer de silence tiède dans lequel il se débattait. Mais aucun échange d'aucune sorte n'est possible et chacun ne fait que rester à son enfer et, si X et Y sont deux espaces localement compacts, ce qui peut passer de l'un à l'autre n'a rien d'essentiel.

Et un jour qu'il n'en pouvait plus, que la douleur était intenable, que la douleur était folle dans son ventre dans ses bras, il s'était dirigé vers la terrasse – tâtonnant les yeux mi-clos dans l'appartement, son esprit adolescent ne voulait plus qu'une seule chose : en finir avec cette tristesse, avec cette douleur constantes. Mais au dernier moment, sans raison, il était passé par la cuisine pour boire un verre d'eau – tant l'homme est peu de chose, il était passé dans la cuisine. Il y avait trouvé, près de la table, la sacoche de son père, oubliée là, tant l'homme est peu de chose.

Le regard noir, il l'avait saisie et placée sur la table. D'un coup d'économe, il avait fait sauter le cadenas comme Jaarvi le lui avait appris, des milliers d'années auparavant. Il avait senti, presque, le regard dur de Jaarvi sur ses gestes, sur ses mains. Il avait senti, presque, l'odeur de sa peau quand ils se penchaient ensemble sur quelque chose. Et quand la serrure avait cédé, il avait souri à Jaarvi à des milliers d'années de distance, mais Jaarvi avait continué à simplement le fixer, les yeux, les mains dans ses poches. Et peu à peu, le sourire fugace et fragile avait quitté le visage d'Ivan et il s'était tourné vers la sacoche.

À l'intérieur, il avait trouvé, bien sûr, quelques articles de mathématiques. Tous bien rangés dans une chemise impeccable. Dans l'ordre chronologique, avait constaté Ivan, en souriant amèrement. Un cahier de brouillon dans lequel de nombreuses pages étaient remplies de calculs – un cahier qui ne dirait rien à Ivan, mais qui lui aurait montré, mieux que toute autre chose, plus que toute chose, où en était son père dans son travail. Car ce cahier n'était qu'une relecture des articles de la chemise. Les calculs que faisait Vladimir n'étaient plus, à cette époque, que des reproductions d'articles déjà publiés. Que des vérifications. Cela faisait des années que Vladimir ne produisait plus rien. Et cela, Ivan n'avait pas pu le voir ; il avait simplement soupesé le cahier avant de le ranger contre la chemise d'articles. Des encablures nous séparent et rien de ce qui comptait pour Vladimir ne se saura peut-être jamais.

Mais il y avait une autre chemise. Elle aussi impeccable, elle aussi sans titre. Qui était le monde véritable de Vladimir. Qui était l'endroit vers lequel il avait lentement dérivé pour s'y échouer. La première chose qu'il vit, c'était des feuilles d'admission aux urgences. Quatre. Puis les comptes rendus de onze rendez-vous chez le médecin généraliste. Puis trois consultations chez des spécialistes : cardiologue, pneumologue et radiologue. Tout cela dans les deux derniers mois. Au début, Ivan comprit de travers ; il crut que son père était malade ou alors qu'il se faisait encore tabasser. Mais en lisant plus précisément le nom des pathologies recherchées, les causes d'admission aux urgences et en y trouvant les prétextes les plus variés et les plus étranges, il finit par comprendre. C'était des difficultés respiratoires un jour, une paresthésie la semaine d'après, c'était des douleurs cardiaques récurrentes le mois suivant. C'était une suspicion de sclérose en plaques. C'était des recherches de tumeurs dans le cerveau. C'était une demande de conseil à un spécialiste concernant la pertinence d'un traitement pour une phlébite. Chaque fois ou presque, la conclusion était la même : il n'y avait pas de pathologie détectée, l'examen clinique était normal et on conseillait une prise en charge psychologique. Son père avait littéralement visité tous les médecins, tous les services hospitaliers de la ville. Tous les descriptifs cliniques qu'Ivan avait lus ce jour-là s'accordaient pour parler de crises d'angoisse sévères. Il découvrit qu'il arrivait souvent à son père de se réveiller en pleine nuit, de ne pouvoir respirer, d'avoir des palpitations, de ne plus sentir son bras gauche. Quand il parvenait à reprendre le dessus, il partait aux urgences. Il passait des heures à faire des examens inutiles, à essayer de faire comprendre aux médecins cette angoisse, ce poids, cette douleur. Voilà ce que décrivaient tous les comptes rendus. Des nuits et des nuits d'angoisse. Mais il disait aussi que Vladimir était venu seul. Que Natalia ne l'accompagnait pas. Or, elle était forcément au courant. Et dans ce cas, pourquoi ne l'accompagnait-elle pas ? Ivan les imaginait discutant dans leur lit, son père en sueur, la main sur le cœur, tremblant et haletant. Sa mère encore à moitié endormie, mal réveillée par les gémissements, par les pleurs de Vladimir. Comment réagissait-elle ? N'était-ce pas là, ce centre, le noyau noir et inconnaissable de leur relation ? L'avait-elle laissé seul ? Avait-elle essayé, au contraire, de le soutenir ? Lui avait-il défendu de s'occuper de lui, d'avoir pitié ? En parcourant cette chemise, Ivan pénétrait dans l'intimité la plus absolue de ses parents. Là où se dessinait, au plus profond de leur être, de la nuit de leur couple, leur solitude fondamentale, cette impossibilité de faire face ensemble. Là d'où croissait la distance grandissante qui les séparait. La matrice de l'étendue de nos pertes. Des dizaines et des dizaines de nuits. Des centaines, peut-être, si l'on revenait suffisamment loin en arrière. Et à remonter dans le temps, Ivan s'était rapidement rendu compte que toutes ces crises avaient commencé à l'époque de sa naissance. Lui qui avait toujours cru que leur père ne leur portait aucun intérêt, à Dmitri et à lui, lui qui avait toujours cru être du rouble pour lui ; dans tous ces papiers, on lui disait à quel point Vladimir avait souffert de leur arrivée, à quel point il s'était battu et battu, à quel point il avait été vaincu.

Et quand il avait rangé toutes ces feuilles dans la deuxième chemise de son père, Ivan souriait très légèrement. D'une façon qu'il ne pourrait, qu'il ne voudrait jamais expliquer à personne, il se sentait un tout petit peu plus proche de son père. Et une tendresse nouvelle, adulte presque, venait de naître dans son cœur. Et cette tendresse allait rapidement se doubler d'inquiétude ; car tout amour sait qu'il court à la souffrance et à la perte, car tout amour sait que son objet s'achève un jour. À cette époque, il ne voyait pratiquement plus ni Dmitri ni ses parents. Les choses étaient toujours aussi compliquées avec Jaarvi, qui avait intégré une meute de jeunes loups qui bossaient pour le Marquis – convoyeurs de fonds un jour, gardiens d'entrepôt le lendemain, porte-flingue en fin de semaine. Ivan le voyait de moins en moins ; certains week-ends, seulement, quand il revenait dans le Quartier. Et chaque fois, c'était terrible de le voir. Déceler dans ses yeux la même douleur que celle qui le ravageait n'y changeait rien. Ils morflaient tous les deux, ils le savaient, mais ni l'un ni l'autre n'y trouvait plus le moindre réconfort. La seule chose qu'ils parvenaient encore à partager, c'était la morphine, c'était la méth, c'était le speed, c'était n'importe quoi, c'était tout ce qu'ils pouvaient mélanger à leurs sangs fou pour les rendre liquides pour leur permettre de couler encore un peu,

jusqu'au lendemain,

pour supporter les yeux de l'autre qui s'échouaient sans fin dans des squats immondes ;

qui se livraient peu à peu à la nuit.

Mais nos douleurs, mais nos souvenirs sont du rouble et ne comptent pour rien, et il suffit à Mikhaïl d'ouvrir un autre carton d'archives pour que le bruit du scotch ramène Ivan dans la salle des archives de l'institut Landau. Un sourire amer traîne sur les lèvres d'Ivan tandis que Jaarvi se perd dans la nuit du monde. Il ne lui reste plus qu'à espérer que le jeune policier finira par tomber sur ce qu'il a trouvé dans la sacoche de son père. Après tout, l'administration soviétique donnait certainement des copies d'examens médicaux à l'employeur. Et si Mikhaïl les trouve, il saura un peu plus à quoi s'en tenir concernant Vladimir P. Ça lui évitera peut-être de comprendre la suite des événements de travers.

Mais c'est tout autre chose qui l'attend, quand il se penche au-dessus de l'épaule du jeune policier. Ivan n'y voit d'abord qu'une énième photographie.

C'est une remise de récompenses. Peut-être la cérémonie officielle au retour d'un de ces concours internationaux de mathématiques auxquels Dmitri a participé. Même libéré du soviétisme, le pays aimait toujours autant ces cérémonies où il pouvait étaler la grandeur de la nation, la splendeur de ses cerveaux… Et il y mettait les moyens. Ivan ne sait pas où la photo a été prise, mais en tout cas la salle est immense. Peut-être à l'Académie des sciences. Sans doute, se dit Ivan, puisqu'il voit traîner quelques vieux en uniforme. Sur la photo, entouré de sommités, Dmitri pose, tenant quelques livres. Certainement le cadeau du pays pour sa contribution au prestige de la nation. Même s'il ne parvient pas à distinguer les titres de ces petits livres rouges, Ivan les connaît. Il se souvient de la joie de Dmitri quand il les lui avait montrés. L'intégrale de l'œuvre de Lev Landau. Ivan se souvient. Dmitri n'était pas un enthousiaste. Il ne criait pas. Il ne sautait pas partout. Mais il avait senti une joie, une fierté terrible quand son frère les avait ouverts devant lui. Combien de personnes sur terre pourraient apprécier un tel cadeau ? Combien ? Et qui fait le compte de ces choses-là ? Peu importe, se dit Ivan, revenant à la photographie. Pour l'heure, il ne s'intéresse pas à cette joie, à cette lumière dans les yeux de Dmitri au moment où la photographie est prise. Il regarde derrière. Sur les bancs. Il regarde le public. Au milieu des politiques, des sous-fifres venus se goinfrer ou se montrer pour la gloire de la nation, il voit ce qu'il cherche. La certitude que Mikhaïl est dans la bonne direction. Marie. Qui applaudit, comme tout le monde, le jeune prodige. Qui sourit d'un sourire tranquille. Qu'elle ait suivi Dmitri ne les surprend ni l'un ni l'autre. Ivan avait toujours senti, même quand elle était dans ses bras, qu'elle restait avec son frère – qu'elle ne pouvait s'en détacher. Non, ce n'était pas ça. Le vrai mystère de cette photo était de savoir comment elle avait fait pour rentrer dans cette salle. Tous les invités étaient triés sur le volet. Même lui, Ivan, n'avait pas pu assister à la cérémonie. Tous ces gens sur la photo étaient connus ou presque. Rien n'était laissé au hasard. Alors comment Marie avait-elle fait pour entrer ?

Soit elle avait trouvé une faille – mais ça n'était pas son genre – soit elle avait de sérieuses relations. Et dans ce cas, d'autres questions se posent tout de suite : est-ce que Mikhaïl, qui la regarde lui aussi, qui sait que c'est là qu'il faut regarder, est-ce que Mikhaïl connaît ses relations ? Est-ce que c'est pour cela qu'il a choisi Marie pour s'occuper de Père ? Est-ce qu'il cherche à débusquer quelqu'un ? Est-ce que tout ça fait partie d'un plan ?

Et Ivan est sûr que la réponse est oui. Il lui suffit de voir comme Mikhaïl sourit.

On dit que ν *est la mesure image de* μ *par* T*, ou que* T *transporte la mesure* μ *sur la mesure* ν*, et on note* $T\mu = \nu$*, si pour toute application mesurable positive ou bornée* b*, on a :* $b(T(x))\,d\mu(x) = b(y)\,d\nu(y)$*. Si* $T\mu = \mu$*, on dit que* T *préserve la mesure.*

Et tandis que Mikhaïl se plonge dans d'autres cartons, exhume d'autres dossiers, Ivan essaie de se rappeler ce que Marie lui a raconté. Peut-être, peut-être se dit-il, que maintenant je pourrais comprendre ce qu'elle m'a dit. Peut-être que je pourrais savoir qui est la cible.

En mars 94, le Quartier continuait sa chute sans fin. De combats de rue en règlements de comptes, les factions, les gangs, les bandes, tout ce beau monde se décimait avec férocité. Et ceux qui n'avaient pas de camp servaient de boucliers humains – dans ce maelström, il n'y avait ni mesure, ni accalmie, ni cessez-le-feu ; nul n'avait plus le moindre espoir. Heureusement pour lui, Ivan ne rentrait plus qu'épisodiquement chez lui et la morphine réduisait le carnage des rues à une agitation à peine perceptible, à un bruit de fond. Mais, arrivé chez lui, il réapprenait chaque fois la même leçon ; que la morphine même ne pouvait rien contre le salon de ses parents, contre la cuisine dans laquelle ils s'entassaient pour les repas. Les pièces du puzzle qui s'assemblaient devant lui représentaient un naufrage sans cesse recommencé, sans cesse nouveau, de tout ce qu'il aimait. Dmitri ne semblait pas plus affecté que ça, mais il avait les mathématiques – il ne passait plus que quelques jours par mois chez eux, et encore. Ivan n'avait rien, lui.

À la mort d'Ossif, le cousin de Jaarvi, en septembre 94, l'héroïne avait fait irruption dans sa vie ; et l'héroïne ne partageait pas. Elle avait rapidement pris le dessus et n'avait pratiquement rien laissé d'Ivan. Ossif s'était fait flinguer dans une rixe de seconds couteaux pour le contrôle d'une ruelle dont personne n'avait rien à faire. Sur les garçons de leur ancienne bande, trois étaient morts ce soir-là. Jaarvi avait appelé Ivan au lycée et Ivan était venu à l'enterrement. Même s'il ne les fréquentait plus depuis longtemps, même s'il ne les croisait plus qu'avec une gêne pénible dans les bras, dans les yeux, il leur devait d'être là. Après la courte cérémonie, tous les gars présents, brisés de silence, avaient présenté leurs condoléances à la mère d'Ossif et s'étaient égaillés dans le Quartier. Un petit groupe était allé se finir dans un hangar. Parce que nous ne savons plus faire. Parce que nous avons perdu quelque chose. Parce que face à la mort, tout ce que les hommes ont appris, nous l'avons oublié. C'étaient des enfants apeurés, pleurant sans laisser couler leurs larmes, qui ne savaient plus qu'une chose : que la douleur est trop grande quand l'un de nous part, que la douleur est trop grande pour être combattue ; qu'il ne restait qu'à faire tourner la poudre, la cuillère et le briquet. Et ni Jaarvi ni Ivan ni personne ne disait rien, parce que nous avons oublié les mots – parce qu'il ne nous reste plus que la fuite. Une seule chose importait : sitôt qu'ils s'étaient piqués, les gars du groupe semblaient tous se relâcher, se détendre, comme s'ils trouvaient enfin ces bras consolateurs qu'ils avaient attendus toute une vie,

comme s'ils n'étaient pas par terre, au milieu des carcasses de bagnoles volées et des caisses de vodka de contrebande,

mais dans les bras d'une mère, d'une femme, d'un père,

mais dans les bras de cette chose que les hommes ont toujours cherchée ;

et quand la seringue lui était arrivée, Ivan n'avait pas hésité un instant.

Trois jours plus tard, il sortait du hangar, blanc et affamé. Il ne serait jamais sorti si Jaarvi avait été suffisamment fourni. Mais à part Jaarvi, ce qui restait de leur ancienne bande était une poignée de losers qui enchaînaient les plans ratés avec méticulosité et constance. La drogue même leur manquait ; et malgré tous leurs efforts et toute leur mauvaise volonté, ils ne parvenaient à s'en procurer qu'environ une fois par semaine – et c'est cela uniquement qui avait ralenti la chute ;

qui l'avait faite plus dure encore – Jaarvi avait pris l'habitude d'inviter Ivan à leurs festins de pauvres ;

quelque chose en lui devait savoir que la fin était proche, quelque chose en lui ne voulait pas partir seul.

C'était quelques mois plus tard, en 95, qu'il avait rencontré Marie. Qu'il avait trahi Dmitri. Pire, qu'il avait trahi Jaarvi. Mais tu étais si frêle ! Tu étais si pâle, Marie. Tes seins, Marie. Ses mains agrippent la chaise de Mikhaïl et la serrent le plus fort possible. Mille ans après, on pourrait croire que c'est de l'histoire passée et que tout est calme à présent, dans le bureau poussiéreux des archives de l'institut Landau. Mais ce serait se tromper et de beaucoup ; il n'y a pas de mesure image de l'homme, et mille ans plus tard, Ivan sent encore les seins de Marie dans la paume de ses mains. Et rien ne peut les décrisper.

La vérité, c'est que nous ne sommes maîtres de rien. Que la vie se joue de nous et que nous n'y pouvons rien et ceux qui croient le contraire ont dû se crever les yeux pour ne pas le voir. C'était à l'hôpital, sur la perspective Nevski. Ivan avait accompagné sa mère là-bas : sa grand-mère était en train de mourir. Tout partait en vrille depuis un moment et le combat perdu d'avance de sa grand-mère contre le cancer n'était pour Ivan qu'un signe supplémentaire de la débâcle. Par moments, il lui semblait que la vie de tous les êtres qui lui étaient chers était comme des déchets qu'une tempête balayait, sans le moindre effort ;

à d'autres moments, il avait l'impression qu'au contraire la vie s'acharnait contre eux, qu'elle donnait tout ce qu'elle pouvait pour les mettre minables, pour les mettre plus bas que terre ;

et à certaines heures de la nuit, les deux se mêlaient, extrême violence et terrible nonchalance,

et la vie jouait avec eux,

vampire qui buvait leur sang, qui adorait ça.

Il n'attendait plus que le week-end, la possibilité de s'allonger sur des caisses de vodka en laissant l'héro s'écouler en lui. Il voyait bien que sa mère n'allait pas bien – dans les brumes du manque qui se faisait chaque jour plus pressant, il sentait confusément que ce dernier coup que la vie allait lui porter la briserait sans doute. Il avait pitié d'elle, mais il savait qu'il ne pouvait pratiquement rien faire pour lui venir en aide – à dix-sept ans, il savait les encablures qui nous séparent, il mesurait les mondes entre nous. Sa mère s'échouait lentement dans un couloir d'hôpital surchauffé, et la seule chose qu'il pouvait faire, c'était l'accompagner là-bas, c'était lui proposer, à certaines heures de la nuit, quand le monde ne ressemble plus à rien, d'aller lui chercher un de ces cafés infâmes au distributeur, près de l'accueil. C'était en allant au distributeur, justement, qu'il l'avait croisée. Marie. Il devait être trois ou quatre heures du matin. Le temps était suspendu tellement la vie faisait mal, tellement elle était dure à passer,

le temps était suspendu et c'était une nuit jaune.

Elle était passée près de lui dans le couloir, pendant qu'il attendait le café. Elle semblait si frêle dans sa chemise de nuit d'hôpital. Elle avait toujours ses cheveux courts, c'était comme ça qu'il l'avait reconnue. Les cheveux courts. Ils ne s'étaient rien dit, ils s'étaient simplement observés, comme deux étoiles qui se croisent, en pleine nuit, à des années-lumière de distance. Ivan l'avait suivie du regard pour s'assurer que cette apparition était bien réelle. Il l'avait vue avancer lentement, en claudiquant. S'appuyant parfois contre le mur. Il s'était rappelé qu'elle avait traîné avec Dmitri au collège, avant de disparaître du jour au lendemain, sans explication. Il s'était rappelé le soulagement qu'il avait éprouvé alors.

Le lendemain, si on pouvait appeler ça un lendemain, il avait essayé de la revoir. De traîner dans les couloirs pour la croiser. Mais elle avait disparu. Il s'était faufilé dans l'accueil, à la pause de la secrétaire. Il avait fouillé dans les dossiers d'admission. L'avait retrouvée. Marie Sliouov. Quatorze ans. Elle avait été admise à la suite de problèmes digestifs. C'était le terme consacré pour anorexie grave. Le dossier mentionnait une tentative de suicide. Cela faisait trois mois qu'elle végétait dans cet hôpital au moment où il l'avait croisée. Et elle en était sortie le matin même, à la demande de son père, malgré l'avis médical.

Tout aurait pu en rester là. Mais comme à son habitude, la vie avait continué à frapper. Pendant quelques semaines, elle avait peaufiné son attaque. Il n'avait rien vu venir, il s'était simplement préparé à ce que sa grand-mère meure, à ce que sa mère dévisse. Et un jour, il avait senti que quelque chose clochait. Il était seul chez lui, il s'en souvient, quand il l'avait senti. L'appartement était désert. Son père travaillait à l'institut ; Dmitri était en stage à Moscou ou à Kiev, il ne savait même plus ; et sa mère était à l'hôpital. Il était resté un moment dans l'entrée du salon, face à la pièce vide. Et il l'avait senti. Il y avait quelque chose dans ce vide. Quelque chose d'anormal. Il n'osait pas avancer dans la pièce, il restait immobile – sa main droite seule tremblait légèrement, battant un de ces rythmes intérieurs qui nous suivent toute la vie, sans qu'on y prenne garde. Quelque chose de terrible était là devant ses yeux, dans cette table, dans ces fauteuils. Quelque chose qu'on voulait lui cacher et qu'il venait de surprendre. Et soudain, il sut.

Depuis combien de temps sa mère n'était-elle pas rentrée ici ? Des jours. Des semaines, peut-être. Il ne s'était aperçu de rien. L'héro et le manque d'héro brouillaient tout – et il n'y avait guère qu'au lycée qu'il parvenait à donner le change. Et au milieu des limbes chimiques dans lesquelles il errait, il venait de s'apercevoir que sa mère aussi lui donnait le change. Il savait vaguement qu'elle passait ses journées à l'hôpital. Toutes ses journées. Et beaucoup de ses nuits, aussi, au cas où. De temps à autre, elle rentrait ici, remplissait le frigo, se reposait quelques heures, avant de retourner à l'hôpital. Jusqu'à cet instant, il croyait que les choses en restaient là. Mais quand il se dirigea vers la cuisine, il savait déjà. Avant même d'ouvrir le frigo, il était certain qu'il était vide. Sa mère n'était pas revenue à l'appartement depuis longtemps et ça n'avait rien à voir avec sa grand-mère. Ivan le sentait. Il avait couru à l'hôpital. Pendant le trajet en bus, les questions fusaient sous son crâne, chacune en appelant une autre, chacune forant plus loin que l'autre. Qu'est-ce qui se passait ? Qu'est-ce qu'elle faisait ? Il aurait voulu qu'elle lui réponde tout de suite.

Il l'avait aperçue dans le couloir, au milieu de la foule anesthésiée des visites de jour. Mais elle n'était pas seule. Un homme était assis près d'elle, qui lui tenait les mains. Ivan était tétanisé. Pendant un temps qui n'était ni mesurable ni positif, pendant un temps pour lequel on n'avait pas $b(T(x))\,d\mu(x) = b(y)\,d\nu(y)$, il s'était laissé bousculer par les brancards, par les infirmiers, par les malades, par les familles brisées de douleur. Et à un moment, sans savoir pourquoi, il s'était retourné et s'était éloigné,

et le monde s'était révélé ce qu'il était réellement, un labyrinthe de couloirs d'hôpitaux,

un corps immense de douleur vaine

balayé par un vent poisseux et jaunâtre.

Et la douleur n'avait eu d'autre lit où se coucher que ses veines et elle s'était mêlée, noire et lourde et visqueuse et elle s'était mêlée à son sang et l'avait noirci.

Sorti de l'hôpital, il avait traîné dans le parking, incapable de faire quoi que ce soit, fumant clope sur clope, frappant dans un vieux sac en plastique, l'air mauvais, jusqu'à ce qu'un homme sorte de l'hôpital. Et il faut croire que T préserve la mesure μ, car malgré les larmes, malgré le verre pilé dans ses yeux, malgré la drogue dans ses veines, il l'avait reconnu. *L'homme* qui était avec sa mère, dans le couloir. Et c'était tout naturellement qu'il l'avait suivi. Jusque chez lui.

Et c'était là, devant l'immeuble de cet homme qu'il détestait plus que tout au monde, que la vie lui avait donné un nouveau coup. Qu'il avait compris, quand l'homme était ressorti quelques instants après être entré, accompagné de Marie. Cet homme était le père de Marie. Pour Ivan, tout était clair soudain : cet homme et sa mère avaient tous les deux un proche à l'hôpital. Lui venait visiter sa fille, Marie. Et sa mère accompagnait sa propre mère à la mort. Ils avaient passé des mois et des mois à errer dans les mêmes couloirs, défaits par la même cruauté de la vie. Et Ivan ne voyait qu'une seule explication pour la suite : ils avaient fini par discuter, par faire connaissance. Ils avaient fini par…

L'esprit d'Ivan ne pouvait jamais aller plus loin – ses mains sur le visage, sur le corps de sa mère, ses mains, c'était trop ;

c'était trop et il fallait s'éloigner, il fallait courir et

il avait erré pendant des jours et des jours tel un spectre, transparent, dans les rues de la ville. Pendant ces jours passés au désert, il doit avoir mangé, il doit avoir bu, et il doit même avoir dormi quelque part. Mais il ne se souvient de rien – et cela importe peu,

On appelle marginales de π les mesures de probabilité μ et ν définies comme mesures images de π par les projections $(x, y) \to x$ et $(x, y) \to y$.

cela est marginal ;

il sait seulement qu'un jour il s'est retrouvé devant le lycée à l'heure du début des cours. Il sait seulement que Marie était là, que son père l'avait accompagnée, qu'il lui conseillait de prendre ses médicaments quand Ivan les avait frôlés. Si, avec les années et les drogues qui lui coulaient dans les veines, il a complètement oublié son visage, il sait que quelque chose s'est durci alors en lui au moment il est passé derrière cet homme. Une envie de leur rentrer dedans. De les frapper tous les deux. Et d'autres choses aussi, indistinctes ; de ces choses qui vivent dans les tréfonds des hommes, de ces choses qui n'ont pas de nom, et qui n'en auront peut-être jamais,

de ces choses qui faisaient trembler ses mains en imaginant les épaules de Marie,

sa nuque et

ses seins.

Et après quelques jours à la suivre le long des couloirs

surpeuplés et transparents, ces choses étaient toujours dans ses yeux, dans ses mains. Bien sûr, Ivan se rappelait ce qui était arrivé quand ils étaient au collège ; il savait que cette fille était différente des autres. Ce n'était pas seulement qu'elle était distante ou discrète ou qu'elle semblait n'avoir aucune idée de ce qu'elle faisait là, ce n'était pas seulement qu'elle avait l'air aussi perdue qu'à l'hôpital : quelque chose avait changé depuis qu'il l'avait vue quelques années auparavant. Cette sorte de fragilité qu'il n'avait pas perçue à l'époque pulsait maintenant de chacun de ses gestes. Ce vague dans ses yeux s'était fait plus tremblant. Et puis, il y avait ce flottement dans ses mains, auquel Ivan ne pouvait résister. Mais au fond, tout cela était marginal : seul importait cet instant de trouble quand leurs regards se croisaient, qu'ils se cherchaient et se trouvaient,

quand ils se dévisageaient en silence, par-dessus les épaules de leurs camarades.

Ils ne se voyaient que rarement – si Marie avait presque le même âge que Dmitri, le lycée l'avait scolarisée en classe de seconde. Mais pendant ces semaines d'observation déliée, quelque chose naquit entre eux. Flou. Indéfinissable. Liquide d'envie et de fascination, liquide de silence et de frissons. Pour Ivan, ses cheveux courts, son corps élancé suffisaient. Ils lui rappelaient Jaarvi. Ses épaules, surtout, quand il les apercevait lors des cours d'éducation sportive. Alors le monde se résumait à une seule envie, alors Ivan ne voulait plus qu'une chose ; l'embrasser là,

sur ce grain de beauté entre les épaules ;

et tout en lui était flou et mouvant – ces corps que l'on tend, ces frôlements qui n'étaient ni un but ni une fin, mais

une promesse.

Et au fur et à mesure que ce manège de silence se faisait plus pressant, Marie sentait quelque chose de puissant qui se creusait en elle. Par moments, elle en avait la chair de poule. Partout, à la cantine, dans la cour, elle avait l'impression qu'Ivan la suivait. Chaque pas, chaque geste qu'elle devait faire était à la fois une épreuve et un délice. Chercher à savoir s'il la suivait vraiment. À le voir sans être vue. Sentir cette tension dans son corps à lui aussi. Ne rien montrer. Ne rien montrer. Contrôler ses pas et puis se tendre et se contrôler à nouveau. Et respirer quand elle sentait qu'elle étouffait. Rien dans sa vie – même ce qu'elle avait vécu avec Dmitri des années auparavant – ne l'avait préparée à quelque chose d'aussi intense. Elle ne savait que faire de ces regards qu'Ivan lui lançait effrontément, sans rien dire, sans même sourire. Il n'y avait pas deux semaines qu'ils se tournaient autour quand tout changea soudain. Un mardi, pendant la pause de midi, Marie profita d'un moment d'inattention des surveillants et retourna dans le bâtiment des sciences, alors que c'était interdit. Les lieux étaient vides. Elle s'assura que personne ne la suivait et pénétra dans la classe d'Ivan. Elle trouva sa place, reconnut son sac et l'ouvrit. Elle inspecta rapidement ce qui s'y trouvait. Des livres de cours. Des cahiers. Et un carnet noir fermé par un élastique. Elle l'ouvrit et ce qu'elle y vit suffit. Elle n'avait pas le temps de le lire. Dans quelques minutes, la sonnerie allait retentir et les autres élèves, les professeurs allaient monter dans les étages. Elle agit sans réfléchir et glissa le carnet dans la poche de sa veste. Elle sortit discrètement du bâtiment et se dirigea vers l'infirmerie. Elle n'eut aucun mal à convaincre l'infirmière qu'elle se sentait mal et qu'elle devait rentrer chez elle.

Elle fit semblant d'appeler son père au travail pour qu'il vienne la chercher. Une demi-heure après, elle était chez elle et se jetait sur son lit. Elle disposait d'une après-midi. Elle savait qu'elle allait dans la mauvaise direction ; elle savait qu'elle allait vers la souffrance. Les très rares périodes qu'elle avait passées dans des établissements scolaires l'avaient toutes amenée au même constat : le contact avec les autres était douloureux. Leurs regards. Leurs corps. Leurs mots. Et quand enfin on trouvait quelqu'un que l'on supportait de regarder en face, c'était la vie elle-même qui nous trahissait. Les drogues des sanatoriums n'avaient pas tout détruit : elle se rappelait Dmitri, les mois qu'ils avaient passés ensemble au collège. Ces moments où ils se cherchaient des mains, où ils se trouvaient. Elle se rappelait comme il avait fermé les yeux quand elle l'avait embrassé, comme il les avait rouverts. Elle se rappelait surtout comme elle avait souffert quand elle avait dû quitter le collège sans pouvoir le prévenir. La souffrance, voilà ce qui l'attendait.

Et pourtant, elle ouvrit le carnet sans hésiter. Sur les premières pages, il y avait essentiellement des dessins. Des bâtiments. Des mains qui se tiennent. Des corps tordus. Et, vers la fin du carnet, des équations. Des théorèmes recopiés. Des centaines de théorèmes. Un nœud K de S^3 est trivial si et seulement si le groupe fondamental $\pi_1(S^3/K)$ est libre et cyclique (Dehn [1910]). Une fibration d'une variété de dimension 3 est une action du cercle qui est libre partout sauf sur un nombre fini de fibres courtes (Seifert). Soit une racine n-ième primitive de l'unité, et soit $D \subset C$ le disque unité ouvert. Considérons le produit et identifions chaque (z,t) avec $(z,t+1/n)$. La variété quotient obtenue est difféomorphe au produit ; mais la fibre centrale de l'action $(z,t)_s = (z, t+s)$ est plus courte que les fibres voisines, qui s'enroulent n fois autour d'elle puisque $(0, t)^{1/n} = (0, t)$. Et ça continuait ainsi, sur des dizaines de pages. Certains mots étaient soulignés, certains mots étaient repassés plusieurs fois. Fibres. Nœud. Libre. Voisines. Marie retrouvait des bouts de phrases qu'elle n'avait entendues qu'une fois dans sa vie, quand elle était au collège. Elle n'en revenait pas de pouvoir relire tous ces théorèmes, de les murmurer, de les goûter à nouveau du bout des lèvres. Elle retrouvait ce rythme si particulier, cette poésie étrange qu'elle avait découverte au contact de Dmitri et qu'elle n'avait retrouvée nulle part ailleurs.

Elle avait gardé un moment une photo scolaire de lui qu'elle avait volée – ce visage dur, ces yeux corbeau qui fixaient presque méchamment le photographe, ces lèvres tellement pincées que c'en était bon. Mais très vite, les sanatoriums avaient commencé à tresser une sorte de toile entre ses yeux et le monde, qui lui avait fait tout voir de loin, comme à distance. Son cœur et ses yeux s'étaient mis à battre moins fort, ils étaient presque morts : après trois ans d'errance, elle ne pensait pratiquement plus à Dmitri.

Et ce jour-là, par miracle, elle venait de le retrouver. Ses cahiers, ses théorèmes. Et toujours ce rythme parfait, ternaire, qui n'appartenait qu'à lui. Elle prononçait doucement un bout de phrase, et elle fermait les yeux, et elle tentait de le retenir, de le reprendre dans ses oreilles. Un nœud K de S^3 est trivial si et seulement si. Un nœud K de S^3 est trivial si et seulement si le groupe fondamental $\pi_1(S^3/K)$ est libre et cyclique. Elle sentait à nouveau que l'essentiel n'était pas tellement dans le sens précis de ces mots. Qu'il était dans le rythme, dans le style. C'étaient des sortes de condamnations. Toute variété topologique de dimension 3 a une unique structure *PL* et essentiellement une unique structure différentiable. À d'autres moments, c'était comme des grâces, comme un doigt de lumière surgi dans un monde des ténèbres. Soit f une application *PL* d'un disque dans une variété de dimension 3, qui peut avoir des points doubles dans l'intérieur, mais pas sur le bord. Alors il existe un disque plongé non singulier qui coïncide avec f sur un voisinage du bord. Entre ombres et lumières, c'était une sorte de vitrail qui se dévoilait peu à peu. Un vitrail de souffrances, de peines, un vitrail de grâce. Et à travers ce vitrail, nimbant ce cahier de sa lumière noire, la direction : la troisième forme de la conjecture de Poincaré, en deuxième de couverture – l'intérieur de toute variété compacte de dimension 3 admet une décomposition canonique en pièces qui portent une structure géométrique.

Quand elle l'avait revu à l'hôpital, elle avait cru rêver. Elle avait cru à un de ces fantômes dont lui parlait toujours sa grand-mère. Mais non, il était toujours en vie. Elle tenait son carnet entre ses mains. Et elle-même serait restée ainsi, des heures, à lire et à relire ces phrases, jusqu'à ce qu'elle n'en puisse plus et finisse par s'endormir, si la sonnette n'avait pas retenti.

En mathématiques, l'adhérence d'une partie d'un espace topologique est le plus petit ensemble fermé contenant cette partie – lorsque l'espace est métrisable, c'est aussi l'ensemble des limites de suites qui tendent vers une valeur appartenant à cette partie. En biologie, c'est l'union accidentelle de deux tissus contigus.

Elle alla ouvrir sans lâcher le carnet. Et se retrouva face à Ivan, qui la toisait. Ivan vit le carnet dans sa main et ne dit rien.

— Qu'est-ce que tu fais ici ? lui demanda-t-elle sans même chercher à cacher le carnet.

— Et toi ? rétorqua Ivan sans se laisser démonter.

— Tu m'as suivie ?

— Tu m'as volé ?

Et, posant sa question, il s'appuya sur le montant de la porte, et ce geste contenait quelque part en lui, dans sa fragilité, dans sa fébrilité, ce geste contenait une grâce à laquelle elle ne pouvait pas résister. Et d'ailleurs, elle ne voulait pas. Elle était prête. Prête à se donner à un mystère qui la dépassait, qui l'englobait complètement. Il y avait dans tous les énoncés du carnet une souffrance, un décalage au monde qui pulsait, qui faisait écho à ce qu'elle avait toujours ressenti, et dans le même temps une volonté forcenée, une volonté farouche de ne pas se laisser faire, de combattre l'adversité, de briser la résistance de la conjecture. Et Ivan aurait pu la cueillir tout simplement. S'avancer, s'imposer, laisser ses yeux si noirs la démettre et s'avancer sur elle encore jusqu'à la recouvrir. Il voyait bien dans quel état se trouvait Marie – tout dans son port, ses cheveux courts en désordre, le relâchement de ses jambes, ses lèvres entrouvertes, tout disait à quel point elle était conquise. Son corps entier était un aveu.

Mais pour une raison obscure, il se contenta de rester appuyé contre le montant et fit la seule chose qui pouvait réellement détruire la magie qui avait cerné Marie. Il sourit. Et ce sourire était celui de quelqu'un qui baisse sa garde. Un sourire amer, un sourire les yeux tristes. Marie lui rendit son sourire et désigna le cahier.

— Alors, tu es toujours là-dedans ?

— Non. C'est mon frère qui a écrit tout ça. Dmitri… C'est lui qui te lisait ses livres de maths… Moi, je suis l'auteur des gribouillis, au début. C'est un vieux cahier de brouillon à lui, que j'ai récupéré pour dessiner dedans – il ne s'en servait plus.

Marie fronça les sourcils. Elle ne comprenait pas ce qu'il lui disait.

— On se ressemble beaucoup. Souviens-toi, je suis le gars qui venait voir si tout allait bien, quand vous étiez tous les deux. Son frère aîné. Ivan.

Marie n'en revenait toujours pas. Elle secouait la tête.

— Mais alors, à l'hôpital, c'était toi ou lui ?

— Moi.

Elle le fixa un moment, silencieuse et dépassée. Et elle le serait restée si une porte voisine ne s'était pas ouverte – Ivan, qui ne voulait pas gêner dans le couloir, l'écarta légèrement, ferma la porte et entra dans l'appartement. Marie le bouffait des yeux. Elle comprenait petit à petit. Tout se reconnectait dans son esprit. Le frère. L'autre, celui qui lui ressemblait. Ivan inspira une dernière fois, un sourire fugitif barra son visage.

— Je peux le reprendre ? demanda-t-il en désignant le carnet, avec dans sa voix cette humilité, cette faiblesse qui troublait tant Marie.

— Euh, oui, bien sûr, répondit-elle en le lui tendant.

Elle se sentait gênée et fautive. Elle s'était trompée, et pourtant elle devait l'admettre : à cet instant précis, c'était Ivan qui la troublait et pas le souvenir de Dmitri. Elle brûlait de l'interroger, et pourtant elle sentait qu'elle risquait de le blesser. Incapable de se décider, elle secoua la tête et quitta le vestibule rapidement, en l'invitant du regard. Ivan la suivit docilement et ils se retrouvèrent dans le salon. Tout allait trop vite et Marie ne savait plus réellement ce qu'elle voulait et Ivan non plus et ils le sentaient tous les deux. Mais ils n'y pouvaient rien. Ils étaient trop proches déjà et leurs yeux se cherchaient depuis trop longtemps. Marie parvint un moment à retarder l'échéance.

— Et depuis quand tu sais ?

— Hum ?

— Pour ta mère et mon père ? Depuis quand ?

— Hum… je sais pas, deux semaines.

— C'est pour ça que tu me suivais, non ? Cette femme, c'est ta mère, c'est ça ?

— Hum.

— Elle n'est pas ici. Je crois qu'ils se voient dans une planque de mon père. Il ne m'en a jamais parlé, mais je les ai vus à ma sortie de l'hôpital. Ils avaient l'air tellement proches… C'est pour ça que tu es là ?

— Hum… J'en sais rien ; j'imagine que je voulais savoir aussi… qui était ton père.

— Comment tu as eu cette adresse ?

— La semaine dernière, quand il est venu te chercher au lycée, je sais plus quel jour. Je vous ai suivis.

— Alors, tu as commencé à t'intéresser à moi ?

— Tu crois que ta mère est au courant ? esquiva Ivan.

— Oui, mais ça n'a pas vraiment d'importance...

— Pourquoi ?

— Elle est morte à ma naissance.

— Ah, répondit simplement Ivan, ses yeux tombant sur le canapé. Désolé.

Marie ne laissa aucune chance au silence qui menaçait de s'installer – tout à coup, elle lança :

— Tu as peut-être faim ?

— C'est cela, répondit Ivan en souriant, c'est pour ça que je suis ici : à force de te suivre, je n'ai pas pu aller à la cantine et je meurs de faim.

— Viens dans la cuisine, on va voir ce qu'il y a. Par contre, je te préviens, je ne sais pas faire grand-chose.

Ils entrèrent dans la cuisine, poussés par leur faim adolescente, par la curiosité consubstantielle à cet âge. Après un moment de flottement, Ivan avisa un paquet de pommes de terre qu'il commença à éplucher. Marie sortit des œufs du frigo, les cassa dans un plat, ajouta des herbes. Ils travaillaient en silence, s'observant à la dérobée, poussant parfois de petits gémissements quand ils voulaient marquer leur assentiment ou leur réprobation quant à l'assaisonnement, la durée de cuisson ou la quantité de poivre. Et dans le silence, dans l'espace des corps et des corps seulement, Marie sentait émaner d'Ivan une tendresse qui n'était ni dans ses mots, ni dans la manière dont sa bouche se tordait – une tendresse qui lui était innée et dont toute sa dureté d'adolescent rebelle n'arrivait pas à le débarrasser. La manière dont il saisissait les pommes de terre. La courbe de son pouce, quand il les épluchait. Les petits sauts de sa main droite, pour les choisir. Autant de détails qui le trahissaient bien plus que des années de discours. C'était toute une tendresse secrète qui se dévoilait à la muette. Sans se tourner vers lui, feignant toujours d'être absorbée par son omelette, elle commença :

— Je crois qu'on a assez de pommes de terre comme ça. On va les couper en morceaux, les faire cuire dans une poêle et les ajouter dans mon omelette avant de la lancer, ça te va ?

— C'est parfait.

Et tandis qu'ils surveillaient les pommes de terre qui rissolaient, c'était une légèreté dans leurs avant-bras, dans leurs yeux

c'était des gestes esquissés et retenus, mais dévoilés tout de même,

c'était une sorte de quiétude merveilleuse qui n'avait pas besoin de mots,

et l'instant d'après, c'était l'inquiétude de tout perdre,

c'était un tremblement qui passait de leurs doigts à la surface des choses ;

car le monde est cet endroit merveilleux où rien n'est acquis.

— Là, je pense que c'est bon maintenant, on va pouvoir lancer l'omelette.

— Oui, répondit Marie. Et toi, ton père est au courant ?

— Non, je pense que non. Mais c'est pas pour lui que je crains le plus. C'est pour mon frère.

Et Marie eut la délicatesse de ne pas le questionner à son sujet. De laisser ça à plus tard, car elle savait, de par la tranquillité d'Ivan, de par la tendresse de ses gestes, qu'il y aurait un plus tard.

Et ce n'est que dans la soirée, alors qu'ils étaient occupés à fumer sur la terrasse, que Marie effleura la première la main d'Ivan, qu'il se tourna vers elle et que, tendrement comme Marie ne l'aurait jamais cru, il la prit dans ses bras, il l'embrassa. Et lentement, avec une lenteur infinie, parfaite, tandis qu'il l'embrassait, il se mit à la caresser. Et sans même y réfléchir, simplement subjuguée, simplement capable de pousser de petits gémissements, de se mordre les lèvres, elle se donna à lui.

Elle se remémorerait souvent cette soirée, pour y chercher des traces de ce qui allait advenir, des fêlures invisibles à l'œil nu, mais qui déjà couraient dans cette soirée, dans leurs corps dans leurs yeux qui s'enlaçaient. Elle se demanderait si elle avait vu, déjà, les traces dans les coudes d'Ivan. Les points rouges, qui lui auraient dit ce qu'Ivan faisait réellement chez elle, qui lui auraient dit à quel point elle s'engageait sur un terrain miné. Mais elle ne se souviendrait pas. Elle n'aurait jamais de réponse. Et d'ailleurs, ce jour-là, il n'est pas certain que cela aurait changé quoi que ce soit, que cela l'aurait empêchée de se donner à lui. Pour elle, tout était merveilleux et simple ; mais vu ce qui avait suivi, elle était forcée de se dire qu'il y a toujours un autre côté des choses, que si

nous pouvons tendre les uns vers les autres, que si

nous pouvons par moments adhérer les uns aux autres,

il est rare que nous puissions faire plus et,

il y avait fort à parier

qu'Ivan était un corps de maelström,

que l'envie que le plaisir que l'héroïne le dévoraient et jouaient avec ses mains avec ses yeux, que tout tournait dans sa tête,

qu'il ne se serait jamais cru capable de faire ça à Jaarvi, de se faire ça à lui et, pire, de faire ça à Dmitri,

et que pourtant, quoi qu'il eût dans la tête, quand ses mains trouvaient ses seins, ses hanches, quand ses lèvres parcouraient ses épaules,

il lui semblait réellement que tout prenait feu en lui

comme en elle, que plus rien n'existait que leurs yeux, que leurs hanches qui se cherchaient, qui se trouvaient. Mais comment savoir ? Peut-être que toute cette soirée merveilleuse n'était rien pour lui – de la petite monnaie, du rouble. Des milliers de fois, elle avait essayé de se dire que cela n'avait même aucun sens pour lui – que c'était cette malléabilité terrible des adolescents qui était à l'œuvre, qu'elle l'avait sans doute forcé,

et que pour une de ces raisons complexes, pour une de ces adhérences indicibles des adolescents,

il s'était laissé faire.

D'ailleurs, le lendemain matin, quand elle se réveilla, Ivan n'était plus là. En se douchant, en s'habillant, en déjeunant, elle pensait à lui. Ses yeux. Le coin de ses lèvres. Ses cheveux. Et puis ses mains. Et puis ses mains sur elle. Elle avait hâte d'aller au lycée pour le voir. Arrivée là-bas, elle le chercha dans la cour, dans les couloirs, mais ne le trouva nulle part. Heureusement, juste avant qu'elle ne renonce et ne se décide à entrer en cours, Ivan lui toucha l'épaule et disparut de l'autre côté quand elle tourna la tête. Quand elle se retourna, il était devant elle. Souriant. Et ses yeux. Ses yeux sur elle. Il la voyait. Elle en était sûre. Ses yeux sur elle.

— Viens.

Il l'avait conduite au fond du couloir et avait ouvert une porte devant elle. Marie était entrée et Ivan avait refermé derrière elle. Il avait bloqué la porte avec un balai appuyé contre le montant. La petite pièce était sombre, éclairée seulement par un soupirail tendu d'une toile hors d'âge. Quelques rayons de soleil striaient çà et là une atmosphère chargée de poussière.

— On est où, là ? lui avait demandé Marie en souriant.

— Je pense que c'est une sorte de placard, de débarras pour les agents du lycée. Là où ils stockent leurs produits, ce genre de choses…

Et il s'était approché d'elle en répondant à son sourire, et avec une infinie douceur, il avait pris son visage entre ses mains, et lentement, très lentement, il l'avait embrassée. Et au milieu de leurs baisers, qui se répondaient qui se faisaient de plus en plus empressés, et au milieu de leurs corps, qui se cherchaient, qui se trouvaient, elle voulut lui parler de cours, de retard, mais dans le même temps ses mains le cherchaient, ses mains le trouvaient, l'amenaient contre elle, et dans le même temps elle le plaquait contre un mur. Elle voulait partir mais ne faisait que s'attacher plus à lui. Et ensemble, se mordant la main, se mordant l'un l'autre pour ne pas gémir, pour ne pas crier, ils firent cette merveille de l'amour qui ne fait que se donner, ils firent ce qu'aucun des deux ne croyait trouver un jour. Cela dura une seconde et une vie, cela dura un temps qui n'est pas de ce monde. Et pendant ces quelques instants, leurs yeux concentrèrent le monde, leurs yeux concentrèrent le monde pour l'offrir en sacrifice à l'autre, dans la sueur, dans le gémissement, leurs yeux concentrèrent le monde dans son envie de vivre, dans sa fougue, le monde dans sa tendresse, leurs yeux concentrèrent tout cela et ils le firent exploser et alors, le temps de quelques battements de leurs cœurs emballés, ils se trouvèrent. C'est-à-dire, au sens premier, ils saisirent, ils aperçurent dans les yeux de l'autre leur place sur cette terre. Et leur place à cet instant était celle-là même qu'ils occupaient. Dans les bras, dans les yeux, dans le souffle de l'autre.

Quand ils sortirent de cette pièce, ils n'étaient pas tout à fait les mêmes. Les mains de Marie ne tremblaient plus. Elles étaient à leur place. Elles serraient celles d'Ivan. Et quoi qu'en pensent toutes les études du monde, elles faisaient plus qu'y adhérer – elles faisaient *autre chose.*

Face aux blocages récurrents des méthodes fondées sur une approche PL, Hamilton a proposé une approche complètement différente en 1982.

Ainsi, quelques jours passèrent, parfaits et lumineux, entre rires et jeux. Leurs parents étaient miraculeusement absents – ils ne les croisèrent pas une seule fois. Et sur ces quelques jours, Marie avait beau y revenir, elle ne voyait pas de faille : Ivan semblait vraiment aller bien. Elle savait bien que cela ne voulait rien dire ; de son côté, elle avait encore d'importantes choses à régler avec Dmitri. Mais le fait est que, début octobre 95, rien ne laissait entrevoir ce qu'Ivan était en train de traverser, ni ne laissait présager le désastre à venir. Il lui arrivait bien d'esquiver certaines questions et Marie saisissait parfois d'infimes tremblements, des flottements dans ses yeux. Et le diable est dans le détail ;

et dans le détail, dès qu'elle l'interrogeait sur sa famille, Ivan se fermait imperceptiblement – quelque chose en lui s'éteignait, une sorte de pesanteur fugace tirait ses gestes vers le bas, et certains jours, elle avait même raison de cette étincelle dans ses yeux, de cette lueur que Marie aimait tant ;

et l'ombre de Dmitri passait entre eux un instant, avant qu'il ne parvienne à nouveau à lui donner le change.

Ce n'est qu'en novembre 95 qu'elle se rendrait compte que si elle ne pouvait pas douter de ses sentiments, elle n'avait aucune idée de ce qui se passait dans la tête d'Ivan. Car ce qui nous lie même peut être ce qui nous trahit. Mais qu'on ne s'y trompe pas : ce qui nous trahit même peut être ce qui nous lie. Car les hommes tissent d'étranges liens entre eux ;

et ce qui passe d'un corps à l'autre le fait à la muette, à l'aveugle,

le fait sans que rien ni personne n'y puisse rien,

et un regard, une main serrée, et une mèche de cheveux embrassée peuvent laisser passer ce courant entre nous pendant des années,

tant la lumière dans nos yeux peut être homéomorphe au monde lui-même. Et elle l'avait été, un jour, alors qu'ils étaient seuls chez Ivan, nus dans sa chambre. Marie lui avait demandé comment ses parents s'étaient rencontrés, Ivan avait souri avec un sourire étrange, plein d'amertume, et comme elle le poussait il s'était contenté d'un vague : ils bossaient au même endroit. Il savait que Marie attendait bien autre chose, mais il ne pouvait pas lui donner plus. C'était trop douloureux – alors, il l'avait simplement murmuré : Et les tiens ? Marie avait senti cette tension subite qui s'était emparée de lui. Elle s'était blottie contre lui, frottée contre ses bras, et elle lui avait dit qu'elle savait très peu de choses.

Comme lui, elle avait construit son histoire à partir de bribes éparses – de récits de sa grand-mère folle, de morceaux de phrases prononcés par son père. Ils réalisaient que leurs histoires étaient différentes, mais que le résultat était le même – seule comptait en définitive, seule était incompressible et jouait réellement la distance qui les séparait de leurs parents. Aucun d'eux ne comprenait réellement ce qui les avait poussés l'un contre l'autre.

Aujourd'hui encore, penché sur un carton au-dessus de l'épaule de Mikhaïl, Ivan se rappelle ce que Marie lui avait raconté ce jour-là. Et même s'il avait appris par la suite que tout ou presque de ce qu'elle lui avait raconté était faux, cela ne changeait rien. Car l'homme est autant dans les mensonges auxquels il s'accroche que dans la vérité. Car l'homme est au-delà des faits ;

là où la douleur est un peu moins forte,

et peut-être là plus qu'ailleurs.

D'après ce qu'elle en savait, Marie était la petite-fille d'un haut dirigeant du Parti, Constantin Sliouov. La mère de Marie, Tania, avait vécu l'enfance et l'adolescence typiques d'enfants de dirigeants d'importance nationale. Dans un pays où tous étaient égaux, elle avait su très vite qu'elle était plus égale que les autres. Dès les débuts du communisme, les vestiges du pouvoir du tsar avaient servi aux cadres du Parti : leurs appartements de fonction, les fêtes qu'ils organisaient, l'alcool qu'ils déversaient sur leurs convives choisis n'avaient rien à envier à ceux de leurs prédécesseurs dans l'histoire des grands prédateurs – en vérité, c'était exactement les mêmes. La seule différence, c'était que ce monde ne s'étalait plus. Il cachait sa lente dégénérescence, pour coller, au moins en apparence, aux idéaux du Parti. Par moments, il lui fallait consentir à quelques sacrifices de propagande – une semaine de vacances dans un chalet miteux au milieu des mineurs de K., des visites dans les hôpitaux de la région… Tout ce que la foule des dévorés réclamait pour accepter de fermer les yeux. Et dans cette atmosphère viciée, Tania avait développé une personnalité de garce précieuse, de jouisseuse inconséquente comme tous les fils et filles de avec lesquels elle traînait son ennui. C'étaient des regards qui semblaient refroidis depuis des milliers d'années dans des corps de poupées, dans des visages vermeils, dans des yeux de nacres. C'étaient des corps de fatigue, qu'il fallut très vite, dès l'adolescence, agiter d'alcool, de drogues, de défis pour qu'ils ne sombrent pas dans la désespérance. C'était la désespérance quand même, pour tous, tous les matins du monde, à quinze heures, c'était la cruelle gravité des regards des mères, des pères, qui voyaient s'échouer leurs rêves dans les corps satinés, dans des sachets de poudre blanche qui régnaient partout en maître. C'était un monde négatif et monotone, une poussière de monde.

Mais lors d'une de ces soirées de débauche, qui n'étaient que la continuation de la même quête désespérée qu'ils poursuivaient tous depuis leur accession à la conscience de situation, lors d'une de ces soirées, sa mère connut son destin. Il était courant d'inviter, en plus de la faune habituelle des écumeurs d'orgies, des néophytes – des jeunes aux appétits, aux regards moins refroidis. Du sang neuf en quelque sorte, pour des vampires qui n'avaient plus que le goût du sang en tête. On n'allait bien sûr pas chercher cette pitance dans les bas-fonds, on n'avait pas ces perversions – peut-être qu'ils étaient encore trop jeunes et que ces appétits-là leur viendraient plus tard. Quoi qu'il en soit, les invités qui étaient le véritable festin, le cœur ignorant de la soirée, le maître de cérémonie avait pour consigne de les recruter parmi la frange supérieure des communs. Des officiers de réserve, des stars de cinéma, des sportifs et des sportives de haut niveau, des fils de grands commerciaux tolérés par le Parti, quelques écrivains, quelques étrangers, quand il leur prenait la folie de visiter ces terres désolées… – ce pouvait être n'importe quoi, c'était surtout, sous ses diverses hypostases, l'habituel terrain de chasse des grands fauves.

Au premier étage de l'immense vestibule de la maison

parentale, Tania était penchée à la balustrade et lorgnait le sol de marbre six mètres plus bas, imaginant la forme que prendrait son sang répandu si elle se jetait dans le vide, jouant avec la forme de ce sang, jouant avec, plutôt que d'écouter le vampire qui se pressait à sa droite. Le jeune homme aux dents blanches la voulait, elle le savait ; il suffisait de se tourner vers lui, ce qu'elle évitait consciencieusement de faire, il suffisait de se tourner vers lui et d'observer ses lèvres qui se retroussaient alors, ce sourire carnassier qu'il ne parvenait pas, malgré toutes ses années d'entraînement, à maîtriser. Elle ne pourrait pas lui résister bien longtemps ; elle le savait aussi. Mais il n'y avait vraiment rien d'autre à faire sur terre. Et au moment où elle tâchait de se convaincre qu'ils pourraient peut-être s'amuser un peu, un groupe d'invités, encore un, débarquait sous ses yeux experts.

Comme d'habitude, aucun de ceux qui pénétraient pour la première fois dans le hall d'entrée ne pouvait retenir ses yeux, ses lèvres : la stupéfaction était trop forte, la différence entre le monde dans lequel ils entraient et celui qui s'étalait tristement de l'autre côté de la porte était trop grande pour leurs esprits. Et par ces sourires béats et par ces yeux brillants, ils se faisaient les proies des grands fauves qui les observaient tranquillement de la balustrade.

La porte s'ouvrit une fois encore, pour laisser entrer un retardataire – il y avait toujours un sombre crétin qui se perdait dans le domaine, et qu'il fallait envoyer chercher quand le compte n'y était pas – si l'on veut pouvoir profiter de lui, il faut au moins qu'il soit là, avait un jour lancé le fils du secrétaire général à une de ses fêtes.

Le jeune homme avait une vingtaine d'années à peine et portait beau, comme tous les autres. Mais n'avait pas levé les yeux sur l'immense vestibule comme tous les autres. Il avait fouillé dans sa veste et sorti un paquet de cigarettes et un briquet. Il s'était allumé une cigarette sans se soucier du groupe devant lui, qui tentait vainement de se donner contenance, du groupe au-dessus, qui se partageait le festin. Il avait tiré une fois sur sa cigarette, en avait fixé le bout rougeoyant, les yeux plissés, et avait relevé ses yeux gris vers Tania et avait soutenu son regard. Et ils se regardaient encore quand il avait tiré à nouveau sur sa cigarette. Il avait fallu des années à tous les hommes qu'elle avait côtoyés pour soutenir ses yeux bleu glace – la plupart même n'y parvenaient que quelques secondes. Et ce retardataire parvenait encore à fumer, à expirer vers elle – avec une morgue terrible, avec une morgue telle qu'elle n'en avait jamais vu, même chez les plus dégénérés des héritiers. Quelque chose d'autre la troublait, quelque chose qui traînait sur ses lèvres si fines, qui n'était pas tout à fait un sourire. Il ne se contentait pas de la déshabiller, comme parvenaient à le faire ceux que ses yeux n'arrêtaient plus. Il la jugeait. Il la calibrait du regard – les lèvres pincées, pratiquement inexistantes. Frissonnant sans raison, Tania remonta son déshabillé sur ses épaules et se détourna. Elle fit quelques pas, tremblant légèrement et priant pour qu'il monte, priant pour ces mains, pour cette manière de tenir sa clope, priant pour ces yeux plissés, pour cette impression de puissance incroyable qu'il dégageait. Mais elle savait bien que c'était impossible, que rien ni personne ne viendrait la sauver ; c'était cela, cette étrange lassitude qui grossissait en elle, ce sourire amer sur ses lèvres parfaites.

Du couloir à sa droite lui parvenaient les bruits habituels des débuts de chasse, les gloussements, les cris, les ordres. Tout flottait dans un liquide tiède et poisseux et, oui, puisqu'on le lui demandait : elle était lasse et elle voulait du champagne. Elle attrapa un verre sur la balustrade, que quelqu'un avait laissé là, et le but d'un trait. En trouva un autre et procéda de même. Puis un autre. Elle s'enfonça dans le couloir, le sang battant à ses tempes, qui pompaient le champagne d'un millier d'années perdues à attendre cet instant. Et cet instant, pour des raisons qu'elle ne parvenait pas à démêler, elle allait le gâcher et elle le savait. Au fond du couloir, comme tous les habitués, elle savait qu'elle trouverait la chambre du maître de cérémonie. Et dans le mur extérieur de cette chambre, après une cloison amovible, un escalier dérobé que Nicolas II lui-même avait fait construire. Elle descendit l'escalier qui lui avait servi quelquefois déjà, fermement décidée à quitter la soirée. Une minute plus tard, elle débouchait sur le perron arrière – la grande nuit s'étendait devant elle, à peine salie par les éclairages mourants de l'intérieur. Quelques mètres et c'était tout. Quelques mètres de lumière et après le néant. Elle s'arrêta une seconde pour jauger cette nouvelle nuit qu'il lui fallait traverser et serra la mâchoire. Quelque chose attira son regard sur la gauche – un rougeoiement dans l'obscurité, qui traça une courte arabesque avant de s'épuiser, avant de retourner à la nuit. *Il* était à quelques mètres d'elle, sur le perron. Il regardait le parc, ou plutôt, comme elle l'aimait tant, la nuit sur le parc. Et rien en elle ne lui permettait de résister à ce qu'elle voyait, à une beauté si sauvage, à une telle maîtrise.

— Déjà fatigué ? lui lança-t-elle, incapable de se retenir, les yeux rivés sur ce parc d'ombres qu'elle connaissait par cœur.

Il ne répondit pas tout de suite. Il tira sur sa cigarette, puis la projeta au loin, selon une courbe parfaite. Et même alors, il ne parla pas tout de suite.

— Non, répondit-il posément. Mais je vous ai vue sortir, alors je n'avais aucune raison de rester à l'intérieur.

Et quand elle se tourna vers lui, il posa ses yeux dans les siens, avec une dureté qui n'était pas de ce monde. Il lui reprochait quelque chose. Il était la première personne à oser. Et elle se conforma à toute cette dureté qu'elle trouvait face à elle – et elle le fit d'instinct, et elle fit bien car il n'y avait que cela à faire, car c'était le seul moyen de ne pas tout gâcher. D'être aussi dure que lui.

— Vous m'emmenez voir la Neva, murmura-t-elle sans même y penser, je connais un coin où elle est superbe à cette heure.

Et le sourire qui se dessina sur ses lèvres si fines n'était ni une victoire ni cette connivence abjecte qu'elle n'avait que trop connue – c'était quelque chose de complètement nouveau pour elle, quelque chose de dur et de tendre à la fois.

— Tenez, prenez ça, répondit l'inconnu en enlevant sa veste. Ce n'est pas vraiment une robe pour sortir dans la rue et vous n'avez aucune envie de retourner chercher votre manteau.

Et elle enfila sa veste presque docilement,

et elle était à lui quand elle releva les yeux,

quand à nouveau la vague de son esprit fluide se fracassa sur la dureté irréelle de son visage, de ses yeux gris.

Il fit quelques pas sur le côté, il ne la chercha pas. Et quand ils s'éloignèrent et disparurent dans la nuit, ce fut elle qui se rapprocha, ce fut elle qui alla vers lui jusqu'à le toucher.

Marie ne disposait que de très peu d'informations sur la suite. Elle sait que pendant quelques semaines sa mère n'avait pas revu son amant, et qu'elle n'avait aucun moyen de le contacter : l'inconnu avait disparu sans donner le moindre signe de vie. Et, comme un malheur n'arrive jamais seul, Tania avait conçu *ce soir-là.* Mais, en attendant de l'apprendre, elle avait attendu son inconnu jour après jour, en vain. Elle apprit que nous évoluons dans un monde où le contact n'existe pas. Que nous sommes des étoiles séparées par des milliards de milliards de kilomètres de vide. Pire, nos bras mêmes, nos yeux mêmes sont pour l'essentiel constitués de vide. Elle apprit que nos corps portent en eux, quelque part, la nostalgie de ces milliards de kilomètres qui nous séparent des étoiles, la blessure de tout ce vide en nous, et percer ces murs de vide entre nous n'amène que souffrance et peine.

Et quand elle fut convaincue d'être enceinte, ce fut pire encore, et elle ne sortit plus de sa chambre pendant une semaine. Après ces jours de détresse et de silence, elle décida de se débarrasser de l'enfant. Une amie lui indiqua quelqu'un qui pourrait l'aider. Un matin pluvieux, elle se rendit à l'adresse où l'on pourrait la libérer de ce sortilège. Quelques rues avant d'arriver, à un croisement, un homme s'était soudain placé devant la voiture avec son vélo. Stepan, le chauffeur de la famille, était sorti pour lui expliquer les bonnes manières. À cause de la buée, Tania distinguait mal ce qu'ils se disaient, mais elle avait bien vu que l'homme n'avait eu besoin que d'une fraction de seconde pour mettre Stepan à terre. Il s'était ensuite précipité vers la place du conducteur et avait démarré la voiture en trombe. Tania ne disait rien, elle admirait la maestria avec laquelle il se fondait dans le trafic, elle admirait la seule partie de peau qu'elle put voir : ses mains qui se crispaient sur le volant. Elle connaissait ses mains pour les avoir vues sur son corps, elle savait de quoi elles étaient capables, quelle était leur puissance et quelle était leur finesse et elle ne disait rien. Il se gara finalement dans un parking souterrain, sous un bâtiment de l'administration centrale, éteignit le moteur, sortit de la voiture et la rejoignit à l'arrière.

— Bonjour, monsieur le cycliste, lui lança Tania en souriant dans l'obscurité. Mais ses yeux brillants ne rencontrèrent aucune complicité, simplement cette dureté terrible qui la subjuguait chaque fois qu'elle y était exposée. D'instinct, Tania sentit que la complicité qu'elle recherchait ne comptait plus. Que d'autres choses étaient là, plus fortes, plus terribles encore. Un regard suffisait à comprendre combien c'était sérieux, combien il était concerné – il était aussi impliqué qu'elle et cela la rassurait bien davantage que tous les sourires partagés du monde. Il posa simplement sa main sur son ventre. Et tout était clair et limpide entre eux, et l'obscurité du dehors n'était qu'une illusion, et seule comptait la lumière de leurs yeux, de leurs corps.

— Tu ne peux pas faire ça…, commença-t-il.

Il continua un moment à lui caresser le ventre, très tendrement, en silence. Et Tania le fixait, médusée, n'osant rien faire.

— C'est une fille, je le sens. Tu ne peux pas lui faire ça. Tu ne peux pas nous faire ça, Tania.

Tania suffoquait. Jamais elle n'aurait espéré autant que cette main sur son ventre, que ces yeux dans ses yeux.

— Qu'est-ce que tu veux que je fasse ? Je ne peux quand même pas t'épouser ? lui lança-t-elle avec la dureté terrible qu'elle était capable, par moments, de lui emprunter.

Et jamais elle ne lui avait fait tant confiance qu'en cet instant où elle venait de lancer à toute vitesse, à pleine force, tout ce qu'elle avait en elle de peurs, de craintes, tout ce qu'elle avait en elle, sur lui, sur son visage, pour qu'il le fracasse et le fasse disparaître comme le reste, avec le geste précis et implacable qui était sa marque et son attribut, et qui prouvait, par-delà tout ce que pouvait croire le monde extérieur, à quel point il était de la race des grands seigneurs. Et cette confiance était aussi une science, une science de femme qui sait, qui sait en ses tréfonds ce qu'elle vient de lancer et la dureté et la résistance de l'obstacle qui lui fait face. Elle savait qu'il allait résister.

— Si, c'est ce que tu vas faire, lui répondit-il en la bouffant de ses yeux gris qui s'étaient mis à briller. C'est peut-être la seule chose que tu aies jamais vraiment voulue et c'est pareil pour moi : je ne peux vivre sans toi, Tania.

— Moi non plus, répondit-elle, stupéfaite que tout pût être si simple et si pur.

C'était cela dans l'esprit adolescent de Marie,

des images de parkings souterrains, des yeux brillants qui se cherchent, qui se trouvent, des points de lumière qui dérivent au milieu de grandes bandes d'obscurité. Nous sommes pour l'essentiel constitué de vide, de ténèbres. Des filaments de matière dans un océan de néant. Et l'histoire de ses parents n'échappait pas à cet état de fait. Entre les filaments de vérité, entre les faits, nul ne sait quelle matière sombre demeure, nul ne sait si l'essentiel de ce qu'elle croit procède de la tromperie, de l'omission, du détournement, ou même du mensonge. Seulement que nous sommes pour l'essentiel constitués de ténèbres.

— Je vais bientôt obtenir un poste important au KGB, et nous mettrons tes parents devant le fait accompli. Le Parti lui-même ne pourra rien, avait-il conclu, scellant ainsi son destin.

Pressentait-il, lui, que c'était justement sur ce point que les choses allaient lui échapper, qu'elles allaient le trahir et le malmener, et le laisser à des milliers de kilomètres, pour mort, pressentait-il à quel point la vie allait le trahir ? Le pressentait-il ou était-il tout à manger sa future femme des yeux, à la serrer du plus fort qu'il pouvait ? Marie n'en savait rien. La seule chose dont elle soit sûre, sa grand-mère le lui avait expliqué des milliers de fois sans que Marie sache jamais ce qu'elle en pensait vraiment, c'était que ses parents avaient fini par se marier en secret. C'était pour cette raison, pour ce fait indémêlable dans l'obscurité de leur histoire, que son père avait récupéré sa garde légale quand Tania était morte en la mettant au monde.

Un espace vectoriel normé réel est de dimension finie si et seulement si sa boule unité est compacte.

Marie s'était tue un moment ; Ivan l'avait serrée plus encore dans ses bras. Jamais il ne s'était senti aussi proche de quelqu'un. Même Jaarvi n'avait jamais atteint cette zone qu'il découvrait soudain en lui. C'était une complicité d'êtres qui ne seraient jamais à leur place, venus sur terre uniquement pour y souffrir, et qui pourtant, par miracle, devenaient *un*. Ils étaient *compacts* face à l'infinie douleur du monde. C'était une force soudaine dans leurs yeux, dans leurs mains qui se serraient. C'était quelque chose d'incroyable et en même temps de tellement réel qu'il en avait le souffle coupé. Et Ivan n'avait pas besoin d'entendre la suite de son histoire pour savoir comment elle finissait.

Après l'enterrement de Tania, dans la douleur commune de ceux qui n'ont plus d'avenir, de ceux qui voient le champ de cendre des jours s'étendre à perte de vue, tous les aspects pratiques avaient été réglés au-dessus du berceau de Marie. Son père avait la garde légale, mais ses grands-parents pourvoiraient à son éducation en l'inscrivant dans des internats prestigieux, par l'engagement de précepteurs ou de répétiteurs étrangers. La seule condition qu'ils avaient posée était que son père devrait disparaître de leur vue à tout jamais, loin de leurs tristesses et de leurs rancunes, vers le sud, puisque le Parti l'avait jugé un élément trop précieux pour leur accorder qu'il fût jeté dans un camp de Sibérie. Il promit et partit et ne les revit jamais.

Ainsi, Marie grandit entre deux mondes. Mais elle se rendit vite compte que l'élite que lui faisaient fréquenter ses grands-parents la laissait indifférente : elle avait vite senti qu'elle n'était pas des leurs. En elle, il y avait des choses qui ne pouvaient venir que de son père. Quelque dureté, quelque distance secrète, qui ne se mesure qu'à l'intérieur des corps, se développait à la vue de ses camarades pouffant, aguichant les répétiteurs, quelque chose de sombre l'enfermait chaque jour plus dans le silence. Et dans cette descente aux enfers tièdes des solitudes adolescentes, ce qui n'était d'abord qu'une mélancolie de riche héritière désœuvrée se mua peu à peu en une certitude froide : elle n'était pas à sa place sur terre. Et à mesure qu'elle s'enfonçait dans cette idée, Marie se repliait sur elle-même. Et les années vaines et tapageuses que le monde entassait en rythme n'avaient été pour elle qu'un long couloir de silence cotonneux. Adolescence est pour âge des douleurs, Marie l'apprenait peu à peu : et c'était justement à toutes ces douleurs qu'elle échappait dans les livres qu'elle se mit à dévorer pêle-mêle dans son errance ; et si quelque chose d'inéluctable et de feutré se refermait sur elle, elle ne luttait pas, au contraire – pendant des années, elle avait fui. Elle devint, sans réellement s'en apercevoir, transparente aux autres, mais aussi à sa propre vue. Sans arrêt penchée sur ses livres. Elle n'ouvrait pratiquement jamais la bouche, se laissait faire docilement et présentait en toutes circonstances une surface lisse, derrière laquelle personne ne prenait le temps de lire. Elle ne lutta pas quand il fut décidé qu'elle accompagnerait sa grand-mère en voyage ; au contraire, elle sourit à cette chance de mourir à petit feu. Avec son aïeule, elle entama une série de séjours dans des sanatoriums suisses. Dans les brumes chimiques qui baignent ces instituts, elle croisa quelques frères, quelques sœurs de douleur. Des êtres fragiles, qui présentaient d'infimes fissures partout sur leurs corps tremblants. De ces natures frêles qui ne regardent jamais le monde en face, qui n'en auront jamais la force – qui rentrent les épaules et espèrent simplement, confusément, que le monde passera son chemin sans s'arrêter à leur niveau. Elle vécut d'ongles rongés, de griffures, de coups de cutter aux épaules, les yeux humides et apeurés du soir au matin.

Ses rares confrontations avec la réalité, Marie les vivait quand son père avait un peu de temps, quand il venait la tirer hors de ces mouroirs où elle passait sa vie. À diverses occasions, Marie avait passé quelques mois avec lui – quand son grand-père tombait dans le coma, quand sa grand-mère devait soutenir des amies mourantes… À onze ans, elle avait été scolarisée quelques mois au collège Landau – c'était à cette occasion qu'elle avait connu Dmitri et Ivan. Et il n'était pas étonnant qu'elle se soit rapprochée de la seule personne qui avait l'air d'être aussi perdue qu'elle sur terre : Dmitri.

Mais quand ils étaient ensemble, Marie, pour des raisons qu'Ivan ne cherchait pas à connaître, ne parlait jamais de Dmitri. C'était comme si elle avait peur de se rappeler cette époque – chaque fois que la conversation s'en rapprochait, elle se raidissait. Elle semblait d'ailleurs garder de ces années d'adolescence des souvenirs brumeux et incertains, des détails uniquement. Parce que ce qui nous marque, ce qui nous reste, ne nous appartient même pas ;

parce que nous sommes pour l'essentiel constitués de ténèbres.

Marie se souvenait très bien des interminables trajets pour revenir à Kiev avec son père. Du silence. Ni l'un ni l'autre n'avait les armes pour transpercer les barrières qui s'étaient peu à peu érigées avec les années. Son père restait silencieux, les mains sur son volant. Parfois, il essayait maladroitement de lui poser des questions, de la faire parler. Ses rencontres, son traitement, ses aides-soignants. Sa grand-mère, même, tout était bon pour la faire sortir de son mutisme. Mais le trajet était toujours trop long et la conversation finissait toujours par s'échouer invariablement – les derniers mots qui restaient en l'air, les phrases qu'on n'ose pas finir, les regards que l'on détourne, qui se résignent à fixer la route des heures durant.

Pour des raisons que Marie ne cherchait pas à comprendre, quand ils arrivaient à destination, son père ne l'emmenait ni chez lui, ni au cinéma, au musée, ou visiter n'importe quoi. Ils passaient leur temps à sillonner la ville. Marie avait l'impression qu'ils faisaient des sortes de rondes – ils suivaient des gens, ils en attendaient d'autres assis dans la voiture. Elle savait que c'était en lien avec son poste au KGB, mais elle n'osait jamais lui demander précisément ce qu'ils faisaient, ce qu'ils cherchaient. Parce qu'elle savait, malgré toute la difficulté qu'elle éprouvait à vivre, elle savait que la vérité n'est qu'une infime partie de ce qui importe : dans ces moments-là, en fixant le monde à travers le pare-brise, en lui rapportant des sandwiches achetés à la va-vite, en scrutant un motel minable, son père parvenait à lui parler de sa mère, de ses cheveux, de ses yeux. Il craignait de l'oublier, il le répétait souvent. Il remerciait le ciel que Marie ait hérité de ses cheveux, de ses mains. Marie s'enfonçait dans le siège passager. Elle gardait les yeux mi-clos, elle sentait la respiration de son père qui se calmait. Elle se laissait porter par sa voix incroyablement douce. Par ses silences. Il parvenait presque à l'apaiser par moments. Et quand Marie avait la force de se tourner vers lui – sachant qu'il était concentré sur son sandwich, sachant qu'il ne lui prêtait pas attention – il lui semblait que son père aussi s'apaisait, à son contact. Qu'il avait, pour ainsi dire, autant besoin d'elle qu'elle avait besoin de lui. Car Marie se rendait parfaitement compte que son père ne se remettait pas de la mort de sa femme. Pire, qu'il s'enfonçait avec le temps. Elle ne l'avait jamais vu boire, mais, malgré les années qui passaient, il ne se remettait pas, au contraire : il était de plus en plus taciturne, de plus en plus sombre.

Certains jours, Marie saisissait les regards lourds de ses collègues, de ses subordonnés, dans son dos. Son père était toujours efficace et le respect était intact, mais tout le monde autour de lui sentait que ce qu'il faisait recelait quelque chose de malsain, comme un désespoir maladif – une lumière noire et mauvaise drainait ses actes et ses décisions, les guidait à la muette. La patience obstinée dont il faisait montre ; l'humilité, l'acharnement avec lesquels il s'employait ; le temps qu'il consacrait à son travail. Tout cela disait une chose et une seule : son père n'avait plus aucune raison valable de vivre – et cette condamnation pesait sur tout,

sur les après-midi pluvieuses qu'ils passaient dans des ruelles sombres en bord de ville,

dans des bureaux si identiques que Marie ne les distinguait plus,

dans des squats abandonnés qu'ils visitaient pour des raisons que Dieu lui-même avait oubliées ;

elle pesait,

et c'étaient des papillons morts qui tombaient du ciel par centaines de milliers,

des flocons de neige anthracite qui voletaient dans ses yeux gris,

elle pesait

sur ces tristesses adolescentes qui n'avaient ni début ni fin,

qui s'écoulaient simplement dans ses veines, en circuit fermé ;

et à chaque tour que le poison faisait en Marie,

il lui était donné de réapprendre à quel point elle ne pourrait jamais remplacer ce que son père avait perdu ;

à quel point il ne pourrait jamais la mener vers ce qui lui manquait ;

à quel point, l'un comme l'autre, ils étaient condamnés.

À la mort de sa grand-mère, n'ayant d'autre parent, Marie avait été placée chez lui. Mais quand son père était venu la chercher en Suisse, elle était brutalement tombée malade. Elle s'était mise à s'évanouir. À vomir. Elle était fiévreuse. Le temps d'arriver en ville, son état avait empiré et son père avait dû la conduire d'urgence à l'hôpital. Même si les médecins avaient stabilisé son état, aucun d'entre eux n'avait été capable d'expliquer ce qui lui était arrivé en Suisse. Les uns évoquaient un choc dû à l'arrêt des traitements lourds au lithium. D'autres disaient que la septicémie s'était sans doute déclarée avant le reste. Certains parlaient même d'empoisonnement. En vérité, nul n'en savait rien. Tous s'accordaient cependant pour dire qu'elle n'était pas tirée d'affaire – même après des mois de traitements intensifs, elle restait extrêmement fragile. C'était à ce moment semble-t-il qu'elle avait croisé Ivan à l'hôpital.

Finalement, il y avait deux mois de cela, son père avait fait venir un médecin de ses relations à l'hôpital. Ils étaient entrés dans sa chambre une nuit. Le médecin l'avait examinée, mais elle ne se souvenait plus de son visage. Par contre, malgré la fièvre et le délire, elle se souvenait des yeux de son père, cette nuit-là. Ils semblaient différents. Marie ne le savait pas encore, mais il venait de rencontrer la mère d'Ivan. Après s'être entretenu avec le médecin, il s'était penché vers elle et lui avait murmuré Tu vas y arriver. Tu prendras ces cachets-là tous les jours et tu verras, ça va aller. Puis, il l'avait embrassée sur le front et était sorti en silence. Sur le pas de la porte, il s'était retourné et lui avait souri. Je reviens te chercher demain. Dors bien.

Et effectivement, les cachets s'étaient révélés miraculeux. Marie était sortie de l'hôpital, et deux semaines plus tard, quand elle avait repris des forces, son père l'avait fait entrer à l'institut Landau, en classe de seconde. Elle ne savait pas comment il avait réussi ce tour de force – il devait avoir de très bonnes relations. Mais à l'époque, elle s'en moquait ; elle venait de s'apercevoir qu'Ivan la suivait dans les couloirs du lycée ; elle s'était souvenue de Dmitri P. ; et puis… et puis, tout était allé très vite… Trop vite – au milieu de ses souvenirs brumeux, de cette impression permanente de flottement, tout était allé trop vite. Et il n'y avait rien d'étonnant à ce qu'elle se soit autant trompée sur le compte d'Ivan.

Le flot de Ricci se comporte sur la variété comme une sorte d'opérateur régularisant et ce processus est irréversible.

Le flot du temps se comporte sur toute cette histoire comme une sorte d'opérateur régularisant et ce processus est irréversible ; et dans mille ans, il n'en restera rien, Ivan le sait. Mais en attendant, il voudrait simplement expliquer à Marie qu'elle ne s'était pas tant trompée que ça. Que les quelques semaines qu'ils avaient vécues ensemble étaient parfaites et que rien ni personne ne pourrait les leur reprendre. Il se souvient : il était presque parvenu à s'en sortir. Certains jours, il ne se piquait même pas. Au lycée, la moindre pause dans leurs emplois du temps, le moindre professeur absent, tout était prétexte à se voir, à se prendre, à se donner. Et leurs corps adolescents ne semblaient pas faits pour se repaître de cette incandescence qu'ils déclenchaient l'un en l'autre, de ces yeux avec lesquels ils se dévoraient. C'étaient des fous rires, c'étaient des courses-poursuites qui se terminaient contre les murs, plaqués l'un contre l'autre, c'étaient des regards de feu qu'ils se lançaient même en présence des autres, des regards qu'ils ne pouvaient maîtriser. C'étaient des corps, des lèvres, des yeux, c'étaient des mains qui se cherchent qui se trouvent, partout, c'était tout ce dont disposent les hommes, les femmes pour franchir cette distance qui les sépare et qui les séparera toujours ; c'était le fait de franchir cette distance sans même s'en apercevoir, sans avoir à forcer ou même à y penser, c'était la vie ample, c'était la vie bonne, la vie qui ne se compte pas, la vie qui donne, qui prend tout ce qu'elle a. C'était, dans leurs yeux, dans leurs corps, une impatience qui est peut-être la meilleure des réponses que peuvent apporter les hommes aux procès qu'on leur dresse, et en même temps ce n'était la réponse à rien, sinon à une faim terrible, sinon à un appétit qui comptait bien embrasser la vie elle-même dans son festin. En vérité, des matins où ils se réveillaient l'un l'autre aux soirs où ils s'endormaient repus, les membres emmêlés et le sourire aux lèvres, en vérité, c'était surtout la vie belle, la vie belle comme parfois elle peut l'être. Dès qu'ils se retrouvaient seuls, ils étaient littéralement possédés par l'autre. Ivan se souvient de ces après-midi de cours qu'ils séchaient pour aller chez le père de Marie, qu'ils passaient enfermés dans sa chambre, de ces soirées où ils ne parvenaient pas à se séparer, où ils restaient pendant des heures dans le halo du même lampadaire, devant chez elle.

Et tout cela eut lentement raison des barrières que Marie avait érigées entre elle et le monde. Si elle resta toujours aussi silencieuse, un sourire timide fit son apparition sur son visage. Et ses yeux se mirent à briller. Bien sûr, elle pensait de temps en temps à Dmitri. Elle ne pouvait pas éviter – ils se ressemblaient tellement. Mais elle comprenait aussi qu'Ivan avait fait quelque chose en elle. Quelque chose sans doute que n'aurait pas pu faire Dmitri. Cette peur secrète enfouie dans le tréfonds de ses peurs, ce sentiment d'errance qui était plus fort que la solitude même, tout cela disparut sans même qu'elle s'en rende compte. Son pas se fit plus souple, ses cheveux châtains s'élargirent autour de sa nuque. Ses yeux se firent plus fixes, moins vagues, moins glissants. Ses mains tremblaient moins. Certains matins, elle parvenait à se regarder dans la glace. Ces signes, comme tant d'autres, étaient dans l'arbitraire de la vie, mais ils n'en étaient pas moins tous, à leur manière, une marque de l'essentiel : ce processus était irréversible, et chaque jour qu'elle s'approchait de la chaleur, de la simplicité d'Ivan, elle en ressortait moins dure, moins figée.

Et quelques semaines après leur rencontre, elle avait percé l'armure d'Ivan comme il avait percé la sienne.

Ils étaient sur le canapé, chez le père de Marie. La discussion était incidemment revenue à cette après-midi où tout avait commencé. Car l'amour est nostalgique tant il sait que tout est bon pour lui. Marie évoquait le moment où elle avait vu Ivan apparaître dans l'encadrement de la porte. Elle essayait de saisir, une fois encore, le mélange de peur et de fascination qui l'avait étreinte, quand elle mentionna, sans réellement y penser – encore toute concentrée sur le souvenir d'Ivan, de sa peau salée –, quand elle mentionna le cahier qu'elle lui avait volé. Ses yeux partirent un instant dans le flou et, un sourire étrange aux lèvres, elle murmura un nœud K de S^3 est trivial si et seulement si le groupe fondamental $\pi_1(S^3/K)$ est libre et cyclique. Et quand elle posa ses yeux sur Ivan, elle vit les lèvres d'Ivan qui se pinçaient imperceptiblement.

— Quoi ?

— Non, rien.

— Tu l'as ici ?

— Comment ça ?

— Le cahier, tu l'as toujours sur toi ?

— Toujours, sourit Ivan. Toujours.

— Je peux le revoir ? demanda Marie en lui prenant les cheveux dans sa main droite, et en le caressant lentement.

— Oui, oui, bien sûr, lui répondit Ivan, avec comme un sourire triste.

Il le chercha dans la poche de sa veste et le lui tendit, en baissant les yeux. Il les releva quand il comprit que Marie ne voulait pas relire les théorèmes ou les autres délires de Dmitri, mais qu'elle voulait simplement revoir ses dessins. Il y en avait de nouveaux. D'elle. De son dos. De ses bras. De ses seins, quand elle se penchait, quand elle se tendait vers l'arrière. Marie passa un doigt sur ses propres courbes, un sourire aux lèvres. Elle était flattée d'avoir, à son insu, servi de modèle. De l'attention qu'Ivan lui portait. Mais par-delà cette satisfaction, une sorte de tristesse lancinante faisait sa place. Ivan regardait le cahier par-dessus l'épaule de Marie et souriait amèrement. Cela faisait plusieurs semaines qu'il n'avait pas souri ainsi. Il retombait sur terre et c'était à cause d'elle. Quelque chose se recroquevillait en lui, qui s'enfuyait sous sa peau, qui cherchait à se tapir, à se cacher. Marie sentit cela, cette sorte de froid qui passait entre eux. Et lentement, très lentement, elle se tourna vers lui et elle l'attira à elle et le fit se pencher, jusqu'à ce qu'il s'allonge en travers de ses cuisses. Elle resta ainsi un long moment, à lui caresser les cheveux, sans rien dire. Se briser, se briser réellement s'entend, et pas simplement jouer à se briser, se briser réellement prend du temps. On cherche par où on pourrait s'attaquer, où on pourrait frapper pour casser le plus possible le plus vite possible. On cherche où ça fera le moins mal quand même. On cherche trop de choses contradictoires et cette recherche vaine nous épuise, tant et si bien qu'à un moment, à bout de forces, l'esprit n'y tient plus et se lance plus qu'il ne se décide. Les lèvres s'ouvrent, les yeux s'éteignent, et la voix part, cassée forcément, mais ouvrant la marche de la destruction, calme et déterminée :

— Me laisse pas, toi aussi.

Pendant un long moment, Ivan n'ajouta rien. La plaie était percée. Elle commençait à le cuire, mais il ne fallait pas y toucher, il fallait laisser ses humeurs s'en écouler. Il sentait la main de Marie dans ses cheveux. Et il allait parler. Et il allait lui dire. Jaarvi. Dmitri. Ses parents qui se séparaient lentement mais sûrement. Cette solitude qui lui coulait dans les veines, comme un poison, qui le rendait fou. Ces points rouges à l'intérieur de ses coudes. Ce qu'il faisait vraiment chez elle, ce jour où il l'avait suivie. Il allait lui dire. Quand la sonnette retentit. Parce que les hommes, quels que soient leurs efforts, parce que les hommes, quoi qu'ils en disent et quoi qu'ils en pensent, parce que les hommes ne sont pas grand-chose. Et la moindre sonnette qui retentit peut saccager tous leurs efforts. Ivan se redressa, un instant, ses yeux croisèrent ceux de Marie. Un instant elle put lire tout ce qu'il aurait voulu lui dire. Un instant, ils se touchèrent encore. Et puis la sonnette retentit à nouveau et Marie se leva et alla ouvrir. La femme de ménage entra et les salua.

— Désolé, Mademoiselle, mais votre père a oublié de laisser les clés sous le paillasson.

Ivan s'avança et fit face à Marie. Ils étaient au bord de quelque chose. Au bord. Ils le sentaient tous les deux et c'était cela ce silence, cette fixité de leurs yeux, de leurs mains. Ils s'apprêtaient à quelque chose de terrible et de beau, à quelque chose d'ample, quelque chose qui allait les englober et les dépasser à nouveau, ils le sentaient tous les deux, et pour cela ils étaient cloués de part et d'autre du couloir. Et pour cela, ils s'observaient en silence, légèrement médusés par ce qui se profilait entre eux. Mais cette chose n'arriverait jamais. Parce que, sans qu'ils sachent encore ce que cela signifiait, nous étions déjà fin octobre 95. Ivan esquissa encore un de ses sourires timides qui remuaient tant Marie et, obéissant à une injonction qu'il ne comprenait lui-même pas vraiment, il prononça :

— Il faut que j'y aille. On reprendra ça plus tard.

Marie n'avait pas su le retenir. Et quand il eut fermé la porte, elle se laissa glisser contre le mur, croisa ses bras et pleura. Elle sentait une ombre qui planait sur eux. Une ombre qui allait les séparer.

Et c'était elle, l'ombre, qui était passée dans les yeux d'Ivan quand il était arrivé à l'appartement de ses parents, quand il l'avait à nouveau trouvé vide. Mais très vite, il se reprit : cela n'avait plus d'importance. Il avait décidé de quitter cet appartement et de laisser ses parents se débrouiller seuls avec leurs monstres. Marie était sa direction et il avait décidé de la suivre ; il avait rassemblé toutes ses affaires ; il allait sortir ; il allait s'en sortir ; il allait

mais l'ombre avait fait sonner le téléphone tandis qu'il traversait le salon. Il avait suspendu son pas, hésité un instant, et cet instant avait été sa perte. Il avait posé son sac, s'était dirigé d'un pas inquiet vers le combiné et avait décroché en souriant – il avait espéré, il avait espéré un instant encore que c'était Marie qui l'appelait pour lui dire de se dépêcher. Son sourire s'était figé quand il avait compris que c'était l'hôpital. Qu'on l'appelait pour son père. Il avait bafouillé quelques mots, tenté de couvrir sa mère et promis de venir. Son père était malade. Il se battait contre un cancer du foie depuis des mois. Et pour une raison qu'Ivan ne comprendra jamais, il avait caché sa maladie à tout le monde. Peut-être qu'à force de se ridiculiser en maladies imaginaires il avait eu honte, tout simplement. Un cancer, s'était dit Ivan. Comme s'il n'en bavait pas assez. Comme si le départ de sa femme ne suffisait pas. Comme si ses collègues au laboratoire ne posaient pas assez de questions.

À l'hôpital, en quelques heures à peine, le piège s'était refermé sur Ivan. Le médecin lui avait expliqué que dans quelques jours son père allait rentrer chez eux, mais qu'il avait besoin de soins constants. Et c'était exactement ce qui était arrivé : Ivan avait vécu la semaine suivante sans sortir de l'appartement, s'occupant uniquement de son père. Dmitri était en stage intensif à l'institut Steklov, avant son départ pour un concours de mathématiques qui aurait lieu à Budapest. Jamais Ivan n'aurait cru souffrir autant. Il était seul, et la vue de son père si faible, si dépendant, de son père si malade le bouleversait littéralement. Dans son cœur adolescent, toutes ces pousses, tous ces germes de douleur qui végétaient depuis l'enfance, depuis Jaarvi, tous ces rhizomes de douleur autour de son père, de Dmitri, du départ de leur mère, tous ces turions de ronces avaient bourgeonné soudain. En quelques jours, des fleurs noires avaient éclos dans ses yeux de douleur, dans ses mains impuissantes, dans ses veines droguées ;

le déchirant au passage, sans égard pour ses chairs fragiles,

et fracturant en lui, quelque part dans son crâne, dans ses tréfonds tremblants,

et ses espoirs diffus,

et ses liens avec le reste du monde,

avec Marie.

Et dans cette fêlure, dans cette faille, une fleur plus noire encore que la nuit s'était épanouie : la certitude qu'il ne pourrait jamais abandonner son père, jamais trahir l'amour noire qu'il éprouvait pour lui, la certitude qu'il était condamné à rester ; et mêlée à cette évidence, et se griffant à ses épines innombrables, l'assurance qu'il ne parviendrait pas à enrayer le déclin de son père, qu'il allait tout perdre – et en vain.

Au bout d'une semaine, épuisé, il avait demandé au Marquis d'envoyer un homme avec des provisions. Quand l'homme était arrivé, Ivan lui avait expliqué qu'il avait une course à faire en ville et lui avait demandé de garder son père pendant ce temps. Ivan s'était rendu directement à l'institut Landau, au service du secrétariat. Il avait trouvé sa mère. Il ne se rappelle pas exactement ce qu'il lui avait dit. Il sait que ça n'avait pas d'importance, que c'étaient sûrement des mots de faible poids. Parce que sa mère avait refusé de revenir chez eux. Elle lui avait dit, à mi-mot, que c'était fini. Même quand Ivan lui avait dit que Vladimir était très malade, elle n'avait pas cillé. Elle lui avait conseillé de parler à Dmitri. De vivre à l'internat en attendant que les choses se tassent. Ivan ne se rappelle plus s'il lui avait demandé où elle vivait depuis qu'elle avait quitté l'appartement. Il ne se souvient plus de la fin de leur discussion. De ses yeux. De ses mains. Il donnerait beaucoup pour s'en souvenir. Il donnerait beaucoup, mais il n'a personne à qui le donner.

Marie n'avait appris tout cela que bien plus tard. Pour elle, le temps s'était de toute façon arrêté deux semaines avant. Elle était encore sur le canapé – dans cet état étrange, indescriptible des hommes quand ils viennent de longer, de toucher du doigt quelque chose qui compte vraiment. Ses yeux étaient fixes, dans le vague. Ses mains caressaient machinalement le canapé, en petits cercles concentriques. Ivan était parti depuis quelques heures à peine, et ses mains ne le caresseraient plus jamais. Elle ne cherchait même pas à savoir ce qu'il voulait lui dire. Elle était toute à ce tremblement qui l'avait saisie quand il était parti. Elle était toute à ce manque qui se creusait peu à peu en elle ;

et elle resta ainsi des heures,

et en vérité, ce ne furent d'abord que quelques heures de retard. Un pincement. Des coups de téléphone, en vain. Puis, ce fut une nuit atroce. Ses yeux brillants refusaient de se fermer, elle voyait Ivan partout sur les murs. Elle finit par s'endormir au bout de la nuit. Le lendemain matin fut un de ces matins au crâne douloureux, à la bouche pâteuse.

Puis ce fut l'espoir de le voir, en allant au lycée, et la douleur tiède de ne le trouver nulle part. Ce furent les cours, tous plus inintéressants les uns que les autres. Ce furent tous ces spectres autour d'elle, enfermés avec elle dans les mêmes salles, contre lesquels elle se cognait dans les couloirs ; ce fut l'infirmerie, l'appel, la sortie. Ce fut la course, chez Ivan. Et la porte fermée. L'incompréhension. Les cris. Elle avait fini par repartir sans l'avoir vu, après avoir attendu des heures devant la porte.

À force de revenir dans le Quartier, elle avait fini par croiser Ivan, dans la rue – alors qu'il allait à la pharmacie. Mais quelque chose avait changé dans son regard, elle l'avait vu tout de suite. C'était terrible. Elle avait essayé de s'approcher pour lui adresser la parole. Mais il avait relevé les yeux. Et ses yeux l'avaient clouée sur place. Et ses yeux l'avaient fait taire et renvoyée à toutes ses peurs et ses yeux l'avaient blessée comme des yeux seuls peuvent blesser. Il avait l'air de lui en vouloir. C'était comme… c'était comme s'il la repoussait, comme s'il la maudissait. Sans la moindre explication, il était passé devant elle, le sac de médicaments serré contre lui. Marie avait dû s'appuyer contre un mur pour encaisser le coup.

Elle n'en revenait pas. Cet Ivan fermé. Cet Ivan qu'elle n'avait jamais réussi à percer réellement. Qui ne s'était jamais confié à elle comme elle s'était confiée à lui, sur ce qui comptait vraiment. Et qui la rejetait à présent.

Et mille ans plus tard, à revoir toutes ces photos, toutes ces preuves que Mikhaïl est en train d'exhumer du passé, Ivan voudrait prendre Marie à nouveau dans ses bras. Lui murmurer qu'il l'aime toujours, lui dire qu'elle s'est trompée ; qu'il avait voulu, plus que tout, être avec elle. Il voudrait lui dire que c'était le hasard, que c'était l'ombre qui s'étaient joués d'eux,

qui les avaient séparés.

Un espace séparé est un espace topologique dans lequel deux points distincts quelconques admettent toujours des voisinages disjoints. Cette condition est aussi appelée axiome T_2 au sein des axiomes de séparation.

Lentement, méticuleusement, Mikhaïl range les cartons, comme il les a trouvés. Il ne laisse pas de trace. Il est le vrai prédateur, se dit Ivan qui ne manque aucun de ses gestes. Celui qui n'arrêtera que quand il aura trouvé. Les autres n'ont qu'une vue partielle du problème. Et lui les maintient ainsi, séparés les uns des autres. Et il a fait de cette séparation une méthode. Un axiome. Et là est son pouvoir, se dit Ivan.

Et Mikhaïl ne compte visiblement pas s'arrêter là. Après un coup d'œil à sa montre, sans faire de bruit, il se lève et va entrouvrir la porte. Dans le couloir, le gardien fait sa ronde – il bâille son ennui, se gratte la hanche et rajuste ses écouteurs. Voilà les misérables espaces de liberté qui nous restent – et certains en feront nos fautes, les étudieront et les exploiteront contre nous. Sitôt que le gardien a disparu vers la gauche, Mikhaïl s'engage dans un autre couloir, sur la droite. Ivan le suit, il entend l'imperceptible chuintement de ses pas. Il se retourne, espère que le gardien ne l'entend pas lui aussi ; mais il n'y a aucun risque.

Après avoir enfilé quelques couloirs et escaliers, Mikhaïl débouche sur la passerelle qui relie l'institut Landau au lycée Landau. Bien avant que les instituts de notation ne prônent de mettre en rapport les chercheurs avec les élèves, d'agréger les talents présents et futurs, l'institut Landau avait été construit avec d'un côté les laboratoires de mathématiques et physique, et de l'autre un lycée qui recevait la fine fleur des élèves du pays. Et depuis sa fondation, la tradition demeure : quelques fois dans l'année, les chercheurs quittent leur laboratoire et viennent présenter leurs travaux aux élèves ébahis, susciter des vocations et récolter leurs disciples. Et pour ce faire, ils utilisent une immense passerelle, qui enjambe le mur séparant les laboratoires du lycée. C'est sur cette passerelle que Mikhaïl s'engage à présent.

Il marche vite. Il doit connaître le rythme de la ronde des gardiens, se dit Ivan. Et c'est sans doute pour cela qu'il est allé aux archives. Pour se laisser enfermer dans l'établissement. Et pouvoir passer ensuite au lycée. C'est sans doute là-bas que se trouve ce qu'il cherche vraiment, se dit Ivan. Le voilà à crocheter la porte de la passerelle, aussi habile qu'un gamin du Quartier. À parcourir les couloirs sans hésiter, comme s'il connaissait le plan, comme s'il suivait simplement l'axiome T_2. Mais que cherche-t-il dans l'infirmerie, puisque c'est devant cette porte qu'il s'arrête, puisque c'est celle-ci qu'il ouvre ?

Ivan ne peut pas se rappeler quand Mikhaïl est venu recruter Marie, au dispensaire du Quartier – il n'était pas là. Mais Mikhaïl, lui, s'en souvient parfaitement ; c'est là qu'il a véritablement lancé son attaque. Le capitaine lui avait fait confiance et l'avait laissé trouver une infirmière pour le traitement de Vladimir P. Il avait ramené le capitaine au commissariat, après avoir déposé les P., père et fils, chez eux. Ensuite, il s'était précipité au dispensaire du Quartier – pour profiter de la fenêtre de tir, pour placer ses pièces pendant que le capitaine laissait cette partie de l'échiquier déverrouillée. À l'accueil, il avait demandé Mlle Sliouov. On lui avait répondu qu'elle était en consultation, qu'il devait attendre son tour. Il avait attendu patiemment, au milieu des adolescents blessés, des mères de famille excédées, qui tentaient, malgré l'évident déséquilibre des forces, d'élever leurs enfants dans le Quartier. Il y avait de tout. Des blessures à l'arme blanche, par balles. Des crises d'angoisse. Des brûlures. Des commotions. Il les avait observés pendant toute une journée, en attendant son tour. Et à six heures du soir, son tour de jouer était venu : il avait pu attaquer. Marie Sliouov était rompue, éreintée par sa journée, quand il était entré dans son bureau. Mais elle s'était méfiée, comme Mikhaïl s'y attendait, quand il lui avait fait sa proposition.

— Comment ça, s'occuper de M. P. ?

— M. P. sort tout juste de l'hôpital. Il a été admis jeudi dernier à la suite d'une bagarre avec... avec son fils visiblement.

— Dmitri ?

— Oui... Dmitri, je crois que c'est comme ça qu'il s'appelle – Mikhaïl posait ses lignes.

— Mais qu'est-ce que vous racontez ? C'est impossible. Dmitri ne peut pas avoir fait ça. Écoutez-moi...

— Ne vous inquiétez pas, mademoiselle Sliouov, l'avait-il coupée, nous sommes en train d'enquêter et vous serez vous aussi interrogée. Mais avant toute chose, je voudrais savoir si je peux compter sur vous pour aller vous occuper de Vladimir P.

— Mais pourquoi moi ?

Tout s'était joué à ce moment-là. Il avait essayé de la

manœuvrer en lui parlant d'enquête, mais elle avait dû sentir que l'essentiel était ailleurs.

— Peu de gens viennent ici. Pas de l'extérieur, en tout cas. Ça limite la liste. Mais surtout, vous avez connu la famille P. il y a un moment. C'est marqué dans votre dossier. Je ne vous ai pas choisie au hasard : les choses vont être difficiles pour les P. Autant ne pas se cacher la vérité ; aussi, je me suis dit que quelqu'un qui les connaissait un peu pourrait peut-être arrondir les angles.

Marie était restée pensive. C'est là qu'il avait fendu sa ligne. Sur ce silence. Sur ce tremblement infime de ses mains.

— Le capitaine Téliakov est d'accord avec moi... comme vous les connaissez un peu, avait-il menti en la regardant droit dans les yeux.

— Qui ça ? avait lancé Marie – et ses yeux tremblaient et elle ne pouvait les détacher de Mikhaïl.

— Le capitaine Téliakov. Vous vous souvenez peut-être de lui, c'est l'officier qui était venu au lycée, en novembre 95, quand Ivan P. avait fait son overdose.

Marie avait tressailli en l'entendant prononcer Ivan. Elle avait froncé les sourcils et l'avait regardé. Mais comme toujours, Mikhaïl avait un coup d'avance, il avait esquivé sans problème.

— Ne vous inquiétez pas, avait-il souri. J'ai simplement lu votre dossier avant de venir ici, comme je vous ai dit.

Et l'esprit des hommes est homéomorphe au monde lui-même et

tandis qu'elle tentait vainement de sourire elle aussi, les spectres de novembre 95 étaient passés dans ses yeux

Ivan blanc comme un sac de poudre, gisant à terre

Ivan, au creux de son coude, les piqûres,

Ivan, le sachet et la seringue et

sur un coup de tête et pour faire taire la douleur peut-être, Marie avait accepté. Mikhaïl lui avait dit qu'elle pouvait commencer quand elle le souhaitait et il lui avait transmis le dossier médical de Vladimir P.

Et tandis que Mikhaïl pénètre dans l'infirmerie sans allumer la lumière, Ivan le suit. Que vient-il chercher ici s'il est au courant pour l'héro ? Que vient-il chercher puisque son plan a fonctionné – puisque Marie a marché ? Ivan récapitule. Mikhaïl savait que Marie le connaissait – c'est pour ça qu'il l'avait choisie. Comment le savait-il ? Parce qu'il l'avait lu dans le dossier de la famille P., au commissariat : quand Ivan avait fait une overdose en novembre 95, il avait été interpellé en même temps qu'une jeune fille nommée Marie Sliouov. Et Mikhaïl avait flairé quelque chose. Il avait fait ses recherches et découvert que cette Marie était toujours en vie, qu'elle était infirmière au centre d'action sociale du Quartier. Une très bonne raison pour la choisir – c'était ce qu'il avait vendu à Sergueï quand celui-ci lui avait demandé pourquoi elle quelques jours auparavant. Quelqu'un qui connaissait un peu les P. Quelqu'un qui allait l'aider à démêler ce bourbier. Mais Mikhaïl n'a pas tout dit à Sergueï, Ivan en est sûr – il ne compte pas s'arrêter là. Il a forcément une autre cible et c'est elle qu'il vient traquer ici, dans cette infirmerie.

Hamilton avait besoin d'un tenseur symétrique d'indice 2, qui provienne naturellement du tenseur métrique et de ses dérivées, et le tenseur de Ricci est de fait le seul disponible.

Mikhaïl tire un premier dossier de l'armoire administrative. 94. 95. 96. Ivan le regarde fouiller. Les fiches de signalement passent devant ses yeux à toute allure. Il sait ce qu'il veut, c'est sûr.

Dans le dossier 95, il trouve une photo de Marie. Peut-être est-ce cela qu'il cherche. Il scrute la photo jaunie dans la lumière jaune de la nuit. Espérant trouver sur son visage, dans ses cheveux courts, dans ses yeux, ce que la logique ne permet pas de mettre au jour. Mais le visage de Marie ne lâche rien. Des yeux vert-de-gris. Une peau diaphane, clairsemée de tache de rousseur, autour du nez. Et comme chaque fois que rien ne vient, il se frotte le bras gauche, là où sa peau le démange. Sans y réfléchir, il glisse dans sa poche la photographie de Marie et reprend sa traque. Septembre 95. Novembre 95.

Novembre 95, c'était le début de l'enfer. Marie n'en avait jamais parlé à personne – c'était cela, cet air si dur sur la photo, cette manière de pincer les lèvres – mais elle avait cru devenir folle alors. Depuis qu'Ivan l'avait repoussée, elle passait ses journées dans le quartier pour le revoir. Elle mentait à son père et lui disait qu'elle allait seule au lycée, qu'elle dormait chez des amies ;

alors qu'elle errait dans les rues comme un spectre ;

passait des heures sur les bancs de la place de la Révolution ;

se faisait prendre par la nuit, à guetter la lumière à sa fenêtre,

à attendre qu'il aille à la pharmacie – à attendre n'importe quoi dans un état second,

elle oscillait à la surface d'une douleur qui la rendait folle ;

à certains moments, tout en elle était vide,

et soudain, c'était là, dans son ventre, dans l'espace de ses bras,

une douleur qui la pliait en deux, qui lui coupait le souffle. Elle se recroquevillait à même le sol. Ivan lui manquait jusque dans les os. Elle restait sans bouger, effrayée, jusqu'à ce que la douleur passe ;

mais la douleur ne passait pas, elle ne passait jamais ;

et le monde dans son immensité est homéomorphe à la douleur d'une adolescente amoureuse :

on ne peut s'en extraire ;

on peut seulement s'y enfoncer : quand elle parvenait à aligner deux pensées, elle se disait qu'Ivan ne l'avait jamais aimée. Qu'il n'avait fait que fuir ; et que dans sa fuite il s'était heurté à elle, comme elle s'était heurtée à lui. Rien de plus. Et alors, elle se traînait jusqu'au métro, rentrait chez elle, à moitié morte de faim et de fatigue,

elle titubait sans but dans l'appartement vide, jusqu'à ce que ses yeux se perdent dans le vague, jusqu'à s'effondrer

enfin.

Mais dès qu'elle se réveillait, elle y retournait. C'était plus fort qu'elle, c'était plus fort que tout ;

elle était dans un tel état qu'elle n'avait même plus besoin de lui parler,

simplement d'être avec lui ;

simplement de savoir qu'il était là, tout proche d'elle ; simplement qu'il la regarde, qu'il sache qu'elle était là ;

et ce feu qui la dévorait qui la démangeait la travaillait âprement et la traitait sans égards

et son corps allait finir par lui demander justice. Au bout de deux semaines d'errance, elle était dans un tel état qu'un bain de lames de cutter, qu'un verre de soude commençaient à lui apparaître comme des solutions envisageables ;

quand une corde, un morceau de métal aiguisé, quand un verre de liquide jaunâtre remplacent tous les cris que l'on n'a pas poussés,

quand ils concentrent dans leurs corps minuscules l'étendue de nos pertes

elle aurait fini par l'avaler, par s'y pendre, par s'attaquer les cuisses avec,

si elle n'était pas parvenue à lui parler :

un jour, en sortant du métro, elle était tombée sur Yuri, un des garçons de son ancienne bande. Il attendait à proximité de la bouche, guettant ceux qui sortaient. Un regard avait suffi à Marie pour comprendre que quelque chose n'allait pas. Les yeux du géant, ses mains, ses bras ; tout son corps pesait des tonnes. Jaarvi était mort, avait-il fini par lâcher. Overdose. Ivan lui en avait parlé, à mi-mot – Marie savait que Jaarvi était comme un frère pour lui. Face à elle, se raccrochant de toutes ses forces à un tenseur symétrique d'indice 2, Yuri n'avait pas éclaté en sanglots. Il avait retenu et retenu et retenu les larmes qui roulaient dans ses yeux ;

il avait grimacé tellement ça faisait mal et quand Marie lui avait demandé où était Ivan, Yuri avait presque craché qu'il était à l'institut. Comme Marie n'avait pas l'air de comprendre, il avait ajouté, l'air mauvais :

— Il connaît quelqu'un là-bas, qui peut nous recharger.

Marie avait couru à l'institut, l'avait cherché partout et avait fini par le trouver alors qu'il sortait des toilettes. Elle lui avait barré le passage et l'avait repoussé à l'intérieur. Il s'était laissé faire en titubant, les yeux gonflés de larmes. Il avait ensuite fait quelques pas en arrière et lui avait tourné le dos comme pour chercher de l'air – tremblant misérablement et jetant des regards apeurés aux pissotières. On ne sait jamais rien des autres. Ou des miettes. Ou des détails à peine. Des encablures nous séparent, Marie ne se faisait plus aucune illusion à ce sujet, comme elle savait que l'essentiel de chacun d'entre nous, l'essentiel restera dans l'ombre et retournera un jour à l'ombre dont il vient. Mais à cet instant, elle avait su : ce qu'elle voyait là, c'était Ivan. Le véritable. Détruit par la douleur. Tellement faible. Si terriblement seul. Sans rien dire, elle s'était approchée et l'avait enlacé et l'avait serré de toutes ses forces. Et ils étaient restés ainsi, à la limite du supportable. Et leurs mains et leurs bras et leurs lèvres grimaçant de douleur disaient tout ce qu'il y avait à dire.

Et pendant un temps qui n'était pas de ce monde, leur souffle rauque ;

leurs mains qui s'agrippaient les unes aux autres ;

et les larmes qui baignaient, qui collaient leurs visages :

c'était tout ce qu'il y avait à dire.

Et soudain quelque chose s'était relâché en Ivan ; il s'était effondré sans prévenir. Marie avait essayé de le retenir, mais il lui avait glissé entre les mains. Elle n'avait pu que l'empêcher de se blesser sur le carrelage. Elle l'avait retourné et avait placé sa tête sur ses cuisses. Il ruisselait de sueur et tremblait de tout son corps et une mousse blanchâtre s'écoulait de sa bouche. Marie avait cherché son regard, mais les yeux d'Ivan étaient vagues et flous et son regard la traversait. À ce moment, un camarade était entré dans les toilettes.

— Appelle l'infirmière, vite, lui avait ordonné Marie.

Le garçon était ressorti en courant, balbutiant un vague Putain. Restée seule, Marie avait fouillé les poches d'Ivan et y avait trouvé une seringue, une cuillère et un sachet à moitié vide. Tout s'était reconnecté soudain, tout avait fait sens. Certains regards, certaines hésitations d'Ivan. Cette fragilité qui ne l'avait au fond jamais quitté. Cette souffrance qui affleurait par moments. Et elle était passée à côté. Et elle n'avait pas su l'aider, lui, le seul être qui s'était vraiment intéressé à elle. Le sourire amer qui barrait son visage ne l'avait pas quittée quand elle avait entendu la porte s'ouvrir. Elle avait laissé reposer sur son ventre le sachet qu'elle venait de trouver. Elle avait été incapable de répondre aux questions qu'on lui avait posées – l'infirmière, le directeur, les policiers : elle ne les comprenait même pas, en fait. Et du coup, elle s'était retrouvée interpellée pour détention de stupéfiants ; c'est ce que Mikhaïl lit dans le dossier. L'infirmière a aussi noté que c'est le capitaine Téliakov qui est venu s'occuper de l'affaire. C'est cette version qu'il avait vendue à Sergueï, qu'il avait vendue à Marie elle-même pour la rassurer quand il était venu la recruter au dispensaire. Mais ce n'est pas ce qui compte. Ce n'est pas ce qu'il cherche. S'il est venu ici, c'est pour savoir si celui qu'il traque a fait une erreur. Le père de Marie a dû venir la chercher après qu'elle a été interrogée. Il a dû laisser des traces. Voilà pourquoi il est là, devine Ivan.

Mais à la ligne correspondante, il n'y a rien. Comme dans le dossier qu'il avait trouvé au commissariat. Contre tous les protocoles, contre toutes les habitudes, personne n'a noté le nom du père de Marie. Soit cet homme savait exactement comment marchent les choses et il a floué tout le monde, soit il était aussi puissant que Marie l'avait raconté à Ivan – le genre d'homme capable de faire entrer sa fille à l'Académie des sciences pour une remise des prix, au milieu d'invités triés sur le volet, le genre d'homme capable de la faire sortir d'un commissariat sans même donner son nom. Dans tous les cas, Mikhaïl se trouve face à quelqu'un qui est de sa race ; de ceux qui ne laissent pas de trace. De la race des grands chasseurs qui sont aussi les proies les plus difficiles à débusquer. Mikhaïl n'est pas déçu ; à vrai dire, il n'en attendait pas moins. C'est cela le sourire qui traîne sur ses lèvres à la vue de la ligne vierge ;

la reconnaissance de la beauté du geste.

Assis à sa droite, Ivan le fixe et ses yeux sont fous. Il vient de comprendre. Il vient de comprendre qui Mikhaïl traque depuis le début. Il n'a pas pu le suivre tout le temps, il a manqué quelques-uns de ses premiers coups, son ouverture sur la droite de l'échiquier – sinon, il aurait compris plus vite. Mais à présent tout est clair. Il sait qui était cet homme dans la voiture, *l'homme au pull. Et Hamilton avait besoin d'un tenseur symétrique d'indice 2, qui provienne naturellement du tenseur métrique et de ses dérivées, et le tenseur de Ricci est de fait le seul disponible*; et Ivan a toujours été rapide : tout se recompose dans ses yeux fous, depuis le début. Il sait à présent pourquoi tout est aussi compliqué, pourquoi Mikhaïl doit avancer en masquant son attaque.

En contrebas, une voiture passe, qui balaie l'infirmerie de ses phares ; et Mikhaïl se cache, par réflexe plus que par nécessité. Au moment où il se redresse, son visage reflète une tension nouvelle, un pli barre son front et arque ses sourcils. Quelque chose de nouveau est là soudain : l'appel de la fin. Et Ivan le sent ; et s'il n'a aucune idée de la manière dont Mikhaïl va placer ses prochains coups, il est certain que ce jeune homme étrange va parvenir à ses fins. Que tout s'achève bientôt, y compris pour lui.

Ombre qui tremble dans l'ombre, il se recule, interdit ;

et, le cœur battant à tout rompre,

il n'espère plus qu'une chose : pouvoir revoir Dmitri avant de rejoindre l'Ombre.

Comme il est venu, Mikhaïl ressort de l'institut Landau. Il s'éloigne de quelques blocs et rejoint calmement sa voiture, garée dans une contre-allée pour éviter d'attirer l'attention. Parce que le diable est dans les détails. Parce que Mikhaïl sait qu'il joue gros.

Mais il ne peut pas tout maîtriser, et l'ombre le lui rappelle soudain, quand il rentre dans la Trabant. Il s'appuie quelques secondes sur le siège avant de démarrer, et une forme se redresse sur la banquette arrière.

— Alors, t'as trouvé ce que tu cherchais, monsieur le policier ?

Mikhaïl ne répond pas tout de suite. Il démarre la voiture et s'éloigne lentement. Ne pas laisser de traces. Régler les problèmes les uns après les autres ; mais ne pas laisser de traces.

— Je sais pas, Immanus, je sais pas.

Immanus s'appuie sur la banquette avant avec un sourire mauvais.

— T'as intérêt, sinon tout ton joli plan va s'effondrer.

— Quel joli plan ? demande Mikhaïl sans sourire, comme s'il se le demandait vraiment, comme s'il l'ignorait.

Et une fatigue étrange est dans ses mots, une fatigue qui n'a rien à voir avec la morphine – une fatigue que même elle ne pourra pas faire passer.

— Rha… tu me la feras pas. Le Marquis a dit que t'en avais dans le ciboulot. Qu'il fallait se méfier de toi. Crois-moi, c'est pas le genre de trucs qu'il dit souvent. Alors, je sais pas ce que tu trafiques avec cette fille, mais je sais que t'as pas intérêt à déconner avec elle. Voilà ce que le Marquis a dit. Chasse gardée, monsieur le policier.

— Il a dit ça, Immanus ?

— Oui. Alors, ton plan, c'est sans elle.

— Et pourtant, il nous faut bien avancer nos pièces, Immanus. Il nous faut bien dévoiler nos intentions, au bout d'un moment...

À la faveur d'un feu rouge, Mikhaïl se tourne vers lui, se recule contre le volant pour pouvoir se donner sa trogne défaite, lacérée par les années. Et un sourire se dessine peu à peu sur sa gueule d'ange et ses yeux de glace prennent feu, tandis qu'il voit là, dans les sutures grossières, dans les plis mauvais, dans les yeux noirs de charbon et souriant à plein, tandis qu'il voit là l'avenir qui l'appelle, qui lui montre la voie.

— Je dois parler au Marquis. Tu me guides ?

Le sourire qui barre le visage de l'Immanus se fait plus grand, se fait plus terrible encore. Voir cette gueule d'ange se frotter à la vie le met en appétit.

— Quelle heure il est, sur Terre ? demande-t-il soudain.

— Comment ça ? répond Mikhaïl.

— J'ai besoin de l'heure pour savoir où il est.

— La nuit est toute enfant, il est neuf heures à peine.

— Alors, chez les P. ! Prends la première à droite, monsieur le policier. On va passer par Saint-Joseph, lance l'Immanus en se calant dans la banquette. Il faut que je passe voir ma sœur, à l'hospice.

Mikhaïl sourit, tourne le dos à l'Immanus, qui est la mort, qui est le destin, assis sur la banquette arrière. Et quand le feu passe au vert, il démarre, décidé à continuer de jouer.

— Comment tu la connais, toi, l'infirmière ? lance-t-il.

L'Immanus sourit et nul ne peut savoir ce qui est dans son sourire. S'il sourit à l'adresse de Mikhaïl, à sa maladresse. S'il sourit parce qu'il sent cette tension dans le bras gauche du jeune homme, cet appel dans ses veines. S'il sourit parce qu'il voit tout ce qui, d'une manière ou d'une autre, va le pousser à bout, ou du moins à la faute. Nul ne sait et peut-être est-ce tout cela mêlé et indémêlable dans son sourire : l'Immanus est un grand, et il aime peut-être simplement jouer et il aime peut-être simplement voir les autres jouer, quel que soit leur jeu. Quelle que soit la tension qui les anime, qui les guide et, pour finir, qui les mène à leur perte.

— Elle bosse dans ce quartier depuis des années. Au centre d'action sociale. On a des gens là-bas. Y a pas que toi qui sais trouver des dossiers. Et de toute manière, personne approche Dmitri P. sans que le Marquis soit d'accord.

— Ah bon ?

— Oui, monsieur le policier. Et elle non plus. C'est un de mes jobs. Personne.

Considérons une sphère de rayon r dans l'espace euclidien de dimension $(n+1)$. *Alors, le tenseur de la métrique est de la forme :* $g_{ij} = r^2 \widehat{g_{ij}}$ *où* $\widehat{g_{ij}}$ *est la métrique de la sphère unité.*

Au gré des virages, des ralentissements, des arrêts qu'impose la route, Mikhaïl peut jeter quelques coups d'œil vers l'arrière. Observer la bête. Elle sourit toujours et il y a dans ce sourire, dans cette joie, quelque chose d'incroyablement pur. Immanus est aussi libre qu'un enfant pourrait rêver l'être. Il n'a face à lui aucune contrainte. Mieux, il se régale. S'il fait claquer sa langue quand ils passent devant les filles qui font le trottoir, il demande aussi à Mikhaïl de ralentir à un croisement de rues pour regarder des gosses qui jouent au foot dans la lumière exsangue d'un lampadaire. Jolie feinte, murmure-t-il. Et tout a la même valeur. Tout procède de cette joie immense, de cette joie terrible, de cet élan pour qui il n'est plus la moindre barrière. Pour un peu, Mikhaïl l'envierait presque. Mais les cicatrices, la peau brûlée et la tonsure lui rappellent que cette liberté a un prix et que ce prix n'a pas son compte en dollars, en roubles, ou en aucune forme de numéraire. Elle ne s'achète pas, elle se conquiert. Il l'a senti dès qu'il a commencé à travailler dans ce quartier, il y a six mois, ce prix qui se compte en hommes, en souffle, en gouttes de sueur. Son baptême du feu, il l'a vécu ici, à quelques rues de celle dans laquelle il stoppe à présent. Il se remémore la manière dont Evgueni Grisov occupait l'espace. Il le revoit faire sauter le serflex. Il le revoit sourire quand il avait compris que les flics ne pouvaient plus rien contre son frère. Un sourire qui ne peut pas s'acheter, qui ne peut que se gagner.

— Alors, pourquoi tu t'intéresses à cette fille, monsieur le policier ?

— J'aimerais comprendre pourquoi Vladimir a porté plainte contre son fils.

— T'inquiète. C'est pas ton affaire. Il est vieux et pis c'est tout.

— Genre ?

— Parfois, on se contrôle pas ; on fait n'importe quoi, c'est tout. C'est comme ça les gens. Et puis d'abord, y a aucun rapport entre l'infirmière et Vladimir P. ; arrête d'essayer de me la faire à l'envers…

Voyant que Mikhaïl ne répond pas, il ne se vexe pas. Il reprend :

— Pourquoi tu veux voir le Marquis ?

— J'ai un truc pour lui. Juste pour lui.

Il se tait un instant et, tout en souriant, il attaque soudain :

— Toi, tu gâcherais tout, l'Immanus… Il va falloir la jouer fine et on sait tous les deux que c'est pas ton rayon.

Il sait combien il est dangereux de provoquer l'Immanus – si jamais il perd le contrôle, on le ramassera dans une benne à ordures de l'autre côté de la ville.

— Méfie-toi, monsieur le policier. T'as beau avoir lu mon dossier, il manque sûrement un tas de trucs dans ta paperasse.

— J'imagine. Mais ça change rien : il n'y a que le Marquis qui peut faire ce qu'il faut.

L'Immanus sourit – il sait qu'il n'aura pas le dernier mot, mais il s'en moque. Il n'en veut même pas à Mikhaïl. D'une certaine manière, il le respecte trop pour ça. Il se cale sur la banquette arrière, il fixe ce qui reste du plafond, les lambeaux de toile qui pendent vers lui, les structures de tôle qui affleurent, et, derrière tout cela, la métrique de la sphère unité. Tout le fait sourire, même quand il s'aperçoit que Mikhaïl le fixe dans le rétroviseur.

— Qu'est-ce que tu mates, monsieur le policier ? C'est pas dans tes papiers, ma gueule, hein ?

Tandis que Mikhaïl détourne son regard et fixe la route inutile, l'Immanus murmure. Et dans ses yeux, des mondes passent. Des mondes. Et il murmure ces mondes.

Voilà pour ta gouverne, monsieur le policier. Un truc qui peut pas être dans tes papiers : quand on est arrivés ici, il y a plus de trente ans, on n'avait rien. On n'était rien. On était jeunes. On cherchait juste un endroit pour se planquer. Une série de braquages qui s'était mal terminée en Europe de l'Est et presque toute notre bande y était passée. Le Marquis s'appelait pas le Marquis à cette époque. Juste Yefim. Peu de gens savent ça. Mais en vérité, il s'appelle Yefim. Bref, ce quartier, c'était Juarez quand on est arrivés. Personne de l'extérieur ne pouvait entrer. Personne. Pas de police, pas d'armée, pas d'État. Rien. C'était l'endroit idéal pour se planquer et pour rebondir. Parce que Yefim voulait pas seulement échapper à Interpol. Il avait encore faim. Voilà un truc pour ta paperasse : c'est rare des gens qui ont toujours faim. Et Yefim est comme ça : il a toujours faim. Il ne s'arrêtera pas. Bref, à l'époque, il n'y avait pas vraiment de clans ici. Les mecs du cru étaient tout sauf des rigolos, il fallait pas les chauffer ; mais ils n'étaient pas organisés. Alors, on a commencé à faire notre trou. On a trouvé nos planques dans les garages abandonnés, sous des barres dont plus personne ne voulait. Yefim a renoué avec ses derniers contacts, près de la frontière. Il voulait faire passer tout ce qui était possible et se servir du Quartier comme d'un entrepôt. L'URSS grande époque, c'était dingue. C'était de la drogue, des caisses, des bijoux, des filles, c'était tout ce que tu pouvais imaginer. Bref, rapidement, ça a pris de l'ampleur et il a fallu recruter. On est sortis de nos barres et on a commencé à traîner dans le Quartier. Certains gars qu'on a croisés ont compris ce qu'on avait à apporter. De toute façon, c'était bien simple : c'était ça ou rien. Dans ce quartier, je crois qu'y a jamais rien eu. Bref, ce qui compte, c'est qu'on s'est pas suffisamment méfiés d'autres gars d'ici, des Tchétchènes. Bon… mais d'une certaine manière, eux aussi se sont plantés, eux aussi se sont pas assez méfiés de nous. En tout cas, on n'a rien vu venir. On était trop occupés à surveiller nos plans – un peu comme toi, monsieur le policier.

Bref, une dizaine de gars nous sont tombés dessus, un soir. Ils nous ont assommés et traînés dans un garage, au fond du Quartier, là-bas, près du stade. Ensuite, au lieu de nous finir rapidement, ils nous ont attachés et ils ont commencé à nous charcuter. L'idée, c'était de faire un exemple. Répandre nos morceaux un peu partout. D'attacher nos jambes à des lampadaires et de clouer nos bras sur des murs. L'idée, c'était de faire du Juarez. De faire comprendre que personne de l'extérieur ne peut venir ici et prétendre y faire la loi. L'idée, c'était de redire à tous ceux qui pouvaient l'avoir oublié – les Caucasiens, les Albanais – qu'ici c'était pas un territoire à prendre. Qu'ici ça appartenait à ceux qui étaient nés, à ceux qui mourraient ici. Qu'autant celui qui respectait cette simple loi n'aurait jamais rien à craindre, autant celui qui croyait pouvoir la contourner allait prendre cher. Bref, on s'est retrouvés tous les deux menottés à des sièges d'interrogatoire du KGB, du solide. On a vite compris ce qu'on faisait là. Les gars ne nous parlaient pas. Ils ne posaient pas de questions. Ils avaient un message à envoyer et ce message ne s'adressait pas à nous : il passait par nous. Fais ce que ces deux gars essaient de faire dans notre quartier, et tu finiras comme eux : en morceaux. C'était très simple, en fait.

Ils nous ont laissés nous réveiller, nous regarder l'un l'autre, jauger la situation. Réaliser à quel point on était finis. Et après, ils s'y sont mis. D'abord des coups. Chacun leur tour. Des coups partout. Là où ils en avaient besoin. Aucun d'entre eux ne se retenait. Il ne s'agissait pas de faire une vidéo ou quoi que ce soit de ce genre, comme on fait maintenant. À un moment, certains sont allés chercher des scies égoïnes, des disqueuses : du matériel pour la suite. Il y avait visiblement d'anciens ouvriers. Ils ont ramené des fers à souder. Des pinces. Des marteaux. C'est du classique, dans ce genre de situation. Mais quand tu vois que c'est pour toi, ça fait quand même son effet. Tu vois ça, là, ici. Cette cicatrice, c'est un marteau : il a fait éclater l'os et la peau au-dessus. Je me suis évanoui. Mais ça n'a pas duré. De temps à autre, ils nous balançaient des seaux d'eau dessus. Pour nous réveiller. Nous maintenir en forme. Il paraît que les Indiens du Canada faisaient ça avec les missionnaires venus les emmerder. Qu'ils pouvaient les garder trois jours en vie. Leur dérouler les tripes, les brûler à petit feu, les émasculer. Mais avec des pauses. En les baignant, en les faisant boire. Il paraît même qu'ils discutaient avec eux. Discuter, tu vois. Nous, ces gars-là avaient pas envie de discuter. D'une certaine manière, ils avaient peut-être pas grand-chose à dire. Bref, je ne sais pas combien de temps ça a duré. Une bonne partie de la nuit, certainement. Parce qu'ils nous ont balancé plusieurs fois de l'eau. Parce qu'ils suaient, parce qu'ils s'en donnaient à cœur joie, parce qu'ils donnaient tout ce qu'ils avaient. Je les revois. Ils transpiraient comme des veaux. Et c'est ça, c'est ça qui les a perdus. Ou peut-être l'eau qu'ils nous balançaient. Je sais pas exactement. Bref, ça faisait des heures qu'on était là. Ils avaient trouvé une sorte de rythme de croisière. Ils s'occupaient de nous alternativement. Ça s'était fait tout seul, sans concertation entre eux. Je ne sais pas s'ils voulaient qu'on voie l'autre morfler ou pas. Je ne sais pas. Toujours est-il qu'ils me laissaient respirer quand c'est arrivé. L'un d'entre eux, un grand Caucasien, était en train d'attaquer Yefim au fer à souder. Je ne sais pas comment Yefim a fait exactement, mais il a réussi à lui balancer un coup de genou. Et pourtant, il était entravé, mais peut-être que c'était toute cette eau, ça lui avait laissé un peu de marge de manœuvre. Enfin bon, le gars a gueulé et s'est plié en deux, il s'est appuyé sur Yefim, son crâne contre le sien. Yefim l'a mordu de toutes ses forces, à l'oreille. Le gars ne pouvait plus bouger. Il gueulait, il gueulait. Et tous les autres se sont pressés autour d'eux pour le secourir, pour le dégager. Ils frappaient Yefim et gueulaient dans tous les sens. Ils forçaient sur Yefim mais Yefim ne lâchait rien. C'était comme des gens qui voudraient dégager un enfant de la gueule d'un pit-bull. Mais le pit-bull, ça ne lâche pas comme ça, et à chaque coup que tu lui donnes dans la tête, c'est l'enfant que tu déchires. Ils auraient dû le savoir, ces gars. L'un d'entre eux, le frère du Caucasien, le savait visiblement. Il a commencé à enfoncer ses pouces de toutes ses forces dans les yeux de Yefim – c'est comme ça qu'il faut faire avec les pits, si un jour ça t'arrive : les yeux. Yefim s'est tourné dans tous les sens, il embarquait dans ses mouvements le grand Caucasien qui gueulait comme un fou, et la vérité c'est que personne n'a rien vu venir. À ce moment-là, ils pensaient sans doute encore pouvoir reprendre le contrôle. Maîtriser la situation. Ils devaient se dire que c'était une tentative désespérée. Que Yefim allait finir par lâcher. S'il voulait garder ses yeux. Mais Yefim se moquait de ses yeux, de sa bouche, du Caucasien et de son frère. Une seule chose comptait. Et cette chose, il devait la cacher. Il devait la protéger coûte que coûte. Et s'il mordait si fort, c'était pour elle. Depuis qu'il avait mordu, le Caucasien avait lâché son fer à souder. Et le fer était tombé entre eux, contre le bras de Yefim. Ça le brûlait, ça le brûlait sans doute comme c'est même pas possible de le dire. Il a toujours les marques. Tu les verras peut-être un jour. Trois marques noires, là, là et là. En travers du bras. C'est allé jusqu'à l'os. Il a vraiment dû déguster. Mais il s'en foutait. Il s'en foutait, tu vois, parce que le fer touchait aussi ses menottes. Et Yefim par-delà les cris, par-delà les coups qu'il prenait, par-delà les pouces qui s'enfonçaient dans ses orbites, Yefim sentait le métal qui chauffait lui aussi. Tout s'était joué à rien. Au fer qui s'était coincé entre son bras et un des maillons de ses menottes. À cette sueur, à cette eau partout qui lui permettaient de gesticuler. À ces cris. Je te jure, ils sont là, cinq ou six autour de lui, qui s'agitent, qui gueulent, qui le frappent. Le frère du Caucasien par-dessus lui, ses bras contractés, sa mâchoire, ses yeux fous dans les yeux de Yefim qui commencent à saigner. Et puis soudain, je crois qu'il a donné un coup de hanche. Et les cinq ou six mecs qui étaient autour de lui ont volé. Sa main droite était libre. Il restait le Caucasien sur lui. Le visage en sang. Les yeux plissés de douleur. Yefim l'a relâché et lui a donné un coup de fer sur le crâne. Le temps que les autres gars se relèvent et se ressaisissent, il a dirigé le fer vers ses autres menottes. Ça s'est joué à rien qu'il parvienne à libérer ses jambes avant que les gars ne lui retombent dessus. À rien, quelques fractions de seconde. Mais après ça, c'était fini. Il était libre. Il était armé. Ils ne pouvaient rien contre lui. Ils avaient beau l'avoir charcuté la moitié de la nuit. L'avoir brûlé et entaillé et saigné de partout, ils ne pouvaient rien contre lui. Dès qu'un d'entre eux s'approchait de lui, il lui fendait le crâne, il lui brisait le cou, il le pliait en deux. Les trois derniers gars ne se sont pas enfuis ; on ne s'enfuit pas ici. Ils ont couru vers l'entrée du garage pour aller chercher leur AK. Ils ont commencé à tirer partout. Mais Yefim s'est protégé derrière les corps de leurs potes. Derrière des colonnes du garage. Derrière eux. Ils ont joué à une sorte de cache-cache pendant cinq minutes. Et à un moment, il a fini par récupérer une des armes. Et là, ça s'est terminé très vite. Je te jure, il est là, il sort de l'obscurité, il s'appuie sur sa kalach comme sur une béquille. Il vient vers moi. Il sourit. Et il sourit pas parce qu'il a réussi. Il sourit parce qu'il voit que je suis toujours en vie. Ça, mon gars, peu de gens l'ont vu, ce genre de sourire. J'ai pris trois balles quand les autres se sont mis à tirer partout. Trois, dont deux assez mauvaises – une dans la cuisse, une dans le ventre. Mais je suis toujours là. Je peux le voir triompher. Je peux le voir revenir vers moi et me donner tout ce qu'il a.

Je ne sais pas comment il a eu la force de nous traîner dehors. Je sais pas où il a tiré ça. Ce qui est sûr, c'est que vu l'état dans lequel on était tous les deux, on serait pas allés bien loin. On se traînait dans la rue ; je pissais le sang et lui aussi. On s'appuyait sur les voitures, et on essayait de voir s'il en restait d'autres, s'ils nous avaient suivis ou non. Et à un moment, on a vu un gars dans la rue, il marchait avec ses deux gosses. Il avait une mallette, il était fringué sérieux. Je savais pas que ce genre de gars pouvait vivre dans le Quartier – j'avais jamais vu ça, le genre professeur ou je sais pas quoi. Yefim l'a braqué avec sa kalach et lui a demandé ce qu'il faisait dans la rue si tôt. Il était comme ça, Yefim ; on pissait le sang, on était peut-être poursuivis par le reste de la bande qui voulait nous finir, et lui il voulait juste savoir ce que ce mec faisait là avec ses gosses. Bref, l'homme a répondu qu'ils allaient visiter son laboratoire, avec ses garçons. Qu'ils ne devaient pas être en retard. Il y avait quelque chose dans ses yeux. Quelque chose de bizarre. Comme s'il craignait vraiment d'être en retard, comme si c'était plus important que la kalach que Yefim braquait sur lui. C'était vraiment bizarre. C'était comme s'il ne nous voyait pas – on était en train de pisser le sang sur le trottoir, on était armés et on était sûrement pas beaux à voir et lui nous parle de son laboratoire, hein ? Bref, Yefim lui a dit de venir contre moi, que je puisse m'appuyer sur lui. Qu'on allait faire un petit tour ensemble. Lui s'appuyait contre les immeubles.

On allait lentement, mais personne ne nous suivait et au bout d'un quart d'heure on a fini par arriver au centre d'action sociale. L'homme a frappé à la porte du dispensaire. Le médecin de garde a fini par ouvrir. Il avait l'air complètement crevé, mais quand il a vu nos gueules et nos flingues il s'est réveillé rapide. Il nous a fait rentrer. Il nous a installés dans la salle de consultation, il a commencé à sortir du matos, des bandages, des pinces, tout ça. Les gars dans ces centres sont des *warriors*. La médecine de guerre, ça leur fait pas peur. Ils savent à quoi s'attendre quand ils viennent ici. Il a commencé à s'occuper de Yefim, mais Yefim lui a gueulé de s'occuper de moi d'abord. Putain, t'es aveugle ou quoi ! Il lui faut quoi pour que tu t'occupes de lui. Il est troué de partout ! Yefim s'est laissé aller contre le mur. L'homme à lunettes a voulu partir, il a fait un signe à ses deux garçons. Mais Yefim l'a chopé et lui a dit Tu fais quoi là, tu restes pour faire le guet, si un de ces bâtards se pointe. Tiens, prends ça. Tu vas près de la porte, si y en a un qui se pointe, tu l'alignes. Tu te poses pas de questions. De toute façon, s'ils entrent ici, ils nous charcutent tous. Allez, mais putain, prends cette arme et bouge-toi. Le mec a pris l'arme, mais ses mains tremblaient. Il répétait Je peux pas je peux pas je peux pas. Il regardait ses deux garçons et il tremblait. Il était incapable de faire ce que Yefim lui demandait. Incapable. Pour finir, il s'est appuyé contre le mur. Il a lâché l'arme et s'est mis à vomir. La vérité, c'était que c'était juste une petite frappe, et que porter une arme était au-dessus de ses forces. Yefim a sorti un Beretta qu'il avait chopé et il l'a pointé sur le mec. Mais le mec ne bougeait pas – et sa peur était une sphère de rayon r dans l'espace euclidien de dimension $(n+1)$. Il lui a dit Maintenant tu te lèves, sinon c'est celui-là qui prend. Il pointait l'aîné et l'aîné s'est recroquevillé contre le mur. Toi le doc, tu t'occupes de mon pote ! S'il crève, t'y passes aussi, alors t'as intérêt à... allez. Mais prends ce flingue, putain ! Ils vont bientôt se pointer ! Et là, un des deux gosses s'est levé. Le petit. Il a pris l'arme par terre. Il devait pas avoir neuf ans. Personne n'a bougé. Il a pris l'arme et il est sorti de la salle. Après ça, je me souviens plus. Je sais que le doc essayait d'extraire les balles et que j'ai douillé. Je sais que je me suis évanoui plusieurs fois. Tout est très flou. Mais y a un truc que j'ai pas oublié. À un moment, le gosse, dehors, il a tiré. Une rafale. Après ça, on s'est tous regardés. Personne ne disait rien. Yefim a essayé de serrer son flingue, mais il était trop faible. Le père n'osait pas se lever. Il ne faisait que trembler et serrer son aîné dans ses bras.

Ensuite, le doc a commencé à s'occuper de lui et, pour éviter que le père ne parte avec ses deux garçons, Yefim a attiré le fils aîné à lui, près de la table d'examen, et il l'a braqué avec son flingue. Tout du long que le doc s'occupait de lui, il l'a braqué. Il tremblait, il bavait, il manquait s'évanouir quand l'autre le recousait, quand il tendait ses bandages sur ses brûlures, il serrait les dents comme les gens ne serrent pas les dents. Le gosse n'a rien dit. Il se contentait de regarder Yefim et Yefim le regardait. Aucun des deux n'a craqué. Quand le doc a eu fini, il était presque huit heures du matin. Le doc était épuisé, tout le monde d'ailleurs était lessivé. Yefim s'est redressé et il a fixé l'homme. Tu peux dire que tes deux garçons sont des sacrés bonshommes. Il s'est traîné vers l'entrée, le doc a essayé de lui expliquer que ce n'était pas prudent, avec les agrafes et les points. Yefim a fait comme il fait d'habitude. Il a fait comme si le gars n'était même pas là. Il s'est appuyé sur les murs, il a mis le temps, mais il est allé voir le garçon. Il a récupéré la kalach par le canon et il a demandé :

— Comment tu t'appelles, petit ?

— Dmitri P.

— Dmitri P., tu m'as sauvé la vie. Je l'oublierai pas. Allez, va chercher ton père. Vous avez une visite, je crois.

Dmitri est rentré et ils sont partis tous les trois. Le père tremblant et ses deux enfants le soutenant à moitié. Je crois pas qu'ils y soient allés, à leur visite, dans cet état. Yefim est revenu et s'est affalé sur le lit.

— Le doc, tu peux rentrer chez toi. T'as fait du bon boulot ; ça non plus, je l'oublierai pas.

Ensuite, il s'est tourné vers moi :

— Quant à toi, il va falloir aller monter la garde, qu'il me dit. Je prends le premier quart : repose-toi, t'as une sale gueule !

Au moment où il allait sortir vers le hall, il a vu un truc par terre. C'était la sacoche du gars, il l'a prise avec lui. Il est allé se caler dans le hall, je le voyais d'où j'étais. Il a passé deux jours à scruter la rue – je sais pas comment il a tenu. Et au bout de deux jours, je pouvais tenir sur mes jambes. Alors on est partis. J'ai jamais compris pourquoi il avait pris la sacoche de ce type. Une fois revenu chez nous, après nous être barricadés et avoir bouffé un peu, Yefim a voulu l'ouvrir. Il a fait sauter facile le cadenas. Je te raconte pas ce qu'on a trouvé là-dedans. Des classeurs avec des articles de maths. Rien que les titres, tu les apprends comme une poésie, sans comprendre de quoi ça cause. Réflexions sur les variétés riemanniennes en dimension 4. Quelques problèmes posés par la conjecture de géométrisation de Thurston. Des trucs, tu comprends même pas un mot sur deux. Yefim n'en revenait pas qu'un type pareil vive dans le Quartier. Ça ne rime à rien, Yefim répétait ça. À rien. Et après ça, il a trouvé le livre. Le mec avait aussi un livre : entre ça et les articles, c'était à peu près comme s'il venait d'une autre planète. Yefim a ouvert le livre au hasard et ce qu'il a lu ce jour-là, la kalach croisée entre les bras, à faire le guet dans notre hangar, ce qu'il a lu l'a changé pour toujours. Je sais pas pourquoi. C'est bizarre, hein, les gens : tu les vois encaisser et encaisser de ces trucs, que tu croirais pas que c'est possible. Et un jour, ils lisent, ils voient, ils volent un truc et ça les retourne. Tu sais pas pourquoi. Eux-mêmes en savent sûrement pas plus. C'est pas grand-chose, hein, les gens ? Tu vois, les soirs où il est bourré, Yefim – et crois-moi, il en faut pour ça, alors ça n'arrive pas souvent –, les soirs où il est bourré, quand on est seuls tous les deux, il le récite. Il dit à chaque fois qu'il en revient pas comment ça défonce tout.

Mikhaïl entend l'Immanus qui parle un peu plus bas. Il se redresse imperceptiblement, et le voit, lui, le fléau des Carpates, lui, la terreur de ce pays, lui Immanus l'unique, qui récite les yeux fermés. Dans l'obscurité, il voit ses yeux qui roulent sous ses orbites, qui cherchent quelque chose de parfait, qui le trouve

l'incendie continuait, épouvantable ; on apercevait, dans l'encadrement de la croisée toute rouge, les trois têtes blondes. Radoub, alors, montra le poing au ciel, comme s'il cherchait quelqu'un du regard, et dit : C'est donc ça une conduite, bon Dieu ! La mère embrassait à genoux les piles du pont en criant : Grâce ! De sourds craquements se mêlaient aux pétillements du brasier. Les vitres des armoires de la bibliothèque se fêlaient, et tombaient avec bruit. Il était évident que la charpente cédait. Aucune force humaine n'y pouvait rien. Encore un moment et tout allait s'abîmer. On n'attendait plus que la catastrophe. On entendait les petites voix répéter : Maman ! maman ! On était au paroxysme de l'effroi. Tout à coup, à la fenêtre voisine de celle où étaient les enfants, sur le fond pourpre du flamboiement, une haute figure apparut. Toutes les têtes se levèrent, tous les yeux devinrent fixes. Un homme était là-haut, un homme était dans la salle de la bibliothèque, un homme était dans la fournaise. Cette figure se découpait en noir sur la flamme, mais elle avait des cheveux blancs. On reconnut le marquis de Lantenac. Il disparut, puis il reparut. L'effrayant vieillard se dressa à la fenêtre maniant une énorme échelle. C'était l'échelle de sauvetage déposée dans la bibliothèque qu'il était allé chercher le long du mur et qu'il avait traînée jusqu'à la fenêtre. Il la saisit par une extrémité et, avec l'agilité magistrale d'un athlète, il la fit glisser hors de la croisée, sur le rebord de l'appui extérieur jusqu'au fond du ravin. Radoub, en bas, éperdu, tendit les mains, reçut l'échelle, la serra dans ses bras

bref,

la voix de l'Immanus devient plus dure dans l'instant,

bref, tu vois, moi aussi, j'ai fini par le connaître, sourit-il. Le plus bizarre, c'est que Yefim n'avait jamais vraiment lu de livres avant ça – on n'avait pas spécialement eu le genre d'enfance où tu lis des livres. Mais quand il l'a eu fini, il n'était plus le même. Comme s'il avait voulu… je sais pas exactement, mais ça avait à voir avec de Lantenac. Tout ça lui en imposait terriblement, et c'était la première fois qu'il trouvait un truc, tu vois, un truc à respecter. Bref, quelques semaines après, on était en train de se balader dans une rue, à l'heure des chiens, quand on a entendu une bande de jeunes s'exciter sur un gars. On a décidé d'aller voir, pour profiter du spectacle. Mais quand on s'est approchés, Yefim a reconnu Vladimir P. Il était par terre, salement amoché. Il pissait le sang et les gosses dansaient et criaient autour de lui. Yefim a sifflé pour qu'ils se calment et ils se sont tous calmés rapide. Ils sont venus vers nous, en silence. Vous voulez jouer un peu ? nous a demandé le plus courageux, le chef. Yefim l'a laissé s'approcher, il a souri et quand le gosse a été suffisamment près, il l'a pris par la nuque et il a approché leurs deux têtes et il lui a murmuré : Je vous laisse en vie parce que vous saviez pas. Le prochain qui touche à ce gars ou à ses gosses, il est mort et ça sera sale. Maintenant, vous filez et vous allez répandre ça. Aucune excuse. Personne ne touche à ce gars. Ce mec, c'est mon sang. Allez, file. Les gosses ont détalé, mais comme toujours ils ont voulu en savoir plus. Ils sont allés se cacher derrière des caisses et c'est ça qui a tout déclenché. Parce que c'est eux qui ont entendu, c'est eux qui l'ont raconté partout, qui l'ont déformé et déformé. Jusqu'à former un monstre. Yefim s'est approché du gars. Et lentement, à son rythme, il l'a soutenu, il l'a aidé à se redresser. Le gars avait les yeux explosés, il était à l'ouest. Je sais pas ce qu'il voyait. En tout cas, il a dû nous reconnaître à un moment et il a essayé de sourire et il a dit : C'est vous… Yefim lui a souri. Il faut que je vous rende votre livre ; votre livre sur le Marquis, vous savez, 93, il lui a murmuré. L'homme a souri à son tour. Vous… vous pouvez le garder. Il a dû s'évanouir ensuite, mais le mal était fait. Il n'aurait pas pu faire plus plaisir à Yefim. Il n'aurait pas pu lui dire quelque chose qui le touche plus. Les gosses, c'était fou pour eux : un livre. Ils avaient vu les yeux de Yefim et ils l'avaient entendu parler. Et avec leur intuition ou je sais pas, ils ont capté ce que ça avait fait à Yefim, de pouvoir le garder. Après ça, les gosses, ils ont mené leur enquête, ils ont fait parler les gars du deuxième cercle, les gars du premier. Ils venaient même me voir, ces petits cons. Ils ont fini par savoir avec quel livre il se baladait toujours. Ils sont allés choper le livre dans une bibliothèque, en ville. Ils l'ont lu à leur tour. Et cette histoire de Marquis les a marqués, eux aussi. Ils ont fini par l'appeler comme ça, entre eux. Et un jour, l'un d'entre eux, plus courageux que les autres, l'un d'entre eux a gueulé Eh Marquis ! alors qu'il appelait Yefim. Et Yefim s'est tourné et lui a souri. Ce jour-là, ce que Vladimir P. avait entamé avec son livre s'est figé dans le marbre : le Marquis était baptisé.

L'Immanus se tait et observe le plafond en déliquescence de la Trabant. Il se gratte le ventre. Quand il a compris qu'il n'ajoutera rien, Mikhaïl se racle la gorge et lance :

— J'ai entendu plein de variantes de cette histoire. Rien que chez les Vors, ils doivent avoir trois ou quatre versions différentes. Des trucs terribles : pas seulement avec cette histoire de prise d'otages. Des trucs qui se passent dans une école. Ou avec des femmes. Dans une autre, vous vous êtes même fait passer pour morts, vous êtes allés à la morgue et vous avez détourné une ambulance. Ceci étant dit, c'est la première fois que j'entends parler de Vladimir P. Du baptême.

— C'est la première fois que quelqu'un qui était là te la raconte, monsieur le policier.

— Ça, t'en sais rien, l'Immanus. Par exemple, le docteur qui vous a opérés s'appelle Matvei Mikhaïlovitch Melorav. Et lui m'a raconté tout à fait autre chose. Et il n'y a pas que lui. Et du coup, j'aurais plutôt tendance à croire qu'elle est pas plus vraie que les autres, ton histoire.

L'Immanus sourit comme un diable, ses yeux cherchent dans le plafond de la Trabant et ses yeux y trouvent ce qu'ils cherchent.

— Ouais, mais c'est ça qu'il faut percuter, monsieur le policier : la vérité, c'est pas le plus intéressant sur les gens. Pas plus que ce qu'ils auraient voulu qu'elle soit. Pas plus que ce que les gens en disent ou en pensent. Yefim et moi, on sait bien qu'il y a des dizaines d'histoires qui circulent sur nos blases.

— Mais ça fait partie des personnages, hein ?

— Y a de ça. Et au final, les gens savent plus par où nous prendre, et ça évite qu'ils s'échauffent.

Mikhaïl ne répond rien et se contente de l'observer aussi souvent que la route le lui permet. Son bras le démange et il se demande si l'Immanus le sent. À un moment, il s'aperçoit que l'Immanus lui tend une clope. Personne ne dit rien. Ni tiens, ni merci. Il la prend, la tend à la flamme d'Immanus, inspire. Et les deux hommes fument en silence, sans rien dire. Et la nuit est jaune. Quand ils ont fini, l'Immanus se redresse et regarde sa montre avec une moue satisfaite. Le flic a su se taire. C'est important.

— Tiens, arrête-toi là, monsieur le policier, sur la droite.

Mikhaïl s'arrête et voit l'Immanus sortir en lui lançant un Je reviens, laisse le moteur. Quelques minutes après, il réapparaît dans l'ombre de l'église. Il n'est pas encore assis sur la banquette qu'il ordonne :

— Démarre.

Mikhaïl l'interroge du regard dans le rétroviseur, et quand ils se sont suffisamment éloignés, l'Immanus lui répond.

— Ma sœur. Elle est à l'hospice, je t'ai dit. Je dois aller la voir tous les jours ; sinon, elle croit que je l'ai oubliée.

Et nous marchons sur des lames aiguisées

et autour de nous des milliards de kilomètres cubes de vide ;

et tout ce que vous direz pourra être retenu contre vous ;

et parfois, c'est cela qui nous étreint, l'impression d'en avoir trop dit, l'impression qu'il aurait mieux valu ne pas laisser de traces – et un instant, une seconde, l'Immanus se demande s'il n'a pas fait une erreur, s'il a bien fait d'ouvrir son flanc. Et Mikhaïl la voit, cette grimace, cette hésitation dans les yeux charbon qui lui dévorent la nuque ; et il fait ce qu'il faut :

— Parle-moi plutôt de l'infirmière, lance-t-il.

— Comment ça, la fille ? répond l'Immanus qui se détend.

— Cette infirmière, cette Marie S., pourquoi elle le suit, Dmitri ?

— J'en sais rien. Une fille qu'il a connue au collège. Qui le suit depuis toujours. Tu sais qu'elle passait le voir tous les matins depuis 96, dans sa cabine téléphonique ? Qu'elle lui déposait de la bouffe sans rien lui dire ? Qu'elle a passé son diplôme d'infirmière et qu'elle est venue bosser au dispensaire, juste pour continuer ? Des fois, elle le regardait dormir, vautré dans les journaux et dans la pisse. Avec tout ce qu'il s'enfilait comme vodka, je suis même pas sûr qu'il se soit rendu compte qu'elle venait, et pourtant elle était là-bas tous les jours.

— C'est ça, le problème avec les rois, ils ont tellement de pions… Elle a dû morfler, en tout cas.

— T'inquiète, monsieur le policier. Cette fille, elle a une vie rêvée, gamin.

— Rêvée…

— Confonds pas tout, gamin. Regarde-les, les petites bourgeoises. Qu'est-ce que c'est leur vie ? Je te parle pas de confort ; je te parle de ce qui compte vraiment. Pendant toutes ces années, elle est venue tous les jours. Tous les jours. Rends-toi compte de ce qu'il faut dans le ventre pour faire ça.

— Et toi ? Tu y allais tous les jours.

— Obligé. Tu sais, le Quartier, il tient pas tout seul. Des gens qui croient pouvoir atteindre Yefim en passant par Dmitri, y en a plein. Et j'ai dû en recadrer un ou deux – pour expliquer comment ça allait se passer.

— J'ai entendu ça, j'ai lu quelques rapports sur des morts de SDF dans ce coin.

— Faut pas croire tout ce qu'il y a dans les rapports. Lis les rapports d'autopsie et vérifie s'ils étaient pas couverts de tatouages, tes SDF : ils étaient peut-être un peu Vors sur les bords, les gars que j'ai calmés.

— Et son père, Vladimir ? À ton avis, Dmitri l'a frappé, oui ou non ?

— Il aurait eu toutes les raisons de le faire, mais c'est impossible.

— Pourquoi ?

— Il vivait dans cette cabine téléphonique depuis 96, je te dis. Il ne l'a pas quittée. Qu'est-ce que tu crois : qu'un matin, fin bourré, il se lève et se dit Tiens, si j'allais tabasser mon vieux ?

L'Immanus sourit. Mikhaïl voudrait peut-être continuer de l'interroger, mais ils arrivent en vue de la barre 1004 – la fin se profile et il le sent. Il coupe le moteur avant que la voiture ne s'arrête, de sorte que les derniers mètres se font dans une sorte de flottement, dans une sorte de légèreté qui plaît beaucoup à l'Immanus. Décidément, il aime travailler avec Mikhaïl. Il y a bien sûr ces moments où il a l'impression que tout ce qu'il est en train de monter va s'effondrer. Où il se dit que tout ne peut pas marcher, pire, que tout va converger vers l'échec et la honte et la douleur. Mais ce petit-là glisse là-dessus. Et comme si cela ne suffisait pas, quand ils descendent de la Trabant, Mikhaïl la quitte sans la fermer. Il n'en a pas besoin. Cette rue est au Marquis et personne ne chasse sur ses terres. Mikhaïl le sait et l'Immanus apprécie. Ce petit a vraiment bien travaillé son dossier. Il connaît les usages. Il sait où il met les pieds. L'Immanus l'observe qui marche à son côté, qui se pose dans la rue. À la dérobée, il observe les quelques tatouages qui dépassent de son col. Ce gosse est dangereux. Vraiment, Yefim a raison, pense-t-il.

Supposons que nous partions d'une variété compacte de dimension 3 dont le tenseur de Ricci est partout défini positif. Alors, lorsque la variété s'effondre en un point sous l'action du flot de Ricci, elle devient de plus en plus ronde. Si nous normalisons la métrique de sorte que le volume reste constant, alors elle converge vers une variété à courbure constante positive.

L'Immanus ne se presse pas. Il avance la tête haute, le sourire aux lèvres. Il est sa toute-puissance, il est son assurance, il est ce pas parfait, ternaire, qu'il impose au monde, à la rue, à la lumière mourante. Rien ne pourra le réduire, rien ne pourra avoir raison de tout ça et cela se voit dans chacun de ses gestes. C'est un grand seigneur qui marche près de Mikhaïl. Qui lui ouvre la porte du hall. Qui lui sourit dans l'obscurité. Un grand seigneur qui s'ignore et qui se connaît tout à la fois.

Ils entrent chez les P. sans faire de bruit, sans frapper, sans s'annoncer, comme s'ils étaient chez eux. Ils trouvent le père endormi dans la cuisine, à même la table. Le Marquis est assis près de lui et veille sur lui. Il tient un verre de vodka entre ses mains et ne dit rien quand il les voit. L'Immanus lui fait simplement un signe de la tête, puis il laisse passer Mikhaïl et disparaît dans le couloir.

— Dmitri n'est pas là ? murmure Mikhaïl comme ouverture.

— Non, il est sorti. Et toi, ça avance ?

— Pour le pull, on fait ce qu'on peut, on va bientôt recevoir les résultats du labo pour le sang.

— Me balade pas. Qu'est-ce qu'il fout, ton capitaine ? Il est rouillé ?

— Pour l'instant, c'est mieux qu'il soit un peu en retrait.

Le Marquis le regarde et sourit. Il ne dit rien, il se lève sans faire le moindre bruit et va chercher un verre dans le placard. Il se rassied et sert un verre à Mikhaïl et le fait glisser de l'autre côté de la table.

— Assieds-toi, monsieur le policier. Bois avec moi.

Sans répondre, Mikhaïl s'assied, saisit son verre et l'avale. Il passe sa langue sur ses lèvres et tâche de résister au mauvais alcool, de ne pas tousser. Il sait combien les détails comptent.

— Et pour Dmitri, qu'est-ce que je fais ?

— Comment ça ?

— J'ai le rapport de l'expert de l'hôpital.

Il fouille dans sa poche et fait glisser une petite liasse sur la table.

— Ça dit quoi ? demande le Marquis avec une moue de dégoût.

— Ça dit qu'il y a eu coups. Dix-sept hématomes. Qu'il y a des traces de strangulation. Mais qu'il peut très bien s'être fait ça tout seul. Comme l'a dit l'Immanus, on saura jamais vraiment ce qui s'est passé. Alors, j'en fais quoi ?

— Tu laisses tomber.

— Et comment je vends ça au capitaine ?

— Tes hommes ont pas fait leurs devoirs, monsieur le

policier. Personne a vérifié le téléphone de Vladimir. Le soir où c'est arrivé, il m'a appelé, moi.

— Et alors, qu'est-ce que ça prouve ?

— Rien, si ce n'est qu'il m'a dit d'amener Dmitri ici.

— Dmitri était pas là, ce soir-là ? C'est toi qui l'a amené juste avant que les bleus arrivent ?

Le Marquis prend son verre, le finit d'un trait et le pose sur la table. Il appuie ses deux coudes sur la table. Il plante ses yeux dans ceux de Mikhaïl. Il ne sourit même pas quand il dit :

— Ça faisait des années que Dmitri n'était pas revenu ici. Ça ne peut pas être lui, je te dis. Dmitri peut en douter vu l'alcool qu'il draine ; moi, j'en suis sûr.

Mikhaïl se tait un moment. Dans ses yeux rouges, les questions se présentent, s'appellent les unes les autres.

— Et où il était, alors ?

Il sait très bien où était Dmitri. Ce qui l'intéresse n'est pas la vérité, mais ce qu'en pense le Marquis. Ce qui l'intéresse, c'est cette moue étrange de Yefim quand il se redresse. Ce qui l'intéresse, c'est de voir à quel point il hésite.

— Je suis pas sûr de vouloir te le dire, monsieur le policier. Ces gens, cette famille – et là, une infime fêlure court dans sa voix, dans ses yeux, et sa main se tend, comme pour caresser Vladimir affalé sur la table, et sa main se tend, mais au dernier moment elle renonce –, ces gens, ils comptent pour moi. Fais plutôt ce qu'on t'a demandé. Dis-moi ce que tu as sur le pull.

— Pas grand-chose. Pull d'homme. Super qualité. Rare. Impossible qu'il appartienne à un simple chercheur, même à l'institut Landau. C'est autre chose. Et pour le sang, c'est du sang de femme. Les analyses vont tomber bientôt, mais je parie que ça sera celui de Natalia P. Ça veut forcément dire qu'il y avait quelqu'un d'autre sur les lieux de l'accident. Un homme. Un homme qui n'avait rien à faire là. Un homme qui n'était pas d'ici. Qui emmenait avec lui les enfants P. et leur mère, Natalia. Et après l'accident, il a essayé de la sauver. D'arrêter une hémorragie, j'imagine. Mais ça n'a servi à rien. Elle était déjà morte quand l'ambulance est arrivée. D'un autre côté, faire venir une ambulance ici, ça a dû prendre des plombes…

Un pli amer parcourt la bouche du Marquis. Et dans ce pli, Mikhaïl lit ce qu'il faut.

— Détrompe-toi, monsieur le policier, elle n'a pas pris des heures. Moi non plus je sais pas qui était ce gars dans la voiture, mais c'était quelqu'un.

Mikhaïl fait silence un instant, observe le Marquis qui l'observe – et

lentement,

il avance son fou dans la diagonale noire.

— J'ai retrouvé le répartiteur ambulancier qui bossait cette nuit-là – dans les fichiers. Je lui ai parlé. Il a gardé le registre de cette année. La page correspondant à cette nuit manque. Elle a été arrachée. Le plus intéressant, c'est que c'est récent. Ça se voit. Ça veut dire que quelqu'un qui sait comment marchent les choses, qui sait où et comment chercher, est aussi sur cette enquête et essaie de la plomber. Et ça, ça n'est pas une bonne nouvelle. Parce que ce gars-là est fort. Et que s'il efface suffisamment de traces, je pourrai pas en savoir beaucoup plus. C'est pour ça que je voulais te parler.

— Et pourquoi ?

— Pour que tu me racontes ce matin-là, Marquis, l'accident, sourit Mikhaïl. Parce que tu étais là.

Et pour laisser au Marquis le temps de se remettre, de se composer quelque chose, il regarde sur le côté, par la fenêtre. Il ajoute :

— Peut-être que ça m'aidera un peu. Que je trouverai une piste à laquelle ni toi ni l'autre vous n'avez pensé.

Le Marquis l'observe et comprend qu'il ne bluffe pas. Qu'il lui laisse juste du temps. Du temps pour regarder ses pièces, pour décider laquelle il va avancer sur l'échiquier. Il comprend que ce garçon est terriblement fort. Qu'il vient simplement de pousser la première pièce de son attaque. Et qu'il a encore de la ressource – sinon, il ne serait pas si tranquille.

— Et qu'est-ce qui te fait dire ça ?

— À force de fouiller partout, j'ai mis la main sur le rapport de l'infirmier de l'ambulance et sur celui de la morgue.

Il se tait un moment, mais le Marquis ne se laisse pas avoir. Il attend. Il résiste et résiste et joint ses mains devant sa bouche, de sorte qu'on entend à peine ce qu'il répond. Mais Mikhaïl sait bien ce qu'il veut dire.

— Continue, monsieur le policier.

— Personne ne sait pourquoi, mais au milieu de la rue Illitch, leur voiture s'est déportée sur la gauche et est allée percuter une autre caisse qui stationnait là. Et au lieu de s'arrêter, ça l'a fait décoller et elle est partie en vrille. Elle est finalement allée se fracasser contre le mur, à l'envers. Dans son rapport, l'infirmier qui est arrivé sur le site mentionne trois hommes en plus de Vladimir P. et de sa famille. Je l'ai interrogé : il n'a pas su les identifier, il n'a pas la mémoire des visages, mais il est sûr qu'ils étaient trois. Le conducteur mystérieux, donc. Et je parie que les deux autres étaient l'Immanus et toi.

Le Marquis ne répond rien. Il passe derrière Vladimir et, sans rien dire, il quitte la pièce. Mikhaïl s'appuie sur sa chaise. Il se détend un instant. Il espère. Le Marquis revient une minute plus tard, avec dans ses mains une couverture dont il enveloppe Vladimir. Celui-ci grogne, ses mains s'agitent, maladroites et confuses, jusqu'à ce qu'elles trouvent une prise de chaque côté de la couverture. Et Vladimir s'enroule alors dedans, du plus fort qu'il peut.

Mikhaïl l'observe, médusé. Tout est si dur. Tout est si douloureux. Le Marquis lui touche l'épaule et, le doigt sur la bouche, l'invite à se lever et à sortir de la pièce. Mikhaïl le suit et, en silence, ils traversent le salon obscur. Le Marquis ouvre la porte-fenêtre qui donne sur la terrasse, s'assied sur une des deux chaises longues et désigne l'autre. Pendant que Mikhaïl s'installe, il fouille dans ses poches à la recherche d'un paquet de cigarettes. Il s'en allume une et en offre une autre à Mikhaïl :

— Une clope, monsieur le policier ?

— Je dis pas non, répond Mikhaïl.

Il saisit la cigarette et se laisse aller sur la chaise longue. Les deux hommes se taisent et scrutent la nuit un long moment, en silence.

Et pendant un temps qui n'est pas de ce monde, tout est calme ;

le vent bat la poussière dans le Quartier ;

les cigarettes tracent dans le noir leurs arabesques, s'éteignent par moments,

puis revivent soudain, et

arrachent un bout de visage, une paire d'yeux noirs à la nuit.

Quand il a fini, Yefim jette le mégot en bas, dans la rue. Il suit un moment des yeux sa parabole, et c'est à ce moment que Mikhaïl attaque.

— Alors, où était Dmitri pendant tout ce temps ?

Yefim se redresse d'un coup de reins. Toujours assis sur la chaise longue, il passe son visage entre les barreaux de la balustrade. Son bras, son doigt cherchent quelque chose et le trouvent et le pointent. Mikhaïl ne peut pas voir son visage, mais il donnerait beaucoup pour. Parce qu'il sait ce qui se joue là. Dans les yeux, dans la fixité de Yefim, dans ce qu'il impose à son doigt.

— Tu vois cette rue, là-bas, qui part avec la série de lampadaires ? Au fond, il y a une station de métro abandonnée. C'est là que crèchent les clodos du Quartier. En face, il y a une cabine téléphonique. Remplie de journaux, de fringues crades. Entourée de cadavres de bouteilles. C'est dans cette cabine que vivait Dmitri.

Il se tait. Il laisse le temps à Mikhaïl. Il ignore que celui-ci est déjà au courant. Que c'est autre chose qu'il cherche.

— Il est resté là-dedans depuis qu'il est sorti de l'hôpital, en 96, reprend Yefim. Et rien ni personne n'est arrivé à le faire sortir de là ; il a fallu que j'y aille avec l'Immanus pour l'amener ici.

— Mais pourquoi ?

— Ça, j'en sais rien : c'est entre Vladimir et lui. Je sais seulement que Vladimir a essayé d'aller lui parler, il y a des années – parce que tu te doutes, je l'ai fait surveiller.

— J'imagine que ceux qui approchaient de cette cabine devaient montrer patte blanche. Que tu dois tous les connaître…, laisse traîner Mikhaïl.

— Ah, te voilà ! s'exclame le Marquis en souriant comme un diable. Te voilà, monsieur le policier ! C'est pour ça ! Tu savais pour l'infirmière ! Putain, mais comment c'est possible ? Il y a pas cinq personnes sur terre qui étaient au courant !

Mikhaïl sourit comme un enfant. Il espère que Yefim le voit et ses yeux et cette fossette sur sa joue gauche. Il espère tant il sait que c'est maintenant que tout se passe. Qu'il pousse la pièce avec laquelle il compte piéger tout son monde. Car cette soirée n'est qu'une étape ; car il joue dans l'avenir et que l'avenir se décide ici.

— D'après le dossier d'Ivan, il a été arrêté en 95 pour détention et usage de stupéfiants. Et il a été interrogé en même temps qu'une jeune fille qui s'appelait Marie S. Je me suis contenté de suivre la piste de cette fille. Après l'accident du 5 décembre, elle est venue voir Dmitri à l'hôpital. J'ai épluché les registres des visites : pendant les quatre mois que Dmitri a passés là-bas, elle est venue cent sept fois. C'était pas difficile de deviner qu'elle avait accroché avec lui. Alors je me suis demandé ce qu'elle était devenue. Elle a continué ses études et, juste après avoir passé son diplôme d'infirmière, elle a demandé à être mutée au centre d'action sociale du Quartier. La concurrence devait pas être rude, elle a eu le poste du premier coup. De là à comprendre qu'elle ne faisait que veiller sur Dmitri, il n'y a qu'un pas.

— Et du coup, c'était la meilleure personne à contacter pour s'occuper de Dmitri. Celle qui le connaîtrait le mieux... Et surtout celle qui pourrait vraiment te l'ouvrir. Pour que tu comprennes tout. Tu as bien placé tes pions, finit-il avec une moue de connaisseur.

Yefim devrait se rendre compte que ça ne tient pas. Analyser les choses plus froidement. Mais il est tellement aveuglé par l'attachement qu'il a pour cette famille qu'il ne comprend pas qu'elle n'est rien pour Mikhaïl. Qu'il ne voit pas que celui-ci n'a aucune raison de leur faciliter les choses. De trouver quelqu'un d'adapté à Dmitri. Il est tellement aveuglé par le sourire, par les yeux de Mikhaïl, qu'il ne se méfie plus. Qu'il oublie qui lui fait face. Alors, il parle. Et Mikhaïl le laisse faire. Et Mikhaïl avance d'autres pièces, là, devant ses yeux, sans qu'il s'aperçoive de rien,

et dans les yeux de Mikhaïl, lentement, le monde s'effondre en un point.

— Ce matin-là, je reçois un coup de fil, il est même pas six heures. C'est l'Immanus. Je finis par capter qu'il me parle de Vladimir P. Sa femme s'est barrée avec un autre, ils viennent juste de quitter l'appart, elle et ses gosses. Mais ils ont eu un accident à quelques rues de chez eux. J'enfile mon fute, je prends mon calibre, et j'y vais. Quand j'arrive sur les lieux, je vois la bagnole fracassée contre le mur. L'Immanus et Vladimir sont là. L'Immanus essaie de retenir Vladimir pour qu'il ne s'approche pas de la voiture qui a pris feu. Quand j'arrive à leur niveau, j'aperçois vaguement le gars que tu cherches, monsieur le policier, l'homme au pull. Il est là, à une vingtaine de mètres : il essaie de ranimer Natalia. Je sors mon flingue et j'allais le fumer, mais Vladimir s'est interposé. Il s'était traîné je sais pas comment depuis son appartement – l'Immanus a dû l'aider. En tout cas, Vladimir était en larmes. Il a pris mon flingue, par le canon ; il l'a dirigé vers lui, avec ses yeux de fou. Mais quand il a compris que je n'allais pas le flinguer, il m'a dit Dégagez. Et avant même de me retourner, j'ai entendu l'ambulance arriver. Aujourd'hui encore, je ne sais même pas comment c'est possible, qu'elle soit arrivée aussi vite.

— C'est tout ? Le conducteur, tu ne l'as pas vu ?

— Que dalle, Vladimir était devant… puis, entre le feu, la fumée et l'obscurité, il aurait fallu que je m'approche. Et moi, ce mec, je m'en foutais. Je l'aurais buté si Vladimir avait voulu, mais puisqu'il ne voulait pas… En plus, il y avait de l'essence qui coulait partout et ça allait flamber : j'ai attrapé Vladimir pour l'écarter de la carcasse. Un des garçons était coincé à l'intérieur et la voiture menaçait de prendre feu. J'ai vu ton homme se redresser, enlever son pull et se diriger vers la portière. Mais elle était bloquée ; alors ce gars a tiré sur la porte, tellement fort qu'il a fini par la tordre. J'ai pas vu son visage, mais il devait être sacrément stock, parce que le métal a fini par céder. Et c'est comme ça qu'ils ont pu sauver le garçon, juste avant que la voiture ne soit dévorée par les flammes.

— Et après, ce gars-là disparaît de la circulation et ne réapparaît jamais, termine Mikhaïl.

— Quelque chose comme ça. Nous, avec l'Immanus, on s'est barrés quand l'ambulance s'est arrêtée dans la rue. Et quand je suis allé à l'hôpital voir Vladimir et son garçon, le gars que j'avais placé là m'a dit que personne n'était venu les voir. À part la future infirmière, bien sûr.

Soit Ω *un ouvert borné de* $\mathbb{R}^d$ *(*$d \geq 1$*),* λ *la mesure de Lebesgue restreinte à* Ω*, et* $h : \Omega \to \mathbb{R}^d$ *un champ de vecteurs tel que la mesure image* $h \# \lambda$ *soit absolument continue. Alors il existe une unique décomposition de* h *sous la forme* $h = \nabla\phi \circ s$*, où* $\nabla\phi$ *est un gradient de fonction convexe sur* Ω*, et* $s : \Omega \to \Omega$ *est une application préservant la mesure de Lebesgue.*

Mikhaïl ne le regarde même pas. Il a tout ce qu'il voulait. Il sait que le reste viendra à lui en son temps. Mais il sait aussi qu'il ne faut pas terminer là-dessus ; sinon le Marquis pourrait finir par comprendre à quoi il joue. Il lui faut toujours avoir un coup d'avance. Alors, subitement, il se redresse de sa chaise, s'approche de la balustrade et fixe la rue. Et, pour la deuxième fois ce soir, le Marquis mord.

— Quoi, qu'est-ce qu'il y a ?

Ne pas le lâcher. Ne pas répondre. Le laisser croire que c'est lui qui est à la manœuvre. Le laisser penser que c'est lui qui pose les questions.

— Oh ! monsieur le policier, je te parle.

— Chut…

Mikhaïl laisse monter un moment la tension, il joue avec

les yeux, avec les mains du Marquis, qui s'agite, qui vérifie son arme, et quand le Marquis est à point, il lance :

— Qui est au courant que tu es ici ?

— Mais de quoi tu parles ?

— Dis-moi juste : qui est au courant ?

— Mais j'en sais rien. Le premier cercle...

Il est décontenancé. Il ne comprend plus rien. C'est maintenant qu'il faut faire attention. Que le Marquis peut devenir dangereux. Alors il va falloir répondre à ses questions, l'air de rien, mais suffisamment vite pour qu'il ne se pose pas d'autres questions. Pour qu'il s'engouffre dans les réponses. Pour qu'il ne voie pas les fils que Mikhaïl est en train de tendre autour de lui.

— Sûr ? Et Sven ? Il pourrait pas savoir ?

— Sven ? Mais comment tu connais Sven, putain ? Bouge pas d'ici, je vais dire à l'Immanus de faire gaffe.

Il quitte la terrasse et laisse Mikhaïl. Ivan fixe le jeune homme resté seul. S'il a compris qu'il ne regarde pas vraiment la rue, qu'il n'y a personne en bas, s'il a compris que Mikhaïl est simplement en train de jouer avec Yefim, il ignore encore jusqu'où il ira, comme il ignore sa mesure de Lebesgue restreinte.

— Il va falloir que tu m'expliques ce qui se passe, monsieur le policier, commence Yefim quand il revient, en posant son flingue sur la table basse qui les sépare.

Mikhaïl ne sourit pas. Il ne faut pas sourire, pas maintenant. On ne mélange pas ses armes. Alors Mikhaïl le regarde un moment, en silence. Il le laisse s'imprégner du sérieux de la situation. Il le laisse croire qu'il va tout lui révéler. Alors qu'il va simplement lui dire ce qu'il veut entendre. Pour lui faire faire ce qu'il veut. Pour l'emmener où il le souhaite sur l'échiquier, lui, la tour inamovible.

— Je suis en train d'être recruté par les Vors. Eux aussi ont entendu parler de l'affaire Grisov. Deux mecs m'ont chopé à la sortie du commissariat. Un *glavnyy* et un *sovetnik*. Ils voulaient un homme dans la police qui ne soit pas d'ici.

— Ils sont cons comme des bûches de venir te voir ? De tout t'expliquer cash ?

— Oh non, ils sont pas cons. Ils savent exactement ce qu'ils font. Ils connaissent leur puissance de feu et la nôtre. Ils savent qu'on ne peut ni résister, ni même faire semblant de résister. Ils savent que je le sais. Que ce soit moi ou un autre, ils savent qu'ils finiront par avoir ce qu'ils veulent. C'est exactement ce qu'ils m'ont dit. Simplement, ils préféreraient que ce soit moi. Pas parce qu'ils me font plus confiance qu'à un autre ; mais le Tsar m'a croisé une fois dans la rue et, depuis, il m'a à la bonne.

— Tu as accepté ?

Mikhaïl enlève son tee-shirt et dévoile les cinq ou six tatouages. Il sourit fugacement, parce que c'est le moment d'avoir l'air légèrement ridicule. Parce que, malgré ses efforts à la salle de musculation, il n'y a pas grand-chose à sauver dans ce que voit le Marquis. C'est le moment aussi de caresser son bras gauche, comme l'air de rien. Pour que le Marquis y pense. Pour qu'il croie encore dominer les échanges. Pour qu'il se dise que Mikhaïl n'est qu'un sale drogué. Pour qu'il se dise que c'est en partie pour ça qu'il a accepté. Bref, pour qu'il se trompe sur toute la ligne.

— Et alors ? continue Yefim. Le rapport avec tout ça ? Avec ici ?

— Le rapport, commence Mikhaïl en remettant son tee-shirt. Le rapport, c'est que les Vors ont déjà des gars chez nous. Une fois que j'ai passé avec succès leurs petites épreuves d'introduction, ces gars-là se sont dévoilés. Ils étaient deux. Ils ont commencé à me servir de *sovetnik*. Mais ces gars sont pas les plus futes du marché. Un soir, ils ont laissé entendre qu'il y avait quelqu'un chez toi. Je les ai laissés dire, j'ai pas relevé – on voyait qu'ils voulaient me tester. Je suis jamais revenu à ça et ils se sont dit que j'étais clean. À partir de là, ils ont essayé de m'expliquer tout ce qu'ils savaient sur le Clan. Ils sont revenus sur cette histoire d'être partout. Une fois, en passant, ils ont redit qu'il y avait du monde chez toi. Dans le deuxième cercle…

— Et cette taupe, c'est Sven ?

— Sven et un autre. Je sais pas son nom. Mais je vois son visage.

— Comment tu sais ?

— Un coup de chance. Je les ai entendus alors qu'ils discutaient dans les chiottes, un soir.

— Comment des mecs à moi peuvent être assez cons pour parler aux chiottes ?

Comment ils ne t'ont pas vu ?

— Ils m'ont vu. Mais j'étais affalé dans la pisse. Ils ont vu que j'étais high et ils n'ont pas fait gaffe. C'est con pour eux, j'étais en train de redescendre quand ils sont entrés. Ils ont parlé d'un piège : ils veulent te faire quand tu viens ici. Voilà le rapport. Et comme j'ai vu un gars bizarre sortir de la 1001 tout à l'heure, je me suis dit que…

— Sven. Putain, je le crois pas ! T'es sûr de toi, monsieur le policier ?

— Sven, oui. L'autre, je te dis, je sais pas son nom. Si on va au garage, je te dirai qui c'est.

— Putain, je vais les éplucher…

Yefim se lève et va s'appuyer à la balustrade. Il bouillonne. Il regarde le Quartier et le Quartier lui échappe et il ne le domine plus. Ses mains se crispent sur la balustrade, qui craque à ses extrémités. Et ce moment de flottement permet à Mikhaïl de préparer son effet, de tempérer son pouls, d'être calme quand il saisit l'arme sur la table basse.

— Non, Yefim. Tu ne vas rien faire.

— Alors là, monsieur le policier, tu me dis jamais ce que je fais ou pas, lance le Marquis sans le regarder, mais toujours bouillonnant. Et puis d'abord, arrête de m'appeler Yefim, qui t'a dit que…

Il s'est tourné vers Mikhaïl. Il le voit jouer avec l'arme, tranquillement. Sans même le regarder. Il le voit dominer la situation. Et soudain, il se dit qu'il n'a rien compris. Et c'est peut-être là, quand il réalise que Mikhaïl a simplement enflé tout le monde, qu'il est le plus proche de la vérité. Mais, immédiatement après, d'autres idées lui viennent. Il se demande si en sautant il pourrait l'atteindre avant que Mikhaïl ne l'aligne. Il se dit qu'il a peu de chances. Il se dit qu'au fond il ne sait rien de Mikhaïl, et en cela aussi il est plus proche de la vérité qu'il ne l'a jamais été. Mais Mikhaïl n'en a pas fini avec lui. Il ne le regarde pas d'ailleurs. Il n'en a pas besoin pour savoir ce qui passe par la tête de Yefim. Il ne joue pas dans le présent. Il joue dans le futur. Il regarde le Quartier et sans même adresser un regard à Yefim, sans avoir l'air d'y penser, juste comme s'il avait joué avec, il repose l'arme sur la table. Yefim ne dit rien. Il ne se jette pas sur l'arme. Il est le Marquis et il doit se ressaisir pour être le Marquis.

— Tu ne vas rien faire parce que ce serait une grosse erreur, commence Mikhaïl. Tu vas les laisser faire. Est-ce que tu as déjà entendu parler de Coventry, Yefim ?

— Jamais, répond celui-ci d'un air sombre.

Il est dépassé et il n'aime pas ça. Il n'est pas comme l'Immanus, qui sourit de tout et du danger et du noir même. Il ne sourit pas.

— Ça t'aurait permis de comprendre plus rapidement ce que j'ai en tête, reprend Mikhaïl. Mais peu importe ; la question reste la même : qu'est-ce que tu es prêt à sacrifier pour cacher que tu as du jeu ?

Yefim regarde le bras gauche de Mikhaïl et Mikhaïl le voit et ils sourient. Maintenant ils se font face. Maintenant ils se connaissent. Maintenant Yefim peut comprendre le bras et les tatouages et les heures passées à glander. Maintenant il peut voir à quel point rien de tout cela n'est vain, à quel point tout participe du personnage, tout sert de clé d'entrée – à quel point Mikhaïl utilise toutes les ressources à disposition, à quel point il est unique, à quel point tout chez lui est absolument continu. Il se demande vaguement depuis combien de temps il s'est fait manipuler. Maintenant, ils vont pouvoir travailler ensemble.

— Tu vas pas les fumer tout de suite, tu vas attendre. Pour ne pas me griller. Pour me laisser un peu de temps. Boleslav est pas loin…

Il baisse la voix en fin de phrase. Il se penche en avant, sur sa chaise. Mais cela n'a rien à voir avec le mystère, avec la précaution. Il oblige simplement le Marquis à faire de même. À se fondre dans sa manière de voir, à se laisser entraîner dans l'eau de ses yeux sans rien dire, sans remarquer à quel point elle est glacée.

Quelques minutes plus tard, Mikhaïl quitte l'appartement des P. Il descend les escaliers sans allumer la lumière. C'est le lieu de l'Immanus et l'Immanus est là ; il l'attendait, assis dans le noir, sur une marche. Il se redresse, superbe et incroyablement puissant,

il naît de l'ombre à l'approche de Mikhaïl.

— Ça y est, tu lui as expliqué ton plan, monsieur le policier ?

— Quelque chose comme ça, l'Immanus.

— Et qu'est-ce que tu comptes faire pour le pull ?

— J'en sais rien. Yefim me met la pression pour que je retrouve le propriétaire. Le père de l'infirmière.

— Yefim se trompe sur ce coup-là, jette l'Immanus d'une voix sombre.

— Comment ça ?

— Il voit pas ce qu'il y a entre Dmitri et cette infirmière. Alors que c'est justement ce qui rend les choses compliquées…

— Genre ?

— Joue pas au con ; t'as forcément compris que t'es coincé. Soit tu plies l'enquête, tu retrouves le père de l'infirmière, tu le jettes en prison, mais tu détruis sa fille et Dmitri. Soit tu sabordes l'enquête, mais dans ce cas tu laisses Dmitri et Vladimir continuer à se foutre en l'air…

Comme Mikhaïl ne répond rien, l'Immanus relance :

— Non ? J'ai pas raison ? T'es pas coincé ? T'as trouvé une solution ?

Mikhaïl ne dit rien. Il reprend sa marche et l'Immanus le suit dans l'obscurité. Parfois, de vagues lueurs les éclairent, des fantômes d'issue de secours au niveau des paliers, et

on peut voir leurs sourires alors,

leurs yeux, leurs mains ;

et dans le délié de leurs bras, dans l'assurance de leurs pas,

c'est la geste des grands seigneurs que vous apercevez,

celle qui durera,

celle qui marquera l'ombre même ;

elle est là, quelque part en eux,

elle appartient à ces hommes et à leurs semblables et peut-être uniquement à eux.

Si une variété non focale satisfait la condition de MTW, alors pour tout $x \in M$ chaque cut-locus $\mathrm{cut}(x)$, vu de T_xM grâce à l'inverse de la fonction exponentielle, définit le bord d'un domaine convexe. (*Villani*)

Tandis que Mikhaïl et l'Immanus descendent les escaliers de secours de la 1004, Dmitri pousse la porte principale de l'institut. Le bâtiment semble vide à cette heure ; avec un peu de chance, il ne croisera personne. Il s'avance dans le hall d'entrée monumental, lit sur les pancartes les noms des différents départements. Après quelques instants d'hésitation, il s'engage dans un des couloirs, sans allumer la lumière. Il marche lentement. Les mathématiques ne sont pas une question de vitesse. À chaque porte, il s'approche, il lit le ou les noms des chercheurs qui travaillent là. Et il passe à la suivante. Tout au bout du couloir, au niveau d'un coude, une porte plus imposante est à demi ouverte sur une grande salle. Des conversations enjouées, des bruits de verres, des rires. De la vie. Dmitri passe peureusement devant la porte, continue son chemin dans le couloir. Juste avant le bureau du directeur du laboratoire, il trouve ce qu'il cherche. Il sort une clé de sa poche et entreprend d'ouvrir la porte. Il doit s'y reprendre à plusieurs fois dans l'obscurité. La clé tombe à terre, à plusieurs reprises. Et quand enfin il parvient à faire jouer le mécanisme, il entend une voix derrière lui, dans le couloir.

— Eh ! Qu'est-ce que vous faites ? Qui êtes-vous ?

Dmitri fronce les sourcils. Il ne répond rien. Il se contente d'essayer de discerner le jeune homme à lunettes qui lui fait face. Celui-ci s'approche. Il allume dans le couloir et Dmitri cligne des yeux.

— Ho ? Je vous parle ! Qu'est-ce que vous faites ici ?

Rapidement, le jeune homme réalise qu'il n'obtiendra rien de Dmitri. Son regard sonde le couloir, à la recherche d'un vigile, de quelqu'un qui saurait gérer ce genre de situation. Mettre l'intrus dehors. Le repousser hors d'ici, le frapper si nécessaire. Tout ce qu'il n'osera jamais faire – il n'est que thésard en mathématiques, sans doute la variété la moins violente de l'humanité. Il se retourne vers la salle de réception et s'éloigne rapidement, sans rien dire.

Pendant ce temps, Dmitri ouvre la porte. Il la referme à clé derrière lui et allume. Des cartons jonchent le bureau. Des lettres sur un bureau annexe. Des milliers de lettres. De partout dans le monde. États-Unis. Angleterre. France. Des centaines d'invitations, de lettres de félicitations qui n'ont jamais été ouvertes. Sur le bureau, il n'y a qu'un Mac, de dernière génération. Flambant neuf. Dmitri le lance. Pendant l'allumage, il entend des gens qui s'agitent derrière la porte. Qui tapent, qui demandent qu'on ouvre. Patiemment, Dmitri s'approche de la porte. Il l'ouvre. Deux hommes lui font face. Le jeune homme de tout à l'heure, qui a l'air toujours aussi remonté. Et un gardien, qui a sorti sa matraque. Le jeune thésard demande :

— Comment est-ce que vous êtes entré ? Et qui êtes-vous ? Et qu'est-ce que vous faites ici ?

Dmitri ne lui répond pas – il ne parvient toujours pas à ouvrir la bouche. Il finit par montrer son nom sur la porte, sans rien ajouter.

— Vous... vous êtes Dmitri P. ?

Sans attendre qu'il ajoute quoi que ce soit, Dmitri referme la porte. Il s'assoit face à l'ordinateur et lance sa recherche. Pendant dix minutes, il clique, il lit. Pendant dix minutes, il ressemble à un humain normal. Il n'a pas encore trouvé ce qu'il cherche quand il entend quelqu'un frapper à la porte. À nouveau, il se lève, contourne le bureau et va ouvrir. À côté du jeune thésard se tient un vieillard. Dmitri plisse les yeux et finit par le reconnaître. Alors, il s'incline vers le vieil homme, prend sa main entre ses deux mains, avec une infinie douceur, et murmure :

— Yuri Vassilievitch Prokhorov, quelle joie de vous revoir !

— Dmitri ! Mon garçon ! Mais oui, c'est toi ! Quelle joie !

Le jeune thésard n'en revient pas. Chacun dans le laboratoire lui a donné sa version de la légende de Dmitri P. Chacun avait une anecdote. Un souvenir des quelques mois que Dmitri a passés là. De la manière dont il a marqué ce laboratoire au fer rouge. Dmitri ne les a pas vus à cause de l'obscurité, mais ses trois articles sont affichés dans le couloir, au milieu des autres heures de gloire du laboratoire. Quelques coupures de journaux le concernant. Les différents prix qu'a refusés ce génie à qui le laboratoire a réservé un bureau depuis vingt-cinq ans. Et ce génie qui n'était jamais venu depuis, le voilà qui est là. Face à lui.

— On m'a dit des choses terribles à ton sujet ! Je croyais que tu étais perdu. Je ne pensais pas te revoir ! Quelle chance ! Sais-tu, je ne travaille plus ici depuis des années : je suis simplement revenu ici ce soir, pour une fête en mon honneur : ils posent une plaque à mon nom, dans le couloir, sourit le vieillard. Quelle chance ! Justement ce soir !

— C’est une bonne chose, Yuri Vassilievitch, répond Dmitri, c’est une bonne chose. Vous avez tant fait pour le laboratoire.

— Et toi ? Que viens-tu faire ici ?

Dmitri se frotte le visage, il essaie de sourire.

— Je… je dois contacter des gens, Yuri Vassilievitch. Je dois vérifier certaines choses.

— Ah… je vois… Tu as encore trouvé quelque chose, Dmitri ?

— En quelque sorte, essaye Dmitri. En quelque sorte, mais je ne suis pas sûr.

— Bien, Dmitri, bien. Nous allons donc te laisser. Je ne te propose pas de passer au pot. Je suis simplement heureux de t’avoir revu.

— Moi aussi, Yuri Vassilievitch, moi aussi. Saluez de ma part tous ceux qui… tous ceux qui sont encore là.

Et là-dessus, sur cette fêlure dans la voix de Dmitri, ils se taisent. Ils pensent tous les deux à Alexandr Alexandrov. Ils revoient tous deux son sourire bienveillant. Avec un peu de chance, ils entendent encore sa voix, ils saisissent le mouvement de ses yeux amusés. Et l’homme est là, dans le souvenir qui s’efface peu à peu. Et l’homme est là, dans le couloir obscur, dans le silence que nul n’ose briser. Le vieux chercheur pose une dernière fois sa main sur l’épaule de Dmitri, la tapote imperceptiblement et s’éloigne, sans rien dire.

Le jeune thésard le soutient, marchant à son côté, respectueusement. Il jette de temps à autre un regard à Dmitri. Il aimerait fixer pour toujours ce géant triste dans sa rétine. Ses yeux. Ses bras qui pèsent des tonnes. La cicatrice oblique qui lie son nez à sa lèvre supérieure. Mais Dmitri referme la porte, sans lui avoir adressé le moindre regard. Revenu dans la salle de banquet, Yuri Prokhorov lui expliquera qu’il n’y a là aucun mépris, qu’il a côtoyé Dmitri P. quelques mois des décennies auparavant, et qu’il a toujours été un garçon extrêmement timide. Que s'il ne l'a pas regardé, c'est sûrement parce qu'il a eu peur de lui. Le jeune thésard froncera les sourcils, aura du mal à croire le vieil homme. Il essaiera de se rappeler. La posture. Les mains. Les yeux. Finira par conclure que c'est peut-être ça, l'explication, que c'est peut-être ça, le fond de tout. La peur.

Face à l'écran blanc, Dmitri marmonne. Ses yeux passent d'une équation à une autre. Se plissent par moments, quand il lui faut réfléchir. Que ce Français est bon. Qu'il va loin, se dit-il. Il est le seul, peut-être, à voir les ponts entre eux deux.

Au milieu de la nuit, quand il a parcouru une dizaine d'articles, il est sûr. Il cherche Institut Poincaré. Accueil. Il appelle. Dans un français hésitant, il demande. On lui répond qu'il est trop tard, qu'il faudra rappeler demain. Et qu'il y a peu de chances qu'il décroche. Qu'il est très occupé, depuis sa médaille Fields. Dmitri laisse traîner un moment, de sorte que la secrétaire lui demande s'il est toujours là. Il dit que oui et finit par donner son nom. Et ce nom, dans l'entourage du Français, est une clé. Car tous savent le respect, l'admiration que le Français voue à Dmitri. Et la secrétaire se souvient de son discours d'arrivée : le nouveau président n'avait parlé que de lui, de Dmitri P. Elle se souvient et elle donne à Dmitri un numéro de téléphone et raccroche. Dmitri appelle. Le Français répond.

— Euh... bonjour.

— Bonjour ! C'est vite dit ! Il est quatre heures du matin ! Qui est-ce ?

— Dmitri Vladimirovitch P., répond simplement Dmitri.

Il entend le Français qui se tait, sa respiration qui se suspend, le Français qui se redresse dans son lit. Ses yeux qui s'ouvrent, sa main qui se perd dans ses cheveux mi-longs.

— Oui ?

— Je... voudrais... envoyer... vous calculs. Vous vérifier.

Moi… pressé. Vous rapide. Vous pouvoir comprendre moi. Ça… lien… espace… probabilité… ça lien effondrement… transport optimal… ça lien espace granulaire… entropie de chirurgie.

— Euh, mais bien sûr, répond le Français. Mais bien sûr. Envoyez-moi ça sur mon adresse mail à l'institut. Je regarderai ça tout de suite.

— Je… pressé.

— Ne vous inquiétez pas, je ferai aussi vite que je peux ; pas aussi vite que vous, sourit-il, mais je m'y mets cette nuit même.

— Je… confiance… vous, finit Dmitri avant de raccrocher.

Il n'imagine pas le Français stupéfait, qui se tourne vers sa femme endormie, il ne l'imagine pas qui se love contre elle qui murmure Claire, Claire, devine qui vient d'appeler… Claire. Cédric, il est quatre heures du matin, il n'imagine pas le sourire du Français. Le sourire d'un enfant qui vit la nuit, qui trépigne d'impatience en allumant son ordinateur, qui attend les scans pendant une demi-heure, emmitouflé dans une couverture et qui n'en revient toujours pas. Dmitri n'imagine pas, parce qu'il a d'autres choses en tête, d'autres coups à jouer encore avant la fin. Il compose un autre numéro et attend.

Clay Institut, entend-il à l'autre bout du fil au bout d'un moment.

Pour tout $\varepsilon > 0$ *assez petit, il existe une constante universelle* $r = r(\varepsilon) > 0$ *avec la propriété suivante. Soit* $(M, g(t))$ *un flot de Ricci de donnée initiale normalisée,* $x \in M$ *et* $t \geq 1$ *tel que* $R(x, t) \geq r^2$. *Alors x possède un voisinage,* ε*- presque isométrique, après une dilatation de facteur* $\sqrt{R(x,t)}$, *à un des modèles suivants :*

— Un cylindre $S^2 \times]-1/\varepsilon, 1/\varepsilon[$, *avec la métrique canonique produit, de courbure scalaire* 1. *On appelle ce voisinage une* ε*-gorge.*

— Une boule B^3 *ou le complémentaire d'une boule dans l'espace projectif, c'est-à-dire* $P^3(R) - \overline{B^3}$, *munie d'une métrique de courbure strictement positive qui est proche, en dehors d'un compact, d'un cylindre sphérique comme ci-dessus. On appelle un tel voisinage un* ε*-capuchon.*

— Une variété fermée de courbure sectionnelle strictement positive. On dira que $g(t)$ *satisfait l'hypothèse des voisinages canoniques à l'échelle r.*

(Perelman, 2004)

Mikhaïl sonne une deuxième fois et recule légèrement. Il se perd dans l'obscurité du couloir. Il attend, il se frotte le coude gauche ; Ivan est là, derrière lui, qui tremble, qui sent lui aussi que la fin approche. Marie finit par ouvrir. Elle n'est pas surprise quand elle reconnaît Mikhaïl. Elle le regarde longuement, sans plisser les yeux, sans chercher le détail. C'était lui qui était à la manœuvre, dans l'ombre, tout du long. Et le voilà à présent, qui va terminer le travail. C'est pour ça qu'il est là. Elle s'efface lentement de la porte et lui dit :

— Ne restez pas là. Entrez.

Mikhaïl referme la porte derrière lui et la suit dans un minuscule salon. Elle s'assied dans un canapé hors d'âge et lui désigne un fauteuil de la même époque. Mikhaïl s'installe en regardant autour de lui. Ivan s'appuie sur un mur, loin d'eux. Il a peur, et rien ni personne ne peut quoi que ce soit pour lui, et il n'est plus qu'une variété fermée de courbure sectionnelle strictement positive. Il voudrait presque disparaître tellement il a peur de ce qui va être dit. Heureusement, la pièce est sombre, éclairée par une liseuse en fin de vie, dans un coin. Il y aurait bien d'autres lampes, mais Marie préfère visiblement cette demi-obscurité. Ne le lâchant pas des yeux, elle ramène ses jambes sous son corps. Mikhaïl soutient son regard et, sans laisser le temps au silence de s'installer, il engage ses premiers coups – mais nul ne sait s'il ne s'agit que de menus pions ou s'il développe déjà quelque pièce plus importante, nul ne sait tant il attaque vite.

— On m'a dit que Dmitri passait ses journées à l'institut, enfermé dans son bureau. Est-ce que vous savez ce qu'il fait ? Il ne serait pas mieux avec son père ?

— Ne vous inquiétez pas pour Vladimir P., parvient à répondre Marie, sans savoir réellement où ce premier mouvement inattendu va les mener. Je m'en occupe. Je reste chez lui quasiment toute la journée. Dmitri… Dmitri a des choses à faire.

— Comment ça ?

— Quand il s'est remis aux mathématiques, il a repris contact avec des choses que ni vous ni moi ne pouvons même imaginer… Ce que ces choses représentent pour lui, ce qu'elles exigent de lui, personne n'en a la moindre idée ; alors il ne faut pas le juger.

— Mais son père ?

— Quand son frère et sa mère sont morts, Dmitri a quitté le monde des vivants pendant vingt-cinq ans ; il a arrêté de faire la seule chose qui avait un sens pour lui ; croyez-moi, il sait mieux que quiconque ce que représente sa famille…

Mikhaïl sait tout cela et il en veut plus, voilà ce que disent ses yeux. Et Marie le lit. En quelques phrases à peine, elle a compris que résoudre cette affaire ne suffirait pas à ce jeune homme aux yeux de glace. Qu'il veut ce qui est derrière, qu'il veut cette chose qui se confond avec la douleur, avec l'obscurité,

cette chose qui est dans les hommes et qui craint la lumière, qui craint l'ombre,
les mots,
qui craint les yeux,
qu'il veut cette chose qui craint tout ou presque ;
et elle a aussi l'intuition étrange qu'il saura en prendre soin, de cette chose si fragile,
qu'il saura la protéger ;
et malgré le silence, malgré l'obscurité,
dans leurs yeux, quelque chose éclot soudain, une sous-variété difféomorphe à S^2, et c'est presque avec confiance qu'elle ajoute :

— Puisque vous y tenez… Sachez que son père est malade, que je l'ai convaincu de reprendre contact avec les gens qui avaient relu ses articles, à l'époque. Pour qu'ils lui attribuent une bourse, ou quelque chose du genre. Pour pouvoir faire soigner son père. Voilà ce qu'il fait dans son bureau.

— Ça colle avec ce qu'on m'a dit à l'hôpital…

Mais Marie n'a pas le temps de se demander ce que veut

cet étrange jeune homme, s'il était au courant, elle n'a pas le temps parce que soudain il lance une nouvelle pièce sur le flanc gauche – inattendue, imprévisible, folle ; et nul ne peut savoir s'il s'agit d'une diversion, d'un gambit ou du début de l'attaque qu'il prépare depuis le début de cette affaire ; nul ne peut savoir ce que Mikhaïl a en tête quand il la fixe ainsi :

— ... Mais dites-moi, je n'ai trouvé nulle part pourquoi vous avez dû quitter l'institut Landau alors que vous étiez en cinquième.

Il hésite ou il feint d'hésiter, et finit par ajouter :

— Ça avait un rapport avec Dmitri ?

— Normal que vous n'ayez pas trouvé, murmure Marie : ma famille... Mais non, reprend-elle plus fort, ça n'avait rien à voir avec Dmitri : ma grand-mère a fait une crise et elle m'a réclamée aux médecins. Ceux-ci ont expliqué à mon père que je devais venir, sinon elle était condamnée. Mon père... mon père a une relation complexe avec sa belle-famille. Bref... il est venu me chercher et m'a renvoyée en Suisse. Du jour au lendemain. Je n'ai même pas pu prévenir Dmitri.

Les yeux dans le vague, elle revoit le dernier jour où elle lui avait parlé. C'était le 28 mai – le bal de l'institut, juste avant qu'elle ne quitte le collège. Elle n'en revenait pas qu'il ait trouvé la force de venir. Elle savait à quel point c'était dur pour lui. Mais elle le lui avait demandé et il était là. Ils avaient passé la soirée à discuter, seuls, sur les toits du collège. Ils admiraient la ville, en contrebas. Tout était parfait ; jamais elle n'avait senti Dmitri aussi calme, aussi détendu. Quand elle avait dû rentrer chez son père, elle s'était penchée vers lui : elle l'avait senti se crisper et serrer le poing ;

elle avait entendu sa respiration se suspendre,
mais elle avait continué à s'approcher
et avait finalement effleuré ses lèvres.

Il n'avait pas bougé. Il ne s'était pas éloigné, il ne s'était pas pressé contre elle. Il s'était contenté de survivre. De contenir son cœur fou dans son torse dans son ventre dans son crâne. Elle se souvient comme ses lèvres étaient douces. Elle se souvient. La cicatrice sur sa lèvre supérieure, comme elle était légèrement plus dure que le reste. Quatre fois, elle l'avait embrassé

et tout bouillonnait en elle, et tout était brouillon

et quarante mille ans après, elle ne peut s'empêcher de passer son pouce sur ses lèvres, les yeux baissés,

et sur la lèvre supérieure,

cette seconde est homéomorphe au monde lui-même ;

et le temps est une boucle, un cylindre $S^2 \times]-1/\varepsilon,1/\varepsilon[$, et dans cette boucle, dans ce cylindre, elle peut à nouveau l'embrasser. L'embrasser quatre fois sur sa cicatrice.

— La seule chose que je sois parvenue à emporter, reprend-elle en secouant la tête, c'est... elle fouille dans son portefeuille, elle attrape une photo pliée en deux... c'est ça. C'est lui.

Mikhaïl étudie un instant la photo rongée par les années sans pitié, et malgré l'obscurité de la pièce, malgré les yeux de Marie posés sur lui, il essaie d'y lire quelque chose. Il y a bien quelques pousses : ces sourcils froncés, ces yeux noirs, liquides, illisibles. Ces yeux qui ne lâchent rien. Mikhaïl sourit à Marie et lui rend la photo, en lui demandant de continuer. Elle la range sans y penser et reprend :

— Je suis restée en Suisse pendant quelques années. Et quand ma grand-mère est morte, je suis revenue vivre avec mon père.

Après un passage en catastrophe à l'hôpital, son père l'avait fait examiner par un médecin de confiance, qui avait parlé de maladie congénitale. Même si elle ne l'avait pas cru, le médecin lui avait prescrit un traitement qui lui avait fait beaucoup de bien. Et quand il lui avait conseillé de reprendre ses études, elle avait obéi et était retournée au lycée Landau – en classe de seconde.

C'est là qu'elle avait revu Ivan. Bien sûr, elle avait essayé de retrouver Dmitri. L'administration lui avait expliqué qu'il suivait une préparation spéciale pour un concours de mathématiques l'année suivante : il ne rentrait pratiquement jamais au lycée. Mais Marie avait continué son enquête et elle avait fini par apprendre qu'il avait une chambre réservée à l'internat.

Très souvent, quand Ivan ne venait pas au lycée, elle s'introduisait dans sa chambre et y restait toute la journée. Pourquoi ? Elle ne savait pas exactement. Dépit. Jeu. Envie. Nostalgie. Il y avait tellement de raisons. Il y avait toutes ces choses étranges et sans nom qui sont la matrice ductile de l'adolescence – sa fragilité et sa force d'avancer. Et puis, même si elle ne pourrait jamais en parler à personne, il y avait la cicatrice. Marie restait dans la chambre toute la journée, sans vraiment l'attendre. Assise, à son bureau, à feuilleter ses livres, ses notes de cours – son écriture si hachée et si élégante à la fois. Couchée sur son lit, à se rappeler cette infime cicatrice sur sa lèvre supérieure – à passer son pouce, son ongle sur ses lèvres. À sentir son odeur discrète dans les draps. C'était, des centaines et des centaines de fois – qui tient le compte ? –, c'était imaginer ce qui arriverait quand il ouvrirait la porte. Et l'humanité est là aussi – dans ces rêves qui ne servent à rien, qui sont simplement plus douloureux, plus solitaires qu'aucune autre chose. L'humanité est là aussi – dans ce que nous ne pourrons jamais transmettre à personne, quels que soient nos efforts ; dans ce qui restera en nous, quoi que l'on tente.

C'était imaginer ce qui arriverait quand il ouvrirait la porte.

Elle avait les cheveux courts à l'époque, se rappelle-t-elle en se lissant les cheveux ; elle avait les cheveux courts, et il la reconnaissait tout de suite. Il esquissait cette sorte de petit sourire qui n'appartenait qu'à lui. Le même que des années auparavant, quand il ouvrait un livre. Parfois, il s'approchait d'elle, il lui murmurait qu'il l'avait attendue. Ensuite, Marie aurait aimé qu'il passe sa main dans ses cheveux. Qu'il l'embrasse quatre fois sur la joue. Qu'ils puissent recommencer ce qui avait été interrompu. Mais elle savait que tout ne serait pas aussi facile. Aussi doux qu'avec Ivan. Quelque chose en elle le redoutait et le voulait en même temps. Certains jours, elle se rappelait combien le contact de Dmitri était abrupt. Et quand il ouvrait la porte, quand il la refermait sans rien dire, c'était elle qui devait s'approcher de lui. À quel point elle était tendue, à quel point c'était dur, sur les derniers mètres – elle s'en souvient encore. Et les yeux de Dmitri sur elle, si durs, si froids,

c'était tellement

tellement

mais elle s'approchait quand même, jusqu'à effleurer sa main, jusqu'à l'embrasser. Et il se laissait faire dans un premier temps. Et il la laissait l'embrasser sans bouger. Sans lâcher ses livres. Sans ouvrir la bouche ni fermer les yeux. Et soudain, il laissait tomber ses livres et saisissait son cou et l'embrassait et

l'homme reste, malgré toutes les études qui lui sont consacrées, un animal étrange et largement incompréhensible : il lui arrivait d'imaginer avoir envie que les choses partent réellement en vrille. Et même alors, elle était prête. Prête à descendre encore. Prête à aller aussi loin que Dmitri le voulait. Après un long moment de silence, après s'être laissé embrasser sans bouger, soudain, il la repoussait sans ménagement vers le lit. Il ne disait rien, il lui serrait le cou et Marie résistait à l'envie de crier, résistait à l'envie de s'enfuir et elle continuait à l'embrasser et lui aussi et toujours sans rien dire les yeux dans les yeux et sans desserrer ni les dents ni les yeux ils faisaient un amour noir et brutal un amour strié et même sur la fin Dmitri ne se relâchait pas elle le sentait en elle et elle sentait ses lèvres pressées contre sa bouche et cette violence dans les draps et cette tension qui n'était que pour elle qui était en elle et elle sentait

et l'humanité est peut-être là, dans ces rêves adolescents, peut-être là surtout.

Certains jours, à force de traîner dans cette chambre, Marie ne distinguait plus vraiment le rêve et le réel. Et même si elle ne l'avouera à personne, quand elle était avec Ivan, certains gestes, certains regards équivoques étaient pour Dmitri. Et peut-être alors qu'une fois sur toutes ces fois,

peut-être qu'une fois,

ce n'était pas Ivan, mais Dmitri qui était là, en elle ?

Qui peut dire que non, que c'est impossible ?

Qui ?

Ainsi, quand elle ne voyait pas Ivan, les jours passaient avec leur savant mélange de lenteur et de transparence ; et soudain, sans vraiment s'y attendre, elle avait croisé Dmitri à l'entrée du lycée. Trois cols blancs l'entouraient et le pressaient. Ils traînaient de lourdes valises et partaient visiblement pour l'étranger – Marie avait entendu l'un d'entre eux prononcer aéroport et embouteillages. Au milieu du groupe, Dmitri avançait les yeux dans le vague, concentré sur un autre monde que le nôtre, astre errant dans le vide, qui lui échappait une fois de plus ;

et Marie le regardait passer et n'osait rien et restait interdite, les yeux défaits, les bras ballants des années-lumière qui nous séparent et nous sépareront toujours ;

mais au moment de passer le portail du lycée, il avait levé les yeux, et leurs regards s'étaient croisés. Un instant, il s'était figé et avait esquissé ce sourire qu'elle avait tellement attendu. Cela n'avait duré qu'un instant, qu'une seconde – un des accompagnateurs l'avait relancé et ils s'étaient éloignés rapidement – mais il avait souri, elle en était sûre. Et à mille ans de distance, quelque chose serre le cou de Marie – et on appelle ce voisinage une ε-gorge.

— J'ai revu Dmitri, bien sûr, reprend-elle en se frottant le cou. Mais il était différent, nous n'avons pratiquement pas parlé.

Et ce voisinage, cette ε-gorge qui l'étreint tandis qu'elle s'agite sur son canapé, c'est Dmitri qui n'avait pas cherché à la revoir. Jamais. Elle avait essayé de se convaincre qu'il avait aussi peur qu'elle. Elle avait essayé. Elle lui avait trouvé des dizaines et des dizaines de raisons ; elle était prête à tout pour l'excuser et quand elle avait su, plus tard, que ses parents étaient en train de se séparer, elle avait ajouté cette excuse à la liste. Mais l'excuser ne changeait rien à cette douleur lancinante qu'elle ressentait quand elle pensait à lui ; et elle avait dû encaisser un deuxième coup, quelque temps après,

quand Ivan l'avait abandonnée à son tour, en novembre 95,

et le monde est homéomorphe à ces deux mains sur sa gorge, qui ne veulent pas la lâcher. Et Marie évite le regard de Mikhaïl et elle sent qu'il attend autre chose. Et quelque part dans l'ombre, Ivan la bouffe des yeux. Il voudrait lui dire à quel point il regrette. Il voudrait lui dire tellement de choses. Il voudrait s'approcher d'elle et la prendre dans ses bras.

— En définitive, qu'est-ce que vous voulez savoir ? s'agace-t-elle.

— L'hôpital, répond Mikhaïl fasciné par tout ce qu'il voit se battre en elle. Je veux savoir ce qui s'est passé à l'hôpital.

de plus, le théorème de pincement de Hamilton-Ivey permet de montrer que la courbure sectionnelle est positive ou nulle sur le flot limite et

Je n'ai appris l'accident que le 7 décembre, au lycée. Le professeur de littérature a fait une brève annonce et a précisé que l'enterrement aurait lieu le lendemain.

J'étais…

Je ne sais même pas ce que j'étais en fait…

Je me suis retrouvée à l'enterrement. Il n'y avait pratiquement personne, à part le Marquis, l'Immanus et quelques vagues collègues de l'institut Landau. Vladimir ressemblait à un vieillard. Je savais qu'il était malade, mais jamais je n'aurais pu imaginer qu'un homme pouvait vieillir aussi vite. C'était terrible. Il bredouillait sans arrêt, comme un fou. J'ai fini par comprendre que Natalia était revenue une dernière fois chez eux, pour emmener les deux garçons. Elle lui avait dit que tout était fini. Elle n'avait pas cru à sa maladie – elle lui avait dit que c'était minable et elle était partie – c'était ça dans les yeux de Vladimir, dans ses bras qui pesaient des tonnes.

Du sang et puis c'est tout – c'était ce que Marie l'avait entendu murmurer, quand elle lui avait présenté ses condoléances. Du sang et puis c'est tout. Il avait le regard égaré, la voix pâteuse, les cheveux dans tous les sens. Que voulait-il dire ? Est-ce qu'au moins il voulait dire quelque chose ? Est-ce qu'il n'était pas simplement fou ? Fou de douleur ? Nous sommes si loin les uns des autres. Le peu de lumière qui nous parvient des gens que nous croisons ne nous dit rien ou presque. Peut-être, peut-être qu'il voulait la prévenir. Peut-être que c'était un avertissement. Ne fais pas la même erreur que moi, petite. Ne crois pas que nous soyons attachés les uns aux autres. Apprends qu'une seule chose compte en matière d'hommes : le sang. C'était lui, le sang, qui avait attaché Natalia à ses parents toutes ces années. C'était lui qui l'avait fait enlever leurs enfants. Et aussi près qu'il avait cru se rapprocher, même en elle, Vladimir n'était pas de son sang ; il n'était pas dans ses veines, il ne passait pas dans son cœur, il ne pompait pas dans ses bras, dans ses yeux,

il ne pulsait pas.

Entre les gens, il n'y a rien ; rien, sinon du sang, voilà ce que voulait peut-être dire Vladimir. C'était ce qu'il avait appris le 5 décembre à l'aube.

Il avait essayé de la suivre dans le couloir. Mais la chimio était trop forte dans son sang et il était tombé et elle était partie sans se retourner. Il n'avait pas pu la retenir – il restait à terre, sonné. Mais quand il l'avait entendue claquer la porte, le choc l'avait réveillé. Dans un état véritablement second, il avait appelé le Marquis ou l'Immanus, puis il était sorti pour la rattraper ; il avait couru dans le Quartier comme un dément derrière eux. Tout était parti en vrille, ils avaient fait le tour du bloc pour pouvoir sortir, et dans la rue Illitch, en voulant éviter un gosse qui traversait la rue en courant, ils avaient eu un accident. Par un de ces miracles horribles de la vie, par un de ces théorèmes de pincement, quand il avait entendu les freins hurler, il avait su que c'était eux. Il avait retrouvé leur voiture.

Il y avait un homme avec eux – qui devait conduire au moment de l'accident. Il avait sorti Natalia de la carcasse et avait essayé d'arrêter l'hémorragie, et quand Vladimir était arrivé dans la rue Illitch, il essayait d'extraire les garçons de la voiture en feu. Dans l'aube naissante, Vladimir l'avait vaguement aperçu, couvert de sang, qui forçait sur la portière pour la faire céder. Mais l'homme ne l'intéressait pas : à moitié fou, il s'était précipité vers Natalia pour tenter de la ranimer. Mais ça n'avait servi à rien ; quand l'ambulance était arrivée sur les lieux, il les avait déjà perdus tous les trois. Il avait tout gâché. Marie le voyait dans ses yeux.

Et quarante mille ans après, il rentrait chez lui, seul ; et il ne saurait jamais pourquoi ses fils avaient accepté de suivre leur mère – si elle les avait forcés ou non. Si son sang l'avait trahi, si ses fils avaient ou non voulu le quitter.

C'était tellement tellement
dur
des encablures
les uns des autres
ne jamais savoir
ça allait le rendre fou, ça allait le briser,
Marie le voyait.

Et elle aurait presque pu écouter son avertissement et elle aurait pu,

si le hasard ou le destin appelez ça comme vous voulez – en tout cas, ce qui nous tord, ce qui nous fait –

si le hasard n'en avait décidé autrement. À la fin de la cérémonie, en passant derrière le groupe du Marquis qui entourait Vladimir, elle avait entendu l'un des hommes dire qu'Ivan était à l'hôpital. Il était sous respirateur chambre 204. Il avait un poumon perforé. Il était brûlé sur une grande partie du dos. Il avait une dizaine de fractures. Des éclats de verre partout dans le visage. Il avait déjà été ranimé quatre fois et les médecins estimaient qu'il ne passerait pas la semaine

et au bout d'un temps qui n'était pas de ce monde,

Marie était parvenue à sortir de l'église à descendre les escaliers à sortir dans la rue

elle était parvenue à marcher jusqu'au bus et elle avait dû parler même et demander un ticket et pourquoi pas elle avait dû s'asseoir sur un des sièges hors d'âge du bus elle avait dû voir le Quartier les barres les terrains vagues elle avait dû les voir défiler elle avait trouvé l'hôpital et puis l'accueil et puis le couloir et puis la chambre elle avait trouvé

sur le lit de la chambre 204, un tas de bandes qui respirait par des tubes qui devaient entrer au niveau du nez ou de la bouche ;

à mille ans d'écart,

elle se revoit qui s'arrête, qui n'ose pas passer le seuil,

elle entend ce bruit rocailleux, ce bruit horrible qui disait que chaque inspiration, que chaque expiration était un combat, était une douleur ;

à mille ans d'écart, elle n'ose s'approcher de cette forme dans la pénombre de la chambre 204, qui respirait des éclats de verre dans un bassin d'acide.

Il ne bougeait pas, il ne parlait pas. Par moments, il se mettait à trembler, à gémir – ça durait cinq, dix minutes, sans discontinuer. C'était terrible. Marie ne savait même pas s'il était réveillé, s'il l'entendait. Elle n'osait rien dire – toute tremblante, elle s'était assise près du lit et le scrutait en silence, en attendant que le temps veuille bien se remettre à passer. Et quand on lui avait dit que les visites étaient terminées, elle s'était levée en silence et elle était partie. Et elle était revenue le lendemain. Et le lendemain. Et le lendemain. Et

c'étaient des après-midi de pluie, des semaines de silence, des matins de poussière c'étaient des mois dans les limbes

des mois dans les limbes,

et une nuit, un matin, une aube, elle ne sait plus, Ivan s'était mis à bouger, à murmurer des mots, puis des phrases. Pire, il s'était mis à l'appeler. Elle. Sous les bandes, elle voyait sa bouche qui se tordait, les lèvres qui se tendaient. Mmmmaaaa. Et puis, c'était ce raclement de son prénom. Rrrriiee. Et il reprenait. MmmaaRrrie. Elle n'osait pas bouger ; elle restait sur sa chaise, terrifiée. Elle craignait plus que tout le moment où on retirerait les bandes de ses yeux, où elle pourrait le voir ; elle en tremblait,

longtemps après avoir quitté l'hôpital,

elle en tremblait.

Et le lendemain de ce jour terrible, elle entrait dans la chambre, elle refermait la porte – et soudain, elle avait vu son visage. Il avait encore une bande sur les yeux, mais le reste s'était remis des brûlures et était maintenant à l'air libre. Ses joues, sa bouche, son cou. Et parcourant ce champ de ruines, Marie avait aperçu, sur sa lèvre supérieure, une infime cicatrice

qui tremblait.

Elle s'approcha lentement du lit, hoquetant de douleur, titubant, jouet véritablement jouet des forces immenses qui sont tapies dans les cœurs des hommes,

elle s'approcha aussi vite qu'elle put et tendit sa main,

et *il* la prit. De la gaze, une larme s'échappa et vint cuire sa joue. Pendant un temps qui n'est pas de ce monde, ils restèrent ainsi – à la limite du supportable. Et quand Marie se pencha enfin sur lui, son souffle était régulier. *Il* s'était endormi, épuisé par ce qu'il venait de vivre. Et Marie avait encore attendu un long moment avant d'oser retirer sa main, et

nos peaux sont d'épines et de papier

nos yeux sont de verre,

qui cassent au moindre regard,

nos cœurs de sable, qu'un souffle suffit à emporter.

Si une théorie dans un langage au plus dénombrable est k-catégorique pour un certain cardinal k strictement supérieur au dénombrable, alors elle l'est pour tous.

Vladimir venait à l'hôpital aussi souvent que son traitement le lui permettait. Mais il était toujours soûl et Marie redoutait ses visites. Elle ne savait pas comment lui dire qu'il s'était peut-être trompé, que c'était peut-être Dmitri qui était là, sur ce lit.

Et à présent, elle ne voit plus Mikhaïl qui lui fait face, qui n'ose rien. Elle revoit Vladimir qui s'approche ; ivre, le regard perdu, titubant. Il erre dans les couloirs, ses vêtements sales laissent échapper des effluves malsains. De crasse, de pisse, d'alcool. Et tous les jours, et de pire en pire. La ligne de la chute ; sur nos visages, sur nos corps. Écrite sous nos ongles, entre nos jambes, écrite sur l'air et vibrant avec lui, mais ne nous quittant jamais vraiment ; la ligne de la chute. Il met un temps infini à se relever quand il tombe dans les couloirs. Il s'appuie sur les murs, sur les brancards, sur les meubles pourris, sur les chaises rongées par la gale un temps infini. Aujourd'hui encore, Marie ne sait pas comment il fait pour retrouver la chambre ; il a beau se vautrer par terre, marcher comme une loque, il a beau, il n'y a aucune hésitation en lui quant à la direction. Jamais il ne se perd, jamais il ne confond les étages ou les services. Et peu à peu, les infirmières, les aides-soignantes et les docteurs se sont habitués à lui et l'ont pris en pitié. Il faut dire que, devant eux, il se contente de marcher, de hoqueter, de ramper jusqu'à la chambre de son fils. Il est si facile de nous tromper.

Mais quand il entre dans la chambre 204, Vladimir change du tout au tout – sitôt passé la porte, son regard est noir, son regard est massacre. Chaque fois, c'est la même chose. Il ne dit rien d'abord. Il va se planter sur une chaise, près de la fenêtre, et fixe le sol en attendant que les choses se stabilisent.

Mais les choses ne se stabilisent jamais vraiment,

tous les langages sont k-catégoriques sur ce point,

et ce silence électrique n'est qu'un autre des purgatoires qu'il nous faudra traverser en vain et

rien de ce que nous attendons ne viendra jamais et

le désir et la colère sont toujours trop forts et soudain

Vladimir se met à maugréer, et ses mains et ses yeux s'agitent et se crispent et

très vite les choses empirent et échappent à tout contrôle et

la tension monte et monte et monte encore et

la haine, la détestation, la rage déforment son visage,

et dans ses yeux, tout ce qu'il ne peut pas dire flamboie, et soudain on l'entend insulter sa femme, celle qui l'a trahi, insulter Dmitri, son sang qui l'a trahi aussi,

qui voulait le quitter.

Et au milieu de ses crânes de cauchemar, de ses visages lacérés,

de ses dos de plaies,

dans les brumes acides de son père qui l'appelle Ivan, qui le maudit et qui maudit sa mère ;

dans ces brumes de confusion, de folie et de douleur,

un jour de mars 96, Marie ne sait quand exactement, mais un jour de mars 96,

Dmitri revient à lui.

Et ce jour-là, quand il comprend que c'est son frère qui est mort et non lui, quelque chose meurt en lui, quelque chose se ferme ;

et quand son père *lui* parle, quand il l'appelle Ivan, *il* se tourne dans son lit, il se tend et ne bouge plus.

Et au milieu de ce cauchemar, Marie n'ose rien

parce que Vladimir a tous les droits,

parce que c'est son sang.

Et quelques jours après, Dmitri peut respirer sans assistance, et la semaine suivante on lui enlève les bandes sur les bras. Il est toujours extrêmement faible, il peut à peine bouger ; il ne dit toujours rien, mais quelque chose de terrible couve, Marie le sent.

Et cette chose, le Marquis et l'Immanus la sentent dès qu'ils entrent dans la chambre, et pourtant,

tout horrifiés, tout suffoqués qu'ils soient, de cette violence, de cette amour si noire, ils ne disent rien et restent là comme des seconds couteaux et muets et sans relief. Et il n'existe aucun langage k-catégorique pour dire leurs yeux

de douleur.

Notons Ω l'ensemble des points où la courbure scalaire reste bornée. Si Ω est vide, le flot s'éteint.

Marie n'était pas à l'hôpital quand cette horreur a pris fin. Elle imagine, elle se dit

un jour, ils sont seulement tous les deux, et Vladimir, au bout de la douleur de l'alcool de la fatigue au bout de la nuit, et Vladimir se penche sur le lit de son fils, se penche et prend les mains de son fils et

pendant un moment, il ne dit rien, pendant un moment, il ne fait que respirer et

il est presque calme, quand il murmure

au moins, je suis content, c'est toi qui t'en es sorti,

elle imagine,

et caché dans un ensemble de points où la courbure scalaire reste bornée,

Ivan imagine avec elle,

il balbutie Oh mon Dieu Oh mon Dieu, il imagine

Dmitri qui force qui se redresse et s'assied sur son lit – et même si le moindre geste le cuit encore, il ne peut résister à la vague de haine pure à la rage qui le submerge. Il lève les mains vers son visage, et lentement, consciencieusement, il enlève les bandes autour de ses yeux. Et quand il a fini, il se tourne vers son père et le fixe

et ils s'aiment comme ils ne se sont jamais aimés et leurs ventres se tordent de s'aimer aussi fort

et Marie ne sait pas ce que Dmitri parvient à lui dire ce jour de mars 96,

et Ivan non plus, il ne peut que murmurer Pardon Dmitri Pardon Pardon Pardon,

et dans ses yeux de douleur, Ω est vide,

et le flot s'éteint.

Ce que Marie sait en revanche de manière sûre, ce que les infirmières lui ont raconté, c'est que

Vladimir est sorti de la pièce en hurlant. Que les infirmiers du couloir ont essayé de le calmer, mais qu'il a continué à hurler à hurler jusqu'à ce qu'ils le jettent dehors sur le parking il hurlait encore

ce qu'elle sait de manière sûre,

des heures à hurler sur le parking, à geindre

des heures

et les infirmières lui ont raconté qu'on l'entendait de la chambre et qu'à un moment, au milieu des cris, le fils s'est mis à parler : il a demandé du papier et un stylo.

Marie imagine – dans la lumière noire de sa douleur, dans le mouvement terrible de sa haine, quelque chose est apparu, qui fait luire ses yeux. Des liens nouveaux, tissés durant son errance au pays des brumes, émergent là,

apparaissent dans le monde.

C'est la naissance de quelque chose d'immense. D'incroyable. Et rien ne va résister à cette déflagration. Avant que le papier, avant que le stylo n'arrivent, tout ce que Dmitri avait compris lors de son stage chez Alexandrov a explosé. À cet instant, il sait quelque chose que personne d'autre sur terre ne sait. Il a la direction. Et la direction porte un nom que n'a encore jamais prononcé le moindre mathématicien. Chirurgie. Et tandis qu'il se met à écrire, il murmure

peu importent les déformations, les torsions

tordre la peau des espaces,

la coudre presque, l'enrouler autour des problèmes,

seul compte le voisinage.

Marie l'imagine ce jour-là. Elle le voit qui écrit comme un possédé comme un démon on ne sait. Et il a beau écrire aussi vite qu'il le peut, ses mains vont trop lentement, ses mains ne suivent pas ; le rythme frénétique de son esprit, rien ne peut le suivre. Les infirmières n'en reviennent pas. Bien sûr, elles ne comprennent rien à ce que Dmitri écrit ; mais surtout, elles n'ont jamais vu quelqu'un écrire aussi vite

comme s'il savait, comme si quelqu'un lui dictait ;

quelqu'un qui s'y connaît leur aurait bien expliqué que les mathématiques ne sont pas une question de vitesse,

que c'est surtout ce qu'il est en train d'écrire qui est fou, qui est incroyable,

pendant des heures, Dmitri demande du papier du papier du papier, pendant des heures, il écrit. Et le lendemain aussi, dès qu'il se réveille, il écrit et

quand il n'en peut plus, il se lève,

avant l'heure des visites, il se lève, il s'appuie aux murs, aux lits aux meubles rongés de toutes parts il s'appuie et il s'avance vers la sortie. Peut-être que Vladimir est revenu le voir, peut-être qu'ils se sont croisés dans un couloir de ce labyrinthe qu'est le monde qu'est l'hôpital homéomorphe le monde l'hôpital, peut-être qu'ils se sont croisés

mais nul ne peut le dire nul ne peut savoir s'ils se sont dit quelque chose

si Dmitri

Est certain que quand Vladimir est entré dans la chambre 204 ce jour-là, il a vu le lit vide. Est certain qu'il a vu les papiers sur la table de chevet. Trois piles ; une trentaine de pages en tout – et cette écriture qu'il ne connaissait pas et ce phrasé et cette pensée si pure si simple. Est certain qu'il s'est assis quand il a lu les premières lignes

Pour tout $\varepsilon > 0$ *assez petit, il existe une constante universelle* $r = r(\varepsilon) > 0$ *avec la propriété suivante. Soit* $(M, g(t))$ *un flot de Ricci de donnée initiale normalisée,* $x \in M$ *et* $t \geq 1$ *tel que* $R(x, t) \geq r^{-2}$*. Alors x possède un voisinage, ε- presque isométrique, après une dilatation de facteur* $\sqrt{R(x,t)}$*, à un des modèles suivants :*

— Un cylindre $S^2 \times]-1/\varepsilon, 1/\varepsilon[$*, avec la métrique canonique produit, de courbure scalaire* 1*. On appelle ce voisinage une ε-gorge.*

— Une boule B^3 *ou le complémentaire d'une boule dans l'espace projectif, c'est-à-dire* $P^3(R) - \overline{B^3}$*, munie d'une métrique de courbure strictement positive qui est proche, en dehors d'un compact, d'un cylindre sphérique comme ci-dessus. On appelle un tel voisinage un ε-capuchon.*

Une variété fermée de courbure sectionnelle strictement positive. On dira que $g(t)$ *satisfait l'hypothèse des voisinages canoniques à l'échelle r quand*

Et s'il ne voulait pas croire ce que Dmitri lui avait hurlé la veille, et s'il

refusait d'y croire, cette phrase éteignait tout débat

cette phrase soudaine

aveuglante

terrible

Parce que Vladimir savait très bien qu'Ivan ne pouvait avoir écrit cette phrase ; Ivan était doué, Ivan était rapide, Ivan était brillant, mais

cette phrase, c'était autre chose :

à elle seule, elle ouvrait un monde.

C'était Dmitri forcément, c'était lui qui avait fait cela, ce prodige, ce monstre, c'était Dmitri et lui seul,

car lui seul sur terre en était capable.

Les deux premiers articles étaient d'une élégance inouïe – ils rassemblaient tous les éléments clés du programme de Hamilton sous une dizaine de concepts novateurs. C'était un siècle de travail condensé en quelques pages parfaites. C'était terriblement beau, terriblement efficace ; mais dans un sens, ce n'était rien. Parce qu'il y avait le troisième article. Dès les premières lignes, on comprenait que pour celui-ci les choses étaient différentes. L'article évoluait seul. Il n'avait besoin de rien, ni de personne, tout simplement parce qu'il était un monde à lui tout seul ;

et pénétrant dans ce monde, dès les premières pages, Vladimir s'était mis à pleurer. Et quelques heures plus tard, Marie l'avait trouvé au milieu des feuilles, avachi sur une chaise ; il sanglotait misérablement.

Et mille ans plus tard, elle se dit que ce n'était peut-être pas son fils mort ou son fils ressuscité qu'il pleurait –

elle pense à ceux qui pleurent arrivés au sommet d'une montagne, qui voient le jour se lever et se laissent convaincre qu'il se lève pour eux

et pour eux seuls :

elle se dit que ce jour-là, pour la première fois, Vladimir a peut-être vu la lumière.

Insistons sur le fait que le théorème des voisinages canoniques affirme que l'explosion a toujours lieu le long de sous-variétés difféomorphes à S^2.

Bien sûr, Vladimir avait cherché Dmitri. Pendant des semaines, pendant des mois, il avait sillonné le Quartier en vain. Finalement, il l'avait retrouvé au fin fond du Quartier, près du chantier de l'ancienne station de métro. Dmitri dormait dans une cabine téléphonique, au milieu d'un tas immonde de journaux, de déchets et de cadavres de bouteilles. Vladimir avait essayé de le réveiller, de lui parler. Mais dès qu'il avait ouvert les yeux et qu'il l'avait reconnu, son fils l'avait repoussé et avait essayé de le frapper tant bien que mal – il était complètement ivre. Vladimir essayait de lui dire qu'il regrettait, il lui parlait de l'institut Landau, il voulait publier ce que Dmitri avait écrit. Mais Dmitri ne l'écoutait même pas, il était fou de rage, il lui jetait des bouteilles et tout ce qu'il trouvait dans sa cabine ; il hurlait

mais qu'est-ce que j'en ai à faire de l'institut qu'est-ce qu'il peuvent faire à Landau, pour Ivan ? Pour Mère ? Est-ce qu'ils ont jamais fait autre chose que nous pourrir la vie ? Que nous voler notre sang ? Barre-toi avec ton Landau que y a que ça qui compte barre-toi et tant que t'auras pas compris reviens pas barre-toi et torche-toi avec tes beaux papiers et d'ailleurs rends-les-moi et d'ailleurs rends-les-moi y va bientôt faire froid le feu tu verras ce que j'en fais

de ton Landau tu verras

Des jours durant, Vladimir était revenu à la charge. Mais finalement, les clochards qui vivaient là avaient fini par le chasser sans ménagement – il les dérangeait à parler toute la journée. Ils lui avaient jeté des bouteilles – et dans son crâne, l'explosion avait eu lieu le long de sous-variétés difféomorphes à S^2. Le visage en sang, le bras gauche cassé, Vladimir avait fini par s'éloigner.

Pendant des heures, il avait erré dans les rues désertes

un trou dans le ventre de n'avoir pas compris l'amour que son

un trou dans le ventre

quand il avait croisé le Marquis qui était en tournée d'inspection, qui était descendu de son Land Rover pour le relever, pour l'appuyer contre un mur. À demi-mot, il lui avait dit où était Dmitri. Sans qu'il lui demande quoi que ce soit, le Marquis l'avait accompagné à l'hôpital et avait promis de veiller sur son fils.

Et comme si cela ne suffisait pas, peu de temps après, lors d'une visite de contrôle, Vladimir avait appris que son traitement fonctionnait, que la rémission était presque complète ;

et un homme qui ne meurt pas ne peut pas payer toutes ses dettes,

et ce jour-là, il avait appris que rien, pas même le cancer, ne le délivrerait jamais de cette douleur lancinante qui rayonnait jusque dans ses os,

pour avoir gâché tout ce qui lui avait été donné, il se voyait condamné à un purgatoire de jours qui s'étaleraient devant lui sans rime ni raison.

Mais l'homme est un animal étrange, qui peut accepter les sentences qui lui sont adressées,

et la douleur lui fait peur et l'attire tout à la fois : Vladimir avait accepté sa condamnation sans savoir exactement pourquoi. Et pendant les semaines qui avaient suivi, il avait essayé de vérifier les calculs de Dmitri. Il s'était aidé de livres, s'était plongé dans des comptes rendus de conférences, il avait écumé les rapports de thèse. Il n'avait montré ses calculs à personne d'autre, il les avait jalousement gardés, comme un trésor, comme une déclaration d'amour, comme une déclaration de haine, il avait essayé de comprendre. En vain : après des mois d'efforts, il devait s'avouer qu'il n'avait rien compris à ce qu'avait écrit Dmitri. Ne sachant que faire, fou de douleur, fou d'une douleur que rien ne pouvait soulager, il avait résolu de taper ses trois articles, tels quels, et de les publier sur ArXiv.

Il avait essayé de prévenir son fils mais Dmitri n'avait même pas voulu l'écouter il lui avait lancé son poste de radio dessus Encore là, putain, mais ça t'a pas suffi, tu en veux encore des coups d'économe, ça t'a pas suffi ! Encore des maths ! Mais t'as toujours pas compris ! Je croyais que j'étais lent mais c'est toi ! Dmitri avait essayé de le poursuivre de le frapper avec son économe, mais il s'était étalé par terre et il l'avait maudit et maudit encore il lui avait dit qu'il ne voulait plus jamais le revoir ou entendre parler de lui il lui avait dit.

Et pendant tous ces mois, Marie avait suivi Vladimir pour revoir Dmitri. Elle l'avait cherché avec lui, elle l'avait trouvé au fond de l'enfer avec lui, elle avait pleuré avec lui et ce jour-là les avait vus s'empoigner et se battre comme des

comme des

alors Vladimir était rentré chez lui et, quand il avait pu, il était retourné travailler à l'institut. Ses collègues, tout le monde s'était mis à lui parler de Dmitri, de la preuve qu'il avait envoyée sur ArXiv. Tout le monde lui disait que c'était énorme, que c'était immense. Certains points dépassaient l'entendement : il fallait attendre l'avis d'un groupe d'experts pour le troisième article ; ils étaient dix, vingt peut-être sur terre à pouvoir vérifier ses calculs. Mais si c'était juste, tous s'accordaient à dire que c'était la Fields. À coup sûr.

Vladimir était effondré. Tout lui avait échappé. Lui seul savait dans quelles conditions avait travaillé Dmitri et il ne pouvait en parler à personne. D'ailleurs, personne ne l'aurait ni compris, ni cru. Mais lui savait. Il avait engendré un monstre. Il l'avait blessé, il l'avait rabroué et traîné dans la boue, il l'avait blessé encore et excité et ensuite il s'était jeté sur lui ; et quand le monstre avait riposté, le monde entier l'avait su. Il avait fallu deux ans à la commission Chan pour rendre son verdict et les experts avaient admis que leurs conclusions n'étaient que partielles, mais les faits étaient là : une des nombreuses conséquences des théorèmes mis en place par Dmitri était la preuve de la conjecture de géométrisation, et du coup la preuve de la conjecture de Poincaré.

Après ça, tout le monde avait voulu voir Dmitri. Les universités étrangères les plus prestigieuses réclamaient ses conférences. Les magazines spécialisés des interviews. Les politiques des séances photos. Les prix tombaient les uns après les autres. Et Vladimir, qui recevait tout ce courrier officiel chez lui – des centaines, des milliers de lettres –, répondait négativement à toutes les demandes ; il essayait d'être le plus froid et le plus évasif possible quant aux raisons de son refus ; il essayait de s'éloigner

mais à chaque lettre, c'était pire

mais à chaque lettre,

Dmitri était là ;

il le hantait.

Pendant des années, Vladimir était revenu aux trois

articles, il avait cherché dans ces pages pourquoi tout était parti en vrille. Un mot, un enchaînement de mots. Qui lui soit secrètement adressé. Ou à sa mère. Ou à son frère, Ivan. Un reproche ou un regret. N'importe quoi. Pour savoir, pour comprendre enfin qui était Dmitri, qui était ce monstre qu'il avait poussé à bout. Mais il n'avait rien trouvé. Rien. Pas le moindre mot, pas la moindre aspérité. Ces pages étaient un désert aride dans lequel il se perdait chaque fois qu'il y pénétrait. Elles ne contenaient rien d'autre qu'une parfaite, qu'une miraculeuse logique mathématique. Qu'une porte vers un monde duquel il était banni, comme il était banni du nôtre.

Ainsi, à l'institut, quand la fièvre était retombée, l'indifférence était revenue et tout le monde l'avait rapidement oublié

et sa vie tout entière était redevenue un désert

et il n'avait plus rien à faire et il errait dans les couloirs comme un cylindre

S^2]-1/ε,1/ε[

La police avait bâclé l'enquête sur l'accident et il n'avait rien appris sur l'homme qui avait tué sa femme et saccagé sa vie. Il n'osait en parler à personne, mais cet homme occupait ses pensées dès que Dmitri le laissait tranquille. Il ne savait rien ou presque de lui, sinon que Natalia l'avait rencontré à l'hôpital ; il avait aperçu sa silhouette le 5 décembre. Mais entre les deux, rien. Rien, sauf des milliers d'heures à se torturer, à imaginer Natalia dans les bras de cet homme. Si libre. Si légère. Il l'imaginait heureuse et ça lui tordait le ventre ; et tout ce bonheur le révoltait

et certains jours,

il n'avait personne à qui le hurler

que ça ne mènerait nulle part, que c'était autre chose un couple

il n'avait personne à qui le hurler, alors il le pleurait pendant des heures, ivre, titubant dans l'appartement, se penchant à la rambarde de la terrasse

et n'osant jamais se pencher encore

et c'étaient des lambeaux d'homme qui vivaient là

des lambeaux

et d'autres jours, parce qu'il y avait toujours d'autres jours,

il se disait que tout était condamné dès 76, que dès alors Natalia s'était trompée sur son compte, qu'elle avait cru voir en lui des

du bonheur

ou n'importe.

Mais ça n'était pas, gémissait-il à longueur de journée

ça n'était pas moi.

Et aspergeant les murs de vodka et les yeux brouillés de larmes de bris de verre et les veines emplies de

il croyait voir que c'était justement cette erreur-là, la seule chose qui avait un sens – nous, voilà la seule chose qui compte, balbutiait-il assis contre la rambarde, les yeux dans le vague. Nous, ça voulait dire malgré tout, Natalia.

Malgré tout

des lambeaux Natalia quand je te parle

il ne reste plus que des lambeaux

de moi.

Et toutes ces années de souffrance, toute cette amour noire, ces yeux qui flambent, ces mains qui s'empoignent et qui se relâchent et qui se frappent, tout cela ne dure qu'une seconde

tout cela n'est qu'un éclat passager dans les yeux de Marie, quand elle se lève et va se servir un verre,

tout cela n'est rien de plus,

car le monde des hommes est homéomorphe au néant,

vague lumière qui disparaîtra peu après être apparue

car le monde des hommes est peu de chose et Marie ne

dit rien de toutes ces années, de ce trou noir dans sa vie, elle ne dit rien ;

elle se contente de le boire, de se brûler la gorge avec.

Et se brûlant la gorge, elle sourit un instant et son sourire est amer et Mikhaïl y lit qu'il se rapproche. S'il tient encore un peu, bientôt, épuisée de lui résister, elle fera l'erreur qu'il attend, le relâchement coupable qu'il traque. Il le sent. Un des médecins de l'époque lui a raconté ce qui s'est passé à l'hôpital. Il savait déjà pratiquement tout ce que Marie vient de lui raconter. Il en sait même plus qu'elle. Il sait exactement ce qui s'est passé. Mais ce qui l'intéresse, c'est autre chose que la vérité. Ce qui l'intéresse se moque des omissions et des mensonges de Marie ; dans une certaine mesure, il en a presque besoin. Ce qui l'intéresse, il n'y a peut-être qu'elle qui peut le lui dire – et ce n'est pas la vérité, c'est à peine une intuition, un instinct. C'est quelque chose d'infiniment fragile et d'infiniment fugace. Un autre flic raconterait à Marie tout ce qu'il sait. Il est certain qu'elle souffrirait ; et grâce à la souffrance, il obtiendrait peut-être rapidement ce que Marie cache ou ce qu'elle tait. Mais Mikhaïl cherche autre chose que ce que Marie sait ou cache. Alors il hésite. Il voit passer des mondes entre Marie et lui, et il hésite.

Selon le médecin qu'il a interrogé, la veille du départ de Dmitri, le Marquis et l'Immanus sont passés le voir à l'hôpital. Dmitri dormait, il avait des feuilles partout autour de lui. Le Marquis s'est approché de Dmitri et il a vu des traces partout. Sur son visage, son torse, sur son cou. Sans bruit, il est sorti de la chambre et s'est dirigé vers l'accueil – il savait que la chambre était surveillée et il voulait voir l'enregistrement vidéo. L'infirmière de l'accueil s'est tortillée, elle a commencé à parler de lois. Le Marquis s'est approché d'elle et lui a murmuré Putain j'ai pas que ça à faire : va chercher le médecin-chef et bouge-toi sinon je vous fume toutes là maintenant et personne y pourra rien. Au ton, aux yeux, l'infirmière a compris que ce n'était pas une menace, mais un fait. Quelques instants plus tard, le médecin de garde l'a mené au PC sécurité voir l'enregistrement. Et il l'a vu, lui aussi ; et il a pu en parler à Mikhaïl. On voit, a-t-il commencé, on voit Vladimir et son fils parler. Et à un moment, Vladimir s'approche du lit et son visage est fou et il se met à frapper Dmitri sur son lit, à le griffer, il hurle visiblement, et à la fin il monte sur le lit, tant bien que mal, et il commence à l'étrangler.

Et si Mikhaïl se tait une seconde encore, c'est parce qu'il entend presque Vladimir qui crie Non tu peux pas, Tu peux pas être Dmitri, Tu es mort… Et l'entendant hurler, Mikhaïl se demande si Dmitri n'en est pas arrivé à devoir *prouver* à son père que c'était bien lui… Et peut-être que ces articles, c'était le seul moyen de le faire – de lui montrer que c'était bien lui, le seul être humain capable de les écrire. Mais soudain, il craint que la vérité ne soit encore pire. Il se souvient de ce que le médecin de garde lui a expliqué :

— Vous savez, il n'y a pas que pour le père que c'était compliqué. Quand Dmitri s'est réveillé, tout devait être très brumeux dans sa tête. Vous n'avez pas idée de la confusion qui peut régner chez les patients qui sortent d'un si long coma… Le cerveau est une machine qui s'enraye beaucoup plus facilement qu'on ne le pense… Ce que j'essaie de vous dire, c'est que Dmitri…

Mikhaïl imagine un adolescent à bout de forces, à moitié fou de douleur, qui se réveille avec dans le crâne une tempête de colère et de haine, avec dans les yeux un vitrail de tristesses et d'angoisses. Et qui n'a d'autre solution, pour sortir de cet enfer, au bout de la folie, au bout de la douleur et de la tristesse, que d'écrire ces trois articles maudits pour se prouver *à lui-même* qu'il n'est pas son frère mort. Qu'il est bien Dmitri P. La seule personne sur terre capable d'écrire ces articles. Peut-être que c'était le seul moyen, murmure Mikhaïl. Pour savoir enfin, après quatre mois passés dans les limbes, qui il était réellement. Et peut-être que les maths ne l'intéressaient même pas, peut-être qu'il n'a même pas fini ce qu'il voulait écrire : simplement, une fois qu'il a vu qu'il en était capable, il s'est levé et il est sorti de l'hôpital.

Et l'esprit de Mikhaïl plane au-dessus de la pièce obscure et il s'approche, il le sent ;

et si c'était encore pire, murmure-t-il. Encore pire. Dans ses yeux quelque chose de terrible, quelque chose de fou explose, le long d'une sous-variété difféomorphe à S^2. Peut-être… Peut-être qu'ils étaient deux à avoir survécu. Peut-être que celui qui avait survécu ne le savait même plus, qui il était réellement. Peut-être qu'il avait voulu garder son frère avec lui, à toute force. Le faire revivre avec lui. Le garder. Pendant des mois, l'esprit de Dmitri avait erré dans les brumes. Et qui était revenu ce jour-là ? Pourquoi pas les deux ? Et s'ils se battaient pour le seul corps qui avait survécu ? Un monstre à deux têtes, en Y… Et alors que Marie se ressert un verre, dans les yeux de Mikhaïl, le long d'une sous-variété difféomorphe à S^2, un gamin de quinze ans essaie et essaie et essaie de faire croire à son père que son fils adoré, l'autre, que son fils adoré n'est pas mort, qu'il est là, face à lui ; un gamin de quinze ans résiste, résiste, donne tout ce qu'il a pour ne pas craquer ; il voudrait garder son frère vivant, il voudrait malgré tout et n'importe comment et mal, il voudrait le prolonger un peu, faire croire, faire croire et peut-être y croire lui aussi à force

et le sentir, parfois, sur un instant, dans un souffle ;

dans les yeux de Mikhaïl, un gamin qui lui parle, qui lui dit, qui le supplie, qui lui murmure de prendre sa place

qui finit par craquer sous le poids de

par craquer malgré toute cette amour noire en

par craquer

qui finit par tout détruire et le monde même,

jusqu'à le rendre homéomorphe à une sphère de dimension 3 dans les yeux de Mikhaïl

l'aveu et puis l'écriture folle toute la nuit, les trois articles,

dans les yeux de Mikhaïl, l'aube qui se lève ; tout est calme, enfin. *Il* a fini d'écrire depuis un moment. *Il* lit les dernières lignes qu'*il* a écrites et *il* ne sourit pas. Une larme coule

c'est bien lui qui est vivant

une larme coule et il la fait disparaître d'un revers de la main

et *il* se lève, sort de la chambre et disparaît.

Pendant un temps qui n'est pas de ce temps, l'esprit de Mikhaïl plane au-dessus du salon de Marie ;

par moments, il n'est plus qu'un cylindre S^2 $]-1/\varepsilon,1/\varepsilon[$;

par moments, il lui semble entendre Ivan qui est recroquevillé dans un coin de la pièce, qui gémit Pardon Dmitri Pardon Pardon.

Mais l'esprit de Mikhaïl continue de fibrer au-dessus de la pièce ; enfin, il comprend la logique sous toutes ces variétés fermées de courbures sectionnelles strictement positives, il sait : quand Vladimir a porté plainte, il faisait la même chose que quand il s'est suicidé dans sa salle de bains : il appelait à l'aide. Il demandait pardon. Il demandait à son fils de s'occuper de lui. Tout ça en même temps. Et la question de savoir s'il ne pouvait pas le faire plus simplement avait aussi sa réponse. Ces gens-là avaient traversé l'enfer. Ils n'avaient pas échangé dix phrases de toute leur vie : il leur était impossible d'arriver à se dire des choses aussi dures, aussi complexes, simplement, du premier coup.

— Voilà, vous avez tout ce qu'il vous faut, donc, conclut Marie presque durement – le ramenant brutalement à la réalité. Vous allez pouvoir arrêter votre enquête ?

Et dans ces derniers mots, Mikhaïl saisit ce tremblement

infime, cette fêlure qu'il attendait. Il se redresse sur son fauteuil ; il est concentré. Marie sent que quelque chose de terrible est en train d'arriver.

— Pas tout de suite… Les pions, les cavaliers, les fous et les tours, rien de tout ça ne compte. Pour arrêter cette enquête, il faut régler le cas du roi.

— Vous vous trompez et de beaucoup si vous croyez qu'il s'agit d'un jeu.

— Pas d'un jeu. D'une guerre. Dmitri et son père sont en guerre. Et ils ne se battent pas l'un contre l'autre ; ils se battent ensemble contre quelqu'un. Le roi noir qui a détruit leur vie et les a fait souffrir pendant vingt-cinq ans. Et le seul indice qu'ils ont pour débusquer cet homme, c'est un pull. Un pull dont ils espèrent tous deux qu'il me conduise à cet homme. Toute cette histoire de plainte, d'hôpital, tout cela n'a servi qu'à me forcer à reprendre l'enquête… à trouver votre père.

Maintenant qu'il a posé sa pièce sur la case noire qui menace Marie, il se tait. Il attend. Et Marie reste un moment silencieuse et finit par murmurer, sans le regarder :

— Et peut-être qu'au fond… c'est tout ce qu'il espérait, lui. Que vous finissiez par comprendre. Pour lui faire payer ce qu'il a fait aux P. Peut-être…

Marie se tait, suffoquée par ces quelques mots qu'elle n'aurait jamais cru prononcer, par l'explosion qui a lieu dans son ventre, le long de sous-variétés difféomorphes à S^2 ; tout est fini, ou presque. Elle n'y croit plus. Et pourtant, quand elle se tait et lève les yeux, elle aperçoit un sourire qui barre fugitivement le visage de Mikhaïl. Il vient d'effleurer ce qu'il cherchait. Et pour cela il a souri ; et pour cela, ses yeux brillent.

— Ne vous inquiétez pas… Tout va bien se passer… Dernière question, lance-t-il en se levant. Est-ce que vous savez ce qui s'est passé le 4 décembre 95 ?

— Comment ça ? répond Marie décontenancée.

— Eh bien, si Natalia a quitté son mari le 5... peut-être, peut-être qu'il s'est passé quelque chose le 4...

À nouveau, Marie et Ivan se mettent à trembler. Heureusement, sans attendre de réponse, Mikhaïl s'éloigne. Il est sans doute au courant que Marie n'a aucune idée de ce qui s'est passé le 4 – elle n'a commencé à travailler au dispensaire que des années après. Nul ne sait réellement pourquoi il a avancé cette pièce ; s'il s'agissait simplement de brouiller les pistes, de déporter quelques pièces vers lui, ou d'une manœuvre plus importante. Au fond, nul ne sait ce que veut cet étrange jeune homme qui quitte le salon en la saluant timidement, qui se laisse tranquillement absorber par l'obscurité du couloir. Mais au milieu de toutes ces inconnues, de cette explosion des possibles qui s'ouvrent soudain, une chose pourtant est claire : si Mikhaïl retourne à l'ombre, c'est pour préparer la fin, c'est pour peaufiner les derniers coups. Voilà où naît la peur, voilà où naissent les tremblements infimes que Marie ne peut réprimer quand elle entend la porte d'entrée claquer. La fin approche et ce jeune homme est son envoyé. Ivan se rapproche d'elle et voudrait la prendre dans ses bras, lui caresser les cheveux. Il voudrait tellement de choses. Plus que tout, il voudrait revoir Dmitri avant de rejoindre l'ombre, lui demander pardon pour tant de choses. Mais en attendant, il voudrait rassurer Marie. Il voudrait lui dire que lui aussi espère tout autant qu'il le craint que Mikhaïl va réussir.

Et pourtant, à cet instant, on aurait tort de croire que Mikhaïl sait exactement ce qu'il fait – et c'est du reste pour cette raison que les hommes jouent encore aux échecs : parce qu'ils ne savent pas exactement ce qu'ils font. Et d'ailleurs, une fois sorti, dans l'ombre de la rue Medvedev, il murmure comme une prière à la nuit. Il vient d'effleurer des choses pour lesquelles les hommes n'ont pas de mots, il se dit que l'échiquier est presque en paix, que tout est si fragile, qu'il peut tout gâcher s'il se plante ;

et dans la prière qu'il adresse à l'obscurité, il espère que le pat est encore possible ;

et l'obscurité englobe les folies qui passent dans ses yeux ;

et il pense au capitaine Téliakov qui va bientôt entrer en scène ;

à cet endroit de la rue, l'obscurité est totale, parfaite : on ne le voit pas, mais il esquisse un sourire.

La structure de contact qui est créée via la construction MTW appartient à une classe très particulière et sera appelée dans la suite « vrillée ».

Il aurait voulu que tout aille plus vite, que tout soit fini déjà. Il sait bien pourtant que les mathématiques ne sont pas une question de vitesse. Mais il est pressé ; son père est si faible. Depuis deux jours, il scrute comme un dément l'écran de son ordinateur ; attendant que le Français ait fini de vérifier ses deux premiers articles ; qu'il comprenne où il veut en venir. Et alors que les bureaux autour de lui se vident peu à peu, à l'heure où l'ombre vrille le monde, où elle s'avance de toutes parts, Dmitri s'appuie lourdement entre ses deux bras. Et peu à peu, à bout de forces, il s'endort sur son bureau.

Au-dessus de lui, des ombres immenses courent le long des murs au passage des voitures en contrebas ; et alors, pendant un instant, Dmitri y est à nouveau, au milieu de l'ombre – comme si rien n'avait changé, comme si le temps n'était qu'une illusion, qu'une construction MTW. Et cette ombre qui l'englobe quelques secondes, cette ombre est homéomorphe au monde lui-même ;

et dans le crâne de Dmitri des ombres courent,

tandis qu'il s'engage dans la rue Illitch ;

et tout est si confus, tout est si vrillé, qu'il ne sait pas s'il a vraiment quinze ans, s'il rêve ou bien s'il se souvient simplement de cette nuit maudite entre toutes,

du 4 décembre 95 ;

et d'ailleurs peu importe, rêve, métempsychose ou souvenir, une seule chose compte – la douleur est là, partout ;

et ses yeux d'ombre s'agitent sous ses paupières closes, fous de douleur,

et ses dents d'ombre grincent de ce que des milliers de litres de vodka, de ce que des milliers d'années n'auront pas suffi à lui faire oublier cette rue,

cette nuit.

Il rentre de sa préparation aux Olympiades, il n'est pas censé être là avant le lendemain. Ivan non plus n'est pas chez les parents – lui aussi devait rentrer le lendemain matin, à l'aube : voilà pourquoi il n'a rien compris à ce qui s'était passé le 5 et n'a fait que suivre cette ombre qui l'a mené à la mort.

Et tandis que le rêve tisse sa toile en Dmitri, l'ombre s'immisce dans son sang et dans son crâne ; ce ne sont pas seulement la rue, les lampadaires, ce ne sont pas seulement les barres qui s'allongent à l'infini, qui se tordent – le temps même semble se dilater, semble se perdre dans un mouvement tournoyant,

dans une vrille –

et chaque pas de ce cauchemar est une construction MTW

et chaque pas est un millier d'heures de souffrance.

Mais nos souffrances doivent être vaines, mais nos souffrances doivent être de peu de poids, mais nos souffrances doivent se compter en roubles, car quand il entre dans l'appartement, rien dans ce couloir n'a changé. Il y a toujours cette demi-obscurité jaunâtre que donne l'extérieur. Et dans ce cauchemar d'ombres,

me voici ;

du couloir, j'entends tes cris d'abord, Père, tes rugissements, et puis les coups que tu lui donnes,

puis je l'entends, elle, lâcher un petit cri,

et tout est si vrillé et je m'avance encore, et soudain je vous vois,

sur le lit toi sur elle et elle qui hurle

Lâche-moi ! Lâche-moi, c'est fini ! Demain, dès qu'Ivan et Dmitri rentrent, je pars avec eux et c'est fini !

et toi sur elle qui la frappes qui lui serres le cou qui lui hurles TU PEUX PAS FAIRE ÇA ! TU PEUX PAS PARTIR !

et ce doit être un cauchemar oui un cauchemar puisque je cours à la cuisine puisque je trouve un couteau dans la cuisine le premier que je trouve c'est l'économe

ce doit être un cauchemar puisque je reviens vers votre chambre je m'avance vers vous vers elle vers toi pour te

et je ne dis rien je laisse mes yeux mes bras hurler je laisse mes bras rugir Lâche-la ! LÂCHE-LA ! Je te laisse en sang je ne te finis même pas et j'emmène mère en pleurs je l'éloigne de toi je l'emmène au dispensaire

et demain elle te quittera demain, dès qu'Ivan sera rentré nous partirons ce doit être un cauchemar,

une faiblesse dans la trame du monde, une construction MTW ou que sais-je,

ce doit être un cauchemar puisque je me réveille dans mon bureau de l'institut Landau – le visage en sang.

Et l'homme n'est pas pétri seulement de vide et de ténèbres – son argile mêle rêves et cauchemars aussi ;

et j'ai beau ouvrir les yeux, je la sens encore,

cette tension dans l'ombre ;

elle ne me quitte pas,

elle continue de ruisseler dans mes veines, dans mes yeux,

elle est peut-être mêlée à ce sang qui goutte de mon nez.

D'où vient-elle ?

Où va-t-elle ?

Quelle est sa proie ?

De quoi se nourrit-elle ?

Ces deux semaines que nous sommes parvenus à passer ensemble n'auront-elles servi à rien ? Qu'avons-nous fait de cette construction MTW entre nous ? Quelques fibrés à peine ? Peut-être même pas. Peut-être que tous nos efforts se comptent en roubles eux aussi. Après tout, il y a tellement d'ombres entre nous, Père ;

tellement qu'à des années de ça, dans ce bureau vide, je t'entends encore crier,

je sens encore mon poing qui se serre sur l'économe,

tellement de nuits entre nous.

Et j'en suis là, incapable de desserrer mes poings, incapable de desserrer mes yeux, quand l'écran de l'ordinateur se met à clignoter.

assure l'extinction en temps fini si le flot reste lisse, puisque la largeur atteint 0 en temps fini et, par ailleurs, doit être strictement positive.

Quelque chose dans le regard du capitaine s'éteint quand le téléphone sonne. Il savait bien que cet instant finirait par arriver. Ce n'était qu'une question de jours – le flot du monde n'était lisse qu'en apparence. Il n'y avait guère que Sergueï qui n'avait pas compris. Étrangement, c'est la voix du Marquis qu'il entend. Il attendait celle de Mikhaïl – mais Mikhaïl attend sur la terrasse, avec l'Immanus. Le jeune homme n'a plus besoin de se montrer pour avancer ses dernières pièces ; mais qu'on ne s'y trompe pas : c'est bien lui qui est à la manœuvre. Et d'ailleurs il continue de surveiller l'échiquier, il vérifie que tout reste lisse ; il ne refuse pas vraiment la cigarette de l'Immanus, il ne détaille pas le Quartier sous le jaune poisseux de la nuit, il ne s'appuie pas à la rambarde de la terrasse,

il est dans le portable du Marquis,

il est dans les respirations, les yeux, dans les mains qui se crispent dès après que les présentations ont été faites, dès après que le capitaine a réalisé qu'il n'y a aucune raison sur terre pour que le Marquis possède son numéro de téléphone. Il est là quand le capitaine commence :

— Hum… qu'est-ce que je peux pour toi, Yefim ?

— J'aimerais que vous veniez ici, chez Vladimir P.

— Et pourquoi donc ? J'ai des choses à faire, Yefim.

— J'en doute pas, capitaine, j'en doute pas. Il m'a dit que vous répondriez ça.

— Qui ça ?

— Votre adjoint, le jeune, là, Mikhaïl.

— Ah… et qu'est-ce qu'il t'a dit d'autre ?

— Il m'a dit que vous viendriez quand même, quand vous sauriez que les Vors vont débarquer bientôt. Que ça va être le carnage. Et que l'infirmière est là.

— …

— Il avait prévu que vous vous tairiez, aussi. Rapport à l'infirmière. Mais c'est pas grave, il a dit : l'essentiel…

— L'essentiel ?

— L'essentiel, c'est que vous veniez seul ; il a dit… il a dit que c'était le seul moyen pour que tout le monde s'en sorte.

— Tout le monde ?

— Pas tout le monde, bien sûr. Mais tous ceux qui ont une chance, il a dit. Et le Marquis n'a même pas le temps de raccrocher que le capitaine saisit son arme et court.

Quand le Marquis rejoint l'Immanus et Mikhaïl sur la terrasse, ils n'ont pas besoin de parler. Ils savent tous les trois que le capitaine n'a pas marché, qu'il ne s'est pas fait piéger ; non, il n'a fait que jouer le seul coup possible dans cette configuration de l'échiquier. Et maintenant, il va aussi vite qu'il peut ; il lance sa Trabant des cases noires du parking aux halos jaunâtres sous les lampadaires, il glisse des cases blanches aux rues obscures que rien n'éclaire plus, et les lignes et les colonnes défilent et les pions et les seconds couteaux de pièces, tout cela défile dans ses yeux,

et pendant tout le temps qu'il met à remonter l'échiquier, les trois hommes attendent le prochain coup sur la terrasse – ils fument en admirant le Quartier. Et parfois, quand il ose, Mikhaïl observe les deux seigneurs assis à sa droite. Dans les yeux du Marquis, dans les yeux de l'Immanus, il voit combien chaque fibre de leur regard, combien chaque lueur est une déclaration d'amour, une promesse ;

il se dit que le monde est peut-être homéomorphe à l'amour que le Marquis et l'Immanus lui portent ;

et à cet instant, une seule chose compte : cette manière étrange que le Marquis, que l'Immanus ont de fixer leur monde, leurs codes d'honneur, leurs obligations ;

une seule chose compte et cette chose est quelque part dans les hommes.

Et une demi-heure après le coup de fil, le capitaine se gare en bas de l'immeuble. Et le temps ne peut rien à cette affaire ; une seconde plus tard, il ouvre la porte-fenêtre et s'appuie sur le montant, essoufflé. Et la place que prend le Marquis sur cette terre est telle qu'il remarque à peine l'Immanus et Mikhaïl sur le bord de la terrasse. Sans même se retourner, le Marquis lance sa clope vers le monde, en bas. Et la regardant chuter indéfiniment et se battre dans le vent, il dit :

— Elle n'est pas là, capitaine. Elle est à l'hôpital ; allée chercher les traitements de Vladimir. Il peut rien lui arriver.

— C'est pas ce que j'ai compris, réplique le capitaine, qui ne veut pas y croire – qui attend le prochain coup. Tu as des ennemis, Marquis. Et toute cette histoire est un moyen simple de te faire sortir du bois.

— Vous inquiétez pas. Les Vors la toucheront pas. Ils traquent un autre gibier en ce moment…

— Alors pourquoi tu m'as fait venir ?

— C'est moi qui lui ai demandé, répond Mikhaïl en se retournant. Vladimir n'en a plus pour très longtemps. Il est temps.

Et le capitaine se tourne vers lui et

dès que leurs yeux se croisent,

quelque chose s'affaisse en lui, dans la ligne de ses épaules,

dans la tension de son cou ;

comme s'il venait de prendre une balle dans le ventre.

Mais il est le capitaine et pendant un temps qui n'est pas de ce monde,

pendant un temps qui ne peut se mesurer qu'à la surface de leurs yeux fous,

qu'au vent dans leurs chevelures folles,

pendant un temps qui est le temps des hommes,

il soutient ce regard de Mikhaïl qui pèse des tonnes,

et il ne dit rien parce que tout est trop lourd dans son crâne, dans ses bras,

il ne dit rien parce qu'il soutient le monde tout entier qui pèse sur lui,

mais il tient,

il tient,

agrippé aux yeux de Mikhaïl.

Et les hommes sont ainsi faits que dans ces yeux si bleus il voit le prochain coup ; et quand il comprend ce qu'il fait là, quand tout est clair soudain,

ses yeux se transforment comme se transforment les yeux des hommes, et ils balbutient mille choses indistinctes et confuses mille mercis ils murmurent ce que les mots ne pourront jamais dire quelle que soit la manière que nous aurons de les tordre ils disent

merci comme seuls des yeux peuvent le dire ;

et cette chose qui régnait en lui depuis des milliers d'années, qui assurait l'extinction en temps fini,

ce flot qui lissait tout,

ce flot que rien, semblait-il, ne pouvait arrêter,

cette chose qui lui murmurait que le monde est homéomorphe à la douleur qui surgit quand on nous sépare de notre sang,

cette douleur que rien ne pouvait combattre comme rien ne pouvait combattre le monde,

il sent tout cela siphonné dans les yeux de ce jeune homme qui lui fait face,

qui le fixe avec ce mélange de bonté et de dureté qui est assurément la marque des grands. Et il est prêt quand le coup part, quand Mikhaïl lui murmure :

— Ça va bien se passer, Kolia. Vous allez y arriver. Il est dans la chambre, au fond du couloir.

Ni l'Immanus ni le Marquis n'y croient : le petit vient d'appeler le capitaine Téliakov par son prénom. Ce que personne à leur connaissance n'a jamais fait. Et jamais ils n'auraient cru ça possible. Et ils n'y croient pas non plus quand ils voient le capitaine obéir et se diriger lentement vers le salon.

— T'es vraiment ravagé, lance le Marquis à Mikhaïl quand il a disparu. C'était lui le gars dans la voiture ? Lui ? C'était pour ça que tu voulais que je l'appelle ? Pour ça ?

— Laisse, Yefim. On y va, le coupe l'Immanus.

Mikhaïl ne répond rien. Il tire sur sa clope pour se faire oublier. Et les deux seigneurs quittent la scène eux aussi, et ils essaient en vain de capter un regard ;

mais Mikhaïl ne leur donne rien ;

il reste contre la rambarde, un sourire tranquille aux lèvres. Il ne les entend pas qui sortent, qui murmurent dans l'obscurité des escaliers.

— T'inquiète, Yefim, il sait ce qu'il fait.

— Ça, j'en sais rien. Mais ce qui est sûr, c'est que ce gamin, c'est vraiment quelqu'un.

Et ces quelques mots sont la plus grande marque de respect que l'on puisse espérer de Yefim. Dans une version de leur légende, c'est avec ces mots – t'es vraiment quelqu'un – qu'il a adoubé l'Immanus. Et eux aussi sourient à présent,

et on le voit dans leurs yeux quand ils passent un palier,

quand un de ces néons exsangues à courbure strictement positive les éclaire soudain,

ils sourient comme les hommes peuvent sourire quand ils se moquent de l'ombre,

quand ils la regardent droit dans les yeux.

Toute variété compacte simplement connexe à trois dimensions sans bord est homéomorphe à une hypersphère de dimension 3.

Plus tard, bien plus tard, le capitaine rejoint Mikhaïl sur la terrasse. Et le jour est le brouillon de la nuit

qui est le brouillon du jour,

et malgré l'obscurité, ils se fixent en silence,

ils se voient. Un sourire fugitif barre le visage du capitaine, quand il parvient à briser le silence :

— Bon, je vais y aller. J'imagine que tu attends le retour de Dmitri ?

— Non ; je vais les laisser. Alors, vous lui avez parlé ? demande Mikhaïl, soudain plus sérieux.

— Je lui ai parlé, oui.

— C'est bien.

— Tu dis ça sans même savoir ce que je lui ai dit.

— Pour ce qui compte, si, je sais. Et c'est bien : vous étiez le seul à pouvoir le lui dire.

— Comment tu as su ?

— J'ai tiqué quand vous vous êtes emporté au commissariat. Alors j'ai volé votre dossier.

— Mon dossier? Il est classifié.

— Pas tant que ça… C'est là que j'ai su pour le nom de votre femme et de votre fille, Sliouov. Après, il n'y avait qu'à suivre le fil… Vos cachets de moclobémide… Et puis la tombe de Natalia…

— Ah, c'était toi, la terre…

Et ils sourient tous les deux et ils se taisent. En silence, ils quittent l'appartement. Quelques minutes plus tard, ils sont dans la rue et Mikhaïl regarde Téliakov s'éloigner dans la nuit; le vieux policier passe d'une case sombre à une case jaune,

lentement il retourne au fond de l'échiquier;

Mikhaïl aimerait voir une légèreté nouvelle dans son pas, il aimerait se dire que tout est fini,

mais il sait bien que non. Et toujours compact et sans le moindre bord et ne cédant rien à l'ombre, il se retourne et se dirige vers le métro.

Tandis qu'il ouvre sans y penser la porte de sa voiture, le capitaine se retourne à son tour et observe Mikhaïl qui s'éloigne rapidement – dans la lumière qui décroît, il disparaît de l'image comme il est apparu,

sans que l'on sache vraiment qui il est,

ce qu'il fait là,

ce qu'il a cherché,

ce qu'il a trouvé,

dans ce voisinage.

Au fond, personne ne sait rien de lui, même moi, réalise le capitaine. Et pourtant, une chose est sûre, se dit-il: Mikhaïl n'en a pas fini avec le Quartier. Parce que d'autres monstres se dressent face à lui: la frontière, le Marquis, le Tsar, pour commencer.

Et à le voir marcher ainsi, si compact, si pur, il se dit que ce jeune homme qui joue sur tant d'échiquiers décidera peut-être un jour si le feu qui menace au loin, dans les terrains vagues, dans les carcasses lancées à l'essence, si le feu embrasera ce qui reste du Quartier ou non. Et le capitaine est sûr que Mikhaïl en est conscient – qu'il le sait depuis le début, depuis le premier mouvement de pion, il y a six mois. Et peut-être que toute cette histoire en passe de s'achever n'était pour lui rien de plus que son ouverture, que sa première percée sur le flanc droit. Peut-être que ce n'était qu'une toute petite partie du plan d'approche du Marquis, du Tsar ou des deux ensemble – allez savoir. Vaguement sonné par cette révélation, et laissant pourtant traîner un sourire épuisé sur ses lèvres et dans ses yeux, le capitaine se glisse dans sa voiture, et démarre. Et lentement, lui aussi disparaît dans l'ombre,

lui aussi s'y noie.

Mais s'il a compris que Mikhaïl n'a fait ici qu'engager sa partie, s'il a compris que son développement, que sa finale sont encore à venir, le capitaine se trompe quand il croit que résoudre cette affaire ne représentait rien pour le jeune homme : s'il ne sourit toujours pas, s'il est encore si concentré, s'il marche aussi vite vers le métro, c'est parce que, si proche que soit la fin de cette partie, ce qui compte réellement pour lui n'est pas encore fait – Mikhaïl sait qu'il lui reste un dernier coup à jouer sur cet échiquier. Et maintenant qu'il s'en approche, il sent sa main qui tremble, il sent que ce qui va se jouer là est précieux et fragile comme une bouteille que l'on voudrait changer en sphère ;

il sent qu'avoir éliminé toutes les irrégularités ne suffit pas :

l'homme est un animal unique, bien plus fragile qu'une construction MTW, et il ne veut pas le briser.

alors on dira que $g(t)$ satisfait l'hypothèse des voisinages canoniques à l'échelle r.

Dmitri n'entend même pas que l'on frappe à la porte, tellement il est concentré, tellement il y est presque. Le Français est décidément très bon. Non seulement il a compris tout ce qu'il voulait faire, mais son esprit bouillonnant a déjà esquissé des dizaines d'axes de recherche. Et comme si cela ne suffisait pas, il propose à Dmitri de collaborer, de contacter l'institut Clay, il propose

— Euh ? Monsieur P. ?

Et soudain, Dmitri revient sur terre, dans son bureau ; et soudain, il fait face à celui qu'il attendait sans le connaître – à celui qui poussait les pièces adverses depuis le début. Le jeune policier aux yeux de glace. Et pendant un temps qui n'est pas de ce monde, ils se fixent en silence ;

et les hommes sont tels que la question de savoir qui joue les blancs, qui joue les noirs,

de savoir qui est une pièce de l'autre, qui est un jeu de l'autre, qui avait tout prévu depuis le début, qui attendait cet instant et qui le subit,

toutes ces questions se volatilisent, elles se noient dans la tempête de leurs yeux. Et entre eux, une seule chose demeure, un cylindre $S^2 \times]-1/\varepsilon, 1/\varepsilon[$, avec la

métrique canonique produit, de courbure scalaire 1, et cette chose les prend à la gorge, et cette chose les fait littéralement trembler,

les mains,

les yeux,

trembler.

Alors ? finit par lancer Dmitri d'une voix exsangue.

— Alors votre père a eu sa réponse, répond Mikhaïl de la même voix exsangue.

Et ce qui reste de leurs voix et ce qui reste de leurs yeux volent en éclats ; et vu la violence et vu la profondeur du silence qui s'installe, on pourrait croire qu'il n'est nulle chirurgie pour réparer ce qui se brise là. Mais quelque chose entre ces deux rois doit satisfaire l'hypothèse des voisinages canoniques, parce que Mikhaïl parvient à reprendre :

— Le pull... Le pull appartenait au capitaine... au capitaine Kolia Téliakov, le père de Marie, le frère adoptif de votre mère... Je... Il est allé voir votre père aujourd'hui, pour parler avec lui...

Et quand Mikhaïl se tait, les yeux de Dmitri se dilatent d'un facteur $\sqrt{R(x,t)}$

et il voit tout

et tout se reconnecte

et son esprit est une boule B^3 ou le complémentaire d'une boule dans l'espace projectif,

la disparition de Kolia, cet adolescent flou et anorexique, cet adolescent aux yeux de poussière dont les photos avaient hanté son enfance,

et Marie et Ivan

et l'accident

et ces mains qui se crispaient sur le volant de cette voiture maudite il y a des milliers d'années,

ces mains si puissantes qui étaient aussi celles qui l'avaient empoigné il y a quelques jours au commissariat,

celles d'un jeune homme presque sans famille recruté par le KGB à la sortie d'une clinique,

et ce pull qui l'avait tant perturbé,

celui du même jeune homme rebâti et devenu agent du KGB,

celui du même agent vieilli et buriné et défiguré par la vie et intégré dans la police et devenu capitaine dans le mouvement fou dans les remous de la vie,

celui d'un capitaine aux yeux de poussière, aux lèvres toujours pincées,

tout se reconnecte et les yeux de Dmitri se contractent d'un facteur $\sqrt{R(x,t)}$

et Mikhaïl n'ose pas bouger, il n'ose même pas le regarder ; il parvient simplement à

— Je reviens de chez votre père. Je crois qu'il a besoin de vous. Il a du mal à respirer ce soir.

Et machinalement, Dmitri se lève et passe devant Mikhaïl,

et la peau du monde

et toutes les peaux de tous les espaces dans nos yeux doivent se percer au moment où il le dépasse,

où il pose sa main géante sur l'épaule de Mikhaïl,

où il murmure Merci ;

alors on dira que $g(t)$ satisfait l'hypothèse des voisinages canoniques à l'échelle r,

et des milliers d'heures plus tard, Mikhaïl peut reprendre son souffle, et

sortir de ce bureau lui aussi, et se perdre dans l'ombre,

et quitter cet échiquier,

et sourire.

Toute 3-variété fermée admet au moins une structure de contact.

Sûrement, le temps est une 3-variété fermée,

et cette nuit doit durer des milliers d'heures ;

et à force de t'entendre lutter toutes ces heures, j'ai fini par installer mon matelas dans ta chambre, près de ton lit.

Et sûrement, le monde lui-même est une 3-variété fermée, et par moments, il me semble qu'Ivan est là – je le sens allongé contre moi, en chien de fusil.

Lui aussi ne doit dormir que par à-coups,

entre tes quintes de toux qui agitent le monde,

lui aussi doit t'entendre t'agripper à la vie, comme si chaque minute, comme si chaque seconde était la dernière ;

te battre pour la moindre inspiration, pour le plus petit répit ;

te tourner et te retourner dans le lit, pour trouver un peu d'air, pour que ce qui reste de nos corps

ne nous trahisse pas encore cette seconde,

pour en tirer autre chose que cette souffrance vaine, que ces élancements terribles dans nos côtes, dans nos ventres

autre chose que ces gémissements misérables, que cette

angoisse face à l'ombre qui s'approche, qui gagne, face à l'ombre que rien n'arrêtera.

Sûrement le temps est une 3-variété fermée et cette nuit admet en elle des milliers d'heures,

et des milliers d'heures, nous ne pouvons rien faire d'autre que te regarder te battre, sans rien pouvoir faire pour toi. Si ce n'est un verre d'eau. Si ce n'est passer une serviette sur ton front trempé de sueur. Si ce n'est gémir avec toi, et t'aider quand tu veux te retourner. Des milliers d'heures au bout de la nuit, avec toi. À t'entendre murmurer que tu n'en peux plus. À voir de maigres larmes luire et souiller tes joues. Des milliers d'heures au fond du monde, à te tenir

la main ;

cette main si sèche que j'ai cherchée toute une vie sans la trouver ;

cette main qui s'abandonne,

cette main qui ne pèse plus rien maintenant.

Des milliers d'heures à pleurer sans larmes d'y être enfin. Là où j'ai toujours voulu être. Sous ton ombre de géant, dans ta main.

Et des milliers d'heures encore, à comprendre que ce n'est pas fini, que la douleur n'a pas de fin, qu'elle n'est pas une 3-variété fermée,

à comprendre, dans les eaux noires de nos yeux de nos mains,

que tu m'appelles,

que tu me supplies,

des milliers d'heures à entendre à comprendre ce que tu murmures

des milliers d'heures à saisir le coussin tombé par terre, à l'empoigner, à le serrer comme on s'accrocherait au monde lui-même en train de basculer, des milliers d'heures à le serrer à en faire blanchir le monde, et laisser Ivan qui balbutie Pardon pardon et laisser Ivan s'approcher enfin de moi,

et lui pardonner enfin Mars 96 et

le laisser m'aider le laisser prendre mes yeux prendre mes mains au milieu de ce maelström

parce que j'ai besoin de lui, de ce qu'il était pour toi, de ce que je n'ai jamais été pour toi, Père,

pour que tu voies nos yeux, pour que tu sentes nos mains une dernière fois

poser le coussin sur ton visage sans te regarder, appuyer

être là, à deux sur ton torse, pour que tu ne puisses plus bouger,

parce que tu bouges malgré tout

et appuyer, et appuyer de toutes nos forces puisque c'est ce que tu souhaites, et appuyer plus que nécessaire sans doute, et appuyer à t'écraser, à te blesser peut-être, appuyer de toutes nos forces

appuyer et pleurer et te dire et dire enfin

combien

je t'aime, Père.

Et ne pas pouvoir aller au bout, et se crisper soudain, relever le coussin et le jeter contre le mur,

ne pas le voir, lui qui ne s'inscrit pas dans la même dimension que nous,

lui qui n'est rien ou presque,

rien ou presque à côté de la douleur,

et se prendre la tête et serrer et serrer tellement ça fait mal tellement c'est douloureux d'être

d'être là, à genoux sur toi

tellement ça fait mal

et sentir tes bras qui viennent sur mon torse, sur mes bras, Père,

et te sentir qui m'appelles, qui murmures, qui m'attires à toi

et me pencher
et me lover dans ton cou
et sentir tes bras sur moi, dans mon dos ;
et qu'il n'y ait plus soudain que le silence
que le silence sur terre,
parce qu'il n'y a rien à dire
parce que nos souffles
parce que nos yeux silence
parce que
ce silence, quand tu passes ta main dans mes cheveux
parce que ce contact

Toute variété compacte simplement connexe, à trois dimensions, sans bord, est homéomorphe à une hypersphère de dimension 3. (Perelman)

Quand Vladimir finit par s'endormir, quand son souffle s'apaise, Dmitri et Ivan se redressent en silence. Lentement, ils descendent du lit et sortent de la chambre. Ils n'osent pas se regarder, mais ils savent bien que ce qui les agite, que ce qui les vrille est homéomorphe ;

regardez comme ils se heurtent aux murs, aux meubles, comme ils tremblent

et dans leurs yeux scindés, des bris de verre, du sang, des larmes,

et dans leurs yeux, les eaux noires d'une tristesse sans fond, d'une tristesse pure.

Ils se dirigent dans la salle de bains ils lancent la douche, en pensant vaguement au rendez-vous avec l'institut Clay, mais tout est si dur, si confus mais

tout est

brisé

cette main sur nos nuques, cette main qu'ils ont attendue
si
tout est
si
Dmitri s'effondre dans la douche, hébété par la douleur
incapable du moindre geste
incapable
cette main sur sa nuque
cette main
et Ivan donnerait tout ce qu'il a pour le suivre, pour se serrer contre lui,
tout ce qu'il a, mais il n'a rien à donner,
il ne sait comment Dmitri fait pour tenir,
et lentement, au bout de la peine, il se disperse,
il rejoint l'ombre,
il s'y perd,
et Dmitri reste seul et le monde est une douleur sans bord,
et c'est comme ça que Marie le trouve à l'aube, des milliers d'heures plus tard. Habillé sous la douche. Trempé. En larmes. En bris.
Elle reste sur le seuil, interdite, elle aussi hébétée de douleur,
et dans ses bras, dans ses yeux secoués de tremblements, cette étendue de nos pertes, cette douleur d'être irrémédiablement disjoints, cette mélancolie d'astres errants qui passent à des milliards d'années-lumière les uns des autres ;
et malgré tout cela, elle s'approche,
elle tâtonne sur toutes les composantes connexes du monde,
et toute tremblante, tout effrayée qu'elle soit,
elle n'en marche pas moins sur tout cela comme d'autres ont marché sur l'eau, et c'est un miracle,

un miracle quand elle entre dans la douche, quand elle se colle contre Dmitri et prend ses mains et les embrasse ;

un miracle quand, avec une infinie tendresse, elle passe ses mains dans son cou et sur sa nuque ;

et à l'instant où leurs yeux se trouvent, il y a un peu moins d'ombre sur terre,

et l'on peut affirmer, oui, l'on peut affirmer qu'elle n'a pas encore tout vaincu, l'ombre ;

il suffit de constater que le flot des gouttes sur leurs corps, sur leurs sourires timides,

est homéomorphe au monde lui-même,

à Ω *tout entier.*

Composition : IGS-CP à L'Isle-d'Espagnac (16)
Achevé d'imprimer
par CPI Firmin-Didot
à Mesnil-sur-l'Estrée, en décembre 2021
Dépôt légal : décembre 2021
Numéro d'imprimeur : 167284

ISBN : 978-2-07-292667-9/Imprimé en France

374749